Das Buch

Seit Menschengedenken gibt es die so genannten »Anderen«: Vampire, Gestaltwandler, Hexen, Schwarzmagier. Unerkannt leben sie in unserer Mitte und sorgen dafür, dass das Gleichgewicht zwischen den Dunklen Anderen und den Hellen Anderen gewahrt bleibt. Zwei Organisationen, den »Wächtern der Nacht« und den »Wächtern des Tages«, obliegt es, den vor langer Zeit geschlossenen Waffenstillstand – den »Großen Vertrag« – zu überwachen und jegliche Verstöße zu ahnden. Doch plötzlich wird eine uralte Sekte von Dunklen Anderen, die sich abseits der Vereinbarungen hält, aktiv, um den vor vielen Jahrhunderten umgekommenen Magier Fafnir ins Leben zurückzurufen. Sowohl Geser, der Chef der Moskauer Nachtwache, als auch sein Dunkler Gegenspieler Sebulon versuchen, daraus für ihre Pläne Kapital zu schlagen, und schrecken dabei auch nicht davor zurück, eigene Leute zu opfern ...

In Russland die Fantasy-Kultreihe schlechthin: Sergej Lukianenkos *Wächter*-Romane, auf deren Grundlage die erfolgreichsten russischen Filme aller Zeiten entstanden.

»Düster und kraftvoll – der Russe Sergej Lukianenko ist der neue Star der phantastischen Literatur!« FRANKFURTER RUNDSCHAU

Der Autor

Sergej Lukianenko, 1968 in Kasachstan geboren, studierte in Alma-Ata Medizin, war als Psychiater tätig und lebt nun als freier Schriftsteller in Moskau. Er ist der populärste russische Autor der Gegenwart, seine Romane und Erzählungen wurden mehrfach preisgekrönt. Mit seiner WÄCHTER-Serie landete er einen internationalen Bestseller.

Ein Verzeichnis aller von Sergej Lukianenko im WILHELM HEYNE VERLAG erschienenen Bücher finden Sie am Ende dieses Bandes.

SERGEJ
LUKIANENKO
& WLADIMIR WASSILJEW

WÄCHTER
DES TAGES

ROMAN

Aus dem Russischen
von Christiane Pöhlmann

WILHELM HEYNE VERLAG
MÜNCHEN

Titel der russischen Originalausgabe

Дневной Дозор

Deutsche Übersetzung von Christiane Pöhlmann

In »Wächter des Tages« werden Auszüge aus Liedern von Wladimir Wyssozki, Juli Burkin, Kipelow sowie der Gruppen *Arija*, *Woskressenje* und *Nautilus Pompilius* verwendet. Die Nachdichtungen dazu besorgten Christiane Pöhlmann und Erik Simon (»Zwei Jungen«, S. 132, und »Menschen«, S. 164) bzw. Erik Simon (übrige Liedtexte).

FSC www.fsc.org MIX Papier aus verantwortungsvollen Quellen FSC® C014496

Verlagsgruppe Random House FSC® N001967
Das für dieses Buch verwendete
FSC®-zertifizierte Papier *Holmen Book Cream*
liefert Holmen Paper, Hallstavik, Schweden.

Taschenbuchausgabe 10/2015

Printed in Germany 2015
Umschlaggestaltung: DAS ILLUSTRAT, München
Satz: Schaber Datentechnik, Wels
Druck und Bindung: GGP Media GmbH, Pößneck

ISBN: 978-3-453-31619-5

www.heyne.de

Der vorliegende Text ist der Sache des Lichts abträglich
und nicht zur Verbreitung zugelassen.

Die Nachtwache

Der vorliegende Text ist der Sache des Dunkels abträglich
und nicht zur Verbreitung zugelassen.

Die Tagwache

Erste Geschichte
Zutritt für Unbefugte erlaubt

Prolog

Der Hauseingang flößte keinen Respekt ein. Das Zahlenschloss hing heraus und funktionierte nicht, überall auf dem Fußboden lagen platt getretene Kippen billiger Zigaretten. Im Fahrstuhl prangten unzählige hirnlose Graffiti, in denen das Wort *Spartak* genauso oft vorkam wie saftige Vulgärausdrücke; die Knöpfe waren von Zigaretten durchgebrannt und die Löcher sorgsam mit hart gewordenem Kaugummi verklebt.

Auch die Wohnungstür im dritten Stock fügte sich ins Bild: Erbärmliches Kunstleder, noch aus Sowjetzeiten, billige aufgesetzte Ziffern aus Aluminium, die jeden Moment von den schräg hineingedrehten Schrauben zu fallen drohten.

Natascha zögerte einen Moment, bevor sie die Klingel drückte. Wie dumm, irgendwelche Hoffnungen zu hegen und hierher zu kommen. Wenn sie schon so dämlich sein musste, zu Magie Zuflucht zu suchen, dann hätte sie die Zeitung aufschlagen, den Fernseher einschalten oder Radio hören sollen. Seriöse Einrichtungen, erfahrene Übersinnliche mit internationalen Diplomen ... Aber was soll's, letztendlich war das natürlich genauso ein Schwindel. Vielleicht wäre dann jedoch wenigstens die Atmosphäre angenehmer gewesen, die Leute respektabler. Vielleicht wäre sie nicht in diesem Nest von Versagern gelandet.

Trotzdem drückte sie schließlich auf den Klingelknopf. Es wäre schade um die Zeit, die sie für den Weg hierher gebraucht hatte.

Ein paar Minuten lang glaubte sie, die Wohnung sei leer. Dann hörte sie hastige Schritte, wie sie charakteristisch für einen Menschen in Eile sind, der aufpassen musste, die ausgelatschten Pantoffeln nicht zu verlieren. Der kleine primitive Spion verdunkelte sich kurz, dann klapperte das Schloss und die Tür ging auf.

»Natascha, ja? Komm rein, komm rein ...«

Leute, die sie sofort duzten, mochte sie nicht. Gewiss, sie selbst bevorzugte diese Form der Anrede auch. Aber sollte man nicht wenigstens der Ordnung halber vorher um Erlaubnis bitten?

Inzwischen zog die Frau, die die Tür geöffnet hatte, sie bereits hinein, indem sie Natascha ohne zu fackeln am Arm packte, wobei sich auf ihrem nicht mehr jungen, grell geschminkten Gesicht eine derart aufrichtige Gastfreundschaft widerspiegelte, dass Natascha nichts dagegenzusetzen hatte.

»Eine Freundin von mir hat mir gesagt, Sie würden ...«, fing Natascha an.

»Ja, ich weiß, ich weiß doch, meine Liebe.« Die Frau winkte ab. »Ach, du brauchst die Schuhe nicht auszuziehen, ich wollte nämlich gerade sauber machen ... Oder warte, ich hol dir doch Hausschuhe.«

Natascha sah sich um, konnte ihren Ekel dabei aber kaum verbergen.

Eine nicht unbedingt kleine, aber unglaublich zugemüllte Diele. An der Decke baumelte eine trübe Glühbirne, die, obwohl sie mal gerade mit 30 Watt funzelte, die allgemeine Unordnung erkennen ließ. An der Garderobe hingen Unmengen von Kleidern, zur Freude der Motten sogar ein Winterpelz aus Bisam. Das Linoleum von verwaschener grauer Farbe löste sich vom Boden ab. Offensichtlich wollte die Hausfrau schon seit einer ganzen Weile sauber machen.

»Du heißt Natascha, Töchterchen? Ich bin Dascha.«

Dascha war fünfzehn, zwanzig Jahre älter als sie. Mindestens.

Sie hätte tatsächlich gut und gern Nataschas Mutter sein können – nur dass man sich mit einer solchen Mutter lieber gleich den Strick nahm! Eine fette Frau mit ungewaschenem stumpfem Haar, grell lackierten Fingernägeln – und natürlich blätterte der Lack bereits ab –, in einem ausgewaschenen Kittel und mit ausgetretenen Latschen an den nackten Füßen. Mein Gott, selbst die Zehennägel waren lackiert! Wie vulgär!

»Sie sind eine Kräuterfrau?«, fragte Natascha. Um sich innerlich zuzuschreien: Und ich bin eine Idiotin!

Dascha nickte. Nach einigem Stöbern zog sie aus einem wüsten Schuhberg ein Paar Gummilatschen. Die bescheuertsten Dinger, die die Menschheit je erfunden hatte, mit zahllosen hochstehenden Gumminoppen innen drin. Der Traum eines Yogi. Ein Teil dieser Gumminägel fehlte schon seit langem – was freilich nicht zu ihrer Bequemlichkeit beitrug.

»Zieh die an!«, schlug Dascha fröhlich vor.

Wie hypnotisiert streifte Natascha ihre Sandalen ab und zog die Latschen an. Lebt wohl, ihr Perlons. Ohne Laufmaschen würde sie hier bestimmt nicht wieder rauskommen. Selbst bei diesen berühmten Omsa mit dem sagenhaften Lycra nicht. War eben doch alles auf der Welt Beschiss, den sich durchtriebene Blödmänner ausdachten. Und auf den kluge Leute aus irgendeinem Grund immer wieder hereinfielen.

»Ja, eine Kräuterfrau«, meinte Dascha, während sie aufmerksam darüber wachte, ob Natascha sich die Latschen anzog. »Das habe ich von meiner Großmutter. Und von meiner Mutter. Die waren alle Kräuterfrauen und haben alle den Menschen geholfen. Das liegt bei uns in der Familie … Gehen wir in die Küche, Natascha, die anderen Zimmer sind nicht aufgeräumt …«

Während Natascha sich innerlich ein weiteres Mal selbst verwünschte, folgte sie Dascha. Die Küche entsprach genau ihren Erwartungen. Ein Berg von schmutzigem Geschirr im Spülbecken, ein verdreckter Tisch, von dem bei ihrem Erscheinen eine Kakerlake träge herunterkroch und unter der Tischplatte verschwand. Klebriger Fußboden. Die Fenster warteten natürlich noch auf den Frühjahrsputz, die Lampe starrte vor Fliegendreck.

»Setz dich!« Mit einer geschickten Bewegung zog Dascha einen Hocker unterm Tisch hervor, den sie an einen Ehrenplatz schob – zwischen dem Tisch und dem Kühlschrank, einem krampfhaft zuckenden »Saratow«.

»Danke, aber ich bleib lieber stehen.« Natascha wollte sich auf gar keinen Fall hinsetzen. Der Hocker flößte ihr noch weniger Vertrauen ein als der Tisch oder der Fußboden. »Dascha ... Darja?«

»Darja.«

»Darja, ich wollte eigentlich nur erfahren ...«

Die Frau zuckte mit den Schultern. Drückte auf den Knopf des elektrischen Teekessels, womöglich des einzigen Gegenstandes in dieser Küche, der nicht aussah, als stamme er aus einem Müllhaufen. Sie sah Natascha an. »Wirklich? Was willst du denn noch erfahren, meine Liebe? Es ist doch alles klar zu erkennen, liegt ganz offen da ...«

Einen Moment lang hatte Natascha den unerklärlichen, quälenden Eindruck, in der Küche sei nicht genug Licht. Alles wurde grau, das krankhafte Gemurre des Kühlschranks verstummte ebenso wie der Lärm der Autos, der vom nahen Prospekt herüberdrang. Sie strich sich über die Stirn, die mit eisigem Schweiß überzogen war. Das kam alles von der Hitze. Der Sommer, die Hitze, die lange Fahrt in der Metro, das Gedränge im Oberleitungsbus ... Warum hatte sie auch kein Taxi genommen? Ihren Fahrer hatte sie mit dem Wagen fortgeschickt – gut, es wäre ihr peinlich gewesen, auch nur anzudeuten, wohin sie wollte. Und warum. Aber weshalb hatte sie kein Taxi genommen?

»Dein Mann hat dich verlassen, Nataschenka«, sagte Darja zärtlich. »Vor zwei Wochen. Mit einem Mal. Hat seine Sachen gepackt, sie in einen Koffer geworfen und ist gegangen. Ohne jeden Streit, ohne jede Auseinandersetzung. Er hat dir die Wohnung überlassen, das Auto. Ist zu seiner Geliebten gezogen, einem Luder mit schwarzen Augenbrauen, einem jungen Flittchen ... dabei gehörst du selbst noch nicht zum alten Eisen, Töchterchen.«

Diesmal reagierte Natascha gar nicht mehr auf das »Töchterchen«. Sie versuchte krampfhaft, sich zu erinnern, was sie ihrer Freundin gesagt hatte und was nicht. Die »schwarzen Augenbrauen« hatte sie bestimmt nicht erwähnt. Obwohl: dunkelhäutig war die Frau, mit schwarzem Haar ... Erneut packte Natascha wahnsinnige, blinde Wut.

»Auch warum er gegangen ist, weiß ich, Nataschenka ... Verzeih mir, dass ich dich Töchterchen genannt habe, schließlich bist du eine starke Frau, die sich kein X für ein U vormachen lässt. Aber ihr seid ja für mich alle wie die eigenen Töchter ... Ihr hattet keine Kinder, nicht wahr, Nataschenka?«

»Nein«, flüsterte Natascha.

»Warum nicht, meine Liebe?« Die Kräuterfrau schüttelte vorwurfsvoll den Kopf. »Dabei hat er sich doch so eine kleine Tochter gewünscht, oder?«

»Ja ...«

»Dann hättest du ihm eine schenken sollen«, meinte Darja achselzuckend. »Ich hab übrigens fünf Kinder. Zwei sind zur Armee gegangen, meine beiden Ältesten. Eine meiner Töchter ist verheiratet und hat ein Kind, die andere lernt. Dann ist da noch mein Jüngster, dieser Lausebengel ...« Darja winkte ab. »Aber setz dich doch endlich ...«

Widerwillig nahm Natascha auf dem Hocker Platz. Fest presste sie ihre Tasche auf die Knie. »Es hat halt nicht sollen sein«, kam sie weiteren Vorstößen Darjas zuvor. »Und selbst wenn ich ein Kind zur Welt gebracht hätte, hätte ich deswegen meine Karriere nicht aufgeben wollen.«

»Das kann ich ja verstehen.« Die Kräuterfrau hatte nichts einzuwenden. Sie wischte sich mit den Händen übers Gesicht. »Du hast deinen Willen ... Was machen wir jetzt? Du möchtest ihn doch zurück? Also, weshalb ist er gegangen? Seine Geliebte ist bereits von ihm schwanger ... und hat sich dafür mächtig angestrengt. Sie macht, was er sagt, bedauert ihn, lässt sich im Bett was einfallen ... Du hast einen guten Mann gehabt, um so einen reißt sich jede. Möchtest du ihn zurückhaben? Trotz allem?«

Natascha biss sich auf die Lippen. »Ja.«

»Zurückhaben kannst du ihn«, meinte die Kräuterfrau seufzend. »Das ja.« Ihr Ton hatte sich plötzlich auf kaum zu fassende Weise verändert, klang jetzt schwer, drückend. »Nur dass es schwierig wird«, fuhr sie fort. »Ihn zurückzuholen ist kein Problem. Aber ihn zu halten, wird nicht einfach!«

»Trotzdem will ich es.«

»In jeder von uns, mein Töchterchen, steckt eine eigene Magie.« Darja beugte sich über den Tisch. Ihre Augen schienen sich förmlich in Natascha zu bohren. »Einfache, ursprüngliche, weibliche Magie. Das hast du mit deinem Ehrgeiz völlig vergessen. Aber das darfst du nicht! Deshalb helfe ich dir. Aber wir müssen das Ganze in drei Etappen bewerkstelligen.« Sie schlug leicht mit der Faust auf den Tisch. »Erstens: Ich gebe dir einen Trank. Das ist keine große Sünde ... Der Trank wird dir deinen Mann wiederbringen. Das ja, aber dass er bleibt, bewirkt der Trank nicht.«

Natascha nickte unsicher. Die Einteilung des Ganzen in »drei Etappen« wirkte irgendwie unangemessen – vor allem bei dieser Frau und in dieser Wohnung.

»Zweitens ... Die Geliebte darf das Kind nicht zur Welt bringen. Wenn das passiert, wirst du deinen Mann nie halten können. Hier müssen wir eine große Sünde begehen und die unschuldige Leibesfrucht vergiften ...«

»Was reden Sie denn da!«, empörte Natascha sich. »Ich habe nicht die Absicht, vor Gericht zu landen!«

»Gift ist dabei nicht im Spiel, Nataschenka. Ich wedel mit den Händen ...« Die Kräuterfrau demonstrierte es gleich. »... dann klatsche ich ... Und das war's, das war die ganze Sünde. Wie willst du denn dafür vor Gericht kommen?«

Natascha schwieg.

»Aber diese Sünde will ich nicht auf mich nehmen.« Darja bekreuzigte sich in aller Form. »Wenn du willst, helfe ich dir, aber vor Gott verantworten musst du dich dafür!«

Offenbar fasste Darja das beredte Schweigen als Zustimmung auf. »Drittens«, fuhr sie fort. »Du bringst selbst ein Kind zur Welt. Dabei helfe ich dir auch. Du kriegst eine Tochter, eine schöne und schlaue Tochter, dir zur Hilfe und deinem Mann zur Freude. Dann hat all dein Leid ein Ende.«

»Ist das Ihr Ernst?«, fragte Natascha leise. »Können Sie das alles ...«

»Also pass auf.« Darja erhob sich. »Wenn du ja sagst, fangen wir an. Dann kommt morgen dein Mann zurück, und übermorgen verliert seine Geliebte ihren Bastard. Geld nehme ich dir erst ab, wenn du selber schwanger bist. Aber das wird kein Pappenstiel sein, das sage ich dir gleich, bei Gott dem Allmächtigen.«

»Und wenn ich Sie betrüge und Ihnen das Geld nicht bringe?« Natascha setzte ein schiefes Lächeln auf. »Schließlich ist dann ja schon alles erledigt ...«

Sie verstummte. Die Kräuterfrau schaute sie streng und schweigend an. Mit leichtem Mitgefühl, wie eine Mutter ihre dumme Tochter. »Du wirst mich nicht betrügen, Nataschenka. Wenn du darüber nachdenkst, kommst du selbst dahinter, dass du mich besser nicht betrügst.«

Natascha schluckte den Kloß hinunter, der ihr im Hals steckte. »Das heißt ein Erfolgshonorar?«, versuchte sie zu scherzen.

»Was für eine tüchtige Geschäftsfrau du doch bist«, sagte Darja ironisch. »Wer soll denn so eine scharf kalkulierende und schlaue Frau lieben? Ein Weib muss immer auch dumm sein ... ach ... Also nach Erfolg. Drei Erfolgen.«

»Wie viel?«

»Fünf.«

»Wieso fünf?«, setzte Natascha an und stockte. »Ich dachte, es würde viel billiger werden!«

»Wenn du nur deinen Mann zurückwillst, wird es billiger. Nur dass er dann nach einer gewissen Zeit wieder weg ist. Ich biete dir aber richtige Hilfe an, ein sicheres Mittel.«

»Einverstanden.« Natascha nickte. Irgendwie kam ihr das Ganze leicht irreal vor. Ein Händeklatschen – und das ungeborene Kind sollte nicht mehr da sein? Ein weiteres Händeklatschen – und sie würde dem geliebten Dummkopf selbst eine Tochter schenken?

»Nimmst du die Sünde auf dich?«, fragte die Kräuterfrau nachdrücklich.

»Was soll denn das schon für eine Sünde sein«, entgegnete Natascha, in der jetzt Ärger hochstieg. »Diese Sünde hat doch wohl jede Frau schon mindestens einmal begangen! Außerdem ist sie vielleicht gar nicht schwanger!«

Die Kräuterfrau versank in Gedanken, schien auf etwas zu lauschen. »Doch ...« Sie schüttelte den Kopf. »Und anscheinend wirklich ein Töchterchen.«

»Ich nehm alles auf mich«, meinte Natascha immer verärgerter. »Alle Sünden. Welche auch immer. Abgemacht?«

Die Kräuterfrau sah sie streng und missbilligend an. »So geht das nicht, mein Töchterchen. Was heißt hier ›alle Sünden‹? Wer weiß, was ich dir dann noch anhänge? Meine eigenen Sünden und die von anderen ..., die müsstest du dann vor Gott verantworten.«

»Das klären wir dann schon.«

»Ach, diese Jugend«, seufzte Darja. »Diese dumme Jugend. Als ob er sich mit den menschlichen Sünden herumschlagen sollte. Jede Sünde hinterlässt eine Spur, an diesen Spuren orientiert sich dann auch das Gericht ... Doch genug davon, du brauchst keine Angst zu haben. Ich hänge dir keine fremden Sünden an.«

»Da mach ich mir auch gar keine Sorgen.«

Die Kräuterfrau schien sie schon gar nicht mehr zu hören. Im Sitzen lauschte sie aufmerksam auf irgendetwas. Dann zuckte sie die Achseln. »Gut ... Machen wir uns an die Arbeit. Deine Hand!«

Unsicher streckte Natascha die rechte Hand aus, den teuren Brillantring voller Sorge im Blick. Wenn er auch nur schwer vom Finger zu ziehen war ...

»Oi!«

Die Kräuterfrau pikte sie so schnell und geschickt in den kleinen Finger, dass Natascha nicht einmal etwas merkte. Wie erstarrt saß sie da, sah auf den anschwellenden roten Tropfen. Ohne viel Federlesens warf Darja die winzige Lanzette – ein flaches Ding mit spitzem Stachel – auf einen unabgewaschenen Teller mit eingetrockneten Borschtschresten. Solche Nadeln benutzte man auch in Labors.

»Keine Angst, bei mir ist alles steril, es sind Einwegnadeln.«

»Was erlauben Sie sich eigentlich!« Natascha wollte ihre Hand zurückziehen, doch Darja packte sie mit einer unerwartet kräftigen und zielsicheren Bewegung.

»Halt still, du dummes Mädchen! Sonst muss ich noch mal piken!«

Sie zog ein Apothekerfläschchen aus dunkelbraunem Glas aus der Tasche. Die Beschriftung auf dem Etikett war verwaschen, aber nicht vollständig, sogar die ersten Buchstaben ließen sich noch erkennen: *Na* .... Geübt schraubte Darja es auf, stellte das Fläschchen unter Nataschas kleinen Finger und klopfte den Finger gegen den Flaschenrand. Der Tropfen landete in dem Fläschchen.

»Manche Menschen glauben«, sagte die Kräuterfrau zufrieden, »dass der Trank umso besser wirken würde, je mehr Blut drin ist. Das stimmt nicht. Das Blut muss eine gewisse Qualität haben, die Menge spielt überhaupt keine Rolle ...«

Die Kräuterhexe öffnete den Kühlschrank. Holte eine Fünfziggrammflasche Wodka *Priwet* heraus. Natascha fiel wieder ein, dass ihr Fahrer ihr dieses »Reanimationsmittel« irgendwann einmal empfohlen hatte.

Ein paar Tropfen Wodka kamen auf den Wattebausch, den Natascha gehorsam gegen ihren Finger drückte. Die Kräuterhexe hielt Natascha die Flasche hin. »Willst du?«

Aus irgendeinem Grund malte sich Natascha lebhaft aus, wie sie morgen früh aufwachen würde – am anderen Ende der Stadt, ausgeraubt, vergewaltigt und ohne jede Erinnerung an das, was geschehen war. Sie schüttelte den Kopf.

»Na, ich genehmige mir einen.« Darja setzte das »Reanimationsmittel« an die Lippen und trank den Wodka in einem Schluck aus. »So arbeitet es sich doch gleich ... viel besser. Und du ... du brauchst keine Angst vor mir zu haben. Raub ist nicht mein Metier.«

Einige Tropfen, die noch in der Flasche waren, gab Darja ebenfalls in das Apothekerfläschchen mit dem Trank. Dann fügte die Kräuterhexe, ohne sich um den neugierigen Blick Nataschas zu scheren, Salz, Zucker, heißes Wasser aus dem Teekessel und ein Pulver mit starkem Vanillegeruch hinzu.

»Was ist das?«, fragte Natascha.

»Hast du Schnupfen? Vanille.«

Die Kräuterhexe hielt ihr das Fläschchen hin. »Nimm das.«

»Und das ist alles?«

»Ja. Gib das deinem Mann zum Trinken. Schaffst du das? Du kannst es ihm in den Tee mischen oder in Wodka, auch wenn das nicht gerade empfehlenswert ist.«

»Und wo soll da die ... Zauberei sein?«

»Was für Zauberei?«

Erneut kam sich Natascha wie eine Idiotin vor. »Da ist ein Tropfen meines Bluts drin«, platzte sie fast schreiend heraus. »Ein Tropfen Wodka, Zucker, Salz und Vanille!«

»Und Wasser«, fügte Darja hinzu. Sie stemmte die Hände in die Hüften. Sah Natascha voller Ironie an. »Was hast du denn erwartet? Getrocknete Krötenaugen? Piroleier? Oder soll ich da reinrotzen? Worauf kommt es dir an? Auf die Zutaten oder auf die Wirkung?«

Natascha schwieg, überrumpelt von dieser Attacke. Darja hingegen fuhr fort, ohne ihre Belustigung zu verbergen. »Mein liebes Mädchen ... Wenn ich Eindruck bei dir hätte schinden wollen, dann hätte ich das geschafft. Mit Sicherheit. Aber es kommt nicht auf das an, was in dem Fläschchen ist, sondern darauf, wer den Inhalt zusammengemischt hat. Mach dir keine Gedanken, geh nach Hause und gib es deinem Mann zu trinken. Er kommt doch noch ab und an bei dir vorbei?«

»Ja ... heute Abend. Er hat angerufen, dass er ein paar Sachen holen müsse ...«, murmelte sie.

»Soll er sie ruhig holen, nur muss er dabei auch seinen Tee trinken. Morgen schleppt er seine Sachen dann wieder an. Natürlich nur, wenn du willst.« Darja grinste. »Also gut ..., bleibt noch das Letzte. Nimmst du diese Sünde auf dich?«

»Ja.« Natascha merkte mit einem Mal, dass ihr das Lachen im Halse stecken blieb. Irgendetwas war hier gar nicht komisch. Die Kräuterfrau gab sich zu ernst. Und wenn ihr Mann morgen wirklich zurückkommen würde ...

»Dein Wort, meine Tat ...« Darja breitete langsam die Arme aus. Sprach eine komplizierte Formel: »Wasser so rot, dazu fremde Not, fauliger Samen, Frucht ohne Namen ... Was war, ist nicht mehr, was nicht war, wird nicht sein ... Ins Nirgendwo entschwinde, dass keine Spur man finde, nach meinem Willen, auf mein Wort ...« Ihre Stimme senkte sich zu einem raunenden Flüstern herab. Eine Minute lang bewegte die Kräuterfrau die Lippen. Dann klatschte sie kräftig in die Hände.

Anscheinend war die Phantasie mit Natascha durchgegangen, denn sie meinte plötzlich, durch die Küche fege eisiger Wind. Ihr Herz raste, ihre Haut kribbelte.

Darja schien mit dem Kopf etwas abzuschütteln. Dann sah die Kräuterfrau Natascha an. »Das war's«, meinte sie nickend.

»Geh jetzt, meine Liebe. Geh nach Hause, mein Töchterchen, und warte auf deinen Mann.«

Natascha stand auf. »Und was ist ... wenn ich ...«, setzte sie an.

»Wenn du schwanger bist, denkst du von allein an mich. Ich werde drei Monate warten. Danach werde ich nicht lange fackeln.«

Natascha nickte. Sie schluckte den Kloß hinunter, der ihr schon wieder im Hals steckte. Aus irgendeinem Grund glaubte sie nun alles, was ihr von dieser Quacksalberin versprochen worden war – und begriff mit schmerzlicher Klarheit, dass es ihr in drei Monaten, wenn wirklich alles klappen sollte, unendlich leid um das Geld tun würde. Sie würde alles einem Zufall zuschreiben wollen. Für den man dieser verdreckten Scharlatanin ja wohl keine fünftausend Dollar geben musste!

Gleichzeitig wusste sie aber auch, dass sie es tun würde. Vielleicht würde sie die Bezahlung bis zum letzten Tag hinauszögern, aber sie würde Darja das Geld geben.

Denn sie würde sich an dieses leichte Klatschen der ungepflegten Hände und diese Welle der Kälte erinnern, die sich plötzlich in der Küche ausgebreitet hatte.

»Geh jetzt«, wiederholte die Kräuterfrau mit leichtem Nachdruck. »Ich muss mich um mein Essen kümmern und die Wohnung sauber machen. Also sieh zu ...«

Natascha ging in die dunkle Diele, schlüpfte voller Erleichterung aus den Latschen und zog ihre Schuhe an. Die Strümpfe hatten es offenbar überlebt – immerhin etwas, denn gehofft hatte sie nicht darauf.

Sie sah die Kräuterfrau an, versuchte Worte zu finden, um ihr zu danken, noch nach etwas zu fragen, vielleicht würde ihr sogar ein Scherz über die Lippen kommen ...

Aber Darja wirkte völlig entgeistert. Die Augen der Kräuterfrau hatten sich geweitet, sie starrte auf die verschlossene Tür und fuchtelte leicht mit den Händen vor sich in der Luft herum. »Wer ...?«, flüsterte sie. »Wer ... wer?«

Im nächsten Moment flog hinter Natascha krachend die Tür auf. Im Korridor drängten sich plötzlich lauter Menschen: zwei Männer, die die Kräuterfrau fest bei der Hand gepackt hielten, und einer, der schnellen Schritts und ohne sich umzusehen in die Küche ging – offensichtlich kannte er den Grundriss der Wohnung genau. Neben Natascha stand eine junge schwarzhaarige Frau. Alle Männer trugen einfache und irgendwie absichtlich unauffällige Kleidung: Shorts, in denen aufgrund der außergewöhnlichen Hitze neunzig Prozent der männlichen Bevölkerung Moskaus herumliefen, und T-Shirt. Natascha durchzuckte mit einem Mal der überraschende und beängstigende Gedanke, diese Kleidung könne eine besondere Variante der unauffälligen grauen Anzüge der Herren vom Geheimdienst sein.

»Wie hässlich«, sagte die junge Frau missbilligend, während sie Natascha ansah und den Kopf schüttelte. »Wie gemein, Natalja Alexejewna.«

Im Unterschied zu den Männern trug sie dunkle Jeans und eine Jeansjacke. An einer silbernen Kette um ihren Hals funkelte ein Anhänger, an den Fingern blitzten mehrere massive Silberringe: aufwendig gearbeitete Stücke mit dem Kopf eines Drachen oder eines Tigers, um die sich Schlangen oder seltsame, an die Buchstaben eines unbekannten Alphabets erinnernde Ornamente wanden.

»Wovon reden Sie …«, fragte Natascha mit brechender Stimme.

Statt zu antworten zog die Frau schweigend Nataschas Tasche auf und holte das Fläschchen heraus. Hielt es ihr unter die Nase. Und schüttelte abermals vorwurfsvoll den Kopf.

»Gefunden!«, schrie der Mann aus der Küche. »Liegt alles zutage, Leute.«

Einer der Männer, die die Kräuterfrau festhielten, seufzte. »Darja Leonidowna Romaschowa!«, näselte er mit gelangweilter Stimme. »Im Namen der Nachtwache sind Sie verhaftet.«

»Was für eine Nachtwache?« In der Stimme der Kräuterfrau

schwang eindeutig ihr Unverständnis mit, klang aber auch Panik an. »Wer sind Sie überhaupt?«

»Sie haben das Recht, auf unsere Fragen zu antworten«, fuhr der junge Mann fort. »Jede magische Handlung von Ihrer Seite wird als feindlicher Akt betrachtet und ohne Vorwarnung geahndet. Sie haben das Recht, um Regelung ihrer persönlichen menschlichen Verpflichtungen nachzusuchen. Ihnen wird zur Last gelegt ... Garik?«

Der Gerufene kam aus der Küche zurück. Wie im Traum registrierte Natascha, dass er ein ausgesprochen intelligentes, nachdenklich-trauriges Gesicht hatte. Solche Männer hatten ihr schon immer gefallen ...

»Meiner Meinung nach die üblichen Sachen«, sagte Garik. »Gesetzwidrige Beschäftigung mit schwarzer Magie. Manipulationen des menschlichen Bewusstseins dritten oder vierten Grades. Mord. Steuerhinterziehung ... aber das geht uns nichts an, damit sollen sich die Dunklen rumschlagen.«

»Ihnen wird gesetzwidrige Beschäftigung mit schwarzer Magie, Manipulation des menschlichen Bewusstseins und Mord vorgeworfen«, wiederholte der Mann, der Darja gepackt hielt. »Sie kommen jetzt mit uns mit.«

Die Kräuterfrau stieß einen durchdringenden, schrecklichen Schrei aus. Unwillkürlich starrte Natascha auf die sperrangelweit aufstehende Tür. Selbstverständlich war es naiv darauf zu hoffen, dass Nachbarn zu Hilfe kommen würden. Aber die Miliz konnten sie doch rufen, oder?

Die seltsamen Besucher reagierten in keiner Weise auf den Schrei. Nur die junge Frau runzelte die Stirn. »Was sollen wir mit der tun?«, fragte sie und nickte in Nataschas Richtung.

»Ihr den Trank abnehmen und die Erinnerung löschen.« Ohne jedes Mitleid blickte Garik Natascha an. »Soll sie doch glauben, es sei niemand zu Hause gewesen.«

»Das ist alles?« Die junge Frau holte eine Schachtel Zigaretten aus der Tasche und zündete sich genüsslich eine an.

»Was hätten wir denn sonst für Möglichkeiten, Katja? Sie ist ein Mensch, was sollten wir mit der schon anfangen?«

Das alles war nicht einmal schrecklich. Sondern ein Traum, ein Albtraum ... und Natascha verhielt sich wie in einem Traum. Mit einer abrupten Bewegung riss sie der jungen Frau die kostbare Flasche aus der Hand und stürzte zur Tür.

Etwas warf sie zurück. Als sei sie gegen eine unsichtbare Wand gerannt. Natascha schrie auf und fiel vor der Kräuterfrau zu Boden, während das Fläschchen ihr aus den Händen flog und unerwartet leicht an der Wand zerschlug. Eine winzige Pfütze aus einer klebrigen farblosen Flüssigkeit breitete sich auf dem Linoleum aus.

»Tigerjunges, sammel die Scherben für den Bericht ein«, sagte Garik ruhig.

Natascha fing an zu weinen.

Nein, nicht aus Angst, obwohl Gariks Ton keinen Zweifel ließ: Sie würden ihre Erinnerung löschen. In die Hände klatschen oder irgendwas anderes tun – und sie löschen. Danach würde sie auf der Straße stehen, in der felsenfesten Überzeugung, die Tür zur Wohnung der Kräuterfrau sei für sie verschlossen geblieben.

Sie weinte und beobachtete, wie auf dem dreckigen Boden ihre Liebe zerfloss.

Durch die offene Tür stürmte jemand vom Hausflur herein. »Kinder, wir kriegen Besuch!«, hörte Natascha eine alarmierte Stimme, drehte sich aber nicht einmal um. Wozu auch? Sie würde ja sowieso alles vergessen. Alles würde sich zerschlagen, in spitzen Scherben zerstieben, im Schmutz zerfließen.

Für immer.

Eins

Morgens reichte die Zeit nie, um fertig zu werden. Ich konnte um sieben Uhr aufstehen oder um sechs. Am Ende würden mir so oder so fünf Minuten fehlen.

Wie das wohl kam?

Ich stand vorm Spiegel und legte eilig Lippenstift auf. Immer dasselbe: Sobald ich mich beeilte, zog ich den Strich nicht gleichmäßig, sondern wie eine Schülerin, die zum ersten Mal heimlich Mamas Lippenstift benutzt. Dann sollte ich es besser ganz sein lassen und ungeschminkt aus dem Haus gehen. Ich habe diesbezüglich keine Vorurteile, bei meinem Aussehen wäre das kein Problem.

»Alja!«

Na bitte.

Auch darauf konnte ich warten!

»Was denn, Mamachen?«, schrie ich und schlüpfte rasch in die Sandaletten.

»Komm mal her, Kleine.«

»Mama, ich hab schon Schuhe an!«, rief ich, während ich das herunterrutschende Riemchen zurechtrückte. »Ich komme zu spät, Mama!«

»Alja!«

Es brachte nichts, Streit anzufangen.

Ich klapperte absichtlich laut mit den Absätzen, als ich in die Küche ging, obwohl ich eigentlich überhaupt nicht wütend war.

Wie nicht anders zu erwarten, saß meine Mutter vor dem laufenden Fernseher, trank eine Tasse Tee nach der anderen und aß Keks um Keks. Was sie wohl an diesen widerlichen dänischen Keksen fand? Dieses schreckliche Zeug! Ganz zu schweigen von den Folgen für die Figur.

»Machst du heute wieder Überstunden, meine Kleine?«, fragte meine Mutter, ohne sich in meine Richtung umzudrehen.

»Weiß ich noch nicht.«

»Alissa, ich weiß nicht, ob du dir das gefallen lassen darfst. Es gibt Arbeitszeiten, und dich bis nachts um eins festzuhalten ...« Meine Mutter schüttelte den Kopf.

»Dafür bezahlen sie mich doch«, sagte ich leichthin.

Jetzt sah meine Mutter mich an. Ihre Lippen zitterten. »Willst du mir einen Vorwurf machen? Ja?«

Meine Mutter wusste ihre Stimme stets gut einzusetzen. Wie eine Schauspielerin. Sie hätte ans Theater gehen sollen.

»Ja, wir leben von deinem Gehalt«, sagte meine Mutter bitter. »Der Staat hat uns nach Strich und Faden betrogen und uns zum Sterben in die Gosse geworfen. Vielen Dank, mein Töchterchen, dass du uns nicht vergisst. Dein Vater und ich sind dir sehr dankbar. Aber du musst uns nicht ewig daran erinnern ...«

»Mama, das wollte ich doch auch nicht. Du weißt genau, Mama, dass mein Arbeitstag keine festen Zeiten hat.«

»Dein Arbeitstag!« Meine Mutter rang die Hände. An ihrem Kinn hing ein Kekskrümel. »Sag doch lieber gleich deine Arbeitsnacht! Wobei uns noch immer schleierhaft ist, was du eigentlich machst!«

»Mam ....«

Natürlich dachte sie nichts dergleichen. Im Gegenteil, sie erzählte ihren Freundinnen immer voller Stolz, was ich für ein mustergültiges und außergewöhnliches Mädchen sei. Sie war heute Morgen einfach auf Streit aus. Vielleicht hatte sie die Nachrichten gesehen und von einer neuen Gemeinheit in unserem Alltag erfahren. Vielleicht hatte sie sich mit meinem Vater verkracht – er war sicherlich nicht ohne Grund so früh aus dem Haus gegangen.

»Außerdem habe ich nicht die Absicht, mit vierzig Großmutter zu werden!«, fuhr meine Mutter übergangslos fort. Doch was hätte sie auch lang Anlauf nehmen sollen? Schon seit langem befürchtete sie, ich würde heiraten und aus dem Haus gehen, sodass sie und mein Vater zu zweit miteinander auskommen mussten. Das heißt, vielleicht müssen sie das auch gar nicht: Ich hatte mir mal die Realitätslinien angeschaut, und es war sehr wahrscheinlich, dass mein Vater sie wegen einer anderen Frau verließ. Er war drei Jahre jünger als meine Mutter ... und im Unterschied zu ihr ließ er sich nicht gehen.

»Du wirst dieses Jahr fünfzig, Mama«, sagte ich. »Jetzt entschuldige, ich hab's eilig.«

Ich war schon in der Diele, als mich der von gerechter Empörung berstende Schrei meiner Mutter erreichte. »Nie willst du mit deiner Mutter mal in Ruhe reden!«

»Es gab eine Zeit, da wollte ich es«, murmelte ich vor mich hin, während ich zur Tür hinausschlüpfte. »Als ich ein Mensch war, wollte ich es. Aber wo warst du damals ...«

Natürlich malte meine Mutter sich jetzt aus, welches Fass sie heute Abend aufmachen würde. Außerdem würde sie davon träumen, meinen Vater in den Streit hineinzuziehen. Bei diesem Gedanken platzte mir echt der Kragen.

Was war das nur für eine Art – einen geliebten Menschen in einen Streit hineinzuziehen? Und meine Mutter liebte ihn! Bis jetzt liebte sie ihn, das wusste ich genau, denn das hatte ich überprüft. Aber sie verstand nicht, dass sie mit ihrem Verhalten in meinem Vater die Liebe zu ihr zerstörte.

Das würde ich nie tun.

Und meiner Mutter würde ich es auch nicht erlauben!

Im Hauseingang war niemand, doch selbst wenn, hätte mich das nicht von meinem Plan abgebracht. Ich drehte mich zur Tür zurück und sah sie auf eine besondere Art an, indem ich die

Augen leicht zusammenkniff. Damit ich meinen Schatten ausmachen konnte.

Meinen wirklichen Schatten. Den, der im *Zwielicht* entsteht.

Das sieht aus, als verdichte sich die Finsternis vor dir. Bis sie völlig undurchdringlich ist, bis sie ein Schwarz annimmt, das eine sternenlose Nacht wie Tag wirken lässt.

Vor dem Hintergrund dieser Dunkelheit hebt sich zitternd eine gräuliche, aufwölkende, weder räumliche noch flache Silhouette ab. Eine Silhouette wie aus dreckiger Watte geschnitten. Oder umgekehrt: Wie wenn man das große Dunkel zerschnitten und in ihm eine Tür ins *Zwielicht* offen gelassen hätte.

Ich machte einen Schritt und trat auf den Schatten, der an mir hochhuschte, meinen Körper einnahm. Und die Welt veränderte sich.

Die Farben verblassten fast völlig. Alles erstarrte in einem grauen, verwaschenen Dunst, wie man es kennt, wenn der Fernseher auf ein Minimum an Farbe und Kontrast eingestellt ist. Die Geräusche dehnten sich, und es senkte sich Stille herab, die nur noch ein kaum wahrnehmbares Brummen durchließ, so leise wie das Rauschen eines fernen Meeres.

Ich war ins *Zwielicht* eingetreten.

Und sah, wie in der Wohnung die Empörung meiner Mutter loderte. Zitronengelb, eine saure Farbe, vermischt mit Selbstmitleid und grellgrünem Groll auf meinen Vater, der mal wieder zu spät zur Garage aufgebrochen war, um am Auto herumzubasteln.

Dann bildete sich über meiner Mutter langsam ein schwarzer Wirbelwind heraus. Ein gut gezielter Fluch, wenn auch noch etwas schwach, à la »Verblöden sollst du auf deiner Arbeit, du undankbares Biest!«, doch immerhin der Fluch einer Mutter. Was ihn besonders effektiv und langlebig machte.

Das lassen wir mal schön bleiben, Mamotschka!

Papa verdankt deinen Bemühungen den ersten Herzinfarkt

mit siebenunddreißig und ist vor drei Jahren einem zweiten nur knapp entkommen – wobei ich für seine Rettung einen Preis zahlen musste, an den ich mich lieber nicht erinnern möchte. Hast du es jetzt auch auf mich abgesehen?

Ich reckte mich mit einer solchen Kraft im *Zwielicht*, dass es in den Schulterblättern schmerzhaft zog. Packte Mamas Bewusstsein, das krampfhaft zuckte und dann erstarrte.

Gut ... machen wir es so ...

Mir brach der Schweiß aus, obwohl es im *Zwielicht* immer kalt ist. Ich gab meine Kraft her, die ich für die Arbeit gebraucht hätte. Dafür erinnerte sich meine Mutter schon im nächsten Moment nicht mehr daran, was sie mir gesagt hatte. Überhaupt war sie rundum zufrieden, dass ich solch ein Arbeitstier war, dass man mich auf der Arbeit schätzte und mochte, dass ich in aller Herrgottsfrühe aus dem Haus ging und erst nach Mitternacht wiederkam.

Gut.

Wahrscheinlich würde die Wirkung nicht lange anhalten, denn ich hatte nicht zu tief ins Bewusstsein meiner Mutter eindringen wollen. Doch ein paar Monate in Ruhe und Frieden dürften mir sicher sein. Und meinem Vater auch, denn ich bin ein Vaterkind und liebe ihn viel stärker als meine Mutter. Nur Kinder haben Schwierigkeiten zu entscheiden, wen sie mehr lieben, Mama oder Papa, Erwachsene haben damit kein Problem.

Zum Schluss knickte ich den halbfertigen schwarzen Wirbel ab – er drang durch die Wand, auf der Suche nach jemandem, an den er sich anheften konnte. Dann atmete ich tief durch. Mit einem kritischen Blick betrachtete ich den Hauseingang.

Ich hatte hier schon lange nicht mehr sauber gemacht. Das blaue Moos wucherte bereits wieder, an unserer Tür übrigens am stärksten. Kein Wunder, so hysterisch wie meine Mutter sich aufführte, fand es immer was zu futtern. Als ich noch ein kleines Mädchen war, habe ich gedacht, die Lichten würden das

Moos züchten, um uns zu ärgern. Später habe ich dann erfahren, dass das blaue Moos ein eingeborener Bewohner des *Zwielichts* ist, ein Parasit, der menschliche Gefühle frisst.

»Eis!«, befahl ich und riss den Arm hoch. Die Kälte konzentrierte sich gehorsam um meine Finger herum, um dann wie eine feste Bürste über die Wände zu kratzen. Die gefrorenen nadelartigen Blättchen des Mooses rieselten auf den Boden und zerfielen im Nu zu Staub.

Richtig so!

Hier bekommst du es mit etwas anderem zu tun als mit den Gedanken der Menschen, von denen du dich sonst ernährst!

Das hier ist echte Kraft – die Kraft einer Anderen.

Ich trat aus dem *Zwielicht* heraus – in der Menschenwelt waren noch nicht mal ein paar Sekunden vergangen – und strich mir das Haar zurecht. Da mir Schweiß auf der Stirn stand, holte ich ein Taschentuch hervor und tupfte ihn ab. Und klar doch: Als ich danach in den Spiegel blickte, konnte ich mich davon überzeugen, dass die Wimperntusche verschmiert war.

Um mich um mein Aussehen zu kümmern blieb mir nun wirklich keine Zeit. Ich warf mir einfach einen leichten Schleier der Attraktivität über, der es keinem Menschen erlauben würde, das ruinierte Make-up zu erkennen. Wir nennen diesen Zauber nach dem traditionellen Gewand muslimischer Frauen »Parandscha« und lassen es uns normalerweise nicht entgehen, einen Anderen im »Parandscha« auszulachen. Trotzdem bedienen sich alle dieses Zaubers. Wenn die Zeit nicht reicht, wenn man unbedingt einen guten Eindruck machen muss, wenn man sich einen Spaß erlauben will. Eine junge Hexe aus Pskow, die nichts anderes hinkriegte, als sich in den »Parandscha« zu hüllen, arbeitet schon seit drei Jahren als Mannequin. Und kommt damit über die Runden. Ihr einziges Pech: Bei Fotos und Videos wirkt der Zauber nicht, weshalb sie keines der unzähligen Angebote, in die Werbung zu kommen, annehmen kann.

Heute hatte sich alles gegen mich verschworen. Der Fahrstuhl brauchte eine Ewigkeit – der zweite funktionierte schon lange nicht mehr –, und als ich aus dem Haus kam, stieß ich mit Witalik zusammen, dem Jungen, der über uns wohnte. Als er mich im »Parandscha« sah, erstarrte er förmlich zur Salzsäule und lächelte einfältig. Seit er dreizehn ist, ist er in mich verliebt, und zwar schwer, unerwidert und wortlos. Was auf meine Unzulänglichkeit zurückgeht, wenn ich ehrlich sein soll. Damals erlernte ich gerade Betörungszauber und wollte sie bei diesem Jungen aus der Nachbarschaft ausprobieren, der mich ohnehin nicht genug anstarren konnte, wenn ich im Badeanzug auf dem Balkon saß und mich sonnte. Also habe ich an ihm geübt! Dabei habe ich die Begrenzungsfaktoren übersehen. Sodass er sich ein für alle Mal in mich verliebt hat. Wenn er mich längere Zeit nicht sieht, lässt sein Gefühl etwas nach, doch ich brauche ihm nur kurz zu begegnen – und schon geht alles von vorn los. Glück in der Liebe wird er jedenfalls nie finden.

»Witalik, ich hab's eilig«, sagte ich lächelnd.

Doch er hatte sich bereits vor mir aufgebaut und blockierte meinen Weg. Dann wagte er ein Kompliment. »Du siehst heute wunderschön aus, Alissa.«

»Danke.« Ich schob ihn sanft beiseite und spürte, wie mein Nachbar erbebte, als mein Arm seine Schulter berührte. Sicherlich würde er sich eine Woche an diese Berührung erinnern ...

»Ich habe meine letzte Prüfung bestanden, Alissa!«, rief er mir schnell nach. »Das war's, jetzt bin ich Student!«

Ich drehte mich um und sah ihn mir aufmerksam an.

Dieser Konsument von Antipickelcreme hegte doch wohl nicht etwa irgendwelche Illusionen? Hoffte er etwa, wenn er ein Studium aufnimmt, sein »Erwachsenenleben« beginnt, kann er irgendetwas von mir wollen?

»Um die Armee drückst du dich also?«, fragte ich. »Die Männer sind auch nicht mehr das, was sie mal waren. Alles Waschlappen. Keiner mehr, der dienen will, Lebenserfahrung sammeln und danach studieren.«

Langsam erstarb sein Lächeln. Ein Bild für die Götter!

»Tschüss, Witalka«, sagte ich. Und sprang aus dem Haus hinaus in die drückende sommerliche Hitze. Meine Laune hatte sich jedoch etwas gehoben.

Es ist immer komisch, diese verliebten Jüngelchen zu beobachten. Mit ihnen zu flirten ist langweilig, mit ihnen ins Bett zu gehen widerlich, aber sie zu beobachten ist das reinste Vergnügen. Irgendwann muss ich ihm mal einen Kuss geben ...

Übrigens war schon eine Minute später jeder Gedanke an meinen verliebten Nachbarn verpufft. Mit ausgestrecktem Daumen stellte ich mich an den Straßenrand. Das erste Auto fuhr an mir vorbei – der Fahrer verschlang mich zwar mit Blicken, doch neben ihm saß seine Frau. Das nächste Auto hielt an.

»Ich muss ins Zentrum«, sagte ich, wobei ich mich etwas zum Fenster hinunterbeugte. »In die Maneshnaja.«

»Steigen Sie ein.« Der Fahrer, ein etwa vierzigjähriger Mann mit hellbraunem Haar und intelligentem Aussehen, beugte sich herüber und öffnete die Tür. »Eine so attraktive Frau kann ich doch nicht stehen lassen.«

Ich schlüpfte auf den Beifahrersitz des alten Shiguli, eines »Neuner«, und ließ das Fenster ganz herunter. Wind peitschte mir ins Gesicht. Wenigstens eine gewisse Erleichterung.

»Mit der Metro wären Sie schneller da«, gab der Fahrer ehrlich zu bedenken.

»Die mag ich nicht.«

Der Fahrer nickte. Er gefiel mir, glotzte nicht zu sehr – obwohl ich es mit dem »Parandscha« vermutlich etwas übertrieben hatte. Das Auto war gepflegt. Außerdem hatte er schöne Hände. Kräftige Hände, die locker, aber sicher auf dem Lenkrad ruhten.

Schade, dass ich keine Zeit hatte.

»Kommen Sie zu spät zur Arbeit?«, erkundigte sich der Fahrer. Er siezte mich, aber auf eine sehr persönliche, intime Weise.

Ob ich ihm meine Telefonnummer geben sollte? Inzwischen bin ich eine freie Frau, kann machen, was mir gefällt.

»Ja.«

»Und was machen so schöne Frauen wie Sie?« Das war kein Versuch, mich anzubaggern oder mir ein Kompliment zu machen, sondern eher echte Neugier.

»Was die anderen machen, weiß ich nicht. Aber ich arbeite als Hexe.«

Er lachte.

»Eine Arbeit wie jede andere ...« Ich holte meine Zigaretten und das Feuerzeug heraus. Da mich der Fahrer kurz mit einem missbilligenden Blick ansah, fragte ich gar nicht erst um Erlaubnis. Sondern zündete mir gleich eine an.

»Und was hat eine Hexe so für Aufgaben?«

Wir bogen in die Russakowskaja, und der Fahrer gab Gas. Vielleicht kam ich doch noch pünktlich?

»Kommt ganz darauf an«, meinte ich ausweichend. »Vor allem bieten wir den Kräften des Lichts paroli.«

Der Fahrer nahm offenbar als Spiel, was alles andere als ein Spiel war.

»Du stehst also auf der Seite der Finsternis?«

»Des Dunkels.«

»Das ist stark. Ich kenne auch eine Hexe. Meine Schwiegermutter.« Der Fahrer lachte. »Aber sie ist Gott sei Dank schon in Rente. Und was hast du gegen die Kräfte des Lichts?«

Heimlich überprüfte ich seine Aura. Nein, alles in Ordnung – er war ein Mensch.

»Sie stören. Sagen Sie doch mal, was ist für Sie das Wichtigste im Leben?«

Der Fahrer dachte kurz nach. »Das Leben. Und das mich niemand stört zu leben.«

»Ganz genau«, stimmte ich ihm zu. »Jeder möchte frei sein, oder etwa nicht?«

Er nickte.

»Und wir, die Hexen, kämpfen für diese Freiheit. Für das Recht eines jeden, das zu tun, was er möchte.«

»Und wenn ein Mensch etwas Böses möchte?«

»Das ist sein Recht.«

»Aber wenn er dabei das Recht anderer Menschen verletzt? Sonst könnte ich ja jetzt einfach jemanden über den Haufen fahren und sein Recht verletzen.«

Mich amüsierte das. Wir führten hier die fast klassische Diskussion zum Thema »Was ist das Licht und was ist das Dunkel«. Und sowohl wir, die Dunklen, wie auch diejenigen, die sich selbst die Lichten nennen, unterziehen die Novizen diesbezüglich einer Gehirnwäsche.

»Wenn jemand versucht, deine Rechte zu verletzen, hindere ihn daran. Das ist dein Recht.«

»Alles klar. Das Gesetz des Dschungels. Das Recht des Stärkeren.«

»Stärker, schlauer, weitblickender. Und das ist keineswegs das Gesetz des Dschungels, sondern das Gesetz des Lebens. Oder sehen Sie da wirklich einen Unterschied?«

Der Fahrer dachte kurz nach und schüttelte den Kopf.

»Nein, seh ich nicht. Das heißt, ich hätte jetzt das Recht, irgendwohin zu fahren, mich auf Sie zu stürzen und Sie zu vergewaltigen?«

»Sind Sie sicher, dass Sie stärker sind als ich?«, fragte ich.

Wir hielten gerade an einer Kreuzung, und der Fahrer sah mich aufmerksam an. »Nein ...«, meinte er kopfschüttelnd. »Da bin ich mir nicht sicher. Aber wenn ich nicht über Frauen herfalle, so doch nicht deshalb, weil sie sich wehren könnten!«

Er wurde leicht nervös. Obwohl wir anscheinend nur herumsponnen, spürte er, dass mehr dahinter steckte.

»Deshalb und weil Sie im Gefängnis landen könnten«, sagte ich. »Das ist alles.«

»Nein«, widersprach er fest.

»Doch.« Ich lächelte. »Genau deshalb. Sie sind doch ein normaler, gesunder Mann, und Ihre Reaktionen sind völlig adäquat. Aber es gibt ein Gesetz, und deshalb ziehen Sie es vor, nicht über Frauen herzufallen, sondern sie erst zu umgarnen.«

»Eine Hexe ...«, brummelte der Fahrer mit einem schiefen Lächeln. Dann drückte er das Gaspedal durch.

»Genau«, bestätigte ich. »Denn ich sage die Wahrheit und verrenk mir nicht die Seele. Jeder möchte in Freiheit leben. Das tun, was ihm gefällt. Immer gelingt das natürlich nicht, denn jeder hat seine eigenen Wünsche, aber trotzdem versucht jeder genau das. Aus diesen Konflikten heraus entsteht dann auch die Freiheit! Eine harmonische Gesellschaft, in der jeder alles bekommen möchte, auch wenn er sich mit den Wünschen anderer arrangieren muss.«

»Und wo bleibt die Moral?«

»Was für eine Moral?«

»Die allgemein menschliche.«

»Was für eine?«, fragte ich.

Es gibt nichts Besseres, als einen Menschen mit der Forderung, seine Frage präzise zu formulieren, in eine Sackgasse zu treiben. Die Menschen denken in der Regel nicht über den Sinn der Wörter nach, die sie in den Mund nehmen. Sie glauben, Wörter gäben die Wahrheit wieder, meinen, unter dem Wort »rot« stelle sich jeder Mensch eine reife Himbeere vor, aber nicht fließendes Blut, während das Wort »Liebe« alle an die Sonette Shakespeares und nicht an erotische *Playboy*-Filme denken lasse. So geraten sie in eine Sackgasse, wenn das gewählte Wort nicht die gewünschte Reaktion auslöst.

»Es gibt doch wohl Grundlagen«, meinte der Fahrer. »Dogmen. Tabus. So was ... wie ... Gebote.«

»Zum Beispiel?«, wollte ich wissen.

»Du sollst nicht stehlen.«

Ich lachte los. Der Fahrer lächelte ebenfalls.

»Du sollst nicht begehren deines Nächsten Weib.« Jetzt lächelte er bereits von sich aus.

»Klappt das?«, fragte ich.

»Je nachdem.«

»Selbst das *nicht begehren* klappt? Haben Sie Ihre Instinkte derart gut unter Kontrolle?«

»Hexe!«, sagte der Fahrer genüsslich. »Also gut, ich beichte ...«

»Zu beichten ist nicht nötig!«, unterbrach ich ihn. »Das ist normal. Das ist die Freiheit! Ihre Freiheit. Sowohl zu stehlen ... als auch zu begehren.«

»Du sollst nicht töten!«, parierte der Fahrer. »Was ist damit? Was sagst du jetzt? Das ist ein allgemein menschliches Gebot!«

»Es heißt aber auch: *Du sollst das Böcklein nicht in der Milch seiner Mutter kochen*. Sehen Sie fern oder lesen Zeitung?«, fragte ich.

»Manchmal. Und ohne jedes Vergnügen.«

»Warum nennen Sie dann *Du sollst nicht töten* ein Gebot? Du sollst nicht töten ... Heute morgen haben sie berichtet, dass man im Süden drei weitere Geiseln genommen hat und Lösegeld fordert. Allen dreien ist bereits ein Finger abgeschnitten worden, um die Ernsthaftigkeit der Forderung zu unterstreichen. Eine der Geiseln ist, nebenbei bemerkt, ein dreijähriges Mädchen. Ihr hat man übrigens auch einen Finger abgeschnitten.«

Die Finger des Fahrers, die das Steuer hielten, verkrampften sich, wurden weiß.

»Diese Schweine ...«, zischte er. »Diese Entarteten. Ich habe es gehört, ja ... Aber das sind Dreckskerle, Unmenschen, nur die sind zu so etwas fähig! Mit meinen eigenen Händen könnte ich jeden Einzelnen von ihnen erwürgen ...«

Ich schwieg. Die Aura des Fahrers loderte purpurrot auf. Wenn er jetzt bloß keinen Unfall baute. Er hatte sich kaum noch unter Kontrolle. Zu genau hatte ich ins Ziel getroffen: Er hatte selbst eine kleine Tochter ...

»Öffentlich aufhängen sollte man die!«, zeterte er weiter. »Mit Napalm abfackeln!«

Ich schwieg. Und erst als der Fahrer allmählich verstummte, fragte ich: »Und wo bleiben dann Ihre allgemein menschlichen Gebote? Wenn Sie jetzt ein Maschinengewehr in Händen hätten, würden Sie die Kerle ohne zu zögern abknallen.«

»Für entartete Bestien gelten überhaupt keine Gebote!«, blaffte der Fahrer. Wo war nur seine ruhige Intelligenz geblieben? Energieströme sprudelten auf allen Seiten aus ihm heraus – und ich saugte sie auf, um rasch die heute Morgen verlorene Kraft zu erneuern.

»Selbst Terroristen sind keine entarteten Bestien«, sagte ich. »Sie sind Menschen. Wie Sie einer sind. Und für Menschen gibt es keine Gebote. Das ist eine wissenschaftlich erwiesene Tatsache.«

Je mehr ich von der aus ihm austretenden Energie aufnahm, desto stärker beruhigte sich der Fahrer. Das würde natürlich nicht lange anhalten. Bis heute Abend würde sich sein Zorn wieder hochgeschaukelt, die Wut ihn wieder gepackt haben. Das ist wie mit einem Brunnen. Selbst wenn man das Wasser schnell aus ihm herausschöpft, füllt er sich wieder nach.

»Trotzdem haben Sie Unrecht«, entgegnete er etwas ruhiger. »Die Logik ist auf Ihrer Seite, sicher ... Aber wenn wir uns heute mit dem Mittelalter vergleichen, dann hat die Moral doch unbedingt zugenommen.«

»Hören Sie doch damit auf!« Ich schüttelte den Kopf. »Was heißt das: ›zugenommen‹ ... Selbst in den Kriegen gab es damals einen strengen Ehrenkodex. Krieg bedeutete damals noch wirklich Krieg, und die Könige zogen mit ihrem Heer in den Kampf, wobei sie Thron und Kopf riskierten. Aber heute? Da will ein großes Land ein kleines unterwerfen, also schickt es drei Monate lang seine Bomben über das Land und wird damit nebenbei noch seine veraltete Munition los. Nicht einmal die Soldaten riskieren dabei ihr Leben! Genauso gut könnten Sie auf den Gehsteig fahren und die Fußgänger umhauen wie Kegel.«

»Der Ehrenkodex galt nur unter Aristokraten«, widersprach

der Fahrer scharf. »Die einfachen Menschen sind massenhaft umgekommen.«

»Soll sich daran heute tatsächlich etwas geändert haben?«, fragte ich. »Wenn ein Oligarch einen Konflikt mit einem anderen austrägt, wird ein bestimmter Ehrenkodex beachtet! Denn sowohl der eine wie der andere verfügt über Dummköpfe, die für ihn die Drecksarbeit machen, beide haben Materialien, mit denen sie den anderen kompromittieren können, irgendwo gibt es gemeinsame Interessen, irgendwo verwandtschaftliche Beziehungen. Das ist die gleiche Aristokratie wie früher! Dieselben Könige, die wie die Maden im Speck leben. Während die einfachen Menschen für sie Vieh sind. Eine Hammelherde, die man schert, um Profit zu machen. Aber manchmal bringt es eben mehr ein, sie zu schlachten. Es gab nie Gebote, es gibt sie auch jetzt nicht!«

Der Fahrer verstummte.

Und ließ auch danach kein Wort mehr fallen. Wir bogen von der Kamergerski-Gasse in die Twerskaja, und ich sagte ihm, wo er mich rauslassen solle. Bezahlte und gab ihm absichtlich mehr als nötig. Erst da fand der Fahrer seine Sprache wieder.

»Nie wieder nehme ich eine Hexe mit«, brachte er mit schiefem Lächeln hervor. »Das ist zu nervig. Nie hätte ich gedacht, dass mir ein Gespräch mit einer schönen Frau derart die Laune vermiesen kann.«

»Entschuldigen Sie.« Ich lächelte sanft.

»Frohes ... Schaffen.« Er schlug die Tür zu und fuhr scharf an.

Das konnte doch nicht wahr sein! Obwohl mich bisher noch niemand für eine Prostituierte gehalten hatte, war er offenbar dieser Ansicht gewesen. Das kam alles vom »Parandscha« ... Und natürlich von meinem Bezirk.

Dafür hatte ich die heute Morgen vergeudete Kraft mehr als erneuert. Ein herausragender Spender, dieser Fahrer, dieser kluge, intelligente und starke Mann. Besser bekam ich das nur ... nur mit Hilfe des Kraftprismas hin.

Bei der Erinnerung daran erzitterte ich.

Wie dumm ... wie unglaublich dumm damals alles gelaufen war.

Mein ganzes Leben war den Bach runtergegangen. Alles hatte ich verloren – in einem einzigen kurzen Moment.

›Du gierige Idiotin!‹

Nur gut, dass kein Mensch jetzt den tatsächlichen Ausdruck auf meinem Gesicht sehen konnte. Es sah bestimmt genauso dämlich aus wie das meines jungen Nachbarn.

Gut, geschehen ist geschehen. Die Vergangenheit kehrt nicht wieder. Weder meine berufliche Stellung noch ... noch Sebulons Zuneigung. Natürlich war ich selbst schuld an allem. Und hätte eigentlich froh sein sollen, dass Sebulon mich nicht den Lichten ausgeliefert hatte.

Er liebte mich. Und ich liebte ihn – es wäre geradezu komisch, wenn sich eine junge, unerfahrene Hexe nicht in den Chef der Tagwache verlieben würde, sofern dieser sie plötzlich mit einem geneigten Blick bedachte ...

Ich ballte die Fäuste so fest zusammen, dass sich die Nägel in die Haut bohrten. Ich hatte den Boden unter den Füßen zurückgewonnen. Hatte den letzten Sommer überlebt. Allein das Dunkel weiß, wie, aber ich hatte ihn überlebt.

Und nun wollte ich nicht mehr an die Vergangenheit denken, sondern mir den Rotz abwischen und damit aufhören, nach Sebulons Aufmerksamkeit zu jiepern. Seit dem Hurrikan im letzten Jahr, der am Tag meiner beschämenden Gefangennahme ausgebrochen war, hatte er nie wieder mit mir gesprochen. Und würde auch die nächsten hundert Jahre nicht mit mir reden, davon war ich überzeugt.

Hinter mir surrten plötzlich Reifen, als ein langsam am Straßenrand entlangfahrendes Auto stehen blieb. Ein guter Wagen, ein Volvo, der ganz bestimmt nicht vom Schrottplatz stammte. Eine kahl geschorene, selbstgefällige Fresse lehnte sich heraus. Sah mich an, ging in einem zufriedenen Lächeln auf. »Wie viel?«, presste der Typ hervor.

Ich erstarrte.

»Für zwei Stunden – wie viel?«, präzisierte der glatzköpfige Idiot.

Ich sah mir die Nummer an. Keine Moskauer. Natürlich nicht.

»Die Prostituierten stehen weiter unten, du Schwachkopf«, sagte ich mit zärtlichster Stimme. »Verpiss dich!«

»Tu doch nicht so, als ob du nie die Beine breit machst«, zischte der enttäuschte Schwachkopf, der trotz allem versuchte, sein Gesicht zu wahren. »Guck doch mal, ich habe heute die Spendierhosen an.«

»Halt dein Geld zusammen«, riet ich ihm und schnippte mit den Fingern. »Du brauchst es noch, du musst nämlich deine Karre flottmachen.«

Ich drehte ihm den Rücken zu und ging gemächlich auf das Gebäude zu. Meine Handfläche schmerzte leicht vom Rückstoß. Der »Gremlin« ist ein einfacher Fluch, doch ich wirke ihn nur selten. Unter der Motorhaube des neuen Volvo krabbelte jetzt ein körperloses Wesen herum, genauer gesagt kein Wesen, sondern ein Energieklumpen, voller Leidenschaft, jedwede Technik zu zerstören.

Wenn alles perfekt klappte, bedeutete dies das Ende des Motors. Wenn nicht, würden immerhin die ach so feine Elektrik, der Vergaser, die Ventilatoren sowie verschiedene Zahnräder und Riemen ihren Geist aufgeben, mit denen das Innere des Autos voll gestopft war. Ich hatte mich nie dafür interessiert, was alles in einem Auto steckte, sondern kannte nur den groben Aufbau. Doch die Wirkung des ›Gremlins‹ kann ich mir bestens vorstellen.

Der enttäuschte Typ fuhr, ohne sich lang mit Geschimpfe aufzuhalten, bereits weiter. Ob er sich wohl an meine Worte erinnern würde, wenn seine Karre langsam verreckte? Sicherlich. Dann würde er »Verdammte Hexe!« schreien.

Ohne zu wissen, wie richtig er damit lag.

Der Gedanke daran erheiterte mich zwar, aber trotzdem war der Tag hin. Unwiderruflich.

Fünf Minuten zu spät zur Arbeit, dazu noch der Streit mit meiner Mutter und dieser Schwachkopf im Volvo ...

Mit diesen Gedanken ging ich an den funkelnden, prächtigen Schaufenstern eines Geschäfts vorbei, hob meinen Schatten vom Boden – was ein Reflex war, ich dachte nicht einmal darüber nach – und betrat das Gebäude durch eine Tür, die normale Menschen nicht sehen können.

Das Hauptquartier der Lichten liegt in der Nähe der Metrostation Sokol und ist als normales Büro getarnt. Wir haben uns eine weit renommiertere Adresse gesucht und uns auch eine originellere Tarnung einfallen lassen. In dem Gebäude gibt es sieben Etagen mit Wohnungen und im Parterre die selbst für Moskauer Verhältnisse prächtigen Geschäfte – plus drei weitere Stockwerke, von denen niemand etwas ahnt. Das Haus wurde von vornherein als Residenz der Tagwache erbaut, und die die eigentliche Fassade des Hauses verbergenden Zauber sind in die Ziegel und Steine der Mauern gelegt worden. Die Bewohner des Hauses – in der Regel ganz gewöhnliche Menschen – verspüren vermutlich ein seltsames Gefühl, wenn sie mit dem Fahrstuhl nach oben fahren. Als ob es vom Parterre zum ersten Stock zu lange dauerte ...

Und tatsächlich braucht der Fahrstuhl länger als normalerweise. Denn der erste Stock ist in Wirklichkeit der zweite, der eigentliche zweite unsichtbar, dort befinden sich die Räume der Wachhabenden, das Waffenlager und der technische Dienst. Zwei weitere Stockwerke von uns krönen das Gebäude, und auch von ihnen weiß kein Mensch etwas. Ein Anderer dagegen, der über ausreichend Kraft verfügt, kann durchs *Zwielicht* blicken und den strengen schwarzen Granit der Mauern und die Bögen der Fenster sehen, vor die fast immer schwere dichte Gardinen gezogen sind. Vor etwa zehn Jahren hat man im Haus eine Klimaanlage eingebaut, sodass im schwarzen Stein jetzt absurde geschlitzte Kästen des Split-Systems prangen. Früher regulierten wir das Klima durch Magie, doch wozu sollen wir diese so verschwenden, wenn Elektrizität wesentlich billiger ist.

Irgendwann habe ich mal ein Foto unseres Büros gesehen, das ein geschickter Magier durchs *Zwielicht* aufgenommen hatte. Ein atemberaubender Anblick! Eine belebte Straße, über die elegant gekleidete Menschen gehen, über die Autos fahren. Die Schaufenster ... die Fenster ... aus einem Fenster schaut eine würdevolle alte Frau heraus, in einem anderen sitzt eine Katze, eine unzufriedene, düstere Katze, denn Tiere spüren unsere Anwesenheit sehr gut ... Und parallel zu all dem zwei Eingänge von der Twerskaja aus, der eine davon offen. In der Tür steht ein junger Vampir vom Wachdienst, der sich gerade die Nägel feilt. Direkt über den Geschäften funkeln ein Streifen aus schwarzem Stein und die glutroten Vierecke der Fenster ... Die beiden obersten Stockwerke wirken, als sei dem Gebäude eine schwere Steinmütze aufgestülpt worden.

Diese Fotografie müsste man mal den Bewohnern zeigen! Sie alle wären sich vermutlich einig: eine ungeschickte Fotomontage! Ungeschickt, weil das Gebäude einfach zu absurd aussah ... Als zwischen Sebulon und mir noch eitel Sonnenschein herrschte, fragte ich ihn einmal, warum unser Büro derart seltsam untergebracht sei, so eingequetscht in die Wohnungen der Menschen? Der Chef schmunzelte und erklärte mir, dies erschwere den Lichten jeden nur denkbaren Angriff – denn in einem Kampf könnten auch unschuldige Menschen sterben. Natürlich schonen die Lichten die Menschen ebenfalls nicht. Doch sie müssen allerlei pharisäerhafte Ausflüchte für ihr Verhalten finden, weshalb sieben Stockwerke mit Wohnungen einen soliden Schild darstellen.

Der winzige Kontrollraum im Parterre, wo zwei Fahrstühle (von denen die Mieter auch nichts wussten) und eine Feuertreppe ihren Anfang nehmen, wirkte leer. Weder am Tisch saß jemand noch in dem Sessel vorm Fernseher. Erst eine Sekunde später entdeckte ich die beiden vorgeschriebenen Posten. Ein Vampir, der, glaube ich, Kostja hieß und der Tagwache noch nicht lange angehörte. Und der Werwolf Witali, angeworben aus Kostroma, der allerdings schon seit eh und je bei uns arbeitet. Beide Wachleute kauerten wie gebannt in einer Ecke. Witali kicherte leise. Kurz huschte mir ein ziemlich dämlicher Grund für dieses seltsame Verhalten durch den Kopf.

»Was macht ihr denn da, Jungs?«, fragte ich in scharfem Ton. Mit Vampiren und Werwölfen darf man nicht viel Federlesens machen. Sie sind primitive Arbeitssklaven, diese Vampire – wie alle Untoten. Aber sie glauben allen Ernstes, nicht schlechter als Magier oder Hexen zu sein!

»Komm her, Aliska!« Ohne sich umzudrehen, winkte Witali mich zu sich. »Hier gibt's echt was zu sehen!«

Kostja richtete sich abrupt auf und trat irgendwie leicht gequält zur Seite.

Ich ging näher heran. Und blieb verwundert wie angewurzelt stehen.

Um Witalis Beine herum huschte eine kleine graue Maus. Mal erstarrte sie, mal sprang sie hoch, mal fing sie an zu fiepen und verzweifelt mit den kleinen Pfoten in die Luft zu trommeln. Im ersten Moment begriff ich gar nichts, dann kam ich auf die Idee, durchs *Zwielicht* zu blicken.

Aha.

Neben der in ihrer Panik gefangenen Maus sprang ein kräftiger Kater mit glänzendem Fell herum. Er streckte die Tatze nach der Maus aus, schnappte mit dem Maul nach ihr. Natürlich war das nur eine Sinnestäuschung, noch dazu eine primitive, ausschließlich für den Nager geschaffene.

»Wollen doch mal sehen, wie lange das Vieh durchhält!«, meinte Witali voller Begeisterung. »Ich wette, dass es in einer Minute vor Angst stirbt.«

»Ach ja«, sagte ich wütend. »Alles klar. Wir amüsieren uns ein bisschen? Lassen den Jagdinstinkten freien Lauf?«

Ich streckte die Hand aus und packte die vor Angst erstarrte Maus. Das winzige Wollknäuel zitterte auf meinem Handteller, ich pustete es leicht an und sprach das notwendige Wort. Die Maus hörte auf zu zittern, streckte sie sich auf meiner Hand aus und schlief ein.

»Hast du Mitleid mit dem Ding, oder was?«, fragte Witali leicht gekränkt. »Bei deinem Beruf solltest du solche Viecher bei lebendigem Leibe im Kessel kochen, Aliska!«

»Für ein paar Zauber bräuchte ich sie tatsächlich«, räumte ich ein. »Aber es gibt auch welche, für die die Leber eines Werwolfs notwendig ist, der bei Vollmond erschlagen wurde.«

Die Augen des Werwolfs loderten böse auf, aber er hüllte sich in Schweigen. Sein Rang erlaubte es ihm nicht, sich mit mir zu streiten Selbst wenn ich nur eine einfache Patrouillenhexe bin – er bleibt ein gedungener Werwolf.

»Also, Jungs, dann nennt mir doch mal das vorgeschriebene Vorgehen für den Fall, dass auf dem Gelände Nager, Kakerlaken, Fliegen und Mücken gesichtet werden«, meinte ich gelangweilt.

»Das Rattenbekämpfungsamulett ist zu aktivieren«, gab Witali ungern zu. »Wenn festgestellt wird, dass ein Tier immun gegen die Wirkung des Amuletts ist, ist Wachsamkeit zu beweisen, das Tier zu fangen und dem wachhabenden Magier zur Kontrolle zu übergeben ...«

»Du weißt es also ... Das heißt, von Vergesslichkeit kann hier keine Rede sein. Habt ihr das Amulett aktiviert?«, fragte ich.

Der Werwolf schielte zum Vampir hinüber. Und wandte dann den Blick ab. »Nein.«

»Klarer Fall von Nichterfüllung der Dienstvorschriften. Als Ranghöchster von euch beiden wirst du verwarnt. Du wirst das dem Wachhabenden mitteilen.«

Der Tiermensch schwieg.

»Wiederholen Sie das, Wachmann.«

Er verstand, dass es dumm wäre, sich zu widersetzen, und wiederholte meine Worte.

»Und jetzt macht euch an die Erfüllung eurer Pflicht ...« Damit ging ich zum Fahrstuhl, die schlafende Maus in der Hand.

»Guten Appetit ...«, brummte mir der Werwolf hinterher. Diese Wesen wissen einfach nicht, was Disziplin ist – die Tierhälfte in ihnen ist zu stark.

»Ich hoffe, dass du in einem richtigen Kampf wenigstens halb so tapfer sein wirst wie diese kleine Maus«, entgegnete ich, während ich den Fahrstuhl betrat. Als ich Kostjas Blick auffing, kam es mir so vor, als ob der junge Vampir aufgewühlt und wohl auch erleichtert schien, dass der grausame Spaß vorbei war.

In meiner Abteilung erregte mein Erscheinen mit einer Maus in der Hand einiges Aufsehen.

Anna Lemeschewa, unsere Schichtleiterin, wollte gerade ihre übliche Tirade über die Jugend vom Stapel lassen, die keine Disziplin mehr kenne. »Unter Stalin hätte man dich für eine fünfminütige Verspätung nach Kolyma geschickt, ins Lager, zum Kräuterkochen ...« In dem Moment sah sie das Mäuschen und erstarrte. Lenka Kirejewa kreischte auf und schrie: »Ach, wie niedlich.« Jeanne Gromowa kicherte und fragte, ob ich vorhabe, ein Diebeselixier zu brauen, für das gekochte Maus unverzichtbar ist, und was ich danach klauen wollte. Olja Melnikowa hörte auf, ihre Nägel zu lackieren, und gratulierte mir zur erfolgreichen Jagd.

Ich legte die Maus mit einer Miene vor mir auf den Tisch, als käme ich nie ohne frische Maus zur Arbeit, und erzählte dann von dem Streich der beiden Wachleute.

»Bist du deshalb zu spät gekommen?«, fragte Anna kopfschüttelnd.

»Auch deshalb«, gab ich ehrlich zu. »Ich hatte furchtbares Pech mit den öffentlichen Verkehrsmitteln, Anna Tichonowna. Und dann noch diese gelangweilten Nichtsnutze!«

Anna Lemeschewa war eine alte und erfahrene Hexe, da sollte man sich durch ihr jugendliches Aussehen nicht täuschen lassen. Sie war etwa hundert Jahre alt und hatte genug gesehen, als dass ihr der Spaß mit der Maus noch sonderlich grausam vorkommen konnte.

»Diese Tiermenschen haben keine Ahnung, was Dienst ist«, meinte sie dennoch mit zusammengekniffenen Lippen. »Als wir vor Reval standen, hieß es bei uns nur: *Nimmst du einen Tiermenschen in die Wache, gib ihm gleich eine Hexe zur Aufsicht.* Was wäre denn passiert, wenn ein Überfallkommando der Lichten genau in dem Moment hereingestürmt wäre, als die beiden Wachleute nur Augen für die Maus hatten? Die Maus hätte doch absichtlich von den Lichten ausgesetzt worden sein können. Empörend ist das. Ich glaube, du hättest eine strengere Strafe fordern sollen, Alissa.«

»Die Knute«, sagte die Kirejewa leise. Sie schüttelte ihre Mähne roten Haars. Haare wie Lenka müsste man haben. Der einzige Trost: Alles andere an ihr beschwor gewiss keinen Neid herauf.

»Ja, die Bestrafung mit der Knute sollte ruhig wieder angewendet werden«, erwiderte Anna kalt. »Wirf das Ding aus dem Fenster, Alissa.«

»Das muss doch nicht sein«, widersprach ich. »Wegen solcher blöden Sachen entsteht dann im Bewusstsein der Allgemeinheit das verzerrte Bild der Dunklen! Übeltäter, Sadisten, Bestien ... Warum sollen wir die Maus quälen?«

»Es setzt etwas Energie frei«, sagte Olja, während sie den Nagellack zuschraubte. »Aber nur gaaanz wenig ...«

Sie fuchtelte mit den Händen in der Luft herum.

»Tolle Freisetzung!«, schnaubte Jeanne amüsiert. »Die beiden brauchten so viel Kraft, um die imaginäre Katze zu schaffen, dass man ein Kilo Mäuse quälen müsste!«

»Berechnen wir's doch«, schlug Olja vor. »Wenn wir diese Maus quälen, messen wir den Gesamtausstoß an Kraft ... wir brauchen nur noch eine Waage.«

»Was seid ihr doch ...«, meinte Lena wütend. »Aber du hast dich klasse verhalten, Aliska! Kann ich die Maus vielleicht haben?«

»Wozu?«, fragte ich eifersüchtig.

»Ich schenk sie meiner Tochter. Sie ist ein kleiner Mensch von sechs Jahren, da wird es Zeit, dass sie sich um jemanden kümmert, für jemanden sorgt. Für Mädchen ist das genau das Richtige.«

Einen Moment lang lastete eine unangenehme Stille über uns. Sicher, das war ganz normal. Nur selten bekommt ein Anderer auch ein Kind mit den Fähigkeiten eines Anderen. Sehr selten. Die Vampire haben's leichter – sie können ihr Kind initiieren –, die Tiermenschen auch, denn ihre Kinder erben fast immer ihre Fähigkeit, sich zu verwandeln. Aber wir und auch die Lichten haben kaum Chancen. Auch Lena hat es nicht geschafft. Obwohl ihr Mann ein Dunkler Magier ist, ein ehemaliger Mitarbeiter der Tagwache, der jetzt wegen einer Verletzung pensoniert und Geschäftsmann geworden ist.

»Mäuse leben nicht sehr lange«, bemerkte Olja. »Das gibt dann ein Geheule ...«

»Keine Sorge, bei mir wird sie schon lange leben.« Lena schmunzelte. »Mindestens zehn Jahre. Dafür werden Pawel und ich schon sorgen.«

»Dann nimm sie!« Mit einer großzügigen Geste wies ich auf die Maus. »Irgendwann komm ich mal zu dir zu Besuch.«

»Hast du sie stark betäubt?«, fragte Lena, während sie die Maus beim Schwanz hochhob.

»Bis heute Abend schläft sie mit Sicherheit.«

»Gut.«

Sie trug die Maus zu ihrem Tisch, kippte die Disketten aus einer Pappschachtel und legte das Tier hinein.

»Du musst einen Käfig kaufen«, riet Olga, die sich an ihren manikürten Nägeln ergötzte. »Oder ein Aquarium. Wenn sie abhaut, zernagt sie dir alles und kackt überall hin.«

Nachdenklich verfolgte Anna Tichonowna das Geschehen. Dann klatschte sie in die Hände. »Also, Mädchen«, rief sie. »Jetzt haben wir uns genug amüsiert. Das unglückliche Tier ist gerettet und hat ein neues Zuhause. Geschniegelt und gestriegelt sind wir auch. Jetzt beginnen wir mit den Instruktionen.«

Unsere Leiterin ist zwar sehr streng, aber nicht grausam. Ohne Grund treibt sie niemanden an, außerdem gönnt sie uns unseren Spaß, und im Notfall kriegst du auch mal frei. Sobald es jedoch um die Arbeit geht, solltest du ihr nicht widersprechen.

Die anderen Frauen gingen zu ihren Tischen. Unser Zimmer ist winzig, denn letztendlich war das Gebäude nicht für die heutige Zahl von Mitarbeitern geplant. Hier passten mal gerade vier kleine Tische für uns rein, dazu ein großer, den Anna Tichonowna mit Beschlag belegt hatte. Irgendwie erinnerte mich unser Zimmer immer an eine Schulklasse in einem winzigen Dorf, eine Klasse für vier Mädchen und eine Lehrerin.

Die Lemeschewa wartete, bis alle ihre Computer angestellt hatten und im Netz waren, um dann mit gut intonierter Stimme anzufangen. »Heute wollen wir eine völlig durchschnittliche Aufgabe bearbeiten: die Patrouillengänge im Südosten Moskaus. Wählt euch einen von den freien Fahndern als Partner, mit dem ihr auf Streife geht.«

Wir gehen immer als Paar auf Patrouille, meist eine Hexe und ein Tiermensch oder Vampir. Wenn eine Verstärkung der Streifen befohlen ist, bilden an Stelle der üblichen Fahnder Hexer oder rangniedere Magier mit uns ein Paar. Aber das kommt nur selten vor.

»Lenotschka, du übernimmst Wychino und Ljublino ...«

Die Kirejewa, die heimlich am Rechner eine Patience gelegt hatte, fuhr zusammen und wollte gerade Einwände erheben. Ich verstand sie. Zwei riesige Bezirke, beide wahrlich nicht in nächster Nähe. Ein Streit würde natürlich nichts bringen, Anna Tichonowna bestand immer auf ihren Forderungen. Doch die Kirejewa konnte es einfach nicht lassen zu widersprechen.

Genau in diesem Moment klingelte jedoch das Telefon auf dem Tisch der Lemeschewa. Wir sahen uns an, sogar die Kirejewa blickte ernst drein. Das war eine Direktverbindung zum Wachhabenden, ohne Grund würde der nicht anrufen.

»Ja«, sagte die Lemeschewa. »Ja. Natürlich. Verstanden. Ich gehe auf Empfang ...«

Kurz trübte sich ihr Blick – der wachhabende Magier sandte ihr telepathisch eine Lagebeschreibung zu.

Das bedeutete etwas Ernstes. Das bedeutete Arbeit.

»In die Mörser ...«, flüsterte Lenka leise. Dieser Satz aus einem Trickfilm, der auf das Fluggerät der Hexe Baba-Jaga anspielt, ist bei uns zum geflügelten Wort geworden. Wer wohl diesmal raus musste ...

Doch als Anna Tichonowna den Hörer auflegte, spiegelte sich auf ihrem Gesicht ein strenger und harter Ausdruck wider.

»Mädchen, ins Auto. Alle. Schnell!«

Und nicht *in die Mörser* ...

Das bedeutete etwas sehr Ernstes. Das bedeutete Kampf.

Zwei

Den Minibus fuhr Deniska, ein junger Dunkler Magier, der aufgrund seiner sagenhaften Faulheit lieber als Fahrer zusammen mit Vampiren und anderem Kroppzeug arbeitete. Doch wie faul er auch sein mochte – fahren konnte er, und die paar für seine Arbeit notwendigen Zauber beherrschte er perfekt. Wir flogen förmlich über die Straße dahin und ließen das Zentrum Moskaus mit einer Geschwindigkeit hinter uns, von der die Eskorte des Präsidenten nur träumen konnte. Ich spürte Funken von Kraft, als er die Realitätslinien betrachtete, die Blicke der Milizionäre ablenkte oder andere Autofahrer zwang, uns Platz zu machen. Außerdem saß heute Edgar neben ihm, ein Dunkler Magier aus Estland, schwarzhaarig, dunkelhäutig und dick, der überhaupt nicht wie ein Balte aussah, dafür aber über Fähigkeiten an der Grenze zum zweiten Grad verfügte.

Zu neunt hatten wir hinten im Bus Platz genommen. Auf dem Sitz an der Tür saß Anna Tichonowna, die, wenn mich nicht alles täuschte, das Gebäude der Tagwache bisher nur selten verlassen hatte. Mit monotoner Stimmer las sie uns den Lagebericht vor.

»Romaschowa, Darja Leonidowna. 63 Jahre, sieht aber wesentlich jünger aus, verleibt sich wahrscheinlich ständig Kraft ein. Vermutlich eine Hexe, möglicherweise aber auch eine Dunkle Zauberin. Steht seit vier Jahren unter Beobachtung als nicht initiierte Andere.« Daraufhin schimpfte die Lemeschewa kurz und heftig gegen die Mitarbeiter der Überwachungsabteilung. »Gegen eine Kontaktaufnahme sperrt sie sich offenbar! Gesprächen über mystische Themen entzieht sie sich, indem sie sich auf ihre Gottergebenheit beruft! Was haben denn der Glaube und die Fähigkeiten eines Anderen miteinander zu tun? Das ist noch die Frage, wer dieser Christus gewesen ist ...«

»Lästern Sie nicht Gott, Anna Tichonowna!«, sagte Lenka leise, aber nachdrücklich. »Ich glaube auch an den Herrn.«

»Entschuldige, Lena.« Die Lemeschewa nickte. »Ich wollte dich nicht verletzen. Sehen wir weiter ... Die Romaschowa hat sich wahrscheinlich mit kleineren magischen Handlungen etwas dazuverdient. Liebestränke, Trennungselixiere, Schadzauber, Beseitigung von Flüchen ...«

»Die übliche Scharlatanerie«, warf ich ein. »Kein Wunder, dass sie nicht ernsthaft überprüft wurde.«

»Aber hätte man nicht die Ergebnisse überprüfen und feststellen müssen, dass sie wirklich hilft?«, fragte die Lemeschewa. »Nein, ich werde einen Bericht aufsetzen. Wenn Sebulon dergleichen unter guter Arbeit versteht, dann soll man mich entlassen. Ich könnte schon längst in Rente gehen!«

Olga hüstelte ermahnend.

»Ich bin bereit, ihm das ganz offen zu sagen!« Die Lemeschewa war ohne Zweifel kurz vorm Explodieren. »Nein, das müsst ihr mir schon nachsehen, vier Jahre lang davon auszugehen, dass eine Frau eine Hexe ist – und sie nicht richtig zu überprüfen! Das ist ein ganz gewöhnlicher Vorgang – wir schicken einen Agenten und kontrollieren den Kraftausstoß ... Das haben die Lichten inzwischen übrigens getan!«

Darum ging's also. Ich verstand alles und machte mich innerlich auf einiges gefasst. Uns stand nicht nur eine Auseinandersetzung mit einer verrückten Hexe bevor, die einigen Schaden angerichtet hatte. Uns erwartete ein Kampf gegen die Nachtwache.

Der mir gegenübersitzende Witali fing an, dumpf vor sich

hinzuknurren. Er musste sich wohl eher Mut zusprechen, als dass er sich auf den Kampf freute. Er schob nicht gerade begeistert Dienst ... dieser Mäusejäger. Giftig lächelte ich ihn an, und der Tiermann fletschte ansatzweise die Zähne. Seine Hauer wuchsen bereits, während sich der Unterkiefer allmählich nach vorn verlängerte.

»Witali, verschonen Sie uns mit dem Anblick Ihrer Transformation hier im Auto!«, wies ihn die Lemeschewa scharf zurecht. »Bei dieser Hitze ist der Hundegestank unerträglich.«

Die drei Vampire auf der Hinterbank lachten unisono los. Die Jungs kannte ich ganz gut, sie leisten zuverlässige Arbeit und rufen im Großen und Ganzen keine Antipathien hervor, wie das bei den meisten Untoten der Fall ist. Es waren drei Brüder, jeweils nur ein Jahr auseinander, kräftige und gutmütige Kerle aus einer gewöhnlichen Menschenfamilie. Zunächst war der Älteste Vampir geworden, als er bei den Luftlandetruppen diente, und zwar ganz bewusst, aus innerer Überzeugung – sein Kommandeur, ein Vampir, hatte es ihm vorgeschlagen. Ihre Einheit kämpfte damals irgendwo im Süden, es stand nicht gut für sie, und der junge Mann stimmte zu. Natürlich bewies ihre Einheit danach eine nie da gewesene Kampfkraft. In einer Nacht ein Dutzend Feinde niederzumetzeln, hinter die feindlichen Linien vorzudringen, sich unbemerkt an Wachen vorbeizustehlen – das ist selbst für einen unerfahrenen Vampir ein Kinderspiel. Als der Mann dann aus der Armee entlassen wurde, erzählte er alles seinen beiden jüngeren Brüdern – die ihm sofort den Hals zum Biss anboten.

»Mit wie vielen ist zu rechnen, Anna Tichonowna?«, fragte Olga. »Mit Lichten, meine ich?«

»Mit ein paar. Vier ... vielleicht fünf. Aber ...« – die Lemeschewa bedachte alle mit einem strengen Blick – »... ihr dürft es nicht auf die leichte Schulter nehmen, Mädchen. Es wird mindestens ein Lichter Magier zweiten Grades da sein.«

Der Älteste der Vampirbrüder stieß einen Pfiff aus. Natürlich ist ein Vampir einem Magier nicht gewachsen, noch dazu einem, der über solche Kraft verfügt. Wenn sie es dann womöglich sogar mit zweien von der Sorte zu tun bekamen ...

»Außerdem ist diese Gestaltwandlerin da.« Die Lemeschewa sah mich an.

Ich presste die Zähne zusammen. Alles klar. Tigerjunges. Eine Kampfmagierin und Tierfrau. Oder, wie die Lichten es bezeichnen, eine Gestaltwandlerin. Eine alte ... und gute Bekannte. Mein linker Arm, damals von ihr ausgekugelt, schien wieder zu schmerzen. Auch an die Wunden im Gesicht erinnerte ich mich noch: vier blutige Streifen von ihren Krallen.

Aber damals hat mir Sebulon selbst geholfen. Er hat mich vollkommen geheilt, weder mein Äußeres noch meine Gesundheit haben einen Schaden davongetragen. Und ich bin frohgemut und heiter in den Kampf gezogen, fühlte seinen billigenden Blick und das zurückhaltende, nachsichtige Lächeln.

Aus. Vorbei, Aliska. Das war einmal und kommt nicht wieder. Vergiss es und zermarter dir nicht das Hirn. Du würdest dir nur wieder das Gesicht zerfetzen, müsstest den »Parandscha« anwenden, bis du mit der magischen Heilung an der Reihe wärst, was ein halbes Jahr dauern kann, und könntest von Glück sagen, wenn sie dich einer vollständigen Heilung für würdig erachteten, inklusive der kosmetischen Magie ...

»Kontrolliert alle eure Ausrüstung«, befahl Anna Tichonowna.

Sofort fingerten die anderen Frauen los, und auch ich klopfte mir auf die Taschen, um zu überprüfen, ob ich die winzigen Schächtelchen, Fläschchen und Amulette dabeihatte. Kraft bezieht eine Hexe nicht nur durch rein energetische Arbeit aus dem *Zwielicht*. Wir benutzen darüber hinaus Hilfsmittel, was auch den eigentlichen Unterschied zwischen uns und Zauberinnen ausmacht.

»Alissa?«

Ich sah die Lemeschewa an.

»Hast du einen Vorschlag?«

Genau. Ich sollte besser über die Zukunft nachdenken als über die Vergangenheit.

»Tigerjunges sollen die Fahnder neutralisieren. Alle vier.«

»Wir brauchen keine Hilfe, Alissa«, sagte der Älteste der Brüder sanft. »Wir schaffen das schon.«

Die Lemeschewa dachte nach und nickte. »Gut, ihr werdet zu dritt arbeiten. Witali, du bist meine unmittelbare Reserve.«

Der Tiermann lächelte fröhlich. Was für ein Idiot! Anna Tichonowna wird ihn wie einen Span ins Feuer werfen. Und zwar an der heißesten Stelle.

»Und wir vier ...«

»Fünf«, korrigierte die Lemeschewa mich.

Aha. Der alte Drache würde also ebenfalls mit von der Partie sein.

»Wir fünf bilden einen Kraftkreis«, schlug ich vor. »Und lenken sämtliche Kraft zu Edgar. Deniska soll die Verbindung zur Kommandozentrale halten.«

Das Auto polterte über irgendwelche Schlaglöcher. Wir fuhren bereits auf den Hof.

»Ja, eine andere Möglichkeit sehe ich nicht«, stimmte die Lemeschewa zu. »Alle hergehört! Wir gehen genau so vor!«

Ich empfand eine leichte Unruhe, dass mein Plan ohne Veränderung angenommen worden war. Ich gelte also immer noch als echte Kampfhexe. Trotz all meiner persönlichen Probleme. Deshalb riskierte ich es – obwohl ich damit in das unverbrüchliche Privileg der ranghöchsten Hexe, die Gruppe zu komplettieren, eingriff –, noch hinzuzufügen: »Außerdem würde ich noch vorschlagen, rechtzeitig Hilfe zu holen. Falls da zwei Magier zweiten Grades sein sollten.«

»Alle verfügbare Hilfe ist bereits angefordert«, warf die Lemeschewa ein. »Außerdem haben wir noch ein Trumpfass im Ärmel.«

Erstaunt blickte Witali die alte Hexe an und bleckte stolz seine Wolfshauer. Der Oberidiot. Als ob sie ihn meinte. Er ist beileibe kein Ass, sondern eine Sechs – die noch nicht mal Trumpf ist.

»Gut, Mädchen, fangen wir an!«

Unser Minibus hielt an, Anna Tichonowna sprang munter heraus und wedelte mit der linken Hand. Ein leichter dunkler Staub wölkte kurz um ihre Finger herum auf, und ich spürte, wie sich über den Hof der Zauber der Bedeutungslosigkeit legte. Was auch immer wir jetzt anstellen würden – die Menschen würden nicht auf uns achten.

Wir stürmten aus dem Bus.

Ein stinknormaler Hof. Südbutowo. Aber was für ein Loch ... Besser, man wohnte in Mytischtschi oder Lytkarino, als formal in Moskau zu leben und dann in einem von diesen grauenvollen Hinterhöfen zu hausen. Zwar schien alles da zu sein – Häuser, mickrige Bäume, die den festgestampften Lehm zu durchbrechen versuchten, passable Autos vor den Hauseingängen –, aber ...

»Schnell!«

Die Lemeschewa gab mir einen derartigen Schubs, dass ich gut drei Meter von dem Minibus wegflog. Fast wäre ich in dem Sandkasten gelandet, in dem ein Junge und ein Mädchen von etwa fünf Jahren die Geheimnisse des Kuchenbackens erörterten.

Doch selbst die kleinen Kinder nahmen mich nicht wahr, obwohl sie Anderen gegenüber immer sensibler sind.

Wie drei Schatten huschten die Vampirbrüder vorbei. Sie umkreisten den Minibus bereits im Stadium der Transformation, unter den Lippen schoben sich die Eckzähne hervor, die Haut nahm eine bleiche, kranke Farbe an. Das typische Aussehen der Untoten ...

»Der Kreis!«, brüllte die Lemeschewa. Wie aus der Pistole geschossen flog ich zum Bus zurück und packte Olja und Lena bei den Händen. Ach, die alte Hexe ist schon stark!

Vor dem Haus stand, nur mit unserem Blick der Anderen zu

erkennen, ein kleines, stämmiges Männchen – ja, man konnte ihn nur Männchen nennen, wie er da in ausgewaschenen Jeans aus der Türkei, einem T-Shirt aus Synthetik und mit einer idiotischen Kappe auf dem Kopf dastand.

Sehr schlecht.

Dieses Männchen heißt Semjon. Und er ist ein Magier von beeindruckender Kraft, obwohl er es nicht eilig hat, sie unter Beweis zu stellen. Viel schlimmer war jedoch seine riesige Erfahrung in der Fahndungsarbeit ...

Ich spürte, wie Semjons Blick über mich hinwegglitt – eine feste, elastische, biegsame chirurgische Sonde. Dann drehte er sich um und verschwand im Hauseingang.

Sehr schlecht!

Und da ergriff Jeanne Olgas Hand, Anna Tichonowna schloss den Kreis – und alle Emotionen verschwanden.

Wir verwandelten uns in einen lebenden Akku, an den Edgar angeschlossen war, der bereits mit federndem gemessenem Schritt zum Hauseingang ging, und zwar sowohl im menschlichen Wahrnehmungsbereich als auch im *Zwielicht*.

Edgar nahm genau wie sein Gegenspieler die Treppe. Ihn einzuholen – daran war natürlich nicht zu denken. Als er zu den Wohnungstüren im dritten Stock kam, wurde er bereits erwartet. Wir alle, die wir durch den Kraftkreis miteinander verbunden waren, nahmen die Welt jetzt mit seinen Sinnesorganen wahr.

In der Menschenwelt stand die Tür weit offen. Im *Zwielicht* schloss sie eine blinde Mauer.

Auf dem Treppenabsatz standen zwei Magier. Semjon und Garik. Ich konnte nichts empfinden, aber meine Gedanken strömten weiter. Kalte, ruhige, gelassene Gedanken. Das ist das Ende. Zwei Magier, die mindestens genauso stark waren wie Edgar.

»Zutritt verboten«, sagte Semjon. »Hier läuft eine Operation der Nachtwache.«

Edgar nickte höflich. »Gewiss. Aber hier läuft auch eine Operation der Tagwache.«

»Was wollt ihr?« Semjon trat ein wenig zur Seite. Hinter ihm in der schmalen Diele stand eine Tigerin. Eine kräftige Tigerin mit glänzendem Fell und ziemlich weit aufgerissenem Maul.

Worauf setzte die Lemeschewa? Mit denen würden wir nicht fertig werden! Niemals!

»Wir wollen uns unsere Frau holen.« Edgar breitete die Arme aus. »Das ist alles.«

»Die Hexe ist verhaftet, gegen sie wird Anklage erhoben. Magische Intervention dritten Grades, Mord, Beschäftigung mit schwarzer Magie ohne Patent und Geheimhaltung der Fähigkeiten einer Anderen.«

»Ihr habt sie zu diesen Handlungen provoziert«, entgegnete Edgar kalt. »Die Wächter des Tages werden eine eigene Untersuchung des Vorgangs einleiten.«

»Nein.« Semjon lehnte sich gegen die Wand. Das blaue Moos kroch krampfhaft zuckend über die Wände und versuchte, so weit wie möglich von dem Magier wegzukommen. »Die Frage ist bereits geklärt.«

Garik sagte noch nicht einmal etwas. Sondern ließ einfach ein kleines Amulett durch die Finger gleiten, das wie ein winziger beinerner Würfel aussah, während Energieströme durch die Luft schossen. Wahrscheinlich ein ganz gewöhnlicher magischer Akku ...

»Ich gehe jetzt da rein und hole mir die, die uns gehört«, sagte Edgar.

Er blieb erstaunlich ruhig. Ob er ebenfalls etwas wusste, wovon ich nichts ahnte?

Die Lichten Magier schwiegen. Diese unerwartete Dummheit ließ sie jedoch offenbar aufmerken. Das Schicksal der Hexe hing davon ab, wer die Ermittlung leiten würde. Kam die Frau zu uns, könnten wir sie verteidigen und in unsere Reihen aufnehmen. Kam sie zu den Lichten, bedeutete das ihren Tod.

Soll sie doch ruhig sterben! Das war besser, als wenn es uns traf! Zwei Magier zweiten Grades, eine Gestaltwandlerin und noch zwei oder drei Andere in der Wohnung! Die würden uns platt machen!

»Ich gehe jetzt«, verkündete Edgar ruhig und machte einen Schritt nach vorn. Das *Zwielicht* um ihn herum heulte auf und füllte sich mit Kraft – der Magier hatte einen Verteidigungsschirm aufgestellt.

Danach erinnerte ich mich nur noch an den Kampf.

Die Lichten schlugen zu, sobald Edgar einen Schritt gemacht hatte. Nicht mit Todeszaubern, sondern mit einer ganz normalen »Presse«, die unseren Magier die Treppe hinunterdrückte. Edgar duckte sich so, als müsse er gegen Wind anlaufen. Der Kraftwirbel zu seinem Schutz nahm klar erkennbare Konturen an. Der Kampf fand auf der Ebene der reinen Energie statt, ganz primitiv und völlig unspektakulär. Wenn doch nur Sebulon an Edgars Stelle gewesen wäre! Er hätte diese Arschkriecher im null Komma nichts alle gemacht, hätte sie gezwungen, sich völlig zu verausgaben, und sie dann, aller Fähigkeiten beraubt, liegen lassen!

Allerdings schlug auch Edgar sich tapfer. Fünf Sekunden lang hielt er sich mit seinen eigenen Kräften und drückte die »Presse« sogar bis an die Wohnungstür zurück. Dann spürte ich Kälte in den Fingerspitzen.

Der Magier fing an, unsere Kraft aus uns herauszusaugen.

Sofort merkte ich, wie sich die Lichten anspannten, als sie den energetischen Kanal zwischen uns und Edgar bemerkten. Ihn zu zerstören versuchten sie nicht, denn so überstürzt hätte das nur dazu geführt, dass Edgar auch noch ihre Energie aufgenommen hätte. Sie verstärkten lediglich die »Presse« und vertrauten auf ihre Überlegenheit. Offenbar bekamen sie jetzt ebenfalls zusätzliche Kraft von Magiern, die in der Tiefe der Wohnung verborgen waren.

Eine Zeit lang ging es gleichmäßig hin und her. Der Strom

unserer vereinten Kraft gab Edgar sofort die Möglichkeit, mehr Druck auszuüben, doch auch die Lichten verfügten über Reserven. Der Würfel in Iljas Hand barst, bedeckte den Fußboden mit goldfarbenen Pollen, und ihr nächster Schlag schleuderte Edgar einen Meter zurück. Die neben mir stehende Olga stöhnte auf – ihr Energievorrat ging zur Neige, sie griff jetzt auf ihre Substanz zurück, jene tiefsten Reserven, die zu erneuern wahrlich nicht einfach ist. Offenbar war sie heute nicht in Form.

Worauf hoffte die Lemeschewa?

Hinter den Lichten war Lärm zu hören. Aha ... die Vampirbrüder ... über den Balkon vermutlich ...

Doch die Magier schienen von dem Geschehen irgendwie nichts mitzubekommen. Auf den Lärm reagierte nur die Tigerin, die auf ihrem Weg zum Balkon die paar jämmerlichen Möbelstücke umwarf und das Linoleum mit ihren Krallen zerfetzte. Im nächsten Moment klang der markerschütternde Schrei von einem der Brüder herüber.

Drei Vampire reichen eben doch nicht für eine Gestaltwandlerin ...

»Witali«, kommandierte die Lemeschewa scharf. Durchs *Zwielicht* huschte ein mentaler Befehl, und unser Tiermann stürzte auf den Hauseingang zu, riss sich im Laufen die Kleidung vom Leib und verwandelte sich in einen Wolf. Wir nährten Edgar weiterhin mit unserer Kraft. Er stürmte erneut vor und schaffte es sogar, Ilja in die Wohnung zu drängen. Dann tauchte hinter Edgar der riesige Wolf auf, der, ohne auf die Magier zu achten, vorwärts schoss.

Eine gute Idee. Nur dass dem Werwolf aus den Tiefen der Wohnung eine Feuersalve entgegenschlug. Einer der Reserveleute der Lichten hatte in den Kampf eingegriffen. Und sofort gezeigt, dass mit ihm nicht zu spaßen war.

Das dichte braune Fell des Werwolfs fing Feuer, er sprang auf, schlug mit den Pfoten auf sich ein und wälzte sich auf dem Boden, um die Flammen zu ersticken. Wenn es ihm jetzt gelingen würde, den Magier weiter zu attackieren, könnte er ihn vielleicht erwischen, bevor dieser einen zweiten Feuerball auf ihn abzuschießen vermochte ...

Aber anscheinend hatte er wirklich zu lange untätig im Wachzimmer herumgesessen.

Witali versuchte noch immer, die Flammen zu ersticken, während aus der Dunkelheit weitere Salven auf ihn abgefeuert wurden. Eine zweite, dritte, vierte ... Blut spritzte, brennende Fleischklumpen flogen durch die Luft. Der Wolf heulte auf und verstummte – nur die Hinterpfoten zuckten noch, zwischen denen leblos der lodernde, einem bengalischen Feuer gleiche Schwanz lag. Was sogar ein schönes Bild abgab.

Das Amulett auf meiner Brust – ein kleiner Kristallkrug mit einem Tropfen roter Flüssigkeit darin – knackte und zerbarst in kleine Splitter. Schlecht. Es bedeutete einerseits, dass meine Kraft ausgeschöpft war. Und stellte andrerseits meine letzte Reserve dar. Der Tropfen Blut einer Frau, die bei der Geburt eines Dunklen gestorben ist, ist eine sehr starke Energiequelle, die jedoch nicht lange ausreicht.

»Lena!«, befahl die Lemeschewa.

Abermals spürte ich einen wortlosen Befehl, und Lenka trat langsam, ganz wie eine Schlafwandlerin, aus dem Kreis heraus. Meine rechte Hand griff ins Leere, doch die Trance sollte nach einigen Sekunden wieder weichen, als nämlich Anna Tichonowna zu mir aufschloss. In diesem kurzen Moment hatte ich jedoch gesehen, dass innerhalb unseres Kreises ein Klapptisch aus Ebenholz stand, auf dem eine kleine Klinge aus brüniertem Stahl lag. Lena wartete bereits neben dem Sandkasten und taxierte die Kinder, als müsse sie eins von ihnen auswählen ...

»Das Mädchen!«, schrie die Lemeschewa. »Ein Mädchen bringt mehr als ein Dutzend Jungen.«

Jetzt verstand ich alles. Alles, bis auf eins: woher Anna Tichonowna das Recht auf dieses Opfer hatte und warum sie es für angemessen erachtete, eine derartige Kraft für die Rettung einer ganz gewöhnlichen Hexe einzusetzen!

In dem Augenblick drückte die Lemeschewa jedoch meine Hand, und ich verwandelte mich wieder in einen willenlosen Teil des Kraftkreises.

Edgar, der bereits in eine Ecke des Treppenhauses gedrängt worden war – sie würden ihn nicht entkommen lassen und versuchen, ihn an der Wand zu zerquetschen –, riss den Arm hoch. »Stopp!«

Wie weh das tat ...

Der Kreis trank die letzten Tropfen meiner Energie. Aus Olga ließ sich bereits kein Tropfen mehr holen, sie war ausgepresst und stand zuckend zwischen uns, als treffe sie ein Stromschlag, während Jeanne leise stöhnte und den Kopf immer tiefer und tiefer auf die Brust sinken ließ ...

»Wir haben das Recht, ein Opfer zu bringen«, sagte Edgar kalt. »Wenn ihr nicht aufhört ...«

Die Lichten erstarrten. Ich sah, wie sie einander anschauten und Garik zweifelnd den Kopf schüttelte.

Doch Semjon schien die Sache sofort zu glauben.

Ein Opfer darzubringen bedeutet eine enorme Freisetzung von Kraft. Vor allem, wenn das Opfer ein Kind ist, vor allem, wenn es in einem Kraftkreis geschieht, vor allem, wenn eine erfahrene Hexe die Zeremonie durchführt. Und Lenka Kirejewa stand bereits im Kreis, die Klinge lag in ihren Händen, das Mädchen ruhte auf dem Ebenholztisch.

Wenn wir die Kraft, die gleich freigesetzt würde, Edgar zuführten, würden die Lichten nicht standhalten können. Natürlich verfügten sie auch über außerordentliche Methoden – aber ob sie das Recht hatten, sie anzuwenden?

Die Tigerin sprang in den Flur und brüllte auf. Offenbar hatte sie die Vampirbrüder auf dem Balkon fertig gemacht und dabei gesehen, was wir planten.

»Dem werdet ihr nicht standhalten«, sagte Edgar wie in

Trance. »Wir holen uns auf alle Fälle, was uns gehört, und das Menschenkind wird sterben. Euretwegen.«

Die Lichten wirkten verwirrt. Kein Wunder. Der ganzen Situation, so konfliktgeladen sie auch sein mochte, kam keine besondere Bedeutung zu. Zwei Staaten bedrohen einander nicht mit einem Atomschlag, wenn ihre Agenten wegen Spionage verhaftet werden, und Andere bedrohen einander nicht mit Magie ersten Grades, wenn es zu einem kleinen Konflikt zwischen Fahndern kommt.

Dennoch drückten die Lichten weiter gegen unseren Magier, vielleicht auch nur, weil ihnen nichts Besseres einfiel. Immerhin hielten sie die »Presse« aufrecht, während uns langsam die Kräfte verließen, die wir Edgar hätten zuführen können. Olga erstarrte, verlor das Bewusstsein und stand nun wie eine willenlose Puppe steif im Kreis. Jeanne sank nach und nach auf die Knie, hielt aber heldenhaft die Hand geschlossen und gab die letzten Tropfen. Lenas Gesicht war schmerzverzerrt, sie hielt die Klinge über das zitternde Mädchen – die Kleine war bei Bewusstsein, sonst hätte sich der Kraftausstoß verringert, jedoch mit einem Schweigezauber belegt. Mein Körper verwandelte sich allmählich in Watte, ich spürte, dass ich ins Torkeln geriet. Wenn doch endlich ... denn lange würde ich nicht mehr standhalten ...

»Aufhören!«, schrie Semjon. »Wir übergeben euch die Hexe!«

Halten ... den Kreis halten. Ich versuchte, mir Energie aus dem mich umgebenden Raum zu ziehen, aus dem zu Tode erschrockenen Mädchen, aus den in der Nähe vorbeigehenden Menschen, die alles daran setzten, den Vorgang nicht zu bemerken.

Umsonst. Rundum war alles restlos ausgesaugt. Das ging auf das Konto der Lemeschewa ... die stand ja wohl nicht ohne Grund hier sicherer als wir anderen, die Sau ... wir verrecken hier wegen einer nichtsnutzigen Alten, und sie hält durch ... die Kröte ...

Die Lichten knallten inzwischen Edgar die schmuddelige, schwabbelige Frau in einem dreckigen Bademantel und ausgelatschten Tretern in die Arme. Die Alte begriff überhaupt nichts, guckte sich nur um und versuchte, sich zu bekreuzigen.

»Dafür werdet ihr bezahlen«, rief Semjon uns nach.

Edgar drehte der geretteten Hexe mit einer heftigen Bewegung den Arm auf den Rücken. Für Erklärungen blieb keine Zeit, für Magie keine Kraft. Dann schubste er sie die Treppe herunter.

Den Kreis halten ...

Eine Opferung – diese Handlung setzt eine derartige Kraft frei, dass man sie lieber aufspart. Das Recht darauf konnte vor zwanzig oder dreißig Jahren erworben worden sein, durch listige Intrigen und Provokationen. Deshalb stand die Kirejewa jetzt mit versteinerter Miene über dem Mädchen, und das Messer blitzte in ihrer Hand, um dem Kind mit einer raschen Bewegung das Herz herauszuschneiden, während Deniska monoton die nötigen Worte des Zauberspruchs wiederholte. In jedem Augenblick könnten wir einen Energiestoß erhalten, auf den wir – klugerweise – lieber verzichten sollten.

Den Kreis halten ...

Nur Wut ließ mich das durchstehen. Wut auf diesen ganzen beschissenen Tag, auf das gesamte dämliche letzte Jahr und auf die Lemeschewa, die mehr wusste, als sie sagte. Ich hatte keine Ahnung, wo noch etwas Kraft aufzutreiben war – doch ich fand sie! Und jagte sie durch die willenlosen Körper von Olga und Jeanne, damit die Lemeschewa einen dünnen Strom Kraft zu Edgar schicken konnte.

Als Erste sprangen die Vampirbrüder in den Minibus ... diese miserablen Fahnder ... Dann gab Lenka das Mädchen frei, das schreiend davonrannte. Deniska hörte auf, den Zauberspruch zu wiederholen, schnappte sich den Ritualtisch und stürzte in den Bus. Erst danach löste die Lemeschewa den Kreis auf.

Mir verschwamm alles vor den Augen. Aus irgendeinem Grund

musste ich husten, während ich vergeblich versuchte, meine Hand aus den knochensteifen Fingern Olgas zu ziehen.

»Ins Auto!«, schrie Anna Tichonowna. »Schnell!«

Edgar tauchte auf und sah sogar recht frisch aus. Er schubste die Hexe in den Bus und sprang zu Deniska auf den Beifahrersitz. Anna Tichonowna zog Olga ins Auto, ich stützte Jeanne beim Gehen, der es zwar sehr schlecht ging, die aber wenigstens das Bewusstsein nicht verloren hatte.

»Wer sind Sie? Wer sind Sie?«, jammerte die gerettete Hexe. Anna Tichonowna knallte ihr mit voller Wucht eine, worauf die Hexe verstummte.

»Deniska, gib Gas!«, sagte ich. Als ob er diese Aufforderung bräuchte ...

Mit quietschenden Reifen rasten wir vom Hof. Edgar, der den Kopf mit den Händen umfasst hielt, arbeitete, korrigierte die Realitätslinien und machte damit den Weg vor uns frei.

»Geht es dir nicht gut, Aliska?«, fragte Lena, die vor Neugier beinah platzte. Ich presste die Zähne aufeinander und schüttelte den Kopf. »Ich bin völlig ausgelaugt«, jammerte Lena. »Ich muss erst mal freimachen.«

Die gerettete Hexe winselte leise, bis sie schließlich meinen hasserfüllten Blick auffing. Daraufhin schwieg sie sofort und versuchte, möglichst weit von mir auf einen der hinteren Sitze zu gelangen, doch da saßen schon die Vampire. Böse, erschöpfte, blutige Vampire, die zwar so viel Grips besessen hatten, sich von der Gestaltwandlerin fern zu halten, sich aber dennoch jeder ein paar Schläge ihrer Pfoten eingefangen hatten.

»Witalik haben sie völlig verbrannt«, sagte Lenka düster. »Er war ein Idiot, ohne Frage, aber doch unser Idiot ... Anna Tichonowna, sind Sie sicher, dass dieses Miststück diesen Aufwand wert ist?«

»Der Befehl kam von Sebulon«, erwiderte die Lemeschewa. »Er kann das sicherlich besser beurteilen.«

»Dann hätte er uns auch helfen können«, konnte ich mir

nicht verkneifen. »Ihn hätte diese Arbeit nicht überfordert, uns schon.«

Anna Tichonowna bedachte mich mit einem recht neugierigen Blick.

»Das sehe ich nicht so«, meinte sie. »Du hast gute Arbeit geleistet, Mädchen. Einfach bemerkenswert. Ich hatte nicht erwartet, dass du so viel Kraft abgeben würdest.«

Beinah hätte ich losgeheult. Um meine Tränen zu verbergen, drehte ich mich Olga zu, die immer noch bewusstlos war. Immerhin ein Trost: Ihr ging es noch viel schlechter ...

Mühsam berappelte ich mich ein wenig und klatschte ihr leicht auf die Wange. Keine Reaktion. Ich kniff sie. Sie rührte sich nicht.

Neugierig sahen mich alle an. Selbst die leise vor sich hin fluchenden Vampire hörten auf, ihre Wunden zu lecken, und schienen auf etwas zu warten.

»Anna Tichonowna, könnten Sie ihr nicht helfen«, bat ich. »Sie hat im Dienst gelitten, da muss gemäß den Vorschriften ...«

»Alissa, meine Liebe, wie soll ich ihr denn helfen?«, fragte die Lemeschewa sanft. »Sie ist tot. Schon an die fünf Minuten. Sie hat nicht aufgepasst und alles gegeben.«

Rasch zog ich meine Hand weg. Der willenlose Körper Olgas hüpfte auf dem Sitz auf und ab, der Unterkiefer sackte ihr auf die Brust.

»Was ist, spürst du nichts mehr?«, flüsterte Jeanne. »Was ist mir dir, Aliska?«

Lebende von Toten zu unterscheiden – dafür ist nicht mal ein Zauber nötig. Das verlangt nur eine ganz elementare Anwendung der Kraft. Jene zarte Materie, die manche Seele nennen, spürt man sofort. Wenn sie vorhanden ist.

»Du hast zu viel Kraft abgegeben!«, schlussfolgerte Lenka. »Ach, Alissa, du bist jetzt völlig leer! Für fünf Jahre bist du leer. Wie Julja Brjanzewa, die sich vor zwei Jahren bei einem Einsatz verausgabt hat und bis heute nicht wieder ins *Zwielicht* eintreten kann!«

»Das könnte euch so passen«, entgegnete ich nur, wobei ich versuchte, eine ruhige Miene aufzusetzen. »Laut Vorschrift muss mir bei der Kräfteerneuerung geholfen werden.«

Das klang erbärmlich.

»Ist der Brjanzewa denn geholfen worden?«, fragte Lena.

Anna Tichonowna seufzte. »Als du Sebulon vor einem Jahr jeden Wunsch erfüllt hast, Alissa, da wäre alles vorschriftsgemäß gewesen.«

Ich hatte mir noch nicht einmal eine Antwort überlegt, als die Romaschowa plötzlich hysterisch aufschrie. »Wohin bringen Sie mich? Wohin bringen Sie mich?«

Das reichte. Ich sprang auf und hämmerte auf die Hexe ein – wobei ich es darauf anlegte, ihr die Visage möglichst heftig aufzukratzen. Die Frau war so verängstigt, dass sie nicht einmal den Versuch machte, sich zu wehren. Drei Minuten vermöbelte ich sie unter dem Beifall der Vampirbrüder, den Vorwürfen der Lemeschewa und den Anfeuerungsrufen von Lena und Jeanne. Nur die tote Olga, gegen die ich in dem engen Minibus die ganze Zeit stieß, konnte nichts sagen. Doch ich glaube, auch sie hätte mich unterstützt.

Dann setzte ich mich wieder und rang nach Luft. Die alte Hexe betastete schluchzend ihr blutiges Gesicht.

Wenn die uns doch nur verfolgt hätten! Ich wäre diesen Lichten an den Hals gegangen – nicht schlechter als ein Vampir! Ohne jede Magie hätte ich die getötet!

Doch sie verfolgten uns nicht einmal.

Unsere Rückkehr hätte niemand als triumphal bezeichnen können.

Die Vampire holten Olgas Körper aus dem Bus und trugen sie so schweigend in unser Hauptquartier, als verstünden sogar sie die Tragik der Situation. Aber warum hätten sie das Ganze eigentlich nicht begreifen sollen? Sie hatten das Leben gegen das Nicht-Leben eingetauscht, damit jedoch nicht aufgehört zu denken und zu fühlen. Theoretisch konnten sie diese Existenz ewig beibehalten. Während Olga für immer von uns gegangen war.

Deniska fuhr den Minibus auf den Parkplatz. Edgar, der die gerettete Hexe fest beim Arm gepackt hielt, führte sie ins Gebäude der Tagwache. Die Frau leistete keinerlei Widerstand. Wir schlossen uns der Prozession an.

Eine Leiche mitten in Moskau über eine belebte Straße direkt neben der Kremlmauer zu tragen ist kein einfaches Unterfangen. Und zwar ungeachtet des Zaubers der Bedeutungslosigkeit, den die Lemeschewa erneuert hatte. Gewiss, niemand sah uns, alle beschleunigten den Schritt und versuchten, um unseren Zug einen möglichst großen Bogen zu machen. Dafür geriet das *Zwielicht* in Aufruhr.

Der Stoff des Lebens ist hier zu dünn. Zu viel Blut, zu viele Emotionen, zu deutliche Spuren der Vergangenheit. Es gibt Orte, an denen die Grenze zwischen der Menschenwelt und dem *Zwielicht* kaum noch auszumachen ist. Moskaus Zentrum ist einer von ihnen.

Wenn ich in Form gewesen wäre, hätte ich die Funken der Kraft gesehen, die aus den Tiefen einer anderen Realität kamen. Noch nicht einmal Sebulon dürfte genau erklären können, was hinter ihnen stand. Uns blieb nichts anderes übrig, als sie zu ignorieren, einfach nicht auf den gierigen Atem des *Zwielichts* zu achten, das die Hexe erschnüffelte, die in dem magischen Duell gestorben war.

»Schneller!«, befahl die Lemeschewa, und die Vampire legten einen Zahn zu. Das *Zwielicht* toste bestimmt nicht zum Spaß los.

Ich bekam davon natürlich nichts mit …

Wir betraten das Haus durch die für Menschen unsichtbare Tür, wobei Jeanne und ich Lena stützen mussten. Unsere Kollegen kamen uns bereits entgegengerannt. Die Hexe, die abermals ihr Gejammer anstimmte, brachten sie in den neunten Stock, in einen Raum zum Verhör. Olga übernahmen die Magier aus der Heilungsabteilung. Ohne jede Hoffnung, ihr helfen zu können – doch ihr Tod musste noch festgestellt werden. Einer der diensthabenden Heiler untersuchte uns sorgfältig. Missbilligend schüttelte er den Kopf, als er den Zustand Jeannes sah, und runzelte die Stirn, während er die zerzausten Vampire betrachtete. Dann lenkte er den Blick auf mich – und seine Züge gefroren.

»Was denn? Ist es so schlimm?«, fragte ich.

»Das ist noch untertrieben«, erwiderte er ohne überflüssige Sentimentalität. »Was hast du dir dabei gedacht, als du deine ganze Kraft abgegeben hast, Alissa?«

»Ich habe den Vorschriften gemäß gehandelt«, antwortete ich, während ich merkte, wie erneut Tränen in mir aufstiegen. »Mit Edgar wäre es sonst aus gewesen, ihm standen zwei Magier zweiten Grades gegenüber!«

»Dein Eifer ehrt dich, Alissa«, meinte der Heiler nickend. »Aber der Preis ist auch nicht gering.«

Edgar, der bereits auf den Fahrstuhl zuging, blieb stehen und sah mich voller Mitleid an. Dann kam er auf mich zu und küsste mir zart und galant die Hand. Diese Balten führen sich stets als viktorianische Gentlemen auf.

»Alissa, meinen aufrichtigsten Dank! Ich habe gespürt, dass ihr das Letzte gegeben habt. Und ich hatte schon Sorge, du würdest Olga nachfolgen.« Dann wandte er sich an den Heiler. »Karl Lwowitsch, was kann man für dieses kühne Mädchen tun?«

»Ich fürchte, nichts.« Der Heiler breitete die Arme aus. »Alissa hat die Kräfte aus ihrer Seele gezogen. Das ist wie bei Dystrophie, wissen Sie. Wenn der Organismus nicht genügend Nahrung bekommt, beginnt er, sich selbst zu verdauen. Er zerstört Leber, Muskeln und Magen, nur um bis zum Schluss das Gehirn zu erhalten. Unsere Mädchen sind in eine vergleichbare Situation geraten. Jeanne hat offenbar rechtzeitig das Bewusstsein verloren und daher aufgehört, die letzten Reserven anzugreifen. Alissa und Olga haben bis zum Ende durchgehalten. Olga hatte weniger innere Reserven und starb. Alissa hat es überstanden, ist mental aber völlig ausgelaugt ...«

Edgar nickte verstehend, alle anderen hörten interessiert zu, sodass der Heiler mit seinen Ausführungen fortfuhr. »Die Fähigkeiten eines Anderen lassen sich in gewisser Weise mit jeder x-beliebigen energetischen Reaktion vergleichen, zum Beispiel mit einer atomaren. Wir halten unsere Fähigkeiten aufrecht, indem wir Kraft aus unserer Umwelt ziehen, aus den Menschen und anderen minder organisierten Objekten. Doch um diese Kraft aufzunehmen, muss man zunächst etwas Kraft einbringen – das ist das eherne Gesetz der Natur. Über diese Anfangskraft verfügt Alissa jetzt kaum noch. Ein starker Impuls hilft hier überhaupt nicht, so wie ein Stück stark gesalzener Schweinespeck oder knusprig gebratenes Fleisch einen Verhungernden nicht rettet. Der Organismus kann diese Nahrung nicht mehr verdauen – sie bringt ihn um, statt ihn zu retten. So ist es auch mit Alissa. Man kann ihr Energie einflößen, aber sie wird sich daran verschlucken.«

»Geht das alles vielleicht auch, ohne von mir in der dritten Person zu sprechen?«, fragte ich. »Und nicht in diesem Ton?!«

»Tut mir leid, mein Mädchen.« Karl Lwowitsch seufzte. »Aber ich sage die Wahrheit.«

Edgar ließ behutsam meine Hand los.

»Reg dich nicht auf, Alissa«, sagte er. »Vielleicht fällt der Leitung irgendwas ein. Und apropos gebratenes Fleisch – ich habe einen Bärenhunger.«

»Gehen wir in irgendein Bistro«, meinte die Lemeschewa und nickte.

»Ihr wartet doch auf mich, oder?«, bat Jeanne. »Ich geh schnell unter die Dusche, ich bin völlig verschwitzt ...«

Meine Kräfte reichten nicht einmal mehr, um in Panik auszubrechen. Ich stand da, hörte mir teilnahmslos ihr Gespräch an und versuchte, wenigstens etwas zu fühlen, was die Fähigkeiten eines Anderen erforderte. Den eigenen, den richtigen Schatten zu sehen, das *Zwielicht* herbeizurufen, den emotionalen Hintergrund zu erspüren ...

Nichts.

Außerdem schienen mich alle irgendwie vergessen zu haben ...

Wären Jeanne oder Lenka an meiner Stelle gewesen, hätte ich mich genauso verhalten. Wegen der Dusseligkeit anderer griff man doch wohl nicht zum Strick, oder? Wer hatte mich denn gebeten, alles zu geben, bis zur bitteren Neige?! Eben! Aber ich musste ja die Heldin spielen!

Und das alles wegen Semjon und Tigerjunges. Als mir klar wurde, mit wem wir es zu tun bekommen würden, wollte ich meine Revanche. Etwas beweisen ... irgendwem ... aus irgendeinem Grund ...

Und jetzt? Hatte ich es bewiesen!

Und war zum Krüppel geworden. In weitaus schlimmerem Maße als nach dem Kampf mit Tigerjunges ...

»Aber beeil dich, Shanka«, sagte die Lemeschewa. »Kommst du mit uns mit, Alissa?«

Ich drehte mich Anna Tichonowna zu – brachte aber kein Wort hervor.

»Hier geht niemand irgendwohin«, erklang hinter mir eine Stimme. Die Lemeschewa riss die Augen auf, während ich, da ich die Stimme erkannte, zusammenschreckte.

Am Fahrstuhl stand Sebulon.

In seiner menschlichen Gestalt: ein hagerer, trauriger Mann mit leicht abwesendem Blick. Viele von uns kennen ihn nur so, ruhig, gesetzt, ja, sogar etwas langweilig.

Aber ich kannte auch noch einen anderen Sebulon. Nicht den beherrschten Chef der Tagwache, nicht den starken Kämpfer, der ein dämonisches Aussehen annimmt, nicht den Dunklen Magier außerhalb jeder Klassifikation, sondern den lustigen und unermesslich phantasievollen Anderen. Einfach einen Anderen – ohne all das, was uns meilenweit voneinander trennte, als ob es keinen Unterschied gäbe in Alter, Erfahrung und Kraft.

So war es einmal. Damals ...

»Alle in mein Büro«, befahl Sebulon. »Sofort.«

Er verschwand. Vermutlich, indem er ins *Zwielicht* eintauchte. Doch zuvor ließ er seinen Blick noch kurz auf mir ruhen. In seinen Augen stand nichts geschrieben. Kein Spott, kein Mitleid, keine Sympathie.

Trotzdem sah er mich an, und mein Herz hämmerte. Im Laufe des letzten Jahres schien Sebulon die in Ungnade gefallene Hexe Alissa Donnikowa noch nicht einmal bemerkt zu haben.

»Da hätten wir also was gegessen und uns gewaschen«, sagte die Lemeschewa verdrossen. »Kommt, Mädchen.«

Dass ich abseits saß, war ein Zufall.

Meine Beine hatten mich ganz automatisch zu dem Sessel am Kamin getragen, einem breiten Ledersessel, in dem ich mich früher immer zusammengerollt hatte, um – halb liegend, halb sitzend – Sebulon bei der Arbeit zuzuschauen, das rauchlose Feuer im Kamin zu beobachten, die Fotos zu betrachten, die an den Wänden hingen ...

Als mir aufging, dass ich mich unfreiwillig von den anderen abgesondert hatte, die, wie es sich gehörte, auf den Sofas an den Wänden Platz genommen hatten, ließ sich bereits nichts mehr daran ändern. Das hätte dumm ausgesehen.

Dann streifte ich mir die Sandaletten ab, zog die Füße unter mich und machte es mir bequem.

Die Lemeschewa musterte mich verwundert, bevor sie Bericht erstattete, die anderen sahen mich nicht einmal an – sie verschlangen den Chef mit den Blicken. Diese Schleimscheißer!

Sebulon, der sich in dem Sessel hinter seinem riesigen Schreibtisch zurücklehnte, reagierte ebenfalls nicht auf mich. Zumindest äußerlich nicht.

Dann eben nicht ...

Ich hörte die sonore Stimme der Lemeschewa – sie trug gut vor, kurz und bündig, sagte nichts Überflüssiges und ließ nichts Wichtiges aus. Und ich sah mir die Fotografie an, die über dem Schreibtisch hing. Ein uraltes Bild, aufgenommen vor einhundertvierzig Jahren, noch mit dem Kollodium-Verfahren. Irgendwann hatte mir der Chef einmal den Unterschied zwischen der »trockenen« und der »nassen« Entwicklung erklärt. Auf dem Foto war Sebulon im altmodischen Gewand eines Studenten aus Oxford zu sehen, im Hintergrund erhoben sich die Türme des Christ Church College. Es war das Original einer Arbeit von Lewis Carroll, und der Chef hat einmal erwähnt, es sei ziemlich schwer gewesen, diesen »staubtrockenen poetischen Wicht« zu überreden, seine Zeit nicht für ein kleines Mädchen zu opfern, sondern für seinen Studenten. Doch das Foto schien mir sehr gelungen. Carroll war in der Tat ein Könner. Sebulon wirkte auf dem Bild seriös, doch in seinen Augen tanzte leise Ironie, außerdem sah er viel jünger aus ... Obwohl für ihn anderthalb Jahrhunderte ...

»Donnikowa?«

Ich sah die Lemeschewa an. »Dem kann ich mich nur anschließen«, sagte ich nickend. »Wenn das Ziel unserer Mission die unverzügliche Befreiung einer Verhafteten gewesen ist, dann stellten die Bildung des Kraftkreises und die Drohung, ein Opfer zu bringen, eine adäquate Maßnahme dar.« Ich schwieg kurz. »Natürlich nur, wenn dieses dumme Weib diese Anstrengungen wert ist«, fügte ich dann skeptisch hinzu.

»Alissa!« Die Stimme der Lemeschewa klang schneidend wie Stahl. »Wie kannst du es wagen, die Befehle der Leitung in Frage zu stellen? Ich entschuldige mich für das Verhalten von Alissa, Chef, sie hat sich aufgeregt und ist nicht ganz ... nicht ganz beieinander.«

»Gewiss«, sagte Sebulon. »Alissa hat praktisch den Erfolg der Operation garantiert. Sie hat all ihre Kraft geopfert. Da ist es nicht verwunderlich, dass sie ein paar Fragen hat.«

Ich riss den Kopf hoch.

Sebulon wirkte sehr ernst. Ohne jeden Hauch von Spott oder Ironie.

»Aber ...«, setzte die Lemeschewa an.

»Hat hier nicht gerade jemand was von Gehorsam gesagt?«, unterbrach Sebulon sie. »Schweigen Sie.«

Die Lemeschewa erstarrte.

Sebulon erhob sich hinter seinem Tisch. Kam langsam auf mich zu – ich sah ihn unverwandt an, erhob mich aber nicht.

»Dieses dumme Weib«, meinte Sebulon, »ist solche Anstrengungen nicht wert. Natürlich nicht. Aber die Operation gegen die Nachtwache war von außerordentlicher Bedeutung. Und keine eurer Kampfwunden ist vergebens.«

Ich kam mir wie angenagelt vor.

»Vielen Dank, Sebulon«, erwiderte ich. »Es wird mir leichter fallen, die nächsten Jahre zu überstehen, wenn ich weiß, dass ich mich nicht vergeblich verausgabt habe.«

»Welche Jahre, Alissa?«, fragte Sebulon.

Es war komisch ... ein ganzes Jahr lang hatten wir kein Wort miteinander gewechselt ... selbst Befehle hatte ich nicht von ihm persönlich erhalten ... und jetzt sprach er mit mir – und schon saß in meiner Brust wieder ein kalter, pikender Klumpen ...

»Der Heiler hat gesagt, dass ich sehr lange brauchen werde, bis ich wieder in Form bin.«

Sebulon lachte. Und streckte ganz überraschend die Hand aus! Um mir die Wange zu tätscheln. Zärtlich ... und so vertraut ...

»Wen interessiert schon, was der Heiler gesagt hat ...«, meinte Sebulon gutmütig. »Der Heiler hat seine Meinung ... ich meine.«

Er nahm seine Hand weg, und ich konnte mich nur mit Mühe beherrschen, ihr nicht mit der Wange zu folgen ...

»Ich glaube, niemand wird mir widersprechen, dass der Erfolg der heutigen Operation weitgehend Alissa Donnikowa zu verdanken ist?«, fragte Sebulon.

Ha! Den wollte ich sehen, der jetzt etwas einzuwenden wagte!

»Wir haben uns alle beachtlich angestrengt ...«, gab die Lemeschewa vorsichtig zu bedenken.

»An eurem Zustand kann man leicht erkennen, wer sich wie angestrengt hat.«

Sebulon ging zum Tisch zurück, setzte sich aber nicht wieder, sondern lehnte sich nur gegen die Kante. Erstarrte und sah mich an. Als ob er mich durchs *Zwielicht* aufmerksam abtastete.

Bloß dass ich das nicht wahrnehmen konnte ...

»Sind alle damit einverstanden, dass die Tagwache Alissa helfen muss?«, erkundigte sich Sebulon.

In den Augen der Lemeschewa funkelte es böse auf. Irgendwann einmal war die alte Hexe selbst die Freundin von Sebulon gewesen. Deshalb hatte sie mich gehasst, als ich seine Favoritin gewesen war ... deshalb war ihr Zorn sofort dem Mitleid gewichen, sobald sich der Chef von mir abgewandt hatte.

»Wenn wir hier schon von Hilfe sprechen«, setzte sie an, »da hat Karl Lwowitsch eine interessante Parallele aufgezeigt. Wir sind bereit, unsere Kraft mit Alissa zu teilen, nur wäre das so, als gäben wir einem Verhungernden ein Stück Speck statt Brühe. Aber natürlich bin ich bereit, es zu versuchen ...«

Sebulon wandte ihr den Kopf zu, und die Lemeschewa hielt die Klappe.

»Wenn Brühe nötig ist, wird sie Brühe bekommen«, sagte er mit sehr freundlicher Stimme. »Ihr könnt gehen.«

Als Erste sprangen die Vampirbrüder auf, dann erhoben sich die Hexen. Ich suchte mit den Füßen nach meinen Sandaletten.

»Alissa, wenn es nicht zu viel Umstände macht, bleib noch«, bat Sebulon.

In den Augen der Lemeschewa loderte etwas auf – was sofort erlosch. Sie verstand, was ich zu glauben mich immer noch fürchtete.

Ein paar Sekunden später fanden Sebulon und ich uns allein im Raum wieder. Schweigend sahen wir einander an.

Meine Kehle trocknete aus, meine Zunge versagte mir den Dienst. Nein, das kann nicht sein ... zwecklos, sich da etwas vorzumachen.

»Wie fühlst du dich, Alja?«, fragte Sebulon.

Alja nennt mich nur meine Mutter.

Und Sebulon. Früher.

»Wie eine ausgequetschte Zitrone«, sagte ich. »Bin ich wirklich so eine schreckliche Idiotin? Dass ich mich bei einer absolut belanglosen Arbeit total verausgabe?«

»Du bist klug, Alja«, erwiderte Sebulon.

Und lächelte.

Genau wie früher. Ganz genauso.

»Aber jetzt bin ich ...«

Ich verstummte, denn Sebulon kam auf mich zu – und jedes weitere Wort wurde überflüssig. Ich konnte mich nicht einmal aus dem Sessel erheben: Ich schlang die Arme um seine Beine, umarmte ihn, schmiegte mich an ihn – und fing an zu weinen.

»Du hast heute eine unserer besten Operationen eingeleitet«, sagte Sebulon. Seine Hand zerzauste mir die Haare, doch trotzdem hatte ich den Eindruck, er sei im Moment weit, weit weg. Natürlich kann es sich ein Magier seines Formats nie leisten, sich zu entspannen. Auf seinen Schultern ruht die Last der gesamten Tagwache für Moskau und das Umland sowie das Schicksal der einfachen Dunklen, die ein friedliches und ruhiges Leben führen; er muss gegen die Intrigen der Lichten ankämpfen und sich um die Menschen kümmern ... »Alissa, nachdem du mit dem Kraftprisma solchen Unfug getrieben hast, hatte ich beschlossen, dass du meine Aufmerksamkeit kaum verdienst.«

»Sebulon ... ich bin eine selbstgefällige Idiotin gewesen«, flüsterte ich und schluckte meine Tränen hinunter. »Verzeih mir. Ich habe dich getäuscht ...«

»Heute hast du dich völlig rehabilitiert.«

Mit einer Bewegung hob Sebulon mich aus dem Sessel. Ich stellte mich auf die Zehenspitzen, sonst würde ich in seinen Armen baumeln, und aus irgendeinem Grund erinnerte ich mich genau daran, wie mich das beim ersten Mal verblüfft hatte – diese ungeheure Kraft, die in seinem mageren Körper steckte. Selbst in Menschengestalt ...

»Ich bin zufrieden mit dir, Alissa.« Er lächelte. »Mach dir keine Gedanken darüber, dass du alles gegeben hast. Wir haben noch Reserven.«

»Solche wie das Recht, ein Opfer darzubringen?« Ich versuchte zu lächeln.

»Ja.« Sebulon nickte. »Du fährst in Urlaub, noch heute. Und kommst mit mehr Kraft zurück, als du je hattest.«

Meine Lippen fingen verräterisch an zu zittern. Was soll das bloß, wie ein hysterisches Weib zu heulen, die ganze Wimperntusche verschmiert, kein Tropfen Kraft fließt noch durch mich ...

»Ich will dich«, flüsterte ich. »Sebulon, ich bin so einsam gewesen ...«

Sanft löste er sich aus meinen Armen. »Später, Alja. Wenn du zurückkommst. Ansonsten wäre es ...« Sebulon lächelte. »... die Ausnutzung meiner beruflichen Position für persönliche Zwecke.«

»Wer würde es wagen, dir so etwas vorzuwerfen?«

Sebulon sah mir lange in die Augen. »Da gibt es genügend, Alja. Das letzte Jahr war für die Tagwache sehr schwer, und viele würden mich nur zu gern am Boden sehen.«

»Dann lieber nicht«, willigte ich rasch ein. »Dann wollen wir kein Risiko eingehen. Ich komme selbst nach und nach wieder zu Kräften ...«

»Genau. Mach dir keine Sorgen, meine Kleine.«

Es schwindelte mir, sobald ich seine Stimme hörte. Seine ruhige, sichere Kraft spürte.

»Warum riskierst du meinetwegen so viel?«, flüsterte ich, ohne eine Antwort zu erwarten. Doch Sebulon gab sie mir. »Weil die Liebe auch eine Kraft ist. Eine große Kraft, die man nicht ignorieren sollte.«

Drei

Schon seltsam, das Leben.

Noch gestern verließ ich meine Wohnung als junge, gesunde, kraftstrotzende, aber dennoch unglückliche Hexe.

Vor zwölf Stunden stand ich im Büro der Tagwache noch als verkrüppelte Frau da, aller Hoffnung und jeden Glaubens an die Zukunft beraubt ...

Wie hatte sich jetzt alles geändert!

»Willst du noch Wein, Alissa?« Mein Begleiter Pawel blickte mir devot in die Augen.

»Ein bisschen«, antwortete ich, ohne meinen Blick vom Fenster zu lösen.

Das Flugzeug setzte bereits zur Landung auf dem Flughafen von Simferopol an. Die alte Tupolew ächzte, legte sich langsam auf die Seite. Die Gesichter der Passagiere wirkten bekümmert, angespannt.

Nur Pawel und ich saßen völlig ruhig da – Sebulon persönlich hatte die Sicherheit des Flugs überprüft.

Pawel reichte mir ein Kristallglas. Natürlich stammte es ebenso wenig von der Stewardess wie der südafrikanische Sauternes darin. Offenbar fasste der nicht mehr ganz junge Tiermann seine Mission mit dem gebührenden Ernst auf. Eigentlich hatte er in den Süden fliegen wollen, um bei Bekannten Urlaub zu machen, doch in letzter Minute hatte man ihm den Flug nach Cherson gestrichen und den Auftrag erteilt, mich nach Simferopol zu bringen. Die Gerüchte, dass meine Beziehung zu Sebulon wieder im alten Gleis lief, waren ihm ganz offenbar bereits zu Ohren bekommen.

»Auf den Chef, ja, Alissa?«, schlug Pawel vor. Er gab sich derart Mühe, sich bei mir einzuschmeicheln, dass es regelrecht unangenehm war.

»Gut«, stimmte ich zu. Wir stießen an und tranken einen Schluck. Als die Stewardess vorbeikam, um ein letztes Mal zu kontrollieren, ob auch alle angeschnallt seien, würdigte sie uns keines Blickes. Der Zauber der Bedeutungslosigkeit, den Pawel gewirkt hatte, funktionierte einwandfrei. Selbst dieser nichtsnutzige Tiermann brachte im Moment mehr zustande als ich ...

»Man kommt doch nicht umhin anzuerkennen«, verkündete Pawel, während er an seinem Wein nippte, »dass die Beziehung der Leitung zu uns Mitarbeitern auf der Höhe ist!«

Ich nickte.

»Nimmst du dagegen die Lichten ...« Er legte in das Wort so viel Verachtung, wie ihm zu Gebote stand. »... das sind weitaus größere Individualisten als wir.«

»Jetzt übertreib mal nicht«, entgegnete ich. »Das stimmt ja nun doch nicht.«

»Ach komm, Alissa!« Der Wein löste ihm die Zunge. »Weißt du noch, wie wir vor einem Jahr alle in der Absperrkette standen? Bevor der Orkan losbrach?«

Vermutlich erinnerte ich mich überhaupt nur wegen dieser Kette an Pawel. Tiermenschen erledigen die Drecksarbeit, und unsere Wege kreuzen sich selten. Mal bei Sondereinsätzen oder in den seltenen Fällen, in denen das gesamte Personal der Wache zusammengerufen wird.

»Ja.«

»Also, dieser ... Gorodezki. Diese Leuchte! Pah!«

»Er ist ein sehr starker Magier«, widersprach ich erneut. »Ein sehr starker.«

»Klar doch! Er hat Kräfte zusammengerafft, aus den Leutchen das Letzte herausgepresst – und wozu? Wofür hat er das alles ausgegeben?«

»Für die eigene Remoralisation.«

Ich kniff die Augen zusammen und rief mir in Erinnerung, wie das ausgesehen hatte.

Eine Lichtfontäne, die in den Himmel schlug. Energieströme, die Anton aus den Menschen geschöpft hatte. Er hatte alles auf eine Karte gesetzt, indem er das Risiko eingegangen war, sich Kraft zu leihen, um einen kurzen Augenblick über Kräfte zu gebieten, die sich mit den Möglichkeiten von Sebulon und Geser vergleichen ließen oder diese gar überstiegen.

Und hatte die gesamte Kraft ungehemmt auf sich gelenkt.

Eine Remoralisation. Die Suche nach einem ethisch optimalen Ausweg. Was die Lichten am meisten fürchten, ist, Schaden anzurichten, einen Fehler zu machen, der den armen kleinen Menschen Böses bringt.

»Das ist doch jetzt ein Superegoist!«, meinte Pawel genüsslich. »Hätte er seine Freundin retten können? Ja. Hätte er sich mit uns anlegen können? Erst recht! Aber was hat er gemacht? Er hat sich selbst alles genommen, was er gesammelt hatte! Noch nicht mal dem Orkan wollte er Einhalt gebieten ... obwohl er es gekonnt hätte! Ohne weiteres!«

»Wer weiß, wozu es geführt hätte, wenn er sich anders verhalten hätte?«, fragte ich.

»Aber er hat sich verhalten wie einer von uns! Wie ein echter Dunkler!«

»Dann wäre er jetzt in der Tagwache.«

»Er kommt schon noch zu uns«, meinte Pawel überzeugt. »Ganz bestimmt. Es wird ihm leid getan haben um die Kräfte, und deshalb hat er sie für sich ausgegeben. Danach musste er nach Rechtfertigungen suchen, à la *ich habe alles getan, um die richtige Entscheidung zu treffen* ... Doch wie sah seine Entscheidung aus? Er hat sich nicht eingemischt! All das nur, um sich nicht einzumischen! So verhalten wir uns, das ist ein typisch Dunkles Verhalten.«

»Da will ich mich gar nicht mit dir streiten, Pawluscha«, sagte ich.

Der Flieger erbebte und fuhr das Fahrgestell aus. Jemand stieß einen kurzen Schrei aus.

Auf den ersten Blick hatte der Tiermann Recht. Ich brauchte mir nur Sebulons Gesicht in den ersten Tagen nach dem Orkan in Erinnerung zu rufen. Keine schöne Miene, die er da aufsetzte, das konnte ich durchaus erkennen. Als hätte er – im Nachhinein! – begriffen, dass er reingelegt worden war.

Pawel erging sich noch immer in den Feinheiten des Kampfes zwischen den Wächtern des Tages und der Nacht, über das unterschiedliche Herangehen und langfristig geplante Operationen. Ein Stratege, der in einer Kommandozentrale sitzen sollte, aber nicht durch die Straßen patrouillieren.

Plötzlich begriff ich, wie er es fertig gebracht hatte, mich während des zweistündigen Flugs so zu ermüden. Dabei machte er auf den ersten Blick einen angenehmen Eindruck ...

»In was verwandelst du dich, Pawluscha?«, fragte ich.

Er schnaubte. »In eine Echse«, gab er widerwillig zu.

»Oho!« Voller Interesse sah ich ihn mir erneut an. Solchen Tiermenschen begegnet man wirklich selten, das ist was anderes als ein stinknormaler Werwolf wie der tote Witalik. »Alle Achtung! Und warum sehe ich dich dann fast nie bei Operationen?«

»Ich ...« Pawel verzog das Gesicht. Holte ein Taschentuch heraus und betupfte sich die schweißige Stirn. »Die Sache ist die ...«

Köstlich, wie er sich wand – ganz wie ein Schulmädchen, das etwas ausgefressen hat, beim Gynäkologen.

»Ich verwandle mich in eine Pflanzen fressende Echse«, presste er schließlich heraus. »Meine Kampffähigkeit ist leider nicht besonders hoch. Die Kiefer sind stark, meine Zähne flach, und sie mahlen ordentlich was weg. Aber ich bin ein bisschen zu langsam. Arme oder Beine brechen ... einen Finger abkauen ... das kann ich.«

Unwillkürlich musste ich lachen. »Nimm's nicht so schwer«, bemerkte ich mitfühlend. »Solche wie du sind doch auch notwendig! Hauptsache, dein Aussehen ist beeindruckend und flößt Angst und Schrecken ein.«

»Mein Aussehen ist schon beeindruckend ...«, meinte Pawel, der misstrauisch zu mir herüberschielte. »Nur sind meine Schuppen zu bunt. Wie bei einem teuren Markenspielzeug. Damit kann ich mich kaum tarnen.«

Es gelang mir, eine ernste Miene zu bewahren. »Mach dir nichts draus, das ist doch sogar ganz interessant. Wenn man Menschen und vor allem kleine Kinder erschrecken will, ist ein bunter Panzer genau richtig.«

»Meist ist das auch meine Aufgabe ...«, bestätigte Pawel.

Ein Stoß unterbrach unser Gespräch. Das Flugzeug hatte auf der Landebahn aufgesetzt. Höflich, wenn auch etwas zu früh, spendeten die Passagiere Applaus. Ein paar Sekunden lang presste ich die Stirn gegen das Fenster und sog den Anblick des Grüns und des Flughafengebäudes ein, vor dem gerade eine Maschine zum Start vorbereitet wurde ...

Ich konnte es einfach nicht glauben.

Ich war dem stickigen Moskau entkommen, man hatte mir den lang erhofften Urlaub bewilligt ... und besondere Rechte eingeräumt ... und wenn ich zurückkäme, würde Sebulon wieder auf mich warten ...

Pawel brachte mich noch zur Haltestelle des Oberleitungsbusses. Es war die komischste Strecke, von der ich je gehört hatte: Der Obus fuhr von einer Stadt in die andere, von Simferopol nach Jalta. Was merkwürdigerweise sogar recht bequem war.

Alles war hier anders, völlig anders. Zwar herrschte auch hier Hitze, aber nicht die Moskauer Asphalt- und Betonhitze. Sogar das Meer konnte ich schon spüren, obwohl es noch weit weg war. Dann das wilde Grün, die ganze Atmosphäre eines großen Ferienorts mitten in der Saison.

Gut. Mir ging es wirklich gut.

Jetzt wollte ich nur schnell unter die Dusche, mich ausschlafen, mich zurechtmachen ...

»Du fährst doch nicht nach Jalta, oder?«, erkundigte sich Pawel.

»Nicht ganz bis nach Jalta«, nickte ich. Finster blickte ich auf die lange Schlange. Selbst Kinder wirkten konzentriert und bereit, sich um einen Platz im Obus zu prügeln. Ich hatte kaum Gepäck, bloß eine Handtasche und eine Sporttasche über der Schulter, und könnte mich durchaus anstellen – in der Hoffnung, ohne Fahrkarte in den Bus zu kommen.

Aber das wollte ich nicht.

Schließlich hatte ich ein nettes Päckchen für meine Dienstreise, meinen Urlaub und meine Genesung in die Hand gedrückt bekommen – Sebulon hatte für mich fast zweitausend Dollar locker gemacht. Für zwei Wochen dürfte das absolut reichen. Vor allem in der Ukraine.

»Gut, Pawluscha.« Ich schmatzte ihm einen Kuss auf die Wange. Der Tiermann lief knallrot an. »Ich komme schon hin, du brauchst mich nicht zu begleiten.«

»Bestimmt nicht?«, hakte er nach. »Ich habe den Auftrag, dir jede erdenkliche Hilfe zu leisten.«

Ein toller Beschützer! Eine Pflanzen fressende Echse, eine Kuh mit Schuppen ...

»Ganz bestimmt nicht. Du bist auch urlaubsreif.«

»Ich will mit Freunden eine Radtour machen«, teilte er mir aus irgendeinem Grund mit. »Das sind wirklich prima Jungs, ukrainische Werwölfe und sogar ein junger Magier. Sollen wir vielleicht mal bei dir vorbeikommen?«

»Das würde mich freuen.«

Der Tiermann wandte sich wieder dem Flughafengebäude

zu, offenbar in der Absicht, seinen Anschlussflug zu kriegen. Langsam schlenderte ich an der kurzen Schlange von Privatfahrern und Taxis entlang. Die Nacht brach allmählich an, und es gab nicht mehr allzu viele Autos.

»Wohin, meine Schöne?«, rief mir ein bulliger Kerl mit Bart hinterher, der neben seinem Shiguli eine rauchte. Ich schüttelte den Kopf – mit einem Shiguli würde ich bestimmt nicht von einer Stadt in die andere fahren. Einen Wolga ignorierte ich ebenfalls und erst recht einen Oka, von dem nicht klar war, worauf der eigentlich hoffte.

Aber ein neuer Nissan Patrol gefiel mir schon besser ....

Ich beugte mich zu dem heruntergelassenen Fenster hinunter. Im Wagen saßen zwei junge schwarzhaarige Typen. Der Fahrer rauchte, sein Kumpel nuckelte an einer Bierflasche.

»Seid ihr frei, Jungs?«

Zwei Augenpaare taxierten mich. Ich sah nicht sonderlich kreditwürdig aus, denn so verlangte es meine Legende ...

»Kann schon sein«, brachte der Fahrer hervor. »Wenn wir uns über den Preis einig werden.«

»Das werden wir«, sagte ich. »Bis ins Artek. Einen halben Hunderter.«

»Bist du eine Pionierin?«, grinste der Fahrer. »Für einen halben Hunderter fahren wir dich durch die Stadt.«

Ein echter Witzbold! Bei seinem Alter hätte er sich außerdem gar nicht mehr an das Wort Pionierin erinnern dürfen. Und auch seine Preisvorstellungen schossen weit übers Ziel hinaus – fünfzig Griwna, das waren fast zehn Dollar.

»Sie haben sich noch nicht nach dem Wesentlichen erkundigt«, bemerkte ich. »Einen halben Hunderter von was ...«

»Einen halben Hunderter von was?«, wiederholte der Kumpel des Fahrers gehorsam.

»Dollar.«

Sofort veränderten sich die Mienen der beiden.

»Für fünfzig Dollar bringt ihr mich schnell, ohne sonst noch jemanden mitzunehmen und ohne laute Musik ins Artek«, präzisierte ich. »Einverstanden?«

»Ja«, entschied der Fahrer. Sein Blick suchte etwas. »Und Gepäck?«

»Ich hab schon alles bei mir.« Ich stieg hinten ein und legte die Tasche neben mich. »Fahren wir.«

Mein Ton überzeugte sie. Bereits eine Minute später zuckelten wir über die Straße. Ich entspannte mich, machte es mir bequem. Gut. Urlaub. Ich musste mich erholen ... Pfirsiche essen ... Kraft sammeln ...

Und dann, in Moskau, würde Sebulon auf mich warten ...

In dem Moment klingelte das Handy in meiner Handtasche. Ohne die Augen zu öffnen, holte ich es heraus und nahm den Anruf an.

»Alissa, wie war der Flug?«

Wärme durchströmte meine Brust. Eine Überraschung jagte die nächste! Selbst in unseren besten Tagen hatte Sebulon es nicht für nötig befunden, nach solchen Kleinigkeiten zu fragen. Oder lag das daran, dass ich jetzt krank und nicht in Form war?

»Danke, wunderbar. Angeblich war mit schlechtem Wetter zu rechnen, aber ...«

»Ich weiß. Die Kollegen von der Tagwache in Simferopol haben sich um die meteorologischen Bedingungen gekümmert. Aber deshalb rufe ich nicht an, Alissa. Bist du jetzt in einem Auto?«

»Ja.«

»Du hast eine schlechte Prognose für diese Fahrt.«

Ich merkte auf. »Der Weg?«

»Nein. Offenbar dein Fahrer.«

Vor mir sah ich steinern die rasierten Hinterköpfe der beiden Jungs. Eine Sekunde lang betrachtete ich sie, schäumend vor Hilflosigkeit. Selbst Emotionen konnte ich nicht mehr spüren, vom Gedankenlesen ganz zu schweigen ...

»Das schaff ich schon.«

»Du hast deinen Begleiter weggeschickt?«

»Ja. Aber mach dir keine Sorgen, mein Liebster. Ich krieg das schon in den Griff.«

»Bist du sicher, Alissa?« In Sebulons Stimme schwang echte Sorge mit. Was mich aufputschte wie Doping.

»Natürlich! Guck dir die Prognose noch einmal an!«

Sebulon schwieg einen Moment lang. »Stimmt, es wird besser ...«, meinte er dann zufrieden. »Aber halte die Verbindung. Im Notfall bin ich sofort da.«

»Wenn sie mich beleidigen, ziehst du ihnen einfach das Fell über die Ohren, Liebster«, bat ich.

Der Beifahrer drehte sich um und sah mich aufmerksam an.

»Ich ziehe es ihnen nicht nur über die Ohren, sondern zwinge sie auch noch, es zu fressen«, meinte Sebulon. Das war natürlich keine Drohung, sondern ein ernst gemeintes Versprechen. »Nun, dann einen schönen Urlaub, Kleines.«

Ich beendete das Gespräch und schlummerte ein. Der Nissan fuhr ruhig, nach kurzer Zeit hatten wir bereits die Hauptstraße erreicht. Ab und an rauchten die Jungs eine, es begann nach Tabak zu riechen, der jedoch zum Glück nicht von der übelsten Sorte war. Dann sang der Motor lauter – wir fuhren einen Pass hinauf. Ich öffnete die Augen und schaute über die hinuntergelassene Scheibe in den Sternenhimmel. Wie groß die Sterne auf der Krim sind. Wie nah.

Dann schlief ich richtig ein. Hatte sogar einen Traum, einen süßen quälenden Traum, in dem ich im nächtlichen Meer badete und neben mir jemand schwamm, ab und an erahnte ich in der Dunkelheit sein Gesicht und spürte die zarte Berührung seiner Hände ...

Als ich verstand, dass die Berührung echt war, erwachte ich augenblicklich und schlug die Augen auf.

Der Motor schwieg, das Auto stand etwas abseits von der Schnellstraße. Offenbar auf dem Ausfahrstreifen, gedacht für die Unglücksraben, bei denen die Bremsen versagten.

Und bei meinem Fahrer und seinem Kumpel hatten ganz bestimmt alle Bremsen versagt. Das ließ sich in ihren Augen erkennen.

Sobald ich aufgewacht war, nahm der Kumpel vom Fahrer seine Hand aus meinem Gesicht. Und rang sich sogar ein Lächeln ab. »Wir sind da, Schätzchen.«

»Sieht aber nicht wie das Artek aus, Freundchen«, antwortete ich im selben Ton.

»Das ist der Angarski-Pass. Der Motor ist heiß gelaufen.« Der Fahrer beleckte sich die Lippen. »Wir müssen kurz warten. Wir können aussteigen und ein bisschen frische Luft schnappen.«

Er suchte sogar nach zusammenhangslosen Ausreden, machte sich also offensichtlich weit mehr Gedanken als sein Kumpel. Der – im Gegenteil – immer mehr auf Touren kam. »Auch ne Gelegenheit zum Pissen ...«

»Danke, kein Bedarf.« Ich blieb sitzen und betrachtete das Pärchen voller Neugier. Was sie jetzt wohl machen würden? Versuchen, mich aus dem Wagen zu ziehen? Oder mich gleich hier drinnen zu vergewaltigen?

Und dann?

Mich laufen zu lassen wäre gefährlich. Wahrscheinlich würden sie mich den Abhang runterstoßen. Irgendwohin ins Meer, dem besten Freund der Mörder aller Zeiten und Völker. Boden bewahrt die Spuren lange auf, das Meer hat eine kurzes Gedächtnis.

»Es haben sich Zweifel gemeldet«, verkündete der Fahrer. »Ob du überhaupt Geld hast ... Pionierin?«

»Da ich euch gemietet habe ...« Ich legte die Betonung auf das Wort *gemietet*. »... hab ich welches.«

»Zeig's«, verlangte der Fahrer.

Ach, was seid ihr für dumme ... Menschlein ...

Schweigend holte ich aus der Handtasche das Bündel Dollarnoten. Fingerte einen halben Hunderter heraus und streckte den beiden den Schein hin, wobei ich so tat, als bemerke ich den gierigen Blick nicht, mit dem sie das Geld verschlangen. Damit dürfte mein Schicksal endgültig besiegelt sein.

Trotzdem suchten sie immer noch nach Rechtfertigungen. Zumindest vor sich selbst.

»Die sind falsch«, kreischte der Fahrer, während er den Schein sicher in seiner Hosentasche verstaute. »Du verdammte Hündin wolltest uns ...«

Ich hörte mir eine Portion auserlesener Beschimpfungen an, während ich sie nach wie vor ungerührt beobachtete. Obwohl irgendetwas in mir sich anspannte, verfügte ich nicht über die normale Kraft eines Anderen, mit der ich aus diesen beiden Bastarden gehorsame Marionetten hätte machen können.

»Hoffst du etwa auf deinen Freund?«, fragte mich der Beifahrer. »Ja? Der uns das Fell über die Ohren ziehen soll? Umgekehrt wird ein Schuh draus, du Hure!«

Ich lachte los, als ich mir die unzähligen Späße vorstellte, die sich Sebulon mit diesen Hündchen erlauben würde. Allein wegen dieser Worte.

Der Fahrer packte meinen Arm. Sein Gesicht, eigentlich jung und hübsch – gegen eine Urlaubsaffäre mit so einem Jungen hätte ich nichts einzuwenden gehabt –, verzerrte sich in einer Mischung aus Bosheit, Angst und Verlangen.

»Du wirst mit Naturalien zahlen, du Hure!«

Ach ja. Mit Naturalien. Aber auch mit meinen Sachen und mit einem kurzen Flug den fast senkrechten Abhang hinunter ...

Nein, auf diese Weise wollte ich eigentlich nicht mit dem Schwarzen Meer Bekanntschaft schließen.

Der andere Kerl streckte die Hände nach mir aus, zweifelsohne mit dem Ziel, mir die Bluse zu zerreißen. Idiot, die hat immerhin 250 Dollar gekostet!

Als er mich fast berührte, knallte ich ihm den Lauf einer Pistole an die Stirn.

Eine kurze Pause trat ein.

»Was seid ihr doch für toughe Jungs«, gurrte ich. »Und jetzt nehmt ihr mal schön die Händchen hoch und steigt aus.«

Die Pistole hatte sie schockiert. Vielleicht weil ich vom Flughafen gekommen war und sie deshalb nicht damit gerechnet hatten, dass ich eine Waffe bei mir trug. Vielleicht witterten sie aber auch mit dem Instinkt junger Köter, dass es mir ein Vergnügen sein würde, ihnen das Hirn herauszublasen.

Sie sprangen aus dem Auto, ich folgte ihnen. Ein paar Sekunden zögerten die beiden, dann stürzten sie davon. Aber das genügte mir nicht mehr!

Die erste Kugel feuerte ich in den Knöchel des Beifahrers. Auf seine Füße kam es schließlich nicht an, er musste ja nicht auf die Pedale treten. Die Verletzung war der reinste Witz, oberflächlich, wahrscheinlich brannte nur die Haut, und es handelte sich nicht mal um eine klaffende Wunde, aber es dürfte völlig reichen. Jammernd fiel der Kerl zu Boden, sein Freund blieb wie angewurzelt stehen und hob die Hände. Für wen die mich wohl hielten? Für eine Mitarbeiterin des Föderativen Sicherheitsdienstes im Urlaub?

»Eure Gier kann ich durchaus verstehen«, sagte ich. »Die Wirtschaft liegt am Boden, ihr kriegt euer Gehalt nicht ... Auch euer Verlangen versteh ich. Schließlich brodelt in euch noch die jugendliche Hypersexualität. Genau wie in mir!«

Selbst der Verletzte schwieg. In absoluter Stille lauschten sie mir. Die Straße hatte sich zur Nacht hin geleert, nur in der Ferne ließen sich näher kommende Scheinwerfer erkennen. Eine atemberaubende Nacht, eine ruhige, warme Sternennacht auf der Krim, während unten, am Fuße des Abhangs, das Meer toste.

»Immerhin seid ihr echt nette Jungs«, sagte ich. »Schade ist nur, dass ich im Moment nicht in der Stimmung für Sex bin. Ihr habt euch zu hässlich benommen. Aber ...« Ich hob einen Finger, und sie starrten ihn an, als seien sie hypnotisiert. »... wir finden schon eine Lösung!«

Ihren Gesichtern nach zu urteilen versprachen sie sich davon nichts Gutes. Was Quatsch war. Ich bin schließlich keine Mörderin.

»Da ihr zu zweit und offenbar gute Freunde seid«, setzte ich ihnen auseinander, »wird es für euch kein Problem sein, euch gegenseitig zu befriedigen. Danach fahren wir dann ganz ruhig und ohne weitere Abenteuer ins Artek.«

»Du hast sie wohl nicht alle!« Der Fahrer wollte schon auf mich zukommen, doch der auf seine Leistengegend gerichtete Pistolenlauf belehrte ihn eines Besseren.

»Es gibt noch eine Ausweichvariante«, räumte ich ein. »Ich könnte euch von euren überflüssigen Körperteilen befreien. Und ich wette 3 : 1, dass ich das beim ersten Schuss schaffe.«

»Du ...«, zischte der Angeschossene. »Man wird uns ...«

»Kein Hahn wird nach euch krähen«, erklärte ich. »Lasst die Hosen runter und macht euch an die Arbeit.«

Über die Kraft, mit der jeder Andere den Willen eines Menschen brechen kann, verfügte ich nicht mehr. Der Ton meiner Stimme klang vermutlich noch überzeugend genug.

Sie gehorchten. Versuchten zu gehorchen.

In der Abteilung guckten wir uns manchmal schwule Pornos an – was sehr komisch ist. Genauso wie die wachhabenden Vampire und Magier sich ab und an mit lesbischen Filmen vergnügen.

Aber die Schauspieler im Kino überließen sich selbstvergessen der Sache und verstanden etwas davon. Die beiden Oberidioten hier waren durch die überraschende Wendung der Ereignisse offenbar völlig durch den Wind und hatten bisher keine entsprechenden Erfahrungen gesammelt. Deshalb interessierte ich mich vor allem für das nächtliche Meer und achtete lediglich darauf, dass die Kerle nicht schlapp machten.

»Nehmt's nicht schwer«, tröstete ich sie, sobald ich fand, sie hätten sich genug erniedrigt. »Wie heißt es doch so schön: Es ist noch kein Meister vom Himmel gefallen. In eurer Freizeit solltet ihr noch ein bisschen üben. Und jetzt ins Auto!«

»Wozu?«, jammerte der Fahrer, nachdem er endlich nicht mehr ausspuckte. Offenbar glaubte er, ich hätte die Absicht, sie zu erschießen und sie zusammen mit ihrer Karre im Meer zu versenken.

»Ich habe euch doch gemietet, damit ihr mich fahrt, oder?«, wunderte ich mich. »Und das Geld habt ihr auch schon kassiert.«

Die weitere Fahrt verlief ohne besondere Vorkommnisse. Auf halber Strecke fing der Fahrer allerdings plötzlich an darüber zu lamentieren, dass er sich selbst hassen würde, sein Leben keinen Sinn mehr habe und er jetzt das Steuer herumreißen und in den Abgrund rasen würde.

»Nur zu!«, spornte ich ihn an. »Mit einer Kugel im Genick spürst du nicht mal den Schmerz beim Fallen.«

Er schwieg.

Bis wir im Artek ankamen, legte ich die Pistole nicht aus der Hand.

Nachdem ich die Tür bereits geöffnet hatte, beugte ich mich noch einmal zu den beiden nach vorn. »Noch was, Jungs ...«

Voller Hass sahen sie mich an. Was könnte ich jetzt für Kraft abzapfen, wenn ich in Form wäre!

»Ihr versucht besser gar nicht erst, mich zu finden. Andernfalls würde euch diese Nacht wie der Himmel auf Erden vorkommen. Alles klar?«

Eine Antwort blieb aus.

»Schweigen ist ein Zeichen der Zustimmung«, verkündete ich und steckte die kleine Astra Cub zurück in meine Handtasche. Die ideale Waffe für eine zarte Frau – auch wenn es Pawel war, der sie durch den Zoll hatte schmuggeln müssen.

Ich ging zum Eingangstor, während der Nissan aufheulend davonfuhr. Ich hoffte, die beiden glücklosen Räuber und Vergewaltiger hatten genug Grips, sich von hier fern zu halten ...

In ein paar Tagen würde ich mir jedoch um die kleinen Gauner vor Ort ohnehin keinen Kopf mehr machen.

So kam ich also um zwei Uhr nachts im Artek an, wo ich wieder gesund werden sollte.

»Brühe trinken«, wie Karl Lwowitsch sich ausgedrückt hatte, als er die erforderliche Erlaubnis unterschrieben hatte.

Jeder vorbildliche sowjetische Pionier sollte in seinem Leben drei Dinge tun: das Lenin-Mausoleum besuchen, einen Sommer im Artek verbringen und einem Jungpionier das Halstuch umbinden. Danach kann der nächste Schritt in seiner Entwicklung erfolgen: Er kann in den Komsomol eintreten.

In meiner nicht sehr langen Pionierzeit war es mir nur gelungen, den ersten Punkt abzuarbeiten. Jetzt bot sich mir die Gelegenheit, eine der Lücken zu stopfen.

Ich weiß nicht, wie es zu Sowjetzeiten gewesen ist, aber heutzutage machte das Ferienlager einen sehr gediegenen Eindruck. Um das Gelände herum ein intakter Zaun, am Tor Wachen. Freilich, eine Waffe trug anscheinend niemand ... zumindest auf den ersten Blick nicht ..., doch die starken jungen Männer in Milizionärsuniform wirkten auch ohne sie recht imposant. Dagegen nahm sich neben diesen Posten ein vierzehn-, fünfzehnjähriger Bengel recht komisch aus. Ob er ein Relikt aus vergangenen Zeiten war, als Hörner ertönten, Trommeln geschlagen wurden und Pioniere in Reih und Glied zum Strand marschierten, um nach streng geregeltem Ablauf die Wasserbehandlungen vorzunehmen?

Ehrlich gesagt hatte ich mit ewigen bürokratischen Prozeduren gerechnet. Oder mit größter Verwunderung. Aber offenbar war ich nicht die erste Pionierleiterin (jetzt bezeichnete man meine Aufgabe übrigens schlicht als Erzieherin), die um zwei Uhr nachts vorm Artek in einem ausländischen Wagen vorfuhr. Einer der Wachposten schaute sich flüchtig meine Papiere an – und zwar echte, ausgestellt von den entsprechenden Institutionen, beglaubigt durch Unterschrift und Stempel – und rief dann den Posten stehenden Jungen.

»Makar, bring Alissa zum Diensthabenden der Nachtschicht.«

»Hm«, brummte der Bengel, der mich voller Interesse ansah. Ein guter Junge ohne Komplexe. Der eine schöne Frau sieht und sich nicht schämt, sein Interesse zu artikulieren. Er wird's zu was bringen ...

Wir verließen das Häuschen der Wachposten, gingen an einer langen Reihe von Tafeln mit den Programmen für die einzelnen Tage, Veranstaltungsankündigungen und Wandzeitungen der Kinder vorbei – wie lange hatte ich schon keine Wandzeitungen mehr gesehen! Dann bogen wir in einen schwach beleuchteten Weg ein, wobei ich mich dabei ertappte, wie ich unwillkürlich links und rechts nach Gipsfiguren von Hornbläsern und Mädchen mit einem Ruder suchte. Die ich übrigens nicht fand.

»Sind Sie die neue Gruppenleiterin?«, fragte der Junge.

»Ja.«

»Makar.« Würdevoll streckte er mir die Hand entgegen.

»Alissa.« Als wir uns mit einem Handschlag begrüßten, konnte ich mir nur mit Mühe ein Schmunzeln verkneifen.

Der Altersunterschied zwischen uns beiden betrug nur zehn, vielleicht zwölf Jahre. Doch schon an unseren Namen ließ sich erkennen, wie sehr sich alles verändert hatte. Wo waren bloß all die Alices von Carroll und die Alissas von Bulytschow hin?

Sie waren den gipsernen Hornbläsern, den Pionierfahnen, den verlorenen Illusionen und den unerfüllten Träumen gefolgt. In geschlossener Formation abgezogen, unter heiterem überschwänglichem Gesang ... Das Mädchen, das im Fernsehen einst die Alissa gespielt und allen Jungen im Land den Kopf verdreht hatte, arbeitete heute friedlich als Biologin und erinnerte sich nur noch mit einem Lächeln an die romantische Figur.

Neue waren gekommen. Makar, Iwan, Jegor, Mascha ... Nach dem ehernen Gesetz der Natur: Je schlechter es einem Land ergeht, je tiefer es im Dreck steckt, desto stärker ist die Sehnsucht nach den Wurzeln. Nach den alten Namen, der alten Ordnung, den alten Ritualen. Nein, sie sind nicht schlechter als wir, all diese Makars und Iwans. Wahrscheinlich sogar ganz im Gegenteil. Sie sind ernsthafter, zielstrebiger, weder durch Ideologie noch sonst eine effekthaschende Größe zusammengehalten. Sie sind uns, den Dunklen, näher als all die Alissas, Serjoshas und Slawas.

Trotzdem bleibt ein bitterer Nachgeschmack. Als ob wir nicht die Richtigen waren, als ob erst sie kommen mussten.

»Bleiben Sie nur vorübergehend bei uns?«, erkundigte sich der Junge ernsthaft.

»Ja. Meine Freundin ist krank geworden, ich vertrete sie so lange. Aber im nächsten Jahr werde ich versuchen, wieder hierher zu kommen.«

»Machen Sie das, bei uns ist es so schön«, meinte Makar nickend. »Ich komme im nächsten Jahr auch wieder. Dann bin ich schon fünfzehn.«

Täuschte ich mich oder funkelte in den Augen dieses kleinen Teufels tatsächlich ein Feuerchen?

»Und danach?«

Er schüttelte den Kopf. »Hier kann man nur bis sechzehn herkommen«, teilte er mir mit unverhohlenem Bedauern mit. »Mit sechzehn habe ich übrigens vor, zum Studium nach Cambridge zu gehen.«

Beinahe hätte ich mich verschluckt. »Das ist ziemlich teuer, Makar.«

»Ich weiß. Aber es ist schon alles seit fünf Jahren geplant, machen Sie sich da keine Sorgen.«

Vermutlich der Sohn irgendeines Neureichen. Die planen in der Tat alles voraus.

»Das ist eine wichtige Entscheidung. Willst du da bleiben?«

»Nein. Wozu? Ich lasse mich solide ausbilden und komme dann nach Russland zurück.«

Ein sehr ernster Junge. Man konnte sagen, was man wollte – aber man traf doch immer wieder bemerkenswerte Exemplare unter den Menschen. Schade, dass ich ihn im Moment nicht auf die Fähigkeiten eines Anderen testen konnte ... Solche Jungs brauchen wir.

Ich folgte meinem Begleiter von dem mit quadratischen Steinfliesen ausgelegten Weg auf einen schmalen Pfad.

»Das ist eine Abkürzung«, erklärte der Junge. »Keine Sorge, ich kenne das Gelände wie meine Westentasche ...«

Schweigend lief ich hinter ihm her. Dunkelheit umgab uns, und ich musste mich einzig auf meine menschlichen Fähigkeiten verlassen. Sein weißes Hemd stellte jedoch eine sichere Orientierung dar.

»Sehen Sie das Licht da?«, fragte Makar, wobei er sich zurückdrehte. »Gehen Sie einfach darauf zu, ich bin jetzt nämlich weg ...«

Offenbar wollte der Junge mich verarschen ... Bis zu dem Licht waren es dreihundert Meter durch den dicht bewachsenen Park. Dann könnte er sich vor seinen Freunden dicke tun: Ich habe die neue Erzieherin in die Büsche gelockt und dort stehen lassen ...

Doch kaum machte Makar einen Schritt zur Seite, da blieb er mit dem Fuß irgendwo hängen und fiel mit einem überraschten Aufschrei zu Boden. Ich nahm ihm seinen Streich noch nicht mal krumm – dazu war das Ganze einfach zu komisch.

»Und du hast gesagt, du kennst das Gelände wie deine Westentasche«, konnte ich mir nicht verkneifen.

Er gab keine Antwort, sondern schniefte und rieb sich das aufgeschlagene Knie. Ich hockte mich neben ihn und sah ihm in die Augen. »Dabei wolltest du doch über mich lachen, nicht wahr?«

Der Bengel sah mich an – und blickte dann schnell weg. »Entschuldigen Sie ...«, murmelte er.

»Machst du dich auch über alle anderen lustig?«, fragte ich.

»Nein ...«

»Und womit habe ich diese Ehre verdient?«

Er antwortete nicht gleich.

»Sie haben ... so selbstsicher ausgesehen.«

»Wie auch nicht«, stimmte ich ihm ohne weiteres zu. »Meine Reise hierher war voll von Abenteuern. Beinah hätte man mich umgebracht, Ehrenwort! Aber ich bin mit heiler Haut davongekommen. Was sollte ich da sonst für eine Miene aufsetzen?«

»Entschuldigen Sie ...«

Die letzten Reste von Ernsthaftigkeit und Selbstsicherheit wichen von ihm. Ich setzte mich neben ihn. »Zeig mal dein Knie«, forderte ich ihn auf.

Er nahm die Hand weg.

Kraft. Ich wusste, dass es sie hier gab. Ich spürte sie fast, die in dem Jungen pulsierende Kraft: entstanden durch Schmerz, Empörung und Scham, diese heftige und reine Kraft ... Ich konnte sie fast aufnehmen, so wie jede x-beliebige Andere, deren Kraft die Schwäche der anderen ist.

Fast.

Es war immer noch nicht das, was ich brauchte. Makar saß da, presste die Zähne zusammen und gab keinen Ton von sich. Er hielt sich – und er hielt die Kraft in sich. Das war für mich im Moment noch zu viel ...

Ich kramte eine kleine Taschenlampe aus meiner Handtasche und hielt den Lichtstrahl auf die Wunde.

»Das ist nichts. Soll ich dir ein Pflaster draufkleben?«

»Nicht nötig. Das geht schon von allein weg ...«

»Wie du meinst.« Ich erhob mich und leuchtete die Gegend um mich herum ab. O ja, es wäre nicht einfach gewesen, den Weg zu dem in der Ferne schimmernden Fenster zu finden ...

»Was jetzt, Makar? Haust du ab? Oder bringst du mich doch noch zum Haus?«

Schweigend stand er auf und stapfte los. Ich folgte ihm. Erst als wir vor dem Haus ankamen, das durchaus nicht klein war – ein einstöckiger Steinbau, eine Villa mit Säulen davor –, sagte Makar wieder etwas.

»Werden Sie das dem Diensthabenden der Nachtschicht erzählen?«

»Was?« Ich lachte los. »Es ist doch nichts passiert, oder? Wir sind ganz ruhig den Weg entlanggegangen ...«

Er schniefte kurz. »Entschuldigen Sie«, sagte er noch einmal, doch diesmal klang es weit aufrichtiger. »Das war ein blöder Scherz.«

»Kümmer dich um dein Knie«, riet ich ihm. »Vergiss nicht, es dir auszuwaschen und Jod draufzuschmieren.«

Vier

Nebenan rauschte Wasser – der Mann von der Nachtschicht hatte mit einer Entschuldigung das Zimmer verlassen, um sich zu waschen. Ich hatte ihn geweckt, als er friedlich unter dem Gekrächze eines lausigen chinesischen Kassettenrecorders gedöst hatte. Was ich nicht verstand, war, wie jemand bei Wyssozki schlafen konnte. Allerdings waren diese Barden das Einzige, was man in dieser Seifendose überhaupt hören konnte.

Gedichte wird es geben und auch Mathe,
Und Orden, Pflichten, eine Übermacht ...
Die Zinnsoldaten auf der alten Karte
Sind heute alle aufgestellt zur Schlacht,
Die besser doch daheim geblieben wären.
Doch Krieg ist Krieg, da lässt sich's nicht vermeiden:
Es fallen Kämpfer in den beiden Heeren
Zu gleichen Teilen auf den beiden Seiten.

»Fertig, verzeihen Sie bitte ...« Der Mann kam aus dem winzigen Bad, wobei er sich das Gesicht mit einem Frotteehandtuch aus dem Artek abtrocknete. »Ich hatte einen anstrengenden Tag.«

Ich nickte verständnisvoll. Der Kassettenrecorder spielte weiter und verstärkte pflichtschuldig die Wyssozki eigene Heiserkeit.

Vielleicht ist die Erziehung nicht gelungen,
Vielleicht wird auch die Bildung immer mieser?
In diesem Feldzug wird kein Sieg errungen,
Von jener Seite nicht und nicht von dieser.
Also muss man sein Gewissen quälen,
Dass man sich nicht vor sich selbst blamiert –
Wie nun unter Zinnsoldaten wählen,
Wem in diesem Kampf der Sieg gebührt?

Der Mann runzelte die Stirn und stellte den Ton fast ganz ab. Er streckte mir die Hand entgegen. »Pjotr.«

»Alissa.«

Sein Händedruck war so kräftig als begrüße er einen Mann. Sofort spürte ich die Distanz: *Nur berufliche Beziehungen ...*

Auch gut. Besondere Begeisterung rief der kleine, magere Mann bei mir nicht hervor, der selbst noch einem Jugendlichen glich. Natürlich wollte ich mir für den Urlaub einen Liebhaber zulegen, aber doch lieber einen jüngeren und hübscheren. Pjotr war mindestens fünfunddreißig, und selbst ohne die Fähigkeiten einer Anderen konnte ich ihn lesen wie ein offenes Buch. Ein Familienmensch, wie er im Buch steht, soll heißen: Er betrog seine Frau kaum, trank nicht, rauchte nicht und brachte für die Erziehung des – vermutlich einzigen – Kindes die nötige Zeit auf. Ein verantwortungsbewusster Mensch, der seine Arbeit liebte und dem man eine Horde verrotzter Kleinkinder oder auch randalierender Heranwachsender ohne Sorge anvertrauen konnte: Er würde ihnen den Rotz abwischen, ganz offen mit ihnen reden, ihnen die Wodkaflasche wegnehmen, einen Vortrag darüber halten, wie schädlich das Rauchen sei, und sie mit Arbeit, Erholung und Moral überhäufen.

Kurzum, der Realität gewordene Traum der Lichten, aber kein Mensch aus Fleisch und Blut.

»Es freut mich sehr, Sie kennen zu lernen«, sagte ich. »Ich habe schon sehr lange davon geträumt, einmal ins Artek zu kommen. Nur schade, dass es erst unter diesen Umständen klappt …«

Pjotr seufzte.

»Erinnern Sie mich nicht daran. Wir leiden alle mit Nastenka mit … Sie sind mit ihr befreundet?«

»Nein.« Ich schüttelte den Kopf. »Ich bin zwei Studienjahre unter ihr und kann mich, ehrlich gesagt, nicht mal an ihr Gesicht erinnern …«

Pjotr nickte und sah sich dann meine Papiere an. Die Begegnung mit Nastja jagte mir keine Angst ein, sie würde sich nämlich an mein Gesicht erinnern – Sebulon nimmt es mit den Details immer sehr genau. Wenn es im Artek keinen Anderen gab, dann war jemand aus Jalta oder Simferopol gekommen, hatte sich kurz mit Nastja unterhalten – und schon kam ich ihr bekannt vor.

»Sie haben schon Gruppen geleitet?«

»Ja, aber … natürlich nicht im Artek.«

»Na und?« Pjotr zuckte die Schultern. »Wir haben hier zweitausenddreihundert Mitarbeiter, das ist der einzige Unterschied.«

Der Ton, in dem er diese Worte sagte, passte nicht ganz dazu. Stolz war er aufs Artek, so stolz, als hätte er es selbst gegründet; als hätte er es persönlich mit dem Maschinengewehr in der Hand gegen die Faschisten verteidigt; als hätte er das Haus gebaut und die Bäume gepflanzt.

Ich lächelte und brachte unmissverständlich zum Ausdruck: Ich glaube Ihnen nicht, schweige aber aus Höflichkeit.

»Nastja arbeitet im Komplex Lasurny«, teilte Pjotr mir mit. »Ich bringe Sie jetzt zu ihr, denn Nastja muss ohnehin bald aufstehen. Um fünf Uhr geht ihr Wagen nach Simferopol … Wie sind Sie denn hierher gekommen, Alissa?«

»Ohne Probleme«, erwiderte ich. »Ein Auto hat mich mitgenommen.«

Pjotr runzelte die Stirn.

»Das hat Sie bestimmt eine hübsche Stange Geld gekostet, oder?«

»Nein«, log ich.

»Dennoch war das ziemlich riskant«, meinte Pjotr. »Eine junge attraktive Frau mitten in der Nacht allein mit einem unbekannten Mann im Auto.«

»Es waren zwei«, sagte ich. »Und die waren miteinander beschäftigt.«

Pjotr hatte keine Ahnung, was ich meinte. »Es ist nicht an mir, Sie zu belehren, Alissa«, meinte er seufzend. »Sie sind erwachsen und wissen, was Sie tun. Aber begreifen Sie doch: Es passiert alles Mögliche. Das Artek ist ein Territorium der Kindheit, ein Territorium der Liebe, der Freundschaft und der Gerechtigkeit. Zumindest das konnten wir bewahren! Aber außerhalb des Pionierlagers ... laufen die unterschiedlichsten Menschen herum.«

»Das stimmt«, pflichtete ich ihm reumütig bei. Erstaunlich, mit welch aufrichtigem Glauben er diese Worte voller Pathos aussprach. Und auch tatsächlich an sie glaubte.

»Nun gut.« Pjotr stand auf und griff ohne Umstände nach meiner Tasche. »Gehen wir, Alissa.«

»Ich find's schon allein, wenn Sie mir den Weg beschreiben ...«

»Alissa!« Vorwurfsvoll schüttelte er den Kopf. »Sie würden sich verlaufen! Wir haben hier ein Areal von 258 Hektar! Gehen wir.«

»Ja. Sogar Makar hat sich etwas verlaufen«, räumte ich ein.

Pjotr stand bereits an der Tür, drehte sich jetzt aber scharf um. »Makar? Dieser fünfzehnjährige Junge? Hat der sich schon wieder am Eingangstor rumgetrieben?«

Verwirrt nickte ich.

»Klar ...«, sagte Pjotr kalt.

Wir traten in die warme Sommernacht hinaus. Es tagte bereits. Pjotr holte eine Taschenlampe hervor, schaltete sie aber nicht ein. Wir folgten einem Pfad nach unten, zum Ufer.

»Es ist doch immer dasselbe mit diesem Makar«, bemerkte Pjotr im Gehen.

»Ja?«

»Er braucht nicht viel Schlaf ... wissen Sie ...« Pjotr lachte missmutig. »Deshalb fällt er mal den Wachen am Eingang auf die Nerven, mal rennt er runter zum Strand, und mal büxt er ganz aus.«

»Ich habe geglaubt, er würde am Tor Posten stehen ... wie früher die Pioniere«, meinte ich.

»Alissa!«

Diese Repliken beherrschte Pjotr meisterlich. Allein durch den laut ausgesprochenen Namen brachte er eine Vielzahl von Emotionen zum Ausdruck.

»Die Kinder haben nachts zu schlafen! Und nicht Posten zu stehen ... sei es am Eingang zu einem Ferienlager, sei es am ewigen Feuer oder sonst wo ... Und alle normalen Kinder liegen nachts auch in ihren Betten. Natürlich unterhalten sie sich noch etwas vorm Einschlafen, aber dann schlafen sie. Sie toben sich den Tag über derart müde ...«

Unter seinen Füßen knirschte der Kies, denn wir hatten den mit Platten ausgelegten Weg verlassen. Ich zog meine Sandaletten aus und lief barfuß weiter. Angenehm war das, diese harten, kühlen Steinchen an den Füßen ...

»Einerseits könnte ich der Wache tüchtig den Kopf waschen«, dachte Pjotr laut nach. »Sie hätten den Jungen wegschicken müssen. Aber was wäre dann passiert? Sollen wir ihn ans Bett binden? Besser, er hockt ruhig bei den Erwachsenen, damit sie ihn im Auge haben, als dass er nachts allein im Meer schwimmt ...«

»Weshalb tut er das?«

»Angeblich reichen ihm drei Stunden Schlaf täglich.« In Pjotrs Stimme schwang schwermütiges Mitleid mit. Er gehörte offensichtlich zu den Menschen, mit denen man besser telefoniert oder sich in der Dunkelheit unterhält. Seine Mimik war nicht sehr ausgeprägt, sein Gesicht langweilig – aber seine

Stimme wunderbar ausdrucksvoll! »Und so, wie er sich tagsüber aufführt, braucht er in der Tat nicht mehr. Aber darum geht es gar nicht ...«

»Sondern?« Mir war klar, dass er auf diese Frage wartete.

»Er will jede Minute dieses Sommers, seiner Zeit hier im Artek, seiner Kindheit auskosten.« Pjotr wirkte jetzt eher nachdenklich. »Das erste und das letzte Mal im Artek. Was hat er denn bisher sonst schon an Schönem in seinem Leben gehabt?«

»Was heißt das – das erste und das letzte Mal? Der Junge hat mir gesagt ...«

»Er ist ein Heimkind«, erklärte Pjotr. »Und schon ziemlich alt. Er wird kaum noch einmal zu uns kommen. Heutzutage kann ein Kind natürlich so oft es will ins Artek kommen, allerdings gegen Bezahlung, während ein Aufenthalt im Rahmen eines Wohltätigkeitsprogramms ...«

Ich trat sogar einen Schritt zurück. »Ein Heimkind? Er hat mir im Brustton der Überzeugung ...«

»Überzeugend sind sie alle«, entgegnete Pjotr gelassen. »Wahrscheinlich hat er Ihnen eine ziemlich sensationelle Geschichte erzählt, oder? Dass seine Eltern Geschäftsleute sind, er dreimal im Jahr ins Artek kommt, für den Herbst einen Urlaub auf Hawaii plant ... Sie wünschen sich das, und deshalb fantasieren sie es sich zusammen. Die Jüngeren ständig, bei den Älteren kommt es seltener vor. Vermutlich haben Sie ihm gefallen?«

»Das würde ich nicht gerade behaupten.«

»In diesem Alter können die Jungen ihre Zuneigung noch nicht ausdrücken ...«, meinte Pjotr sehr ernst. »Liebe und Hass sind ohnehin leicht miteinander zu verwechseln, erst recht in der Kindheit ... Und wissen Sie, Alissa ..., wenn ich mir diese Bemerkung gestatten darf ...«

»Ja?«

»Sie sind eine sehr attraktive junge Frau, aber das hier ist ein

Ferienlager für Kinder, darunter auch etliche ältere Jungen. Ich will gar nicht verlangen, dass Sie sich nicht schminken oder dergleichen, aber ... Versuchen Sie doch, auf diesen Minirock zu verzichten. Er ist einfach zu kurz.«

»Nicht der Rock ist zu kurz«, erwiderte ich mit Unschuldsmiene. »Sondern meine Beine zu lang.«

Pjotr schielte zu mir herüber. Missbilligend schüttelte er den Kopf.

»Entschuldigen Sie, das war nur ein Scherz«, sagte ich rasch. »Natürlich werde ich den in Zukunft nicht tragen. Ich habe Jeans, Shorts und sogar einen langen Rock dabei. Und einen hochgeschlossenen Badeanzug!«

Den Rest des Weges sprachen wir kein Wort.

Ich hatte keine Ahnung, woran Pjotr dachte. Vielleicht fragte er sich, ob ich überhaupt für die pädagogische Arbeit tauge. Vielleicht bemitleidete er seinen Schützling Makar. Vielleicht bedachte er ganz allgemein die Unzulänglichkeit der Welt. Das hätte zu ihm gepasst.

Ich lächelte bei dem Gedanken daran, wie geschickt mich der Bengel an der Nase herumgeführt hatte.

Das war er, unser zukünftiger Mitstreiter.

Der zukünftige Dunkle.

Selbst wenn er kein Anderer sein sollte, sondern weiterhin ein langweiliges Menschenleben führen müsste, sind es solche wie er, auf die wir uns stützen können.

Dabei ging es natürlich nicht um den Streich. Die Lichten machen sich auch gern einen Spaß. Aber dass der Junge auf diese Ideen kommt – eine mit der Gegend unvertraute junge Frau mitten in der Nacht in einen Park zu führen und dort stehen zu lassen, stolz die schmale Brust vorzurecken und das erfolgreiche Kind aus einer snobistischen Familie zu mimen ... Das ist unsere Art.

Einsamkeit, Ruhelosigkeit, Verachtung und Mitleid seitens der Umwelt sind unangenehme Gefühle. Aber sie sind es, aus denen echte Dunkle hervorgehen. Menschen oder Andere, die das Siegel der eigenen Würde tragen, die voller Stolz und Freiheitsdrang sind.

Was wird aus einem Kind reicher Eltern, das tatsächlich jeden Sommer am Meer verbringt, ein renommiertes Gymnasium besucht, ernsthafte Pläne für die Zukunft schmiedet und gute Manieren beigebracht bekommt? Entgegen der landläufigen Meinung kaum einer von uns. Sicher, er muss auch nicht unbedingt bei den Lichten landen. Sein ganzes Leben gleicht einem Stück Scheiße im Abflussrohr: kleine Betrügereien, kleine Wohltaten, eine geliebte Frau und eine geliebte Geliebte, Intrigen gegen den Vorgesetzten, der Freund wird die Karriereleiter hinaufgezogen ... Mittelmaß. Nichts. Kein Feind, aber auch kein Verbündeter. Denn ein echter Lichter, das muss man anerkennen, flößt Respekt ein. Selbst wenn er gegen uns kämpft, selbst wenn seine Ziele unerreichbar sind, seine Handlungen naiv, bleibt er ein ernst zu nehmender Gegner. Wie Semjon oder Anton aus der Nachtwache ...

Die so genannten guten Menschen sind gleich weit von uns wie von den Lichten entfernt.

Aber auf so einsame junge Wölfe wie Makar stützen wir uns.

Er wächst mit dem festen Wissen auf, dass er kämpfen muss. Dass er allein gegen alle steht, dass er ebenso wenig auf Mitgefühl und Hilfe zu hoffen braucht, wie er selbst Mitleid und Barmherzigkeit zeigen sollte. Es kommt ihm nicht in den Sinn, die ganze Welt beglücken zu wollen, aber er fügt seiner Umwelt auch keine kleinen Gemeinheiten zu. Er stärkt seinen Willen und seinen Charakter. Er wird nicht untergehen. Wenn er Veranlagungen zum Anderen zeigt, wenn er die seltene und nicht vorhersagbare Kunst beherrscht, ins *Zwielicht* einzutreten – und das allein unterscheidet uns von den Menschen –, dann kommt der Junge zu uns. Doch auch wenn er ein Mensch bleibt, wird er unwillkürlich der Tagwache in die Hand arbeiten.

Wie so viele andere auch.

»Hier lang, Alissa ...«

Wir gingen auf ein kleines Gebäude zu. Eine Terrasse, offene Fenster, in einem von ihnen ein schwaches Licht ...

»Das ist eines unserer Sommerhäuser«, erklärte Pjotr. »In diesem Abschnitt gibt es vier weitläufige Datschen und acht Sommerhäuschen. Meiner Ansicht nach ist es weit vergnüglicher, den Sommer hier zu verbringen.«

Er entschuldigte sich quasi dafür, dass meine Schützlinge und ich in der Unterkunft für den Sommer wohnen mussten.

»Und im Winter?«, wollte ich wissen.

»Im Winter kommt niemand hierher«, sagte Pjotr streng. »Trotz unserer warmen Winter sind die Bedingungen für die Unterbringung von Kindern nicht adäquat.«

Ohne Schwierigkeiten wechselte er zum offiziellen Ton über. Er schien den Paragraphen zur Beruhigung besorgter Mamas zu wiederholen: *angenehme Temperatur, komfortable Unterbringungsmöglichkeiten, ausgewogene Ernährung*.

Wir stiegen die Stufen zur Terrasse hinauf. Ich spürte eine leichte Aufregung.

Als ob ... als ob ich bereits spürte ... dass ...

Nastja war eine zierliche, dunkelhäutige Frau mit irgendwie tatarischen Gesichtszügen. Ein hübsches Ding, dessen Miene allerdings im Moment zu verzweifelt und angespannt wirkte.

»Hallo, Alja ...« Sie nickte mir zu, als sei ich eine alte Bekannte von ihr. In gewisser Weise stimmte das ja auch, denn man hatte ihr offenbar eine falsche Erinnerung eingegeben. »Nun ist es also so gekommen ...«

Ich hörte auf, mich in dem kleinen Zimmer umzusehen, in dem es ohnehin nichts Bemerkenswertes gab. Das ganz normale Zimmer einer Erzieherin: Bett, Schrank, Tisch und Stuhl. Ein Minikühlschrank der Marke Morosko und ein billiger Schwarzweißfernseher schienen hier die einzigen Luxusgegenstände zu sein.

Ach ja, ich bin jetzt ja auch anspruchslos ...

»Alles wird wieder gut werden, Nastja«, versprach ich ihr mit falscher Freundlichkeit. Die junge Frau nickte müde, wie sie es vermutlich die ganzen letzten vierundzwanzig Stunden über gemacht hatte.

»Nur gut, dass du so schnell gekommen bist.« Sie hob ihre bereits gepackte Tasche vom Fußboden auf, bloß damit Pjotr sie ihr wieder abnahm. »Hast du schon mal im Artek gearbeitet?«

»Nein.«

Nastja runzelte die Stirn. Möglicherweise hatte derjenige, der für die Manipulation verantwortlich gewesen war, eine Kleinigkeit verwechselt, aber ihr stand jetzt nicht der Sinn danach, sich näher damit zu beschäftigen.

»Ich bekomme noch den Frühflug«, sagte sie. »Petja, es fährt doch ein Auto nach Simferopol, oder?«

»In einer Stunde«, nickte Pjotr.

Die bisherige Gruppenleiterin wandte ihre Aufmerksamkeit wieder mir zu. »Von den Mädchen habe ich mich bereits verabschiedet«, teilte sie mir mit. »Also ... wird sich niemand wundern. Sag ihnen, dass ich sie alle sehr lieb habe und ganz bestimmt ... versuche wiederzukommen.«

Kurz schimmerten Tränen in ihren Augen auf – offenbar ging ihr eine der Möglichkeiten auf, die ihr eine rasche Rückkehr erlauben würden.

»Nastja ...« Ich legte ihr den Arm um die Schultern. »Alles kommt wieder ins Lot, deiner Mutter geht es bald besser ...«

Nastjas kleines Gesichtchen verzog sich zu einer Grimasse des Schmerzes. »Sie war noch nie krank!«, brach es aus ihr heraus. »Niemals!«

Pjotr hüstelte dezent. Nastja senkte den Blick und verstummte.

Natürlich hatte es verschiedene Alternativen gegeben, mir auf die Schnelle eine Arbeit im Artek zu besorgen. Aber Sebulon bevorzugt stets die einfachste Lösung. Nastjas Mutter hatte völlig unerwartet einen schweren Infarkt erlitten, die Erzieherin flog zurück nach Moskau und als Ersatz schickte man eine andere Studentin von der Universität ins Ferienlager. So einfach ging das.

Wahrscheinlich hätte Nastjas Mutter ohnehin einen Infarkt bekommen: vielleicht erst in einem, vielleicht erst in fünf Jahren. Sebulon achtet stets penibel auf das Gleichgewicht der Kräfte. Einen Infarkt bei einer absolut gesunden Frau auszulösen, das ist eine Intervention vierten Grades, die den Lichten automatisch das Recht auf einen magischen Gegenzug von gleicher Kraft gibt.

Mit an Sicherheit grenzender Wahrscheinlichkeit würde Nastjas Mutter überleben. Sebulon ist kein Anhänger sinnloser Grausamkeit. Warum sollte er eine Frau töten, wenn der gewünschte Effekt bereits durch eine schwere Erkrankung zu erzielen ist?

Daher könnte ich meine Vorgängerin eigentlich beruhigen. Nur müsste ich dafür zu weit ausholen.

»Hier, in dieses Heft ... habe ich das eine oder andere eingetragen ...« Nastja reichte mir ein dünnes Schulheft mit einem albernen Umschlag, auf dem ein bekannter Sänger zu sehen war, der dämlich von einer Bühne heruntergrinste. »Na ja ... nur Kleinigkeiten, aber vielleicht nützen sie ja etwas. Einige Mädchen muss man zu nehmen wissen ...«

Ich nickte.

Plötzlich winkte Nastja mit der Hand ab. »Aber was erzähle ich dir denn da? Du wirst hervorragend zurechtkommen.«

Trotzdem weihte sie mich die nächsten fünfzehn Minuten in die Feinheiten der Hausordnung ein, bat mich, auf einige Mädchen besonders zu achten, die, obwohl sie noch nicht das Alter dafür hatten, bereits mit Jungen flirteten, und riet mir, nach dem Zubettgehen nicht gleich Ruhe zu verlangen – »sie brauchen noch fünfzehn Minuten zum Quatschen, höchstens eine halbe Stunde ...«

Erst als Pjotr schweigend auf die Uhr zeigte, verstummte Nastja. Sie küsste mich auf die Wange und griff nach ihrer Tasche sowie nach irgendeiner Pappschachtel. Ob sie ihrer kranken Mutter Obst mitbringen wollte?

»Alles Gute, Alissa ...«

Endlich war ich allein.

Ich legte einen Stapel frischer Bettwäsche aufs Bett. Unter einem einfachen Glasschirm schimmerte matt eine Glühbirne. Pjotrs und Nastjas Schritte, ihr leises Gespräch verstummten bald.

Ich war allein.

Nein, nicht ganz allein. Hinter zwei dünnen Wänden, nur fünf Schritte über den Korridor schliefen achtzehn Mädchen im Alter von zehn und elf Jahren.

Mich durchrieselte ein Zittern. Ein schwaches nervöses Zittern, als sei ich wieder eine Schülerin, die zum ersten Mal versucht, fremde Kraft abzuziehen. Wahrscheinlich hätte Nabokows Humbert Humbert an meiner Stelle genauso gebebt.

Dabei war seine Leidenschaft für Nymphchen im Vergleich zu dem, was ich jetzt plante, in der Tat ein harmloser Jux ...

Ich löschte das Licht und ging auf Zehenspitzen in den Korridor hinaus. Wie mir doch die Fähigkeiten einer Anderen fehlten!

Also musste ich mir mit dem behelfen, was noch von einem Menschen in mir war ...

Der Korridor war lang, der Boden knarrte. Der zerschlissene Läufer brachte mir nicht das Geringste, meine Schritte hätten leicht gehört werden können. Meine einzige Hoffnung war, dass in dieser frühen Morgenstunde die Mädchen noch fest schliefen und träumten ...

Einfache, ehrliche und ungekünstelte Kinderträume.

Ich öffnete die Tür einen Spalt und schlüpfte in den Schlafsaal. Irgendwie hatte ich erwartet, es sehe wie in irgendeiner Anstalt aus, wie in einem Kinderheim oder einem Krankenhaus, mit Eisenbetten, trübem Licht der Nachtlampe, trostlosen Vorhängen und »friedlich« in Reih und Glied schlafenden Kindern ...

Aber alles machte einen sehr angenehmen Eindruck. Licht fiel nur von einer Laterne draußen am Weg herein. Leichte Schatten wogten auf und ab, eine frische Meeresbrise blies durch die offenen Fenster, es roch nach Wiesenblumen. In einer Ecke schimmerte matt der Bildschirm eines ausgeschalteten Fernsehers, an den Wänden hingen Bilder, Aquarelle und Bleistiftzeichnungen, die selbst im Halbdunkel farbenfroh und unbeschwert wirkten.

Die Mädchen schliefen.

Manche hatten sich freigestrampelt, manche den Kopf in der Decke vergraben. Die Nachttische waren blitzblank aufgeräumt, die Sachen hingen über Bettenden und Stuhllehnen: noch feuchte Badeanzüge, Röcke, Jeans, Socken. Ein guter Psychologe, der nachts hier in den Schlafsaal schaute, hätte sich ein umfassendes Bild von den Mädchen machen können ...

Darauf konnte ich verzichten.

Langsam ging ich zwischen den Betten hindurch. Zupfte eine heruntergerutschte Decke zurecht, legte aus dem Bett hängende Arme und Beine zurück. Die Mädchen schliefen fest. Fest und traumlos ...

Erst beim siebten Mädchen hatte ich Glück. Es war vielleicht elf, pummelig und blond. Ein ganz normales Kind, das leise im Schlaf wimmerte.

Und schlimm träumte ...

Ich hockte mich vor dem Bett auf die Knie. Streckte die Hand aus, berührte ihre Stirn. Leicht nur, lediglich mit den Fingerspitzen.

Und spürte die Kraft.

Jetzt, da mir die Fähigkeiten einer Anderen fehlten, hätte ich einen gewöhnlichen Traum nicht entziffern können. Eine andere Sache ist es, die Möglichkeit zu spüren, Kraft aufzusaugen. Dabei verläuft alles auf dem Niveau tierischer Reaktionen, wie der Saugreflex bei einem Säugling.

Und dann sah ich es auch ...

Ein schlimmer Traum. Das Mädchen träumte, es würde nach Hause fahren, obwohl ihre Zeit noch nicht um war. Doch sie wurde abgeholt, weil ihre Mutter erkrankt war, und ihr schlecht gelaunter, verdrossen dreinblickender Vater schubste sie zum Autobus, und sie konnte sich nicht einmal mehr von ihren Freundinnen verabschieden, kein letztes Mal im Meer baden oder irgendwelche bedeutungsvollen Steine sammeln ... und sie sträubte sich, bat den Vater, sie nicht zu hetzen, doch der wurde nur immer böser und böser ... und sagte ihr etwas über schändliches Verhalten, darüber, dass es sich nicht zieme, ein so großes Mädchen noch zu verprügeln, aber wenn sie sich so aufführe, dann könne sie sein Versprechen vergessen, sie nie wieder mit dem Gürtel zu bestrafen ...

Wirklich ein schlimmer Traum. Nastjas Abreise hatte stark auf das Mädchen gewirkt ...

Jeder würde jetzt versuchen, der Kleinen zu helfen.

Ein Mensch würde ihr übers Haar streichen, zärtlich auf sie einflüstern, vielleicht sogar ein Schlaflied singen ... Kurzum, er würde versuchen, den Traum zu unterbrechen.

Ein Lichter würde seine Kraft einsetzen, um den Traum in die entgegengesetzte Richtung zu lenken, sodass der Vater lachen und sagen würde, die Mama werde schon wieder gesund und er würde jetzt mit ihr zum Strand hinuntergehen ... Er würde den harten, aber realistischen Traum in eine süße Lüge verwandeln.

Ich war eine Dunkle.

Und tat das, was ich konnte. Ich trank ihre Kraft. Saugte sie in mich ein – sowohl den schlecht gelaunten Vater wie auch die kranke Mutter, die für immer verlorenen Freundinnen, die nicht gesammelten Steine und die beschämende Prügel ...

Das Mädchen fiepte leise wie ein zerquetschtes Mäuschen. Um dann ruhig und gleichmäßig zu atmen.

Kinderträume bergen kaum Kraft. Das ist schließlich nicht

der Ritualmord, mit dem wir den Lichten gedroht hatten und der wirklich enorme Energie freisetzt. Es sind Träume, einfach Träume.

Eine kräftigende Brühe für eine kranke Hexe ...

Ich erhob mich wieder. In meinem Kopf drehte es sich leicht. Nein, noch hatte ich die verlorenen Fähigkeiten nicht zurückerlangt. Ein Dutzend solcher Träume würden nötig sein, um die klaffende Lücke zu stopfen.

Aber diese Träume würde es auch in Zukunft geben. Dafür würde ich schon sorgen.

Kein weiteres Mädchen träumte etwas. Halt, ein Kind träumte noch etwas, aber das war ein Traum, der mir nichts nutzte, ein dummer Mädchentraum von einem sommersprossigen Jungen, der ihr einen dieser blöden Steine mit einem Loch geschenkt hatte, einen so genannten Hühnergott. Was sollten diese Hühner auch sonst bekommen, wenn nicht einen Hühnergott ...

Ich blieb ein Weilchen am Bett des Mädchens stehen, das vermutlich am weitesten von allen entwickelt war. Selbst der Busen zeichnete sich bei ihr schon leicht ab. Ein paarmal berührte ich ihre Stirn und versuchte, wenigstens etwas zu finden. Nichts. Das Meer, die Sonne, der Strand, Wasserspritzer und dieser Junge. Kein Funken Bosheit, Neid oder Trauer. Hier könnte ein Lichter Magier Kraft schöpfen, er bräuchte nur diesen Traum zu trinken und würde zufrieden abziehen. Für mich bot er nichts.

Halb so schlimm, es würde ein weiterer Abend kommen, eine neue Nacht Und dann würde meine pummelige Spenderin der gleiche Albtraum heimsuchen, denn ich hatte von ihr alle Angst genommen, die Gründe dafür jedoch nicht beseitigt. Der Albtraum würde wiederkehren, und ich würde sie erneut von ihrer Angst befreien. Das Wichtigste war, es nicht zu übertreiben, das Mädchen nicht tatsächlich in einen Nervenzusammenbruch zu treiben: Dazu hatte ich kein Recht. Das grenzte bereits an eine regelrechte magische Intervention, und sollte es hier im Ferienlager nur einen Beobachter der Lichten geben oder, was das Dunkel ebenfalls nicht auf die leichte Schulter nehmen durfte, einen Anderen von der Inquisition, würde ich ernsthafte Probleme bekommen.

Außerdem würde ich Sebulon nicht noch einmal hintergehen.

Nie wieder.

Erstaunlich genug, dass er mir verziehen hatte, was im letzten Sommer geschehen war. Aber ein zweites Mal würde er mir nicht verzeihen.

Um zehn Uhr morgens ging ich mit meinen Schützlingen zum Frühstück.

Nastja hatte Recht, ich kam hervorragend klar.

Natürlich waren die Mädchen unmittelbar nach dem Aufwachen zurückhaltend gewesen. Aber wie sollte es auch anders sein, wenn die heiß geliebte Erzieherin mitten in der Nacht zu ihrer kranken Mama fuhr und an ihrer Stelle eine neue Frau in den Schlafsaal kam, eine Unbekannte, eine Fremde, die ihrer Nastja in nichts glich! Sofort hatte ich gespürt, dass die achtzehn Augenpaare mich voller Vorbehalt und sogar mit Misstrauen ansahen, dass sie zusammenstanden, während ich allein war.

Gerettet hat mich, dass die Mädchen noch klein waren und ich schön bin.

Wären an ihrer Stelle Jungen im selben Alter gewesen, hätte mein Aussehen nicht die geringste Rolle gespielt. Für zehnjährige Jungen ist jeder streunende junge Hund interessanter als die attraktivste Frau. Wären meine Schützlinge ein oder zwei Jahre älter gewesen, hätte meine Schönheit sie eifersüchtig gemacht.

Aber für zehnjährige Mädchen taugt eine schöne Frau noch als Objekt der Bewunderung. In ihnen erwachen gerade Koketterie und der Wunsch zu gefallen, aber sie verstehen noch nicht, dass nicht alle schön sein können. Ich wusste das, ich war selbst so gewesen und hatte dereinst meinen Vormund, die Hexe Irina Alexandrowna, mit weit aufgerissenen Augen angestaunt ...

Und ich hatte schnell eine gemeinsame Sprache mit den Mädchen gefunden.

Ich hatte mich zu Oletschka aufs Bett gesetzt, laut Eintragung im Heft dem stillsten und schüchternsten Kind. Hatte mit den Mädchen über Nastja gesprochen, darüber, wie schlimm es ist, wenn die Mutter krank wird, darüber, dass sie Nastja nichts übel nehmen dürfen ... sie wäre so gern bei ihnen geblieben, aber die eigene Mama geht nun mal vor!

Nachdem ich fertig gewesen war, hatte Oletschka angefangen zu heulen und sich an mich geschmiegt. Auch die anderen bekamen feuchte Augen.

Danach hatte ich ihnen von meinem Vater erzählt, von seinem Infarkt und davon, dass sein Herz jetzt gut kuriert wird und das mit Nastjas Mutter ganz bestimmt auch alles in Ordnung sein würde. Ich hatte der dunkelhäutigen Kasachin Gulnara beim Flechten ihrer Zöpfe geholfen – sie hatte wunderschönes Haar, war aber, wie Nastja bemerkt hatte, eine Transuse. Hatte mit Tanja aus Petersburg darüber debattiert, ob es aufregender sei, mit dem Zug oder mit dem Flugzeug ins Artek zu kommen, und natürlich ihrer Ansicht beigepflichtet, dass es mit dem Zug viel lustiger sei. Anja aus Rostow am Don hatte ich versprochen, ihr bis heute Abend das Schwimmen beizubringen, sodass sie nicht mehr nur am Rand zu planschen brauchte. Wir hatten über die Sonnenfinsternis diskutiert, die es in drei Tagen geben würde, und bedauert, dass sie auf der Krim nicht ganz vollständig sei.

Als wir dann zum Frühstück gingen, hatten wir uns bereits angefreundet und lachten miteinander. Nur Olga, die »auf gar keinen Fall Oletschka, sondern unbedingt Olga« genannt werden wollte, und ihre Freundin Ljudmila schmollten noch ein wenig. Kein Wunder, sie waren eindeutig Nastjas Lieblinge gewesen.

Halb so wild – in drei Tagen würden sie alle mich lieben.

Und ringsum war es einfach wunderschön!

August auf der Krim – das ist einmalig. Unten glänzte das Meer, in der Luft lagen der Geruch des Salzwassers und Blumenduft. Die Mädchen kreischten, rannten bald vor, bald zurück, rempelten sich an. Vermutlich hatten die Pionierlieder doch einen Sinn gehabt: Wenn du aus vollem Hals singst, kannst du kaum noch kreischen.

Aber ich kenne keine Pionierlieder, ich kann nicht in Reih und Glied marschieren.

Ich bin eine Dunkle.

Im Speisesaal folgte ich einfach meinen Schützlingen, schließlich wussten sie, wo wir saßen. Fünfhundert Kinder unterschiedlichen Alters veranstalteten einen gewaltigen Radau, schafften es dabei aber noch zu essen. Still setzte ich mich zu meiner Mädchengruppe und versuchte, die Lage einzuschätzen. Immerhin würde ich einen ganzen Monat hier bleiben.

Etwa fünfundzwanzig Gruppenleiter waren mit ihren Kindern zum Frühstück erschienen. Mein bescheidener Stolz, wie leicht ich mit meinen Schützlingen zurechtgekommen war, verflüchtigte sich schnell. Diese jungen Frauen und Männer konnten eher als ältere Brüder und Schwestern der Jungen und Mädchen durchgehen. Mal waren sie streng, mal zärtlich – aber sie alle stellten eine Autorität dar und wurden geliebt.

Wo nehmen sie all diese Leute bloß her?

Meine Stimmung sank langsam. Lustlos spießte ich meine Leberpfannkuchen auf, die es neben Buchweizenkascha und Kakao zum Frühstück gab, und dachte wehmütig über die nicht gerade beneidenswerte Lage einer Spionin auf fremdem Territorium nach. Zu ausgelassen war hier alles, man lachte zu viel, und es gab zu viele harmlose Streiche. Hier sollten die Lichten ihre Schutzbefohlenen aufziehen, die kleinen Menschenkinder im Geiste der Liebe und Güte erziehen, statt dass ich, eine Dunkle, hier Kraft tankte.

Ein schöner Betrug. Dicker Lack mit Vergoldung!

Natürlich, beruhigte ich mich, wenn man sich mit dem Blick eines Anderen umschaute, sähe Vieles anders aus. Unter all diesen freundlichen Menschen würde ich die Dreckskerle erkennen, die perversen, bösen, gleichgültigen Typen ...

Oder auch nicht! Möglicherweise gab es sie hier ja tatsächlich nicht. Vielleicht waren wirklich alle ehrlich – soweit das überhaupt möglich ist. Liebten die Kinder, das Ferienlager und einander aufrichtig und ohne Hintergedanken. Vielleicht war das hier tatsächlich jenes Reservat von Idioten, in das die Lichten am liebsten die ganze Welt verwandeln wollten.

Dann würden die Lichten also doch nicht im luftleeren Raum handeln ...

»Guten Morgen ...«

Ich wandte mich dem Jungen zu, der gerade vorbeiging. Aha, ein alter Bekannter, genauer, mein erster Bekannter hier im Artek.

»Guten Morgen, Makar.« Ich schielte auf sein aufgeschlagenes Knie. »Wo ist das Jod?«

»Ist doch nur 'ne Kleinigkeit, das heilt von selbst«, murmelte der Junge. Er sah mich leicht besorgt an – offenbar versuchte er herauszukriegen, ob ich bereits etwas über ihn herausgefunden hatte.

»Mach, dass du weiterkommst, sonst kriegst du kein Frühstück mehr.« Ich lächelte ihn an. »Vielleicht brauchst du ja nur drei Stunden Schlaf, aber was das Essen angeht – das ist doch wohl eine andere Frage. Hier gibt es zwar auch bloß Anstaltsessen, aber es schmeckt trotzdem.«

Schnell lief er an den Tischen entlang. Er hatte verstanden, dass ich bereits über ihn Bescheid wusste, sowohl über seine nächtlichen Ausflüge wie auch über seinen tatsächlichen sozialen Status. Wenn ich in Form gewesen wäre, hätte ich jetzt ordentlich Kraft zu mir nehmen können ...

»Woher kennst du denn den, Alissa?«, flüsterte Oletschka laut.

Ich setzte eine verschwörerische Miene auf. »Ich kenne alle und weiß alles ...«

»Warum?«, fragte Oletschka weiter.

»Weil ich eine Hexe bin!«, teilte ich ihr mit Grabesstimme mit.

Das Mädchen stimmte ein fröhliches Gelächter an.

Ja, ja, das war schon sehr komisch ... vor allem deshalb, weil es die reine Wahrheit war ... Ich tätschelte ihr den Kopf und deutete mit den Augen auf ihren vollen Teller.

Jetzt musste ich noch den offiziellen Teil hinter mich bringen und die Leitung vom Komplex Lasurny kennen lernen. Danach warteten der Strand und das Meer auf mich, von dem die Mädchen geschwärmt hatten.

Ehrlich gesagt, konnte ich nicht verhehlen, dass ich mich auf das Meer genauso freute wie auf die kommende Nacht. Ich bin eine Dunkle, gut – aber sogar Vampire lieben entgegen der Meinung aller Spießer Meer und Sonnenschein.

Im letzten Jahr war ich gegen Ende des Sommers nach Jūrmala gefahren. Warum ausgerechnet dahin, vermochte ich nicht zu sagen. Vielleicht, weil ich mal ein echt ungemütliches Plätzchen kennen lernen wollte. Was mir auch hervorragend geglückt ist. Der August war verregnet, kalt und trostlos. Sobald die reservierten lettischen Kellner die Höhe meiner Bestellung überschlagen hatten, fingen sie an, mit mir Russisch zu reden. Der Service im Hotel war sowjetisch einfach, trotz der vier Sterne, die das Hotel beanspruchte. Ich durchstreifte das gesamte Jūrmala. Saß lange in einer Bierstube in Majori, spazierte über den feuchten Sand des menschenleeren Strands und verbrachte ab und an einen Abend in Riga. Zweimal hatte man versucht, mich zu berauben, einmal, mich zu vergewaltigen. Ich amüsierte mich, so gut es ging – da besaß ich schließlich noch die Fähigkeiten einer Anderen, und kein Mensch auf der Welt hätte mir ein Leid antun können. In meiner Seele gab es nur Schwermut und Leere, dafür verfügte ich über Kraft im Übermaß.

Dann hing mir das alles zum Hals raus. Ganz plötzlich, von einem Tag auf den anderen. Vielleicht lag es an zwei Fahndern der Nachtwache, die mich in Dzintari festgenommen hatten und lange versuchten, mir ein unaufgeklärtes Verbrechen im Zusammenhang mit Magie dritten Grades in die Schuhe zu schieben. Sie traten mit tadelloser Höflichkeit auf und zeigten sich absolut unerbittlich. So mussten die Lettischen Roten Schützenregimenter und etwas später die Partisanenbewegung der Waldbrüder gewesen sein. Ein sehr konsequentes Volk, die Letten. Wenn sie eine Sache anfangen, bringen sie sie auch zu Ende ...

Die Anklage gegen mich wurde fallen gelassen, ihr fehlte einfach jede Grundlage. Doch schon am nächsten Morgen flog ich zurück nach Moskau. So hatte ich den ganzen Sommer über nicht einmal gebadet.

Das konnte ich jetzt nachholen.

Alles lief problemlos, alles ging seinen Gang. Ich traf die Leiterin des Komplexes Lasurny, eine sehr sympathische Frau, die auf angenehme Art sachlich und im Gespräch alles andere als weitschweifig war. Meiner Ansicht nach trennten wir uns im besten Einvernehmen voneinander.

Ob das vielleicht auch daran lag, dass ich heute leichte Sommerjeans trug statt eines provozierenden Minirocks?

Danach konnte ich mich endlich in die Sonne legen und baden. Der Strand des Artek war traumhaft, nur das viele Kindergeschrei störte. Was freilich ein unvermeidliches Übel war. Meine Mädchen ließen sich wie die Profis in der Sonne braten, um eine gleichmäßige Bräune zu bekommen. Fast die Hälfte von ihnen hatte Sonnencreme und After-Sun-Lotion dabei, die sie großzügig untereinander teilten, sodass am Abend kein Gejammer wegen verbrannter Schultern und Rücken zu erwarten war.

Wenn ich mich doch bloß auch ansonsten nicht um die Mädchen kümmern müsste ... Ich stellte mir vor, wie ich zwei, drei Kilometer hinausschwamm, die Arme ausbreitete, im Wasser lag ... in den transparenten Himmel schaute, auf den sanften Wellen schaukelte, an nichts dachte und nichts hörte ...

Aber nein. Ich musste auf sie aufpassen. Musste Anja das Schwimmen beibringen und Verotschka, die schon eine Schwimmprüfung für Erwachsene abgelegt hatte, von einem Wettschwimmen abhalten. Musste die Kinder in den Schatten treiben, denn eincremen allein reicht nicht, auch auf die Disziplin ist zu achten ... Kurzum, ich hatte zu diesem wunderbaren Meer noch achtzehn kapriziöse, schreiende, unersättliche Gören als Dreingabe bekommen. Lediglich der Gedanke an die kommende Nacht brachte mich zum Lächeln. Dann würde meine Zeit kommen, mit den größten Quälgeistern abzurechnen, wofür ich mir bereits Verotschka, Olga und Ljudmila ausgeguckt hatte! Heute Nacht würde ich nicht auf zufällige Kraftausstöße hoffen. Ich würde einen Samen legen, der in ihren Träumen aufgehen würde.

Und dann sah ich Igor.

Sicher, in dem Moment wusste ich noch gar nicht, wie er hieß. Ich lag im warmen Sand und sah mich um, wobei mein Blick auf einen kräftigen Mann in meinem Alter fiel. Er tobte mit seiner Brut – Jungen von zehn, elf Jahren – durchs Wasser. Drückte sie unter Wasser, bot ihnen seine Schulter als Trampolin zum Springen dar, kurzum, er vergnügte sich aufs Prächtigste. Er war noch ganz blass, was ihm aber irgendwie stand – im Kreis der braun gebrannten Kinderkörper ragte der Mann wie ... wie der weiße Elefant des Königs heraus, der sich dazu herabgelassen hatte, in der Menge dunkelhäutiger Hindus einherzuschreiten ...

Ein schöner Mann.

In meinem Bauch jammerte es süß auf. Letztendlich trennt uns doch nicht so viel von den Menschen. Auch wenn ich im Grunde wusste, dass es zwischen Anderen und Menschen einen enormen Abgrund gab, weshalb dieser Mann mir nicht das Wasser reichen konnte und es zwischen uns langfristig nie etwas geben würde. Dennoch ...

Solche Typen gefielen mir: muskulös, blondhaarig, mit klugem Gesicht. Da wurde ich einfach schwach.

Aber wollte ich denn stark bleiben?

Schließlich hatte ich die Absicht, mir für den Sommer einen Liebhaber zuzulegen ...

»Oletschka, weißt du zufällig, wie der Mann da heißt?«, fragte ich das Mädchen, das sich an mich schmiegte. Oletschka hegte für mich ganz offenbar Sympathie, weil ich sie, wenn auch nur ein wenig, aus der Masse heraushob, und wich jetzt nicht von meiner Seite, sondern versuchte, den Erfolg auszubauen. Sie sind schon komisch, diese Menschen, vor allem die Kinder. Alle wollen sie, dass man sich um sie kümmert und ihnen Aufmerksamkeit schenkt.

Oletschka schaute hinüber und schüttelte den Kopf.

»Das ist die vierte Gruppe, aber die hatten früher einen anderen Erzieher.«

In den Augen des Mädchens funkelte es beunruhigt auf. Ob sie Angst hatte, ich könnte wegen dieser Unkenntnis von ihr enttäuscht sein? Vermutlich schon ....

»Soll ich es für Sie rausfinden?«, fragte Oletschka. »Ich kenn da ein paar Jungen ...«

»Ja«, nickte ich.

Das Mädchen sprang unter Sandgestöber auf und rannte zum Wasser. Ich drehte mich um und verbarg mein Lächeln.

Schön. Da hatte ich also auch meine erste Kundschafterin. Ein verhuschtes, dürres Mädchen, das gierig nach jedem Blick von mir schielte.

»Er heißt Igor«, meinte die neben mir sitzende Natascha plötzlich. Das Mädchen, das letzte Nacht von einem Jungen geträumt hatte. Sie bräunte sich auch schon nicht mehr wie ein Kind, sondern saß mit ausgestreckten Beinen da, den Kopf in den Nacken gelegt und die Hände hinter sich in den Sand gestützt. Bestimmt hatte sie diese Pose in einer Modezeitschrift oder einem Film gesehen. Möglicherweise glaubte sie aber auch, dass sich in dieser Haltung ihr kleiner Busen unter dem Badeanzug abzeichnen würde. Sie würde es weit bringen ...

»Danke, Natascha«, meinte ich. »Ich glaube, ich kenne ihn.«

Das Mädchen schielte zu mir herüber und lächelte. »Er sieht sehr gut aus ...«, meinte sie verträumt.

Was war bloß aus unserer Jugend geworden!

»Nur etwas alt, oder?«, versuchte ich sie aufzuziehen.

»Nein, das geht noch«, erklärte das Mädchen.

Um mich mit ihren nächsten Worten vollends zu frappieren. »Er ist zuverlässig, oder?«

»Wie kommst du darauf?«

Natascha dachte eine Sekunde nach. »Ich weiß nicht«, brachte sie zögernd hervor. »Ich hab den Eindruck. Meine Mama sagt, das Wichtigste bei einem Mann ist Zuverlässigkeit. Schön muss er nicht unbedingt sein und klug erst recht nicht.«

»Das hängt davon ab, was du von ihm willst ...« Ich wollte mich einem elfjährigen Schlauköpfchen nicht geschlagen geben.

»Ja«, stimmte Natascha ohne weiteres zu. »Attraktive Männer muss es auch geben. Aber ich rede nicht von irgendwelchen Belanglosigkeiten.«

Was für ein Schatz! Wenn sich dieses Mädchen zufällig als Andere erweisen sollte, würde ich sie sofort als Schülerin nehmen. Die Chancen dafür standen zwar schlecht, aber trotzdem ...

Im nächsten Moment allerdings sprang Natascha, ihre ganze bisherige Weisheit einbüßend, auf und rannte runter zum Wasser zu irgendeinem Jungen, der sie mit Wasser bespritzte. Ob unter Zuverlässigkeit ein täglicher Guss am Strand zu verstehen war?

Ich sah erneut zu Igor hinüber. Er tobte jetzt nicht mehr durchs Wasser, sondern scheuchte seine Schützlinge ans Ufer.

Was für eine bemerkenswerte Figur! Auch die Kopfform zeichnete sich durch ihre Regelmäßigkeit aus. Vielleicht klingt das komisch, aber neben einer guten Figur gefallen mir an Männern vor allem zwei Dinge: eine schöne Kopfform und gepflegte Zehen. Ob das eine Art Fetischismus ist?

Die Zehen konnte ich natürlich nicht sehen. Aber der Rest gefiel mir.

Meine Spionin kam zurück, um Bericht zu erstatten. Ein nasses, aufgeregtes, glückliches Mädchen. Sie ließ sich neben mir in den Sand plumpsen.

»Er heißt Igor Dmitrijewitsch«, flüsterte sie mir zu, während sie nervös eine Haarsträhne um den Finger wickelte. »Er ist lustig und erst gestern angekommen. Er spielt Gitarre und singt dazu und kann interessante Geschichten erzählen. Der Leiter der vierten Gruppe ist abgereist, seine Frau hat einen Sohn bekommen, er hat geglaubt, es ist erst in einem Monat so weit, aber das Kind ist schon jetzt gekommen!«

»Es kommt, wie es kommt«, sagte ich – und dachte dabei durchaus an meine eigene Situation. Da ich momentan über keinerlei Kraft verfügte und den Mann nicht magisch dazu bringen konnte, sich in mich zu verlieben, kam mir dieser Zufall recht gelegen. Wenn er gerade erst angekommen war, hatte er noch keine Affäre anfangen können ... Ob er ebenfalls einen ganzen Monat bleiben wollte, im Dienste der angewandten Pädagogik? Dann würde er mir schon in die Hände fallen ...

Oletschka kicherte fröhlich.

»Außerdem ist er Single«, fügte sie mit leiser Stimme hinzu.

Was sollte man bloß mit diesen Gören machen?

»Danke, Oletschka.« Ich lächelte. »Wollen wir schwimmen?«

»Hm …«

Ich zog das ausgelassen quietschende Mädchen hoch und rannte ins Wasser. Bis heute Abend würden die Mädchen über nichts anderes reden als über diesen Gruppenleiter und mein Interesse an ihm.

Sollten sie.

In ein paar Tagen würde ich sie zwingen können, alles zu vergessen, was ich für nötig hielt.

Der Tag flog dahin wie ein Film im Schnelldurchlauf.

Dieser Vergleich traf es insofern nur allzu genau, als ich genau in dem Monat ins Artek gekommen war, in dem hier traditionell das Kinderfilmfestival stattfindet. In zwei Tagen würde es feierlich eröffnet werden, und bereits jetzt traten in einigen Komplexen des Ferienlagers Regisseure und Schauspieler auf. Mein Bedarf, alte oder neue Kinderfilme zu sehen, hielt sich in Grenzen, doch immerhin versprach das Ganze eine kleine Entlastung bei der Aufsicht der Kinder. Und die brauchte ich – ich fühlte mich so ausgelaugt wie nach einer anstrengenden Patrouille durch die Straßen Moskaus.

Nach dem Mittagessen, das aus Apfelsaft und einem Brötchen mit dem romantischen Namen »Lasurny« bestand, hielt ich es nicht länger aus und rief Sebulon an. Sein überall auf der Welt funktionierendes Funktelefon reagierte nicht, was nur eins heißen konnte: Der Chef hielt sich nicht in unserer Welt auf, sondern irgendwo im *Zwielicht*.

Nun ja, er muss sich um vieles kümmern.

Und mitunter um Dinge, die nicht zu den angenehmsten zählen. Sich durch die tieferen *Zwielicht*-Schichten, in denen jede Analogie zur Menschenwelt fehlt, zu bewegen ist eine schmerzvolle Erfahrung. Ich selbst war noch nie dorthin vorgedrungen, denn dafür sind wirklich ungeheure Kräfte nötig. Nur einmal, nach meinem idiotischen Fehler, als ich dabei ertappt wurde, wie ich den Menschen unerlaubt Energie abzapfte …

Ich erinnere mich kaum an das, was damals geschehen ist. Sebulon hat mein Bewusstsein ausgeschaltet und mich damit gleichzeitig für mein Verhalten bestraft und vor den tiefsten Schichten des *Zwielichts* gerettet. Aber ... manchmal fällt mir doch etwas ein. Als ob in der grauen Erinnerungslosigkeit mein Bewusstsein kurz ganz klar aufblitzt ...

Das lässt sich mit einem Traum oder einem Delirium vergleichen. Aber vielleicht habe ich das alles tatsächlich zusammenphantasiert? Sebulon in seiner Dämonengestalt trägt mich, indem er mich sich über die Schultern gelegt hat. Die beschuppte Hand hält meine Beine gepackt, während mein Kopf über der Erde baumelt, über schillerndem regenbogenfarbigem Sand. Ich blicke auf und sehe einen strahlenden Himmel. Einen Himmel nur aus blendendem Licht. Und große schwarze Sterne, die diesen Himmel sprenkeln.

Außerdem befinden sich zwischen mir und dem Himmel zwei Torbögen, die sich in enorme Höhe erheben. Matte graue Bögen, die aus Nebel geknetet scheinen ... Obwohl an ihnen nichts Schreckliches ist, packt mich ein Gruseln.

Und ein Geräusch ist zu hören – ein trockenes unangenehmes Geräusch, das von allen Seiten kommt, als ob die Sandkörner zittern, gegeneinander reiben oder als ob außerhalb des Gesichtsfelds ein Insektenschwarm schwirrt ...

Wahrscheinlich ist das wohl doch ein Delirium.

Vielleicht kann ich Sebulon jetzt, wo zwischen uns wieder alles im Reinen ist, einmal fragen, was es dort, in den Tiefen des *Zwielichts*, gibt?

Der Tag flog dahin, strebte gegen Abend zu. Ich schlichtete einen Streit zwischen Olga und Ljudmila, wir gingen noch einmal an den Strand, und Anja schwamm ihre ersten Meter allein. Mit aufgerissenen Augen und indem sie mit den Händen auf das Wasser trommelte und dabei wie wild spritzte – aber sie schwamm ..

Das ist eine Gefängnisstrafe, kein Urlaub! Das ist etwas für die Lichten, denen würde die pädagogische Arbeit gefallen. Als Trost blieb mir nur, dass die Nacht langsam heraufzog. Die Sonne ging schon unter, und selbst die energiegeladenen Kinder wurden langsam müde.

Nach dem Abendessen aus Fisch, Pfannkuchen und Kartoffeln – wo lassen die das alles nur? – war ich fix und fertig. Jetzt musste ich die Mädchen noch zwei Stunden bis zum zweiten Abendbrot unterhalten (man könnte denken, hier kommen nur Kinder her, die halb verhungert sind), bevor sie endlich schlafen würden.

Vermutlich verriet mein Gesicht mich.

Galina, die Leiterin der siebten Gruppe, kam zu mir. Ich hatte sie heute kennen gelernt, vor allem um nicht aus der Rolle zu fallen, weniger aus echtem Interesse. Eine ganze normale Menschenfrau, das perfekte Produkt der Moralpredigten der Lichten, eine gutmütige, ruhige, besonnene Frau. Sie hatte es schwerer als ich: Ihre Gruppe bestand aus zwölf- und dreizehnjährigen Mädchen, was hieß: ewige Verliebtheit, Hysterie, tränenfeuchte Kopfkissen. Trotzdem loderte in Galina der Wunsch, mir zu helfen.

»Bist du müde?«, fragte sie mich halblaut, während sie lächelnd meine Mädchen betrachtete.

Ich nickte bloß.

»Beim ersten Mal ist das immer so«, meinte Galina. »Nachdem ich im letzten Jahr einen Monat hinter mich gebracht hatte, wollte ich nie wieder einen Fuß ins Artek setzen. Danach habe ich begriffen, dass ich ohne das Ferienlager gar nicht mehr leben kann.«

»Eine echte Droge«, legte ich ihr in den Mund.

»Ja.« Galina bemerkte meine Ironie nicht einmal. »Alles ist hier bunt, verstehst du? Und die Farben sind hell und leuchtend. Spürst du das noch nicht?«

Ich lächelte gequält.

Galina griff nach meiner Hand.

»Und weißt du was?«, flüsterte sie mit einem geheimnisvollen Blick auf die Mädchen. »Heute wird die vierte Gruppe ein Lagerfeuer machen. Sie haben uns eingeladen, und ich lade euch ein! Zwei Stunden, in denen du einmal durchatmen kannst, denn deine Mädchen werden sich auch ohne dich amüsieren.«

»Geht das denn?«, fragte ich rasch. Ich hatte nicht die geringste Lust abzulehnen. Und zwar nicht nur, um ein paar Stunden entlastet zu sein, sondern auch wegen des sympathischen Leiters Igor.

»Natürlich geht das!« Verwundert sah Galina mich an. »Igor ist das erste Mal im Artek. Und er macht seine Sache schon sehr gut. Du musst ihn unbedingt kennen lernen. Außerdem sieht er auch noch gut aus, findest du nicht?«

Ihre Stimme klang irgendwie viel wärmer. Kein Wunder. Nicht nur mir gefiel die Kombination aus kräftigen Muskeln und einem klugen Gesicht.

»Wir kommen bestimmt«, versicherte ich. »Jetzt gleich.«

Fünf

Ich zog mich derart rasch um, dass ich mich selbst nur wundern konnte. Weshalb die Eile? Wozu? Um einen hübschen Muskelprotz zu treffen? In ein paar Tagen würde mir jeder Mann gehören! Da brauchte ich jetzt nichts zu überstürzen. Ich bin kein Sukkubus, sondern eine einfache Hexe, doch einen Mann betören, der mir gefiel – das konnte ich bereits als Kind, kaum dass ich zum ersten Mal die Kraft erlangt hatte. Ich sollte noch warten und …

Nein! Weshalb?! Ich zog meine beste Unterwäsche an, etwas, das eine Erzieherin nicht mit in ein Pionierlager nehmen sollte, sondern ein Mannequin auf dem Laufsteg präsentierte. Dazu eine feine Silberkette mit einem Anhänger aus Brillanten; so auffällig wie die Steine waren, würde niemand auf die Idee kommen, sie könnten echt sein, sondern sie für billigen Modeschmuck halten … Einen Tropfen Clima von Lancôme hinter die Ohren, einen auf die Handgelenke, einen auf den Venushügel … Wollte ich ihn heute etwa wirklich verführen?

Ja! Unbedingt!

Und ich wusste auch, warum.

Ich war daran gewöhnt, die Möglichkeiten einer Anderen zu nutzen. Wann auch immer, selbst wenn ein normales Gespräch oder eine Bitte gereicht hätten. Es wäre ja komisch gewesen, wenn ich mich nicht daran gewöhnt hätte. Doch wo ich nun schon vorübergehend meine übernatürlichen Kräfte eingebüßt hatte, warum sollte ich da nicht einmal mich selbst erproben?

Kam ich noch ohne Magie zurecht oder nicht?

Wenigstens bei einer so simplen Sache wie der, einen Mann zu verführen, der mir gefiel?

Schließlich war ich jung, schön, intelligent ... dazu das Meer, der Sommerabend, das Lagerfeuer ... die Quälgeister von Kindern würden schlafen ... sollte ich da wirklich nicht ohne jede Magie ans Ziel gelangen?

Dann konnte man mich in der Pfeife rauchen!

Ich hatte versprochen, den Minirock nicht zu tragen, aber die Shorts, die ich jetzt aus meiner Tasche holte, waren noch aufreizender. Ich drehte mich vorm Spiegel hin und her, um mich zu betrachten. Gut. Besser wäre eine etwas gewagtere Bluse gewesen, aber derart schweres Geschütz brauchte ich noch nicht aufzufahren. Ein Pionierlager ist schließlich kein Badeort.

Vertieft in meine Vorbereitungen, überhörte ich sogar ein Klopfen an der Tür. Ich drehte mich erst um, als ich ein Quietschen hörte. Oletschka spähte ins Zimmer. »Alissa, wir sind schon alle fertig ...«, trällerte sie. »Oi!«

Voller Bewunderung starrte sie mich an. Sie staunte so aufrichtig, dass ich sie noch nicht mal für das ungefragte Hereinplatzen tadelte.

»Sind Sie schön, Alissa!«

Stolz lächelte ich. Es gehörte nicht viel dazu, ein Kompliment von einem Mädchen zu bekommen, das sich die dürren Händchen mit einem Armband aus Glasperlen verzierte und um den mageren Hals eine Kette mit einem auf eine Schnur aufgezogenen durchlochten Stein trug. Trotzdem schmeichelte es mir ... Aber diese Steine mit Loch – ich konnte sie einfach nicht mehr sehen!

»Was meinst du?«, fragte ich. »Bin ich eine Frau zum Verlieben?«

Nun taute Oletschka vollends auf, stürzte auf mich zu, umarmte mich und vergrub ihren Kopf in meinem Bauch. »Er verliebt sich bestimmt in Sie!«, brachte sie eifrig hervor. »Er braucht Sie bloß zu sehen, und schon verliebt er sich!«

»Das bleibt unser kleines Geheimnis!«, flüsterte ich. »Abgemacht?«

Oletschka nickte eifrig.

»Lauf zu den Mädchen, ich komm gleich nach«, forderte ich sie auf. Oletschka warf einen letzten bewundernden Blick auf mich und sprang dann aus dem Zimmer.

So. Jetzt noch ein Hauch Make-up. Wenn ich mich beeile, kriege ich es nie richtig hin, aber ...

Ich legte rasch Lippenstift auf, einen ganz dezenten, ruhigen. Die Brauen bekamen etwas wasserfeste Schminke – aus irgendeinem Grund glaubte ich, es müsse unbedingt wasserfeste Kosmetik sein. Und damit basta. Das reichte.

Schließlich ging ich nicht ins Konzert, sondern zu einem kleinen Lagerfeuer einer anderen Gruppe.

Zu jeder Sommerdatscha gehörte ein Platz, an dem man ein Lagerfeuer machen konnte. Offenbar handelte es sich dabei um eine der Traditionen hier im Artek. Ein wenig geschmälert wurde der Gesamteindruck allerdings dadurch, dass dem Brennholz mit seinen akkurat gehackten Scheiten etwas allzu Offizielles anhaftete. Vor meinem geistigen Auge sah ich geradezu, wie die Gruppenleiter ins Wirtschaftshaus gingen und einen Antrag auf »Brennholz zur Durchführung eines zweistündigen Lagerfeuers in der Gruppe« ausfüllten ...

Was mich im Übrigen keineswegs erheiterte. Wahrscheinlich müsste auch ich demnächst etwas in der Art organisieren. Und dann einen Antrag stellen, Brennholz besorgen – oder würden ihre Arbeiter das liefern? Gut, das würde ich schon rauskriegen.

Alles war bereits vorbereitet, das Holz aufgeschichtet, und die Jungen aus der vierten Gruppe und die Mädchen aus der siebten saßen um den Holzstoß herum. Für meine Mädchen hatten sie fürsorglich genug Platz gelassen.

Diese Wohltäter ...

Igor saß bei der Feuerstelle, umringt von seinen Jungen. Leise schlug er die Saiten einer Gitarre an, und ich hätte beinah aufgestöhnt, als mir einfiel, dass die Songs irgendwelcher Liedermacher unverzichtbarer Bestandteil solcher Runden sind. Was hatte die Gitarre schon alles ertragen müssen! Einst ein edles Instrument, der wahre König der Musik, ist es heute heruntergekommen zu einem bedauernswerten Holzklotz mit sechs Saiten für Menschen ohne jedes Gehör und ohne jede Stimme!

Aber da musste ich durch.

Nur schade, dass ein so sympathisches Exemplar der Menschen sich unter die talentlosen Sänger mit miserabler Stimme einreiht.

Oje, er würde doch nicht eigene Lieder vortragen?

Denn das ist der reinste Albtraum – wenn ein Autor schlechter Gedichte, der mal gerade drei Akkorde beherrscht, beschließt, Minus mal Minus gibt Plus und zum Liedermacher avanciert. Wie viele solcher Typen hatte ich schon erlebt! Sobald sie anfangen zu singen, kriegen sie einen starren Blick, ihre Stimme quillt über vor Kühnheit und Romantik und sie lassen sich unter gar keinen Umständen unterbrechen. Ein Tauber – auf der Balz, sozusagen! Die einzige Alternative sind bekannte Lieder, die so gut es geht verbogen werden. Etwas von Viktor Zoi oder der Rockgruppe *Alissa*. Oder was gefiel der Jugend von heute sonst?

Was auch immer – mir würde es nicht gefallen!

Als Igor uns erblickte, stand er auf. Sämtliche schlechten Vorahnungen verflüchtigten sich sofort. Nein, was für ein attraktiver Mann aber auch!

»Hallo. Schön, dass du kommst.« Ohne Umschweife ging er zum Du über. »Wir haben noch nicht angefangen, sondern auf euch gewartet.«

»Danke.« Ich spürte, wie ich unterging. Meine Mädchen hatten sich bereits gesetzt, und zwar zwischen die Jungen, da die älteren Mädchen sie etwas einschüchterten. Ich stand immer noch da wie die letzte Idiotin und zog unwillkürlich verständnisvolle Blicke auf mich.

»Du bist eine gute Schwimmerin.« Igor lächelte.

Aha!

Hatte er am Strand also doch noch Zeit gefunden, seinen Blick mal schweifen zu lassen.

»Danke«, wiederholte ich bloß. Was war nur los mit mir? Wie angewurzelt stand ich da, ein naives unerfahrenes Mädchen – das brauchte ich nicht mal zu spielen!

Die Wut gab mir von selbst sofort Kraft. Ich setzte mich ins Gras zwischen Oletschka und Natascha. Meine kleine Garde, meine Spionin und meine Ratgeberin ... Dabei achteten sie im Moment gar nicht auf mich: Das bevorstehende Lagerfeuer fesselte ihre ganze Aufmerksamkeit.

»Fang an, Aljoschka!«, meinte Igor ausgelassen. Und warf einem kräftigen weißblonden Jungen ein Päckchen Streichhölzer zu. Geschickt fing er sie in der Luft auf, kroch auf allen vieren zu dem Holzhaufen und setzte sich im Schneidersitz davor. Als ob er irgendeine heilige Handlung vornehmen wolle.

Höchst affektiert nahm der Junge ein Streichholz aus der Packung, hielt wie ein alter Raucher schützend die Hände davor und entzündete es. Er beugte sich zum Holz vor. Offenbar gab es kein Papier zum Anfachen, sondern nur Tannennadeln und kleine Späne. Alle hielten den Atem an.

Was für ein Zirkus!

Trotzdem wartete auch ich gespannt, ob es dem kleinen Pyromanen gelingen würde, das Lagerfeuer mit einem einzigen Streichholz zu entzünden oder nicht.

Er schaffte es. In der tiefen Dunkelheit loderten die ersten Flammen auf. Sie wurden mit freundlichem Gekreisch und Gejohle begrüßt, als habe sich um das Lagerfeuer ein Stamm von Menschen aus der Urzeit versammelt, die nach einem Unwetter froren.

»Klasse gemacht!« Igor streckte dem Jungen die Hand entgegen, drückte die seine fest und zerstrubbelte ihm lächelnd die Haare. »Du wirst unser Lagerfeuermeister!«

Aljoschkas Gesicht spiegelte unbändigen Stolz wider.

Nach etwa fünf Minuten brannten alle Holzscheite, und die Kinder beruhigten sich ein wenig. Um mich herum schwatzten alle, lachten, flüsterten, rannten vom Feuer weg und kamen wieder herbei, warfen Zweige und Zapfen in die Flammen und versuchten, auf Stöcke gespießte Wurststücke zu rösten. Kurzum, alle amüsierten sich prächtig. Igor thronte inmitten der Kinder, warf ab und an etwas in die Unterhaltung ein, worauf alle loslachten, probierte immer wieder die halb verkohlten Würstchen oder zog die Kinder weg, die sich zu nah ans Feuer vorwagten. Die Seele des Abends ... Auch an Galina klebten ihre Schützlinge. Nur ich saß wie eine komplette Idiotin in der fröhlichen Masse, hatte nie die richtigen Antworten für die Mädchen parat, lachte immer zuletzt los und guckte sofort woanders hin, wenn Igor mich ansah.

Ich Idiotin! Was war ich bloß für eine Idiotin! Das fehlte noch, dass ich mich ernsthaft in einen Menschen verliebte!

Als ich Igor mal wieder anstarrte, lächelte er mir zu. Dann streckte er die Hand aus und hob seine Gitarre aus dem Gras auf. Wellenartig breitete sich Stille um ihn herum aus – die Kinder stupsten sich gegenseitig an, verstummten und stellten sich mit überbetonter Aufmerksamkeit darauf ein, ihm zuzuhören.

Mit einem Mal hoffte ich inständig, er würde etwas Dummes und Blödes vortragen. Vielleicht ein altes Pionierlied über im Feuer gebackene Kartoffeln, das Meer, das Pionierlager, enge Freundschaft und wie sie für Urlaub und Schule immer bereit seien. Wenn nur dieser bescheuerte Zauber aufhörte, wenn ich nur aufhörte, mir sonst was auszumalen und unter der schönen Körperhülle nicht vorhandene Vorzüge zu vermuten.

Igor fing an zu spielen, und ich begriff, dass ich verloren war. Er konnte spielen. Die Melodie war zwar nicht sehr kompliziert, aber schön, und er vergriff sich nie.

Dann fing er an zu singen:

Zwei Jungen blickten zum Himmel und sahen
Einen Engel sich ihrem Dachboden nahen.
Da liefen sie heimlich zur Feuerleiter,
Stiegen nach oben, hinauf, immer weiter,
Zum Fenster hinein in die Dunkelheit,
Staubig war's, kein Mensch weit und breit.
Doch da in der Ecke das Weiße – fürwahr,
Ein abgelegtes Flügelpaar ...
Eben, Jungs, eben!
Engel ist man nicht immer im Leben.
Doch stehlen darf man in keinem Falle,
Es gibt nämlich nicht genug Flügel für alle.
Hoch in den Himmel wollten sie fliegen,
Jetzt konnten sie dazu die Flügel kriegen,
Sie wagten es nicht, denn man hat sie gelehrt,
Dass zum Leben ein Wort wie »verboten« gehört.

Das war kein Lied für Kinder. Gewiss, sie hörten zu, so aufmerksam sie konnten, obwohl man ihnen jetzt vermutlich bei Gitarrenklängen ein Mathebuch hätte vorsingen können, ohne dass sie gemurrt hätten. Der Abend, das Lagerfeuer, die Gitarre, der geliebte Gruppenleiter – in so einer Situation würde ihnen alles gefallen.

Ich jedoch begriff, dass Igor für mich sang. Selbst wenn er unablässig ins Feuer schaute, selbst wenn es kein Liebeslied war, selbst wenn wir bisher nur ein paar Worte miteinander gewechselt hatten. Er schien gespürt zu haben, worauf ich eben noch gehofft hatte – nur um diesen Wunsch dann zu ignorieren. Möglicherweise war dem ja tatsächlich so, denn viele Menschen verfügen über eine gute Intuition, auch wenn sie nicht zu den Anderen gehören.

Die beiden Jungen wuchsen heran,
Und ihre Wege trennten sich dann.
Der eine wird Bulle, der andere Gangster,
Und jeder denkt wehmütig oft an das Fenster ...
Eben, Jungs, eben!
Engel ist man nicht immer im Leben.
Doch stehlen darf man in keinem Falle,
Es gibt nämlich nicht genug Flügel für alle.

Er sah mich an und lächelte. Seine Finger glitten noch einmal über die Saiten, und er wiederholte leise: »Es gibt nämlich nicht genug Flügel für alle ...«

Die Kinder fingen an, Radau zu machen.

Das Lied schien ihnen sogar gefallen zu haben, obwohl es über meinen Horizont ging, was sie davon überhaupt verstanden hatten. Vielleicht amüsierte sie die Zeile mit dem Wort »verboten«, oder sie malten sich mit ihrem kindlichen Verstand ein echtes Abenteuer aus: auf einen Dachboden hinaufkraxeln, wo ein Engel gelandet war ... Mir schoss durch den Kopf, dass das Lied zu uns Anderen passte. Und zwar sowohl zu den Dunklen wie auch zu den Lichten.

Wirklich, ein schönes Lied. Nur nicht ganz zutreffend. Der Junge, der später zu uns kommen würde, hätte sich die Flügel nämlich angeschnallt. Oder sie zumindest anprobiert.

Denn für uns existiert das Wort »verboten« nicht.

»Ein schönes Lied. Nur sehr ernst«, sagte Galina. »Von wem ist das? Von dir?«

Lachend schüttelte Igor den Kopf. »Nein! Du hast Ideen. Das ist von Juli Burkin. Ein Sänger, der leider nicht allzu bekannt ist.«

»Igorjok ... kannst du vielleicht noch eins von ... von unseren spielen?« Ohne falsche Scham kokettierte Galina mit ihm. Die kleine Idiotin ...

»Klar!«, ließ sich Igor bereitwillig darauf ein.

Und schlug in die Saiten, fand zu einem kräftigen Rhythmus und sang was vom »allerallerbesten Pionierlager auf der Welt voller Lieder und Freunde«.

Das ist es, was sie brauchen! Bereits bei der zweiten Strophe fielen alle ein, denn das nächste Wort ließ sich ohne Mühe erahnen. Sie sangen vom Meer, in dem sie unbedingt mit dem Pionierleiter baden müssten, denn er »liebt die Spritzer und den Sand« auch, wie sie mit besonderer Begeisterung intonierten. Alle waren zufrieden, selbst Galina und ihre halbwüchsigen Mädchen. Irgendwann kam Igor zu einem am Strand gefundenen »Stein mit einem Loch darin« – als ob man sich auch einen Stein mit einem Loch außen dran vorstellen könnte. Ich bemerkte, wie etliche Kinder zu ihrem um den Hals baumelnden Stein griffen.

Auch das noch! Treu ergebene Adepten des Hühnergottes! Ob im Artek jemand eigens dafür angestellt war? Für die Herstellung von gelochten Steinen? Da sitzt so ein unrasierter betrunkener Kerl in seiner Werkstatt, um von früh bis spät ein kleines Löchlein in die Steine zu bohren und sie abends über den Strand zu verteilen, zur Freude dieser Blagen?

Falls nicht, wäre das ein echtes Manko!

Igor wirkte genauso lustig wie die Gören. Auch das Lied trug er mit Enthusiasmus vor, nur ... Sein ganzer Enthusiasmus war für die Kinder bestimmt. Igor unterhielt sie. Machte ihnen eine Freude. Ihm selbst bedeutete das Lied gar nichts.

Ich entspannte mich.

Immerhin fand er mich sympathisch.

Und ich ihn auch ...

Igor sang noch ein paar andere Lieder. Dann griff Galina zur Gitarre. Eignete sie sich gewaltsam an – doch das Instrument leistete so gut es konnte Widerstand, weigerte sich standhaft, wohlklingende Töne von sich zu geben, was die Gruppenleiterin jedoch nicht davon abhielt, die alte Romanze »Ihr Freunde, die Hände zum Kreis« und ein weiteres Pionierlied vorzutragen. Selbst der Junge aus der vierten Gruppe, der es kaum schaffte, die straffen Metallsaiten hinunterzudrücken, spielte besser.

Dann klatschte Igor in die Hände. »Genug! Wir löschen jetzt das Lagerfeuer und gehen zum Abendbrot!«

Wie aus dem Nichts tauchten zwei Eimer Wasser auf, und er goss sie über das niedergebrannte Holz.

Ich stand da, beobachtete seine gemessenen, zielsicheren Bewegungen. Igor schien das ganze Leben nichts anderes gemacht zu haben, als Lagerfeuer zu löschen. Wahrscheinlich machte er alles so – Gitarre spielen, Lagerfeuer löschen, am Computer arbeiten, Frauen streicheln. Präzise, akkurat. Zuverlässig. Mit uneingeschränkter Garantie.

Vom Holz stieg brennender weißer Dampf auf. Die Kinder sprangen zur Seite. Und plötzlich fragte Igor, ohne mit dem Gießen aufzuhören: »Schwimmst du gern nachts im Meer, Alissa?«

Ich erschauderte.

»Ja.«

»Ich auch. Um eins sind die Kinder still, dann komme ich noch einmal zum Strand, um zu baden. Dort, wo wir heute früh schon waren. Wenn du willst, komm doch auch.«

Einen Moment lang wusste ich nicht mehr, wo ich war. Ein Gefühl, das ich völlig vergessen hatte! Nicht ich verführe einen Mann, sondern er mich!

Igor schüttete das restliche Wasser über die Feuerstelle und sah mich an. Lächelte. »Es würde mich sehr freuen, wenn du kommst. Nur ... versteh mich nicht falsch.«

»Ich glaube, ich verstehe dich ganz gut«, erwiderte ich.

»Kommst du?«

Zu gern hätte ich ihm mit einem Nein geantwortet. Nur um

ihn scharf zu machen. Aber letzten Endes wäre es dumm, sich wegen eines kurzen Spaßes um das ganze Vergnügen zu bringen.

»Wahrscheinlich schon«, meinte ich.

»Ich werde auf dich warten«, entgegnete Igor gelassen. »Gehen wir? Ein Glas warme Dickmilch leistet müden Erziehern abends übrigens gute Dienste. Danach schlafen die Kinder tief und fest.«

Sein Lächeln war einfach hinreißend.

Um halb elf mussten die Kinder im Artek ins Bett.

Feierlich ertönten aus den Lautsprechern die Hörner, und eine sanfte Frauenstimme wünschte allen eine gute Nacht. Ich stand vor dem Spiegel, schaute mein Bild an und versuchte zu verstehen, was mit mir passierte.

Hatte ich mich verliebt?

Nein, das konnte nicht sein! Ich liebte Sebulon. Ich liebte den höchsten Dunklen Magier Moskaus! Einen der wenigen, die tatsächlich das Schicksal der Welt bestimmen können. Was ist im Vergleich zu ihm ein normaler Mensch? Selbst wenn er noch so sympathisch ist, selbst wenn er eine noch so gute Figur hat, selbst wenn er so idiotisch zuverlässig ist, dass es bei jeder Bewegung aus ihm heraustrieft? Ein normales Männchen der menschlichen Gattung. Mit den normalen Gedanken eines Männchens. Für einen Urlaubsflirt keineswegs zu verachten – aber für mehr auch nicht!

Ich konnte mich doch nicht wirklich in ihn verliebt haben?

In meiner Tasche fiepte das Mobiltelefon, und ich erzitterte. Meine Mutter? Kaum, sie ist wahnsinnig sparsam und ruft mich nie auf dem Handy an.

Ich holte es heraus und nahm den Anruf entgegen.

»Hallo, Alissa.«

Sebulons Stimme klang müde. Zärtlich und müde, als reichten seine Kräfte kaum noch für diesen Anruf, auf den er aber unter keinen Umständen verzichten konnte ...

»Hallo«, flüsterte ich.

»Du machst dir über etwas Sorgen, das spüre ich. Was ist los, mein Mädchen?«

Ihm konnte man nichts vormachen. Sebulon weiß alles ... Zumindest alles, was er wissen will.

»Ich habe vor, mir für den Monat hier einen Freund zuzulegen ...«, hauchte ich ins Handy.

»Ja und?«, meinte Sebulon verwundert. »Alissa ... ich bin nicht auf deinen Hund eifersüchtig. Und auf einen Menschen, mit dem du ein bisschen Spaß hast, werde ich ganz bestimmt auch nicht eifersüchtig sein.«

»Ich habe keinen Hund«, erwiderte ich düster.

Sebulon lachte los, und all meine dummen Gedanken verflüchtigten sich.

»Auch gut! Es interessiert mich nicht, ob du einen Hund hast. Es interessiert mich nicht, ob du dir einen menschlichen Liebhaber zulegst. Mach dir keine Gedanken, Kleines. Erhol dich. Sammel Kraft. Amüsier dich, so gut es geht. Du kannst das ganze Artek verführen, einschließlich der Pioniere und den Opas von Klempnern. Sei nicht so dumm ...«

»Ich benehme mich wie ein Mensch, oder?« Scham packte mich.

»Das ist nicht schlimm. Das geht wieder vorbei, Alissa. Sammel Kraft ... nur ...« Sebulon verstummte kurz. »Gut. Nichts weiter.«

»Nein, sag's mir!« Abermals spannte sich alles in mir an.

»Ich glaube an deine Umsicht.« Sebulon zögerte. »Alissa, übertreib es nicht, ja? Dein Aufenthalt ist dank eines alten Abkommens der Wächter des Tages und der Nacht möglich. Du hast nicht das Recht, viel Kraft auf einmal zu schöpfen. Sondern nur kleine Portionen. Verwandel dich nicht in einen banalen, Energie saugenden Vampir. Du bist im Urlaub, nicht auf der Jagd. Wenn du eine bestimmte Grenze überschreitest, verlieren wir das Artek für immer.«

»Das verstehe ich doch«, sagte ich.

Noch lange würde ich meinen Fehler mit dem Kraftprisma aufs Butterbrot geschmiert bekommen ...

Ich erging mich nicht in Versprechen, die ich im Namen des Dunkels und meiner eigenen Kraft abgab. Diese Versprechen wären leer, das Dunkel kümmert sich nicht um Kleinigkeiten, und Kraft hatte ich im Moment keine. Ich versprach mir lediglich, auf gar keinen Fall die abgesteckte Grenze zu überschreiten und weder Sebulon noch die ganze Tagwache zu hintergehen.

»Dann erhol dich, mein Mädchen.« Ich hatte den Eindruck, in Sebulons Stimme läge leichte Trauer. »Erhol dich.«

»Könntest du nicht herkommen? Wenigstens kurz?«, fragte ich ohne jede Hoffnung.

»Nein. Ich habe viel zu tun, Alissa. Ich fürchte, in den nächsten drei, vier Tagen werden wir überhaupt nichts voneinander hören. Aber mach dir deshalb keine Sorgen. Ein alter, langweiliger Schuft, der sich mit den Problemen der Welt herumschlägt – ist das wirklich ein Partner für eine junge Hexe, die Urlaub macht?« Er lachte.

Im Allgemeinen versuchten wir, solche Sachen nicht am Telefon und schon gar nicht übers Handy zu besprechen, wo sämtliche Gespräche abgehört und aufgezeichnet werden. Selbst wenn alles wie lustiges Geplauder klang, aber ... Womöglich käme uns plötzlich doch mal ein Mensch auf die Schliche. Dann müsste man Kraft und Zeit auf ihn verschwenden.

»Ich liebe dich«, flüsterte ich. »Vielen Dank.«

»Viel Glück, meine Kleine«, sagte Sebulon zärtlich. »Ich küsse dich.«

Ich beendete das Gespräch. Lächelte mir selbst zu.

Gut, alles war in Ordnung. Aber woher kam dann diese idiotische Nervosität? Und woher dieser dumme Gedanke, ich hätte mich in Igor verliebt? Liebe ist etwas anderes, Liebe ist eine tiefe Befriedigung, eine Fontäne von Emotionen, eine sinnliche Freude und angenehm miteinander verbrachte Zeit. Aber das, was ich empfand, meine seltsame Schüchternheit und Nervosität – all das war nur eine Folge meiner Krankheit. Ich war es nicht gewöhnt, auf diese Weise mit einem Mann zusammen zu sein, ohne jede Ahnung, wie ich ihn kontrollieren könnte ... ohne ihn mit einer Pistole zu bedrohen wie diese dämlichen Gangster ...

»Alissa?« In der Tür erschien das neugierige Näschen von Oletschka. »Kommen Sie denn nicht noch kurz zu uns?«

Das Mädchen war barfuß und nur in Unterwäsche. Hatte schon im Bett gelegen, es dann aber nicht mehr ausgehalten.

»Gleich«, sagte ich. »Soll ich euch noch eine Geschichte erzählen?«

Oletschka strahlte. »Ja!«

»Eine lustige oder eine gruselige?«

Das Mädchen runzelte die Stirn. Natürlich siegte die Neugier. »Eine gruselige!«

Alle Kinder lieben gruselige Geschichten.

»Geh schon mal ins Bett«, sagte ich. »Ich komm gleich nach.«

Zehn Minuten später saß ich im Schlafsaal, an Oletschkas Bett, und erzählte mit halblauter Stimme: »Eines Morgens wachte ein Mädchen auf und ging zum Spiegel und sah hinein. Da hatte sie ganz rote Zähne! Sie putzte sie mit Zahnpasta und wusch sie mit Seife, doch sie blieben trotzdem rot. Kein Wort konnte sie mit ihren Eltern reden, sonst hätten sie etwas gemerkt. Nur gut, dass der kleine Bruder des Mädchens krank war und die Eltern deshalb sowieso nicht auf sie achteten. Wie immer kriegten die Kleinsten alle Aufmerksamkeit ab, während für die Größeren nichts übrig blieb, selbst wenn ihre Zähne rot waren ...«

Eine bemerkenswerte Sache, die Horrorgeschichtchen für Kinder! Vor allem wenn man sie nachts im durchs Fenster einfallenden, geheimnisvollen Halbdunkel einer Horde kleiner dummer Mädchen erzählt.

»Ich weiß schon, wie es weitergeht ...«, sagte Natascha mit gelangweilter Stimme. Ein sehr ernstes Mädchen, das man mit gruseligen Geschichten nicht aus der Fassung brachte. Die anderen zischten sie empört an, worauf sie verstummte. Ich fuhr fort, wobei ich spürte, wie das kleine Herz der sich an mich schmiegenden Oletschka hämmerte. Das würde eine Ernte geben ...

»In der dritten Nacht band sich das Mädchen selbst mit einem Strick ans Bett, am rechten Zöpfchen«, erzählte ich mit geheimnisvoller Stimme weiter. »Um Mitternacht wachte es auf, weil die Leine sich spannte, sodass es an ihren Haaren zog. Das Mädchen wunderte sich, dass sie an dem Bettchen ihres kleinen Bruders stand und ihre Zähne klapperten! Sie klapperten!«

Larissa wimmerte leise. Nicht erschrocken, sondern eher weil es dazugehörte. Ein anderes Mädchen fing natürlich an, fröhlich mit den Zähnen zu klappern.

»Dann ging das Mädchen in die Küche, nahm einen Hammer und eine Zange aus der Anrichte, die ihr Papa dort aufbewahrte, und riss sich bis zum Morgen heimlich alle Zähne heraus. Das tat sehr weh, aber sie schaffte es, denn sie war ein tapferes kleines Mädchen und hatte kräftige Hände. Am nächsten Tag war ihr Bruder wieder gesund. Dem Mädchen waren neue Zähne nachgewachsen, die sogar besser waren als die alten, denn das waren ihre Milchzähne gewesen!« Ich senkte die Stimme zu einem Flüstern herab. »Nur dass auch die neuen rosa waren!«, sagte ich mit feierlichem Ton.

Eines der Mädchen, die sich bereits auf das glückliche Ende eingestellt hatten, schrie erschrocken auf.

»Und ihren kleinen Bruder hatten die Eltern auch viel lieber als das Mädchen«, schloss ich feierlich. »Denn er war damals sehr krank gewesen, und sie hatten sich große Sorgen um ihn gemacht.«

Das reichte. Wie viele der Mädchen wohl einen kleinen Bruder hatten? Das Land wies eine niedrige Geburtenrate auf, doch andererseits setzten die meisten Eltern noch ein zweites Kind in die Welt, wenn das erste ein Mädchen war.

Meine Mutter hatte das auch gewollt. Auf ihre alten Tage, sie war schließlich bereits über dreißig, die Idiotin … Ich war damals zwar erst zwölf – aber bereits eine Andere. Und kam mit unerwartet auftretenden Problemen zurecht. In diesem Falle hatte ich vermutlich voreilig gehandelt. Was wäre denn so schlimm daran gewesen, wenn ich einen Bruder bekommen hätte? Selbst wenn es nur ein Halbbruder gewesen wäre … was allein ich mit Sicherheit gewusst hätte, meine Mutter hegte nämlich diesbezüglich ebenfalls ihre Zweifel … Vielleicht wäre er sogar ein Anderer gewesen, in gewisser Weise ein Verbündeter … Aber was geschehen ist, lässt sich nicht ändern.

»Und jetzt wird geschlafen!«, befahl ich in lustigem Ton.

Natürlich baten sie mich, ihnen noch etwas zu erzählen. Doch ich lehnte ab. Es war halb zwölf und ich musste noch an den Strand … Die Stimmen der Mädchen klangen bereits müde, disharmonisch. Als ich hinausging, versuchte Gulnara, ihnen eine Gruselgeschichte zu erzählen, aber die Pausen und das Gestammel ließen vermuten, dass die Erzählerin nach der Hälfte einschlafen würde.

Ich ging in mein Zimmer zurück, streckte mich auf dem Bett aus und wartete.

Was Igor jetzt wohl tat?

Ob er seinen Kindern auch etwas erzählte?

Oder mit ein paar Gruppenleitern einen Wodka trank?

Oder es mit einer Erzieherin trieb?

Oder friedlich schlief und völlig vergessen hatte, dass er heute Nacht noch im Meer baden wollte?

Ich schüttelte den Kopf. Nein. Bloß das nicht.

Er ist zuverlässig. Fast … fast wie Sebulon. Ein komischer Vergleich: Selbst von den Dunklen konnte kaum jemand Sebulon als zuverlässig bezeichnen. Ich schon. Mit gutem Grund. Die Liebe ist eine große Kraft. Und eine seltsame …

Und wenn Igor ein potenzieller Anderer war?

Ich kniff die Augen zusammen, sowohl in süßer Vorfreude

wie auch in Panik. Was sollte ich dann machen? Das hieße, sich nicht auf eine Affäre mit einem Menschen einzulassen, was mir Sebulon ja ohne weiteres gestattet hatte. Sondern eine echte Dreiergeschichte anzufangen ...

Was war bloß mit mir los!

Was für eine Dreiergeschichte? Sollte sich Igor doch ruhig als nicht initiierter Anderer herausstellen! Er würde den Schwanz einziehen und vergessen, dass er sich je mit der Freundin von Sebulon eingelassen hatte!

Und ich würde es ebenfalls vergessen!

Die Zeit zog sich unendlich langsam dahin. Die Zeiger der Uhr krochen nachdenklich, träge weiter, als seien sie sich des Laufs der Zeit nicht sicher. Eigentlich wollte ich eine halbe Stunde warten, kapitulierte dann aber nach zwanzig Minuten. Länger hielt ich es nicht aus ...

Ich stand auf und ging leise in den Schlafsaal der Mädchen hinüber.

Hier herrschte Stille. Die gute ruhige Stille eines großen Schlafsaals voller Kinder, durchbrochen von nur wenigen Geräuschen: dem Atmen, einem Schnaufen, einem verträumten Schmatzen.

»Mädchen!«, rief ich leise.

Keine Reaktion.

Ich ging durch die Reihe der Betten hindurch, berührte sanft ihre Schultern, Arme, Haare ... Nichts ... nichts ... nichts ...

Treffer.

Oletschka.

Ich hockte mich vor ihr Bett hin und legte ihr die Hand auf die schweißnasse Stirn. Und vernahm ihren Traum, vernahm die strömende Kraft ...

Ein wirrer, ein zusammenhangloser Traum, der nichts mit meiner Gutenachtgeschichte zu tun hatte. Oletschka träumte, sie klettere einen Turm ganz nach oben hinauf, einen alten schiefen Turm mit einer halb zerfallenen Steinbrüstung, in der gewaltige Löcher klafften. Unten, am Fuße des Turms, erstreckte sich entweder eine mittelalterliche Stadt oder ein altes Kloster. Und wie seltsam: Obwohl der Turm im Halbdunkel lag, strahlte unten, an seinem Fuße, die Sonne. Zwischen den verfallenen Häusern liefen Menschen, heitere, fröhliche Menschen in Sommerkleidung und mit Fotoapparaten und bunten Zeitschriften in den Händen. Es ging ihnen gut, sie hatten ihren Spaß, sie dachten nicht einmal daran, in den Himmel zu schauen – und dort das kleine Mädchen zu entdecken, das wie hypnotisiert auf eines der Löcher in der Brüstung zuging ...

Ein wenig sollte ich mich noch gedulden. Abwarten, bis Oletschka nach unten stürzen würde – denn sie würde ganz bestimmt fallen, der Traum ließ kein anderes Ende zu. Ich verstand selbst nicht, was mit mir geschah, doch ich spannte mich an – und saugte ihren Traum auf. Vollständig.

Sowohl den dunklen Turm, der sich über die heitere Menge erhob, als auch die klaffenden Löcher in der Brüstung, die kalte Gleichgültigkeit und die schwindelerregende Höhe. Alles, was mir Kraft geben konnte.

Kurz hielt Oletschka den Atem an. Ich befürchtete schon, sie werde ins Koma fallen. Das passiert, wenn auch nur sehr selten, bei Menschen, denen ihre Kraft zu schnell abgezapft wird.

Doch dann atmete sie weiter.

Ich erhob mich. Schweiß brach mir aus allen Poren. Ich bemerkte, wie in das Loch, das an der Stelle meiner sonstigen Kraft klaffte, ein Krümelchen Energie fiel. Nein, das stopfte es noch längst nicht ... und ich hatte überstürzt gehandelt ... warum auch immer ...

Aber ich würde wieder gesund werden.

Weiter. Eine leichte Berührung, die feuchten Haare, der im Schlaf geöffnete Mund, die schlaffen Finger ...

Nichts ... nichts ... Treffer.

Natascha

Ihr Traum ging auf mich zurück.

Natascha stand im Badezimmer. Nackt, voller Seifenschaum. Und knallte den Kopf eines fünfjährigen Jungen an die gekachelte Wand. »Spionierst du noch einmal?«, wiederholte sie immer wieder. »Wirst du je wieder spionieren?« Der Junge hing in ihren Armen wie eine Lumpenpuppe. Voller Panik hatte er seine Augen weit aufgerissen, sagte aber kein Wort. Anscheinend fürchtete er eine Strafe von seinen Eltern noch viel mehr als die von seiner Schwester.

Mit Natascha lief jedoch nicht alles so reibungslos. In ihrer Seele mischten sich die Wut auf den unausstehlichen kleinen Bruder und die Angst, ihn zu fest zu schlagen, die Scham – obwohl sie doch noch bis vor kurzem zusammen mit ihrem Bruder gebadet hatte – und die Schuld: Schließlich hatte sie die Tür absichtlich offen gelassen, mit Bedacht, damit der kleine Bruder versuchen würde, sie zu beobachten, angetrieben von dem natürlichen kindlichen Verlangen, jedes Verbot zu übertreten.

Nicht schlecht! Noch nicht einmal zwölf Jahre und schon solche Leidenschaften!

Natascha seufzte tief – und schlug den Kleinen im Traum so heftig gegen die Wand, bis sein Blut floss. Obwohl nicht klar war, woher es kam, spritzte es sofort über den ganzen Kopf.

Ich saugte ihren Traum auf.

Völlig. Wut, Angst, Scham, Schuld und eine vage, kaum erwachte Sinnlichkeit.

Doch der Traum ging noch weiter!

Natascha, die schon von ihrem Bruder ablassen wollte, packte ihn erneut bei den Schultern. Und mit der kalten Berechnung eines Henkers drückte sie seinen Kopf in die Wanne, deren Wasser sich im Nu rosa färbte. Selbst die Schaumblasen, die über dem Wasser aufragten, färbten sich ein. Der Junge zuckte hilflos und versuchte, seinen Kopf aus dem Wasser zu bekommen.

Ich erstarrte. Ein im Traum vollbrachter Mord gibt fast den

gleichen Kraftimpuls wie ein echter. Gleich würde ich das Loch in meiner Seele gestopft haben!

Ich müsste nur die erneut in Natascha aufsteigende Angst löschen und ...

Doch ich tat nichts dergleichen. Sondern stand bloß da, beugte mich weit über das Bett und betrachtete den fremden Traum – als ob im Fernsehen plötzlich anstelle der Zeichentrickfilme für Kinder ein Horrorstreifen liefe.

Mit einem Ruck zog Natascha ihren Bruder aus der Wanne. Der sog gierig die Luft ein. Blut war jetzt keins mehr an ihm, nur eine kleine Schramme unterm Auge. Träume haben ihre eigenen Gesetze.

»Du wirst sagen, dass du selbst mit dem Kopf gegen die Wanne geknallt bist und dich verletzt hast, klar?«, zischte Natascha. Verängstigt nickte der Junge. Natascha stieß ihn jäh aus dem Badezimmer, schloss die Tür – und stieg langsam in das schaumgekrönte Wasser. Das rosafarbene Wasser ...

Ich wartete noch ein paar Sekunden, dann trank ich die Reste des Traums. Welch Triumph, welch Erregung, welch Ruhe ...

Sofort schloss sich die Wunde in meiner Seele zur Hälfte.

Ich hätte es Natascha erlauben sollen, ihren Bruder umzubringen. Dafür hätte ich ihr bloß die Angst nehmen müssen, und schon hätte sie ihren Bruder wie ein Kätzchen ertränkt.

Ich war schweißgebadet. Meine Hände zitterten. Wer hätte denn auch bei diesem kleinen bedachten Schlaukopf mit derartigen Albträumen in der Nacht gerechnet?

Genug. Gut Ding will Weile haben ...

Ich ging weiter.

Bis halb eins bediente ich mich an drei weiteren Träumen. An schlichteren, die mir aber dennoch ordentlich Kraft lieferten. Wirklich nicht schlecht, so ein Aufenthalt hier, wenn die Mädchen Energie in derartigen Mengen ansammeln.

Die verlorenen Kräfte hatte ich damit fast vollständig zurückgewonnen. Den Löwenanteil hatte natürlich Natascha geliefert. Meiner Ansicht nach brauchte ich nur noch einen weiteren Traum und wäre wieder vollständig hergestellt, wäre wieder eine ganze normale Andere. Doch niemand träumte noch etwas, das mir genutzt hätte. Ein Traum hätte mich sogar beinah umgehauen: Gulnara träumte, sie kümmere sich um ihren alten Großvater. Sie schwirrte durch die Küche, goss ihm Tee ein, fragte ihn die ganze Zeit besorgt, ob sie noch etwas für ihn tun könne ... Diese orientalische Kultur! Lokum mit einem Spritzer Arsen!

Wenn Igor nicht gewesen wäre ...

Ich brauchte nur dreißig Minuten, eine Stunde zu warten, und eine meiner achtzehn Spenderinnen würde einen weiteren schrecklichen Traum haben.

Aber ...

Ich schwankte nicht lange.

In der nächsten Nacht würde ich mir alles nehmen, was ich kriegte. Bis zur Neige. Heute konnte ich mich ruhig entspannen. Mich in der Rolle einer normalen Frau versuchen.

Ich schloss die Tür fest zu und sprang hinaus in die Sommernacht. Das Artek schlief. Entlang der Wege leuchteten vereinzelte Laternen, am Himmel hing ein fast voller Mond.

Solche Nächte lieben die Tiermenschen. Dann sind sie in Hochform, verwandeln sich leicht und ohne Schwierigkeiten, werden von einer berauschenden Lebensgier erfasst, der Lust zu jagen, lebendiges Fleisch in Stücke zu reißen, ein Opfer zu belauern und in die Enge zu treiben. Natürlich gehören sowohl die Vampire als auch die Tiermenschen zur untersten Kaste der Dunklen. Und die meisten von ihnen sind wirklich dumm und primitiv. Aber ... in solchen Nächten beneide ich sie ein bisschen. Um ihre primitive, aus den tierischsten Schichten der Natur stammende Kraft. Um die Fähigkeit, sich in ein Tier zu verwandeln – und damit im Handumdrehen die ganzen idiotischen Gefühle eines Menschen hinter sich zu lassen.

Ich lachte und lief den Pfad entlang, breitete die Arme aus, legte den Kopf in den Nacken und schaute zum Himmel. Selbst wenn ich die Fähigkeiten einer Anderen noch nicht zurückerlangt hatte, brodelte die frische Kraft in meinem Blut, und nicht einmal zauderte ich, keinen Moment schwankte ich bei der Wahl meiner Richtung. Es war wie vor der Initiierung, als uns überraschend Irina Andrejewna – eine »alte Freundin deiner Mutter« – besuchte. Meine Eltern verhielten sich ihr gegenüber irgendwie seltsam, befangen, das spürte ich, während Irina Andrejewna mich immer wieder ansah ... mit einem seltsamen Blick, als taxiere sie mich, und mit einem leicht herablassenden Lächeln. Dann mussten meine Eltern plötzlich dringend irgendwohin und ließen mich mit »der alten Freundin« den ganzen Abend allein. Da erzählte meine zukünftige Mentorin mir alles. Dass sie meine Eltern zum ersten Mal in ihrem Leben sieht und sie einfach verzaubert hat. Und von den Anderen, vom *Zwielicht*, das ihnen magische Kraft verleiht, und davon, dass von meinem ersten Eintritt ins *Zwielicht* abhänge, was ich werde: eine Lichte oder eine Dunkle ... Davon, dass ich eine zukünftige Andere sei. Dass mich ein »sehr, sehr starker Zauberer« entdeckt habe ... Später habe ich häufig darüber nachgedacht, ob das nicht Sebulon war, habe ihn aber nie danach gefragt ...

Damals schwankte ich lange, ich Idiotin. Mir gefiel die Bezeichnung *Dunkle* nicht. In allen Märchen und Filmen sind die Dunklen immer die Schlechten. Sie herrschen über die Welt, befehlen Ländern und Armeen, fressen jeden Dreck, reden mit schrecklichen, ekelhaften Stimmen und verraten alles und jeden. Und noch etwas: Am Ende verlieren sie immer.

Irina Andrejewna lachte lange, als ich ihr meine Vorbehalte gestand. Sie erklärte mir, all diese Märchen hätten sich die Lichten ausgedacht. Die Dunklen beschäftigen sich in der Regel nicht mit solchem Quatsch. Die Dunklen, das seien diejenigen, die Freiheit und Unabhängigkeit wollen, die weder nach Macht strebten noch ihrer Umgebung ihre dummen Wünsche aufzwängten. Sie demonstrierte mir einen Teil ihres Könnens – und ich erfuhr, dass meine Mutter seit langem meinen Vater betrog und dass mein Vater längst nicht der mutige und starke Mann war, für den ich ihn immer gehalten hatte, und dass meine besten Freundin Wika die schlimmsten Dinge über mich erzählte ...

Das von meiner Mutter wusste ich sowieso. Seit ich zehn war. Nur versuchte ich, nicht an sie und Onkel Witja zu denken. Das, was ich über meinen Vater erfuhr, warf mich aus der Bahn. Und das über Wika brachte mich auf die Palme. Das musste ich ihr heimzahlen. Heute lache ich darüber, aber mit zehn Jahren zu erfahren, dass mein schrecklichstes Geheimnis – dass ich bis zur zweiten Klasse ins Bett gepinkelt hatte – von meiner Freundin an unseren Klassenkameraden Romka weitergetratscht worden war ... Einfach fürchterlich! Und ich hatte mich schon gewundert, warum er so dreckig gegrinst hatte, als ich ihm am 23. Februar, zum Tag der Sowejtarmee und der Kriegsflotte, eine Postkarte und Filzstifte geschenkt hatte ...

Irina half mir, das erste Mal ins *Zwielicht* einzutreten. Sie sagte, dort würde ich selbst entscheiden, was ich werden wollte. Das *Zwielicht* würde durch meine Seele hindurchblicken und das auswählen, was am besten zu mir passte.

Danach sackte meine Freundin Wika auf eine Fünf ab und fing an, unsere Lehrerin und sogar den Schulleiter aufs Übelste zu beschimpfen, weshalb man sie von der Schule nahm und sie Gerüchten zufolge in eine Nervenheilanstalt für Kinder einwies, wo sie sich einer langwierigen Behandlung wegen des seltenen Gilles-de-la-Tourette-Syndroms unterziehen sollte. Der schöne Romka pisste sich während des obligatorischen Diktats nach einem Viertel des Schuljahrs vor Angst in die Hosen, worauf ihm noch zwei Jahre später der Spitzname Hosenscheißer anhaftete, bis er schließlich mit seinen Eltern in einen anderen Bezirk zog.

Onkel Witja ertrank erst drei Jahre später, als er in einem kleinen See einer Datscha schwamm. Für ein Kind ist das schließlich doch eine schwere Aufgabe. Und bei der Erinnerung daran, wie ich mir von ihm eine Haarsträhne besorgte, kommt mir alles hoch ..

Aber ich habe meine Wahl nicht eine Sekunde bedauert.

Manche glauben, wir, die Dunklen, seien böse. Das stimmt nicht! Wir sind nur gerecht. Stolz, unabhängig und gerecht.

Und treffen unsere Entscheidungen selbst.

Über dem nächtlichen Strand lag ein melancholischer Zauber. Wie in einem herbstlichen Park, wie in einem Konzertsaal nach der Premiere. Die müde Menge hat sich zurückgezogen – um sich für neue Raserei zu stärken; das Meer leckt seine Wunden, spült Melonenschalen an, aufgeweichtes Einwickelpapier von Schokolade, abgenagte Maiskolben und anderen Müll der Menschen; über den feuchten, kühlen Sand ziehen sich die Spuren der Möwen und Krähen.

Ich hörte Igor bereits auf dem Weg zum Strand. Erst nur seine Gitarre, dann auch seine Stimme.

Er sang, und ich begriff plötzlich mit umwerfender Klarheit: Es würde nichts sein. Dort im Sand saß eine vergnügte Gesellschaft, die eine oder andere Flasche machte die Runde, man aß vom Abendessen übrig gebliebene Brötchen als Zuspeise. Ich Idiotin ... das Äußerste, worauf ich hoffen konnte, war eine Einladung, den Rest der Nacht in seinem Zimmer zu verbringen ...

Trotzdem folgte ich dem Gesang. Nur um mich zu überzeugen ...

Du sagst, die Liebe gibt es nicht,
Nur Peitsche oder Zuckerbrot.
Ich sage, Blumen blühen nur,
Weil sie nicht glauben an den Tod.
Du sagst, dass du auf keinen Fall

Jemandes Sklavin bist.
Ich sag, dass jemand neben dir
Dann eben Sklave ist.

Ich mochte dieses Lied nicht. Überhaupt gefiel mir *Nautilus Pompilius* nicht. Die Lieder dieser Gruppe scheinen zwar wie für uns gemacht, aber irgendetwas, das sich nicht fassen lässt, macht sie uns dann doch fremd. Nicht von ungefähr schätzten die Lichten sie so.

Und speziell dieses Lied hasste ich regelrecht!

Mich trennten nur noch ein paar Schritte von Igor, als mir aufging, dass er allein am Strand saß. Igor bemerkte mich ebenfalls, hob den Kopf, lächelte, hörte aber nicht auf zu singen.

Es kann ja sein, ich hab nicht Recht,
Recht hast womöglich du.
Doch hab ich selbst gesehn: Es strebt
Das Gras dem Himmel zu.
Was streite ich mich denn mit dir
Die Nacht lang ohne Ruh?
Es kann ja sein, ich hab nicht Recht,
Recht hast womöglich du.
Was soll der Streit – es kommt der Tag,
Und du erkennst im Nu,
Ob was am Grund des Himmels lebt
Und auch, aus welchem Grunde strebt
Das Gras dem Himmel zu.

Ich setzte mich neben ihn, auf ein im Sand ausgebreitetes großes Frotteehandtuch, und wartete geduldig das Ende des Liedes ab.

»Ein Konzert für Wellen und Sand?«, fragte ich, nachdem Igor die Gitarre weggelegt hatte.

»Für Sterne und Wind«, korrigierte er. »Ich habe gedacht, du würdest mich in der Dunkelheit nicht so leicht finden. Und einen Kassettenrecorder wollte ich nicht mitschleppen.«

»Warum nicht?«

Er zuckte mit den Schultern. »Spürst du das denn nicht? Zu dieser Zeit passt nur ein lebendiger Ton.«

Igor hatte Recht. Selbst wenn ich der Wahl des Liedes nicht zustimmen konnte – aber gegen einen lebendigen Ton gab es nichts einzuwenden.

Ich schwieg und sah ihn an. Genauer: versuchte, ihn in der Dunkelheit anzusehen. Er war barfuß und trug bloß Shorts. Seine Haare glänzten feucht. Wahrscheinlich hatte er schon gebadet. An irgendjemanden erinnerte er mich ... vielleicht an einen fröhlichen Troubadour aus einem Kindermärchen, vielleicht an einen Prinzen, der sich als Troubadour verkleidet hatte ...

»Das Wasser ist warm«, sagte Igor. »Wollen wir?«

In dem Moment begriff ich, dass ich zu schnell zum Strand gekommen war. »Igor ... du wirst mich auslachen ... Ich kann nicht schwimmen gehen. Ich habe meinen Badeanzug vergessen.«

Er dachte kurz nach. »Schämst du dich?«, fragte er dann ruhig. »Oder hast du Angst, dass ich glaube, du hättest das mit Absicht gemacht?«

»Davor habe ich keine Angst, aber ich möchte nicht, dass du es denkst.«

»Tu ich auch nicht«, erwiderte Igor. Und stand auf. »Ich gehe jetzt ins Wasser. Komm doch auch.«

Er zog sich unmittelbar am Wasser aus, rannte hinein und tauchte praktisch sofort unter. Ich schwankte nicht lange. Mit Sicherheit hatte ich nicht daran gedacht, Igor auf so primitive Weise zu verführen. Den Badeanzug hatte ich wirklich einfach in meinem Zimmer vergessen. Aber mich jetzt zu schämen, noch dazu vor einem Menschen – dazu gab es keinen Grund!

Das Wasser war warm, die Wellen zärtlich wie die Berührung der Hände eines Geliebten. Ich schwamm Igor hinterher, und das Ufer entfernte sich, verlor seine Konturen, nur die Lichter der Laternen hoben das Artek in der Nacht hervor. Wir schwammen weit über die Boje hinaus, ließen das Ufer wohl einen Kilometer hinter uns. Ich erreichte Igor, nun schwammen wir nebeneinander, schweigend, ohne ein Wort zu sagen. Nicht in einem Wettkampf, sondern mit gleichem Tempo.

Schließlich hielt er inne und sah mich an.

»Das reicht«, sagte er.

»Bist du müde?«, fragte ich leicht verwundert. Ich hatte geglaubt, er könne ewig schwimmen ... während ich ... überhaupt ohne weiteres das Schwarze Meer durchqueren und in der Türkei aus dem Wasser steigen könnte.

»Nein, ich bin nicht müde. Aber die Nacht ist trügerisch, Alissa. Falls etwas passieren sollte, könnte ich dich genau diese Strecke zurück ans Ufer ziehen.«

Nataschas Worte über seine Zuverlässigkeit fielen mir wieder ein. Ich sah ihm ins Gesicht und begriff, dass er weder den Helden spielen wollte noch scherzte. In der Tat: Er hatte die Situation in jedem Augenblick unter Kontrolle. Allzeit bereit, mich zu retten.

Was bist du doch für ein komischer Mensch. Morgen früh oder morgen Nacht werde ich mir noch ein wenig Kraft holen – und dann kann ich mit dir machen, was ich will. Im Notfall rettest dann nicht du mich, sondern ich dich ... du großer, kräftiger, selbstsicherer, zuverlässiger Mann ... Auch wenn du jetzt an deine Bereitschaft glaubst, mich zu beschützen und zu retten, wie ein Junge, der neben seiner Mutter eine dunkle Straße entlangläuft und sagt: »Keine Angst, Mam, ich bin ja bei dir ...«

Doch selbst wenn diese Einstellung typisch für die Lichten ist, angenehm ist es schon ...

Langsam schwamm ich zu Igor. Dicht heran. Umarmte ihn. »Rette mich«, flüsterte ich.

Das Wasser war warm, aber sein Körper war noch heißer als das Wasser. Er war genauso nackt wie ich. Wir küssten uns, tauchten immer wieder unter, um dann wieder aus dem Wasser zu schießen, gierig nach Luft zu schnappen und die Lippen des anderen zu suchen.

»Ich will ans Ufer«, flüsterte ich. Und wir schwammen, berührten uns ab und an, hielten hin und wieder inne, um uns lange zu küssen. Auf meinen Lippen lag der Geschmack von Salz und von seinen Lippen, mein Körper schien zu brennen, das Blut pochte in meinen Schläfen. So könnte ich auch ertrinken ... vor Erregung, Ungeduld und dem Wunsch, ihm nahe zu sein.

Fünf Meter vorm Ufer, wo das Wasser bereits flacher wurde, hob Igor mich hoch. Leicht, als sei ich nur eine Feder, trug er mich zu unserer Kleidung und bettete mich auf den Strand. Ich spürte ein Handtuch unter meinem Rücken, über meinem Kopf prangten die Sterne.

»Komm ...«, flüsterte ich und spreizte die Beine. Wie ein leichtes Mädchen, wie eine professionelle Hure. Ich, eine Hexe der Moskauer Tagwache, die kein Geringerer als Sebulon liebt!

Doch das spielte im Moment keine Rolle für mich.

Es gab nur die Nacht, die Sterne, Igor ...

Er ließ sich neben mir nieder, seine rechte Hand verschwand unter meinem Rücken und presste die Stelle zwischen den Schulterblättern, während die linke über meine Brust strich. Kurz sah er mir in die Augen – als zweifle er, als zögere er, als versenge ihn nicht derselbe Wunsch nach Nähe wie mich. Unwillkürlich wölbte ich mich seinem Körper entgegen, spürte mit meinen Schenkeln seine Erregung, schlang die Beine um ihn – und erst da drang er in mich ein.

Wie sehr ich ihn begehrte ...

Das ließ sich mit nichts vergleichen. Nicht mit dem Sex mit Sebulon, für den er stets seine Dämonengestalt annahm. Bei Sebulon verspürte ich eine wilde, schmerzhafte Befriedigung, die aber immer das Gefühl der Demütigung barg. Einer süßen und erregenden zwar, aber dennoch einer Demütigung. Und nicht mit dem Sex mit normalen Menschen, egal, ob es sich bei ihnen um unerfahrene und von Kraft strotzende Jünglinge, muskulöse Männer oder gestandene, in die Jahre gekommene Casanovas handelte. All sie hatte ich schon ausprobiert. All das kannte ich, und mit jedem Mann vermochte ich einen interessanten Abend zu verbringen.

Aber das hier war etwas völlig Neues.

Als ob wir wirklich eins wurden, als ob meine Wünsche sich ihm augenblicklich mitteilten und umgekehrt. Ich spürte das Zittern seines Fleischs in meinen Körper, wusste, dass er in jeder Sekunde kommen konnte, diesen Moment aber hinauszog und genau wie ich an der Grenze zur Erlösung entlangbalancierte, in der quälenden, süßen Pein ...

Er schien mich seit Jahren zu kennen und mich wie ein offenes Buch zu lesen. Seine Hände reagierten auf die Wünsche meines Körpers, noch ehe ich sie selbst verspürte, seine Finger wussten, wo sie zärtlich sein mussten und wo grob, seine Lippen erkundeten mein Gesicht, ohne einen Augenblick innezuhalten, seine Stöße wurden immer kräftiger, und ich flog ihm auf einer uns in den nächtlichen Himmel tragenden Schaukel hinterher, flüsterte etwas, ohne die Worte zu verstehen ...

Dann erstarrte die Welt, ich stöhnte auf, klammerte mich an seine Schultern, kratzte ihn, folgte seinen Bewegungen, wollte ihn nicht aus mir herauslassen. Die Wonne war kurz, als sei ein Blitz eingeschlagen, und genauso blendend klar. Aber er hielt nicht inne – und abermals wurde ich auf einer süßen Welle emporgetragen, balancierte – um in jenem Moment, als er die Augen aufriss und sein Körper sich bis aufs Äußerste anspannte, erneut zu kommen. Diesmal anders, der Höhepunkt war nicht so heftig, aber lang, pulsierend, gleichsam im Takt seines Samens, der in meinen Körper spritzte.

Selbst stöhnen konnte ich nicht mehr. Wir lagen nebeneinander, ich auf dem Handtuch, Igor im Sand, berührten einander, zärtlich, als lebten unsere Hände ihr eigenes Leben, ich schmiegte meine Wange an seine Brust, nahm den salzigen Geruch des Meeres und den herben Duft des Schweißes wahr, sein Körper bebte unter meiner Hand. Ich bemerkte gar nicht, wie ich anfing, ihn zu küssen, dabei immer tiefer und tiefer glitt, mein Gesicht in dem krausen Haar vergrub, ihn mit den Lippen liebkoste, mit der Zunge, abermals die in ihm aufsteigende Erregung spürte. Bewegungslos lag Igor da, nur seine Hände berührten meine Schultern, und genauso musste es sein, anders ging es nicht, denn ich wollte ihm Befriedigung verschaffen. Und als er erneut kam und leise stöhnte, nicht mehr imstande war, sich zu beherrschen, verspürte ich ein derartiges Glück, als hätte er mich verwöhnt.

Alles war so, wie es sein musste.

Alles war so, wie es nie zuvor gewesen war.

Keine Orgie – selbst die ausgelassenste nicht – hatte mir je eine derartige Befriedigung gegeben. Weder beim Geschlechtsverkehr mit einem Mann noch bei dem mit zweien oder dreien habe ich ein solches Glück empfunden, eine solche Entgrenzung, eine solche ... eine solche ... Sättigung? Ja, vermutlich war es genau das: Sättigung. Niemand sonst war jetzt noch nötig.

»Ich liebe dich«, flüsterte ich. »Igor ... ich liebe dich.«

Er hätte jetzt antworten können, er liebe mich auch – um damit alles zu verderben. Oder fast alles. Aber er sagte bloß: »Ich weiß.«

Als Igor aufstand und etwas unter den auf dem Sand verstreuten Kleidern hervorholte, traute ich zunächst meinen Augen nicht.

Eine Flasche und ein Glas. Ein Kristallglas. Eins.

»Du bist ein Zauberer«, meinte ich.

Igor lächelte, der Korken flog knallend in die Luft, der schäumende Sekt ergoss sich ins Glas. Ich trank einen Schluck. Trocken. Und kalt.

»Ein guter oder ein böser?«, fragte er.

»Ein böser!« Ich hielt ihm das Glas hin. »Einen solchen Schatz zu verstecken!«

Igor lächelte und trank Sekt.

»Weißt du, und ich könnte noch mal …«, sagte er nach einer Weile nachdenklich.

Er zuckte zusammen, verstummte und richtete sich abrupt auf. Ich sprang auf – gerade noch rechtzeitig, um zu sehen, wie in der Nähe unter einem Sonnenschirm ein diffuser Schatten hervorsprang und eiligst in die Nacht verschwand.

»Wie unangenehm«, flüsterte Igor.

»Wer war das?«, wollte ich wissen. Das Bewusstsein, dass man uns beobachtet hatte, stachelte meine Erregung wider Erwarten nicht an. Sättigung. Absolute Sättigung. Selbst der Tropfen Sekt war jetzt bloß eine angenehme, aber keine unbedingt notwendige Ergänzung zum Sex. Und auf irgendwelche Unbefugte konnte ich erst recht verzichten.

»Ich weiß nicht … eines der Kinder vermutlich.« Igor war ohne Zweifel verwirrt. »Wie unangenehm … wie dumm.«

»Halb so schlimm.« Ich umarmte ihn. »Die Kleinen schlafen schon, und die Großen können nur etwas lernen … das gehört schließlich auch zur Erziehung.«

Er lächelte, war aber trotzdem noch immer irritiert. So sind sie, die Menschen …, messen solchen Kleinigkeiten Bedeutung bei …

»Gehen wir zu dir?«, fragte ich.

»Gehen wir.« Igor schüttelte den Kopf. Sah mich an. »Du solltest dir allerdings darüber im Klaren sein, dass du dann heute nicht zum Schlafen kommst.«

»Davor wollte ich dich auch gerade warnen«, erwiderte ich. Und das war wahr.

Sechs

Als ich noch eine vollwertige Andere war, konnte ich leicht fünf, sechs Tage ohne Schlaf auskommen. Auch jetzt sehnte ich mich im Grunde nicht nach Schlaf. Im Gegenteil – mein Blut kochte vor Energie. Gewöhnlicher, menschlicher Energie.

In unser Häuschen kehrte ich eine halbe Stunde vor dem Wecken zurück. Ich schaute bei den Mädchen rein, die einen wälzten sich bereits im Bett, wachten langsam auf. Alles in Ordnung. Keines von ihnen war an den Strand gerannt, um zu baden oder zu ertrinken, keines war von bösen Terroristen entführt worden, niemand hatte es sich einfallen lassen, nachts nach der Erzieherin zu suchen.

Mit einem dummen, aber zufriedenen Lächeln ging ich in mein Zimmer. Langsam und träge zog ich mich vor dem Spiegel stehend aus. Genüsslich strich ich mir mit den Händen über die Hüften und krümmte mich wie eine satte Katze.

Eine verrückte Nacht. Eine verzauberte Nacht. Vermutlich hatte ich jeden Blödsinn gemacht, den eine verliebte Frau mit einem Mann nur machen kann. Und selbst das, was mir früher zuwider gewesen war, hatte mir in dieser Nacht eine erregende Freude bereitet.

Ich hatte mich doch nicht etwa ernsthaft verliebt?

Das konnte nicht sein ...

In einen Menschen? Einen gewöhnlichen Menschen? Selbst wenn er mich verstand wie niemand sonst auf der Welt?

Das konnte nicht sein!

»Beim Dunkel, wenn er doch bloß ein Anderer wäre«, flüsterte ich. »Ich flehe dich an, Großes Dunkel ...«

Es ist ein gefährliches Spiel, die Urkräfte um solche Kleinigkeiten zu bitten. Obwohl ... ich glaube nicht, dass das Dunkel in der Lage ist, eine einfache Hexe zu hören. Sebulon wäre vermutlich imstande, bis zu ihm vorzudringen ...

Sebulon.

Ich setzte mich aufs Bett und vergrub mein Gesicht in den Händen.

Noch vor ein paar Tagen hatte mich nichts glücklicher gemacht als seine Liebe. Und jetzt?

Natürlich, er selbst hatte mir vorgeschlagen, mich zu amüsieren. Sicher, er spuckte auf banale menschliche Dogmen, noch dazu auf solche, die zum Repertoire der Lichten zählten. Was sollte es ihm schon ausmachen, wenn ich fremdging? Was wusste er von Eifersucht? Kein Wort würde er dagegen sagen, wenn Igor und ich ...

Stopp! Was spann ich da zusammen?

»Aliska, du hast völlig den Verstand verloren ...«, flüsterte ich.

War ich den Menschen tatsächlich noch so sehr verhaftet? Sollte ich etwa tatsächlich dazu fähig sein – es kommt mir kaum über die Lippen – zu heiraten? Einen Menschen? Ihm Borschtsch zu kochen, seine Socken zu waschen, Kinder zu bekommen und großzuziehen?

Wie heißt es doch so schön: Tags auf der Wache, nachts in der Mache ...

Doch, ich könnte es.

Ich schüttelte den Kopf, als ich mir die Reaktion meiner Kolleginnen vorstellte. Nein, die Tatsache als solche war nicht weiter verwunderlich. Die meisten Hexen hatten geheiratet, und zwar in der Regel einen Menschen. Aber ...

Es ist eine Sache, einen reichen, einflussreichen Mann zu becircen, irgendeinen Oligarchen oder schlimmstenfalls einen

Abgeordneten der Duma oder einen Mafioso, der in der Stadt was zu sagen hatte. Aber einen einfachen jungen Mann, einen Studenten ohne Geld und Beziehungen? Da würde es Spott hageln – und noch nicht einmal zu Unrecht, das war ja das Fürchterliche!

Aber allein wegen Sex verlor ich doch nicht den Kopf!

Was war nur los mit mir?

Als ob mich ein Inkubus verzaubert hätte ...

Ich erschauderte bei dem ungeheuerlichen Gedanken. Was, wenn Igor ein ganz normaler Inkubus wäre? Ein Kollege ... noch dazu ein primitiver Dunkler!

Nein. Unmöglich.

Ein Inkubus hätte in mir die Andere gespürt. Die Dunkle, auch wenn ich vorübergehend meiner Kraft beraubt war. Und hätte seine Kunst niemals auf eine Hexe angewandt, weil er den Preis dafür kannte. Ich hätte ihn zu Staub zermalmt, sobald ich meine Kraft zurück und herausgefunden hätte, dass er mir diese Liebe eingegeben hatte ...

Liebe? Also ging es doch um Liebe?

»Och, Aliska ...«, flüsterte ich. »Du bist einfach eine Idiotin ...«

Nun gut, dann war ich eben eine Idiotin!

Ich kramte frische Höschen aus meiner Tasche und ging duschen.

Den ganzen Tag über führte ich mich wie eine Wahnsinnige auf. Überall eckte ich an, aber das beunruhigte mich nicht im mindesten. Ich stritt mich sogar ein wenig mit der Leiterin vom Komplex Lasurny, weil ich für meine Mädchen bessere Plätze beim Kinofestival herausschlagen wollte. Was mir auch gelang, worauf ich in ihren Augen sogar noch stieg! Dann wurden aus Nikolajew herbeigeschaffte dunkle Brillen verteilt. Für die Sonnenfinsternis morgen. Jede Gruppe hatte fünf Brillen bekommen, aber mir war es irgendwie gelungen, sechs zu kriegen. Ich hatte nicht erwartet, dass in der Ukraine jemand auf die Idee kommen würde, sie herzustellen, aber wenn das nun schon mal der Fall war ...

Dann kam der Strand – und ausgerechnet heute mussten die Jungengruppen auf irgendeine bescheuerte Exkursion gehen! Selbst das Meer machte mir keinen Spaß. Doch als ich einmal zu Natascha hinübersah und ihren traurigen Blick auffing, ging mir die Komik der Situation auf. Es gab hier nicht nur eine Idiotin, es gab zwei. Das Mädchen, das sich nach diesem Jungen verzehrte und in ihren Fantasien kaum so weit ging, ihn zu küssen, und ich, die ich nachts Sachen getrieben hatte, die selbst den Pornofilmen auf dem Markt im Moskauer Gorbuschka, wo man die schärfsten Raubkopien bekam, alle Ehre machten. Mit einem Wort: Die Extreme trafen sich.

»Vermisst du ihn?«, fragte ich kaum hörbar. Einen kurzen Augenblick schien Natascha sich zu zieren und sah mich gequält an ...

»Hm ...«, seufzte sie dann plötzlich. »Sie auch?«

Schweigend nickte ich. Das Mädchen zögerte kurz.

»Waren Sie die ganze Nacht bei ihm?«, fragte es dann.

Lügen wollte ich nicht, vor allem da niemand in unserer Nähe war.

»Hast du mich beobachtet?«, fragte ich zurück.

»Ich hatte heute Nacht Angst«, sagte das Mädchen leise. »Ich bin aufgewacht, denn ich habe etwas Fürchterliches geträumt ... und bin dann zu Ihnen gegangen, aber Sie waren nicht in Ihrem Zimmer.«

»Die ganze Nacht«, gestand ich. »Er gefällt mir sehr, Nataschka.«

»Haben Sie Liebe gemacht?«, fragte das Mädchen in sachlichem Ton.

Ich drohte ihr mit dem Finger. »Natascha!«

Das brachte sie überhaupt nicht in Verlegenheit. Im Gegenteil: Sie senkte die Stimme, um mir etwas mitzuteilen – als sei ich eine Busenfreundin von ihr. »Mit meinem passiert überhaupt nichts. Ich habe ihm gesagt, dass ich ihm ganz bestimmt die Augen auskratze, wenn er es wagt, mich zu küssen. Darauf sagt er zu mir: *Das würde ich doch nie im Leben machen!* Warum sind Jungen bloß so dumm?«

»Er wird dich bestimmt küssen«, versprach ich ihr. Und fügte insgeheim hinzu: Dafür werde ich schon sorgen.

In der Tat, was wäre einfacher als das? Morgen würde ich meine Fähigkeiten zurückgewonnen haben, und der rothaarige sommersprossige Junge würde Natascha nachlaufen und sie mit ehrlichen verliebten Augen ansehen. Warum sollte ich meiner tüchtigsten kleinen Spenderin nicht eine Freude bereiten?

»Und was hast du geträumt?«, fragte ich.

»Mist«, antwortete das Mädchen einsilbig. »Ich kann mich nicht mal mehr daran erinnern, ehrlich. Aber irgendwas Fieses!«

»Von deinem kleinen Bruder?«, wollte ich wissen.

Natascha runzelte die Stirn. »Ich weiß es nicht mehr ...«, antwortete sie nach einer Weile. »Woher wissen Sie denn, dass ich einen kleinen Bruder habe?«

Ich lächelte geheimnisvoll und streckte mich im Sand aus. Alles war in Ordnung. Den Traum hatte ich bis zur Neige ausgetrunken.

Gegen Abend hielt ich es nicht mehr aus.

Ich wusste einfach – ich kann nicht mehr. Ich suchte Galina und fragte sie, ob sie ein paar Stunden auf meine Mädchen aufpassen würde.

Sie bedachte mich mit einem seltsamen Blick. Nein, nicht beleidigt, obwohl sie offenbar absolut im Bilde war und selbst ein Auge auf Igor geworfen hatte. Und auch nicht böse. Eher traurig, wie ein zu Unrecht bestrafter Hund.

»Natürlich, Alissa«, sagte sie.

Es ist ein Kreuz mit diesen so genannten guten Menschen.

Du kannst ihnen ins Gesicht spucken, in die Quere kommen, sie mit Füßen treten – sie ertragen alles.

Was andererseits natürlich sehr bequem ist.

Ich ging zum Häuschen der vierten Gruppe. Auf dem Weg dorthin scheuchte ich zwei kleine Jungen aus den Büschen, die Glasscherben über einem Feuerchen aus Plastikbechern schwärzten. Von herausscheuchen konnte im Übrigen eigentlich nicht die Rede sein. Die Jungen blickten finster drein und wappneten sich innerlich, ließen von ihrem Tun aber nicht ab.

»Morgen bekommen alle spezielle Brillen«, versicherte ich friedfertigen Tones. »An denen hier schneidet ihr euch nur.«

»Die Spezialbrillen reichen nicht«, gab einer der Jungen zu bedenken. »Wir schwärzen uns selber Glas, die Becher qualmen richtig gut.«

»Und den Rand bekleben wir mit Leukoplast«, ergänzte sein Freund. »Und fertig!«

Ich lächelte, nickte ihnen zu und ging weiter. Was die Kinder taten, war gut. Unabhängig, selbstbewusst. Richtig.

Als ich auf das Sommerhäuschen zuging und bereits die ersten Gitarrenklänge hörte, erblickte ich Makar.

Der Junge stand an einem Baum, versteckte sich zwar nicht unbedingt, achtete aber darauf, dass er vom Haus her nicht zu sehen war. Er stand einfach da und starrte Igor an, der zwischen seinen Kindern saß. Sobald er meine Schritte hörte, drehte er sich abrupt um, zuckte zusammen ... und blickte zu Boden. Ich verstand alles.

»Es ist nicht schön, anderen nachzuspionieren, Makar.«

Der Junge stand da und biss sich auf die Lippen. Was er wohl vorgehabt hatte? Hatte er Igor eins auswischen wollen? Ihn zum Duell herausfordern? Oder hatte er einfach in ohnmächtiger Wut die Faust geballt, während er den erwachsenen Mann betrachtete, der in der letzten Nacht Liebe gemacht hatte mit der Frau, die ihm gefiel? Du dummer, dummer Junge ... Du solltest dir eine Altersgenossin suchen, aber nicht unter erwachsenen, betörenden Hexen mit langen Beinen Ausschau halten.

»Das kommt schon noch, Makar«, meinte ich leise zu ihm. »Sowohl die Mädchen wie auch die Nacht am Meeresstrand und ...«

Er hob den Kopf. Sah mich an – amüsiert und sogar herablassend. *Das kommt nicht*, sagten seine Augen. Es wird kein Meer geben, keine nackte Frau am wellenumspülten Strand. Alles wird ganz anders werden: billiger Portwein in einem dreckigen kleinen Zimmer eines Wohnheims, ein Mädchen, das sich nach dem zweiten Glas jedem hingeben würde, ein verschwitzter, frühzeitig verwelkter Körper und ein verrauchtes, heiseres Flüstern: »Äh, Alter, spritz woanders ab!«

Ich wusste das, ich erfahrene, zynische Hexe. Er wusste das, der Zufallsgast im Artek, der kurzfristige Besucher dieses »Territoriums der Freundschaft und Liebe«. Wir brauchten einander nichts vorzumachen.

»Tut mir leid, Makar«, sagte ich. Zärtlich strich ich ihm über die Wange. »Aber er gefällt mir nun mal sehr. Und du musst erst groß und klug werden, dann wirst du alles haben ...«

Er drehte sich um und rannte weg. Ein fast erwachsener Junge, der keine Minute von seinem kurzen, glücklichen Sommer verlieren wollte, der nachts nicht schlief und sich ein anderes, ein glückliches Leben ersann.

Was konnte ich tun? Die Tagwache braucht keine menschlichen Angestellten. Die Tiermenschen, Vampire und anderes Kroppzeug reichen völlig. Natürlich würde ich Makar überprüfen. Aus ihm könnte ein großartiger Dunkler werden. Aber es gab nur sehr, sehr geringe Chancen, dass der Junge die Veranlagung zum Anderen in sich trug ...

Auch bei meinen Mädchen dürfte es sich vermutlich um völlig durchschnittliche Menschen handeln.

Und ebenso schlecht standen die Chancen, dass Igor sich als Anderer erwies ...

Vielleicht war das ja sogar besser? Wenn er ein Mensch war ... konnten wir zusammen sein. Sebulon würde sich einen Dreck darum scheren, ob seine Freundin einen menschlichen Mann hatte. Aber einen Anderen als Ehemann würde er nicht ertragen ...

Nachdenklich sah ich zu Boden und ging weiter zum Haus. Igor saß auf der Veranda und stimmte die Gitarre. Neben ihm hockten nur zwei Kinder – der Lagerfeuermeister Aljoschka und ein rundlicher, kränklich wirkender Junge, der meiner Meinung nach nicht beim Lagerfeuer gewesen war.

Igor schaute mich an und lächelte. Die Jungen sagten etwas und begrüßten mich, aber wir beide wechselten kein Wort miteinander – wir lasen alles in unseren Augen. Sowohl die Erinnerungen an die letzte Nacht wie auch das Versprechen auf die kommende ... auf die kommenden ...

Außerdem lag in seinen Augen noch eine leichte gequälte Sehnsucht. Als ob ihn irgendetwas ungeheuer bedrückte. Mein Geliebter ... wenn er wüsste, wie traurig ich bin ... und wie schwer mir das Lächeln fällt ...

Es ist wohl doch besser, wenn du keine Veranlagung zum Anderen hast, Igor. Sollten die Kolleginnen mich doch ruhig auslachen. Das kann ich ertragen. Von Sebulon wirst du nie etwas erfahren. Und auch von der Tagwache nicht. Und wundern wirst du dich, dass dir plötzlich alles gelingt, dass du Karriere machst, nie erkrankst – all das werde ich dir geben!

Igor ließ die Hand über die Saiten gleiten und sah seine Jungen zärtlich an. Dann begann er zu singen:

Ich fürcht mich vor Babys,
Ich fürcht mich vor Leichen,
Ich taste mir misstrauisch übers Gesicht.
Und schon hat mich eisiges Grauen erwischt:
Ja, sollte ich denn all den anderen gleichen?
Den Menschen, einzeln und zu Millionen,

Wie sie über und unter mir wohnen,
Den Menschen, die nebenan schnarchen eben,
Den Menschen, die unter der Erde leben.
Ich gäbe für ein Paar Flügel was her,
Für'n drittes Auge – das wäre doch was!
Ein Dutzend Finger pro Hand oder mehr ...
Ich brauche zum Atmen ein anderes Gas!
Sie lachen heftig und weinen Salz
Und kriegen niemals genug in den Hals.
Ihr Bild in der Zeitung – da werden sie froh.
Doch morgen schon heißt's damit 'runter ins Klo.
Das sind die Menschen, die Kinder gebären,
Die Menschen, die sich in Schmerzen verzehren,
Die Menschen, die ihresgleichen erschießen –
Und können kein salzloses Essen genießen.
Sie gäben für ein Paar Flügel was her,
Für'n drittes Auge – das wäre doch was!
Ein Dutzend Finger pro Hand oder mehr ...
Sie brauchen zum Atmen ein anderes Gas.

In mir regte sich etwas Kaltes und Klebriges. Ein mieses, sehnsüchtiges, auswegloses Gefühl ...

Das war unser Lied. Viel zu sehr ... viel zu sehr ... ein Anderes Lied.

Ich spürte die Emotionen der neben uns sitzenden Jungen, ich war jetzt schon fast wieder eine normale Andere, die, so schien es mir, im nächsten Moment wieder ins *Zwielicht* eintreten könnte. Es war wie in der Nacht, als wir Sex hatten – ein quälendes Auf und Ab auf einer Schaukel, ein Balanceakt auf einer Rasierklinge, die Erwartung einer Explosion, ein Absturz ins Bodenlose ... Um uns herum strömte Kraft – die noch zu grob für mich war, keine Brühe aus den nächtlichen Albträumen der Kinder, sondern einfach die Sehnsucht eines pummeligen Jungen nach seinen Eltern: Etwas mit dem Herzen stimmte bei ihm nicht, er spielte nur wenig mit den übrigen Kindern, lief immer hinter Igor her, klebte fast so an ihm wie Oletschka an mir ...

Das war keine Brühe.

Trotzdem war es beinah das, was nötig ist ...

Ich konnte nicht länger warten!

Ich beugte mich vor, streckte die Hand aus, fasste den Jungen bei der Schulter und saugte seine blinde Traurigkeit auf. Die mich durchströmende Energie haute mich fast um, aber plötzlich füllte sich die Welt mit grauer Kälte, mein Schatten lag wie ein schwarzes Loch auf den abgewetzten Dielen der Veranda, und ich fiel in ihn hinein, ins *Zwielicht*, gerade noch rechtzeitig, um zu sehen ...

... wie Igor aus dem sich an ihn kuschelnden Aljoschka Kraft zog, einen dünnen fliederfarbenen Energiestrom: die Vorfreude auf Spaß und Abenteuer, Toberei und Entdeckungen, Gejohle und Furcht – das ganze Bouquet von Emotionen und Gefühlen eines gesunden, lustigen, mit sich und der Welt zufriedenen Kindes ...

Ein Lichtes Bouquet.

Lichte Kraft.

Den Dunklen das Dunkle.

Den Lichten das Lichte.

Und ich erhob mich – zur Hälfte noch in der realen Welt, zur Hälfte bereits im *Zwielicht* –, dem ebenfalls aufstehenden Igor entgegen, meinem Liebhaber und Geliebtem entgegen, dem Lichten Magier der Moskauer Nachtwache entgegen.

Dem Feind entgegen.

Und ich hörte seinen Schrei. »Nein!!!«

Und ich hörte meine Stimme. »Das darf nicht sein!!!«

Der erste Gedanke, der mir durch den Kopf schoss, erwies sich als unzutreffend. Nein, Igor arbeitete nicht gegen mich, setzte keine hinterlistigen Pläne der Nachtwache in die Tat um. Er war seiner Kräfte beraubt – genau wie ich. Er musste sich regenerieren, erholte sich im Artek – genau wie ich. Er hatte meine Aura nicht gesehen, nichts hatte ihn auf den Gedanken gebracht, dass vor ihm eine Hexe stand.

Er hatte sich verliebt. Mit geschlossenen Augen. Genau wie ich.

Die Welt war grau und dumpf, die kalte Welt des *Zwielichts*, die uns zu denen macht, die wir sind, die uns Kraft raubt – aber auch hilft, welche zu finden. Eine Welt ohne Geräusche und Farben. Die an den Bäumen erstarrten Blätter, die eingefrorenen Figuren der Kinder, die in der Luft hängende Gitarre – Igor hatte sie aus der Hand gelegt, bevor er ins *Zwielicht* eingetreten war. Tausende von eisigen Nadeln pikten meine Haut, entzogen mir die gerade gewonnene Energie, wollten mich für immer ins *Zwielicht* treiben ... Aber ich war wieder eine Andere und konnte Kraft aus der mich umgebenden Welt ziehen. Ich streckte mich und schöpfte bis zur Neige alles Dunkle ab, das der dicke Junge hergab. Kraft aufzusaugen bereitete mir nun keine Mühe. Ich achtete gar nicht mehr darauf, was ich wie tat. Alles ging einfach, wie gewohnt.

Doch das Gleiche tat Igor mit Aljoschka. Vielleicht weniger geschickt – die Lichten zapfen nur sehr selten direkt Kraft ab, sie sind an ihre idiotischen Selbstbeschränkungen gebunden. Trotzdem trank auch er die Freude bis zum letzten Tropfen ... und ich empfand eine widernatürliche Freude für meinen Liebsten, für meinen Feind, für den Lichten, der seine Kraft zurückgewann ...

»Alissa ...«

»Igor ...«

Es war nicht leicht für ihn. Es war viel schwerer für ihn als für mich. Die Lichten jagen ihr ganzes Leben lang Illusionen nach, hegen beständig falsche Hoffnungen und können einen Schlag nicht ertragen ... Doch er schon ... und ich auch ... ich hielt mich ... hielt mich ..

»Wie dumm«, flüsterte er. Schüttelte den Kopf – eine seltsame Geste in diesem nebelhaften Rauch, im *Zwielicht* ... »Du ... du bist eine Hexe ...«

Ich spürte, wie er in mein Bewusstsein drang, nicht sehr tief, nur an der Oberfläche, um sich zu überzeugen ... oder in der Hoffnung, sich zu irren... und ich wehrte mich nicht dagegen. Sondern kam ihm entgegen.

Und lachte – in unerträglichem Schmerz.

Südbutowo.

Edgar, der den Lichten Magiern gegenüberstand.

Wir versorgten Edgar mit Kraft, die Lichten erhielten Kraft von ihren Magiern aus der zweiten Reihe ...

Auch von Igor.

Ich erkannte seine Aura, erinnerte mich an das Kraftprofil. So etwas vergisst man nicht.

Und auch er erkannte mich ...

Natürlich kannte ich ihn nicht persönlich, natürlich hatte ich seinen Namen nicht gehört. Weshalb sollte eine einfache Wächterin des Tages sämtliche tausend Mitarbeiter der Moskauer Nachtwache kennen? All die Magier, Zauberer, Zaubermeister, Gestaltwandler ... Bei Bedarf bekamen wir konkrete Angaben. So wie damals bei Anton Gorodezki, den wir vor einem halben Jahr auf geheimen Befehl Sebulons verfolgt und ja auch bei einer unerlaubten Handlung erwischt hatten ... An andere erinnert man sich zwangsläufig. Zum Beispiel an Tigerjunges.

Aber Igor hatte ich nicht gekannt.

Ein Lichter Magier dritten Grades. Wahrscheinlich war er stärker als ich, obwohl es recht schwierig ist, die Kräfte eines echten Magiers und einer Hexe zu vergleichen.

Mein Liebster, mein Geliebter, mein Feind ...

Mein Schicksal ...

»Weshalb?«, fragte Igor. »Alissa ... weshalb hast du das ... gemacht?«

Wie, *weshalb*?, wollte ich schon schreien. Doch ich brachte kein Wort heraus, weil mir aufging: Er würde mir nicht glauben. Niemals würde er glauben, dass das, was geschehen war, nur ein Zufall war, ein läppischer, tragischer Zufall, dass dahinter keine böse Absicht steckte, dass uns eine unbarmherzige Ironie des Schicksals zusammengeführt hatte – in einem Moment, als wir beide schwach waren, als wir einander nicht erkennen, den Feind nicht zu erspüren vermochten ... in einem Moment, als wir nur eins konnten und wollten: lieben.

Was soll in dieser Welt eine Frage wie *weshalb*? Weshalb bin ich eine Dunkle? Weshalb ist er ein Lichter? Schließlich steckte – anfangs – in uns beiden ein wenig sowohl von diesem wie auch von jenem ...

Und nur eine Kette von Zufällen hatte dazu geführt, dass wir die wurden, die wir jetzt waren ...

Igor hätte auch mein Freund werden können, mein Kollege, ein Dunkler ...

Und ich hätte ... vermutlich ... auch eine Lichte werden können. Dann hätte mich nicht eine weise Hexe ausgebildet, sondern eine weise Zauberin ... und ich hätte es meinem Feind nicht mit gleicher Münze heimgezahlt, sondern ihm geifernd den »richtigen Weg« gewiesen ... die andere Wange hingehalten ... und mich an eloquentem Schwachsinn ergötzt ...

Mir wurde erst bewusst, dass ich weinte, als sich die Welt um mich herum zu drehen begann. Man darf im *Zwielicht* nicht weinen – das ist allgemein bekannt. Das *Zwielicht* trinkt unsere Kraft umso gieriger, je mehr Gefühle wir zulassen.

Und im *Zwielicht* die Kraft zu verlieren heißt, für immer dort zu bleiben.

Ich versuchte, weitere Kraft aus meinem Spender zu saugen, dem dicken Jungen, doch er war bereits leer. Ich streckte die Hand nach Aljoschka aus, aber der stellte sich als absolut neutral heraus, ausgepresst von Igor. Und aus Igor konnte und wollte ich keine Energie ziehen. Alle anderen jedoch waren zu weit weg, und die Welt drehte sich ... wie dämlich ...

Die Erde riss mich auf die Knie – ich verschwendete sogar noch einen dummen Gedanken daran, dass ich mir den Rock einsauen würde, obwohl *Zwielicht*-Schmutz nicht in unserer realen Welt zurückbleibt.

Im nächsten Moment feuerte Igor einen Energiestoß in mich.

Nein, nicht um mir den Rest zu geben. Sondern um mir zu helfen.

Es war eine fremde, es war lichte Kraft. Allerdings durch ihn gefiltert. Um sie mir zu geben.

Und Kraft bleibt Kraft.

Ich erhob mich, atmete schwer, ausgelaugt, genau wie in jener Nacht, der Nacht unserer wahnsinnigen, unmöglichen Liebe. Igor half mir, mich im *Zwielicht* zu halten, reichte mir aber nicht die Hand.

Er weinte jetzt, genau wie ich. Ihm ging es genauso schlecht.

»Wie konntest du nur ...«, flüsterte er.

»Das war ein Zufall, Igor!« Ich machte einen Schritt auf ihn zu, streckte die Hände aus, als ob noch Hoffnung bestünde. »Igor, das war ein Zufall!«

Er wich vor mir zurück wie vor einer Aussätzigen. Mit der leichten, geschmeidigen Bewegung eines Magiers, der daran gewöhnt ist, im *Zwielicht* zu arbeiten.

Im *Zwielicht* zu kämpfen. Im *Zwielicht* zu töten.

»Solche Zufälle gibt es nicht«, spie er förmlich. »Du ... du bist ein dreckiges Miststück ... du ... Hexe ...«

Er hielt inne und saugte die Spuren verbliebener Magie auf.

»Von Kindern Kraft zu nehmen!«

Jetzt reichte es mir. »Und du? Warum bist du hier, Lichter?« Meine Zunge wollte mir nicht gehorchen, es war unmöglich, widersinnig, ihn so zu nennen, aber er war nun mal ein Lichter – und die Beschimpfung somit einfach nur eine zutreffende Bezeichnung. »Was machst du denn hier? Tust du dich etwa nicht an kleinen Menschenkindern gütlich?«

»Das Licht kann man nicht rauben.« Er schüttelte den Kopf. »Das, was wir uns nehmen, geben wir hundertfach zurück. Aber du raubst das Dunkel – und das Dunkel wächst. Ich nehme Licht – und es entsteht von neuem.«

»Sag das mal dem kleinen Aljoschka, der den ganzen Abend über bedrückt sein wird!«, schrie ich. »Erklär ihm mal, dass er nachher schon wieder fröhlich wird!«

»Ich habe anderes zu tun, Hexe! Ich muss die Kinder retten, die du ins Dunkel treibst!«

»Du musst etwas unternehmen, damit er wieder fröhlich wird«, sagte ich gleichgültig. Die ganze Welt schien sich mit eisigem Schorf zu überziehen. »Das ist deine Arbeit ... mein Lieber!«

Was tat ich da?

Er glaubte sowieso schon, ich hätte alles gewusst, die Tagwache hätte eine infame Operation geplant, er sei übel verarscht worden und alles, was es zwischen uns gegeben hatte, sei bloß ein abgekartetes Spiel gewesen ...

»Du Hexe«, zischte Igor abfällig. »Sieh zu, dass du von hier verschwindest. Klar?«

Mit Vergnügen, hätte ich beinah geantwortet. Schließlich ... wie sollte ich mich noch an diesem Sommer freuen können, am Meer und am Überschuss an Kraft? Ich erholte mich langsam wieder – das Wichtigste war schon vollbracht.

»Hau doch selbst ab«, entgegnete ich. »Mir ist sowohl der Aufenthalt hier wie auch die Aufnahme menschlicher Kraft gestattet worden. Du kannst deine Leute danach fragen ... Hast du denn auch eine Erlaubnis ... mein Lieber?«

Was sagst du jetzt, du Idiot? Was machst du jetzt, mein Liebster? Was mache ich?

Was soll ich schon machen? Ich bin eine Dunkle. Eine Hexe. Die menschliche Moral interessiert mich nicht, aber ich habe auch nicht die Absicht, mit diesen primitiven Organismen, die sich *Menschen* nennen, zu spielen. Ich bin hierher gekommen, um mich zu erholen, und das werde ich auch tun! Und du? Was willst du jetzt machen? Wenn du mich wirklich liebst? Und das tust du, das weiß ich! Ich kann es jetzt sogar sehen, und auch du kannst es sehen ... wenn du willst ...

Denn die Liebe steht über dem Dunkel und dem Licht.

Denn die Liebe ist nicht bloß Sex, nicht der gleiche Glaube oder »das gemeinsame Führen eines Haushalts und die Erziehung von Kindern«.

Die Liebe ist ebenfalls eine Kraft.

Und weder das Licht noch das Dunkel, weder die Menschen noch die Anderen, die Moral oder das Gesetz, die Zehn Gebote oder der Große Vertrag haben auch nur das Geringste mit ihr zu tun.

Und ich liebe dich trotz allem, du Dreckskerl, du Schuft, du Lichtes Mistvieh, du gutmütiger Schwachkopf, du zuverlässiger Spießer! Trotz allem! Selbst wenn wir uns vor drei Tagen gegenübergestanden haben und nur eins im Kopf hatten: den Feind zu vernichten! Selbst wenn uns ein Abgrund voneinander trennt, der niemals von irgendwem überwunden wird!

Und das solltest du gefälligst begreifen: dass ich dich liebe!

Und all meine Worte dienen nur meiner Verteidigung, es sind ebenfalls Tränen, nur siehst du sie nicht, willst sie nicht sehen ...

Aber komm zu mir, egal wo – im *Zwielicht*, wo uns niemand sieht, oder auf dieser Veranda, vor den Augen der staunenden Kinder –, und nimm mich in die Arme, und dann weinen wir gemeinsam, und keiner sagt ein Wort, und ich haue ab, kehre zu Sebulon zurück, nach Moskau, krieche unter die Fittiche der zufriedenen Lemeschewa ... Möchtest du, dass ich die Tagwache verlasse? Ja? Ich werde immer eine Dunkle bleiben, das kann ich nicht ändern, das will ich auch gar nicht, aber ich könnte den ewigen Krieg zwischen Dunkel und Licht hinter mir lassen, einfach leben, sogar darauf verzichten, mir von den Menschen Kraft zu nehmen, und selbst wenn du dann immer noch nicht mit mir zusammen sein möchtest – worum ich dich ja auch gar nicht bitte –, so behalte wenigstens in Erinnerung, dass wir einander geliebt haben!

Komm einfach zu mir.

Antworte nicht auf meine Worte!

Ich bin eine Dunkle!

Das werde ich immer sein.

Ich liebe nur mich auf dieser Welt!

Aber jetzt bist du ein Teil von mir. Ein großer Teil. Der wesentliche Teil. Und wenn es nötig sein sollte, würde ich einen Teil von mir töten, was hieße, ich würde mich vollends töten.

Du aber tu das nicht!

Du bist doch ein Lichter!

Ihr bringt euer Leben auf dem Opferaltar dar, ihr beschützt die Menschen und steht füreinander ein ... versuch doch wenigstens, auch mich so zu sehen, selbst wenn ich eine Hexe bin, selbst wenn ich deine Feindin bin! Zumindest ab und an begreift ihr doch etwas. So wie Anton Gorodezki etwas verstanden hat ... als er die ungeheuere Kraft gesammelt hat, nur um sie nicht einzusetzen. Anton kann ich nur bewundern, als echten Feind, aber dich liebe ich. Liebe ich! Liebe ich! Versteh das doch und komm zu mir, du geliebter Schweinehund, mein süßes Scheusal, mein einziger Feind, mein widerlicher Vollidiot!

»Vollidiot!«, schrie ich.

Und Igors Gesicht verzerrte sich in solch unermesslicher Qual, dass ich begriff: Aus und vorbei.

Licht und Dunkel.

Gut und Böse.

Das sind bloß Worte.

Doch wir sprechen unterschiedliche Sprachen und werden einander nie verstehen – selbst wenn wir dasselbe sagen wollen.

»Geh weg. Oder ich bringe dich um.«

Er sprach diese Worte aus – und trat aus dem *Zwielicht*. Die Umrisse seines Körpers verloren sich, lösten sich auf, damit er in der Menschenwelt wiedergeboren werden konnte, neben den Jungen aus dem Artek. Ich stürzte ihm nach, riss mich aus meinem Schatten – wenn man doch so leicht aus sich selbst heraus könnte, aus seinem eigenen Wesen, seinem eigenen Schicksal!

Ich konnte gerade noch sehen, wie Igor, sobald er in die menschliche Realität gelangt war, nach der Gitarre griff, die fast den Boden berührte, sein schmerzverzerrtes Gesicht mit dem »Parandscha« tarnte – keine Ahnung, wie die Lichten ihn nennen – und die Jungen aus der Trance holte. Er hatte sie nämlich erstarren lassen, bevor er ins *Zwielicht* getreten war. Damit sie nicht erschraken, wenn ihre Erzieher plötzlich verschwanden ...

Was hast du gesagt, Nataschka?

Zuverlässig?

Ja. Zuverlässig.

»Du musst jetzt gehen, Alissa«, sagte Igor. »Was sagen wir da, Jungs?«

Nur ich sah jetzt sein wahres Gesicht. In dem Schmerz lag, nichts als Schmerz ...

»Auf Wiedersehen«, meinte der dicke Junge.

»Tschüss«, sagte Aljoschka.

Meine Beinen waren wie Watte. Ich löste mich vom Geländer der Veranda, an das ich mich gelehnt hatte ... und machte einen Schritt.

»Leb wohl«, sagte Igor.

Dunkel.

Wie gut, dass es dunkel ist.

Dann brauchte ich keine Kraft auf den »Parandscha« zu verschwenden. Dann musste ich nicht heiter wirken. Dann brauchte ich nur auf meine Stimme zu achten. Ein schwaches Licht im Fenster – das machte nichts.

»Und dann teilten sie sich in Lichte und Dunkle«, erzählte ich. »Und die Lichten glaubten, man müsse sein Leben geben, um sich in Stücke reißen zu lassen. Das Wichtigste war zu geben, selbst wenn diejenigen, die nahmen, es nicht verdienten. Und die Dunklen glaubten, man müsse einfach leben, mehr nicht. Und jeder kriegt im Leben das, was er verdient, aber mehr nicht.«

Sie schwiegen, meine dummen Mädchen ... Menschenkinder, unter denen es nicht eine Andere gab. Weder eine Dunkle noch eine Lichte. Keine Zauberin, keine Hexe, noch nicht mal eine Vampirin ...

»Gute Nacht, Mädchen«, sagte ich. »Träumt was Schönes oder noch besser: Träumt gar nichts ...«

»Gute Nacht, Alissa.«

So viele Stimmen. Einfach erstaunlich. Dabei ist das kein Märchen, sondern eine Legende, die jeder Andere kennt. Sowohl die Dunklen als auch die Lichten. Aber sie waren nicht eingeschlafen ..., sondern hatten zugehört.

Ich war bereits an der Tür, als Natascha eine Frage stellte. »Und die Sonnenfinsternis ... muss man da Angst haben?«

»Nein«, erwiderte ich. »Da muss man keine Angst haben. Es ist nur ein bisschen traurig.«

In meinem Zimmer holte ich noch mal das Handy heraus. Wählte Sebulons Nummer.

»Der gewünschte Gesprächspartner ist zur Zeit nicht zu erreichen ...«

Wo steckst du, Sebulon? Wenn dein viel gepriesenes ›Iridium‹ nicht reagiert? Wo bist du? Wo?

Ich liebe dich nicht, Sebulon. Vermutlich habe ich noch nie jemanden geliebt. Offensichtlich habe ich erst jetzt verstanden, was das ist: Liebe. Aber du liebst mich doch! Wir waren doch zusammen, uns ging es gut miteinander, du hast mir diese ganze Welt geschenkt ... und Schlittschuhe als Dreingabe ... jetzt antworte! Du bist mein Vorgesetzter, mein Lehrer, mein Liebhaber – also sag mir, was ich jetzt tun soll. Wenn ich mit meinem Feind allein bin ... mit meinem Geliebten. Wegrennen? Kämpfen? Sterben? Was soll ich tun, Sebulon?

Ich trat ins *Zwielicht*.

Die Schatten der Träume von den Kindern wogten um mich herum. Ein Gelage! Energieströme! Sowohl lichte als auch dunkle. Angst und Traurigkeit, Sehnsucht und Verletzung. Ich konnte durch den gesamten Komplex Lasurny hindurchsehen. Dort drüben schmollte der kleine Dimka, dem seine Freunde nichts von ihrer Limo abgaben. Der kleinen unermüdlichen Irotschka mit dem Spitznamen Energizer hatte jemand den aufblasbaren Schwimmring geklaut, und sie heulte leise in ihr Kopfkissen ... Meine treue Energiespenderin Nataschka hatte in den seltsamen dunklen Gassen des Traums ihren kleinen Bruder verloren und suchte ihn jetzt wie wild und weinte ...

Ich wollte keine Kraft sammeln. Ich wollte mich nicht auf den Kampf vorbereiten. Ich wollte gar nichts.

»Sebulon!«, schrie ich im wogenden grauen Dunst. »Ich rufe dich! Sebulon ...«

Keine Antwort.

Tante Polly hatte weniger Schwierigkeiten, Tom Sawyer herbeizurufen, der mit den Fingern in einem Glas Marmelade zugange war, als ich Sebulon ...

»Sebulon ...«, wiederholte ich.

So hatte ich mir diese Nacht nicht vorgestellt ... ganz bestimmt nicht.

Igor ... Igor ...

Was tust du jetzt? Hortest du Kraft? Berätst du dich mit dem oberschlauen Geser? Oder sitzt du einfach da und schaust blöde in den Spiegel – so wie ich jetzt ...

Spieglein, Spieglein ... Vielleicht sollte ich es mit Wahrsagen versuchen?

Ich bin nicht gut im Wahrsagen, aber manchmal gelingt es mir, in die Zukunft zu blicken ...

Nein.
Ich will nicht.
Ich weiß, dass mich nichts Gutes erwartet.

Sie kamen an den Strand, als die Sonnenfinsternis schon begonnen hatte.

Meine Mädchen kreischten und rissen sich gegenseitig die Sonnenbrillen aus den Händen. Sie verstanden nicht, warum ich nicht um die Brille bat. Diese Mädchen ... Was sollte mir das blendende Sonnenlicht schon anhaben? Ich kann mit bloßen Augen in die untergehende Sonne blicken.

Um Igor sprangen die Jungen der vierten Gruppe herum, die ihn zur Eile antrieben. Sie verstanden nicht, warum ihr geliebter Erzieher nicht schneller lief. Sie verstanden nicht, warum er sie auf einem so langen und gewundenen Weg an den Strand brachte.

Ich verstand es.

Denn ich sah durchs *Zwielicht* die blassen Funken der abgezapften Kraft.

Was machst du bloß, Igor ... mein geliebter Feind ...

Bei jedem Schritt erlosch auf einem der Gesichter ein Lächeln. Schon hörte wieder ein quirliger zehnjähriger Raufbold auf, den Waffenstillstand mit seinem Freund zu genießen. Ein elfjähriges, wie aufgezogenes Mädchen vergaß, dass es am Strand eine schwarze Muschel gefunden hatte. Ein ernster fünfzehnjähriger Teenager dachte nicht länger an das Versprechen, abends zu einem Rendezvous zu kommen.

Igor zog durchs Artek wie Anton Gorodezki damals durch Moskau.

Und ich, seine ewige Gegnerin, wollte schreien: »Was tust du da?«

Anton hatte Sebulon nicht damit geschlagen, dass er mehr Kraft als alle übrigen gesammelt hatte. Selbst in dem Moment wäre Sebulon noch stärker gewesen.

Anton konnte sie richtig einsetzen ...

Schaffst auch du das?

Ich will deinen Sieg nicht. Ich liebe nur mich. Aber was soll ich machen, wenn du ein großer Teil von mir geworden bist? Wie ein Blitz in mein Leben eingeschlagen hast?

Igor sammelte alles. Jeden Funken lichter Energie, den es um ihn herum gab. Er brach alle Gesetze und Abkommen, setzte alles auf eine Karte – und zu allererst sein Leben. Und nicht nur, weil er einzig den Wunsch hegte, die Menschenkinder vor einer bösen Hexe zu schützen.

Er wollte ebenfalls nicht mehr leben. Nur dass er im Unterschied zu mir bereit war, für andere zu leben. Wenn es nötig war ...

Makar war der Letzte, von dem er sich Kraft holte.

Ich spürte schon seit einiger Zeit den Blick des Jungen auf mir. Den sehnsüchtigen Blick eines Jungen, der sich in eine erwachsene Frau verliebt hatte. Einen sehnsüchtigen Blick ... voller Abschiedsschmerz.

Das ist nicht der Schmerz, den wir, die Dunklen, uns zunutze machen können. Das ist ein lichter Schmerz.

Igor trank ihn bis zur Neige.

Er sprengte jede Kette. Ich konnte es ihm nicht einmal gleichtun – mich band das Versprechen, das ich Sebulon gegeben hatte, mich hielt der Fehler von damals davor zurück.

Und die irrsinnige Hoffnung, dass Igor sich richtig verhalten würde. Dass mein Feind siegt – und ich trotzdem nicht verliere.

Am Himmel verlosch langsam die Sonnenscheibe. Sie durch die Brille zu betrachten langweilte die Kinder bereits, die jetzt in diesem seltsamen durchscheinenden Licht, das die beiden Anderen am Strand ans *Zwielicht* erinnerte, durchs Meer tobten.

Ich drehte mich Igor zu und fing seinen Blick auf.

Geh weg, flüsterten seine Lippen tonlos. *Geh weg oder ich bring dich um.*

Dann bring mich um, antwortete ich ebenso tonlos.

Ich bin eine Dunkle.

Ich werde nicht gehen.

Was hatte er vor, mein Feind? Wollte er mich angreifen? Obwohl ich das Recht hatte, hier zu sein? Wollte er die Nachtwache aus Jalta hinzuziehen? Bestimmt hatte er sich bereits mit ihr in Verbindung gesetzt ... und dabei bloß erfahren, dass er mich nicht belangen konnte.

Igor kam näher.

»Beim Licht und beim Dunkel, ich fordere dich heraus ...«, flüsterten seine Lippen.

Mich durchrieselte ein Zittern.

Das hatte ich nicht erwartet. Auf gar keinen Fall.

»Unabhängig von Licht und Dunkel, nur du und ich, wir beide, bis zum Ende ...«

Er forderte mich zum Duell.

Ein alter Brauch, der zusammen mit dem Großen Vertrag zwischen den Lichten und den Dunklen aufgekommen war. Und fast nie praktiziert wird. Denn der Sieger muss sich vor der Inquisition verantworten. Denn zum Duell kommt es nur, wenn es keine gesetzlichen Grundlagen für eine Auseinandersetzung gibt, wenn die Wachen kein Recht haben, sich einzumischen, wenn Gefühle, aber nicht der Verstand das Handeln bestimmen.

»Möge das Licht mein Zeuge sein.«

Wohl kaum jemand dürfte die winzige Zunge jenes weißen Feuers gesehen haben, das kurz in Igors Hand aufloderte. Er zuckte sogar selbst zusammen. Die höchsten Kräfte reagieren nur selten, wenn einfache Wächter sie anrufen ...

»Igor, ich liebe dich ...«

Sein Gesicht verzerrte sich, als sei er geschlagen worden. Er glaubte mir nicht. Konnte mir nicht glauben.

»Nimmst du meine Herausforderung an, Hexe?«

Gewiss, ich konnte ablehnen. Konnte nach Moskau zurückkehren, gedemütigt und entehrt, gebrandmarkt als Hexe, die sich vor einem Zweikampf gedrückt hat ... jeder lausige Werwolf würde auf mich spucken ...

Außerdem konnte ich versuchen, Igor umzubringen. Genug Kraft zu sammeln, um mich ihm entgegenzustellen ...

»Das Dunkel sei mein Zeuge ...«, sagte ich und streckte die Hand aus. Ein Krumen Dunkelheit zitterte auf meiner Hand.

»Wähl«, forderte Igor mich auf.

Ich schüttelte den Kopf. Ich würde weder den Ort, noch die Zeit oder die Waffen bestimmen.

Versteh mich doch, versteh mich!

»Dann treffe ich die Wahl. Jetzt. Im Meer. Mit der ›Presse‹.«

Seine Augen glänzten dunkel. Bei Sonnenfinsternis muss man keine Angst haben. Sonnenfinsternis heißt nur, dass etwas das Licht verdeckt.

Das Meer erwies sich als unnatürlich warm. Vielleicht weil die Luft abgekühlt war wie sonst nur am Abend? Von der Sonne war nur eine schmale Sichel am oberen Rand der Scheibe geblieben. Sogar ein Mensch konnte jetzt mit bloßem Auge zu ihr hinaufsehen.

Ich schwamm durch das warme Wasser, ohne ans Ufer zu sehen, wo niemand merkte, wie ein Erzieher und eine Erzieherin ins Meer gingen, ohne auf die Quallen zu achten, die uns eilig den Weg räumten.

Mir fiel mein erster Urlaub am Meer ein. Damals war ich noch ein kleines Mädchen, das nicht wusste, dass es nicht zur Rasse der Menschen gehörte, sondern dass es sein Schicksal sein sollte, eine Andere zu werden. Mein Vater und ich waren nach Aluschta gekommen, er brachte mir das Schwimmen bei ... ich erinnerte mich genau an meine Begeisterung, als das Wasser sich mir das erste Mal ergab ...

Und ich erinnerte mich genau an die Wellen. Sehr starke Wellen. Oder wirkten damals alle Wellen auf mich so riesig? Mein Vater trug mich auf dem Arm und sprang fröhlich durch die

Wellen, Schaum umspülte uns, und es ging uns prächtig, wir hatten so viel Spaß ... Ich schrie, dass ich das Meer durchschwimmen könne, und mein Vater antwortete mir, aber sicher, ganz bestimmt ...

Jetzt wirst du sehr leiden, Papa.

Und auch für Mama wird es kein Zuckerschlecken.

Das Ufer lag weit hinter mir, jenes Ufer voller begeisterter Kinder und zufriedener Erwachsener, jenes wahrhaft fröhliche und zufriedene Ufer. Ich spürte nicht einmal auf Anhieb, wie die »Presse« einsetzte. Es schwamm sich einfach nicht mehr so leicht. Das Wasser trug mich nicht mehr. Etwas legte sich mir auf die Schultern.

Ein absolut simpler Zauber. Ohne jede Raffinesse. Kraft gegen Kraft.

Papa, ich habe wirklich geglaubt, ich könne das Meer durchschwimmen ...

Ich spannte einen Verteidigungsschirm über mich und nahm die unsichtbare Last von meinen Schultern. Und erneut flüsterte ich etwas, zum x-ten Mal. »Sebulon, ich rufe dich ...«

Die Kräfte, die ich hatte sammeln können, schmolzen rasch dahin. Igor schlug auf mich ein, durchbrach erbarmungslos meinen Schutz.

Ja, Alissa!

Endlich antwortete er! Reagierte! Rechtzeitig, wie immer!

»Sebulon, ich bin am Ende.«

Ich wusste es. Es tut mir sehr leid.

Ich begriff nicht sofort, was er mit diesem kalten *Ich wusste es* meinte. Auch der gleichgültige Ton und das ausbleibende Gefühl von Kraft ... denn er teilte seine Kraft stets mit mir, selbst wenn ich sie nicht so dringend brauchte ...

»Sebulon, sterbe ich?«

Ich bedauere es.

Mein Verteidigungsschirm schmolz, und immer noch begriff ich nicht, was hier passierte.

Er könnte doch intervenieren! Selbst über die Entfernung! Ein Teil seiner Kräfte würde ausreichen, damit ich diese Attacke überstand und das Duell mit einem Remis beendete!

»Sebulon, du hast gesagt, die Liebe sei eine große Kraft!«

Hast du dich wirklich nicht davon überzeugen können? Leb wohl, meine Kleine.

Erst jetzt begriff ich alles.

Während gleichzeitig meine Kräfte schwanden und die unsichtbare »Presse« mich erneut niederdrückte, mich in die warme, dämmrige Tiefe stieß.

»Igor!«, schrie ich, doch eine aufstiebende Welle erstickte meine Stimme.

Er schwamm fünfzig Meter von mir entfernt. Schaute nicht mal in meine Richtung. Er weinte, doch das Meer ist kein Ort für Tränen.

Und es zog mich, zog mich weiter und weiter in die dunkle Tiefe.

Nein ... nicht ...

Ich versuchte, mir vom Ufer Kraft zu holen. Aber dort gab es kaum etwas Dunkles, das ich hätte aufnehmen können. Nur süße Begeisterung und fröhliches Geschrei – das half mir nicht.

Hundert Meter hinter Igor und mir versuchte jedoch ein Teenager vergeblich, ruhig auf den Wellen zu liegen und sein verkrampftes Bein zu entspannen. Ein Junge, der sich glücklos in mich verliebt und belauert hatte, wie Igor und ich im Wasser verschwanden, um uns dann hinterherzuschwimmen. Ein stolzer Junge mit dem komischen Namen Makar, dem bereits klar war, dass er es nicht schaffen würde, zum Strand zurückzuschwimmen.

Die Liebe ist eine große Kraft. Was seid ihr Jungen doch dumm, wenn ihr euch verliebt ...

Das galt sowohl für den in zunehmender Panik zappelnden Makar ... Ich könnte mir seine Angst nehmen und meinen Todeskampf damit um ein paar Minuten verlängern ...

Wie auch für den mit gleichmäßigen Zügen schwimmenden Igor, der nichts sah, nichts hörte, nichts spürte von dem, was um ihn herum geschah, sondern nur daran dachte, dass ich seine Liebe getötet hatte. Der dumme Lichte Magier, der nicht wusste, dass es bei Duellen keinen Sieger gibt, vor allem dann nicht, wenn das Duell sorgfältig von Sebulon eingefädelt worden ist ...

»Igor ...«, flüsterte ich, während ich untertauchte und spürte, wie mich ein dunkler Himmel hinunterdrückte, immer weiter nach unten – hinein in einen dunklen, dunklen, dunklen Grund.

Papa, verzeih ... aber ich kann dieses Meer nicht durchschwimmen ...

Zweite Geschichte
Fremd unter Anderen

Prolog

In der Ferne glommen bereits die Lichter des Bahnhofs, doch der düstere verlassene Park neben der Fabrik *Morgenröte* wahrte die dichte eisige Dunkelheit. Unter den Füßen knirschte Harschschnee, der bis zum Mittag vermutlich wieder geschmolzen sein würde. Die fernen Pfiffe der Lokomotiven, unverständliche Durchsagen über Funk und das Knirschen unter den Füßen – das war alles, was ein Spaziergänger hören würde, den es zufällig zu dieser Zeit in den Park verschlug.

Nachts kam jedoch schon lange niemand mehr hierher – selbst abends nicht. Nicht einmal die Hundehalter, die ihre kräftigen bissigen Mündel Gassi führen wollten.

Denn auch die Hunde würden sie nicht vor dem retten, was ihnen nachts im Dunkeln begegnen konnte, zwischen den seit vier Jahrzehnten wachsenden jungen Eichen.

Ein einsamer Reisender mit einer großen Tasche über der Schulter wollte ohne Zweifel schnellstmöglich zum Zug und hatte daher beschlossen, eine Abkürzung zu nehmen. Durch den Park zu gehen. Über den knirschenden Harsch und den hier und da hervorlugenden Kies des Weges. Erstaunt blickten die Sterne auf diesen kühnen Mann. Durch die mäandernden kahlen Äste leuchtete die gelbe Scheibe des Mondes hindurch wie eine Pfütze *Advokaat*-Eierlikör. Die bizarren Umrisse der Mondmeere wirkten wie die Schatten menschlicher Ängste.

Der Reisende gewahrte zwei Lichter von einem Augenpaar,

als ihn von den Bäumen am Rand des Parks nur noch dreißig Meter trennten. Jemand spähte ihm aus den Büschen hinterher, die den Weg säumten und die zu dieser Jahreszeit Skeletten glichen. Etwas Dunkles ließ sich dort im Gestrüpp erahnen; genauer: nicht etwas, sondern jemand, denn dieser Klumpen Finsternis lebte. Bewegte sich zumindest.

Ein dumpfes Brummen, kein Gebrüll, nur ein leises, tonloses Schnarren – das war alles, was den blitzschnellen Überfall begleitete. Im Mondlicht blitzten Zähne. Ein kompletter Satz.

Der Mond stellte sich bereits auf neues Blut ein. Auf ein neues Opfer.

Doch plötzlich erstarrte der Angreifer, einen Moment nur, als sei er gegen ein unsichtbares Hindernis geprallt. Dann brach er – komisch piepsend – auf dem Weg zusammen.

Der Reisende blieb kurz stehen. »Was machst du denn hier, du Vollidiot?«, zischte er dem Angreifer zu. »Soll ich die Nachtwache rufen?«

Der Klumpen Dunkel zu Füßen des Reisenden knurrte beleidigt auf.

»Du hast Glück, dass ich spät dran bin ...« Der Reisende rückte den Riemen der Tasche über der Schulter zurecht. »Wir haben es ja weit gebracht, wenn jetzt schon Andere über Andere herfallen ...« Hastig brachte er die letzten Meter des Parks hinter sich und rannte, ohne sich noch einmal umzusehen, zum Bahnhof.

Der Angreifer kroch vom Weg runter, und erst unter den Bäumen vollführte er seine Transformation, indem er sich in einen nackten, einen völlig nackten Mann von etwa zwanzig Jahren verwandelte. Einen hochgewachsenen und breitschultrigen Mann. Der Harsch unter seinen bloßen Füßen knirschte gequält auf. Die Kälte spürte der Mann anscheinend nicht.

»Verflucht!«, stieß er flüsternd aus und erst dann erzitterte er vor Kälte. »Wer war das denn?«

Er blieb nackt und böse, aber das seltsame entkommene

Opfer hatte ihm jeden Wunsch weiterzujagen genommen. Angst packte ihn, obwohl er noch eine Sekunde zuvor felsenfest davon überzeugt war, jeder müsse allein ihn fürchten, den Tiermenschen, der auf Jagd zog. Auf eine trunkene, berauschende Jagd nach einem Menschen. Eine Jagd ohne Lizenz – das ließ das Gefühl des Risikos und des eigenen Schneids noch schärfer hervortreten.

Zwei Dinge hatten den Eifer des Jägers völlig erkalten lassen. Erstens, das Wort *Nachtwache* – denn eine Lizenz hatte er nicht. Und zweitens der Umstand, dass er in dem entkommenen Opfer nicht den Anderen zu erkennen vermocht hatte. Nicht seinesgleichen ausgemacht hatte.

Bis vor kurzem hätten sowohl der Tiermensch als auch alle Anderen, die er kannte, behauptet, so etwas sei schlechthin unmöglich.

So wie er war, in der Gestalt eines nackten Menschen, rannte der Tiermensch durch das Gestrüpp zu der Stelle, an der er seine Kleidung zurückgelassen hatte. Jetzt hieß es, sich viele, viele Tage zu verstecken, statt das Risiko einzugehen, den nächtlichen Park nach einem zufälligen Opfer zu durchstreifen – in Klausur würde er sitzen müssen und die Sanktionen der Nachtwache abwarten. Und möglicherweise auch die von seinen eigenen Leuten

Als einzige Hoffnung blieb ihm, dass dieser einsame Reisende, der keine Angst hatte, nachts den Park zu durchqueren, dieser seltsame Andere oder bloß einen Anderen imitierende Mann, wirklich spät dran war. Seinen Zug aber noch kriegte und die Stadt verließ. Sodass ihm keine Zeit bliebe, sich an die Nachtwache zu wenden.

Auch Andere können hoffen.

Eins

Erst das gleichmäßige Rattern der Räder ließ mich endgültig zur Ruhe kommen. Obwohl: nein, nicht endgültig. Das soll man mal versuchen, sich nach alldem zu beruhigen! Aber wenigstens die Fähigkeit, zusammenhängend zu denken, gewann ich zurück.

Als dieses Wesen aus dem Park sich, die Büsche zertrampelnd, auf mich gestürzt hatte, hatte ich keine Angst gehabt. Überhaupt keine. Aber auch keine Ahnung, woher ich die nötigen Worte genommen hatte. Dafür brachte ich später vermutlich etliche Fahrer von Linientaxis, die den Platz vor dem Bahnhof verstopften, mit meinem torkelnden Gang zum Staunen. Aber versuchen Sie mal, festen Schritts zu gehen, wenn einem dauernd die Knie einknicken!

Irgendein Teufelszeug. ›Nachtwache‹ ... Was hatte ich damit sagen wollen? Aber dieser Beißer hatte sofort losgewinselt und war zurückgekrochen, hinein in die Büsche.

Während ich an meinem Bier nippte, versuchte ich zum x-ten Mal, den Vorfall zu begreifen.

Also, ich war aus dem Haus gegangen ...

Stopp.

Verwirrt stellte ich die Flasche auf dem kleinen Tisch ab. Wahrscheinlich sah ich jetzt ziemlich dumm aus, doch es konnte mich niemand sehen, das Abteil war leer.

Stopp.

Plötzlich ging mir auf, dass ich mich absolut nicht an mein Haus erinnerte.

Mehr noch: Ich erinnerte mich an nichts aus meinem bisherigen Leben. Die Erinnerungen setzten erst dort ein, in diesem nasskalten winterlichen Park, ein paar Sekunden vor dem Überfall. Alles, was davor geschehen war, lag in Finsternis. Genauer, nicht in Finsternis, sondern hinter einem seltsamen grauen Schleier, einem elastischen, dehnbaren und fast undurchdringlichen Schleier. In einem Grau in Grau wölkenden Zwielicht.

Ich verstand überhaupt nichts.

In einer Mischung aus Verwirrung und Angst sah ich mich im Abteil um. Das völlig normal wirkte. Ein kleines Tischchen, vier Liegeplätze, braunes Plastik, bordeauxfarbenes Kunstleder. Vor dem Fenster krochen vereinzelte nächtliche Lichter vorbei. Auf der gegenüberliegenden Bank lag meine Tasche ...

Die Tasche!

Mir wurde klar, dass ich nicht die geringste Vorstellung hatte, was sich in meiner Tasche befand. Kleidung – zumindest sollte sie drin sein. Und aus Kleidung kann man viel ableiten. Oder es fällt einem wieder etwas ein. Warum ich nach Moskau fuhr, zum Beispiel. Aus irgendeinem Grund war ich mir sicher, die Kleidung würde mir helfen, mein urplötzlich ausgefallenes Gedächtnis wieder in Gang zu setzen. Vermutlich hatte ich das früher irgendwo gelesen oder von jemandem gehört.

Dann fiel mir siedendheiß etwas ein, und ich fuhr mit der Hand unter meinen Pullover, weil mir aufging: in der linken Brusttasche meines Hemds steckte mein Ausweis. Fangen wir mit dem Namen an, wenn ich den sah, stellte sich bestimmt auch alles andere wieder ein.

Mit gemischten Gefühlen blickte ich auf die gelbliche Seite, die extravagante Wellenlinien schattierten. Auf die Fotografie. Auf das Gesicht, das ich immer – sei das nun seit dreißig Jahren, sei es seit heute – mit einem einzigen und unwiederholbaren Ich in Verbindung brachte.

Das Gesicht kannte ich bis ins kleinste Detail. Von der Narbe am Wangenknochen bis zu dem frühzeitig gelichteten Haar. Mein Gesicht, ohne Frage. Aber darum brauchte ich mich jetzt nicht weiter zu kümmern.

Der Name.

Witali Sergejewitsch Rohosa. Geboren am 28.09.1965.

In der Stadt Nikolajew.

Als ich die Seite umblätterte, las ich die gleichen Angaben in Ukrainisch, wobei zusätzlich versichert wurde, dass mein Geschlecht männlich sei und der Ausweis von einer Behörde mit der äußerst pompösen Abkürzung RO NGU UMWD der Ukraine ausgegeben worden war. Die Seite zum Familienstand glänzte in jungfräulicher Reinheit. Ich seufzte, teils aus Erleichterung, teils aus Enttäuschung.

Es folgte das ewige Joch und der ewige Fluch eines jeden Bürgers der ehemaligen Sowjetunion: die polizeiliche Anmeldung. Stadt Nikolajew, Tschaikowski-Straße 28, Wohnung 28.

Ach nee! Schon wieder diese Achtundzwanzig, noch dazu gleich zweimal.

Nun setzten meinen Assoziationen tatsächlich ein: Ich erinnerte mich, dass dieses Haus an der Ecke Tschaikowski-Straße und Molodogwardejskaja stand und daneben die 28. Schule lag (schon wieder diese Zahl!). Ich erinnerte mich an alles, klar und deutlich, bis hin zu der angekohlten Pappel unter meinem Fenster, einem Opfer der chemischen Experimente eines jungen Mannes, der über mir wohnte. Es gab wohl keinen Dreck, den er nicht aus dem Fenster auf den bereits arg in Mitleidenschaft gezogenen Baum kippte! Ich erinnerte mich aber auch, wie wir uns vor fünf Jahren im Nachbarhaus besoffen hatten, bei einem Freund, dem so genannten Dozenten; damals hatte jemand die Mieterin der Wohnung darunter, die sich über den Radau beschwert hatte, leichtsinnigerweise weggejagt. Die Frau stellte sich als Armenierin heraus, die Gattin irgendeines Paten der Gegend, und prompt kamen diese Armenier, dieses schwarze Gesindel, angerannt, um uns die Fresse zu polieren, worauf ich durch das Oberlicht im hintersten Zimmer fliehen musste, denn das Fenster ließ sich nicht öffnen, und dann die Regenrinne herunterrutschte. Als die Armenier sahen, dass einer der nichtsnutzigen Betrunkenen aus der belagerten Wohnung entkommen war, hielten sie ihre Fäuste im Zaum, sodass wir uns endlich mit ihnen ins Benehmen setzen konnten. Außerdem erinnerte ich mich noch an mein bitteres Staunen, als, nachdem ich meine Freunde und Bekannten aus der Gegend – mit denen ich schon oft Bier an den umliegenden Buden getrunken hatte – zu Hilfe gerufen hatte, kein Einziger von ihnen gekommen war.

Ich riss mich von den unerwartet klaren Erinnerungen los.

Hatte ich also doch eine Vergangenheit? Oder waren das bloß Erinnerungen, die in der Luft hingen?

Das würde ich schon rauskriegen.

Dem Ausweis entnahm ich noch die im Moment völlig wertlose Information, dass ich das »Recht auf die kostenfreie Privatisierung des Wohnraums in einem Umfang von (der Umfang war nicht angegeben) bei einer Norm von 24,3 m^2« wahrgenommen hatte.

Das war's.

Nachdenklich steckte ich das Dokument in die Tasche zurück – wieder in die linke Brusttasche – und starrte unverwandt auf die Tasche. Welche Hilfe wirst du mir sein, du schwarz-grüne Gefährtin mit der ausländischen Aufschrift FUJI auf der gewölbten Seite?

Bestimmt wirst du mir wenigstens ein bisschen helfen ...

Leise surrte der Reißverschluss. Ich klappte den oberen Deckel auf und schaute hinein.

Zuoberst fanden sich in einer Plastiktüte eine Zahnbürste, eine Tube Blend-a-med, zwei billige Einwegrasierklingen und ein schwarzes wohlriechendes Fläschchen, offensichtlich ein Eau de Cologne.

Auf die Bank damit.

In der nächsten Tüte entdeckte ich einen warmen Wollpullover, ohne Zweifel selbst gestrickt und nicht maschinell hergestellt. Den konnte ich auch zur Seite legen.

Ein paar Minuten kramte ich in den Tüten: saubere Unterwäsche, T-Shirts, Socken, ein warmes kariertes Hemd ...

Aha, hier hatten wir etwas anderes.

Ein Mobiltelefon. Ein kleines Handy in einer Ledertasche mit einer Antenne zum Herausziehen. Mein Gedächtnis reagierte sofort darauf: Wenn ich in Moskau bin, muss ich mir eine Karte kaufen ...

Das Ladegerät fand ich ebenfalls.

Schließlich entdeckte ich am Boden der Tasche noch eine weitere Tüte. Mit irgendwelchen Päckchen drin.

Als ich hineinsah, traf mich fast der Schlag. In einer stinknormalen Plastiktüte mit einem halb verblassten und deshalb nicht mehr zu erkennenden Aufdruck lagen in zwei Schichten Geldbündel. Amerikanische Dollar. Zehn Bündel. Hunderter. Das machte hunderttausend.

Ganz von selbst langte meine Hand zur Tür und schob den Riegel vor.

Hast du Töne, wie war ich denn an die gekommen? Und wie brachte ich eine solch ungeheure Menge Geld über die Grenze? Freilich, den Zöllnern könnte ich je einen Hunderter in die Hand drücken – dann würden sie mich wahrscheinlich in Ruhe lassen.

Dieser Fund entzündete in meinem Gedächtnis praktisch nichts, von dem Gedanken an die enorm teuer gewordenen Moskauer Hotels vielleicht abgesehen.

Noch immer leicht perplex, packte ich die Sachen zurück in die Tasche, schloss sie und schob sie unter den Sitz. Und freute mich ein bisschen, dass neben der bereits offenen Bierflasche noch eine weitere, eine ungeöffnete, stand.

Die Neuigkeiten sollten mit einem Beruhigungsmittel begossen werden.

Ich wusste nicht warum, aber dieses Beruhigungsmittel wirkte bei mir eher als Schlafmittel. Ich hatte erwartet, lange beim Rattern der Räder wach zu liegen, zu blinzeln, sobald überraschend einen Moment lang Licht aufblitzte, und quälenden Gedanken nachzuhängen.

Doch nichts dergleichen. Ich hatte noch nicht mal die zweite Flasche Bier ausgetrunken, da streckte ich mich auf der Liegebank aus – so wie ich war, angezogen, mummelte mich in die Decke und war weg.

Vielleicht hatte ich mich mit der Erinnerung zu nah an etwas Verbotenes herangewagt?

Keine Ahnung.

Ich wachte auf, als die kalte Wintersonne durchs Fenster brach. Der Zug stand. Aus dem Gang klangen die gelangweilten offiziellen Stimmen zu mir herein: »Guten Tag, der russische Zoll. Führen sie Waffen, Drogen oder Devisen bei sich?« Die Antworten erfolgten weniger gelangweilt und größtenteils unverständlich.

Dann klopfte es an meiner Tür. Ich streckte die Hand aus und öffnete.

Der Zöllner stellte sich als feister, rotgesichtiger Mann heraus, dessen Augen langsam hinter Fettpolstern verschwanden. Als er sich mir zuwandte, verließ er aus irgendeinem Grund die eingefahrene Spur und erkundigte sich ganz schlicht, ohne jeden offiziellen Habitus: »Was haben wir denn? Reichen Sie mal die Tasche her ...«

Dann sah er sich aufmerksam im Abteil um. Er stieg auf die kleine Leiter an der Abteilwand und spähte in die Gepäcknische unter der Decke. Erst dann richtete er den Blick auf die einzelne Tasche, die mitten auf der unteren Liegebank thronte.

Ich klappte die Bank herunter und setzte mich. Nach wie vor schweigend.

»Öffnen Sie bitte die Tasche«, verlangte der Zöllner.

Ob er was wittert?, fragte ich mich düster, während ich gehorsam den Reißverschluss aufzog.

Die Tüten wanderten der Reihe nach auf die Bank. Als die Tüte mit dem Geld drankam, geriet der Zöllner sichtlich in Bewegung und stieß reflexartig die Abteiltür zu.

»Ts, ts, ts ...«

Ich stellte mich bereits darauf ein, eine bigotte Tirade über Ausführungsbestimmungen zu hören und sogar den entsprechenden Absatz aus einem Büchlein vorlesen zu müssen – der wie jedes geschriebene Gesetz aus verständlichen Wörtern bestand, jedoch nicht den geringsten Sinn ergab. Zu hören, vorzulesen und zu der Frage verdammt zu sein: »Wie viel?«

Doch stattdessen streckte ich in Gedanken meine Hand nach dem Kopf des Zöllners aus, berührte seinen Verstand und flüsterte: »Geh ... geh weiter. Hier ist alles in Ordnung.«

Die Augen des Zöllners trübten sich mit einem Mal und wirkten genauso stumpfsinnig wie die Zollgesetze.

»Ja ... Gute Reise ...«

Mit hölzernen Bewegungen drehte er sich um, ließ das Türschloss aufschnappen und stakste in den Gang hinaus, ohne ein weiteres Wort zu sagen. Er glich jetzt einer Marionette. Einer gehorsamen Holzmarionette, deren Fäden ein geschickter Puppenspieler zog.

Aber wann war ich zu einem geschickten Puppenspieler geworden?

Der Zug fuhr zehn Minuten später weiter, und die ganze Zeit stellte ich mir die Frage: Was passiert hier mit mir? Ich begriff nicht, was ich tat, machte aber genau das, was erforderlich war. Erst das Wesen in dem Park bei der Fabrik, jetzt dieser verblödete Zöllner ...

Und wozu, Teufel auch, fuhr ich nach Moskau? Was wollte ich dort tun, wenn ich aus dem Zug stieg? Wohin wollte ich gehen?

Aus irgendeinem Grund gelangte ich allmählich zu der Überzeugung, dass sich alles zur rechten Zeit aufklären würde. Und zwar genau zur rechten Zeit, nicht früher.

Nur schade, dass ich mir dessen nicht völlig sicher war.

Einen großen Teil des Tages verschlief ich. Vielleicht handelte es sich dabei um eine Reaktion meines Organismus, einen Tribut, zu leisten für die unerwartet aufgetauchten Antworten und Fähigkeiten. Wie hatte ich es fertig gebracht, den Zöllner loszuwerden? Ich hatte ihn berührt, seine trüb-himbeerfarbene Aura mit dem grün schillernden $-Zeichen wahrgenommen ... und seine Wünsche korrigieren können.

Meiner Ansicht nach brachten Menschen dergleichen nicht fertig. Aber wer war ich, wenn nicht ein Mensch?

Ach ja. Ein Anderer. Das hatte ich dem Tiermensch im Park gesagt. Übrigens: Dass mich im Park ein Tiermensch angegriffen hatte, begriff ich auch erst in diesem Moment. Ich erinnerte mich an seine Aura, diese gelb-blutrote Flamme der Jagd und des Hungers.

Anscheinend fand ich nach und nach aus der Finsternis heraus. Aus diesem Abgrund. Der Tiermensch war die erste Stufe. Der Zöllner die zweite. Ob es eine lange Treppe war? Und was mich wohl erwarten würde, dort oben?

Noch hatte ich deutlich mehr Fragen als Antworten.

Erst hinter Tula wachte ich endgültig auf. Das Abteil war nach wie vor leer, doch jetzt begriff ich, dass ich selbst das wollte. Und ich begriff auch, dass meine Wünsche in dieser Welt für gewöhnlich in Erfüllung gingen.

Der Bahnsteig des Kursker Bahnhofs zog langsam am Fenster vorbei. Gestiefelt und gespornt stand ich im Abteil und wartete, bis der Zug anhielt. Die unverständliche Stimme einer Ansagerin gab die Einfahrt des Sechsundsechziger auf dem und dem Gleis bekannt.

Ich war in Moskau. Wusste aber immer noch nicht, was ich machen sollte.

Den Gang verrammelten wie üblich bereits die ungeduldigsten Reisenden. Ich konnte warten, es gab sowieso nichts, wohin es mich gezogen hätte. Ich musste mich gedulden, bis mein sich belebendes Gedächtnis mir etwas einflüsterte, mir einen Stoß gab wie ein Viehtreiber einem faulen Maultier.

Der Zug ruckelte ein letztes Mal und blieb dann stehen. Metallen klapperte es von der Waggontür her, die Kette der umgehend zum Leben erwachten Menschen erzitterte und schlängelte sich Glied für Glied hinaus. Das übliche Szenario – besorgte Rufe, Begrüßungen, Versuche, sich wegen der Koffer, die man nicht alle auf einmal hatte mitnehmen können, zurück ins Abteil zu drängeln ...

Doch das Tohuwabohu im Waggon legt sich in der Regel rasch. Wer mit dem Zug gekommen war, war bereits ausgestiegen und hatte von denjenigen, die ihn abholten, die ihm zustehende Portion an Küssen und Umarmungen erhalten. Oder auch nicht – wenn es niemanden gab, der ihn hätte abholen können. Jemand machte einen langen Hals, spähte über den Bahnsteig und fröstelte sogleich im durchdringenden Moskauer Wind. Im Waggon wuselten nur noch diejenigen herum, die eingestiegen waren, um die Pakete und Päckchen in Empfang zu nehmen, die man den Reisenden – diesen Gelegenheitspostboten – für sie mitgegeben hatte.

Ich griff nach der Tasche und steuerte auf den Ausgang zu, nach wie vor ohne zu wissen, was ich in der nächsten Zeit tun würde.

Vermutlich, so überlegte ich mir, sollte ich Geld tauschen. Ich hatte keine einzige Kopeke – russischer Währung. Nur unsere, die guten alten ukrainischen. Die hier leider nichts galten. Kurz vor Moskau hatte ich die Tüte vorausschauend um eines der Päckchen erleichtert und einen Teil der Geldscheine in meine Taschen gestopft.

Brieftaschen habe ich schon immer gehasst ...

Doch was heißt das schon? Ich? Immer? Mein *immer* setzte erst in der letzten Nacht ein.

Automatisch fröstelte es mich in den Armen des Winters, während ich über den Bahnsteig zur Unterführung ging.

Im Bahnhofsgebäude würde es doch wohl eine Wechselstube geben?

Nachdem ich in meinem trügerischen Gedächtnis gegraben hatte, konnte ich zwei Dinge feststellen: Erstens, ich wusste nicht, wann ich das letzte Mal in Moskau gewesen war, und zweitens, ich hatte trotzdem eine ungefähre Ahnung, wie das Bahnhofsinnere aussah, wo ich eine Stelle zum Tausch von Devisen finden konnte und wie ich zur Metro gelangte.

Durch die Unterführung, den unterirdischen Wartesaal, die kurze Rolltreppe rauf, in den Saal mit den Fahrkartenschaltern. Mein erstes Ziel lag dann noch weiter oben, im ersten Stock, neben einer weiteren Rolltreppe.

Doch die Wechselstube war seit langem und gründlich geschlossen. Weder Licht noch der kleinste Spalt oder die obligatorische Tabelle mit den aktuellen Kursen.

Gut. Dann zum Ausgang und nach links, zum leicht abschüssigen Ausgang an der Metrostation Tschkalowskaja. Nur brauchte ich nicht in die Metro, sondern fand das Gesuchte in der Nähe des Eingangs.

Ein weißer kleiner Laden, eine Treppe zum ersten Stock, in Licht getauchte leere kleine Räume, ein Knick ... Der Wachmann maß mich mit einem raschen Blick und entspannte sich sofort, als er in mir den Touristen erkannte.

»Kommen Sie herein, es ist frei«, erlaubte er großzügig.

Ich nahm meine Tasche mit in ein winziges Zimmerchen, dessen ganze Einrichtung aus einem Mülleimer in einer Ecke und natürlich einem kleinen Schalter mit jenem beweglichem Kästchen bestand, das mich immer an ein ewig hungriges Maul denken ließ.

He, ermahnte ich mich selbst. Vergiss nicht, wie jung dein *immer* ist ...

Trotzdem: Wenn ich wie ein Mensch denke, der tatsächlich bereits fünfunddreißig Jahre durchlebt hat, dann musste es dafür doch wohl einen Grund geben, oder?

Gut, das konnte warten.

Das Maul schluckte sofort fünf Hunderter und meinen Ausweis. Wer sich dort, hinter der blinden Trennwand, verbarg, konnte ich nicht sehen; ich gab mir auch gar keine Mühe, es zu erkennen. Ich bemerkte nur Finger und Nägel mit Perlmuttlack. Also eine Frau. Das sich nur unwillig öffnende Maul spuckte einen ordentlichen Packen an Hundertrubelscheinen sowie ein paar kleinere Scheine aus. Und sogar ein paar Münzen. Das Geld zählte ich nicht, sondern steckte es unter meinem Pullover in die Hemdtasche, nur die kleineren Scheine kamen in die Hosentasche. Zusammen mit den Münzen. Der Ausweis wanderte in die andere Brusttasche. Der grüne Quittungsbeleg in den Mülleimer.

Bestens, jetzt war ich ein Mensch. Selbst in dieser verrückten, wohl teuersten Stadt auf dem Planeten. Obwohl ... obwohl nein. Vermutlich hatte Moskau diesen fragwürdigen Status bereits seit einem Jahr verloren.

Der Winter empfing mich erneut mit seinem eisigen Atem. Der Wind trug vereinzelte kleine Krümelchen heran, die an Grieß erinnerten, an nicht ausgereifte Hagelkörner.

Die Metro lag links. Doch da wollte ich nicht hin. Ich brauchte den anderen Ausgang.

Erneut marschierte ich am Bahnhofsgebäude vorbei und wandte mich dorthin, wo ich hinmusste: zur Ringlinie.

Anscheinend gewann ich langsam eine Vorstellung davon, wohin ich wollte. Also, freuen wir uns über diesen Fortschritt, wenn es uns schon nicht glückt, uns über das Unbestimmte zu freuen. Und hoffen wir, dass mich allein angenehme Geschäfte nach Moskau trieben. Denn dem Bösen zu dienen – dafür spürte ich keine Kraft in mir.

Nur echte Moskauer fahren vom Bahnhof mit einem Taxi weg. Natürlich nur, wenn es ihre Mittel erlauben. Jeder Provinzler nimmt, selbst wenn er über nicht weniger Geld verfügt als ich, die Metro. Etwas Hypnotisches steckt in diesem System von Tunneln, in diesem Labyrinth von Unterführungen. Im Getöse der rasenden Züge, im verebbenden und dann erneut aufbrausenden Strom der Luft. Hier brodelt unter den Gewölben der Stationen eine ungebrochene Energie, die nichts kostet: Du kannst dir davon nehmen, so viel du willst.

Außerdem gibt es hier Schutz. Offenbar hängt das mit der dicken Erdschicht über unseren Köpfen zusammen ... und mit dem, was die vergangenen Jahre in dieser Erde begraben haben. Genauer: nicht die Jahre, sondern die Jahrhunderte.

Ich trat durch die auseinander gleitenden Türen der Metro. Ekelhaft und aufdringlich dröhnte es aus den Lautsprechern, bis eine wohl intonierte Männerstimme sagte: »Vorsicht, Türen schließen. Nächste Station: Komsomolskaja.«

Ich fuhr den Ring entlang. Entgegen dem Uhrzeigersinn. An der Komsomolskaja musste ich bestimmt nicht raus. Aber danach ... Danach würde ich wohl aussteigen. Am Prospekt Mira. Außerdem hätte ich auf dem Bahnsteig schon weiter nach vorn gehen sollen, hin zum Kopf der Metro. Dann wäre ich näher am Übergang zur anderen Linie.

Also wollte ich mit der orangegelben Linie weiter. Die ich vermutlich in nördliche Richtung nehmen würde, denn sonst wäre ich mit der Ringbahn in die andere Richtung gefahren, zur Oktjabrskaja.

Der Waggon ruckelte beim Fahren. Weil ich sonst nichts zu tun hatte, studierte ich die unzähligen Anzeigen. Ein langhaariger Mann, der auf Zehenspitzen in der Hocke saß, pries aus irgendwelchen Gründen Strumpfhosen für Frauen an, und eine mit einem Filzstift bewaffnete Hand hatte es nicht unterlassen können, diesem nichtsnutzigen langhaarigen Typen einen Phallus von beeindruckenden Maßen anzuzeichnen. Die nächste Anzeige lud dazu ein, einem bunten Jeep durch die Stadt nachzujagen, doch der Sinn dieser Jagd entging mir. Ein Preis, vermutlich. Dann Wunder wirkende Tabletten, die gegen einen Großteil aller Beschwerden halfen, alle in einer Flasche,

Maklerbüros, der allerjoghurtigste Joghurt, echtes *Borshomi*-Wasser mit einem Widder auf der Flasche ... Dann die Komsomolskaja.

Da die Reklame mich nervte, knallte ich die Tasche vor den Ausgang und steuerte auf den Metroplan zu. Ich weiß nicht warum, aber mein Blick hakte sich auf Anhieb an einem roten Kreis mit der Abkürzung daneben fest, die immer noch für »Ausstellung der Errungenschaften der Volkswirtschaft« steht.

Da musste ich hin. Bestimmt. Zu einem soliden, wie ein Hufeisen gebogenen Gebäude. Zum Hotel Kosmos.

Man kann sagen, was man will, aber das Leben ist irgendwie einfacher, wenn man das Ziel seiner Reise kennt. Erleichtert atmete ich auf, drehte mich zu meiner Tasche um und lächelte sogar meinem verschwommenen Spiegelbild in der Glasscheibe der Tür zu. Das Glas wies ebenfalls Spuren der überbordenden Aktivität der städtischen Affenmenschen auf – aus dem Hinweis SCHEIBE NICHT BERÜHREN war inzwischen das rätselhafte Bekenntnis SCHEIßE ICH RÜHRE geworden.

Ich brauchte keine Erinnerungen, um mir den unbekannten Urheber dieser Tatbeschreibung vorzustellen. Diesen vermutlich dreckigen und selbstzufriedenen Affen, der sein Leben lang Scheiße rührt. Der einem Menschen gar zu ähnlich und gerade deshalb schmutzig und dumpf ist ...

Nur gut, dass ich ein Anderer bin – und kein Mensch.

Dann der Prospekt Mira. Eine Treppe, eine Biegung nach rechts, die Rolltreppe, und der Zug kam auch gerade. Rishskaja. Alexejewskaja. WDNCh. Raus aus der Metro, dann nach rechts – das hatte ich immer gewusst.

Eine sehr lange Rolltreppe, auf der mir aus irgendeinem Grund kein einziger vernünftiger Gedanke in den Kopf kommen wollte. Schon wieder diese aufdringliche Reklame. Dann eine Unterführung. Und das Hotel. Das hufeisenförmige Monster der französischen Architektur. Das Hotel hatte sich übrigens verändert, und zwar merklich. Nun zierten es beleuchtete

Schilder und grelle Lichter; auch hier ein Casino, als Preis ein ausländischer Wagen auf einem Postament. Ein paar leicht bekleidete Mädchen rauchten ungeachtet des Frosts vor dem Hotel. Drinnen gab es einen Portier, in dessen Hand ein Hunderter blitzartig verschwand. Dafür nahm er mir umgehend meine Tasche ab und geleitete mich zur Rezeption.

Es war nicht besonders spät, weshalb im Foyer noch recht viele Menschen waren. Jemand telefonierte laut übers Handy, schickte durch die ganze Eingangshalle arabische Sätze, und von mehreren Seiten zugleich drang Musik heran.

»Ein de luxe«, sagte ich beiläufig. »Ein Einzelzimmer. Und bitte keine Anrufe und keine Mädchen. Ich bin hergekommen, um zu arbeiten.«

Geld ist eine großartige Sache. Umgehend bekam ich ein Zimmer, das Abendessen wollte man mir dort servieren; außerdem versicherte man mir, es werde niemand anrufen, was ich jedoch nicht so recht glauben wollte. Da ich einen ukrainischen Ausweis hatte, sollte ich die Registrierung gleich vornehmen. Also meldete ich mich an. Doch statt gehorsam zum Fahrstuhl zu gehen, wo man mich hingeschickt hatte, steuerte ich auf eine unscheinbare Tür in der dunkelsten und leersten Ecke des Foyers zu.

An dieser Tür hing kein Schild. Gar keins.

Der Mann an der Rezeption blickte mir mit ungekünstelter Achtung nach. Alle übrigen bemerkten mich meiner Ansicht nach überhaupt nicht mehr.

Hinter der Tür lag ein heruntergekommenes Büro – vermutlich der einzige Raum in diesem Hotel, der nicht europäisch wirkte, sondern förmlich aus den tiefsten Siebzigern der Sowjetzeit zu stammen schien.

Ein gewöhnlicher Schreibtisch, noch nicht völlig abgenutzt, der aber doch schon allerhand mitgemacht hatte, ein gewöhnlicher Stuhl und ein veraltetes polnisches Telefon der Marke »Aster« mitten auf dem Tisch. Auf dem Stuhl thronte ein schwächliches Männchen in der Uniform eines Sergeanten der Miliz. Er bedachte mich mit einem fragenden Blick.

Der Sergeant war ein Anderer. Ein Lichter übrigens, das begriff ich auf Anhieb.

Ein Lichter ... Hm. Und was war ich dann? Offenbar kein Lichter. Ganz bestimmt kein Lichter.

Damit wäre diese Frage also auch geklärt.

»Guten Tag«, begrüßte ich ihn. »Ich möchte mich in Moskau registrieren lassen.«

»Die Registration erfolgt an der Rezeption ...«, informierte mich der Milizangehörige mit einer Mischung aus Unverständnis und Gereiztheit. »Wenn Sie hier buchen. Ohne Buchung geht das nicht.«

Und er knisterte mit der Zeitung, die er vor meinem Eintritt mit einem Bleistift in der Hand studiert hatte. Offensichtlich strich er interessante Angebote in einer schier endlosen Liste an.

»Die gewöhnliche Registrierung habe ich bereits hinter mir«, erklärte ich. »Ich brauche noch eine *andere* Registrierung. Ach, ich habe mich ja noch gar nicht vorgestellt. Ich bin Witali Rohosa, Anderer.«

Der Milizangehörige setzte sich darauf sofort aufrecht hin und sah mich erneut an. Jetzt verwirrt. Offenbar vermochte er den Anderen in mir nicht zu erkennen. Deshalb half ich ihm.

»Ein Dunkler«, knurrte er kurz darauf mit, wie mir schien, einer gewissen Erleichterung und stellte sich dann ebenfalls vor: »Sachar Selinski, Anderer. Freier Mitarbeiter der Nachtwache. Kommen Sie mal durch ...«

In seinem Ton klang unverkennbar das übliche *Was alles so über unser Moskau herfällt* mit. Die Anderen brachten in ihre Beziehungen unwillkürlich menschliche Modelle und Stereotypen ein. Vermutlich ärgerte sich der Lichte über diesen zugereisten Provinzler sowie über die Tatsache, dass er seinen Hintern nun vom Stuhl hochbequemen und seinen Blick von der

Zeitung losreißen musste, um sich zu seinem Dienstcomputer zu schleppen und die Registrierung vorzunehmen ...

Mitten in der Wand gab es eine weitere Tür, die ein normaler Mensch zu sehen jedoch absolut nicht imstande war. Sie zu öffnen bestand keine Notwendigkeit – wir gingen durch die Wand und durch das graue Zwielicht, das mit einem Mal alles um uns herum ausfüllte. Unsere Bewegungen wurden weich und langsam, und selbst die Deckenlampe fing an, merklich zu flackern.

Das zweite Zimmer sah weit repräsentativer aus als das erste. Der Sergeant setzte sich sofort an seinen komfortablen Schreibtisch, hinter den Computer, während er mich bat, auf einem weichen Sofa Platz zu nehmen.

»Bleiben Sie lange in Moskau?«

»Ich weiß es noch nicht. Vermutlich mindestens einen Monat.«

»Zeigen Sie mir bitte Ihre permanente Registrierung!«

Er könnte sie auch so sehen, mit dem Blick der Anderen, aber die Regeln verlangten offenbar nach einer einfachen Methode.

Meine Jacke war sowieso schon offen, deshalb hob ich nur den Pullover, das Hemd und das T-Shirt hoch. Auf meiner Brust leuchtete die blaue Markierung der permanenten Registrierung der Ukraine. Der Sergeant überprüfte sie, indem er mit der Hand Passes, die beschwörenden Bewegungen, machte, und hackte danach sofort auf die Tastatur ein. Kurz verglich er seine Ergebnisse mit den Daten, dann hackte er abermals auf die Tastatur ein, öffnete einen massiven Tresor, der offenbar nicht nur mit einem Schloss verschlossen war, zog etwas aus ihm heraus, führte die notwendigen Prozeduren durch und schleuderte schließlich einen blauen Klumpen Licht auf mich. Über meinen gesamten Oberkörper ergoss sich kurz Feuer, und eine Sekunde später schmückten meine Brust zwei Siegel. Das zweite stand für die temporäre Registrierung in Moskau.

»Die Registrierung ist zwar nur temporär, im Prinzip aber unbegrenzt«, erklärte der Sergeant ohne besondere Begeisterung. »Solange Sie in unserer Datenbank als ausschließlich gesetzestreuer Dunkler geführt werden, können wir Ihnen entgegenkommen und eine unbegrenzte Registrierung einräumen. Ich hoffe, die Nachtwache muss ihre Meinung über Sie nicht ändern. Das Siegel wird sich selbst zerstören, sobald Sie sich länger als einen Tag außerhalb von Moskau aufhalten. Wenn Sie länger als 24 Stunden ausreisen müssen, seien Sie bitte so freundlich und lassen sich erneut registrieren.«

»In Ordnung«, antwortete ich. »Danke. Kann ich jetzt gehen?«

»Gehen Sie ... Dunkler.«

Der Sergeant schwieg kurz, dann schloss er den Tresor (nicht nur mit dem Schloss), ließ den Computer, wie er war, und wies auffordernd mit der Hand zur Tür.

Wieder in dem heruntergekommenen Kämmerchen, wandte er sich mir zaghaft mit einer weiteren Frage zu. »Verzeihen Sie, was sind Sie? Kein Vampir, kein Tiermensch, kein Inkubus und kein Hexer – das kann ich sehen. Und kein Magier, meiner Ansicht nach. Irgendwas begreife ich hier nicht ...«

Der Sergeant selbst war ein Lichter Magier etwa vierten Grades. Nicht sehr hoch, aber auch nicht allzu tief.

Und in der Tat: Wer war ich?

»Das ist eine schwierige Frage«, antwortete ich ausweichend. »Am ehesten wohl ein Magier. Auf Wiedersehen.«

Ich griff nach meiner Tasche und kehrte ins Foyer zurück.

Fünf Minuten später hatte ich es mir in meinem Zimmer bereits gemütlich gemacht.

Ich hatte richtig gelegen, als ich dem Mann an der Rezeption nicht getraut hatte – der erste Anruf mit dem Vorschlag, für etwas Abwechslung zu sorgen, erreichte mich beim Rasieren. Finster, aber höflich bat ich darum, von weiteren Anrufen abzusehen. Beim zweiten Mal hatte sich die Höflichkeit in meiner Stimme schon ziemlich verzogen, während ich beim dritten Mal so viel zähe und klebrige Kraft in den völlig unschuldigen Hörer goss, dass mein Gesprächspartner sich nach der ersten Silbe verschluckte und verstummte. Danach rief niemand mehr an.

Ich mache Fortschritte, dachte ich. Bin ich am Ende also doch ein Magier?

Wenn ich ehrlich sein sollte, hatten mich die Worte des Lichten Sergeanten nicht im mindesten verwundert. Vampire, Tiermenschen, Inkubi ... All sie gab es. Natürlich. Aber nur für uns, für die Anderen. Für die gewöhnlichen Menschen existierten sie nicht. Allerdings sind die Menschen die Quelle für die Existenz der Anderen. Die Wurzeln und die Nahrung. Sowohl für die Lichten wie auch für die Dunklen, was auch immer die Lichten an jeder Ecke herausposaunen mochten. Sie schöpften ihre Energie ebenfalls aus menschlichem Leben. Und unsere Ziele ... Unsere Ziele sind ohnehin dieselben. Sowohl wir wie auch die Lichten versuchen die Konkurrenz einzuholen und als Erste am Ziel zu sein.

Von weiteren überraschenden Erkenntnissen hielt mich das Klopfen an der Tür ab – man brachte mir das Abendessen. Nachdem ich das Zimmermädchen mit hundert Rubel abgespeist hatte (woher hatte ich nur diese herrenhafte Art, übermäßig hohe Trinkgelder zu verteilen?), versuchte ich mich erneut zu konzentrieren, doch anscheinend hatte ich meinen Faden verloren. Schade.

Die nächste Stufe hatte ich gleichwohl erklommen. Zumindest wusste ich jetzt, dass es verschiedene Arten von Anderen gab. Lichte und Dunkle. Ich war ein Dunkler. Die Lichten liebte ich nicht gerade, konnte aber auch nicht sagen, dass ich sie hasste. Schließlich waren es ebenfalls Andere, selbst wenn sie sich von Prinzipien leiten ließen, die sich von unseren unterschieden.

Außerdem schwante mir langsam, was sich hinter dem verbarg, womit ich dem Tiermenschen im Park gedroht hatte, was hinter der glatten und gewichtigen Bezeichnung »Nachtwache« steckte. Dabei ging es um nichts anderes als die Überwachung der Dunklen in der Nacht, denn die Zeit der Dunklen war nun einmal die Nacht. Natürlich gab es auch eine Tagwache. Sie bestand aus unseren eigenen Leuten, doch mit denen musste man auch rechnen, denn man brauchte nur etwas falsch zu machen, und die eigenen Leute würden einem nicht gerade über den Kopf streichen. Das ganze System befand sich in einem labilen Gleichgewicht, suchte doch jede der beiden Seiten unablässig nach einem Weg und nach Möglichkeiten, die Konkurrenz zu zerschlagen, um endgültig die alleinige Herrschaft über die Welt der Menschen zu erlangen.

So viel dazu. Von dieser Stufe ließ sich bislang nicht mehr im mich umgebenden Zwielicht erkennen ...

Den Ruf hörte ich, als ich mit dem Essen fast fertig war.

Nicht laut und nicht leise, nicht mitleidig und nicht herrschsüchtig. Derjenige, dem er galt, hörte ihn auch. Und konnte ihm nicht widerstehen.

Der Ruf galt nicht mir. Komisch, dass ich ihn hörte ...

Das hieß, ich musste handeln.

Ein nicht zu fassendes Etwas in mir gab mir bereits Befehle. Zieh dich an! Die Tasche in den Schrank! Verschließ die Fenster und die Tür! Und zwar nicht nur mit Schloss und Riegel, du Hohlkopf!

Ich schöpfte Kraft, wo immer ich sie auch herkriegen konnte, und sorgte dafür, dass sich die Menschen nicht für mein Zimmer interessieren würden. Und Andere hatten hier sowieso nichts verloren.

Im Nebenzimmer wurde plötzlich ein sternhagelvoller Syrer wieder nüchtern. Eine Etage tiefer kotzte sich ein Tscheche, dem sein Magen zu schaffen machte, endlich aus und verstummte erleichtert, das Klosett umschlungen. Im Zimmer gegenüber gab ein älterer Geschäftsmann aus dem Ural zum ersten Mal im Leben seiner Frau eine Ohrfeige, womit ein langer und ermüdender Streit seinen Abschluss fand – eine Stunde später würde das Paar im Restaurant im ersten Stock Versöhnung feiern. Sollte ein Lichter in der Nähe sein, hätte ich ihm damit ein echtes Festmahl serviert ...

Aber das interessierte mich kaum. Ich folgte dem Ruf. Dem Ruf, der nicht mir galt.

Der Abend ging nahtlos in die Nacht über. Der Prospekt lärmte, pfeifend drang Wind in die offenen Türen der Oberleitungsbusse. Aus irgendeinem Grund verdrängten die natürlichen Töne die Stimmen der Zivilisation. Vielleicht, weil ich lauschte?

Von rechts, den Prospekt entlang. Genau.

Nachdem ich mir die Mütze tief ins Gesicht gezogen hatte, trat ich auf den Gehsteig hinaus.

Als ich fast bei dem langen Haus angekommen war, in dessen Schaufenstern schlecht gemachte Samowarattrappen ausgestellt waren, brach der Ruf ab. Doch ich wusste bereits, wohin ich mich wenden musste.

Das nächste Haus, und dahinter, fast ganz an der Kreuzung, lag ein schmaler Durchgang. In dem echter dichter Nebel wallte.

Der Wind nahm perfiderweise zu, schlug mir ins Gesicht, stieß mich wie ein professioneller Rugbyspieler, sodass ich mich vorbeugen musste, um irgendwie weiterzukommen.

Da klaffte auch schon der Tordurchgang in der Häuserfassade. Anscheinend kam ich zu spät. Vor dem Hintergrund eines kaum zu erkennenden Flecks – das gegenüberliegende Ende des Durchgangs – erstarrte kurz eine Silhouette; ich konnte nur ein blasses, eindeutig nicht menschliches Gesicht und zwei matte Schimmer in den Augen erkennen. Und, wenn ich mich nicht täuschte, Zähne.

Mehr nicht. Wer immer hier gewesen sein mochte, war verschwunden, während derjenige, der noch hier war, verschieden war.

Ich betrachtete ihn, indem ich mich über den reglosen Körper beugte. Ein junges Mädchen von vielleicht sechzehn Jahren.

Mit einer seltsamen Mischung aus Glückseligkeit und Qual in den erstarrten Augen. Neben ihr lagen ein weicher Wollschal und eine dazu passende Mütze. Die Jacke war geöffnet, der Hals entblößt. An ihm ließen sich vier Punkte erkennen.

Was ich da in fast vollständiger Dunkelheit sah, erstaunte mich nicht im Geringsten.

Ich hockte mich neben das Mädchen. Zusammen mit ihrem Blut – es war wenig, das sei festgehalten, nicht mehr als ein Viertel Liter – war das Leben aus ihr herausgeströmt. Jemand hatte ihre Energie aufgesaugt. Die gesamte, bis auf den letzten Tropfen. Widerwärtig.

Und in dem Moment stürmten – von beiden Seiten zugleich – Menschen in den Durchgang. Genauer keine Menschen, sondern Andere.

»Stehen bleiben! Nachtwache! Treten Sie aus dem *Zwielicht*!«

Ich richtete mich auf, ohne gleich zu begreifen, was sie eigentlich von mir verlangten, und bekam einen ordentlichen Schlag ab – nicht mit der Faust und nicht mit dem Bein. Sondern mit etwas, das weiß wie der Kittel eines Chirurgen strahlte. Es tat nicht weh, demütigte mich aber. Einer der Wächter hielt einen kurzen Stab mit einem roten Stein an einem Ende auf mich gerichtet und bereitete sich offenbar auf einen zweiten Schlag vor.

In dem Moment schleuderte es mich auf die nächste Stufe hinauf. Und zwar nicht auf die folgende, sondern gleich ein, zwei Stufen darüber.

Ich trat aus dem *Zwielicht*. Jetzt verstand ich, was das bedeutete, wenn alles um mich herum langsamer wurde und ich plötzlich in der Lage war, durch das finsterste Dunkel zu blicken. Das war die Welt der Anderen. Und mir hatte man befohlen – mich nicht aufgefordert, sondern mir befohlen –, in die Welt der Menschen zurückzukehren.

Und ich kehrte zurück, gehorsam und ohne zu murren. Denn so musste es sein.

»Name!«, verlangte jemand von mir. Wer, sah ich nicht, denn man hielt mir eine Taschenlampe ins Gesicht. Zwar hätte ich trotzdem etwas erkennen können, doch das war bis jetzt einfach nicht nötig.

»Witali Rohosa, Anderer.«

»Andrej Tjunnikow, Anderer, Mitarbeiter der Nachtwache«, stellte sich derjenige, der mich mit dem Kampfstab geschlagen hatte, mit unverhohlenem Vergnügen vor.

Jetzt spürte ich, dass er mich nicht mit aller Kraft geschlagen hatte, sondern nur prophylaktisch. Falls nötig, könnte er aber auch kräftiger auf mich eindreschen, die Ladung des Stabs hätte das erlaubt.

»Also, Dunkler, was haben wir denn hier? Eine frische Leiche und dich gleich daneben. Kannst du das erklären? Oder hast du vielleicht eine Lizenz? Hm?«

»Immer mit der Ruhe, Andrjucha«, wies ihn jemand aus der Dunkelheit heraus in seine Schranken.

Doch Andrej scherte sich nicht darum, sondern winkte ärgerlich mit der Hand ab: »Ach was!« Dann wandte er sich wieder mir zu. »Also, was ist? Du schweigst, Dunkler? Hast du gar nichts zu sagen?«

In der Tat, ich schwieg.

Andrjucha Tjunnnikow war ein Magier; selbstverständlich ein Lichter, der erst unlängst den fünften Grad erlangt hatte.

So einer war ich gestern gewesen.

Das Amulett hatte ganz bestimmt nicht er geladen – hier sprang die Arbeit eines erfahrenen Magiers ins Auge. Auch die beiden, die hinter ihm standen, hielt ich für stärker.

An der gegenüberliegenden Seite versperrte eine einzelne Frau den Durchgang, die zwar nicht sehr groß und noch jung war, aber dennoch die erfahrenste und gefährlichste in der Gruppe. Bei ihr handelte es sich um eine Kampfmagierin und Gestaltwandlerin. So etwas wie eine Lichte Tierfrau.

»Also, Dunkler?«, ließ Andrjucha nicht locker. »Schweigst du immer noch? Gut. Zeig deine Registrierung! Und gebt jemandem von der Tagwache Bescheid, dass wir hier einen wildernden Dunklen haben ...«

»Du bist ein Dummkopf, Andrjucha«, bemerkte ich süffisant. »Freu dich doch! Hast einen Wilderer gefangen! Aber hast du dir das Opfer schon mal näher angesehen? Wer hat das Mädchen deiner Meinung nach wohl getötet?«

Andrjucha brachte kein Wort hervor und schielte zu dem toten Mädchen hinüber. Offenbar begriff er allmählich etwas.

»Ein Va-Vampir ...«, murmelte er.

»Und was bin ich?«

»Du bist ein M-magier ...« In seiner Verwirrung fing Andrjucha sogar an zu stottern.

Ich wandte mich der Frau zu, denn ich hatte den Eindruck, es sei am besten, mit ihr zu reden. »Als ich angekommen bin, war schon alles vorbei. Den Vampir habe ich noch gesehen, aber jenseits des Durchgangs, er ist in den Hof geflüchtet. Das Mädchen war schon tot, er hatte alle Energie aus ihr herausgeholt, aber an ihrem Blut nur genippt. Ich bin ein Tourist und erst vor ein paar Stunden mit dem Zug angekommen. Ich wohne im Kosmos.« Außerdem konnte ich mir eine weitere Bemerkung nicht verkneifen. »Es wildern doch nicht zum ersten Mal Vampire in diesem Tordurchgang, oder?«

Jetzt sah ich nämlich auch die Spuren eines früheren Vorfalls hier, direkt auf dem Asphalt und den Mauern. Jetzt, als ich mit einem Satz mehrere Stufen hinaufgesprungen war.

»Nur dass ihr beim letzten Mal mehr Glück hattet, ihr Lichten ... Aber, nebenbei bemerkt, die Spuren habt ihr miserabel beseitigt, sie sind bis heute zu erkennen.«

»Glaub ja nicht, dass wir dir besonders dankbar sind«, brachte die Frau düster hervor. »Und noch etwas: Ich will deine Registrierung trotzdem sehen.«

»Bitte sehr.« Gehorsam zeigte ich die Siegel. »Ich hoffe, ich werde nicht mehr gebraucht? Ich würde es nie wagen, euren einmaligen Detektiven bei der Suche nach einem Wilderer in die Quere zu kommen.«

»Wir melden uns morgen bei dir«, teilte mir die Frau eisig mit. »Falls wir dich brauchen.«

»Ich habe nichts dagegen!«, meinte ich lakonisch. Und trat, indem ich einen der Wächter beiseite schob, wieder zum Prospekt hinaus.

Die Maske eines gewöhnlichen Dunklen warf ich nach hundert Schritt ab.

Zwei

In den nächsten zwei Tagen und zwei Nächten passierte nichts, was irgendwie interessant gewesen wäre. Ich streifte durch Moskau, machte überraschende Einkäufe und übte mich in meinen neuen Fähigkeiten, achtete dabei jedoch darauf, damit nicht übermäßig aufzufallen. Ich stellte mein Handy an, obwohl ich absolut nicht wusste, wozu: Es gab nirgendwo jemanden, den ich hätte anrufen können. Ich kaufte mir einen MD-Player und verbrachte zwei Stunden damit, aus einem Katalog alte und neue Lieder zusammenzustellen, die in meinem widerspenstigen Gedächtnis etwas ansprachen. Ich gewöhnte mich an das neue Moskau, das unter dem funkelnden Geflitter festtäglichen Neons jedoch immer noch schmutzig und heruntergekommen war. Im Hotel grüßte mich das Zimmermädchen, und für das Recht, mich zu bedienen, stand man offenbar bereits an – ich führte weiter das Leben eines Menschen, der Banknoten unter hundert Rubel nicht kannte. Komischerweise nahm ich das Wechselgeld in Geschäften aber stets sorgsam an mich. Selbst die kleinen vernickelten Münzen, die höchstens als Souvenir für Ausländer etwas taugen ...

Andere begegneten mir in diesen zwei Tagen nur dreimal: einmal in der Metro, absolut zufällig. Ein andermal stieß ich nachts auf eine betrunkene Hexe, die vergeblich versuchte, zu einem Balkon im zweiten Stock hinaufzufliegen, weil sie die Schlüssel von der Haustür und der Wohnung verloren und einfach nicht mehr genug Kräfte hatte, um durchs *Zwielicht* zu gehen. Der Hexe half ich. Außerdem hielt mich noch an einem der beiden Tage ein ziemlich starker Lichter Magier für einen nicht initiierten Anderen. Sogar an seinen Nachnamen erinnere ich mich: Gorodezki. Er war übrigens aus dem gleichen Grund in dem Geschäft wie ich, nämlich um sich eine MD für seinen Player aufnehmen zu lassen. Als er die offiziellen Siegel sah, wunderte sich der Magier und ließ mich sofort in Ruhe. Er wollte sogar schon gehen, denn offenbar widerte ich ihn an, doch genau in dem Moment war meine gebrannte Scheibe fertig, und ich verließ selbst den Laden.

Eine Zeit lang grübelte ich: Warum hasste er die Dunklen so?

Freilich, uns hassen ja alle Lichten. Nun ja, fast alle. Und um keinen Preis wollen sie, die Lichten, glauben, dass sie uns völlig gleichgültig sind – solange sie sich uns nicht in den Weg stellen. Was sie aber tun, und zwar häufig. Umgekehrt tun wir das allerdings auch.

Von der Nachtwache belangte mich niemand, und meiner Ansicht nach unternahmen sie noch nicht einmal den Versuch, mich zu finden oder zu verhören. Irgendwie müssen sie doch eingesehen haben, dass ein Dunkler Magier kein Bedürfnis hat, menschliches Blut zu trinken. Natürlich könnte ich es, wenn ich mir eine langwierige Magenverstimmung zuziehen wollte – und wenn ich nicht vorher vor Ekel kotzen müsste ... Ich tat nichts weiter, als auf den nächsten Schritt zu warten, der mich eine weitere Stufe hinaufbringen würde, doch anscheinend konnte er nur in bestimmten extremen und komplexen Situationen erfolgen, wenn irgendetwas in mir mich zwang, Magie anzuwenden. Keine kleinen Handlungen wie die, die kahl geschorenen, dickwangigen Kontrolleure im Autobus weitergehen zu lassen oder einen Beruhigungsschleier über einer nervigen Schlange vor dem Schalter für Metrotickets auszubreiten, als ich nicht mehr stehen mochte. Nein, dieses Niveau war für mich im wahrsten Sinne des Wortes Schnee von gestern. Um etwas Neues zu lernen und eine weitere Schicht in meinem verschlossenen Gedächtnis freizulegen, um die noch schlummernden Kenntnisse zurückzuerlangen, brauchte ich stärkere Erschütterungen.

Die ließen auf sich warten, aber nicht sehr lange.

Wie viele Dunkle stellte ich mich als eingefleischte Nachteule heraus. Da ich inmitten normaler Menschen lebte, konnte ich den Tag nicht schlichtweg ignorieren, wollte aber auch dem Lockruf der Nacht nicht widerstehen. Ich stand spät auf, erst mittags oder sogar noch später, und kehrte erst im Morgengrauen ins Hotel zurück.

In meiner vierten Nacht in Moskau dämmerte bereits langsam der neue Tag herauf, ließ die Schwärze allmählich die ersten dunkelgrauen Nuancen erkennen, als ich dicht an die nächste Stufe herangelangte. Ich schlenderte über den verlassenen Ismailowski Boulevard und spürte plötzlich, wie in der Ferne, in einem der Höfe, ein gewaltiger Magieausstoß freigesetzt wurde.

Wenn ich *Ausstoß* sage, meine ich nicht, dass unkontrolliert Energie freigesetzt worden wäre. Nein. Die Energie wurde ausgestoßen und gleich wieder absorbiert, sonst wäre es nämlich zu einer banalen Explosion gekommen. Die Anderen verwandeln sowohl sich als auch die Welt und die Energie. Aber die Bilanz von Ausstoß und Absorption muss am Ende immer gleich null sein, sonst ...

Ansonsten könnte die Welt einfach nicht existieren. Und wir nicht in ihr.

Etwas schubste mich förmlich vorwärts: Komm her! Komm!

Mir blieb nichts weiter übrig als zu gehen.

Zwanzig Minuten ging ich, wobei ich voller Überzeugung an Kreuzungen abbog und manchmal über Hinterhöfe ging, um den Weg abzukürzen. Während ich noch auf mein Ziel zusteuerte, spürte ich bereits die Anderen – sie näherten sich rasch von zwei Seiten. Zugleich hörte ich den Lärm von mehreren

Autos. Fast auf Anhieb machte ich in der gesichtslosen Palisadenwand der Hochhäuser das richtige Haus und die richtige Wohnung aus, in der erst kürzlich etwas geschehen war, was jenes Ich interessierte, das sich vorläufig noch in den Tiefen meines gewöhnlichen Seins verbarg.

Einer der üblichen vierstöckigen Chruschtschow-Bauten in der 13. Parkowaja. Mülltonnen an der Stirnseite des Hauses und nicht der geringste Hinweis auf Verkaufsbuden im Hof, wie ich sie aus dem Süden kannte.

Direkt vor dem Haus standen drei Autos: ein Shiguli, ein markenloser kleinerer Kastenwagen in ziemlich erbärmlichem Zustand und ein gepflegter BMW. Zwar standen hier überhaupt sehr viele Autos, doch sie waren alle ohne Zweifel über Nacht geparkt worden, während diese drei eben erst angekommen und aufs Geratewohl abgestellt worden waren. Widerwillig gaben die Motoren ihre Wärme an den Winter ab.

Vierter Stock. Bereits am Hauseingang (eine Eisentür, die übrigens sperrangelweit aufstand) spürte ich solide magische Blöcke. Sie waren es, die mich dazu brachten, meinen eigenen Schatten vom Boden aufzunehmen und ins *Zwielicht* einzutreten.

Meiner Meinung zieht das *Zwielicht* aus den Anderen Kraft. Natürlich nur, wenn man ihm nicht Paroli bieten kann. Das hatte mir niemand beigebracht, sondern ich fing an, es instinktiv zu tun, als hätte ich es schon immer gekonnt. Möglicherweise war das ja tatsächlich der Fall, und ich hatte mich jetzt, da es nötig war, nur daran erinnert.

Die Wände und das Treppenhaus, ja, sogar das Treppengeländer bewucherte reichlich blaues Moos, dieser Bewohner der ersten *Zwielicht*-Schicht. In diesem Haus mussten überaus gefühlsbetonte Menschen leben, wenn es so gedeihen konnte.

Dann die gesuchte Wohnung. Die Blöcke waren hier noch solider, die Tür sogar im *Zwielicht* verschlossen.

In dem Moment katapultierte es mich abermals ein paar

Stufen hinauf. Eine akute Schwäche überwindend, hob ich meinen Schatten zum zweiten Mal vom Boden auf und trat tiefer ins *Zwielicht* ein.

Sofort begriff ich, dass es nicht jedem gegeben ist, so weit vorzudringen.

Das Haus existierte nicht mehr. Es gab fast nichts, bis auf den dichten dunkelgrauen Nebel und die vage durch ihn hindurch zu erkennenden Monde. Insgesamt drei. Hier müsste Wind toben, doch in dieser Schicht verging die Zeit derart langsam, dass selbst der Wind, der keine Unterschiede zwischen der normalen Welt und dem *Zwielicht* anerkennt, kaum zu spüren war.

Ich fing langsam an zu fallen, in diesen Nebel einzusacken, aber ich *hielt* mich. Wie sich zeigte, konnte ich das. Mit einer gewissen Anstrengung – die wie immer schwer zu beschreiben war und eher instinktiv als bewusst erfolgte – bewegte ich mich vorwärts. Dann strengte ich mich nochmals an – und blickte von hier aus in die erste Schicht des *Zwielichts*.

Alles ging sehr langsam vor sich, zäh, als sei die Welt in eine Masse grauen, dabei jedoch durchscheinenden Asphaltteers eingetaucht; die Geräusche wirkten zunächst wie ein fernes tiefes Donnergrollen auf mich. Trotzdem konnte ich mich auf diese Langsamkeit einstellen. Vermutlich reduzierte ich mein Aufnahmevermögen auf das Tempo, trat von der Realität weg, passte mich an – und von diesem Moment an erinnerte mich alles, was geschah, wieder an die gewöhnliche Welt, die Welt der Menschen.

Erinnerte, mehr jedoch nicht.

Eine enge Diele, wie immer in diesen Häusern. Links zwei Türen zu Bad und WC und die Küche, noch weiter links ein Zimmer, rechts ein zweites. Das Zimmer, das rechts lag, war jetzt leer. Im Zimmer links befanden sich fünf Andere sowie eine Leiche auf einem zerwühlten Bett. Die Leiche von einem dreißigjährigen Mann. In der Leistengegend und im Bauch klafften mehrere Wunden, die jeden Gedanken an seine Rettung ad absurdum führten. Die Wunden waren mit einem zerknautschten, blutgetränkten Laken bedeckt.

Die Anderen unterteilten sich in drei Lichte und zwei Dunkle. Bei den Lichten handelte es sich um einen hageren Mann mit leicht asymmetrischem Gesicht und zwei Bekannte: den Musikfan Gorodezki und die Gestaltwandlerin. Die Dunklen wurden durch einen fülligen Magier, der angespannt und konzentriert wirkte, und ein düsteres Subjekt repräsentiert, das mir wie eine misslungene Parodie auf eine Echse erschien: Der Mann trug normale Kleidung, seine Hände und sein Gesicht waren jedoch grün und geschuppt.

Die Anderen stritten.

»Das ist bereits der zweite Fall innerhalb einer Woche, Schagron. Und wieder ein Mord. Verzeih mir, aber ich habe den Eindruck, dass ihr auf den Vertrag pfeift.«

Gesprochen hatte der mir unbekannte Lichte.

Der Dunkle Magier starrte unwillkürlich auf den Toten. »Wir können nicht alle im Auge behalten, das wisst ihr genau«, brummte er, wobei ich weder Schuld noch Mitgefühl aus seiner Stimme heraushörte.

»Aber ihr seid verpflichtet, alle Dunklen zu einer Stillen Woche anzuhalten. Das hat euer Chef uns offiziell zugesichert.«

»Das haben wir auch getan.«

»Vielen Dank auch!« Der Lichte fing demonstrativ an zu klatschen. »Das Resultat ist beeindruckend. Ich sage es noch einmal: Wir, die Mitarbeiter der Nachtwache, bitten offiziell um eure Unterstützung. Ruft euren Chef!«

»Der Chef ist momentan nicht in Moskau«, entgegnete der Magier barsch. »Was euer Chef im Übrigen ganz genau weiß, weshalb er euch überhaupt nicht hätte ermächtigen dürfen, uns um Unterstützung zu bitten.«

»Das heißt«, fragte Gorodezki mit leicht drohender Stimme zurück, »ihr verweigert uns die Unterstützung?«

Der Dunkle schüttelte etwas schneller als notwendig den Kopf. »Warum sollten wir das? Nein. Wir verweigern sie nicht. Ich verstehe nur nicht, wie wir euch helfen können.«

Die Lichten drohten offenbar vor gerechtem Zorn zu platzen. »Was heißt das?«, blaffte abermals der mir unbekannte Magier los. »Ihr wisst nicht, wie ihr uns helfen könnt? Eine Tierfrau, die als Hure arbeitet, reißt einem Freier – übrigens einem nicht initiierten Anderen – die Eier ab und kann glücklich entkommen! Wer kennt denn euer zahlloses Gesindel besser: ihr oder wir?«

»Manchmal habe ich den Eindruck, ihr«, entgegnete der Dunkle schnippisch und sah zu der Frau hinüber. »Wenn du dich an das Gespräch im Panorama-Restaurant von Ostankino erinnerst, als wir den Inquisitor und den da ...« Er nickte in Gorodezkis Richtung. »... geschnappt haben.«

Der Dunkle verstummte, als müsse er nachdenken.

»Vermutlich handelt es sich um eine nicht registrierte Tierfrau. Und vermutlich ist der Freier hitzig geworden und ... schnapp, schnapp, schnapp ... Formulieren wir es doch einfach so: Er hat etwas verlangt, das selbst für eine Nutte zu viel war. Das hat er jetzt davon.«

»Schagron, den Fall kannst du nicht den Menschenbullen aufdrücken, weil sie den Mann in ihrer *Zwielichtgestalt* ermordet hat. Darum müssen sich die Wachen kümmern! Sag mir also ganz offen, ob ihr nach ihr fahndet oder uns zwingt, das zu tun. Und bedenke eins: Du brauchst nicht darauf zu hoffen, auf Zeit zu spielen. Wir wollen den Vampir vom Samstag und diese Katze vor dem Tribunal sehen, und zwar noch bis zum nächsten Wochenende. Hast du unsere Forderungen verstanden?« Der hagere Magier setzte Schagron unter Druck, ›haute mit der Faust auf den Tisch‹ – und das mit dem unverhohlenen Vergnügen eines Anderen, der nur selten mit der Aufklärung eines Falls befasst ist. Und er hatte offensichtlich allen Grund, ihn so unter Druck zu setzen ...

»Bestialische geile Katzen«, brummte das Schuppenwesen plötzlich. »Hirnlose Idiotinnen, Drecksweiber ...«

»Halt's Maul«, befahl die Lichte kalt. »Du Spätentwickler von einem Gecko.«

Nun ja, sie war ebenfalls eine Katze, wenn auch eine Lichte ...

»Ganz ruhig, Tigerjunges«, wandte sich Gorodezki an sie. Dann drehte er sich wieder dem Dunklen zu. »Habt ihr unsere Forderungen verstanden?«

In dem Moment kehrte ich in die erste *Zwielicht*-Schicht zurück. Die nächsten Sekunden als Szene aus einem Stummfilm zu bezeichnen, wäre noch untertrieben.

»Du?«, stieß die Frau hervor. »Schon wieder du?«

»Buenas noches, die Herren. Verzeihen Sie mir, dass ich hier reingesprungen bin, als ich das Licht gesehen habe.«

»Anton, Tolik«, sagte Tigerjunges mit lauter und vor Verärgerung leicht zitternder Stimme, wobei sie wie ein Kind mit dem Finger auf mich zeigte. »Bei dem Opfer vom Samstag hat Andrjuschka den da gestellt! Diesen Dunklen aus der Ukraine.«

Alle fünf starrten mich unverwandt, ja, hartnäckig an.

»Ich hoffe«, sagte ich ironisch, »ich bin der Tierfraunutte nicht ähnlicher als dem übergeschnappten Vampir?«

»Wer bist du?«, fragte mit unangenehmem Ton der Dunkle, den die anderen Schagron genannt hatten.

»Ein Magier, Kollege. Ein Dunkler Magier. Ein Tourist.«

Er versuchte, mich zu sondieren, und ich spürte, dass ich, wenn ich nicht bereits eine weitere Stufe erklommen hatte, dann doch kurz davor stand. Schagron scheiterte. Nebenbei bemerkte ich zudem, dass der Schutz von Schagron nicht allein auf ihn zurückging: Die Grundlagen stammten von einem Magier der Extraklasse. Vermutlich von dem berühmt-berüchtigten Chef, der nicht in Moskau weilte.

»Der zweite Mord, und erneut bist du gleich zur Stelle.« Tolik reckte sich misstrauisch und versuchte ebenfalls, mich zu sondieren. Absolut erfolglos, wie ich mit einer gewissen Befriedigung feststellte. »Mir gefällt das nicht. Es macht dir doch nichts aus, das zu erklären?«

Tolik sah wirklich unzufrieden aus, verhielt sich jetzt aber korrekt. Was ich mit Genugtuung zur Kenntnis nahm. Das Verhalten Gorodezkis beunruhigte mich. Er war offenbar der Kopf der drei und erwog gerade geschäftsmäßig mögliche Verhaltensweisen. Varianten gab es anscheinend mehr als genug.

»Das macht mir nichts aus«, stimmte ich sofort zu. »Ich bin hier in der Nähe spazieren gegangen. Dann habe ich gespürt, dass etwas Schlimmes passiert. Daraufhin bin ich hierher gekommen – vielleicht hätte ich ja helfen können.«

»Arbeitest du in der Wache, bei dir Zuhause, in der Ukraine?«, fragte das Schuppenwesen überraschend.

»Nein.«

»Wie wolltest du dann helfen?«

»Mir wär schon was eingefallen ...« Ich zuckte mit den Schultern.

Die Zunge des Schuppenwesens war – natürlich – lang und gespalten. Hm, ja. Die Phantasie des Volks ist öde ... Die *Zwielicht*-Gestalt eines Dunklen hätte ein so weites Feld für kreatives Schaffen sein können – nicht wie bei den Lichten. Die haben ein Standardrepertoire: Sie leuchten und hüllen sich in weiße Kleidung. Besonders sentimentale Lichte und ein großer Teil der Frauen tragen noch einen Kranz. Das war's auch schon ... Fast alle Dunklen neigen jedoch zu der abgedroschenen Gestalt eines geschuppten Dämons mit Hörnern und gespaltener Zunge.

»Mit diesen Morden hast du natürlich nicht das Geringste zu tun?«, fragte die Frau mit schlecht verhohlenem Sarkasmus.

»Natürlich nicht.«

»Ich glaub ihm nicht.« Die Frau blickte über die Schulter. »Anton, er muss überprüft werden.«

»Wird erledigt«, versprach Anton, ohne weiter darüber nachzudenken. »Sobald wir im Büro sind, fordere ich persönlich seine Daten an ...«

Ich setzte ein ironisches Schmunzeln auf. »Gut. Wenn ihr keine Hilfe wollt, dann eben nicht. Ich dränge mich nicht auf. Dann gehe ich jetzt …«

Ich wandte mich zum Ausgang.

»Hey, Dunkler«, meinte Tolik hinter mir. »Ich würde dir nicht raten, Moskau zu verlassen. Das ist ein offizielles Verbot der Nachtwache.«

»Ich werde mich dran halten«, versprach ich. »Aber ich hatte sowieso nicht vor, die Stadt schon wieder zu verlassen …«

»Ich fahre mit euch«, sagte Tolik zu Anton und Tigerjunges. »Wir müssen etwas besprechen.«

Voll Bitterkeit dachte Anton darüber nach, dass er abermals die Spuren nicht ordentlich beseitigt hatte – aus irgendeinem Grund machten ihm die Worte des seltsamen Dunklen schwer zu schaffen. Tigerjunges hatte ihm den Satz sehr genau wiedergegeben, auf die Intonation geachtet, und als Anton ihn dann gesehen hatte, war er einmal mehr zu der Überzeugung gelangt, dass sich in Tigerjunges ein begnadeter Schauspieler verbarg. Genauer: eine Schauspielerin. Wer weiß, was aus ihr geworden wäre, wenn sie keine Andere gewesen wäre …

Schagron und sein Partner waren schon vor einer ganzen Weile in dem neumodischen BMW abgedüst. Tolik streckte fordernd die Hand aus, und Anton gab ihm gehorsam die Schlüssel vom Shiguli der Nachtwache. Tigerjunges stieg schweigend hinten ein Anton setzte sich neben Tolik. Dieser bog rasch in den Sirenewy Boulevard ein und jagte dann nach Osten.

»Was ist denn das für einer, dieser Dunkle?«, fragte Anton, um die Stille zu durchbrechen. Die Stimmung war im Keller. Schon wieder eine Leiche, noch dazu ein nicht initiierter Lichter!

»Er ist ein sehr starker Magier«, presste Tolik heraus. »Stärker als ich. Ich habe versucht, ihn zu sondieren. Und konnte es nicht, er hat sich sofort abgeschottet.«

»Abgeschottet?«, meldete sich Tigerjunges von hinten. »Was heißt das? Dass er ohne Schild gekommen ist?«

»Genau!«, bestätigte Tolik sauer. »Als er eingetreten ist, hat er ausgesehen wie ein mittelmäßiger Magier, vielleicht dritter oder vierter Grad. Wie Anton oder ich.«

Anton hüllte sich in Schweigen – Tolik hatte von der Form her Unrecht, vom Inhalt aber Recht. Geser sah in Anton einen Magier zweiten Grades, doch dieses Kraftniveau hatte Anton erst wenige Male erreicht. Ehrlicher war es einzugestehen, dass er nach wie vor den dritten Grad innehatte.

»Aber kaum habe ich versucht, ihn zu sondieren«, fuhr Tolik fort, »war's vorbei. Eine Mauer. Er ist ganz bestimmt stärker als ich. Hast du ihn sondiert, Anton?«

»Nein.«

»Vermutlich erster Grad ...«, meinte Tolik seufzend. »Wenn es Probleme gibt, muss Ilja eingreifen ...«

»Wenn nur nicht der Chef, Olga und Sweta intervenieren müssen«, bemerkte Anton. Niemand antwortete ihm. Die Aussicht, die höchsten Magier zu Hilfe zu rufen, behagte keinem.

Tigerjunges rutschte hin und her, um sich bequemer hinzusetzen. »Es kann nicht sein, dass er mit diesen Morden nichts zu tun hat. Beim ersten Mal könnte ich das noch verstehen: Er ist angekommen, spazieren gegangen und zufällig auf den Wilderer gestoßen. Aber jetzt? Wie hat es ihn in die Perwomaika verschlagen?«

»Ist er wirklich erst am Samstag angekommen?«, fragte Tolik.

»Bestimmt«, versicherte Tigerjunges. »Er hat mir von Anfang an nicht gefallen, weißt du. Ich habe mir sogar den Zug vorgenommen und die Erinnerung der Zugbegleiterin gescannt. Er hat das Abteil fast nie verlassen, ist aber mit diesem Zug gekommen, so viel steht fest.«

»Haben wir irgendwas über ihn?«

Anton hatte den Eindruck, dass Tolik mit unterschwelliger Hoffnung fragte. »Du meinst, etwas, womit wir ihn unter Druck setzen können? Nichts. Kein einziger Gesetzesverstoß. Lizenzen braucht er nicht, weil er weder ein Vampir noch ein Tiermensch ist. Außerdem ist er erst vor kurzem initiiert worden, erst vor sieben Jahren ... Wie ich.«

Tolik nickte nachdenklich.

»In Nikolajew gibt es wenig Andere. Die Wachen sind dementsprechend klein, zwei, drei Dutzend Mitarbeiter ... Wie gesagt, sobald wir da sind, grabe ich tiefer«, versprach Anton. »Du hast deinen Kastenwagen doch abgeschlossen, oder?«

»Was sollte dem denn passieren?« Tolik zuckte mit den Schultern. »Hm. Den Chef müssen wir wohl trotz allem anrufen. Oder kommen wir drum herum?«

Er fühlte sich ganz offensichtlich nicht wohl in seiner Haut. Tolik leitete die Abteilung der Systemadministratoren bereits seit über einem Jahr, seit Anton nur noch operative Arbeit leistete. Da jedoch kein Mitarbeiter der Nachtwache seine Qualifikation verlieren darf, war jetzt für Tolik die Zeit gekommen, wo er einen Monat lang Außendienst machen musste. Und gleich am ersten Tag ein derartiger Zwischenfall ...

»Wahrscheinlich müssen wir ihn von allem unterrichten«, entschied Anton.

»Dann sollten wir das nicht auf die lange Bank schieben«, seufzte Tolik.

Bereitwillig reichte Tigerjunges ihm das Handy. Aber Tolik hatte noch nicht danach gegriffen, als es mit dem Motiv der *Moskauer Nächte* losfiedelte.

Anton wollte schon nach dem Telefon greifen, hielt dann aber inne. Besser nicht ... Es rief zwar fraglos einer von ihren Leuten an, aber die gespannte Energie eines Dienstgesprächs fehlte. Ob einer der Kollegen Tigerjunges einfach so anrief? Schließlich hat jeder ein Privatleben, selbst Wächter der Nacht.

Tigerjunges meldete sich. Einen großen Teil der Zeit hörte sie bloß zu, einmal sagte sie: »Ich weiß nicht.«

»Das ist Garik«, sagte sie leise und besorgt. »Andrjuschka ist verschwunden.«

»Tjunnikow?«

»Ja. Garik hat gedacht, er sei bei uns.«

»Ich habe ihn mittags zum letzten Mal gesehen«, meinte Tolik. »Er wollte nach Hause fahren und sich ordentlich ausschlafen.«

»Er geht nicht ans Telefon. Außerdem spürt Garik ihn nicht. Und er ist schließlich Andrjuschkas Mentor ...«

Anton drehte sich nach hinten zu Tigerjunges. »Seit Samstag führt er sich wie ein Wahnsinniger auf. Was hat ihm dieser Dunkle im Tordurchgang gesagt?«

Tigerjunges zuckte mit den Schultern.

»Nichts Besonderes. Ich habe euch das doch schon hundertmal erzählt. Er hat ihn als Detektiv beschimpft. Aber Andrjuschka hat wirklich daneben gelegen, es war auf den ersten Blick zu sehen, dass der Dunkle kein Vampir ist. Das habe ich ihm dann auch noch mal erklärt.«

»Er muss ja nicht unbedingt selbst ein Vampir sein«, gab Tolik mit seiner gelangweilten Mentorenstimme zu bedenken. »Dieser Dunkle könnte sich ohne weiteres als Organisator der ganzen Schweinerei herausstellen. Denn das muss man zugeben: Seine organisatorischen Fähigkeiten gehen mit Sicherheit weit über das normale Maß hinaus!«

»Ein Bauer Sebulons«, vermutete Anton. »Ja, möglicherweise das. Durchaus möglich.«

»Nimm nicht so was Kleines! Der ist kein Bauer. Auch kein Pferd oder Läufer. Ein Turm. Eine wichtige Figur. Womöglich sogar die Dame ...«

»Jetzt übertreib nicht, Tolik. Ohne Sebulon haben die Dunklen nicht die geringste Chance gegen uns. Und Sebulon ist nicht in Moskau.«

»Das sagen die Dunklen. Aber wer weiß das schon so genau ...«

»Sebulon hat sich in der letzten Zeit ohnehin kaum in der Öffentlichkeit gezeigt«, warf Anton ein.

»Eben. Er saß in seinem Kämmerlein, hat diese Operation geplant ... Das Schlimmste ist, dass ich einfach nicht begreife, worauf das Ganze hinausläuft. Was ist denn bisher überhaupt passiert? Zwei mysteriöse Morde, die auf absolut undurchsichtige Weise miteinander verbunden sind.«

»Wenn sie überhaupt miteinander verbunden sind.« Aber Anton glaubte offensichtlich selbst nicht an das, was er gerade gesagt hatte.

»Nein, wie du es auch drehst und wendest, verbunden sind sie«, widersprach Tolik. »Das sagt mir mein Instinkt. Und das Verbindungsglied ist dieser zugereiste Magier.«

»Du siehst den Wald vor Bäumen nicht«, meinte Tigerjunges. »Mit dem Auftauchen Swetlanas haben wir einen soliden Vorteil errungen. Die Dunklen räumen eine Stellung nach der nächsten. Erinner dich doch bloß mal daran, welchen Druck der Chef bei den letzten Verhandlungen auf Sebulon ausgeübt hat. Und der hat auch nachgegeben. Was hätte er auch sonst tun sollen? Offensichtlich haben die Dunklen jetzt eine Operation zur Wiederherstellung des Gleichgewichts eingeleitet. Und natürlich zu einem ausgesprochen ungelegenen Zeitpunkt, kurz vor der Stillen Woche.«

»Für die Dunklen ist das die beste Zeit«, brummte Anton. »Sie wissen doch, dass wir ohne triftigen Anlass nicht anfangen, mit den Säbeln zu rasseln. Und einen Anlass haben wir bisher nicht.«

»Unk nicht«, bat Tolik mit belegter Stimme.

Der Shiguli flog zielstrebig über den Leningradski Prospekt, dem heraufziehenden Tag voraus.

Bis zum Büro fuhren sie schweigend. Entweder weil niemand unken wollte oder weil sie etwas spürten.

Vor dem Haus trat Garik nervös von einem Bein aufs andere. Neben ihm stand ein unausgeschlafener Ilja, der sie über die Brille hinweg anblinzelte.

»So«, sagte Tolik freudlos. »Jetzt heißt es, die Zähne zusammenbeißen ...«

Ilja und Garik stiegen rasch zu. Sie setzten sich und nahmen Tigerjunges in die Mitte. Anton begriff sofort, was sie damit beabsichtigten und was der blasse, verwirrte und deshalb sehr zurückhaltende Garik jetzt sagen würde.

»Hotel Kosmos. Leute, Andrjucha ist tot ...«

Tolik trat das Gaspedal bis zum Anschlag durch, doch selbst dem schnellsten Auto stand es nicht zu Gebote, den Tod einzuholen. Tigerjunges zitterte leicht, doch ihre Freunde drückten sich fest gegen sie, und sie erstarrte.

»Wie ist das passiert?«, fragte Anton tonlos.

»Gerade hat ein Dunkler angerufen, Witali Rohosa. Er behauptet, er habe in seinem Zimmer die Leiche eines Anderen gefunden.«

»Ich beiß ihm höchstpersönlich die Kehle durch«, versprach Tigerjunges mit heiserer Stimme. »Soll mal jemand versuchen, mich daran zu hindern!«

»Ich habe für alle Fälle Bär angerufen«, sagte Ilja sehr neutral. »Ich glaube, er ist schon im Kosmos.«

Nach Antons Auffassung hatten seine Kollegen bereits vorab eins begriffen und sich mit diesem Gedanken auch abgefunden: Ein Kampf würde sich nicht vermeiden lassen. Auch er strich heimlich über die Pistole in seinem Achselhalfter. Die Waffe, die er bisher noch nie wirklich gebraucht hatte.

Das Gefühl, die Ereignisse dieser Nacht seien bei weitem noch nicht zu Ende, wollte nicht von mir weichen. Offenbar vermochte ich allmählich, die nächste Zukunft vorauszusehen. Nicht in Details, das bestimmt nicht: eher wie ein wirres Knäuel von Wahrscheinlichkeitslinien. Und ich begann zu fühlen, wohin die dicksten Fäden führten.

Sorge, Leid, Unruhe, Gefahr – das hielt die heutige Nacht für mich bereit. Zunächst hatte ich unten, neben dem BMW vor dem Hauseingang, auf die Dunklen warten wollen. Dann begriff ich jedoch, dass das nicht nötig war. Sie brauchten nicht eingeweiht zu werden ... in, nun, in meine völlige Unkenntnis. Sollten sie ruhig denken, ich beherrschte das Spiel wirklich. Der Chef der Tagwache weilte nicht in Moskau, die Übrigen stellten für mich anscheinend keine Gegner dar ...

Aber was rede ich da? Das war doch wohl anmaßend, oder? Als ob es in Moskau nicht genug starke Magier gäbe! Selbst wenn sie nicht in den Wachen arbeiteten. Schließlich würde es mich nicht ewig die Treppe hochziehen – endlose Treppen gibt es nicht. Irgendwann würde ich auf meinen Meister treffen, zumal diese Moskauer erfahrene Magier sind, viele von ihnen mit jahrhundertelanger Praxis. Und ich wusste ja selbst noch nicht, was ich vermochte und was nicht. Noch war ich ein Wilder. Und wer konnte schon sagen, ob meine Kraft nicht auf genau so wundersame Weise wieder verschwinden würde, wie sie aufgetaucht war?

Also überstürze nichts, Witalik, immer hübsch sachte. Denk lieber erst nach, was die ausklingende Nacht dir Schlechtes bringen könnte. Und lass es nicht darauf ankommen, leg lieber einen Zahn zu ...

Eilig ging ich zur Schtschelkowskoe Chaussee, verschwand in der Unterführung und baute mich an der gegenüberliegenden Seite auf, um zu trampen.

Was mir an Moskau gefällt, ist, dass es sich selbst in tiefster Nacht, selbst am frühen Morgen lohnt, den Arm auszustrecken: Schon im nächsten Moment würde am Straßenrand ein Auto anhalten. In Nikolajew kann man eine halbe Stunde den Daumen raushalten, und niemand kommt auch nur auf den Gedanken stehen zu bleiben. Hier entscheidet dagegen allein das Geld. Das brauchen alle.

Fünfzig Rubel bis zu den »Errungenschaften«. Der Standardpreis.

Ich stieg in den gut erhaltenen Volkswagen ein und fuhr meinen fast mit Händen zu greifenden Unannehmlichkeiten entgegen.

Bereits unten, vor dem Hotel, spürte ich, dass der Schutzschild meines Zimmers beschädigt worden war. Der Schutz hatte zwar funktioniert, genauso wie er es sollte, aber gerade das stellte mein Hauptproblem dar. Ohne auf jemanden zu achten, begab ich mich in den fünften Stock, ging zu meinem Zimmer, steckte den Schlüssel ins Schloss und verharrte einen Augenblick vor der Tür.

Gut. Komme, was wolle.

Er lag mit ausgebreiteten Armen mitten im Zimmer. Sein Gesicht zeigte den Ausdruck eines erstaunten und verletzten Kindes, als habe man ihm statt der heiß begehrten Schokowaffel eine wilde Hornisse in buntes Papier gewickelt, die ihm unverzüglich den Stachel in den unvorsichtig ausgestreckten Finger gejagt hatte.

Er hatte den »Ring des Schaab« aufgebrochen. Diese simple, aber wirkungsvolle Magie. Und natürlich hatte er das notwendige Wort nicht gekannt. Dieser junge, glücklose Detektiv Andrjucha Tjunnikow, der mich des Mordes an einer jungen Frau überführen wollte, dieser Lichte aus der Nachtwache.

Mit etwas mehr Erfahrung wäre er niemals in einen mit dem Ring geschützten Raum eingedrungen. Ich hatte noch nicht mal das ganze Zimmer damit gesichert, sondern nur den Schrank mit der Tasche darin.

Das konnte ich jetzt am allerwenigsten gebrauchen. Betrachteten die Lichten den Tod normaler Menschen lediglich als Wilderei, konnten sie den Mord an einem Anderen nicht so ohne weiteres abtun. Hier drohte das Tribunal.

Dabei hatte ich doch alles abgesperrt, hatte mein Territorium auf eine Weise abgesichert, die jeder Andere verstand! Das ist meins! Kümmert euch nicht darum, das ist meins! Ihr dürft hier nicht ran!

Aber nein, er musste seine Nase da reinstecken! Was das Aus

bedeutete, den Tod im *Zwielicht* ... Dieser minderjährige Neunmalkluge! Wollte er sich etwa hochdienen?

Ich musste Meldung machen. Sonst würden sie noch fragen, warum ich das nicht angezeigt hatte.

Ich griff nach dem Telefon, nicht nach dem Handy, sondern einem gewöhnlichen Apparat, der auf dem Tisch stand. Gehorsam purzelte die Nummer unverzüglich aus meinem Gedächtnis.

»Nachtwache? Witali Rohosa hier, Anderer, Dunkler. Ihr Mitarbeiter ist hier bei mir. Andrej Tjunnikow, wenn ich mich nicht täusche. Er ist tot. Könnten Sie wohl ... Hotel Kosmos, Zimmer 612.«

Seltsamerweise tauchten als Erste nicht die Lichten auf. Kaum betraten die Anderen den Stock – sie kamen zu zweit – überflutete mich förmlich ein Energiestrom. Bei den beiden handelte es sich um Dunkle Magier, die jeweils randvoll mit einer finsteren Kraft waren, die mich an das *Zwielicht* erinnerte, allerdings fester und dunkler war. Eine lange, sich allmählich zuspitzende Zunge des *Zwielichts* kroch direkt durch den Fußboden des Hotels weiter nach unten, zur Erde hin. Und, wie mir schien, noch tiefer. In die Erde hinein.

An der Tür klopfte es, und zwar betont korrekt.

»Ja, ja«, rief ich, ohne mich vom Sessel zu erheben. »Es ist offen, kommen Sie herein!«

Sie traten ins Zimmer. Mein Bekannter aus der Wohnung in der Perwomaika, Schagron. Und noch ein Mann, ebenfalls ein Magier, soweit ich es erkennen konnte. Genauso untersetzt wie Schagron, aber dunkelhaarig. Und stark. Stärker als sein Partner. Dennoch übernahm entgegen meiner Erwartungen das Reden Schagron. Offenbar handhaben die Wachen das so: Der Anführer einer Gruppe schweigt sich eher aus – Anton hatte es auch vorgezogen zuzuhören.

»Guten Abend, Kollege.«

Ich schnaubte. »Was ist an diesem Abend gut? Sie scherzen wohl, Kollege?«

Das Wort *Kollege* brachte ich absichtlich im selben Ton heraus wie Schagron. Aber der ließ sich einfach nicht aus der Fassung bringen, was eben seinen Vorteil mir gegenüber ausmachte. Den Vorteil an Erfahrung. Ich konnte nur mit billigen Finten wie diesen vorpreschen, auf plötzliche Erleuchtung und meine mystische Treppe hoffen, die sich gehorsam Stufe um Stufe für mich erbaute und mir den richtigen Stoß gab, damit ich zum richtigen Ort gelangte.

»Ich scherze nicht, Kollege, ich begrüße Sie nur. Sie hätten da auf uns warten sollen ... Sie wissen schon, wo. Ich hatte sehr darauf gehofft, mit Ihnen sprechen zu können.«

»Ich wollte niemanden stören«, gestand ich, und das entsprach zumindest mehr als zur Hälfte der Wahrheit. Es war für einen Anderen – sei er nun ein Dunkler oder ein Lichter – ganz normal.

»Ich habe mit Hilfe gerechnet. Von einem Mitstreiter. Aber Sie haben es vorgezogen zu verschwinden.«

Und dieses *Ich* zeugte durch und durch von einem Dunklen. Jeder Lichte an Schagrons Stelle hätte unweigerlich *Wir* gesagt, und zwar völlig aufrichtig. Dabei hätte er aber genau das Gleiche gemeint wie Schagron. Und auch das selbstverständlich nicht weniger aufrichtig.

»Gut. Stellen wir uns erst einmal vor. Das ist Edgar. Unser Kollege aus Estland, der seit einiger Zeit in der Moskauer Wache arbeitet. Was gibt es denn?«

»Ich bin schon wieder auf eine Leiche gestoßen«, gestand ich. »Ein Anderer. Ein Lichter. Ein Wächter. Doch Sie sind ohnehin bereits im Bilde, Kollege Edgar, oder etwa nicht?«

»Wir haben nicht viel Zeit, da die Lichten gleich auftauchen. Ist es das, was du mir sagen willst?«, fragte Edgar leise, der auf jede Diplomatie verzichtete und zum Du überging. Bei diesem dunkelhaarigen Esten, so begriff ich, legte ich es besser nicht auf einen Streit an.

»Am letzten Samstag, am Abend meiner Ankunft, hat dieser

Lichte eine Operation geleitet, zur Ergreifung eines wildernden Vampirs ...‹

»Einer Vampirin«, verbesserte Edgar und runzelte die Stirn. »Und weiter?«

»Zufällig stand ich neben dem Opfer. Sie haben mich neben einer Leiche vorgefunden und den Dunklen in mir erkannt. Offenbar aus Unerfahrenheit – andere Gründe vermag ich nicht zu benennen – hat Tjunnikow mir die Taten des Vampirs ... der Vampirin zur Last gelegt. Ich habe ihn in seine Schranken gewiesen, und zwar, wie ich einräume, sehr heftig. Aber das hatte er sich selbst zuzuschreiben. Das war's im Grunde auch schon ... Als ich heute das Zimmer verlassen habe, da habe ich es mit Schutzzaubern gesichert. Als ich zurückgekommen bin, lag er hier. Ich konnte ihm nicht mehr helfen.«

Der letzte Satz kam von selbst aus mir heraus, ich hatte ihn eigentlich gar nicht sagen wollen. Offenbar »trug« mich jetzt wieder etwas.

»Diese Rotznase hat die Operation geleitet?«, fragte Schagron ungläubig. »Da waren doch weitaus erfahrenere Lichte dabei. Die Tigerin, einige Magier ...«

»Tjunnikow machte sein Praktikum, da ist das ganz normal«, brummte Edgar und richtete den Blick abermals auf mich. »Hast du den ›Ring des Schaab‹ mit solcher Kraft aufgeladen, dass der Praktikant der Lichten sofort gestorben ist?«

Eine eindeutig rhetorische Frage. Ich hatte also einen simplen Zauber gewirkt, in ihn aber zu viel Kraft gelegt. Schon möglich ...

Die Ankunft der Lichten spürten Edgar und ich zugleich – sie fuhren gerade vor dem Hotel vor. Ein paar Sekunden später ortete auch Schagron sie.

»Was hast du ihnen gesagt?«, fragte Edgar, der es jetzt sehr eilig hatte. »Nur kurz.«

Allem Anschein nach hatte er uns unter einer unsichtbaren Haube verborgen, die recht stark war. Doch ehe ich ein Wort antwortete, legte ich in die Haube auch noch meine Kraft, die ich zum Teil aus mir, aus meinem Bewusstsein, zum Teil aus meiner Umgebung geschöpft hatte. Das geschah völlig unbewusst, doch in den Augen Edgars las ich eine gewisse Verwunderung.

»Ich habe sie angerufen und ihnen gesagt, dass in meinem Zimmer ein toter Lichter liegt. Und seinen Namen genannt. Mehr nicht.«

Edgar nickte kaum merklich und bedachte Schagron mit einem beredten Blick. Dieser deutete ein ganz leichtes Schulterzucken an.

Die Zeit, die noch blieb, bis es – weit weniger korrekt – an der Tür klopfte, verbrachten wir schweigend.

Die Lichten warteten noch nicht mal die Aufforderung einzutreten ab. Sondern kamen einfach ins Zimmer.

Es waren fünf: Tolik, Anton und die Gestaltwandlerin, die es gerade noch geschafft haben mussten, auf dem Weg von der Perwomaika hierher einen Abstecher zu ihrem Büro zu machen, und noch zwei andere, ein intelligent wirkender Mann mit Brille in einem Gestell, das über achthundert Dollar gekostet haben dürfte, sowie ein weiterer Mann mit einem so braungebrannten Gesicht, als ob hier nicht Winter herrschte.

Die beiden und der ihnen dicht folgende Tolik sahen sich sorgfältig um, sondierten alles und scannten jeden Zentimeter des Zimmers. Vermutlich hatten die Wände hier noch nie eine derart intensive magische Behandlung über sich ergehen lassen müssen.

Anton und die junge Frau mischten sich nicht ein, doch ich spürte instinktiv die von ihnen ausgehende Antipathie. Keinen Hass – denn die Lichten sind einfach nicht imstande, richtig zu hassen. Eher den Wunsch, mich ordentlich in die Zange zu nehmen, zu verurteilen, eine Strafe herauszuschlagen. Oder einfach kräftig genug zuzutreten, um mich für immer ins *Zwielicht* zu jagen.

Außerdem hatte ich den Eindruck, dass sich draußen noch mindestens ein weiterer Lichter aufhielt. Vielleicht stand er im Gang oder an den Fahrstühlen. Offenbar gab er seinen Kollegen Deckung, wobei er sich selbst ungeheuer sorgsam abschirmte, denn ich hatte ihn sozusagen zufällig geortet. Schagron und Edgar dagegen ahnten von seiner Anwesenheit meiner Meinung nach noch nicht einmal etwas.

Ich runzelte die Stirn. Die Lichten – doppelt so viele wie wir – waren uns zahlenmäßig überlegen. Zudem handelte es sich bei den beiden, die ich zuerst gesehen hatte, um sehr starke Magier, erster Grad, wohl kaum darunter. Auf alle Fälle waren sie zusammen stärker als Schagron und Edgar. Anton war ebenfalls keine völlige Null, er konnte sich sowohl mit Schagron wie auch mit Edgar messen. Dann noch die Frau, eine ausgebildete Kämpferin. Und der Unbekannte irgendwo in der Nähe. Eine sehr unangenehme Verteilung der Kräfte. Sie würden uns zu Staub zermalmen, zu feinem Vanillestaub ...

Inzwischen hatten die Lichten das Scannen beendet. Der Brillenträger trat an mich heran. »Sagen Sie einmal, war es wirklich nötig, einen Schutzzauber von solcher Kraft zu wirken?«, erkundigte er sich bewusst beiläufig.

»Weshalb hätte ich denn Ihrer Ansicht nach sonst so viel Kraft dafür aufwenden sollen?«

Der Brillenträger und der zweite mir unbekannte Mann wechselten rasch einen Blick.

»Wir verlangen eine Überprüfung Ihrer Sachen.«

»Stopp, stopp«, mischte sich Edgar sofort ein. »Mit welcher Begründung eigentlich?«

Der Brillenträger setzte ein unschönes Lächeln auf – das sich auf die Lippen beschränkte. »Die Nachtwache hat den Verdacht, dass ein verbotenes Artefakt von außergewöhnlicher Kraft in das Gebiet Moskaus eingeführt worden ist. Dass solche Handlungen unserem Abkommen entgegenstehen, sollten Sie wissen.«

Meine Dunklen Kollegen sahen mich voller Zweifel an. Offenbar erwarteten sie eine ganz bestimmte Reaktion von mir. Aber welche? Mein innerer Erste-Hilfe-Souffleur hielt es diesmal nicht für nötig, mir irgendetwas vorzusagen. Andererseits wusste ich nur zu gut, dass sich in meiner Tasche keine verbotenen Artefakte befanden. Deshalb winkte ich großmütig mit einer Hand. »Sollen sie sie doch ruhig durchsuchen! Von mir aus die ganze Nacht lang.«

»Einspruch«, sagte Edgar leise und anscheinend ohne allzu große Hoffnung. »Ihr Vorgehen ist nicht von der Leitung sanktioniert.«

»Einspruch abgelehnt«, parierte der Brillenträger mit fester Stimme. »Ich selbst bin die Leitung. Zeigen Sie mir Ihre Sachen, Dunkler.«

Mich brauchte man nicht zweimal zu bitten. Mit einer Handbewegung neutralisierte ich die Überreste meines Schutzschilds und öffnete den Schrank, in dem in völliger Einsamkeit neben ein paar Kleiderbürsten meine Tasche lag. Ein Teil der Aufschrift schien uns tadelnd anzublicken: »Fuj ...« Aus irgendeinem Grund stellte ich mir eine gelangweilte, knarrende Stimme vor, die »Pfui ...« sagte.

Ich holte meine Tasche hervor und kippte ihren Inhalt auf dem Bett aus. Die Lichten interessierten sich kaum für die Kleidung, spannten sich aber an, als sie die letzte Tüte entdeckten – der zweite Unbekannte griff sogar nach dem Amulett in seiner Jackentasche.

Nachdem ich das Geld auf die Decke geschüttet hatte, starrten mich alle an. Sowohl meine eigenen Leute wie auch die Lichten. Als sei ich ein Verrückter. Ein ausgemachter und unverbesserlicher Verrückter.

»Bitte«, sagte ich. »Das ist alles, was ich habe. Hunderttausend. Ach nein, schon ein bisschen weniger.«

Der Brillenträger trat ans Bett, wühlte angewidert in den Sachen herum und inspizierte die Tüten. Aber ich verstand, was er eigentlich wollte: haptischen Kontakt.

Die Sachen mit einem gewissen Abstand gescannt zu haben genügte ihm nicht!

Mein Gott, wessen verdächtigten die mich bloß? Vermutlich hatte tatsächlich irgendein Dummkopf versucht, etwas Verbotenes nach Moskau einzuschmuggeln, und nur weil ich es mit dem Schutz meiner unglückseligen Dollar ein wenig übertrieben hatte, legten sie das jetzt mir zur Last. Ha, ha, ha! Etwas Absurderes ließ sich ja wohl kaum vorstellen.

Eine Minute lang beschnüffelte der Brillenträger mein Gepäck. Dann gab er auf. »Gut. Hier ist nichts. Das Zimmer erklären wir zum Sperrgebiet. Sie müssen sich damit abfinden umzuziehen.«

Die Gestaltwandlerin zuckte zusammen und sah den Brillenträger ebenso fragend wie verständnislos an. Der deutete ein Schulterzucken an, und ich verstand den Sinn dieser Geste. Es gab nichts, was er mir hätte in die Schuhe schieben können. Dafür fehlte jede Grundlage. Die Tierfrau spannte sich an, doch der zweite Magier legte ihr die Hand auf die Schulter, als wolle er sie vor einer unüberlegten Tat bewahren.

»Ach jaa?«, brachte Edgar schmeichlerisch hervor, und in diesem *Ach jaa* lag endlich etwas Estnisches. »Umziehen, ja? In diesem Fall verlangen wir die offizielle Erlaubnis für eine Intervention siebten Grades. Um unnötige Fragen seitens der Verwaltung zu vermeiden.«

Die Lichten zeigten sich unzufrieden, und zwar durch die Bank.

»Wozu das? Sie können das Hotelpersonal auch manipulieren, ohne Korrekturen an der Psyche vorzunehmen.«

»Aber Sie haben die Angewohnheit, jegliche Manipulation zum Gesetzesverstoß zu erklären«, erläuterte Edgar mit Unschuldsmiene.

»Eine Erlaub...«, setzte Ilja an, verstummte dann aber. »Nein. Das gestatte ich nicht. Anton, geh mit ihnen runter und kümmer dich um alles. Sieh zu, dass unser Freund so weit wie möglich von hier fortkommt, damit ... Also, mach es einfach.«

Edgar seufzte enttäuscht. »Also dann ... Nein heißt nein. Sagen Sie, mein Guter, haben Sie noch Fragen an unseren Kollegen?«

In der Stimme und im Ton Edgars lagen gleichermaßen Arroganz wie Eloquenz, sodass ich schon Angst hatte, der Este würde den Lichten jede Entscheidung, wie immer sie auch ausfallen mochte, verübeln. Aber offenbar kannten sie Edgar ganz gut. Möglicherweise handelte es sich aber auch um eine essigsaure Höflichkeit, die in beiden Wachen üblich war.

»Nein. Wir werden ihn nicht länger festhalten. Wir weisen aber noch einmal darauf hin: Bis zum Abschluss der Untersuchungen in nunmehr bereits drei Fällen ist es ihm verboten, Moskau zu verlassen.«

»Ich werde es nicht vergessen«, brachte ich in höchstem Maße unschuldig hervor.

»In diesem Falle sind wir so frei, uns zurückzuziehen. Kollege Witali, packen Sie Ihre Sachen ...«

Wie es kam, stopfte ich meine Habseligkeiten in die Tüten und diese in die Tasche, griff mir die im Sessel liegende Jacke und stand auf. Edgar wies mit einer einladenden Geste auf die Tür.

Wir traten in den Gang hinaus und fuhren mit dem Fahrstuhl ins Foyer, wo Edgar sich überraschend an den Lichten wandte. »Anton! Unser Kollege wird nicht länger in diesem Hotel wohnen. Wir nehmen ihn mit. Wenn Sie noch etwas von ihm wollen, erkundigen Sie sich bei der Tagwache nach ihm.«

Den Lichten irritierte das offenbar. Unentschlossen schaute er zu dem hinter dem Empfangstresen schlummernden Mann hinüber und nickte dann unsicher. Wir gingen zum Ausgang.

Die Jacke zog ich gar nicht erst an, denn ich machte sofort den bereits vertrauten BMW vor dem Hoteleingang aus. Übrigens entdeckte ich ihn nur, weil ich ein Anderer war.

Im Wagen war es warm und gemütlich. Und komfortabel – die Knie bohrten sich nicht in die Lehnen des Vordersitzes. Ich machte es mir bequem.

»Und wo soll ich jetzt wohnen?«, wollte ich wissen.

»Im Büro der Tagwache, Kollege. Genauer, im Hotel des Büros. Du hättest gleich dorthin fahren sollen.«

»Wenn ich gewusst hätte, wohin«, murmelte ich.

Der BMW fuhr los, steuerte flugs auf die Ausfahrt des Parkplatzes zu, tauchte unter der kaum hochgegangenen Schranke hindurch und fädelte sich in den dahinströmenden Verkehrsfluss auf dem Prospekt Mira ein.

Vielleicht war Schagron nicht der stärkste Magier – aber Auto fahren konnte er. Der Prospekt Mira flog unter uns dahin und verschwand ebenso schnell wie der Gartenring. Von der Twerskaja sah ich nicht mehr als die endlosen Schaufenster mit den getönten Glasscheiben. Oder nein, endlos war die Reihe nun doch nicht.

In der Nähe des Kremls entstiegen wir dem Auto. Die Magier ließen den BMW direkt am Straßenrand stehen und machten sich nicht einmal die Mühe, ihn abzuschließen. Ich beschloss, ihn mir durchs *Zwielicht* anzusehen, einfach aus Neugier, weil ich die Schutzzauber studieren wollte. Um nicht noch einmal dumm aus der Wäsche zu gucken.

Ich erstarrte. Allerdings nicht beim Anblick des Autos. Sondern beim Anblick des Hauses, das in der normalen Welt ganz gewöhnlich aussah.

Im *Zwielicht* wuchs das Haus um ganze drei Stockwerke. Eines davon schob sich zwischen das eigentliche Parterre und den ersten Stock, während die beiden anderen das ohnehin nicht kleine Haus noch höher machten. Die *Zwielicht*-Etagen bestanden aus glänzendem schwarzem Granit. Fast alle Fenster waren dunkel, mit Gardinen verhangen; nur in den weißen Kästen der modernen Klimaanlage spiegelten sich matt die ersten schwachen Sonnenstrahlen wider.

Die Schutzzauber hatte ich prompt vergessen.

Ein kleiner Eingang mündete direkt in die Twerskaja. Hinter einer Glastür ließ sich die Silhouette eines Anderen eher erahnen als wirklich ausmachen.

»Oho!«, sagte ich. Meine Stimme klang tonlos wie jeder Ton im *Zwielicht*. Meine Kollegen wandten mir wie auf Befehl die Köpfe zu, als sie meinen Ausruf hörten.

»Was ist? Hast du das früher noch nie gesehen?«

»Nein.«

»Beim ersten Mal beeindruckt es alle. Gehen wir, du wirst es dir schon noch angucken können.«

Wir stiegen ein paar Stufen hinauf und gelangten in den winzigen Raum der Posten. Die verschwommene Figur hinter der Tür nahm als dürrer, melancholisch wirkender Mann Gestalt an, meiner Meinung nach ein Tiermann. Er las Pelewins »Die Werwolf-Frage in Mittelrussland« und grinste glücklich.

Doch kaum betrat Edgar den Vorraum, als der Mann sich verwandelte. Seine Augen blitzten auf, das Buch fiel auf die Tischplatte.

»Hallo, Oleg«, begrüßte Edgar ihn mit baltischem Akzent – wo auch immer der plötzlich herkommen mochte.

Schagron nickte bloß.

Ich entschied mich, ihn ebenfalls anzusprechen. »Guten Morgen.«

»Das ist unser Kollege aus der Ukraine«, stellte Edgar mich vor. »Im Zweifelsfall kann er ohne Kontrolle in den Gästebereich gelassen werden.«

»In Ordnung«, versicherte Oleg sofort. »Soll ich ihn in die Datenbank eintragen?«

»Ja.«

Oleg sah mir in die Augen, bleckte freundlich die Zähne, überprüfte mit einiger Anstrengung die Registrierungszeichen, setzte sich hinter seinen Tisch und holte ein Notebook aus der Schublade.

»Wo ist dein Partner?«, fragte Edgar.

Oleg blickte ertappt drein. »Er wollte nur eben Zigaretten holen ... Ist gleich wieder da.«

»Gehen wir«, meinte Edgar seufzend, packte mich am Ärmel

und brachte mich zu den Fahrstühlen. Schagron hatte bereits den Knopf gedrückt, um ihn zu holen.

Die Fahrt hinauf dauerte lange. Zumindest länger, als ich es erwartet hatte. Aber dann fielen mir die zusätzlichen Stockwerke wieder ein, und alles rückte an seinen Platz.

»Der Gästebereich liegt im achten Stock«, erklärte Edgar. »Im Grunde ist es ein Hotel, nur kostet es nichts. Ich glaube, im Moment wohnt sogar jemand hier.«

Die Türen des Fahrstuhls glitten lautlos auseinander, und wir fanden uns in einem quadratischen Foyer wieder, dessen Ausstattung eine kluge Mischung aus Luxus und sparsamer Funktionalität darstellte. Ledersofas und Sessel, ein Topf mit einer echten Palme, Stiche an den Wänden, Parkettboden mit Teppichen. Der Empfangstresen entsprach dem in einem Hotel, nur gab es hier nichts, was an einen Tisch und einen Stuhl für das Etagenpersonal erinnert hätte. Nur ein verschlossenes Büro, in dessen Schloss jedoch ein eleganter Metallschlüssel steckte.

Edgar schloss das Büro auf. In seinem Innern fanden sich akkurat horizontal angebrachte, pilzförmige Haken, an denen jeweils ein Schlüssel hing. Neben jedem Haken funkelte die Zimmernummer.

Doch halt, das war voreilig: An zwei Haken hing kein Schlüssel, am zweiten und am vierten.

»Such dir was aus. Wenn der Schlüssel hier hängt, heißt es, die Wohnung ist frei.«

Er sprach ausdrücklich von *Wohnung*, nicht von *Zimmer*, als ob der Umstand, für Wohnraum nichts bezahlen zu müssen, für Andere ebendie Grenze darstellte, die ein unpersönliches Hotelzimmer von dem Ort unterscheidet, den man ein Zuhause nennen kann.

Ich nahm den Schlüssel Nummer acht. Den rechten in der zweiten Reihe.

»Du kannst dir nachher alles ansehen«, meinte Edgar. »Jetzt stell nur deine Sachen ab und komm gleich wieder.«

Ich nickte. Was meine Dunklen Kollegen wohl mit mir vorhatten? Vermutlich ein freundliches, doch sehr knallhartes Verhör.

Gut. Das würde ich schon überstehen. Schließlich sind es doch meine Leute.

Die Wohnung trug ihre Bezeichnung zu Recht. Es gab eine Küche, ein abgetrenntes Bad und WC, drei geräumige Zimmer sowie eine große Diele – eine typische Wohnung der Stalinzeit, die nach europäischen Standards modernisiert worden war. Die Decken waren mindestens dreieinhalb Meter hoch, vielleicht sogar ganze vier.

Ich hängte meine Jacke an die Garderobe und ließ die Tasche einfach mitten in der Diele stehen. Dann trat ich wieder in den Gang hinaus und knallte die Tür hinter mir zu.

Aus der vierten Wohnung klang leise Musik zu mir herüber. Vor einer Minute, als ich daran vorbeigegangen war, hatte ich eingängige ausländische Töne vernommen. Jetzt lief ein neues Lied, und ich erahnte die Worte eher, als dass ich sie verstand, da der fetzige Rhythmus und der Hardrock-Sound sie fast erstickten.

Vom Schicksal tief hinabgestürzt,
Wird Zeit, dass du vergisst,
Was du dort oben einmal warst,
Doch denk dran, was du bist!
Der Ruhm hat dich geliebt – warum,
Ist heute ganz egal,
In deine leere Seele brennt
Die Niedertracht ihr Mal.
Die Menschen wühlen tief im Dreck,
Bereit, sich zu zerfleischen,
Um von dem Jammerleben noch
Ein Stückchen abzukriegen.
Du jagst im Kreis, so elend und

So bös wie deinesgleichen,
Und wirst, ob Sklave, ob Prophet,
Bald unterm Messer liegen.

Ich weiß nicht, warum, doch ich blieb wie angewurzelt vor der fremden Tür stehen. Das waren mehr als schlichte Worte. Ich sog sie mit meiner Haut auf, mit meinem ganzen Körper. Ich hatte vergessen, wer ich früher einmal war, aber wie sollte ich mich daran erinnern, wer ich jetzt war? Und jagte ich nicht mit meinesgleichen, die ich noch gar nicht kannte, in einem neuen Kreis herum?

Oh könntest du doch nur die Stille hören,
Nicht Lüge, Schmeichelei, nicht Tag und Nacht.
Wie Schnee im Frühling tauen,
Und lieben voll Vertrauen –
Die böse Sehnsucht hätt' dich umgebracht.

Nun, Stille würde ich in der nächsten Zeit bestimmt nicht hören.

Zu viele interessierten sich schon für meine bescheidene Person. Sowohl Lichte als auch Dunkle ...

Die Stimme des Sängers hatte unterdessen an Volumen gewonnen, klang jetzt triumphierend und frech:

He, Himmelsbewohner!
Wer war noch nicht ganz unten?
Wer nicht durch die Hölle ging,
Erbaut kein Paradies!
He, ihr da im Dreck!
Der Donner lacht über euch.
Na los doch, zieht mit ihm gleich –
Da gibt's nur eins: Hinauf!
Da gibt's nur eins: Hinauf ...

Darum ging es also ... Nach oben. Und das Paradies ist demnach nicht zu erreichen, wenn man sich vorher nicht ausgiebig in der Hölle herumgetrieben hat. Nur hat jeder sein eigenes Paradies und seine eigene Hölle. Aber andererseits singt Kipelow ja genau davon.

Wie seltsam. Dieses Lied hatte ich schon früher gehört, der Name des Sängers hatte sich in mein Gedächtnis eingebrannt, und den Song hatte ich mir sogar auf MD brennen lassen. Doch jetzt klang das Lied völlig neu für mich, schnitt mir überraschend wie eine Scherbe unsichtbaren Glases ins Bewusstsein.

»Kollege! Beeilen Sie sich ein bisschen!«, rief Edgar mich.

Bedauernd trat ich von der Tür zurück.

Das muss ich nachher noch mal hören ... Ich kaufe das ganze Album und höre es mir noch mal an.

Die Stimme des Sängers verebbte in meinem Rücken.

Doch wenn das Licht aufflammt im Hirn,
Fegt es die Demut hinweg,
Werden vergangene Tage lebendig,
Neue Sünden begangen.
Blut an den Felsen, Blut an der Hand –
Über die Körper, die elenden Rücken
Derer, die lieber als Sklaven verrecken
Drängst du von neuem hinauf.

Aus irgendeinem Grund hatte ich den Eindruck, Kipelow wisse genau, wovon er sang. Verstand etwas von Blut. Vom Dreck. Vom Himmel. Er könnte ohne weiteres ein Anderer sein, dieses langhaarige Idol der russischen Heavy-Metal-Fans. Zumindest hätte mich das nicht allzu sehr verwundert.

Edgar, Schagron und ich gingen noch ein Stockwerk nach oben und kamen zum eigentlichen Büro. Mit einem großen, durch Wandschirme in kleinere Zellen untergliederten Raum, mit einzelnen Arbeitszimmern etwas abseits und mit einer Halle, die von der Twerskaja durch eine riesige, leicht getönte Scheibe getrennt war. Ich registrierte, dass die Dunklen praktisch keine Tischcomputer benutzten – zumindest saßen die drei Mitarbeiter, die entweder absolute Nachteulen oder extreme Frühaufsteher waren, ausnahmslos über Laptops gebeugt da.

»Hellemar!«, rief Edgar, und einer der drei – wie der Posten unten am Eingang ein Werwolf – riss sich widerwillig von einem hochkomplizierten Spiel los.

»Ja, Chef?«

»Ich brauche einen operativen Bericht mit den neuesten Nachrichten! Die Verlagerungen von Reagenzien und Artefakten von großer Kraft. Verluste, Abgänge, Schmuggel. Die allerneuesten Ereignisse!«

»Weshalb?« Der, der Hellemar hieß, wurde etwas munterer. »Was ist denn im Busch?«

»Die Lichten verbreiten die Information, jemand versuche ein Artefakt nach Moskau zu bringen. Leg los, Hellemar!«

Hellemar drehte sich den übrigen Spielern zu. »He, ihr Schafsköpfe. An die Arbeit!«

Die Schafsköpfe schlossen sofort alle Spiele. Eine Sekunde später hörte ich bereits das leise Klackern der Tastatur, während die endlosen Gänge voller Monster auf den Bildschirmen dem bunten Fenster von Netscape gewichen waren.

Edgar brachte mich in ein Büro, das vom Saal durch eine Scheibe und eine Jalousie abgetrennt war. Schagron rannte kurz irgendwohin, kam aber gleich darauf mit einem Glas *Tchibo* und einem Tetrapack finnischen Eiswassers wieder. Das Wasser goss er in den Kessel und schnippte dann mit dem Finger gegen den entsprechenden Knopf. Fast unmittelbar danach blubberte der Kessel voller Arbeitseifer los.

»Ich hoffe, du hast Zucker?«, brummte Schagron.

»Ja.« Edgar ließ sich in einen Sessel fallen und bot mir den anderen an. »Setzen Sie sich, Kollege. Sie haben doch nichts dagegen, wenn ich Sie einfach Witali nenne?«

»Nein, natürlich nicht. Tun Sie das ruhig.«

»Bestens. Also, Witali, ich werde jetzt sprechen, und Sie korrigieren mich, wenn etwas nicht stimmt. Abgemacht?«

»Ja«, stimmte ich bereitwillig zu. Denn ich konnte mir kaum vorstellen, welche aus meinem Unterbewusstsein auftauchenden Märchen ich diesen zielstrebigen Mitarbeitern der Tagwache auftischen würde.

»Habe ich es richtig verstanden, dass Sie von dem eben erwähnten Artefakt keine Kenntnis haben?«

»Ja«, bestätigte ich.

»Schade«, bedauerte Edgar aufrichtig. »Das hätte die Sache ungemein vereinfacht ...«

Ehrlich gesagt hatte ich nicht nur von dem eben erwähnten, sondern von allen, von absolut allen Artefakten, die Edgar interessieren könnten, nicht die geringste Kenntnis. In diesem Bereich, in dem erfahrene Andere als Experten auftreten konnten, stand ich noch dümmer da als das berühmte Tier vor dem berühmten Eingang.

»Dann zum nächsten Punkt. Sie kommen aus der Ukraine, habe ich das richtig verstanden?«

»Ja. Aus Nikolajew.«

»Mit welchem Ziel sind Sie nach Moskau gereist?«

Ich dachte eine halbe Minute über die Antwort nach. Niemand drängte mich.

»Das ist schwer zu sagen«, gab ich ehrlich zu. »Anscheinend habe ich kein bestimmtes Ziel. Ich hatte es einfach satt, zu Hause rumzusitzen.«

»Sie sind erst vor kurzem initiiert worden, das stimmt doch, oder?«

»Ja.«

»Wollten Sie die Welt kennen lernen?«

»Vermutlich.«

»Warum dann Moskau und nicht – sagen wir mal – die Bahamas?«

Ich zuckte mit den Schultern. In der Tat, warum? Es konnte doch wohl nicht daran liegen, dass ich bis jetzt über keinen Auslandspass verfügte?

»Ich weiß nicht. Auf die Bahamas muss man im Sommer fliegen.«

»In der südlichen Halbkugel ist jetzt Sommer. Und dort gibt es genügend Orte, die Sie sich ansehen könnten.«

Das stimmte. Darüber hatte ich noch nicht nachgedacht.

»Ich weiß es einfach nicht«, erwiderte ich. »Später vielleicht einmal ...«

Ich hatte den Eindruck, Edgar wollte mir noch eine weitere Frage stellen, aber nun platzte Hellemar ohne anzuklopfen ins Büro. Seine Augen waren rund wie bei Jerry der Maus, wenn er urplötzlich in unmittelbarer Nähe seinen ewigen Verfolger Tom erspäht.

»Chef! In Bern, die Kralle des Fafnir! Sie wurde aus dem Depot der Inquisition gestohlen! Seit drei Stunden steht ganz Europa Kopf!«

Schagron verlor die Kontrolle über sich und schnellte hoch. Edgar bewahrte die Fassung, doch seine Augen loderten auf, und selbst ohne ins *Zwielicht* einzutauchen konnte ich die orangefarbenen Ströme ausmachen, die jetzt in seiner Aura aufblitzten. Gleich darauf hatte er sich übrigens wieder im Griff.

»Ist das eine offene Information?«

»Nein, eine geheime. Offizielle Erklärungen hat die Inquisition bisher nicht abgegeben.«

»Die Quelle?«

Der Werwolf zögerte. »Die Quelle ist inoffiziell. Aber zuverlässig.«

»Hellemar«, sagte Edgar bedeutungsvoll. »Die Quelle?«

»Unser Mann in der Prager Nachrichtenagentur«, gestand Hellemar. »Ein Anderer. Ein Dunkler. Ich habe ihn in einem privaten Chat abgeschöpft.«

»Ts, ts, ts …«

Zu gern hätte ich eine Frage gestellt, doch natürlich durfte ich momentan nur blinzeln und musste schweigen, während ich die bedeutsamen, aber leider unverständlichen Sätze aufsog.

»Und woher wissen die Lichten davon?«, fragte Schagron begriffsstutzig.

»Wie wohl …« Edgar zuckte komisch mit den Augenbrauen. »Sie haben ein riesiges Netz von Informanten …«

»*Aleph*-Zustand«, setzte Edgar Hellemar kurz und knapp in Kenntnis. »Ruf unsere Leute zusammen …«

Innerhalb von einer halben Stunde füllte sich das Büro. Natürlich waren alle Anwesenden Andere. Und selbstverständlich Dunkle.

Aber ich verstand nach wie vor nichts.

Als Anton in das Zimmer 612 zurückkehrte, saß Ilja in einem Sessel und massierte sich die Schläfen, während Garik nervös über den Teppich tigerte, vom Fenster zum Sofa. Tolik und Tigerjunges hatten auf dem Sofa Platz genommen, in der Türfüllung zum Schlafzimmer wiegte sich Bär hin und her.

»… hat mich übrigens geortet«, sagte Bär finster. »Deine *Wolke* hat nicht geholfen.«

»Und der Este?«

»Der Este hat tatsächlich nichts gespürt. Und Schagron natürlich auch nicht. Aber dieser Typ fast auf Anhieb.«

»So was kommt vor, Freunde. Er kann doch nicht wirklich stärker als der Este sein?«, fragte Garik.

»Warum eigentlich nicht?«, wollte Ilja wissen, ohne den Kopf zu heben. »Noch vor ein paar Stunden habe ich geglaubt, dass ich alle vier Dunklen Moskaus kenne, mit denen ich bei einem Duell nicht fertig würde. Jetzt bin ich davon nicht mehr überzeugt.«

Anton lehnte sich gegen den Kühlschrank. Eine Frage, die

ihm schon auf der Zunge lag, blieb einstweilen noch dort. Das Gespräch gestaltete sich jetzt interessanter, als er zunächst geglaubt hatte.

Außerdem kam ihm Tigerjunges zuvor. »Ilja! Kannst du uns das nicht endlich erklären? Was hat es mit diesem Artefakt auf sich?«

Ruckartig stand Ilja auf. »Kurz gesagt«, begann er, »aus dem Depot der Inquisition in Bern ist die Kralle des Fafnir gestohlen worden. Vor zwei ...« Er sah auf die Uhr. »Nein, bereits vor drei Stunden. Die Schweizer Abteilung ist in Panik. Die Inquisition spuckt Gift und Galle, hat aber noch kein offizielles Kommuniqué herausgegeben. Einzelheiten sind nicht bekannt, man weiß nur, dass die Kralle das saisonale Maximum an Kraft aufweist. In der dunklen Phase, selbstverständlich. Simplen Berechnungen zufolge drohen allein bei der Freisetzung eines Teils der Kraft, mit der die Kralle aufgeladen ist, im Gebiet Zentralrusslands gewaltige Erschütterungen bis hin zu einem lokalen Ausbruch des Infernos. So sieht es also aus ...«

»Und Sebulon ist nicht in Moskau ...«, meinte Tolik bedeutungsvoll.

»Dann stecken also die Dunklen hinter alldem?«

»Na, wir jedenfalls nicht.« Ilja rollte die Schultern, als sei ihm plötzlich kalt.

»Weiß Ignatitsch Bescheid?«

»Natürlich. Er hat mich auch über alles informiert. Er hat befohlen, nicht die Nerven zu verlieren und unermüdlich weiterzuarbeiten ...«

Ilja setzte sich wieder hin.

»Ich weiß nicht, was ich davon halten soll«, sagte er hart und zugleich hilflos. »Als ich vom ›Ring des Schaab‹ und dem ermordeten Lichten erfahren habe, habe ich ehrlich gesagt angenommen, die Kralle sei ebenfalls dort. Weshalb hat er denn den Ring mit einer solchen Kraft aufgeladen? Das ist doch Verschwendung, die reinste und überflüssige Verschwendung!

Wenn er die Kralle verteidigen wollte, ja, dann hätte ich das verstanden, aber wegen ein paar blöder Dollar, das ist doch einfach idiotisch ...«

»Der Dunkle hätte die Kralle nicht unbeaufsichtigt im Zimmer gelassen«, gab Garik zu bedenken.

»Niemals. Das wäre dumm.«

»Stimmt«, räumte Ilja ein. »Trotzdem mussten wir das überprüfen.«

»Und was sollen wir jetzt machen?«, fragte Tigerjunges niedergeschlagen. »Andrjuschka ist tot, und wir sollen noch nicht mal seine Mörder bestrafen können?«

»Katja!« Ilja sah sie mitfühlend an. »Wie traurig es auch sein mag, wir müssen uns damit abfinden. Wir sind mit einem Problem konfrontiert, das Andrejs Tod in den Hintergrund treten lässt. Die Analytiker werten seit vier Uhr heute früh das vorläufige Gleichgewicht der globalen Kraftreserven aus. Wenn die Kralle verlagert wird, wird das Gleichgewicht unweigerlich zerstört.«

»Gibt es bereits Ergebnisse?«

»Ja. Vor einer Stunde konnte ermittelt werden, dass die Kralle entweder bereits in Moskau ist oder demnächst hier auftauchen wird.«

»Warte«, schaltete sich Tolik abermals ein. »Soll das heißen, die erneuten Fälle von Wilderei und unmotivierter Aggressivität der Dunklen gehen auf den Einfluss der Kralle zurück?«

»Wahrscheinlich.«

»Aber zum ersten Zwischenfall kam es bereits am Samstag!«, wunderte sich Tigerjunges.

Ilja massierte sich erneut die Schläfen. Jetzt ließ sich nicht mehr übersehen, wie müde er war. »Die Kralle ist sehr stark, Tigerjunges. Die Wahrscheinlichkeitsfäden ziehen sich weit in die Zukunft. Und die Dunklen sind wesentlich anfälliger für den Einfluss Schwarzer Artefakte als wir. Vor allem, wenn es um so alte Artefakte geht. Da ist das Kroppzeug von denen bereits durchgedreht ...«

»Wenn sie so stark ist, wie konnte sie der Inquisition dann abgeknöpft werden?«

»Das weiß ich doch nicht«, blaffte Ilja. »Ich war schließlich nicht dabei. Aber ich bin felsenfest davon überzeugt, dass alles, was man tun kann, früher oder später auch getan wird.«

»Unsere Leute kommen«, platzte Garik mitten in ihr Gespräch hinein.

Tatsächlich kam jemand aus der Wirtschaftsabteilung. Ohne Frage, um die Leiche von Andrej Tjunnikow fortzuschaffen, der sich in einer unglückseligen Stunde in einem Geflecht der Kraft verfangen hatte, dem er noch nicht gewachsen war.

»Und dieser Dunkle?«, fragte Anton schließlich. »Glaubst du, er hat etwas mit den Entführern zu tun?«

»Nicht unbedingt.« Ilja beobachtete mit finsterem Blick, wie man Tjunnikow in einen schwarzen Plastiksack steckte, der mit einem Reißverschluss geschlossen wurde. »Möglicherweise soll er uns nur ablenken. Oder er weiß selbst nicht, was er tut. Das scheint mir übrigens am wahrscheinlichsten. Die Kralle gibt ihm Befehle. Oder derjenige, der jetzt über die Kralle gebietet. Und der Dunkle ist seit dem Zusammenstoß am Samstag im Tordurchgang bei den ›Errungenschaften‹ eindeutig stärker geworden.«

»Also sollten wir ihn observieren?«, schlug Tolik vor. »Wenn er mit der Kralle verbunden ist, bringt er uns doch unweigerlich zu den Entführern?«

»Wenn er mit ihr verbunden ist, ja.«

»Und wenn nicht?«

Ilja seufzte nur. »Dann müssen wir mit weiteren Überraschungen und Unannehmlichkeiten rechnen. Aber dieser Dunkle wird erneut in unser Blickfeld geraten. Bestimmt.«

»Moment mal!« Garik spannte sich an. »Und wenn er durch die Kralle auserwählt ist?«

»Gerade das macht mir ja Angst ...«

Anton schüttelte den Kopf. Nach den Ereignissen vor anderthalb Jahren hatte er manchmal geglaubt, er könne als erfahrener und abgebrühter Wächter durchgehen. Jetzt fühlte er sich erneut als Anfänger zwischen Virtuosen. Was einzugestehen höchst unangenehm war.

Das Telefon klingelte, der hoteleigene Apparat. Das Läuten eines normalen Telefons und nicht das Trillern der Handys zu hören war seltsam ungewohnt.

»Hallo?« Tolik hatte nach dem Hörer gelangt, hörte jetzt zu und wandte sich dann an Ilja. »Für dich. Semjon.«

Ilja nahm den Hörer, presste ihn ans Ohr und bedachte sofort alle mit einem festen Blick. »Auf die Pferde, Jungs. Der Chef ist bereits im Büro.«

Anton, der eine vage Müdigkeit verspürte, dachte daran, dass er jetzt Swetlana wiedersehen würde. Und abermals merken würde, wie die Kluft zwischen ihnen mit jeder Sekunde tiefer wurde.

Lange hielt ich in dem wuseligen Büro der Tagwache nicht mehr durch. Ich schlief im Gehen ein, weshalb man mich einfach wegschickte, damit ich mich ausschlafen konnte. Ich widersprach nicht, denn ich war jetzt seit mehr als vierundzwanzig Stunden auf den Beinen, und die Augen fielen mir einfach zu.

Unter den schwach zu vernehmenden Tönen des Lieds von Kipelow schlummerte ich ein:

He, Himmelsbewohner!
Wer war noch nicht ganz unten?

Drei

Ich wachte auf, als ich begriff, dass mich jemand rief. Mich genauso rief wie ein Vampir sein Opfer. Noch nicht ganz zu mir gekommen, stand ich auf und tastete auf dem Stuhl nach meinen Sachen.

Der Ruf war süß und betörend, er hüllte mich ein, liebkoste mich, schob mich, es war unmöglich, absolut unmöglich, sich ihm zu widersetzen. Bald klang er wie Musik, bald wie ein Lied, bald wie ein Flüstern – und in jeder Form war er vollendet, ein Abbild meiner eigenen Seele.

Und, gleich einem Schlag in die Kniekehlen, ein Stoß, der mich auf die nächste Stufe katapultierte.

Der Ruf verlor sofort seine Macht über mich, obwohl er weiter erklang. Ich ließ die Hosen fallen und schüttelte sanft den Kopf.

Denn es tat weh ...

Langsam floss der hypnotisierende Sirup aus mir heraus. Floss heraus und versickerte irgendwo im Boden. Verbrauchte lichte Energie, verblasste Kraft.

Mit einem Mal ging mir mit aller Klarheit auf, warum Opfer von Vampiren diesen ihren Hals mit einem Lächeln auf den Lippen hinhalten. Wenn der Ruf erklingt, sind sie glücklich. Ihr ganzes Leben lang haben sie sich auf diesen süßen Augenblick zubewegt, und ihr Leben ist im Vergleich zu ihm leer und grau – wie die Welt im *Zwielicht*.

Der Ruf ist eine Art Geschenk. Eine Befreiung. Nur dass es mir noch nicht vergönnt war, frei zu werden.

Mir war nicht einmal klar, weshalb, doch meine neue Fähigkeit bestand diesmal in der Immunität gegenüber dem magischen Ruf. Ich hörte ihn, wusste, was er wollte, verlor jedoch nicht einen Moment die Kontrolle über mich. Und selbstverständlich koppelte ich mein Bewusstsein von dem Rufer ab, damit dieser nicht ahnte, dass sich sein Opfer aus einem Schlafwandler in den Jäger verwandelt hatte.

In den Jäger?, fragte ich mich. Hm ...

Das hieß, ich musste auf die Jagd gehen. Interessant.

Der Ruf erklang weiter.

Nun gut, dachte ich. Das hier ist die Residenz der Tagwache. Hier ist alles von Magie durchtränkt. Der Schutzschild ist nicht von schlechten Eltern. Trotzdem wirkt der Ruf ... Ja? Wirkte er?

Die Lichten mussten sich für dieses Kunststück ordentlich ins Zeug gelegt haben. Und auch dafür, es Unbefugte nicht sehen zu lassen. Ihr Glück war, dass der Chef der Tagwache nicht in Moskau weilte – ihn zu täuschen hätte den Lichten niemals zu Gebote gestanden.

Unterdessen zog ich mich in aller Ruhe an, während ich wehmütig darüber sinnierte, dass sich mein Traum, in ein Restaurant zu gehen und mir erst heiße Soljanka und danach etwas wie Ente in Kirschsauce reinzupfeifen, abermals auf unbestimmte Zeit verschoben hatte. Dann wirkte ich zwei, drei schwächere Schutzzauber und verließ das Zimm... ach nein, die Wohnung. Wenn es hier Wohnung heißt, will ich die Tradition wahren. Das flache Kästchen des Players hatte ich natürlich schon an meinen Gürtel geschnallt. Ich stöpselte mir die kleinen Kopfhörer in die Ohren und setzte mir die Mütze auf.

Nehme ich den Zufallsgenerator, dachte ich bei mir, während ich einen der Sensoren berührte. Spiele ich ein bisschen mit dem Schicksal.

Nachdem ich alles Nötige getan hatte, ging ich zum Fahrstuhl und wartete, was das Schicksal für mich bereithielt.

Das Schicksal wählte erneut ein Lied aus der CD von Kipelow und Mawrin. Diesmal jedoch ein anderes.

Nichts als Stille um mich her
Und der Himmel regenschwer;
Regen peitscht, durchdringt mich quer,
Die Schmerzen gehn vorbei.
Unterm kalten Sternenschein
Reißen wir die Brücken ein,
Alles stürzt ins bodenlose Weite.
Und ich werd von allem frei,
Gut und Böse – einerlei.
Meine Seele stand auf Messers Schneide.

Hm, ja. Eine düstere Prophezeiung. Und wann hatte ich es geschafft, die Brücken hinter mir einzureißen? Ob ich gerade zu diesem Zweck die Wohnung verlasse? Statt ein Stockwerk hinaufzugehen und mich nach dem Schicksal irgendeiner machtvollen Kralle zu erkundigen. Doch dem Ruf in die Arme getrieben hatte mich ebenjenes Etwas, das sich seit kurzem in mir versteckte.

Ich bin frei! dem Vogel gleich am Firmament.
Ich bin frei! gleich dem, der keine Angst mehr kennt.
Ich bin frei! ein wilder Sturm im Raum.
Ich bin frei! im Wachen, nicht im Traum.

Kipelows Stimme betörte mich nicht schlechter als der Ruf. Sie klang hypnotisierend, war überzeugend wie die Wahrheit selbst. Und mit einem Mal begriff ich, dass ich eine Hymne der Dunklen hörte. Das Ton gewordene Ideal ihrer ruhelosen, keine Grenzen und Regeln anerkennenden Seelen.

Nichts als Stille um mich her,
Himmel wie ein Flammenmeer,
Und das Licht durchdringt mich quer,
Nun bin ich wieder frei.
Frei von Liebe bin ich jetzt,
Frei vom Hass und vom Geschwätz,
Dass das Schicksal mir nie mehr befehle.
Frei von aller Erdenqual,
Gut und böse sind egal.
Es ist kein Platz für dich in meiner Seele.

Freiheit. Das Einzige, was uns wirklich interessiert. Freiheit von allem. Selbst von der Weltherrschaft, und es ist unsagbar traurig, dass die Lichten das niemals begreifen, niemals daran glauben können, weshalb sie immer und immer wieder ihre endlosen Intrigen spinnen, womit sie uns – wollen wir frei bleiben wie eh und je – zwingen, sich ihnen in den Weg zu stellen.

Der Fahrstuhl fuhr nach unten, durchs *Zwielicht* und die Menschenwelt. Ich war frei ...

Sollte Kipelow ein Anderer sein, wäre er ein Dunkler. Niemand sonst kann *so* über die Freiheit singen. Und niemand außer den Dunklen hört aus diesem Lied den wahren, den tief verborgenen Sinn heraus!

Zwei schweigsame Hexer als Wachposten unten am Eingang ließen mich ohne weiteres durch: Edgar hatte nicht umsonst befohlen, das Bild meiner Registrierungsmarke in die Datenbasis aufzunehmen. Ich trat auf die Twerskaja hinaus, in die aufziehende Dämmerung eines gewöhnlichen Moskauer Abends. Dem Ruf entgegen, aber frei von ihm. Und von allem anderen auf dieser Welt.

Wer wollte etwas von mir? Unter den Lichten gibt es keine Vampire – keine normalen, versteht sich. Denn alle Anderen sind Energie saugende Vampire, alle sind in der Lage, aus den Menschen Kraft zu schöpfen. Aus ihren Ängsten, Freuden und

Sorgen. Im Grunde unterscheiden wir uns vom *Zwielicht*-Moos nur dadurch, dass wir denken und uns bewegen können. Und die angesammelte Kraft nicht nur als Nahrung brauchen.

Der Ruf führte mich die Twerskaja hinunter, am Kreml vorbei, Richtung Weißrussischer Bahnhof. Als Individuum in dieser abendlichen Masse lief ich förmlich wie gebrandmarkt einher. Und in der Tat war ich gebrandmarkt: durch den Ruf. Niemand sah mich, niemand bemerkte mich. Niemand wollte etwas von mir, weder die leichten Mädchen, die sich in Autos aufwärmten, noch die Zuhälter oder die finsteren Typen in ausländischen Wagen, die am Straßenrand parkten. Niemand.

Nach rechts. Zum Strastnoi Boulevard.

Der Ruf wurde stärker, ich spürte das. Also stand die Begegnung unmittelbar bevor.

Durch dicken Schneeregen hindurch raste die Herde von Automobilen. Kleine Schneeflocken führten im Licht der Scheinwerfer einen anmutigen Reigen auf.

Kälte und Zwielicht. Winter in Moskau.

Auf den Gehwegen des Boulevards lag der Schnee in einer gleichmäßigen Schicht ebenso wie auf den kleinen Buden, die zu dieser Zeit des Jahres leer waren, auf den Gebüschen und auf den niedrigen Gitterzäunen, die die Fahrbahn vom Bürgersteig trennten.

Auf halbem Weg zur Karetny Rjad versuchten sie, mich zu fassen.

Der Isolationszauber schien direkt vom Himmel herabzustürzen. Für alles, was nun auf dem Boulevard geschehen sollte, würden sich normale Menschen nicht mehr interessieren. Die Autos sausten weiter ihren Geschäften nach, die vereinzelten Fußgänger stockten kurz und machten dann teilnahmslos kehrt, selbst wenn sie zuvor noch auf mich zugekommen waren.

Die Lichten schlüpften nach und nach aus dem *Zwielicht*. Insgesamt vier. Zwei Magier und zwei Gestaltwandler, die bereits ihre Kampfgestalt angenommen hatten. Ein kräftiger schneeweißer Bär und eine gelbrote Tigerin.

Es hätte nicht viel gefehlt, und sie hätten mich zerquetscht, denn die Magier schlugen sofort von zwei Seiten auf mich ein. Sie hatten ihre Beute jedoch unterschätzt: Der Schlag war für jenes Ich bestimmt, das sich dem Ruf noch unterworfen hatte.

Doch dieses Ich gab es nicht mehr.

In Gedanken breitete ich die Arme aus und hielt zwei Mauern auf, die auf mich zukamen und mich zermalmen wollten. Ich hielt sie auf, schöpfte Kraft und stieß sie von mir fort. Nicht sehr stark.

Ich weiß nicht, warum, ich hatte noch nie einen Tsunami gesehen – doch das war das Erste, was mir in den Sinn kam, als ich das Ergebnis meines Tuns sah.

Die Wände der Lichten Magier, die noch vor einer Sekunde so unerschütterlich und monolithisch gewirkt hatten, barsten wie ein Raumteiler aus Reispapier. Die beiden Magier wurden weggefegt, in den Schnee geschleudert und gut zehn Meter über den Boden geschleift. Und nur das Gitter am Straßenrand verhinderte, dass sie unter die Räder kamen. In der Luft wirbelte Schneestaub auf.

Vermutlich hatten die Lichten verstanden, dass sie mich mit reiner Magie nicht kriegen würden. Deshalb stürmten jetzt ihre Gestaltwandler nach vorn. Die beiden Verwandlungsmagier in Tiergestalt.

Rasch schöpfte ich weitere Kraft, wo immer ich sie auch herbekam. Sogleich erklangen von der Fahrbahn ein dumpfes Knallen, das Geräusch zerspringenden Glases, ein weiterer Knall und danach wildes Gehupe.

Den Bären erledigte ich mit dem »gewölbten Schild« und schickte ihn kopfüber auf den Boulevard. Der Tigerin wich ich zunächst einfach aus.

Sie hatte mir von Anfang an nicht gefallen.

Ich weiß nicht, woher die Gestaltwandler die Masse zur

Transformation nehmen. Die Frau wog in Menschengestalt vielleicht gerade mal fünfundvierzig, fünfzig Kilo. Jetzt brachte sie beachtliche drei Zentner aus Muskeln, Sehnen, Krallen und Zähnen auf die Waage. Die reinste Kampfmaschine des Todes.

Die Lichten lieben dergleichen.

»He!«, schrie ich. »Bleiben Sie stehen. Vielleicht reden wir erst mal miteinander?«

Die Magier schafften es, sich zu erheben, und jetzt versuchten sie, mich einzuspinnen, doch ohne besondere Mühe verband ich die gierig schlingernden Fäden zu einem Knoten und warf sie ihren Besitzern zu. Beide stürzten erneut zu Boden, doch diesmal wurde niemand auf dem Rücken über den Boden gezerrt – ich hatte ihnen nur ihre eigene Energie zurückgegeben. Der Bär stand abseits und trat bedrohlich von einem Fuß auf den anderen. Er machte einen Buckel, als wolle er sich gleich auf die Hinterbeine stellen.

»Das würde ich dir nicht raten«, sagte ich ihm, während ich auf die angreifende Tigerin einschlug.

Nicht sehr stark. Ich wollte sie ja nicht töten.

»Worum zum Teufel geht es hier eigentlich?«, schrie ich wütend. »Oder ist das in Moskau so Usus?«

Die Nachtwache zu rufen hätte keinen Sinn gehabt – die Angreifer arbeiteten ja selbst dort. Ob es etwas brachte, die Tagwache zu alarmieren? Immerhin war sie nicht weit, ihr Büro ganz in der Nähe. Sie wären im Nu hier. Aber ob mir das helfen würde?

Die Magier erweckten nicht den Anschein, als wollten sie kapitulieren. In den Händen des einen loderte ein voll aufgeladener Stab, in denen des anderen ein geschmiedetes Amulett. Das ebenfalls nicht gerade schwach war.

Für das Amulett brauchte ich volle zwei Sekunden – das über mich geworfene Netz musste ich mit einem einfachen »Dreierdolch« zerschneiden, doch dieser simple Zauber erforderte so viel Kraft, dass man damit das gesamte Zentrum Moskaus bis auf die Grundfesten hätte niederbrennen können. Dem zweiten Magier gelang es inzwischen, ein Bethlehem-Feuer auf mich abzuschießen, wobei dieser Schlag des Lichten mich nur erboste und mir offenbar noch mehr Kraft verlieh.

Den Stab fror ich ihm ein. Ich verwandelte ihn einfach in einen länglichen Eiszapfen und belegte ihn mit einem Irreversibilitätszauber. Eisstückchen stoben in einem erstaunlichen kalten Feuerwerk von der Hand des Lichten, und gleichzeitig schoss die freigesetzte Energie zum Himmel empor.

Ja sollte ich sie etwa auf die Umgebung loslassen? Mir genügten auch schon die Verkehrsunfälle auf den Kreuzungen in der Nähe ...

Der Bär rührte sich nicht von der Stelle. Anscheinend hatte er verstanden, dass – ungeachtet ihrer zahlenmäßigen Überlegenheit – ihre und meine Kräfte sich nicht annähernd vergleichen ließen. Die Tigerin gab jedoch immer noch nicht nach. Sie kam mit der Entschlossenheit eines tollen Weibchens auf mich zu, an dessen Jungen sich ein Feind vergreifen wollte. In den gelben, den Flammen von Kirchenkerzen gleichen Augen loderte unverhohlener Hass.

Die Tigerin wollte sich rächen. Wollte sich an mir, dem Dunklen, für all ihre Schmerzen und Verluste rächen. Für den von mir ermordeten Andrej. Und wer weiß, wofür noch ... Und sie würde sich durch nichts aufhalten lassen.

Ich will nicht sagen, dass es nichts gab, wofür sie sich hätte rächen können – die Wachen haben stets gegeneinander gekämpft, und in der Regel nenne ich die Dinge beim Namen. Aber sterben wollte ich auch nicht.

Ich war frei. Frei, denjenigen zu bestrafen, der sich mir in den Weg stellte und sich weigerte, eine Angelegenheit friedlich beizulegen. Hatte mir jenes Lied nicht genau das sagen wollen?

Und ich schlug zu. Mit dem Transsilvanischen Höhenrauch.

Die Tigerin krümmte und streckte sich, und selbst durch das Brummen der Motoren und das markerschütternde Gehupe hindurch ließ sich das Knacken ihrer Knochen klar und deutlich vernehmen. Der Zauber zerquetschte die Verwandlungsmagierin wie ein Kind ein Knetmännchen. Die gebrochenen Rippen rissen die Haut auf und bohrten sich wie blutige Zähne in den Schnee. Der Kopf wurde platt gedrückt, zu einem flachen gestreiften Fladen. Von einer Sekunde zur nächsten war das herrliche Tier zu einem Klumpen blutenden Fleischs geworden.

Mit einem letzten gezielten Schlag versenkte ich die Seele der Tigerin ins *Zwielicht*.

Was ich einmal angefangen hatte, musste ich auch zu Ende bringen.

Die Lichten erstarrten. Selbst der Bär trat nicht länger von einer Tatze auf die andere.

Und was weiter?, dachte ich schwermütig.

Möglicherweise hätte ich sie alle umbringen müssen. Doch – gepriesen seien alle Himmel und Höllen – so weit kam es nicht.

»Tagwache!«, erklang eine bekannte Stimme. »Hier hat es einen Überfall auf einen Dunklen gegeben. Treten Sie aus dem *Zwielicht*!«

Edgar sprach mit fester Stimme und ohne jeglichen Akzent.

Nur mit dem *Zwielicht* lag er daneben. Dort kämpfte niemand mehr, und die Tigerin konnte nirgendwohin zurückkehren.

»Die Tagwache fordert die unverzügliche Einberufung des Tribunals«, meinte Edgar unheilvoll. »Jetzt seid bitte so freundlich und ruft den Chef der Nachtwache.«

»Er wird euch davonjagen wie Katzen«, drohte einer der Lichten Magier grimmig.

»Das wird er nicht«, nahm ihm Edgar den Wind aus den Segeln und zeigte auf mich. »Ihn wird er nicht fortjagen. Hast du das immer noch nicht begriffen?«

Ich bekam kaum mit, wie jemand geschickt die Kraft im Raum neu verteilte. Dann tauchte neben uns ein dunkelhäutiger Mann mit asiatisch anmutenden Gesichtszügen auf. Er trug einen farbenprächtigen orientalischen Mantel und wirkte auf dem verschneiten Boulevard absolut fehl am Platze.

»Ich bin bereits hier«, brummte er, während er missmutig das Feld inspizierte, auf dem gerade eben eine Schlacht stattgefunden hatte.

»Geser!«, rief Edgar lebhaft aus. »Guten Tag. In Abwesenheit des Chefs musst du mir Rede und Antwort stehen.«

»Dir?« Geser schielte zu dem Esten hinüber. »Das wäre doch wohl zu viel der Ehre für dich.«

»Dann ihm.« Edgar zuckte mit den Schultern und erschauerte, als friere er. »Oder ist er deiner ebenfalls nicht würdig?«

»Mit ihm werde ich mich auseinander setzen«, sagte Geser trocken und wandte sich mir zu. Sein Blick war unergründlich wie die Ewigkeit. »Verschwinde aus Moskau«, sagte er fast ohne jede Emotion. »Jetzt sofort. Setz dich in einen Zug, auf einen Besen, zum Teufel in den Mörser und verschwinde. Du hast schon zwei meiner Mitarbeiter umgebracht.«

»Meiner Ansicht nach«, bemerkte ich möglichst friedfertig, »hat man gerade versucht, mich umzubringen. Ich habe mich nur verteidigt.«

Geser kehrte mir den Rücken zu – das wollte er nicht hören. Er wollte nicht mit einem Dunklen sprechen, der einen seiner besten Kämpfer für immer ins *Zwielicht* geschickt hatte. Genauer: eine.

»Gehen wir von hier weg«, befahl er seinen Leuten.

»He, he«, platzte es aus Edgar heraus. »Das sind Verbrecher! Die werden nirgendwo hingehen, im Namen des Großen Vertrages!«

»Doch«, wandte sich Geser wieder an den Esten. »Und du wirst nichts dagegen unternehmen. Sie stehen unter meinem Schutz.«

Ich rechnete ernsthaft damit, jetzt auf die nächste Stufe hinaufzufliegen. Denn selbst meine bisherigen Fähigkeiten reichten, um einzusehen, dass ich es mit Geser noch nicht aufnehmen konnte. Er würde mich zermalmen. Wenn auch mit einiger Mühe – schließlich hatte ich es geschafft, jene unsichtbare Treppe der Kraft ziemlich weit hinaufzusteigen. Aber zermalmen würde er mich trotzdem.

Doch es passierte nichts. Vermutlich war die Zeit für einen Kampf mit Geser noch nicht gekommen.

Edgar sah mich verzagt an – er hatte wohl große Hoffnungen in mich gesetzt.

Die Lichten huschten ins *Zwielicht*, rafften die Überreste ihrer toten Gefährtin zusammen und glitten tiefer, in die zweite Schicht hinein. Alle.

»Ich konnte ihn wirklich nicht aufhalten«, gestand ich schuldbewusst ein. »Tut mir leid, Edgar.«

»Schade«, brachte der Este unbeteiligt hervor.

Ins Büro der Tagwache brachte man mich selbstverständlich im BMW. Und noch etwas: Zum ersten Mal fühlte ich mich in Moskau müde.

Aber nach wie vor frei.

Der Preis, den ich für meine Kraft zahlte – ich erinnerte mich kaum daran, wie man mich zurückbrachte, in den Fahrstuhl stieß, in ein Arbeitszimmer führte, mich in einen Sessel setzte und mir eine Tasse Kaffee in die Hand drückte. Wie die überstrapazierten Muskeln schmerzten, wie jetzt mein ganzes Sein aufheulte, das eben noch die Kräfte des *Zwielichts* beherrscht hatte. Trotzdem hatte ich mich gut geschlagen. Die Lichten würden sich noch lange an diese Konfrontation erinnern. Schließlich hatten mich keine kleinen Kinder angegriffen – beide Lichten schätzte ich mindestens auf die erste Kraftstufe ein.

»Mach den Analytikern Dampf«, befahl Edgar einem seiner Untergebenen. »Ich möchte endlich wissen, was hier vor sich geht.«

Ich starrte ihn an, und Edgar verstand, dass ich zu mir kam.

»Erzähl!«, forderte er mich auf.

»Der Ruf!«, krächzte ich heiser und hustete. Ich versuchte, an dem Kaffee zu nippen, verbrannte mich und zischte vor Schmerz auf. »Der Ruf«, sagte ich, sobald ich wieder in der Lage war zu sprechen. »Sie haben mich im Schlaf überrumpelt.«

»Der Ruf?«, wunderte sich Schagron, der wie ich in einem Sessel saß, allerdings am Nachbartisch. »Die Lichten haben ihn seit etwa dreißig Jahren nicht mehr eingesetzt ...«

»Sie haben dich mit dem Ruf im Gebäude der Tagwache überrumpelt?«, hakte Edgar ungläubig nach. »Das wird ja immer schöner! Und sonst hat niemand etwas gemerkt?«

»Nein. Es war ein hoher und virtuos vorgebrachter Ruf. Anscheinend haben sie ihn mit den natürlichen Geräuschen in den Wohnungen dieser Etage getarnt.«

»Und du hast dich ihm unterworfen?«

»Natürlich nicht.« Ich versuchte abermals, etwas von dem Kaffee zu trinken, diesmal mit Erfolg. »Aber ich wollte herauskriegen, was die Lichten vorhaben.«

»Ohne jemandem etwas zu sagen?« Edgar balancierte zwischen Unglauben und Missbilligung. »Du Abenteurer ...«

»Wenn ich dem Ruf mit einer Eskorte gefolgt wäre, hätten sie mich sofort entdeckt«, erklärte ich. »Nein, ich musste allein und ohne Deckung gehen. Das habe ich dann auch getan. Auf dem Strastnoi Boulevard wollten sie mich fassen, da musste ich mich wehren. Die Tigerin habe ich dreimal zurückgeschleudert und versucht, sie zur Aufgabe zu bringen. Erst dann habe ich ernsthaft zugeschlagen.«

Edgar sah mich fest an. »Bist eine dunkle Persönlichkeit, Witali«, sagte er.

»Stimmt«, gab ich voller Genugtuung zu. »Dunkler geht es nicht!«

»Bist du ein Magier außerhalb jeder Kategorie?«, fragte er.

»Leider nicht.« Ich breitete die Arme auseinander, vorsichtig, um den Kaffee nicht zu verschütten. »Denn dann hätte ich Geser nicht gehen lassen.«

Edgar trommelte mit den Fingern auf den Tisch und schielte ungeduldig zur Tür hinüber. »Was treiben diese Analytiker bloß ...«, brummte er.

Die Tür öffnete sich. In der Türfüllung standen eine resolute Frau mittleren Alters (eine Hexe) und zwei Männer (Magier).

»Guten Tag, Anna Tichonowna«, begrüßte Schagron sie wie aus der Pistole geschossen. Er wirkte zwar stärker als die Hexe, fürchtete sie aber dennoch. Was nicht falsch war. Die Kräfte einer Hexe unterscheiden sich in ihrer Natur leicht von denen eines Magiers. Und selbst einem recht starken Magier kann eine Hexe ohne weiteres die Suppe versalzen.

Edgar begnügte sich mit einem Nicken.

»Ist er das?«, fragte einer der Magier, während er mich ansah.

»Ja, Juri.«

Juri war ein alter und starker Magier, das sah ich auf Anhieb. Und ich kriegte auch mit, dass Juri nicht sein richtiger Name war. Solche wie er verschließen ihren wahren Namen in unermesslichen Tiefen, damit niemals jemand an ihn herankommt.

Ganz richtig so. Wenn einem wirklich viel an der Freiheit liegt.

»Setzen Sie sich, Anna Tichonowna.« Schagron überließ der Hexe seinen Sessel und gesellte sich zu den Magiern, die das breite Fensterbrett vorzogen.

»Edgar«, sagte die Hexe. »Die Lichten spielen va banque. Seit 1949 haben sie nicht derart über die Stränge geschlagen. Sie müssen höchst gewichtige Gründe dafür haben, den Vertrag zu verletzen!«

Edgar zuckte die Achseln. »Die Kralle des Fafnir«, erklärte er knapp.

»Aber die haben wir doch gar nicht!«, stieß die Hexe mit Nachdruck hervor und bedachte alle Anwesenden mit einem beredten Blick. »Oder doch? Schagron?«

Schagron schüttelte heftig den Kopf. Offenbar hatte er mal

einen Zusammenstoß mit der Hexe gehabt, aus dem er nicht unbedingt als Sieger hervorgegangen war. Faustdick hatte es diese Frau hinter den Ohren.

»Kolja?«

Der zweite der beiden neu hinzugestoßenen Magier antwortete recht gelassen. »Nein. Und es ist noch die Frage, was sie uns überhaupt nützen könnte ...«

»Euch frage ich nicht«, brummte die Hexe in die Richtung von Edgar und Juri. Erst danach sah sie mich an.

»Anna Tichonowna«, sagte ich eindringlich. »Von der Existenz dieser Kralle habe ich erst gestern erfahren, und die meiste Zeit seit diesem Moment habe ich geschlafen.«

»Weshalb bist du in Moskau?«, fragte sie streng.

»Das weiß ich selbst nicht. Etwas hat mir einen Stoß gegeben und verlangt, dass ich fahre. Das habe ich dann getan. Ich war kaum aus dem Zug gestiegen, als ich in diese Geschichte mit der Vampirin und der Nachtwache gerasselt bin. Gleich mitten hinein, könnte man sagen ...«

»Wenn ich irgendwas von alldem begreife«, ließ sich der Magier Juri vernehmen, »dann ist das Vorbestimmung. Das würde alles erklären, sowohl die zunehmende Kraft als auch die Geschichte mit dem Verlust der Kralle und das Verhalten der Lichten. Sie versuchen einfach, den da zu beseitigen oder wenigstens zu isolieren, solange er die Kralle noch nicht in Händen hat. Denn dann wird es bereits zu spät sein.«

»Warum haben sie bloß ihre Zauberin nicht eingesetzt?«, fragte Edgar und zog dabei abermals einige Vokale leicht in die Länge. Sein Akzent trat offenbar nur in jenen Momenten in Erscheinung, in denen er sich aufregte oder auf etwas anderes konzentrierte als darauf, wie er gerade sprach.

»Ja, und auch Geser hat sich erst eingemischt, als es kritisch wurde«, gab Schagron zu bedenken. »Und das nur ... um den Rückzug zu sichern!«

»Wer weiß.« Die Hexe durchbohrte mich erneut mit ihrem

Blick. »Möglicherweise sind sie einfach nicht mit dem da fertig geworden.«

»Ich heiße Witali«, sagte ich. »Sehr angenehm.«

Mal ehrlich, wem würde es gefallen, wenn von ihm ständig nur als »der da« oder »er« gesprochen würde?

Den Sprechern rauschte mein Einwurf aber anscheinend an den Ohren vorbei.

Juri sah mir in die Augen und sondierte mich kurz. Ich schirmte mich nicht ab – wozu auch?

»Solider erster Grad«, erklärte er. »Wenn auch mit Lücken. Noch gestern hätte mich das Auftauchen eines solchen Magiers in unseren Reihen rundum entzückt.«

»Und heute? Bist du da etwa betrübt?«, schnaubte die Hexe.

»Heute enthalte ich mich einer Bewertung. Die Lichten schlagen über alle Stränge, und wir sitzen ohne Sebulon da. Geser plus diese Zauberin plus Olga, selbst wenn sie noch nicht alle Kräfte zurückhat, dann noch Igor, Ilja, Garik und Semjon ... Gegen sie können wir nichts ausrichten.«

»Aber wir haben die Kralle und diesen ... Witali«, parierte die Hexe. »Was regst du dich also auf? Darüber hinaus hat Sebulon die Angewohnheit, genau im richtigen Moment doch noch aufzutauchen.«

»Die Kralle haben wir noch nicht«, bemerkte Juri. »Und wo ist die Garantie, dass wir sie bekommen werden? Außerdem hat Kolja völlig Recht: Was wollen wir mit der Kralle eigentlich anstellen? Sicher, es handelt sich bei ihr um eine alte und mächtige Kraft, das weiß ich. Doch wenn man sie aus lauter Dummheit freisetzt ... Dann könnten wir gewaltig auf die Nase fallen ...«

»Deshalb müssen wir uns an die Arbeit machen«, meinte die Hexe überfreundlich. »Edgar, was sagen die Analytiker?«

Wie auf Befehl klopfte es an der Tür. In der Türfüllung erschien mein alter Bekannter, der Beherrscher des Notebooks mit dem Namen Hellemar.

»Gefunden!«, verkündete er triumphierend. »Wnukowo!

Flug Fünfzehn Null Fünf aus Odessa. Bereits zweimal wegen schlechten Wetters verschoben, ist er eben erst abgeflogen. In einer Stunde und zwanzig Minuten wird er landen. Die Kralle ist an Bord.«

»Also ...« Edgar schnellte hoch. »Die Einsatzgruppe soll zum Flughafen! Sie soll das Wetter im Auge behalten. Und die Lichten fern halten. Und scheiß drauf, einen Beobachter kriegen sie auch nicht!«

»Chef«, sagte Hellemar mit saurer Miene. »In Wnukowo sitzt bereits seit fünfzehn Minuten ein Einsatzstab der Lichten. Bedenken Sie das.«

»Wir werden's bedenken«, versprach die Hexe. »Also, dann mal los ...«

Alle erhoben sich. Jemand griff nach dem Telefon, jemand kramte hastig aus dem Tresor die geladenen Amulette, jemand erteilte den Mitarbeitern mit lauter Stimme Befehle ...

Bloß ich stellte missmutig meine leere Kaffeetasse auf den Tisch.

»Kriegt man in eurem Stab wenigstens was zu essen?«, fragte ich in den Raum. »Ich habe seit vierundzwanzig Stunden nichts anderes als Spucke zwischen den Kiemen ...«

»Wirst schon nicht gleich umfallen«, blaffte mich jemand an. »Ab nach unten. Und komm ja nicht wieder auf den Gedanken, auf eigene Faust zu handeln ...«

Seltsam, gerade jetzt verspürte ich nicht den geringsten Drang in mir, auf eigene Faust zu handeln.

In Wnukowo kamen wir in beachtlich kurzer Zeit an. Am Steuer eines komfortablen Minibusses saß ein junger forscher Fahrer, der Deniska genannt wurde. Er war ein Magier und fuhr noch besser als Schagron. Die Uferstraßen, die Ordynka, der Leninski Prospekt, dann die Metrostation Jugo-Sapadnaja, der Ring ... Ich konnte mich nicht einmal in Ruhe umsehen. Schagron und Edgar hatten sich verzogen, Juri und Kolja waren ebenfalls verschwunden. Ich war mit Anna Tichonowna und drei Hexen zurückgeblieben, deren interessierte Blicke ich ab und an auf mich zog. Vermutlich hatte Anna Tichonowna ihnen befohlen, mich in Ruhe zu lassen, denn keine von ihnen sprach mich an. Hinter den Sitzen, wo Platz für Gepäck war, hantierte schwerfällig ein dicker Tiermensch herum, der aufstöhnte, sobald Deniska mit dem Minibus zum nächsten Überholmanöver ansetzte. Die Reifen quietschten, das Fahrgestell ächzte, der Motor brummte so gleichmäßig wie eine arbeitsame Hummel im Mai.

Wir trafen als Erste am Flughafen ein. Deniska steuerte auf den Personaleingang zu. Fast zur gleichen Zeit jagten zwei weitere Autos heran: der BMW mit Schagron und noch ein Minibus mit Technikern. Die Wächter arbeiteten wirklich mit seltener Effizienz zusammen. Sie wirkten umgehend Informationszauber, die uns für normale Menschen zu einer leeren Stelle werden ließen. Die Techniker mit ihren Notebooks unterm Arm bildeten eine Kette zum Eingang. Jemand hatte bereits ein Quartier für unsere Kommandozentrale ausgesucht, einen großen Raum mit dem Schild »Buchhaltung« an der Tür. Die menschlichen Angestellten waren ins Nachbarzimmer – ein Büro oder einen Konferenzsaal – geschickt und in eine glückselige Starre versenkt worden. Ich selbst hätte als Sitz für die Kommandozentrale ebendiesen Raum gewählt, doch Hellemar sagte mir, dass es in der Buchhaltung mehr Telefonanschlüsse gebe.

Wie aus dem Nichts tauchte Juri auf. Mir schoss ein völlig unangemessener Gedanke durch den Kopf: Warum übernahm bei Abwesenheit des Chefs Edgar dessen Pflichten, obwohl er von seiner Kraft her an der Grenze zum zweiten Grad entlangbalancierte? Juri hielt ich für stärker. Doch es stand mir nicht zu, mich in die Angelegenheiten der Tagwache einzumischen, deshalb zog ich mich einfach in eine Ecke zurück und versuchte abzuschätzen, ob es mir gelingen würde, für zehn Minuten ins

Restaurant zu flitzen. Die Techniker ließen bereits wie wild die Finger über die Touchpads gleiten.

»Maschine im Anflug, verbleibende Zeit: zwanzig Minuten plus/minus fünf.«

»Haben wir die Lichten schon gefunden?«, fragte Anna Tichonowna.

»Ja. In einem Ruheraum, neben den Wartesälen. Im Nachbargebäude.«

»Was tun sie?«

»Offenbar wirken sie Wetterzauber«, meinte jemand.

»Warum denn das? Wollen sie nicht, dass das Flugzeug landet?«

»Na, die Passagiere werden sie doch nicht umbringen wollen«, schnaubte Anna Tichonowna.

Ich hatte gedacht, es wäre am einfachsten, das Flugzeug zu zerstören und die Sache auf diese Weise zu Ende zu bringen. Aber Lichte bleiben Lichte. Selbst in einer solchen Situation machen sie sich Sorgen um die einfachen Menschen. Außerdem ist nicht bekannt, ob das Artefakt aus Bern bei einem Flugzeugabsturz Schaden nehmen könnte. Gesagt war das nicht. Kraft ist Kraft.

»Wer von uns ist aufs Wetter spezialisiert?«, fragte Anna Tichonowna.

»Ich!«, antworteten im Chor gleich zwei Hexen.

»Gut, dann sondiert, was hier los ist ...«

Die Hexen streckten ihre Fühler aus, um die Umgebung im Hinblick auf Zauber abzuscannen, die das Wetter verändern. Ich spürte die dichten Fächer empfindlicher Energieströme, die selbst die meisten Anderen nicht registrierten oder sahen. Nicht, dass Andere sie grundsätzlich nicht wahrnehmen könnten – die meisten konnten es nicht. Die Wettermagie hatte stets in den Händen der Hexen und einiger weniger Zauberinnen gelegen, und wie auf jedem Gebiet gab es dabei eine Menge Feinheiten zu beachten.

»Sie treiben die Bewölkung zusammen«, verkündete eine der beiden Hexen. »Wir brauchen Kraft ...«

Ein Reservemagier griff sofort nach seinem Amulett, während er mit der anderen Hand nach den Fingern der Hexe tastete. Einen Moment lang konzentrierten sie sich, und schließlich sanken alle drei, nachdem sie die Augen geschlossen und sich bei den Händen gefasst hatten, in eine Art leichter Trance.

»Wer kann, soll ihnen helfen«, befahl Anna Tichonowna.

Ich konnte ihnen noch nicht helfen. Genauer: Die Energie, die ich für diese Sache aufzubringen vermochte, konnte einem Vergleich mit der Kraft im Amulett nicht standhalten. Zu stark hatte ich mich auf dem Strastnoi Boulevard verausgabt ...

Die Tagwache ging ihrer Aufgabe nach. In der Kommandozentrale brodelte es irgendwie: Obwohl niemand rannte oder hastig hin und her lief, hing die Anspannung in der Luft. Ich fühlte mich nicht recht wohl in meiner Haut, denn ich war der Einzige hier, der nutzlos herumsaß. Und irgendetwas sagte mir, dass ich in den nächsten Minuten auch keine Hilfe sein könnte.

Deshalb stahl ich mich davon. Ich erhob mich und tauchte ins *Zwielicht*. Und dann noch weiter, in die zweite Schicht.

Der Fall vom ersten Stock kostete mich drei Minuten, wobei ich so gut ich konnte beschleunigte. Wie seltsam, dachte ich, dass das *Zwielicht* mich restlos auslaugt, ich mich aber – im Gegenteil – völlig frisch fühle, wie nach einer Dusche und hundert Gramm Wodka. Erstaunlich.

Nebenbei bemerkt: Letzteres in die Tat umzusetzen gefiele mir jetzt nicht schlecht.

Als ich aus dem *Zwielicht* auftauchte, wandte ich mich zum Nachbargebäude, einem länglichen Sechseck aus Glas und Beton, das überhaupt nicht wie ein Verwaltungsgebäude aussah und von einer Turmnadel gekrönt war, ein Relikt aus den in architektonischer Hinsicht pompösen Fünfzigern.

Meine Jacke hatte ich im Stab gelassen, weshalb ich mich bis zum Eingang im Sprint üben musste. Der Wind trug kleine

Schneekörner heran, und ich fragte mich, wie jetzt wohl die Maschine aus Odessa landen würde. Der Schnee, die Dunkelheit, das Wetter – einen Hund würde man da nicht vor die Tür jagen. Dann noch die Lichten, die sich offensichtlich so gut es ging abmühten, alles noch schlimmer zu machen. Aber wenn das Flugzeug nicht landen konnte, wohin würde es dann abdrehen? Würde man es zu einem anderen Flughafen umleiten? Nach Bykowo oder Domodedowo?

Diesen Gedanken sollte ich vielleicht Edgar oder Anna Tichonowna mitteilen. Damit sie für alle Fälle ein paar Wächter aussandten ...

Das Flugzeug könnte natürlich auch nach Kaluga oder Tula umgeleitet werden. Wenn das Wetter dort besser war. Was durchaus der Fall sein könnte, schließlich hatten hier, in Wnukowo, eindeutig die Lichten Wettermagier die Hand im Spiel.

Im Gebäude des Flughafens war es warm und gemütlich – wenn man von draußen hereinkam. Sofort begab ich mich in den ersten Stock, zur Bar, wo Borjanski und ich einmal, während wir auf unseren Flug gewartet hatten, Bier getrunken, Nüsse geknabbert und ein uns auf dieser Reise buchstäblich verfolgendes Lied gehört hatten, dem zufolge »der Sommer vorüber und alles vorbei« war.

Mir ging nicht gleich auf, dass dies eine der wenigen Erinnerungen war, die ich mir bewahrt hatte. Wo kam sie her? Aus welchen Schichten meines Bewusstseins? Das wusste ich nicht.

Ich versuchte mir darüber klar zu werden, wer Borjanski sein mochte, konnte mich aber nicht einmal mehr an sein Gesicht erinnern. Geschweige denn daran, wohin wir flogen und was wir dort wollten ... Irgendwie stieg lediglich eine ungebetene Erinnerung in mir auf, dass es in seiner Wohnung bereits in alten Sowjetzeiten ein riesiges Bidet gegeben hatte. Freilich, es hatte nicht funktioniert ... Doch wozu brauchte ein Sowjetmensch auch ein Bidet?

Die Bar war so, wie ich sie in Erinnerung hatte. Ein Tresen, hohe Hocker, funkelnde Bierhähne. Und ein Fernseher in einer Ecke. Nur liefen jetzt völlig neue Clips. Ein Mann mit verdächtig roten Augen küsste im Regen die Hand einer Frau in einem purpurroten Kleid. Alles weitere entwickelte sich so, wie es sich für einen guten Thriller gehört – mit Wolfsschnauzen und allem drum und dran. Mir gefiel besonders der Moment, als nach einer gewissen Zeit der Mann, der jetzt aus irgendeinem Grund das purpurrote Kleid der Frau trug, einen Ballsaal verließ und sich in ein paar Wölfe auflöste. Und auch das Schlussbild mochte ich – die Frau funkelte die Gäste mit geröteten Augen an ...

Na ja. Insgesamt haben die Menschen eine ziemlich schlechte Vorstellung von Tiermenschen. Was auch für den seit einiger Zeit populären Schriftsteller Pelewin gilt: echte Werwölfe, gierige, unersättliche und verdreckte Tiere. Doch aufgenommen war das Ganze sehr schön, da ließ sich nichts sagen. Die Werwölfe hatten sich vermutlich zusammengetan, den Produzenten bezahlt und die Musiker beeinflusst, und so hatten sie einen wunderbaren, romantischen Clip über sich bekommen. Vor einiger Zeit hatten die russischen Vampire genau das gemacht.

Auf alle Fälle prägte ich mir den Namen der Gruppe ein: Rammstein. Damit konnte ich das Lied später wiederfinden und mir genauer anhören.

Ich bestellte Bier und zwei Hamburger, setzte mich schräg zum Fernseher, mit dem Rücken zum Saal. Mein Magen sandte schon seit einiger Zeit SOS-Signale aus, und ich hatte die feste Absicht, ihn zu retten.

Die Lichten nahm ich wahr, als ich gerade die ersten Bissen vom zweiten Hamburger nahm. Ich spürte sie förmlich mit meinem Rücken. Worauf ich mich sofort abschirmte – das vermochte ich bereits. Ich wusste mit absoluter Sicherheit, dass sie mich noch nicht entdeckt hatten.

Immerhin bin ich ja doch ein starker Anderer, wenn auch ein unerfahrener. Dagegen waren diese beiden bestenfalls Gesellen. Ein schwacher Magier von zwanzig, zweiundzwanzig Jahren und ein angehender Wahrsager. Meiner Meinung nach sah ich die Zukunft bereits besser voraus als dieser Wahrsager, erkannte all die unzähligen möglichen Varianten klarer und vermochte die wahrscheinlichste von ihnen genauer vorauszusagen.

Die Lichten unterhielten sich leise miteinander. Über beiden lag ein gekonnt gewirkter Zauber, der die Aufmerksamkeit der Menschen ablenkte und bei dem es sich nebenbei bemerkt um eine recht exotische Variante handelte. Er musste von jemandem gewirkt worden sein, der viel, viel stärker war.

Ich belauschte sie.

»... schon hier. Der Chef sagt, wir müssen mit einer Konfrontation rechnen«, meinte der Magier mit gedämpfter Stimme.

»Sie stellen uns sowieso in die Kette«, nölte der Wahrsager. »Vor allem nach dem, was mit Tigerjunges und Andrej passiert ist.«

»Wir brauchen alle Kraft, Oleg. Verstehst du das? Alle. Restlos. Die Kralle darf diesem Dunklen nicht zufallen, das wäre das Ende von allem. Das Ende vom Licht ...«

»Ach«, entgegnete der Wahrsager skeptisch. »Was heißt schon Ende ...«

»Nun, das Ende unserer Überlegenheit«, erklärte der Magier. »Wir würden die Dunklen dann in der nächsten Zeit nicht niederhalten können.«

»Ist das denn überhaupt möglich?« In den Worten des Wahrsagers klang eine unverhohlene und ordentliche Skepsis an. »Seit Tausenden von Jahren existieren die Lichten und die Dunklen Seite an Seite. Seit Tausenden von Jahren kämpfen sie gegeneinander. Die Wachen konkurrieren schon seit so vielen Jahren miteinander. Außerdem gibt es noch die Inquisition, die eine Störung des Gleichgewichts nicht zulässt ...«

Die Lichten unterbrachen ihr Gespräch einen Augenblick, gingen zum Anfang der Schlange aus drei Menschen und vernebelten mühelos allen die Köpfe, inklusive des Barkeepers.

»Zwei Dutzend Hamburger und ein Päckchen Saft«, verlangte der Magier und wandte sich abermals seinem Gesprächspartner zu.

Ich tat so, als habe der Zauber auch mich erfasst. Im Grunde gehen Andere recht unbekümmert durchs Leben. Vor allem die jungen. Das Gefühl, normalen Menschen überlegen zu sein, steigt ihnen zu Kopf, und erst mit den Jahren verstehen sie, dass es mitunter viel leichter und einfacher ist, ein Mensch zu sein als ein Anderer.

»Trotz allem wird es einen Kampf geben. Anton hat mir gesagt, die Dunklen hätten irgendeinen zugereisten Wunderknaben, der Farid und Danila auf dem Strastnoi Boulevard mit links erledigt hat. Und Tigerjunges hat er ermordet. Das Schwein ...«

Was legt sie sich auch mit einem friedlichen Dunklen an, dachte ich verärgert. Nicht ich bin über sie hergefallen, sondern sie über mich ...

Und was das »mit links« angeht – da logen die Lichten auch. Diese Konfrontation war mich teuer zu stehen gekommen.

Mit einem Mal merkte ich: Irgendetwas begann hier. Wie auf Kommando drehten die Lichten den Kopf in Richtung Rollfeld und tauchten sofort ins *Zwielicht* ab. Ich folgte ihnen nur eine Sekunde später.

Auf dem Rollfeld stand einer der Dunklen vor der verschneiten Landebahn und streckte seinen Stab nach vorn. Eine ellenlange Flammenzunge leckte über den eisigen Beton. Einmal, zweimal. Der Magier trocknete die Piste vor der Landung des Flugzeugs aus Odessa. Aus der Abfertigungshalle stürmten, immer wieder in Schneewehen stecken bleibend, Lichte zu ihm heraus.

Nachdem er noch weitere Flammenzungen ausgestoßen hatte, tauchte der Magier tiefer ins *Zwielicht*.

Anscheinend war das Kolja.

Meine Schwatzköpfe stopften ihre Hamburger in weiß-grüne

Plastiktüten und eilten im Trab davon, auf den wogenden Teppich aus blauem Moos eintretend.

Das konnte hier prächtig gedeihen. All diese Menschen, all diese Emotionen ... Ein Passagier, der seinen Flug verpasst, reicht, um den ganzen unersättlichen Belag einen Tag lang zu ernähren.

Ich sprang ebenfalls vom Hocker. Das nicht ausgetrunkene Bier ließ ich auf dem Tresen stehen. Durch die Wand der Abfertigungshalle war praktisch nicht zu erkennen, was auf dem Rollfeld vor sich ging – ich sah nur diffuse Schatten von Anderen mit buntgefleckten Auren über den Köpfen und schlammige Klumpen freigesetzter Kraft. Zugleich beobachtete ich weiter das Innere des Saals und die Menschen, die geduldig auf ihren Flug warteten und es sich in Plastiksesseln bequem gemacht hatten.

Ein tiefes Donnern schmuggelte sich ins *Zwielicht*: Eine Ansagerin verkündete, dass der »Flug Fünfzehn Null Fünf aus Odessa gelandet« sei. Ich schoss die Stufen hinunter, schlängelte mich durch die nahezu reglosen Menschen hindurch.

Runter. Geradeaus. Jetzt nach rechts.

Ich sprang über das Drehkreuz und fand mich vor dem Ausgang zum Flugplatz wieder.

Dort spielte sich eine wenig spaßige Szene ab – mit meiner Haut spürte ich förmlich die Energieströme. Die Stärke der Amulette und das Geschick der Magier, all das, was man auch für andere Ziele hätte einsetzen können, statt einander damit zu bekämpfen. Wie vernagelt die Lichten in ihrem gerechten Kampf doch geworden waren! Sie kamen nicht einmal mehr auf die Idee, einfach mit uns zu verhandeln – sie griffen sofort an.

Ich spürte, wie miserabel die Dunklen dastanden. Offenbar hatte sich der Chef der Nachtwache eingemischt, dieser Geser. Außerdem befanden sich noch mindestens zwei sehr starke Magier bei dem auf den Halteplatz zusteuernden Flugzeug.

Plötzlich brachen vier Personen durch die Mauer der Abfertigungshalle. Natürlich alles Andere. Allesamt wie aus dem Bilderbuch: groß und breitschultrig, mit blonden Haaren und blauen Augen. Die klassischen Wikinger vom Ende des 20., Anfang des 21. Jahrhunderts. Alle mit den gleichen Alaska-Jacken und gleichen Taschen. Das unbedeckte Haar war zerzaust, und irgendetwas sagte mir: Das lag keinesfalls am Wind.

Warum sie in ihrer Menschen- und nicht in ihrer *Zwielichtgestalt* auftraten, begriff ich nicht auf Anhieb. Erst als ich sie mir in der Menschenwelt angesehen und irritiert gelacht hatte, wurde mir klar: Der *Zwielichtgestalt,* diesem unterbewussten Traum eines Anderen, sind keine Grenzen gesetzt ...

Sie gingen, ja, sie rannten fast durch den Saal, wollten an mir vorbei, zum Ausgang. Dorthin, wo als greller Lichtpunkt vor der Abfertigungshalle ein Parkplatz zu erkennen war.

An mir vorbei.

Sie waren kaum bei mir angelangt, als von rechts mit einem Mal eine dunkelblaue Blume von der Größe eines Lasters der Marke Ural hochschoss. Alle, die sich im *Zwielicht* befanden, warf es zu Boden.

Auf dem Rücken liegend, hob ich den Kopf leicht an. Ein blauer Schleier, vergleichbar mit einer gigantischen Ohrenqualle, hing schwabbelnd in der Luft. Trotzdem spürte ich: Dort, hinter dem durchscheinenden Vorhang, passierte jetzt etwas.

Ich erahnte, dass in dem blauen Dunst ein Portal geöffnet worden war. Ganz in der Nähe, hinter der transparenten Trennwand, in der Halle mit der Gepäckausgabe. Ein weißes Leuchten brannte mir blendend in den Augen, und im *Zwielicht* wurde es ungewöhnlich hell, obwohl nach wie vor jeder Schatten fehlte. Das war ein fast gruseliger Anblick – das unerträglich grelle Licht und nicht die geringste Spur eines Schattens.

Die Lichten kamen zu zweit. Der Chef der Nachtwache und eine junge, sympatische Frau. Eine Zauberin von beeindruckender Kraft.

»Ihr seid in meiner Macht«, sagte Geser laut und führte kurze sparsame Passes aus. »Steht auf!«

Er wandte sich an die Wikinger. Auf mich, der ich am nächsten am Portal lag, achteten die Lichten nicht.

Einer der Wikinger sagte etwas grimmig und knapp auf Englisch. Geser antwortete. Ich bedauerte bitter, kein Wort zu verstehen. Dann erhoben sich die Wikinger. Und drehten sich gehorsam dem Portal zu. Ich wollte ebenfalls aufstehen und schaffte es sogar, auf alle viere hochzukommen.

Als der dritte Wikinger zu mir aufschloss, tauchte der vierte plötzlich tiefer ins *Zwielicht* ab.

Geser reagierte sofort. Er warf ein magisches Netz auf uns und verschwand. Die Zauberin blieb zurück.

Die übrigen drei Wikinger waren an Ort und Stelle festgenagelt. Auch mich warf es aus meiner Hockstellung erneut zu Boden, diesmal mit dem Gesicht nach unten. Wie ein Frosch auf der Autobahn. Ich hatte das Gefühl, von einem vorbeifahrenden Kipplaster sei eine Betonplatte auf mich gekracht – ich konnte weder atmen noch mich bewegen. Und Teufel auch, etwas bohrte sich schmerzhaft in meine Brust, irgendetwas Längliches und leicht Gebogenes.

Mit der Nase auf dem Boden zu liegen war nicht sehr angenehm. Ich spannte mich an und drehte den Kopf.

Mein Blick traf den des neben mir liegenden Wikingers.

Der Frost durchdrang mich auf eine Weise, wie es nicht einmal der Moskauer Winter schaffte.

Du!

Ich ...

Du bist ein Anderer!

Ja ...

Du dienst dem Dunkel ...

Gewiss ...

Bewahre das!

Was?

Doch der Wikinger hatte bereits die Augen geschlossen. Der wortlose Dialog hatte nur einen Sekundenbruchteil gedauert.

Was sollte ich an mich nehmen? Dieses Mistding, das mir in die Rippen pikte?

Die Zauberin warf vorsichtshalber eine weitere Platte auf uns. Die Wikinger krächzten mit gepresster Stimme auf, meiner Brust entrang sich ein ähnliches Stöhnen.

Und dann dachte ich: Wie komme ich dazu?

Ich schloss die Augen, konzentrierte mich auf die Suche nach Kraft – und nahm neben mir eine praktisch unerschöpfliche Quelle wahr: das noch immer offene Portal.

Ach, wie einfach doch alles sein konnte! Die auf dem Strastnoi Boulevard verlorene Kraft zu ersetzen war eine Sache von wenigen Sekunden. Dass es sich bei dem Portal um ein lichtes handelte, störte mich nicht im Geringsten, denn die Natur der Kraft ist ohnehin ähnlich.

So fing ich an, die Kraft des Portals zu trinken. Langsam, damit die Lichte nicht gleich bemerkte, was geschah.

Als Erstes schob ich etwas von der Last von mir herrunter – was klappte, wobei ich noch nicht einmal sagen könnte, dass es sehr anstrengend gewesen wäre. Dann hüllte ich das, was unter mir lag, in einen Kokon. Und versteckte es, nach wie vor auf dem Boden liegend, unter meinem Hemd. Die Zauberin wurde anscheinend nervös.

Ich wollte schon aufstehen, als Geser zurückkam. Er zerfloss in weißem Licht wie ein Engel in der Vorstellung der Idyllenmaler. Mit einer Hand hielt er den reglosen und gefügigen Wikinger, der hatte fliehen wollen, an der Schulter fest. Ein Schritt, noch einer – und er ließ den Wikinger los, der wie eine Lumpenpuppe neben seinen Gefährten zu Boden fiel. Doch statt Freude las ich im Gesicht Gesers etwas anderes.

»Wo ist die Kralle?«

Er sah die Zauberin kurz an. Die zog besorgt den Kopf ein. Sofort spürte ich, wie sie uns alle auf einmal scannte.

Nein, Mädchen. Meinen Kokon durchdringst du nicht!

Selbst Geser wird ihn nicht durchdringen. Das kann ich euch mit Sicherheit sagen, von der Höhe meiner nächsten Stufe aus.

Geser kam jedoch, ohne Zeit zu verlieren, auf mich zu. »Schon wieder du ...«

In seiner Stimme entdeckte ich keinen Hass. Nur eine grenzenlose Müdigkeit.

Ich stand auf und klopfte aus irgendeinem Grund meine Kleidung ab. »Ja.«

»Du verblüffst mich«, gestand Geser, während er meine Person mit seinem Blick durchbohrte. »Verblüffe mich noch einmal! Gib die Kralle zurück!«

»Die Kralle?« Ausdrucksvoll zog ich eine Braue hoch. »Wovon redest du, Kollege?«

Geser presste die Lippen zusammen. Ich sah deutlich, wie seine Kiefermuskeln in den Wangenknochen mahlten.

»Genug mit dieser Komödie, Dunkler. Du hast die Kralle, sonst kann sie nirgends sein. Ich spüre sie nicht mehr, aber das ändert nichts. Jetzt gibst du mir die Kralle und – ich wiederhole es noch einmal – verschwindest für immer aus Moskau. Und merk dir eins: Du bist der Erste, den ich zweimal friedlich auffordere zu verschwinden. Der Erste seit sehr, sehr vielen Jahren. Habe ich mich klar genug ausgedrückt?«

»Mehr als klar«, murmelte ich, während ich meine Kräfte abwog und zu der Überzeugung gelangte, dass ich mich auf das Spiel einlassen konnte.

In Gedanken streckte ich mich nach der nichts Böses ahnenden Zauberin aus, schöpfte aus ihr so viel Kraft wie möglich, ohne dass sie etwas davon bemerkte, und nahm mir noch mehr aus dem Portal. Das alles so schnell, wie es schneller nicht ging.

Dann öffnete ich mein eigenes Portal. Direkt unter mir. Gleichzeitig trat ich aus dem *Zwielicht* heraus.

Wenn ich auf einem Gullideckel gestanden hätte und der

Deckel urplötzlich verschwunden wäre, hätte das einen ähnlichen Effekt gehabt. Ich stürzte einfach hinab – für Geser und die Übrigen. Stürzte hinab und verschwand.

Von Geser hatte ich nicht gewagt, Kraft zu nehmen. Etwas hatte mir gesagt: Momentan brauchst du dich nicht mit ihm zu messen. Du hast einen Kokon geschaffen, durch den Geser nicht ohne Vorbereitung hindurchblicken kann. Du hast aus der Zauberin, die wahrscheinlich eine Große Magierin wird, Energie gesaugt – das ist ein klarer Lausbubenstreich, der nur einmal glückt. Aber es auf eine offene Auseinandersetzung mit dem Chef der Nachtwache anzulegen – dazu ist es noch zu früh für dich, Witali Rohosa, Anderer, Dunkler.

Sag lieber danke, dass du mit heiler Haut davongekommen bist.

Ich sagte »danke« und stürzte aus der Höhe von mehreren Metern in eine Schneewehe. Um mich herum war alles dunkel. Fast dunkel. Nur der Mond hing über meinem Kopf. Und zu beiden Seiten erstreckte sich Wald.

Ich befand mich in einer Schneise, einer schnurgeraden, genau wie der Lenin-Prospekt in Nikolajew. Eine fünfzehn Meter breite Straße. Links eine Waldwand, rechts eine Waldwand, vor mir, über dem silbrigen Streifen unberührten Schnees, der Mond. Ein fast voller Mond.

Das war schön, unglaublich schön – eine Mondschneise, die Nacht, der Schnee ... Ich hätte mich nach Herzenslust daran ergötzen können.

Doch ich begann zu frieren.

Nachdem ich mich mehr schlecht als recht aus der Schneewehe herausgearbeitet hatte, sah ich mich um. Der Schnee blieb weiterhin unberührt. Doch irgendwo in der Ferne machte ich das typische Gerassel der Räder einer Vorortbahn aus.

Na toll. Was bin ich bloß für ein miserabler Magier. Ein wahrer Meister der Portale. Ein Portal öffnen, das kann ich. Aber wohin es mich brachte, daran dachte ich nicht. Nun hatte ich also die Bescherung: Allein stand ich da, nur in einem beklagenswerten Pullover (soll heißen ohne Jacke und Mütze) mitten im winterlichen Wald.

Wütend auf mich selbst tastete ich nach dem länglichen und harten Ding unter meinem Hemd und entschied, den Kokon noch beizubehalten, während ich dem Mond entgegenging. Auf der makellosen Schneebahn der Mondschneise.

Schon bald merkte ich, dass ein Spaziergang durch eine Schneewehe ein zweifelhaftes Vergnügen war. Ich sollte mich zum Wald durchschlagen – ich überlegte mir, dass unter den Bäumen weniger Schnee liegen dürfte.

Zu meinem Erstaunen hatte ich zu zweihundert Prozent Recht. Erstens gab es am Waldrand in der Tat keine Schneewehen, und zweitens stieß ich auf einen Pfad. Der recht gut ausgetrampelt war. Im Schatten hatte ich ihn zuvor einfach nicht wahrgenommen.

Jemand aus dem Altertum hat einmal gesagt, dass die Wege stets zu denen führen, die sie angelegt haben. Und eine andere Wahl blieb mir sowieso nicht. Deshalb ging ich den Pfad entlang. Ging zunächst, bis ich dann lief, um warm zu werden.

Ich laufe so lange, bis ich nicht mehr kann, nahm ich mir vor. Dann trete ich ins *Zwielicht* ein ... um mich aufzuwärmen.

Ich hoffte nur, dass meine Kräfte sowohl für den Lauf wie auch für das *Zwielicht* ausreichten.

Ich lief fünfzehn Minuten. Es ging absolut kein Wind, weshalb mir sogar etwas warm wurde. Die Schneise zog sich immer und immer weiter, der Schnee schillerte endlos silbrig. Hier sollte nicht ich, hier sollte ein alter Recke in einer Jacke mit nach außen gewendetem Pelz und einem verzauberten Schwert am Gürtel entlangrennen. Und mit einem treuen gezähmten Wolf ein paar Schritte vor ihm ...

Kaum hatte ich an den Wolf gedacht, klang von links Gebell zu mir hinüber. Hundegebell. Wölfe bellen anders. Und im Winter gar nicht.

Ich blieb stehen und sah mich um. Ein warmes orangefarbenes Licht funkelte zwischen den Bäumen. Außer dem Gebell ließen sich auch Stimmen vernehmen. Menschenstimmen.

Ich dachte nicht lange nach. Ich ging noch ein Stück vorwärts, stieß auf einen zu der Feuerstelle abzweigenden Pfad und schlug ihn ein.

Nach kurzer Zeit sprangen gleich zwei Hunde auf mich zu – ein weißer, vor dem Hintergrund des Schnees kaum auszumachender karelischer Schlittenhund mit einem geschwungenen Schwanz und ein rabenschwarzer wuscheliger Neufundländer. Der Schlittenhund kläffte hell wie ein Glöckchen. Der Neufundländer brummte tief. »Waff! Waff!«

»Petro? Bist du das?«, erklang es vom Lagerfeuer.

»Nein«, antwortete ich bedauernd. »Ich bin nicht Petro. Kann ich mich vielleicht etwas aufwärmen?«

Um die Wahrheit zu sagen, ging es mir nicht in erster Linie darum, mich aufzuwärmen. Ich wollte herausbekommen, wo ich war. Um mich nicht aufs Geratewohl durch den Wald zu schlagen, sondern geradenwegs zur Bahn zu gelangen.

»Komm her! Vor den Hunden brauchst du keine Angst zu haben, die tun nichts!«

Die Hunde kamen mir wirklich nicht zu nahe. Der Schlittenhund lief aufmerksam in einem gleichbleibenden Abstand von etwa vier Metern neben mir her, der Neufundländer sprang mir kurz vor die Füße, beschnupperte meine Schuhe, schnaubte und rannte zum Lagerfeuer.

Am Feuer saßen mehr als ein Dutzend Menschen. An einer langen Kette, die an einem dicken, horizontal gewachsenen Ast einer in der Nähe stehenden Kiefer befestigt war, hing ein großer Kessel, in dem es vielversprechend brodelte. Die Leute saßen auf zwei Balken, die meisten hielten einen Metallbecher in der Hand. Jemand hatte gerade eine weitere Flasche Wodka geöffnet.

»Ach du meine Güte!«, sagte ein bärtiger Mann, der an einen

Geologen erinnerte, als ich aus der Dunkelheit ins Licht trat. »Nur im Pullover!«

»Entschuldigt bitte«, seufzte ich. »Ich habe ein paar Problemchen.«

»Setz dich«, meinte jemand, der sogleich von seinem Platz wegrückte. Sie setzten mich fast mit Gewalt hin und drückten mir unverzüglich einen Becher mit Wodka in die Hand.

»Trink!«

Diese Aufforderung zu ignorieren, hielt ich nicht für angebracht. Mein Hals brannte zwar, doch schon ein paar Sekunden später hatte ich völlig vergessen, dass Winter herrschte.

»Stjopa! Hast du nicht noch 'ne Jacke?«, übernahm der Bärtige weiter das Kommando.

»Ja«, kam es vom gegenüberliegenden Baumstamm. Dann lief jemand schnell in die Richtung, in der sich zwischen den Bäumen aufgespannte Zeltplanen abzeichneten.

»Ich habe noch eine Mütze«, sagte eine pummelige Frau mit Zöpfen wie eine Schülerin. »Warte ...«

»Treibst du dich schon lange in dieser Kälte rum?«, fragte mich der Bärtige.

»Nein. Insgesamt seit zwanzig Minuten. Fragt mich bloß nicht, wie ich hier hergekommen bin.«

»Machen wir nicht«, versprach der Bärtige. »Gleich ist der Pilaw fertig. Wir sind noch bis morgen hier. Für dich finden wir schon 'n Plätzchen, wo du dich aufs Ohr hauen kannst, und auch noch 'nen Schlafsack. Morgen geht's dann nach Moskau. Du kannst mit uns mitkommen oder auch nicht.«

»Danke«, sagte ich. »Gern.«

»Wir feiern heute Geburtstag«, erklärte mir Stjopa, der gerade mit einer blau-grünen Skijacke unterm Arm zurückkam. »Hier, nimm.«

»Vielen Dank, Jungs«, meinte ich aufrichtig. Und zwar weniger, weil sie mich so warmherzig und gastfreundlich aufnahmen, sondern weil sie mir keine überflüssigen Fragen stellten.

Die Jacke war warm. Wärmer, als sie aussah.

»Und wer hat Geburtstag?«, wollte ich wissen.

Eine der Frauen stellte ihre Küsserei mit einem ihrer bärtigen Verehrer ein. »Ich«, verkündete sie. »Ich bin Tamara.«

»Herzlichen Glückwunsch«, meinte ich, was jedoch etwas schwermütig herauskam. Es tat mir wirklich leid, dass ich absolut nichts hatte, was ich ihr schenken konnte, und ihr einen Hundertdollarschein in die Hand zu drücken, wäre mir peinlich gewesen. Es hätte wie das großzügige Trinkgeld ausgesehen, mit dem ich im Hotel um mich warf, etwas, das ich nur anstandshalber herausgerückt hätte.

»Wie heißt du?«, fragte der Bärtige Nummer eins. »Ich bin Matwej.«

»Witali.« Ich drückte die Hand, die er mir entgegenstreckte. »Ein Geburtstag im winterlichen Wald – es ist das erste Mal, dass ich so was erlebe.«

»Für alles gibt es ein erstes Mal«, bemerkte Matwej philosophisch.

Die Hunde bellten erneut los und verschwanden in der Dunkelheit.

»Das wird ja wohl Petro sein?«, fragte das Geburtstagskind voller Hoffnung.

»Petro, bist du das?«, rief Stjopa mit einem überraschend klangvollen Bariton, der in nichts der Stimme glich, mit der er bisher gesprochen hatte.

»Ja!«, kam es aus dem Wald.

»Bringst du Sekt mit?«, schrie Tamara.

»Ja!«, bestätigte Petro fröhlich.

»Hurra!«, schrien die anwesenden Frauen im Chor. »Ein dreifaches Hurra auf Petro, unseren Retter!«

Heimlich tastete ich nach dem Futteral unter meinem Hemd. Anscheinend verbarg sich in ihm die geheimnisvolle Kralle des Fafnir. Ich kam zu dem Schluss, dass ich mich bis zum Morgen entspannen und mich in der ruhigen Strömung eines fremden Geburtstags treiben lassen könnte. Die Leute am Lagerfeuer beachteten mich nicht weiter. Als sei ich einer von ihnen, gossen sie meinen Becher voll und reichten mir einen Teller mit dampfendem Pilaw. Als ob jeden Tag ein halbnackter Wanderer aus dem Wald zu ihnen ans Feuer stieße.

Zu schade, dass es unter ihnen keinen einzigen Anderen gab. Noch nicht einmal einen nicht initiierten.

Vier

Semjon betrat Gesers Arbeitszimmer, erstarrte eine Sekunde an der Tür und schüttelte kaum merklich den Kopf. »Er ist nicht in Moskau. So viel steht fest.«

»Das ist alles so dumm«, schnaubte Ignat in einem Sessel. »Er soll doch wohl in Moskau irgendetwas mit der Kralle anstellen? Welchen Sinn hat es also, ein Portal nach außerhalb von Moskau zu öffnen?«

Geser schielte zu Ignat hinüber. In seinem Blick lag etwas Rätselhaftes, etwas, das man im ersten Anlauf als »höheres Wissen« bezeichnen wollte. »So dumm ist das gar nicht«, widersprach er tonlos. »Der Dunkle hatte keine andere Wahl. Er hätte in Moskau bleiben und die Kralle verlieren können oder sich mit ihr so weit wie möglich davonmachen und dann versuchen können, später zurückzukommen. Schlimm ist allerdings, dass die Regin-Brüder es trotz unserer Anwesenheit geschafft haben, diesem Dunklen aus der Ukraine die Kralle zu übergeben. Und dass er uns hat täuschen können.« Geser seufzte und schloss einen Moment lang die Augen. »Aber was heißt *uns* ...«, verbesserte er sich dann. »Mich hat er täuschen können. Mich.«

Swetlana, die sich in einer Ecke des Sofas verkrochen hatte, schluchzte abermals auf. »Es tut mir so leid, Boris Ignatjewitsch ...«

Anton, der bis jetzt so aufrecht dagesessen hatte, als habe er einen Ladestock verschluckt, beugte sich zu ihr und nahm sie schweigend in die Arme.

»Weine nicht, Swetlana. Dich trifft keine Schuld. Wenn selbst ich die Schritte dieses Dunklen nicht erahnen konnte, kann das von dir niemand verlangen.« Gesers Stimme war rau, insgesamt aber neutral. Der Chef der Nachtwache machte Swetlana tatsächlich keinen Vorwurf – was geschehen war, überstieg einfach ihre bisherigen Kenntnisse und Fähigkeiten.

»Ich verstehe nur eins nicht«, sagte Olga stockend. Sie saß auf einem kleinen gepolsterten Hocker, der zwischen Gesers Tisch und dem Fenster stand, und rauchte nervös. »Wenn die Schritte des Dunklen insgesamt nicht vorauszusehen waren, heißt das dann, dass er intuitiv gehandelt hat? Nichts vorab geplant oder gedanklich durchgespielt hat?«

»Darauf läuft es hinaus«, bestätigte Geser ihr. »Er schafft lieber neue Wahrscheinlichkeiten, als eine der existierenden zu wählen. Das ist eigentlich ein mutiges Vorgehen, aber auch nicht ganz ungefährlich. Sein Instinkt kann ihn im Stich lassen. Genau in dem Moment müssen wir zuschlagen.«

Kurz hing Stille im Raum. Semjon ging lautlos durchs Arbeitszimmer und setzte sich aufs Sofa, etwas abseits von Anton und Swetlana.

»Aber an sich beschäftigt mich etwas anderes.« Geser kramte mit finsterer Miene eine Schachtel Pall Mall aus seiner Tasche. Verwundert betrachtete er sie, steckte sie dann zurück und zog eine Havanna in einem Blechtubo, eine Schere zum Abschneiden des Endes und ein riesiges Tischfeuerzeug aus der Tasche. Doch die Zigarre packte er nicht aus. »Etwas ganz anderes.«

»Dass der Dunkle so problemlos die Energie aus dem Portal und teilweise auch von Swetlana genutzt hat?«, vermutete Semjon sofort. »Das war doch zu erwarten.«

»Wie das?«, hakte Geser nach.

Semjon zuckte die Schultern. »Meiner Ansicht nach ist er noch stärker, als wir annehmen. Er tarnt sich einfach. Im Prinzip sind Ilja und ich, ja, sogar Garik in der Lage, uns die Kraft der Dunklen zunutze zu machen. Unter bestimmten Voraussetzungen. Und mit bestimmten Folgen für uns selbst.«

»Aber nicht so dreist und nicht so schnell.« Geser schüttelte den Kopf. »Erinner dich an Spanien. Als Awwakum versucht hat, aus einem dunklen Portal Kraft zu schöpfen. Du weißt doch noch wie das endete?«

»Ja«, meinte Semjon ungerührt. »Aber das heißt nur, dass unser Dunkler bedeutend stärker ist als Awwakum. Mehr nicht.«

Geser sah Semjon einige Sekunden an, schüttelte zweifelnd den Kopf und richtete den Blick dann auf Swetlana. »Sweta«, erkundigte er sich mit wesentlich sanfterer Stimme, »versuch noch einmal, dich an alles zu erinnern, was du in dem Moment gespürt hast. Lass dir Zeit. Und mach dir bitte keine Sorgen. Du hast alles richtig gemacht, das Problem ist nur, dass es nicht gereicht hat.«

Semjon sah Sweta mit dem Blick eines Menschen an, der das Interessanteste verpasst hatte. »Was soll das heißen – versuch es noch einmal? Du brauchst bloß das Bild zu produzieren, mehr nicht«, riet er ihr.

»Das gelingt ihr nicht«, brummte Geser. »Darin besteht ja das Problem. Es kommt nur Mist heraus, kein Bild.«

»Hast du mal versucht, ein anderes Bild zu erschaffen?«, wollte Semjon interessiert wissen. »Ein abstraktes, das nicht mit dem Dunklen verbunden ist?«

»Ja«, antwortete Geser für Swetlana. »Bei einem anderen klappt es. Nur bei diesem nicht.«

»Hm«, murmelte Semjon. »Kann es daran liegen, dass die Eindrücke zu grell und bedrückend sind? Ich erinnere mich noch, wie ich zwanzig Jahre lang versucht habe, das Bild eines Inferno-Strudels über dem Reichstag zu rekonstruieren, während Hitler eine Rede hielt. Es wollte mir einfach nichts Überzeugendes gelingen ...«

»Es geht nicht darum, ob das Bild überzeugend ist«, entgegnete Geser. »Sie kann überhaupt keins herstellen. Nur einen grauen Nebelschleier, als ob Swetlana versuchen würde, sich an die Welt des *Zwielichts* zu erinnern.«

Anton, der nach wie vor kein Wort gesagt hatte, schaute Sweta hoffnungsvoll an.

»Also noch mal«, begann sie. »Zunächst habe ich überhaupt nichts bemerkt. Während dann Sie, Boris Ignatjewitsch, den fliehenden Regin-Bruder verfolgt haben, bin ich beim Portal geblieben. Dann habe ich bemerkt, dass die Dunklen auf dem Boden sich bewegten, und Ihr magisches Netz neu aufgeladen. Daraufhin wurden die Dunklen wieder zu Boden gedrückt. Dann sind Sie zurückgekommen. Und fast unmittelbar danach fiel ich in eine Art Ohnmacht. Mir wurde schwarz vor Augen, ich fühlte mich schwach ... Und da war ein Abgrund. Ich kam am Boden wieder zu mir, als Anton mir Wasser ins Gesicht spritzte. Wenn ich mich anstrenge, steigen einzelne Erinnerungen in mir auf ... Aber das Ganze vermag ich nicht zu rekonstruieren.« Die Zauberin biss sich auf die Lippe, sie schien kurz davor, in Tränen auszubrechen. Anton sah sie an, als hoffe er, sie allein durch seinen Blick zu beruhigen.

»Ich kann keine vernünftige Erklärung dafür finden«, ließ sich Ilja vernehmen. »Es gibt nichts, worauf wir uns stützen könnten. Wir haben zu wenig Daten.«

»Wir haben mehr als genug Daten«, schnaubte Geser. »Aber auch ich habe keine Erklärung dafür ... keine hundertprozentig überzeugende Erklärung. Vermutungen, ja, die müssen jedoch noch überprüft werden. Olga?«

Olga zuckte mit den Achseln. »Wenn du schon nichts dazu sagen kannst, brauch ich es gar nicht erst zu versuchen. Entweder ist das ein Magier höchsten Grades, der aus irgendeinem Grund bislang von niemandem irgendwo registriert worden ist, oder man hat uns nach Strich und Faden hereingelegt. Mir ist zum Beispiel noch immer völlig unklar, warum Sebulon nicht interveniert hat. Die Einfuhr der Kralle müsste doch eine Operation von oberster Priorität sein. Aber er rührt keinen Finger, um seinem Kroppzeug zu helfen.«

»Stimmt schon, aber ...«, meinte Geser nachdenklich, der jetzt doch noch die Zigarre aus dem Tubo nahm, sie aufmerksam betrachtete, genussvoll den aromatischen Tabakduft einatmete und sie dann wieder zurücksteckte. »Die Tagwache Moskaus braucht mit dieser Operation, mit der Einfuhr der Kralle des Fafnir, absolut nichts zu tun zu haben. Die Regin-Brüder können hundertprozentig auf eigene Faust gehandelt haben. In diesem Fall können wir Sebulon nicht einmal belangen. Und sein Pack hat anscheinend selbständig gehandelt. Und noch nicht einmal sonderlich gut, sonst wäre es uns nicht gelungen, die Brüder zu fassen.«

»Was haben die Regin-Brüder damit zu tun, Chef!« Ignat stand unwillkürlich auf. »Wenn der Dunkle aus der Ukraine wirklich von der Kralle vorherbestimmt ist, dann hätten die Dunklen den Kampf auf dem Flughafen ja wohl gewonnen.«

»Wenn der Dunkle aus der Ukraine von der Kralle vorherbestimmt wäre«, entgegnete Geser leise, »würden wir uns jetzt an ein ewiges Dasein im *Zwielicht* gewöhnen. Selbst ich hätte dann keinen von euch zu retten vermocht. Nicht einen. Ist das klar, Ignat?«

»So schlimm sähe es aus?«, erkundigte sich Semjon gelassen. »Ist die Lage so ernst?«

»Das ist sie, Semjon. Ich habe nur noch eine einzige Hoffnung: Der Dunkle durchschaut seine Rolle bislang selbst noch nicht genau. Deshalb handelt er planlos. Unsere einzige Chance besteht nun darin, ihm die Kralle abzunehmen, bevor er damit irgendein Unheil anrichten kann. Dann stünden die Chancen im Prinzip wieder gleich.«

»Aber wie sollen wir das schaffen?«, brauste Ignat auf. »Soll ich vielleicht versuchen, mit ihm zu reden, ihn zu überzeugen? Schließlich bin ich ein echter Meister der Überredungskunst. Nur müssten wir ihn dafür erst finden ...«

»Er kann nicht tatenlos herumsitzen, denn die Kralle brennt ihm in den Fingern. Der Dunkle wird unweigerlich wieder in Moskau auftauchen.« Geser erhob sich und sah seine Untergebenen an, während er sich müde mit der Hand über die Wange strich. »Genug davon. Ruht euch aus. Ruht euch alle aus.« Dann wandte er sich an Anton. »Anton ... Weiche nicht von Swetas Seite. Nicht einen Schritt. Fahrt auch nicht nach Hause, weder zu dir noch zu ihr. Bleibt hier.«

»Gut, Boris Ignatjewitsch«, brachte Anton Gorodezki seine ersten Worte bei dieser Zusammenkunft heraus. Nach wie vor hielt er Sweta im Arm.

Zehn Minuten später reichte Anton in dem gemütlichen Aufenthaltsraum der Wachposten, der im Moment jedoch leer war, der entkräfteten Zauberin seinen MD-Player und die Kopfhörer.

»Weiß du was?«, sagte er. »Ich habe eine Art Spiel. Auf der Scheibe gibt es unglaublich viele Lieder. Ganz unterschiedliche. Ich benutze den Zufallsgenerator, aber aus irgendeinem Grund kommt immer der richtige Song dabei heraus. Willst du es auch mal probieren?«

Swetlana deutete ein Lächeln an und nahm die Kopfhörer.

»Du musst hier draufdrücken.«

Sie drückte den Knopf. Am Player flackerte ein grünes Licht auf, die Scheibe drehte sich. Der Laser glitt über die einzelnen Tracks und hielt bei einem inne.

Ich träume von Hunden, von wildem Getier,
Ich träume, dass Wesen mit flammenden Augen
Am Himmel sich mir in die Flügel verbissen,
Da bin ich gestürzt, ein gefallener Engel ...

»*Nautilus Pompilius*«, sagte Sweta, indem sie die Kopfhörer etwas aus dem Ohr nahm. »*Gefallener Engel*. Stimmt, das passt ...«

»Weißt du«, meinte Anton ausgesprochen ernst, »du kannst

mich für abergläubisch halten, aber ich habe nicht daran gezweifelt, dass *Nautilus* herauskommen würde. Mir gefällt dieses Lied sehr.«

»Lass es uns zusammen hören«, bat Swetlana und setzte sich aufs Sofa.

»Gut«, stimmte Anton ihr zu und dankte innerlich dem Menschen, der Kopfhörer ohne Bügel erfunden hatte.

Weiß nicht, wie ich fiel, ich weiß aber noch,
Wie ich tonlos aufschlug auf kaltem Gestein.
Kann's sein, dass ich wirklich so hoch bin geflogen
Und grausam gestürzt, ein gefallener Engel?
Hinab in die Tiefe, aus der wir einst
Kamen, ein neues Leben erhofften.
Hinab in die Tiefe, aus der wir einst
Gierig hinauf ins Blaue blickten.
Hinab ...

Lange saßen sie nebeneinander und hielten sich im Arm. In ihren Ohren erklang leise ein geteilter *Nautilus*. Bitter war ihnen zumute, doch auch wohlig, diesen dreien – ihm, ihr und dem gefallenen Engel.

»Als ich das Gebäude der Abfertigungshalle betreten habe«, berichtete Schagron, »war da niemand mehr. Fast unmittelbar am Eingang, etwas weiter rechts, wo die Gepäckausgabe ist, schloss sich gerade ein Portal. Die Lichten hatten ihren Stab bereits geräumt, ich spürte sie nur ganz leicht, am äußersten Rand. Sie beluden wohl die Autos oder fuhren gerade ab.«

»Und die Regin-Brüder?«, fragte Edgar.

»Bei denen blicke ich überhaupt nicht mehr durch. Meiner Ansicht nach ist einer von ihnen gestorben. Die Übrigen haben die Lichten immobilisiert und mitgenommen.«

»Wozu?«, wunderte sich Deniska, der sich dafür sogar von

seinem Kaffee losriss. »Warum haben sie sie nicht an Ort und Stelle abgemurkst?«

»Du hast Ideen! Das sind schließlich Lichte!« Juri irritierte die Frage. »Nachdem sich die Brüder ergeben hatten, reichte es ihnen, sie einfach zu verhaften. Vermutlich übergeben die Lichten sie der Inquisition ... Diese Sadisten. Besser hätten sie die drei gleich umgebracht.«

»Meiner Meinung nach ist er aber doch entkommen«, sagte Nikolai, der gedankenlos mit seinem abgefeuerten Stab herumspielte. Die Kraft, mit der der Stab noch bis vor kurzem geladen gewesen war, hatte den Schnee auf der Landebahn des Flughafens geschmolzen – geschmolzen und getrocknet. »Also, Juri? Was denkst du?«

»Ich spüre die Kralle nicht. Er ist nicht mehr in Moskau.«

»Aber wie konnte er entkommen?«, fragte Anna Tichonowna, die bisher die Lippen zusammengepresst hatte, was ihr das Aussehen einer gestrengen Schullehrerin verliehen hatte. »Aus den Klauen Gesers? Das kann ich nicht glauben.«

»Ich weiß es doch auch nicht«, blaffte Juri sie an. »Aber dort ist irgendwas geschehen.«

»Hätte er nicht das Portal nutzen können?«, fragte Edgar vorsichtig.

»Das Portal?«, schnaubte Juri. »Kannst du denn ein Portal benutzen?«

»Mit Mühe«, gestand Edgar. »Meine paar Kräfte reichen dafür nicht.«

»Oha!«, meinte Juri vielsagend und zeigte mit dem Finger unbestimmt zur Decke. »Außerdem hat unser Held nach dem Kampf auf dem Boulevard eher wie eine ausgepresste Zitrone gewirkt.«

»Dafür erinnerte nach dem Kampf im Flughafen eher die Zauberin der Lichten an eine ausgepresste Zitrone«, bemerkte Nikolai mit Unschuldsmiene. »Und es soll mir bitte schön niemand weismachen, sie habe ihre Kraft freiwillig abgegeben.«

»In der Tat.« Schagron mischte sich jetzt auch ein. »Wenn man es recht bedenkt, kommt das, was energetisch in Wnukowo vorgefallen ist, vulgärem Vampirismus gleich. Alles war in so lila …«

Juri schüttelte skeptisch den Kopf. »Diesen Eindruck hat mir unser Ukrainer aber gar nicht gemacht, das könnt ihr mir glauben. Um unter Gesers Nase die Kraft einer Lichten aufzusaugen, muss man mindestens Sebulon sein. Und das Recht auf eine Intervention ersten Grades haben …«

»Was heißt hier *Recht*?«, platzte Anna Tichonowna heraus. »Innerhalb der letzten vierundzwanzig Stunden haben sich die Lichten drei grobe Verletzungen des Vertrages zuschulden kommen lassen, darunter ein Überfall mit Krafteinsatz! Die Lichten haben vergessen, was das ist – Recht.«

»Anna Tichonowna«, sagte Edgar eindringlich. »Die Inquisition hat den Lichten wieder einmal einen Ablassbrief ausgestellt. Solange ihre Handlungen auf die Wiederbeschaffung des geraubten Artefakts zielen, nimmt der Vertrag keinen Schaden. Bis zu dem Moment, an dem die Kralle des Fafnir der Inquisition zurückgegeben wird, hat die Nachtwache das Recht zu tun, was sie will. Damit befinden wir uns im Grunde im Krieg. Wie 1949. Das sollten Sie nicht vergessen.«

Im Raum wurde es still wie im Weltraum.

»Und du schweigst?«, fragte Anna Tichonowna in missbilligendem Ton.

»Warum sollte ich unsere Jugend in Panik versetzen? Entschuldige, Deniska. Wir stehen auch so schon auf Verlust. Erstens, der Chef ist nicht da, zweitens, das Verschwinden der Kralle kreidet man uns an, drittens, hinter uns liegen zwei nicht gerade erfolgreiche Jahre … Wie oft haben wir in diesen beiden Jahren den Lichten nachgeben müssen? Fünfmal? Zehnmal?«

»Aber gedrückte Stimmung – die wollen wir gar nicht erst aufkommen lassen, nicht wahr?«, höhnte Juri. »Kehren wir alles unter den Teppich. Schirmen wir die Jugend von schlechten Einflüssen ab. Hm ...«

»Was heißt hier *hm*?«, blaffte Edgar zurück. »Gib mir lieber einen Rat, was wir jetzt tun sollen.«

»Der Chef hat dich zum Stellvertreter bestimmt«, sagte Juri gleichgültig. »Also musst du dir darüber den Kopf zerbrechen.«

»Kolja und du – ihr habt euch ja geweigert, deshalb hat er mich ernannt.« Edgar gab sich jetzt düster und unzugänglich. »Schöne Kämpfer seid ihr mir ...«

»Ach, Jungs, jetzt haltet endlich mal die Klappe!« In ihrer Empörung war Anna Tichonowna rot angelaufen. »Wir haben jetzt andere Sorgen! Meine Hexen arbeiten im Unterschied zu euch schließlich auch gut zusammen!«

»Gut, lassen wir das.« Juri machte eine abwinkende Geste. »Ihr fragt, was wir jetzt tun sollen? Nichts. Unser ukrainischer Held kann nicht weit aus Moskau sein. Die Kralle ist meiner Ansicht nach bei ihm. Wenn er bisher noch nichts unternommen hat, heißt das, er hatte noch keine Gelegenheit dazu. Warten wir darauf, dass er zurückkommt. Und das muss er, denn die Kralle muss in den nächsten beiden Tagen nach Moskau gelangen. Andernfalls ist das Wahrscheinlichkeitsmaximum überschritten, und sie ist nichts weiter als ein starkes Artefakt.«

Nikolai nickte zustimmend.

Edgar sah die Magier aufmerksam einen nach dem anderen an. »Dann warten wir also«, seufzte er. Und fügte hinzu: »Stimmt. Ausgebufft ist er, unser Ukrainer. Noch ausgebuffter als Geser.«

»Sag nicht hopp, bevor du nicht gesprungen bist«, riet Kolja. »Wie es in der Ukraine heißt ...«

»Anna Tichonowna«, sagte Schagron mit leicht einschmeichelnder Stimme. »Könnten Sie Ihre Mädchen nicht bitten, Kaffee zu kochen? Ich hab einfach keine Lust mehr, nach alldem noch einen Finger zu rühren ...«

»Du bist ein Faulpelz, Schagron.« Anna Tichonowna schüttelte den Kopf. »Aber gut, ich kümmer mich darum, schließlich hast du heute gute Arbeit geleistet. Die anderen sollten sich ein Beispiel an dir nehmen.«

Schagron grinste zufrieden.

Zu meinem größten Erstaunen war es im Zelt die ganze Nacht über warm gewesen. Zum Schlafen zog sich natürlich niemand aus, und auch ich legte nur die Jacke und die Schuhe ab, um in den angebotenen Schlafsack zu kriechen. Das Zelt gehörte dem bärtigen Matwej, und bei Bedarf hätten hier auch drei, ja, sogar vier Leute Platz gefunden. Doch wir blieben zu zweit. Im Nachbarzelt, von dem uns zwanzig Meter trennten, stöhnte das Geburtstagskind, gleich nachdem alle vom Lagerfeuer aufgestanden waren, noch eine Zeit lang wohlig in den kräftigen Armen eines Verehrers; also war es nicht nur bei uns warm. Schon komisch. Als Mensch aus dem Süden hatte ich immer angenommen, dass der Winter in einem Wald kalt und scheußlich sein müsse.

Da hatte ich mich getäuscht. Im Wald war es vielleicht wirklich kalt und scheußlich. Aber der Mensch vermag es sich warm und gemütlich zu machen. Und zwar überall, wo er hinkommt. Die Natur muss dabei natürlich etwas in den Hintergrund treten, aber diese Frage steht auf einem anderen Blatt. Einem ganz anderen …

Matwej wachte als Erster auf. Er kroch aus seinem Schlafsack, hantierte am Eingang mit seinen modernen Bergsteigerschuhen herum (kein Vergleich mit meinen Tretern), band die Eingangsplane hoch und kroch hinaus. Sofort fiel der Frost über mich her. Gleichzeitig spürte ich an der Brust das längliche Ding, das mir die Wikinger auf dem Flughafen zugeworfen hatten. Bisher hatte ich es mir noch nicht in Ruhe angesehen – es hatte sich keine Gelegenheit dazu ergeben.

Außerdem wurde mir klar, dass sich der Schutzkokon, über Nacht nicht genährt, aufgelöst hatte. Das Ding sandte spürbar

Kraft aus. Und zwar nicht einfach Kraft, sondern KRAFT. Wenn hier auch nur ein Anderer gewesen wäre, hätte er unweigerlich die Kralle gespürt.

Ich zog unter meinem Hemd ein längliches und leicht gebogenes Etwas hervor. Ein Futteral? Eine Art Scheide für einen Dolch, nur dass sie sich wie eine zweischalige Meeresmuschel öffnen ließ. Falls es denn solche Muscheln im Meer überhaupt gab: bis zu dreißig, fünfunddreißig Zentimeter lang und schmal.

Das Futteral war im *Zwielicht* geschlossen worden, weshalb ein normaler Mensch es unter keinen Umständen aufbekommen hätte. Blinzelnd rückte ich näher zum Ausgang und schob die Plane etwas zur Seite, damit es heller wurde.

Innen lag auf kirschrotem Samt in der Tat die rabenschwarze Kralle eines riesigen Tiers. An der gekrümmten Spitze war sie scharf wie ein Tscherkessendolch. Eine lange Rille zog sich über die ganze Kralle und erinnerte an eine Blutrinne. Das breite Ende sah abgebrochen oder zerschnitten aus, als sei die Kralle einem Tier höchst unzeremoniell und grob aus der Pfote herausgeschnitten worden. Was vermutlich auch zutraf.

Was musste das für ein Tier sein, das eine solche Kralle hatte! Vielleicht einer dieser legendären Drachen? Sonst kam keins in Frage. Sollten denn die Drachen tatsächlich existiert haben? Ich grub in meinem Gedächtnis in der Hoffnung, eine Antwort zu finden, und schüttelte voller Zweifel den Kopf. Hexen und Vampire – das ist eine Sache, das sind doch bloß Andere. Aber Drachen ...

Matwej kam – im Schnee knirschend – vom Bach zurück. Ich seufzte bedauernd und verschwand kurz im *Zwielicht*, um das Futteral zu schließen und unter mein Hemd zu schieben.

»Ausgeschlafen?«, fragte Matwej, während er auf mich zukam.

»Hm.«

»War dir nicht kalt?«

»Nein. Das ist erstaunlich. Ich habe gedacht, der Wald, der Winter – da würde es bestimmt kalt werden. Aber es war warm ...«

»Ihr seid komische Leute, ihr aus dem Süden!«, wunderte sich Matwej. »Glaubst du, das hier ist kalt? In Sibirien, ja, da ist es kalt. Weißt du, was man sagt? Ein Sibirier ist niemand, der keine Angst vor der Kälte hat, sondern jemand, der sich warm anzieht!«

Ich lachte. Gut beobachtet, wirklich gut! Das musste ich mir merken.

Matwej lachte ebenfalls in seinen Bart. »Da hinten ist ein Bach. Da kannst du dich waschen.«

»Hm.« Ich kroch aus dem Zelt und brachte die kurze Strecke zu dem überfrorenen Bach hinter mich. An der Stelle, an der der Pfad ans Ufer stieß, hatte jemand sorgfältig das Eis zerschlagen. Über Nacht hatte sich zwar eine neue dünne und fast durchsichtige Eisschicht über das Eisloch gelegt, doch Matwej hatte auch sie zerschlagen. Das Wasser war kalt, aber nicht so kalt, dass meine Wärme liebende Seele gemeutert hätte, als ich mir ein paar hohle Hände voll ins Gesicht spritzte. Nach dem Waschen fühlte ich mich frisch und munter, wollte sofort etwas unternehmen, irgendwohin rennen ...

Vielleicht lag das aber auch überhaupt nicht am Waschen. Gestern hatte ich mich vor dem Flughafen verausgabt, nahezu vollständig. Entsprechend hatte ich mich gefühlt. Dann hatte ich mir aus dem Portal Kraft abgezweigt und auch etwas von der Zauberin genommen, beides aber gleich wieder fast aufgebraucht. Die Nacht über musste mich die Kralle versorgt haben.

Ihre Kraft war richtig, dunkel. Die Energie der Lichten hatte mir keine besondere Freude bereitet, das war eine widerspenstige und fremde Kraft. Aber die Kralle, das war, als streichle eine Mutter ihr Baby. Der Atem der Kralle schien etwas Verborgenes und schmerzlich Vertrautes zu haben.

Ich fühlte mich imstande, Berge zu versetzen.

»Wann wollt ihr aufbrechen?«, fragte ich, als ich wieder beim

Zelt angelangt war. Genauer: nicht beim Zelt, sondern bei der Feuerstelle. Matwej hackte Holz. Beide Hunde strichen in seiner Nähe herum und schielten immer wieder gierig auf den über dem Feuer hängenden Kessel.

»Die Leutchen müssen erst ausschlafen, dann machen wir den Pilaw warm, kippen noch ein paar Grämmchen gegen die Kälte, und dann brechen wir auf. Was ist? Hast du's eilig?«

»Es wäre nicht schlecht, wenn ich bald loskäme«, meinte ich vage.

»Na denn ... Wenn du es eilig hast, dann geh. Die Jacke kannst du erst mal behalten ... Ich gebe dir Stjopkas Adresse, dann bringst du sie ihm irgendwann zurück.«

Wenn du wüsstest, wem du gerade hilfst, guter Mann ...

»Matwej«, meinte ich leise. »Ich glaube kaum, dass ich es schaffen werde, bei Stjopka vorbeizugehen. Vielen Dank, ich werde bestimmt nicht frieren.«

»Sei nicht dumm.« Matwej richtete sich auf, die Axt in der ausgestreckten Hand. »Wenn du sie nicht zurückbringst – dann eben nicht. Deine Gesundheit geht vor.«

Ich gab mir alle Mühe, damit mir ein weises und trauriges Lächeln gelang. »Matwej ... Wie gut, dass wir allein sind. Ich bin nämlich gar kein Mensch.«

In die Augen des Bärtigen trat sofort ein gelangweilter Ausdruck. Vermutlich glaubte er, ich sei einer dieser übergeschnappten Contactees oder irgendein Übersinnlicher. Hm ... Ich würde ihn eines Besseren belehren.

Beide Hunde verloren auf einen Schlag ihre Lebensfreude und warfen sich winselnd vor Matwejs Füße. Ich hob meinen kaum zu erkennenden morgendlichen Schatten vom Schnee auf und verschwand ins *Zwielicht*.

Matwej gab mit seinen aufgerissenen Augen ein zu komisches Bild ab. Verwirrt ließ er das Beil fallen, das dem Neufundländer auf die Pfote fiel, worauf der arme Hund aus vollem Hals loskläffte.

Matwej sah mich nicht. Und er sollte mich nicht sehen.

Ich zog die Jacke aus. Die würde Matwej auch nicht sehen, ehe ich sie nicht aus dem *Zwielicht* herausgeworfen hatte. Ich kramte etwas Geld aus meiner Hemdtasche und stopfte zwei Hundertdollarscheine in die Jackentasche. Dann warf ich sie Matwej zu.

Matwej zuckte zusammen, griff reflexartig nach der Jacke, die für ihn direkt in der Luft aufgetaucht sein musste, und sah sich um. Ehrlich gesagt, sah er ein wenig mitleiderweckend aus, aber ich spürte: Ohne eine solche Demonstration hätte ich ihn niemals überzeugen können.

Ich wollte nichts Fremdes mitnehmen, nicht einmal diese verdammte Jacke. Von Menschen, die ohne überflüssige Fragen zu stellen einem halb nackten Unbekannten helfen, der mitten in der Nacht an ihrem Lagerfeuer auftaucht, darf man nichts nehmen, wenn es sich vermeiden lässt. Die Jacke war völlig in Ordnung und bestimmt nicht billig gewesen. Ich wollte sie nicht. Ich war ein Dunkler. Ich brauche nichts Fremdes.

Hinter Matwej trat ich aus dem *Zwielicht* heraus. Er starrte noch immer wie blind in die Leere.

»Ich bin hier«, sagte ich, worauf Matwej herumwirbelte. Jetzt trat ein wahrhaft irrer Ausdruck in seinen Blick.

»Ah, äh, ah ...«, stotterte er und verstummte.

»Vielen Dank. Aber ich brauche die Jacke wirklich nicht.«

Matwej nickte. Jeder Wunsch, mir zu widersprechen, war ihm offensichtlich vergangen. Meiner Meinung nach beunruhigte ihn der Gedanke, die ganze Nacht allein in einem Zelt mit einem Monster verbracht zu haben, das sich vor seinen Augen in Luft auflösen konnte – und wer weiß wozu sonst noch fähig sein mochte.

»Verrat mir noch eins: Wie komme ich von hier weg?«

»Da drüben.« Matwej wedelte mit der Hand in Richtung des Pfads, über den ich gekommen war. »Da geht die Bahn. Sie fährt schon.«

»Gibt es keine Straße? Ich würde lieber trampen.«

»Doch. Gleich hinter den Schienen.«

»Wunderbar!«, freute ich mich. »Also dann! Noch mal danke. Gratuliere dem Geburtstagskind von mir ... und ... gib ihr ...«

Erstaunlich, wie gut ich diesen simplen, aber unbekannten Zauber hinbekam. Ich steckte die Hand hinter den Rücken, berührte einen vereisten Zweig, brach ihn ab – und hielt Matwej eine frische, eben erst vom Strauch geschnittene Rose hin. An den grünen Blättern zitterten Tautropfen, die Blütenblätter flammten purpurrot. Eine frische Rose in einem verschneiten Wald – das gibt ein sehr schönes Bild.

»Ah ... äh ...«, flüsterte Matwej, der automatisch die Blume an sich nahm. Ob er sie wohl dem Geburtstagskind geben oder sie vorsichtshalber doch lieber in einer Schneewehe vergraben würde, damit er keine langen und umständlichen Erklärungen abgeben musste?

Das würde ich nicht mehr in Erfahrung bringen. Erneut trat ich ins *Zwielicht*. Ich wollte mich nicht durch den Schnee schleppen. Was mir gestern Abend noch Spaß gemacht hatte, als ich mich an dem Gedanken weidete, Geser entkommen zu sein, passte heute, wo ich erholt und voller Kraft war, nicht mehr zu mir.

Etwas hatte ich noch vergessen ... Ach ja! Die Mütze. Die gehörte schließlich auch nicht mir, saß mir aber noch auf dem Kopf. Ich warf sie der Jacke hinterher – und dann nichts wie weg.

Ich eilte mit Sprüngen von ein-, zweihundert Metern vorwärts. Ich öffnete kleine Portale an der äußersten Sichtgrenze und durchmaß wie ein Riese den Raum, indem ich die Kilometer fraß.

Am Tag sah die Schneise ganz gewöhnlich aus, jeder Zauber war unwiederbringlich verloren. Nicht umsonst wählen alle echten Romantiker und Freiheitsliebenden – alle Dunklen – als ihre Zeit die Nacht. Die Nacht und nicht den Tag, wenn aller

Dreck und Müll aufdringlich ins Auge springt, wenn zu sehen ist, wie hässlich und heruntergekommen unsere Städte sind, wenn die Gehsteige von dummen Menschen überquellen und die Straßen von stinkenden Autos verstopft sind. Der Tag, das ist die Zeit der Fesseln und Ketten, der Pflichten und Regeln, während die Nacht die Zeit der Freiheit ist.

Der Freiheit, die ein echter Anderer gegen nichts eintauschen würde. Nicht gegen eine vergängliche Pflicht, nicht gegen billige verschwommene Ideale, die jemand lange vor dir ersonnen hat. All das ist ein Mythos, eine Fiktion, ein »ucho od śledzia«, wie unsere polnischen Brüder sagen, ein »Ohr vom Hering«. Es gibt nur eine Freiheit, für alle und jeden, und es gibt nur eine Einschränkung: Niemand hat das Recht, die Freiheit seines Nächsten einzuschränken. Und nur die schlaufüchsigen und heuchlerischen Lichten können hier vermeintliche Paradoxe und Widersprüche entdecken – wer frei ist, kommt hervorragend mit allen Freien aus und wird ihnen nie in die Quere kommen.

Ein Auto musste ich als Anderer anhalten, denn einen Menschen ohne Jacke wollte niemand mitnehmen. Ich berührte das Bewusstsein eines Mannes in einem aufgemotzten Shiguli, einem »Neuner« in der Farbe schlammigen Asphalts.

Natürlich hielt er an.

Hinterm Steuer saß ein etwa fünfundzwanzigjähriger Kerl mit kurz geschnittenen Haaren, der absolut keinen Hals erkennen ließ. Der Kopf thronte einfach und irgendwie sehr natürlich auf dem Körper. Seine Augen waren leer. Insgesamt erinnerte der Fahrer an jene Boxergestalt aus einem Witz, die den Kopf nur zum Essen hatte. Dafür waren seine Reflexe fantastisch. Mir kam der starke Verdacht, er könne sein Auto selbst dann noch fahren, wenn er das Bewusstsein verloren hatte.

»Ja?«, sagte er, als ich im Fond Platz nahm, neben seiner zeltartigen Lederjacke.

»Na los. Nach Moskau. In der Twerskaja kannst du mich rauslassen.«

Dann berührte ich ihn abermals leicht durchs *Zwielicht*.

»Hm ...«, sagte der Mann und trat aufs Gas. Trotz der glatten Straße und der ihm auferlegten Erstarrung raste er mit über hundert Sachen los. Das Auto gehorchte ihm vorzüglich. Ob er irgendwelche besonderen Reifen hatte?

Wir fuhren irgendwo im Nordwesten nach Moskau rein und bogen dann auf die Wolokolamskoe Chaussee. Daher flutschten wir sehr schnell durch die Riesenstadt und kamen fast geradenwegs zum Ziel. Zum Büro der Tagwache in der Twerskaja.

Wie gut, dass ich so einen bemerkenswerten Fahrer gefunden hatte und die Straße dazu einlud, das Gaspedal ganz durchzudrücken. Obendrein schwammen wir auf einer grünen Welle.

Als wir an der Metrostation Sokol vorbeifuhren, wurde mir klar, dass man mich geortet hatte.

Mich und die Kralle.

Doch einen schnurgerade durch das morgendliche Moskau dahinschießenden »Neuner« zu verfolgen ist ein nahezu aussichtsloses Unterfangen.

An der Twerskaja stieg ich aus und steckte dem halslosen Rennfahrer einen Hunderter in die Hand. Rubel, keine Dollar.

»Ja?«, seufzte er und guckte sich um. Natürlich erinnerte er sich an nichts und versuchte jetzt mit seinem dürftigen Intellekt die fast unlösbare Aufgabe zu bewältigen: Wie war er von einer Straße in der Umgebung Moskaus ins Stadtzentrum geraten?

Ich hatte nicht die Absicht, ihn dabei zu stören, und ließ ihn mit seinem unlösbaren Rätsel allein.

Um seine Reflexe konnte man ihn freilich nur beneiden: Der »Neuner« fuhr fast gleich darauf los. Das Gesicht des Mannes, dem jetzt der Mund offen stand, war zum Seitenspiegel gedreht. So entschwand er meinem Blick. Ich überquerte die Straße und ging auf den Eingang des Büros zu.

Der Vorraum hing voller Tabakqualm. Ein Kassettenrecorder, eine Boom-Box von Philipps, spielte leise ein Lied. Die Melodie war eingängig und kräftig, die Stimme heiser und tief, sodass ich Butussow nicht gleich erkannte.

Durchs offene Fenster fegt eisig der Wind,
Nacht, die zu langen Schatten gerinnt,
Geheimnisvoll komm ich im Silbergewand,
Wozu ich gekommen bin, ist dir bekannt.
Will Macht dir geben,
Verborgne Kraft,
Den Hals dir küssen
Voll Leidenschaft.

Ein junger Vampir, der glückselig vor sich hinblinzelte und tonlos mitsang, verlor bei meinem Anblick die Gabe der Rede. Der zweite Wachhabende, ein ebenso jugendlich wirkender Alchimist, donnerte bereits seinen Bericht durch den Telefonhörer.

»Sie werden erwartet«, teilte er mir mit. »Im achten Stock.«

Der Vampir, seiner Redekunst zwar verlustig, konnte mir immerhin noch den Fahrstuhl rufen.

Doch plötzlich spürte ich, dass ich auf gar keinen Fall den Aufzug betreten und mit ihm nach oben fahren dürfte. Auf gar keinen Fall.

»Übermitteln Sie bitte, dass ich lebe und alles in Ordnung ist. Aber ich muss dringend weg«, sagte der Jemand in mir.

Ich trat wieder auf die Twerskaja hinaus.

Erneut »trug« es mich. Ohne zu zögern wandte ich mich nach links. Zum Roten Platz.

Noch wusste ich nicht, was mich dorthin trieb und warum. Doch dieser in mir verschlossenen Kraft musste ich einfach gehorchen. Außerdem spürte ich, wie die Kralle des Fafnir zum Leben erwachte, atmete.

Jeder Fußbreit Erde, jeder Quadratzentimeter Asphalt hier

war mit Magie getränkt. Alter Magie, die sich in das Gestein der Gebäude, in den Straßenstaub gefressen hatte.

Als rotes Massiv erhob sich etwas rechts das Historische Museum. Ich wusste nicht einmal, ob man es noch besuchen konnte oder ob die sich ein weiteres Mal radikal verändernde Geschichte des arg gebeutelten Russlands es in eine Art Casino verwandelt hatte. Das aufzuklären blieb mir übrigens keine Zeit. Ich ging an dem Gebäude vorbei.

Das Steinpflaster des Roten Platzes, das sich noch an den gemächlichen Schritt der Zaren, die Stiefel der Revolutionssoldaten, die Raupen sowjetischer Panzermonster und die Marschkolonnen der Demonstrationen zum Ersten Mai erinnerte, schien die Moskauer Unerschütterlichkeit zu verkörpern. Diese Stadt hatte bestanden und würde bestehen, und nichts – weder die Streitereien normaler Menschen noch die ewigen Geplänkel zwischen den Wächtern des Tages und der Nacht – würde diese ruhige Größe ins Wanken bringen können.

Ich trat auf den Platz und sah mich um. Etwas links brodelte das GUM. Rechts ragte die gezahnte Mauer des Kremls auf. Vor ihr erhob sich die Pyramide des Mausoleums. Es würde mich doch wohl nicht dorthin ziehen?

Nein, nicht dorthin. Auch gut. Wie auch immer man zu dem einstigen Führer Russlands stehen mag, es ist eine Sünde, die Ruhe der Toten zu stören. Zumal derjenigen, die für immer und unwiderruflich verstorben sind. Er war kein Anderer – und gut, dass er keiner war.

Ich ging über den Platz, ohne den Schritt zu beschleunigen. Ein paar schiefergraue Regierungsschlitten schossen aus dem Kremlgelände heraus und verschwanden in den Gassen. Schweigend begrüßte mich die Rundtribüne des Lobnoje Mesto. Der Bürger Minin und der Fürst Posharski begleiteten mich mit ihren Blicken. Die Basiliuskathedrale grüßte mit ihren bemalten Köpfen herüber.

Kraft. Kraft. Kraft ...

Hier gab es so viel davon, dass ein Anderer, der sich verausgabt hatte, in wenigen Sekunden wieder zu Kräften kommen konnte.

Doch niemals tat irgendwer dergleichen. Denn das ist eine fremde Kraft. Eine Niemandskraft. Eine widerspenstige und unkontrollierbare Kraft. Die Kraft vergangener Jahrhunderte. Die Kraft gestürzter Zaren und Generalsekretäre. Man braucht sie bloß zu berühren, und sie vertilgt einen.

Ich sah mich um, einmal, zweimal.

Und bemerkte ihn.

Den Inquisitor.

Einen Inquisitor kann man mit niemandem verwechseln, weder mit einem Lichten noch mit einem Dunklen und schon gar nicht mit einem gewöhnlichen Menschen.

Der Inquisitor sah mich hartnäckig an, weshalb nicht zu verstehen war, warum ich ihn erst jetzt bemerkt hatte.

Er war allein, völlig allein, stand über jedem billigen Kräftespiel, außerhalb von Allianzen oder Verträgen. Er verkörperte die Gerechtigkeit und die Inquisition. Er bewahrte das Große Gleichgewicht. Musste ich noch fragen, warum er hier war?

Ich trat dicht an ihn heran.

»Du hast richtig gehandelt, als du gehorcht hast«, sagte der Inquisitor.

Aus irgendeinem Grund wusste ich: Er hieß Maxim.

Er streckte die Hand aus. »Die Kralle«, verlangte er.

In seiner Stimme klang nicht die geringste Spur von Macht an, kein Hauch von Druck. Trotzdem zweifelte ich nicht daran, dass sich dieser Stimme jeder fügen würde, bis hin zum Chef einer Wache – egal welcher.

Langsam, mit unverhohlenem Bedauern griff ich mir unters Hemd.

Die Kralle brodelte, zermahlte die umliegende Kraft. Kaum hielt ich sie in meiner Hand, durchströmte mich eine tosende Welle. In jede Zelle schoss die mir von der Kralle geschenkte

Kraft, die ganze Welt schien bereit, auf die Knie zu fallen und sich zu ergeben. Mir. Dem Herrscher über die Kralle des Fafnir.

»Die Kralle«, wiederholte der Inquisitor.

Er fügte keine irgendwie geartete Bitte hinzu, ich möge keine Dummheit begehen. Die Inquisition steht über sinnlosen Ratschlägen.

Trotzdem zögerte ich noch immer. Konnte ich wirklich freiwillig das Konzentrat einer so unerschöpflichen Kraft abgeben? Ein solches Artefakt? Den Traum eines jeden Anderen?

Automatisch nahm ich die Umverteilung der Energie wahr – in der Nähe ging ein Lichtes Portal auf. Natürlich, Geser, der Chef der Nachtwache Moskaus.

Der Inquisitor reagierte überhaupt nicht auf das Erscheinen des überraschenden Zeugen. In keiner Weise. Als sei hier nicht gerade ein Portal geöffnet worden und jemand aus dem *Zwielicht* herausgetreten.

»Die Kralle«, wiederholte der Inquisitor zum dritten Mal. Zum dritten und letzten Mal. Danach würde er kein Wort mehr sagen. Das wusste ich.

Und ich wusste auch, dass, selbst wenn jetzt alle Dunklen Moskaus auftauchen würden, sich nichts ändern würde. Sie würden mir nicht helfen. Im Gegenteil, sie würden sich auf die Seite des Inquisitors stellen. Die Auseinandersetzung um die Kralle konnte nur so lange andauern, wie die Hüter des Großen Vertrags nicht in eigener Person die Bühne betreten hatten.

Mit zusammengekniffenen Augen schöpfte ich so viel Kraft, wie ich in mir abzuspeichern vermochte, ohne mich vor Anspannung zu verschlucken, und hielt dem Inquisitor mit zitternder Hand das Futteral mit dem Artefakt hin. Gleichzeitig registrierte ich den vagen und mit Mühe unterdrückten Wunsch Gesers, mir die Kralle zu entreißen und an sich zu bringen. Aber natürlich rührte sich der Chef der Nachtwache nicht. Erfahrung – das ist in erster Linie die Fähigkeit, kurzzeitige Impulse zurückzuhalten.

Der Inquisitor sah mich an. Eigentlich hätte ich in seinem Blick Genugtuung und Billigung lesen müssen: Du bist ein guter Kerl, Dunkler, machst keine Mätzchen, gehorchst, bist ein kluges Köpfchen.

Doch nichts dergleichen machte ich in den Augen des Inquisitors aus. Ab-so-lut nichts.

Geser beobachtete uns mit echtem Interesse.

Langsam steckte der Inquisitor das Futteral mit der Kralle in die Innentasche seines Jacketts und begab sich dann ohne sich zu verabschieden ins *Zwielicht*. Ich hörte sofort auf, ihn zu spüren. Sofort. Die Inquisition hat ihre eigenen Wege.

»Ha!«, sagte Geser, wobei er an mir vorbeiguckte. »Du bist ein Dummkopf, Dunkler.« Dann fixierte er mich mit seinem Blick und seufzte. »Aber ein kluger Dummkopf«, fügte er hinzu. »Und das ist bemerkenswert.«

Daraufhin ging er ebenfalls weg, diesmal unauffällig, ohne Portal. Ihn spürte ich noch einige Zeit in den tiefen Schichten des *Zwielichts*.

Ich blieb auf dem Roten Platz zurück, im durchdringenden Wind, allein, ohne Kralle, an deren Kraft ich mich gewöhnt hatte, ohne warme Kleidung, nur in Pullover, Hosen und Stiefeln, während meine Haare in alle Richtungen flogen wie bei einem Kinostar in Großaufnahme. Nur die Zuschauer, die dieses gelungene Bild sehen konnten, fehlten – Geser war definitiv weg.

»Du bist wirklich ein Dummkopf, Witali Rohosa«, flüsterte ich. »Ein kluger und gehorsamer Dummkopf. Aber vielleicht bist du gerade deshalb immer noch am Leben?«

Doch der, der in mir steckte, rührte sich plötzlich und beruhigte mich: Alles läuft wie am Schnürchen. Du hast dich völlig richtig verhalten, als du dich von der Kralle des Fafnir getrennt hast. Mich überflutete eine so beglückende und unerschütterliche Gewissheit, richtig gehandelt zu haben, dass selbst der Wind mir nicht mehr kalt und durchdringend vorkam.

Alles war prächtig. Alles war richtig. Kinder sollen nicht mit Atombomben spielen.

Ich zuckte mit den Schultern, drehte mich um und ging in Richtung Twerskaja davon.

Nachdem ich die ersten Schritte gemacht hatte, entdeckte ich die gesamte Spitze der Tagwache (es fehlten nur der Magier Kolja und natürlich der Chef) plus anderthalb Dutzend Mitarbeiter mittleren Ranges, darunter die Hexlein von Anna Tichonowna, die Vampirbrüder und den dicklichen Tiermenschen. Die ganze Gesellschaft gaffte mich an wie Schaulustige einen aus dem Gehege flüchtenden Pinguin.

»Hallo«, sagte ich unerwartet fröhlich. »Was macht ihr denn hier?«

Wieder trägt es mich, dachte ich schwermütig. Oh, oh, oh ...

»Sag mal, Witali«, fragte Edgar mit seltsam gepresster Stimme, »wozu hast du das getan?«

Eine Sekunde war er abgelenkt, denn er schickte einen übermäßig aufmerksamen Milizionär weiter, der auf die in seinen Augen verdächtige Gesellschaft zukommen wollte. Dann sah er mich wieder an. »Wozu?«

»Brauchen die Dunklen etwa ein sinnloses Scharmützel? Brauchen sie unnütze Opfer?«, antwortete ich mit einer Gegenfrage. Als sei ich der sprichwörtliche Einwohner von Odessa.

»Meiner Meinung nach lügt er«, sagte Anna Tichonowna aggressiv. »Vielleicht sollte man ihn sondieren?«

Edgar runzelte finster die Stirn. Gerade du wirst den sondieren ...

Bei der Tagwache hatten sie also schon ein bisschen Angst vor mir! Na sowas!

»Anna Tichonowna«, wandte ich mich eindringlich an die alte Hexe. »Die Kralle des Fafnir ist ein unwahrscheinlich starkes Element zur Destabilisierung. Sie ist der Zerstörer des Gleichgewichts Nummer eins. Bliebe sie in Moskau, käme es unweigerlich zu einer gewaltigen Schlacht. Die Inquisition hat

Maßnahmen getroffen, um diese Schlacht zu vereiteln. Ich als gesetzestreuer Anderer habe mich dem Urteil der Inquisition gefügt und die Kralle zurückgegeben. Das ist alles, was ich dazu sagen kann.«

Über die Kraft, die sich in mir nach dem Kontakt mit der Kralle eingenistet hatte, verlor ich kein Wort. Noch nicht.

»Hätten Sie im Grunde nicht genauso gehandelt?«, fügte ich hinzu, wobei mir natürlich klar war, dass ich keinen Widerspruch zu erwarten brauchte. Sie alle wollten das Artefakt berühren ... aus ihm Kraft ziehen ... Und sie alle fürchteten die Folgen eines solchen Verhaltens.

»Wollen wir ins Büro zurückgehen?«, wandte sich der Magier Juri an mich. »Wir stehen hier absolut auf dem Präsentierteller. Noch dazu im Wind.«

Das ließ sich nicht von der Hand weisen, denn mich fröstelte es schon wieder. Die gesammelte Kraft unnütz zu vergeuden wäre jedoch dumm und unverzeihlich gewesen.

Mit Edgars Unterstützung schuf Juri ein Portal, um Zeit zu sparen, und ein paar Minuten später fuhren die Wächter des Tages grüppchenweise im Fahrstuhl hinauf ins Büro. Ich konnte nicht umhin festzustellen, dass mein Portal besser funktioniert und länger offen gestanden hätte. Ich hatte wohl eine weitere Stufe auf der Treppe ins Nirgendwo erklommen, als ich mich von der Kralle des Fafnir getrennt hatte. Anscheinend war ich jetzt stärker als alle Anwesenden zusammen. Doch nach wie vor war ich unerfahren und naiv, und was ich unbedingt noch lernen musste, war, die Kraft richtig einzusetzen.

Die Techniker mit dem unermüdlichen Hellemar an der Spitze hingen alle über ihren Notebooks. Wann zum Teufel schlafen diese Jungs eigentlich mal? Oder sehen die sich bloß alle zum Verwechseln ähnlich?

»Wie gibt's Neues, Hellemar?«, fragte Edgar.

»Die Lichten ziehen ihre Posten ab«, gab der Werwolf munter Auskunft. »Einen nach dem anderen. Lösen sie nicht ab, sondern ziehen sich in geschlossener Formation zurück. Auch die Ketten an den Zufahrten und Bahnhöfen ziehen sie ab.«

»Sie haben sich beruhigt«, seufzte Anna Tichonowna.

»Natürlich haben sie sich beruhigt«, brummte Juri. »Die Kralle ist wieder da. Vermutlich bringt sie bereits jemand nach Bern. Da könnte ich wetten.«

Er hatte Recht: Vor ein paar Minuten hatte ich gespürt, wie die Quelle meiner Kraft mit einem Mal im *Zwielicht* verschwand und irgendwohin weit, weit weggeschafft wurde. Ob es mir vergönnt sein würde, sie wenigstens noch einmal in Händen zu halten? Ich wusste es nicht ...

»Schlagt mich, aber ich verstehe nicht, warum dieses Hin und Her mit der Kralle angezettelt worden ist. Was wollten die Regin-Brüder damit erreichen? Warum haben sie losgelegt, ohne uns irgendetwas davon zu sagen? Das ist doch Wahnsinn, kompletter Wahnsinn.«

»Und warum seid ihr überzeugt, dass die Regin-Brüder nicht geschafft haben, was sie wollten?«, fragte ich mit Unschuldsmiene.

Alle sahen mich an wie ein Kind, das Erwachsenen eine unangemessene Frage gestellt hatte.

»Glaubst du das denn?«, erkundigte sich Juri misstrauisch und wechselte schnell einen Blick mit Edgar.

»Ja«, gab ich ehrlich zu. »Aber fragt mich nicht nach Einzelheiten, die kenne ich nämlich auch nicht. In Moskau hat es eine ernst zu nehmende Verschiebung des Gleichgewichts zugunsten der Lichten gegeben. Und zwar so ernst, dass ganz Europa in Aufruhr geraten war. Maßnahmen wurden ergriffen. Die Aktion der Regin-Brüder ist nur ein Teil des Mosaiks, das sich letzten Endes zu einem neuen Gleichgewicht fügen wird.«

»Ist dein Auftauchen dann ebenfalls ein Teil des Mosaiks?«, wollte Edgar wissen.

»Anscheinend ja.«

»Und dass Sebulon nicht in Moskau ist? Unser Chef?«

»Vermutlich auch.«

Die Dunklen wechselten fragende Blicke.

»Ich weiß nicht«, brachte Anna Tichonowna mit einem gewissen Unbehagen hervor. »Das alles ist komisch. Wenn wir die Kralle hätten, könnten wir die Lichten im Nu ausschalten.«

»Aber würden wir wirklich mit ihr fertig werden?«, fragte Juri.

Anna Tichonowna seufzte abermals. »Ich weiß es nicht ...«

»Zumindest«, meinte Edgar nach kurzem Nachdenken, »haben wir immer noch das Recht, von den Lichten Satisfaktion zu fordern. Einige bedeutende Interventionen. Das, was sie in den letzten beiden Tagen angerichtet haben, lässt sich mit den jüngsten Morden überhaupt nicht vergleichen. Der Tod Tjunnikows muss sowieso als Unfall betrachtet werden, und selbst wenn Geser es noch so sehr abstreitet – das Tribunal wird seine Argumente in der Luft zerreißen. Der wildernde Vampir und die als Nutte arbeitende Tierfrau sind keine großen Sünden, vielleicht sechster Grad, höchstens fünfter. Sie haben auf eigene Faust gehandelt, die Tagwache hat damit nichts zu tun ... Das gibt uns das Recht, Interventionen mindestens zweiten Grades zu fordern. Jedenfalls meiner Meinung nach ... Schließlich profitiert die Tagwache damit am stärksten von den Vorfällen. Zumal uns das in Abwesenheit des Chefs gelungen ist, ohne seine tatkräftige Unterstützung.«

»Noch solltest du diesen Triumph nicht feiern«, bemerkte Juri skeptisch. »Noch nicht.«

Edgar breitete die Arme mit der Miene eines Menschen aus, der bei seiner Meinung bleiben wird. Er glaubte wirklich, was er eben gesagt hatte. Und das konnte man auch verstehen.

Es lässt sich nicht entscheiden, wie dieser Streit geendet hätte. Doch an Edgars Gürtel klimperte das Handy los, und alle wandten sich ihm unwillkürlich zu.

Im Prinzip konnte es ein privater Anruf oder einer vom technischen Dienst sein. Doch im Büro waren recht starke Andere anwesend. Fast alle von ihnen waren in der Lage, die Wahrscheinlichkeit und die Folgen absolut simpler Ereignisse zu bestimmen.

Der Anruf ließ einen dicken und klar erkennbaren Wahrscheinlichkeitsfaden erkennen. Einen Faden, der zu Ereignissen von höchster Wichtigkeit führte.

Edgar presste das Handy ans Ohr und lauschte eine Weile. »Bring ihn her«, befahl er dann, beendete das Gespräch und steckte das Handy in seine Gürteltasche zurück. »Der Inquisitor«, verkündete er uns mit versteinerter Miene. »Mit einer offiziellen Mitteilung.«

Es war keine halbe Minute vergangen, als der wachhabende Hexer die Tür zum Hauptbüro der Tagwache aufstieß. Bereits eine Sekunde darauf erschien der mir bereits bekannte, gleichmütige Inquisitor namens Maxim in der Türfüllung.

»Im Namen des Großen Vertrages«, verkündete er. Seine Stimme war frei von Emotionen und jeder sonstigen Einfärbung. Der Ton war rein informativ, und es wäre dumm gewesen, den Inquisitor zu verdächtigen, die eine oder die andere Seite zu bevorzugen. »Morgen bei Tagesanbruch findet eine erweiterte Sitzung des lokalen Kollegiums des Tribunals unter dem Vorsitz der Inquisition statt. Das Thema: Verschiedene Vergehen der Lichten und verschiedene Vergehen der Dunklen, die sich mit den Bestimmungen des Großen Vertrages nicht vereinbaren lassen. Die Anwesenheit aller benachrichtigten Anderen ist unerlässlich. Das Fehlen eines Unterrichteten wird ebenso wie seine Verspätung als Vergehen betrachtet, das sich nicht mit den Bestimmungen des Großen Vertrages vereinbaren lässt. Bis zum Beginn der Sitzung ist jegliche magische Handlung vom fünften Grad und darüber verboten. Möge das Gleichgewicht obsiegen.«

Nachdem er diese Worte gesprochen hatte, drehte sich der Inquisitor langsam um und ging davon. In die Halle, zu den Fahrstühlen.

Der Hexer linste kurz zu seinem Vorgesetzten hinüber und schloss die Tür. Er sah es als seine Pflicht an, den Inquisitor zum Ausgang zu begleiten.

Im Büro herrschte eine Weile Stille, selbst die Techniker über ihren Notebooks verstummten.

»Wie 1949«, bemerkte Anna Tichonowna leise. »Ganz genauso.«

»Wir können nur hoffen«, meinte der Magier Juri tonlos. »Wir können nur hoffen, Anna Tichonowna. Mit ganzer Kraft.«

Fünf

Jeder Mensch hat bisweilen den Eindruck, das, was in dieser Minute, in dieser Sekunde passiert, sei schon einmal geschehen. Dafür gibt es sogar einen Fachbegriff: Déjà-vu. Erinnerungstäuschung.

Andere kennen das auch.

Der Mitarbeiter der Nachtwache Anton Gorodezki stand vor seiner Wohnungstür und kämpfte mit seinen Erinnerungen. Schon einmal war er genauso vor seiner offenen Wohnungstür von einem Fuß auf den anderen getreten und hatte darüber nachgedacht, wer bei ihm eingedrungen sein konnte. Als er dann hineingegangen war, hatte sich der ungebetene Gast als sein eingeschworener Feind herausgestellt. Der Chef der Tagwache, der den Lichten unter dem Namen Sebulon bekannt war.

»Ein Déjà-vu«, flüsterte Anton und betrat die Wohnung. Sein Alarmsystem hatte abermals geschwiegen, doch im Zimmer befand sich mit Sicherheit ein Gast. Wer war es diesmal?

Den als Medaillon gearbeiteten Talisman in der Hand, ging er ins Zimmer.

Im Sessel saß Sebulon und las die Zeitung *Argumente und Fakten*. Er trug einen streng geschnittenen schwarzen Anzug, ein hellgraues Hemd und spiegelblank polierte Stiefeletten mit quadratischen Spitzen, wie sie Mafiosi bevorzugen. Er nahm die Brille ab, um den Lichten zu begrüßen: »Hallo, Anton.«

»Ein Déjà-vu …«, murmelte Anton. »Äh, hallo.«

Merkwürdigerweise jagte Sebulon ihm diesmal überhaupt keine Angst ein. Ob das daran lag, dass Sebulon sich beim letzten Besuch absolut korrekt verhalten hatte?

»Du kannst mein Amulett nehmen. Es ist in der Tischschublade, das spüre ich.«

Anton ließ den Talisman um den Hals baumeln, zog die Jacke aus und ging gehorsam zum Tisch. Sebulons Amulett versteckte sich zwischen Papieren und anderem Bürokram, der praktisch von selbst mit einer fatalen Zwangsläufigkeit anwuchs.

»Sebulon, du hast keine Macht mehr über mich«, sagte Anton mit fremder Stimme.

Der Dunkle Magier nickte zufrieden. »Gut. Ich muss dir ein Kompliment machen: Damals hast du gezittert wie Espenlaub. Aber heute bist du ganz ruhig. Du wächst, Anton.«

»Vermutlich sollte ich dir für das Kompliment danken?«, fragte Anton trocken.

Sebulon legte den Kopf in den Nacken und brach in lautloses Gelächter aus. »Lassen wir das«, sagte er nach ein paar Sekunden. »Wie ich sehe, kommst du gleich zur Sache. Das ist mir nur recht. Ich bin gekommen, um dir einen Verrat vorzuschlagen, Anton. Einen kleinen, wohl überlegten Verrat, von dem alle nur Vorteile haben, du ebenfalls. Das klingt paradox, nicht wahr?«

»Ja.«

Anton blickte Sebulon in die grauen Augen und versuchte zu verstehen, in welche Falle er ihn diesmal locken wollte. Trau einem Menschen zur Hälfte, einem Lichten zu einem Viertel und einem Dunklen überhaupt nicht.

Sebulon war der stärkste und folglich der gefährlichste Dunkle Moskaus. Und vermutlich Russlands.

»Ich werde es dir erklären.« Sebulon zeigte keine Hast, trödelte jedoch auch nicht. »Von der morgigen Sitzung des Tribunals hast du bereits gehört, oder?«

»Ja.«

»Geh da nicht hin.«

Anton beschloss jetzt endlich, sich zu setzen – auf das Sofa an der Wand. Sebulon befand sich damit rechts von ihm.

»Und weshalb nicht?«, wollte Anton wissen.

»Wenn du nicht hingehst, bleibst du mit Swetlana zusammen. Wenn du hingehst, verlierst du sie.«

In Antons Brust ballte sich ein heißer Kloß zusammen. Ob er Sebulon glaubte oder nicht – das war jetzt völlig zweitrangig. Denn er wollte ihm glauben. Nur zu gern.

Doch er vergaß nicht, dass man einem Dunklen nicht glauben durfte.

»Die Führung der Nachtwache plant wieder einmal ein globales gesellschaftliches Experiment. Das weißt du vermutlich. Swetlana soll in diesem Experiment eine ziemlich wichtige Rolle spielen. Es liegt mir fern, dich umzustimmen oder für das Dunkel zu gewinnen – das ist eine absolut aussichtslose Sache. Ich führe dir bloß vor Augen, was ein solches Experiment für Folgen zeitigen könnte. Nämlich die Zerstörung des Gleichgewichts. Eine banale Sache, die jeder Seite hochwillkommen ist, um ihre Position auszubauen. In letzter Zeit ist das Licht stärker geworden, was mir natürlich nicht gefällt. Die Tagwache hat ein Interesse an der Wiederherstellung des Gleichgewichts. Und du bist derjenige, der uns helfen kann.«

»Wie merkwürdig«, meinte Anton nachdenklich. »Der Chef der Tagwache bittet einen Wächter der Nacht um Hilfe. Wirklich sehr merkwürdig.«

»Im Grunde könnten wir auf deine Hilfe auch verzichten. Wir kämen ebenso gut allein zurecht. Aber wenn du etwas für dich tust – und in erster Linie geht es um dich –, tust du auch etwas für uns. Und auch für Swetlana sowie für alle, die unweigerlich unter diesem neuen Experiment zu leiden hätten.«

»Ich verstehe aber nicht, wie ich Swetlana und mir helfen könnte.«

»Was gibt es da nicht zu verstehen? Swetlana ist eine potenziell sehr starke Zauberin. Je weiter sie wächst, desto stärker wächst auch die Kluft, die euch trennt. Ihre Kraft ist ein Faktor, der das Gleichgewicht zugunsten des Lichts verschiebt. Wenn Swetlana ihre Kraft vorübergehend verlieren würde, wäre das Gleichgewicht wiederhergestellt. Dann würde euch nichts mehr trennen, Anton. Sie liebt dich – das ist klar zu erkennen. Und du liebst sie. Willst du dem Licht wirklich dein Glück und das Glück der Frau, die du liebst, opfern? Noch dazu, da das ein sinnloses Opfer wäre? Eben deshalb schlage ich dir einen kleinen Verrat vor, der niemandem schaden wird.«

»Ein Verrat kann nicht klein sein.«

»Doch, Anton. Und ob er das kann. Treue setzt sich aus kleinen und genau kalkulierten Verrätereien zusammen. Das kannst du mir glauben – ich habe bereits lange genug in dieser Welt gelebt, um mich davon überzeugen zu können.«

Anton hüllte sich eine Weile in Schweigen. »Ich bin ein Lichter«, sagte er dann. »Ich kann das Licht nicht verraten. Mein Wesen verbietet mir das – das solltest du verstehen.«

»Niemand zwingt dich, gegen das Licht zu handeln. Außerdem würdest du mit deinem Verhalten vielen Menschen helfen. Sehr vielen, Anton. Und ist das nicht das Ziel eines Lichten Magiers? Den Menschen zu helfen?«

»Aber wie könnte ich meinen eigenen Leuten dann noch in die Augen sehen?«, fragte Anton mit einem unfrohen Grinsen. »Danach?«

»Sie werden dich verstehen«, versicherte Sebulon mit einer Überzeugung, von der nicht klar war, woher er sie nahm. »Sie werden dich verstehen und dir verzeihen. Was wären sie denn sonst für Lichte, wenn nicht?«

»Du bist ein guter Sophistiker, Sebulon. Vermutlich sogar ein weitaus besserer als ich. Aber nur weil du den Dingen einen neuen Namen gibst, ändert sich ihr Wesen nicht. Verrat bleibt immer Verrat.«

»Gut«, stimmte Sebulon unerwartet schnell zu. »Dann verrate deine Liebe. Denn letzten Endes stehst du vor der Entscheidung, wen du verrätst. Verstehst du das denn nicht? Üb Verrat an dir oder verhindere, dass sich der blutige Kreis erneut schließt. Vereitel eine unvermeidbare Schlacht zwischen den Wachen oder sieh zu, wie sie ausbricht. Willst du wirklich noch mehr Tote? Du bist mehrmals mit Andrej Tjunnikow auf Patrouille gewesen. Du bist mit der Tierfrau befreundet gewesen, mit Tigerjunges. Wo sind sie jetzt? Und wen bist du bereit, noch im Namen des Lichts zu opfern? Geh morgen nicht zur Sitzung des Tribunals, und deine Freunde bleiben am Leben. Wir brauchen nicht noch mehr Tod, Anton. Wir sind bereit, auf den Kampf zu verzichten. Alles friedlich beizulegen. Deshalb biete ich dir eine Möglichkeit an, allen zu helfen. Allen! Sowohl den Dunklen als auch den Lichten. Und sogar den einfachen Menschen. Verstehst du?«

»Ich begreife nicht, wie das Gleichgewicht wiederhergestellt werden kann, wenn ich dem Tribunal fern bleibe.«

»Du bist doch mit dem Dunklen zusammengestoßen, der aus der Ukraine gekommen ist, oder? Mit Witali Rohosa?«

»Ja«, gab Anton ungern zu.

»Das ist kein Anderer.«

»Was heißt das?«, hakte irritiert Anton nach. »Kein Anderer?«

»Er ist nicht hundertprozentig ein Anderer. Er ist nur ein Spiegel. Und wird nicht mehr lange leben.«

»Was ist ... wer ist ... ein Spiegel?«

»Sag *was.*« Sebulon seufzte. »Leider nur *was* ... Das spielt keine Rolle, Anton. Nützlicher für dich ist, etwas anderes zu wissen. Wenn du nicht an der Sitzung der Inquisition teilnimmst, wird kein weiteres Blut fließen. Wenn du hingehst, wird sich ein blutiger Krieg nicht vermeiden lassen.«

»Das Nichterscheinen wird durch die Inquisition bestraft ...«

»Dein Wunsch, dich nicht auf ein Duell mit Rohosa einzulassen, wird von der Inquisition als angemessen betrachtet werden. Es gab bereits Präzedenzfälle, wenn du willst, kann ich dir sogar die entsprechenden Dokumente vorlegen. Aber du kannst auch einfach meinem Wort vertrauen. Noch habe ich dich nie getäuscht.«

»Dieses *noch* gefällt mir ...«

Sebulon lächelte – allein mit einem Mundwinkel. »Was willst du? Schließlich bin ich ein Dunkler. Ich halte es nicht für ratsam, ohne Grund zu lügen.«

Sebulon erhob sich, und auch Anton stand auf.

»Denk darüber nach, Anton. Denk darüber nach, Lichter. Und vergiss nicht: Du entscheidest über deine Liebe und das Leben deiner Freunde. Manchmal verhält es sich nämlich so: Um seinen Freunden zu helfen, muss man zunächst seinem Feind helfen. Damit solltest du dich abfinden.«

Mit raschen Schritten ging Sebulon erst aus dem Zimmer, dann aus der Wohnung. In diesem Moment heulte im *Zwielicht* das Wachzeichen widerwärtig auf, während die Maske des Choyong an der Wand eine grauenvolle Grimasse zog. Nachdem Anton sich lustlos um das Alarmsystem gekümmert hatte, versuchte er seine Gedanken zu ordnen.

Sollte er Sebulon glauben oder nicht?

Mit Swetlana zusammenbleiben oder nicht?

Geser anrufen und ihm alles erzählen oder schweigen?

Jede Auseinandersetzung, angefangen von einer primitiven Schlägerei bis hin zu Intrigen der Staaten und der Wachen, hängt davon ab, über welche Informationen die eine oder die andere Seite verfügt. Wer die Kräfte und die Ziele des Gegners besser einzuschätzen vermag, der wird auch siegen.

Die Ziele Sebulons und die Ziele Antons konnten nicht dieselben sein. Das verbot sich von selbst. Aber wenn das, was der Chef der Tagwache gesagt hatte, bereits berücksichtigte, dass Anton allein den Gedanken, der Sitzung des Tribunals nicht beizuwohnen, ablehnen würde?

Wo lag die Wahrheit, wo die Lüge? Die Worte Sebulons waren ein Käfig, und in dem Käfig stand ein Fangeisen und in dem Fangeisen eine Mausefalle, und in der Mausefalle lag ein vergifteter Köder ... Wie viele Schichten der Lüge musste er abtragen, um die Wahrheit zu erkennen?

Anton kramte eine Münze aus der Hosentasche. Er warf sie ... lachte und steckte sie wieder weg, ohne hinzusehen, was gekommen war: Wappen oder Zahl.

Das brachte nichts.

Wenn eine von zwei Möglichkeiten eine Falle war, dann musste er eine dritte finden.

Um bei Tagesanbruch an der Sitzung des Tribunals teilzunehmen, musste man entweder sehr früh aufstehen oder gar nicht erst zu Bett gehen. Ich zog das zweite vor. Ausschlafen konnte ich danach.

Meine Dunklen Kollegen versuchten mit einiger Hartnäckigkeit, die Motive meines Handelns aus mir herauszubekommen, doch da ich selbst kaum verstand, warum ich etwas so machte und nicht anders, brachte ihnen das nicht allzu viel.

Tagsüber passierte nichts Interessantes. Ich sah kurz in das Geschäft, in dem ich eine Scheibe für meinen MD-Player hatte brennen lassen, und erkundigte mich, ob sie die Zusammenstellungen aufbewahrten, die ihre Kunden verlangen würden. Wie sich herausstellte, war dem so. Aus irgendeinem Grund bestellte ich eine Kopie der MD, die Anton Gorodezki, der Lichte Magier, sich hatte aufnehmen lassen. Ob ich hinter seinen Blick auf die Welt kommen wollte, indem ich seine musikalischen Vorlieben in Erfahrung brachte? Ich wusste es nicht ...

In der letzten Zeit hatte ich aufgehört, mir Fragen zu stellen, denn zu selten fand ich eine Antwort. Und noch seltener eine zutreffende.

Und noch etwas prägte sich meinem Gedächtnis ein: eine Begegnung in der Metro. Ich fuhr gerade aus dem Musikgeschäft zurück. Mit der Metro. Ich saß da, die Hände in die Jackentasche gestopft (die Dunklen hatten Gott sei Dank meine Sachen vom Einsatz auf dem Flughafen wieder mitgebracht), und hörte meine neu erworbene Scheibe. Nikolski sang vom *Spiegel der Welt*. Es ging mir gut, mich beunruhigte nichts.

Das Wesen der Dinge, die Folge von Jahren,
Gesichter der Freunde und feindliche Mienen –
Sie müssen sich ganz ohne Rest offenbaren
Dem Blick des Poeten, dem Zeitalter dienen.
Geheimnis, auf das fernes Sternenlicht fällt,
Und Inspiration, von der Sonne erhellt,
Die Rätsel von Leben, Liebe und Glück –
Die Seele des Dichters wirft alles zurück
Als Spiegel der Welt.

Und plötzlich veränderte sich kaum fassbar etwas in meiner Nähe. Eine Ansage warnte gerade die Fahrgäste, die zu spät kamen: Vorsicht, Türen schließen. Ich drückte auf »Pause«, riss den Kopf hoch und sah mich um.

Dann sah ich ihn. Einen Jungen von vierzehn, fünfzehn Jahren. Ohne Frage ein Anderer. Vermutlich initiiert, denn er schaute mich gebannt durchs *Zwielicht* an, gegen das er sich recht gut abzuschirmen vermochte. Doch seine Aura war jungfräulich rein. Rein wie frisch gefallener Schnee, gleich weit vom Licht wie vom Dunkel entfernt. Er war ein Anderer, aber weder ein Lichter noch ein Dunkler.

Sehr lange sahen wir einander an, die ganze Zeit über bis zur nächsten Station. Vermutlich hätten wir uns noch länger angestarrt, doch eine schlanke Frau fuhr den Jungen an. Offensichtlich seine Mutter. »Jegor, schläfst du denn? Wir müssen aussteigen.«

Der Junge zuckte zusammen, sah mich ein letztes Mal mit

einer undefinierbaren Sehnsucht an und trat auf den Bahnsteig hinaus. Ich blieb im Waggon.

Eine Minute lang konnte ich mich nicht beruhigen, nach wie vor darüber nachgrübelnd, was mich an diesem Anderen so verblüfft hatte. An irgendwas erinnerte er mich. An etwas sehr Wichtiges, das sich jedoch nicht fassen ließ. Ich kam einfach nicht drauf, woran.

Erst als ich mich wieder auf Nikolski und den *Spiegel der Welt* konzentrierte, ließ meine Anspannung ein wenig nach.

Im Spiegel sieht man, wer lebte und wie,
Man sieht, wem in Liedern nur Lüge gedieh,
Man sieht, wer nichts will als Nacht ringsumher,
Man sieht: Die Menschen brauchen mich sehr.
Hier hab ich den Spiegel, und schaust du hinein,
So darfst du den Blick ins Feuer nicht scheun,
Ins Feuer, das meine Leier besingt.
Soll jeder wissen: Etwas Gutes durchdringt
Den Spiegel der Welt ...

Seltsam. Dieses Lied passte besser zu einem Lichten. Warum griff es dann mir, einem Dunklen, so ans Herz?

Mit diesem diffusen Gefühl kehrte ich ins Büro der Tagwache zurück. Ein alter, mit den Jahren klug gewordener Vampir schreckte vor mir zurück wie ein Betbruder vor der Versuchung. Daraufhin konzentrierte ich mich wieder aufs Hier und Jetzt und merkte mit einem Mal, dass in meiner Aura hellblau-weiße Streifen erblüht waren.

»Verzeihen Sie.« Ich brachte meine Aura in Ordnung. »Das dient meiner Tarnung.«

Der Vampir sah mich misstrauisch an. Aus dem Dienstzimmer lugte eine Vampirin heraus, mit Sicherheit – da ging ich jede Wette ein – seine Frau.

Die beiden kontrollierten meine Siegel sehr sorgfältig und

wollten mich anscheinend so lange wie möglich festhalten, doch in dem Moment kam Edgar mit einer jungen Hexe ins Büro. Er erfasste die Situation mit einem Blick. Für die überwachsamen Posten am Eingang reichte eine hochgezogene Augenbraue. Edgar nickte mir zu und ging zu den Fahrstühlen. Die Hexe verschlang mich mit ihrem Blick.

»Sind Sie neu?«, sprach sie mich im Aufzug an.

Ihre Stimme drückte ein ganzes Spektrum an Emotionen und Absichten aus, die zu analysieren ich weder den Wunsch verspürte noch die Gelegenheit hatte. Aus irgendeinem Grund wollte ich vor Edgar und den übrigen starken Dunklen meine eigene Kraft nicht offen legen.

Edgar interessierte die Antwort ebenfalls, wobei ich spürte, dass seine Neugier echt war.

»Nun, in gewisser Weise bin ich neu, ja.«

Die Hexe lächelte. »Und stimmt es, dass Sie allein vier Kämpfer der Lichten vertrieben und die Tigerin ermordet haben?«

Edgar verzog kaum merklich die Lippen zu einem sarkastischen Lächeln, schwieg aber erneut voller Neugier.

»Ja.«

Eine weitere Frage zu stellen gelang der Hexe nicht – wir waren angekommen.

»Alita«, sagte Edgar aus irgendeinem Grund mit dem vollen Bass des Opernsängers Schaljapin. »Du kannst unseren Gast noch nachher quälen. Zuerst musst du Anna Tichonowna Bericht erstatten ...«

Alita nickte enthusiastisch und wandte sich noch einmal an mich. »Bekomme ich vielleicht einen Kaffee bei Ihnen? In einem Stündchen?«

»Gern«, stimmte ich zu. »Nur habe ich keinen Kaffee.«

»Ich bringe welchen mit«, versprach die kleine Hexe. Dann wandte sie sich den Büroräumen zu.

Sie fragte nicht, wo ich wohnte. Also wusste sie es.

Ein paar Sekunden lang sah ich der Hexe nach. Den Rücken bedeckte eine modische, silberfarbene Jacke, wie sie alpine Skifahrer und Touristen tragen (mir fielen sofort meine Bekannten aus dem Wald wieder ein) und die hier mit einer knallbunten Zeichnung verziert war: mit einer Manga-Figur mit großen Augen und einem zum Tritt hochgerissenen Bein und mit der Aufschrift »Battle Angel Alita«. Die Zeichnung und der Schriftzug wurden zum Teil durch die über die Jacke fallenden langen Haare der Hexe verdeckt.

Edgar blickte Alita ebenfalls nach. Und zu sehen gab es da einiges, selbst in der winterlichen Verpackung.

»Sie kommt bestimmt«, meinte Edgar viel sagend. »Sie hat sich schon nach dir erkundigt.«

Ich zuckte mit den Schultern. »Morgen ist das Tribunal«, wechselte ich das Thema. »Was soll ich tun? Wegbleiben? Oder zusammen mit den Kollegen hingehen?«

»Du kommst natürlich mit uns, schließlich bist du ein Zeuge.« Edgar sah sich um. »Vielleicht gehen wir ins Arbeitszimmer?«

»Gut.«

Aus irgendeinem Grund war ich überzeugt, dass dieses Büro vom eigentlichen Chef der Tagwache, der momentan nicht in Moskau weilte, noch nie benutzt worden war. Vermutlich gehörte es Edgar oder einem höheren Dunklen. Mit Genuss ließ ich mich in einen Sessel fallen und registrierte automatisch, dass er weitaus bequemer war als die durchgesessenen Sitzbänke in den Metrowaggons. Edgar förderte von irgendwo unter dem Tisch eine angebrochene Flasche Kognak zutage.

»Wollen wir einen trinken?«, fragte er.

»Gern.«

Warum sollte ich einen alten *Koktebel* ablehnen?

»Wie gut, dass du gekommen bist«, meinte Edgar, während er den Kognak einschenkte. »Sonst hätten wir dich suchen müssen.«

»Wahrscheinlich, um die Taktik abzusprechen und eine

Strategie zu entwickeln, wie wir bei der morgigen Sitzung des Tribunals auftreten wollen?«, vermutete ich.

»Genau.«

Der Kognak war gut. Weich und aromatisch. Wenn auch nicht die bekannteste und renommierteste Marke (aber welche war das eigentlich?), schmeckte er mir sehr.

»Ich werde übrigens nicht länger versuchen herauszufinden, warum du dich so seltsam verhältst. Das hat man mir, ehrlich gesagt, verboten. Die da.« Edgar blickte beredt zur Decke. »Erst recht werde ich nicht weiter versuchen herauszukriegen, wer du eigentlich bist. Aus demselben Grund. Ich will nur eins fragen: Stehst du auf unserer Seite? Auf der Seite der Tagwache? Der Dunklen? Können wir morgen auf dich rechnen wie auf einen von uns?«

»Unbedingt«, antwortete ich, ohne nachzudenken. Dann fügte ich hinzu: »Diese Antwort gilt für alle Fragen.«

»Gut.« Edgar seufzte leicht schwermütig und leerte seinen kugelförmigen Schwenker mit einem Schluck.

Ich hatte den Eindruck, dass er mir nicht glaubte.

Den Kognak tranken wir in völligem Schweigen. Über das Verhalten bei der morgigen Sitzung zu sprechen hielt Edgar nicht für nötig. Er war wohl zu der Ansicht gelangt, ich würde ohnehin nach eigenem Gutdünken auftreten. Womit er völlig Recht hatte.

Die Nacht verbrachte ich mit Alita. Mit stundenlangen Gesprächen und Kaffee – die Hexe hatte es fertig gebracht, den heute in Vergessenheit geratenen *Casa Grande* aufzutreiben. Nachdem wir es uns in den Sesseln bequem gemacht hatten, plauderten wir über alles und nichts. Seit langem hatte ich keinen solchen Glückstag mehr erlebt: einfach dazusitzen und sich zu unterhalten. Über Musik, von der ich, wie sich zeigte, einiges verstand. Über Literatur, in der ich mich schlechter auskannte. Über Kino, das für mich ein Buch mit sieben Siegeln war. Ab und an versuchte Alita, das Gespräch auf mich und auf meine Fähigkeiten zu lenken, doch sie stellte sich dabei so ungeschickt an, dass ich schon bald den Verdacht aufgab, die wachsame Anna Tichonowna habe sie geschickt.

Eine Stunde vor Tagesanbruch klopfte es an der Tür.

»Es ist offen«, rief ich.

Edgar und Anna Tichonowna kamen herein.

»Bist du bereit?«, fragte Edgar.

»Immer bereit wie ein Pionier«, versicherte ich. »Rücken wir geschlossen vor? In Panzern oder als Infanterie?«

»Sei nicht so albern.« Anna Tichonowna presste die Lippen zusammen und sah Alita streng an. Diese zwinkerte unschuldig mit den Augen.

»Gut, ich reiß mich zusammen«, versprach ich. »Wohin fahren wir? Das weiß ich nämlich nicht.«

Im Prinzip zweifelte ich nicht daran, dass mir mein in den Tiefen meines Bewusstseins verborgener tadelloser Treiber Ort und Richtung nennen würde. Trotzdem fragte ich.

»Ins Hauptgebäude der Lomonossow-Universität«, erklärte Edgar. »In den Turm. Unten wartet Schagron mit dem Auto, du kannst mit ihm fahren.«

»Gut, fahre ich mit ihm.«

»Viel Glück«, wünschte Alita, die sich zur Tür wandte. »Ich komme morgen wieder, ja, Witali?«

»Nein«, sagte ich finster. »Du wirst nicht kommen.«

Ich wusste ganz genau, dass ich Recht hatte. Dennoch verstand ich immer noch nicht, warum eigentlich.

Alita zuckte mit den Schultern und ging weg. Anna Tichonowna schlüpfte nach ihr zur Tür hinaus. Hm ... Ob der alte Drache das Mädchen doch geschickt hatte? Nur dass die mit ihrer eigenwilligen Art nichts aus mir herausgekriegt hat? Wenn dem so war, konnte man nur Mitleid mit Alita haben: Anna Tichonowna würde ihr die Seele herausreißen, auspressen und trocken legen. Dann würde der Himmel bestimmt nicht voller Geigen hängen.

Ich holte das Mobiltelefon heraus und rief Schagron an, ohne mich auch nur zu wundern, woher ich die Nummer wusste.

»Schagron? Ich bin's, der Gast aus dem Süden. Nimmst du mich mit? Gut, ich komme.«

»In Ordnung, ich mache mich dann auch auf«, sagte Edgar. »Schont die Reifen nicht. Die Inquisition liebt es ganz und gar nicht, wenn jemand zu spät kommt.«

Ich zog mich an, schloss die Tür ab und ging hinunter. Die wachhabenden Vampire am Eingang schauten mich jetzt weitaus gelassener an – entweder hatte ihr direkter Vorgesetzter ein vertrauliches Gespräch mit ihnen geführt oder sie waren selbst auf die Wahrheit gestoßen. Das heißt: Auf welche Wahrheit eigentlich? Die Wahrheit wollte sich ja nicht einmal mir preisgeben. Ab und an schimmerte plötzlich ein Teil des Mosaiks auf, hob sich der Vorhang kurz für einen Augenblick, doch dann legte sich mir erneut ein rauchender, undurchdringlicher Schleier vor die Augen.

Der Auspuff von Schagrons BMW fauchte zwanzig Meter von der Tagwache entfernt, direkt unter dem Halteverbotsschild. Ich setzte mich auf den Beifahrersitz.

»Guten Morgen.«

»Ich hoffe, dass es ein guter wird«, brummte Schagron. »Fahren wir?«

»Na, wenn wir auf niemanden mehr warten, sollten wir fahren.«

Schweigend fädelte sich Schagron in den dichten Strom von Autos ein.

In der Stoßzeit durch das verschneite Moskau zu fahren – das hat es in sich. Schagron zähmte durchs *Zwielicht* immer wieder die aggressivsten Fahrer. Die hätten uns sonst unablässig geschnitten, auf die Nachbarspur gedrängt und uns unerwartet auftauchende Lücken vor der Nase weggeschnappt. Für alle Fälle hatte ich mich angeschnallt. Schagron presste etwas zwischen den Zähnen hervor. Vermutlich etwas Unflätiges.

Nach der schlaflosen Nacht überfiel mich das unwiderstehliche Bedürfnis, in süßen Schlummer zu fallen. Verstärkt wurde das durch den Sitz des hochwertigen deutschen Wagens, der dazu besonders einlud. Wenn ich Musik gehört hätte, wäre ich eingeschlafen und in die Welt des Traums hinübergeglitten. Aber Musik wollte ich jetzt nicht hören. So blieb ich in dieser Welt, die von dem Brummen Dutzender von Motoren, dem leisen Surren der eingeschalteten Klimaanlage, dem schrillen Aufheulen der Autohupen und dem Knirschen des schmutzig grauen Schneebreis unter den Reifen durchdrungen war.

Hätten wir die Metro genommen, wären wir viel früher da gewesen. So krochen wir eine halbe Stunde später immer noch durch die verstopfte Ostoshenka in Richtung Wernadski-Prospekt. Der Stau wuchs an und legte sich wie ein Komet einen soliden Schweif zu, der sich zum Zentrum Moskaus hin erstreckte.

»Verdammter Mist«, zischte Schagron verärgert. »Jetzt sitzen wir fest.«

»Öffnen wir ein Portal.« Ich zuckte mit den Schultern.

Schagron sah mich mit einem seltsamen Blick an. »Witali! Wir fahren zu einer Sitzung des Tribunals unter dem Vorsitz der Inquisition! Dein Portal würde zwei Kilometer vor dem Ziel verrecken!«

»Ach ja«, erwiderte ich unbekümmert. »Stimmt. Hatte ich ganz vergessen.«

Natürlich hätte ich auch selbst darauf kommen können. Magische Handlungen sowie der Gebrauch von Magie sind während der Arbeit des Tribunals verboten. Das Ich in mir soufflierte mir beflissen, es sei früher zu Verstößen gekommen, jedoch nur in Jahren grausamer Umbrüche, die ihrerseits unmittelbar mit den Gesetzesverstößen selbst verbunden waren.

Allerdings lebten wir jetzt auch in Zeiten des Umbruchs. Das Ende des Jahrtausends. Der Wendepunkt. Im Sommer hatten die Leute der Sonnenfinsternis mit der gleichen Angst entgegengesehen, wie sie vor Erdbeben in der Türkei erzitterten ... Doch nichts war geschehen, alle hatten es überstanden.

Sicher, indem wir etwas überleben, verändern wir uns alle ein wenig. Die Anderen, vor allem aber die Menschen.

»Scheiße!«, schrie Schagron und riss mich aus meinen Gedanken.

Ich konnte noch nicht einmal mehr durch die Frontscheibe sehen. Es knallte dumpf, gleichzeitig schleuderte es mich nach vorn, etwas presste sich brennend in meinen Brustkorb, und der Sicherheitsgurt schnitt mir schmerzhaft in den Oberkörper. Mit einem widerlichen dünnen Pfiff blies sich am Steuer der Airbag auf, während Schagron, der mit Gesicht und Brust über das Ding schoss, ans Wagendach und das obere Ende der Scheibe knallte. Auf der Straße klirrte es ekelhaft, kleine Glaskrümel flogen durch die Luft. Sie fielen lautlos in den Schnee, trommelten jedoch wild auf die Karosserien der Autos neben uns ein.

Und wie zum Spott drängte uns etwas rückwärts. Ins Heck, in den Kofferraum.

Ein paar Sekunden lang, die vielleicht dem Start eines Raumschiffs glichen, wurde ich nicht länger zermalmt oder geschleudert. Ein glückseliger Augenblick der dynamischen Ruhe.

Schagron rutschte über das Steuer zurück in seinen Sitz und hinterließ eine Blutspur auf dem Airbag. Offenbar war auch noch sein Arm gebrochen. Der Dummkopf hatte sich nicht angeschnallt ... Wie lange würde es jetzt dauern, bis er wiederhergestellt war?

Um uns herum heulten die Autohupen los.

Mit gemischten Gefühlen schnallte ich mich ab und stieß die Tür auf. Ich stieg aus und stand auf der mit überall herumliegenden Glasscherben und festgestampftem Schnee bedeckten Fahrbahn.

Ein roter Niwa war uns seitlich in die Motorhaube geknallt. Und den zerknautschten, förmlich angebissenen Kofferraum hatte die Schnauze eines gepflegten japanischen Jeeps gerammt. Eines ursprünglich mal gepflegten Jeeps. Übrigens hatte er nicht sonderlich viel abgekriegt. Der Scheinwerfer war an der Stoßstange eingeschlagen, die Stoßstange selbst leicht verbeult. Offensichtlich hatte er es noch geschafft zu bremsen.

»He, du Schafskopf, was stehst du hier rum?« Aus dem Jeep stürzte jemand auf mich zu, der aus einer getönten Brille, einem kahl geschorenen Schädel, einem fassförmigen Körper in einem himbeerfarben-schwarzen Etwas und Stiefeletten der größten Größe bestand.

Die Augen dieses Subjekts waren weiß wie die Aura eines Babys – oder wie die Aura des Jungen Jegor in der Metro.

Sah er denn den Niwa nicht, der uns gerammt hatte?

Und plötzlich loderte die himbeerfarbene Kleidung des Subjekts mit einer matten blauen Flamme auf. Das Subjekt winselte auf wie ein Schwein, das abgestochen wird.

Ich erkannte den transatlantischen Fluch, der im Volksmund »Spiderflame« genannt wird. »Spinnenflamme«. Und plötzlich packte mich etwas am Kragen und zog mich weg, noch bevor ich nach dem Angriff des Himbeerfarbenen wieder zu mir kam.

Wenn ich mit jemandem nicht gerechnet hatte, dann mit ihm. Dem Lichten Musikfan. Anton Gorodezki.

»Wer bist du?«, zischte er wütend. »Zum Dunkel mit dir, wer bist du? Wag es ja nicht, jetzt zu lügen!«

Seine Augen waren noch weißer als die des giguеartig herumtanzenden Subjekts aus dem Jeep.

Etwas in meinem Kopf klackte. Meine Lippen flüsterten von selbst vier Worte. »Der Spiegel der Welt ...«

»Der Spiegel ...«, echote der Lichte. »Verflucht seid ihr! Verflucht sei alles!«

Ich wollte schon haarspalterisch erwidern, dass das Fluchen

die Sache der Dunklen sei, hielt mich aber zurück. Und tat recht damit. Antons Aura brauste glutrot und lila auf. Ohne Zweifel war ich stärker als er, aber ... Ich hatte den Eindruck, dass Gorodezki momentan eine unverständliche Kraft beherrschte, die weder zum Licht noch zum Dunkel gehörte, gleichwohl nicht weniger mächtig war. Und der Ausgang eines Duells, wenn es denn dazu kommen sollte, ließ sich für mich nicht erkennen.

Nachdem er meinen Jackenkragen losgelassen hatte, drehte sich Anton um und stürzte blindlings davon, indem er sich zwischen den Autos hindurchzwängte und weder auf das Hupen noch auf das Fluchen hinter den heruntergelassenen Scheiben achtete. Ganz in der Nähe heulten die Sirenen der Straßenverkehrspolizei auf. Der Stau machte an der Ostoshenka jedes Durchkommen unmöglich, nur auf der Gegenfahrbahn gab es noch einen schmalen Spalt, durch den schimpfend und hupend die wenigen Glückspilze einer nach dem anderen rasch durchschlüpften.

Ich schaute auf die Uhr. Um zur Universität zu gelangen, blieben mir noch fünfzehn ... nein, nur noch vierzehn Minuten. Und Transportmagie durfte ich nicht anwenden.

Doch zunächst: Wie ging es Schagron?

Nachdem ich um den Niwa mit der offen stehenden Tür herumgegangen war, trat ich von der Fahrerseite an den lädierten BMW heran. Schagron war bewusstlos, doch noch im ersten Moment der Gefahr hatte er reflexartig einen Schutzschleier gewirkt und war ins *Zwielicht* geglitten. Jetzt regenerierte er sich, genau wie eine Insektenpuppe, und das gierige *Zwielicht* konnte ihm nichts anhaben.

Er würde überleben. Sich wieder berappeln, und zwar recht schnell. Vermutlich im Notarztwagen – falls der es schaffte, sich einen Weg durch den Stau zu bahnen. Schagron war ein zu starker Magier, als dass eine solche Kleinigkeit wie ein Autounfall ihm ernsthaft Schaden zufügen konnte.

Also dann, bis später, Schagron. Ich denke, die Inquisition wird dich nicht belangen. Das ist höhere Gewalt.

Und dann sah ich meine Rettung. Geschickt schlängelte sich am äußersten Rand der Fahrbahn ein junger Mann auf einem winzigen orangefarbenen Mokick entlang. Der brauchte keine Staus zu fürchten ...

Obwohl es eigentlich nicht die Jahreszeit für eine solche Art von Fortbewegungsmittel war. Trotzdem ...

Auch ich trat jetzt ins *Zwielicht*.

Hier erinnerte das Mokick an das wundertätige *Buckelpferdchen*. Klein, mit dem Lenker als Hörner und dem Scheinwerfer als Auge.

»Runter«, befahl ich dem Fahrer.

Der stieg gehorsam ab.

Ich umrundete die Motorhaube eines beigefarbenen Opels und griff nach dem Lenker. Das Mokick schnaufte ergeben im Leerlauf.

Dann mal los. Der Mann stand steif wie eine Schaufensterpuppe auf dem Gehsteig, meine ihm in die Hand gedrückten Dollar blind zusammenknüllend. Ich zog den Benzinhebel zu mir, streifte beinah die funkelnde Seite eines in der Nähe stehenden Autos und versuchte mich zum Ende des Staus durchzuschlängeln. Das war am Gartenring.

Die für kleine Menschen gedachte und an den warmen japanischen Asphalt, nicht aber an diese Moskauer Eisbahn gewöhnte Honda ließ sich recht einfach handhaben. Es gelang mir auch ganz gut, mich zwischen den Autos hindurchzuschlängeln. Aber schnell war das Mokick nicht – mit Mühe brachte ich es auf dreißig Stundenkilometer. Mir wurde klar, dass ich nicht mehr rechtzeitig ankommen würde. Selbst dann nicht, wenn ich die willige Honda stehen lassen und in die nächste Metro steigen würde, denn von der Metrostation Universität bis zum Hauptgebäude mit dem Nadelturm war es noch weit. Natürlich könnte ich einen der Autofahrer mit einem Zauber belegen, doch wo war die Garantie, dass wir weiteren morgendlichen Staus entkommen würden? Vage erinnerte ich mich daran, dass die Straßen im Universitätsviertel breiter waren, aber sicher war ich mir dessen nicht. Wenn ich weiter mit der Honda fahren würde, sicherte ich mir wenigstens bis zum Ziel meine Mobilität. Andererseits hatte ich nur eine grobe Vorstellung vom Weg. Ich bin nun mal kein Moskauer. Ob ich auf meinen bislang so verlässlichen inneren Gefährten hoffen konnte? Hoffen konnte ich, gewiss. Aber möglicherweise ließ er mich gerade jetzt im Stich? Im entscheidenden Moment? Normalerweise läuft das ja immer so.

Ich lauschte in mich hinein. Der kalte, mit Abgasen geschwängerte Wind schlug mir ins Gesicht. Moskau atmete Kohlenstoffdioxyd ...

Mein treuer Helfer schlief offenbar.

Den Gartenring und die Metrostation Park Kultury ließ ich hinter mir. Doch als vor mir das Gebäude der Metrostation Frunsenskaja aufragte, beschloss ich, mich unterirdisch weiter fortzubewegen. Die Zeit drängte.

Kaum war ich die ersten Stufen zum Eingang der Metro hinuntergegangen, war das Mokick schon weg. Der Motor grunzte kurz verängstigt auf, und jemand mit geschickten Fingern setzte die tüchtige und ergebene japanische Mechanik in Bewegung, um rasch in den Seitengässchen zu verschwinden. Ach, ihr Menschen ... Die Lichten sorgen sich um euch, verteidigen euch, passen auf euch auf, aber ihr wart schon immer Vieh und werdet es auch immer sein. Tiere ohne Gewissen und Mitgefühl. Ihr setzt die Ellenbogen ein, stehlt, verratet, schlagt euch die Plauze voll, und wo ihr lang kommt, wächst kein Gras mehr. Wie ekelhaft ...

Über das Drehkreuz sprang ich einfach hinüber – im *Zwielicht*, als unsichtbarer Schatten. Ich hatte keine Zeit, noch ein Ticket zu kaufen und es in den Schlitz des Entwerters zu schieben. Halb so wild, davon würde das Land nicht in Armut versinken.

Auch die Rolltreppe eilte ich hinunter, ohne aus dem *Zwielicht* zu treten. Ich sprang auf das langsam dahinkriechende Geländer und schoss nach unten, wobei ich in dem zähen grauen Brei kaum ein Bein vors andere zu setzen vermochte. Unten wollte gerade ein Zug abfahren. Während ich noch darüber nachdachte, ob er in die richtige Richtung fuhr, schlossen sich die Türen. So etwas hielt mich natürlich nicht auf. Und ins Zentrum fuhr er auch nicht.

In den Waggon gelangte ich durch die Türen hindurch, durchs *Zwielicht*. Die verwunderten Fahrgäste schob ich leicht auseinander, als ich praktisch aus dem Nichts auftauchte.

»Oh!«, sagte jemand.

»Sagen Sie, ist das hier Moskau?«, platzte ich aus irgendeinem Grund heraus. Vermutlich aus dummem, albernem Übermut.

Niemand antwortete mir. Auch gut. Dafür gab es sofort deutlich mehr freie Plätze um mich herum. Ich langte nach einem Griff und schloss die Augen.

Die Sportiwnaja. Die Sperlingsberge, wo der Zug nicht hielt. Hier kam er kaum vorwärts. Durch die Ritzen zwischen den vorgenagelten Metallplatten funkelten ab und zu elektrische Lichter hindurch und fiel graues Dämmerlicht des beginnenden Morgens herein. Es tagte schon ...

Endlich die Metrostation Universität. Die lange und proppenvolle Rolltreppe. Abermals musste ich warten. Das war's, jetzt kam ich bestimmt zu spät.

Oben war es schon fast hell. Als mir endgültig klar wurde, dass ich es bis zum Sitzungsbeginn nicht mehr schaffen würde, erfasste mich mit einem Mal völlige Ruhe, und ich beeilte mich nicht länger.

Nicht die Spur. Ich kramte die Kopfhörer aus der Tasche, stellte den Player mit der Minidisc von Anton Gorodezki an und versuchte zu trampen.

»Es ist Zeit«, verkündete der Inquisitor leise. »Alle, die es nicht rechtzeitig geschafft haben, werden später mit der vollen Strenge des Großen Vertrages zur Verantwortung gezogen.«

Die Anwesenden erhoben sich. Sowohl die Dunklen wie auch die Lichten. Die Wächter des Tages und der Nacht sowie die Angehörigen des Gerichts. Geser wie Sebulon, von dem alle gedacht hatten, er sei nicht in Moskau. Der Inquisitor Maxim und zwei Beobachter der Inquisition, die in graue Kittel gehüllt waren. Alle, die sich in dem kleinen Nadelturm des Hauptgebäudes der Lomonossow-Universität versammelt hatten. Ein kleiner fünfeckiger Raum lag als unsichtbare *Zwielicht*-Etage über dem Museum für physikalische Geographie und diente ausschließlich den seltenen Sitzungen des Tribunals der Inquisition. In den Nachkriegsjahren waren recht viele *Zwielicht*-Räume gebaut worden – das war billiger als die ständigen Auseinandersetzungen mit der Staatssicherheit und der Miliz, die ihre Nasen permanent in Angelegenheiten steckten, die sie nichts angingen. Es ließ sich schön beobachten, wie im Osten die Sonne am Horizont mit einem purpurroten Leuchten aufging und mit jeder Minute die zauberhaften Lichter verblassten, die seit dem Konzert von Jean-Michel Jarre anlässlich des Moskauer Stadtjubiläums über dem Gebäude der Universität tanzten. Die Anderen würden die Spuren der Lasershow noch lange genießen können, sogar ohne ins *Zwielicht* einzutreten, wo alle Farben verblassten und verschwanden. Damals hatten viele Menschen begeistert die wundervolle Show verfolgt und ihre Gefühle ins *Zwielicht* versprüht.

Maxim, der einen gewöhnlichen Geschäftsanzug trug und keinen Kittel wie die übrigen Inquisitoren, entrollte mit einer Geste im *Zwielicht* eine graue Leinwand, die mit lodernden roten Buchstaben übersät war. Drei Dutzend Stimmen hoben an zu lesen: »Wir sind die Anderen. Wir dienen unterschiedlichen Kräften. Doch im *Zwielicht* besteht kein Unterschied zwischen dem Fehlen des Dunkels und dem Fehlen des Lichts ...«

Die riesige Stadt und das riesige Land ahnten nicht, dass fast alle, die das Schicksal Russlands bestimmen, sich jetzt hier versammelt hatten, nicht im Kreml. In dem vernachlässigten kleinen Kämmerchen unter der Turmnadel des Universitätsgebäudes, wo man inmitten des lange angesammelten Staubes Stühle, leichte Sessel, sogar Liegestühle aufgestellt hatte – was immer mitzubringen jemand der Mühe wert befunden hatte. Um einen Tisch hatte sich dagegen niemand gekümmert – und es gab auch keinen.

Die Anderen schätzen billige Rituale nicht sehr: Ein Gericht – das ist ein Prozess, keine Prozession. Deshalb fehlte jedes Ornat, Perücken und Tafeltuch. Nur die grauen Kittel der Beobachter, doch niemand erinnerte sich noch genau daran, warum die Inquisitoren manchmal diese Gewänder trugen.

»Wir begrenzen unsere Rechte und unsere Gesetze. Wir sind die Anderen ...«

Die purpurroten Buchstaben des Vertrages brannten im Halbdunkel, Sinnbild der Wahrheit und Rechtsprechung.

»Wir sind die Anderen ...« Drei Dutzend Stimmen. »Die Zeit wird für uns entscheiden.«

Der Große Vertrag war verlesen, nun konnte das eigentliche Tribunal beginnen. Der Tradition zufolge mit den am wenigsten gravierenden Fällen.

Der Richter, einer der in einen Kittel gehüllten Inquisitoren, verkündete, ohne sich von seinem Drehhocker auf Rollen zu erheben, in einem völlig unfeierlichen, absolut alltäglichen Ton: »Fall eins. Wilderei durch die Dunklen. Man führe die Schuldige herein.«

Nicht die Verdächtige, sondern die Schuldige. Die Schuld ist bereits bewiesen. Die Zeugen helfen nur die Tatumstände und das Maß der Schuld zu bestimmen. Dann spricht das Gericht sein Urteil. Unerbittlich und gerecht.

»Bedauerlicherweise sind nicht alle Zeugen anwesend. Es fehlt Witali Rohosa, Anderer, registriert in Nikolajew, Ukraine, und zeitweilig registriert in Moskau; der Grund seines Ausbleibens ist nicht bekannt. Ferner fehlen Andrej Tjunnikow und Jekaterina Sorokina, die im Zusammenhang mit Fällen gestorben sind, die später verhandelt werden.«

Das Urteil war kurz und hart. »Viktoria Mangusowa, Andere, Dunkle, registriert in Moskau, wird des Rückfalls in nicht lizenzierte Jagd für schuldig befunden. Sie wird zur Dematerialisation verurteilt. Gibt es Einwände oder Ergänzungen seitens der Wächter des Tages und der Nacht zu diesem Urteil?«

Es gab keine Einwände auf Seiten der Dunklen und natürlich schon gar nicht auf Seiten der Lichten.

»Das Urteil wird unverzüglich vollstreckt«, erklärte der Inquisitor. Er sah die Lichten an – traditionell vollstrecken das Urteil die Wachen selbst.

Ilja erhob sich und schob seine Brille hoch. Aufmerksam sah er die Vampirin an. Die heulte auf, weil ihr klar wurde, dass es für sie keine Rettung gab. Im Blick des Magiers lag weder Hass noch Freude. Nichts außer Konzentration. Er streckte die Hand aus und berührte durchs *Zwielicht* das Registrierungssiegel auf der Brust der Vampirin.

Im Nu sackte Viktoria zu Boden. Sie zerfiel nicht, wie es bei einer älteren Vampirin der Fall gewesen wäre, denn ihr Körper hatte die ihm zugeteilte Zeit noch nicht durchlebt. Doch das, was bei Vampiren die Lebenskraft ersetzt, das, was sie über Jahre von Menschen geraubt hatten, löste sich spurlos im *Zwielicht* auf. Im Raum kühlte es sich ganz leicht ab. Ilja runzelte die Stirn und schickte den Körper mit einer weiteren knappen Geste ins *Zwielicht*.

Für immer.

So vollstrecken Andere ein Urteil.

»Fall zwei. Der Mord an dem nicht initiierten Anderen durch eine Tierfrau, eine Dunkle. Man führe die Schuldige herein ...«

Fragen. Antworten. Eine kurze Beratung der Inquisitoren.

»Oxana Dazjuk. Andere, Dunkle, registriert in Moskau. Sie

wird des vorsätzlichen Mordes für unschuldig befunden. Die Tat wird als Notwehr qualifiziert. Sie wird für schuldig befunden, übersteigerte Maßnahmen zu ihrer Selbstverteidigung getroffen zu haben. Dafür wird sie mit dem Entzug der Jagdlizenz für die Dauer von zehn Jahren bestraft. Sollte es zu einem Rückfall oder zu einer Gesetzesübertretung bis zur fünften Kraftstufe einschließlich kommen, wird unverzüglich die Dematerialisation eingeleitet. Gibt es Einwände oder Ergänzungen seitens der Wächter des Tages und der Nacht?«

Ilja sah zu Geser hinüber und erhob sich erneut. »Wir haben einen Einwand«, erklärte er. »Das Leben der Anderen war durch nichts bedroht. Es bestand keine Notwendigkeit, den Mann zu töten. Wir fordern daher eine Ausdehnung des Lizenzentzugs auf fünfzig Jahre.«

»Auf dreißig«, erwiderte Maxim, als ob er diesen Antrag bereits erwartet hatte. Was vermutlich auch zutraf ...

»Auf vierzig«, sagte Geser kalt, ohne sich zu erheben. »Sollen wir alle notwendigen Voraussetzungen dafür darlegen?«

»Auf vierzig«, stimmte Maxim zu. Er sah die Dunklen an, die sich jedoch nicht eingemischt hatten, sondern völlig richtig davon ausgingen, dass sie es wegen des Schicksals der Tierfrau nicht auf einen Streit anlegen sollten.

»Die Verurteilte ist aus der Bewachung zu entlassen.«

Vor der bleichen verängstigten Frau sprangen die Türen auf. Sie stürzte hinaus, glücklich und noch nicht ganz begreifend, welche Strafe sie eigentlich bekommen hatte. Vierzig Jahre, das ist für einen Tiermenschen, der seine Kraft nur aus menschlichem Leben schöpft, ein sehr langer Zeitraum. Sie würde verhutzeln und vielleicht sogar sterben, ohne eine Möglichkeit zu haben, sich dem einsetzenden Alterungsprozess entgegenzustellen.

»Fall drei. Der Überfall auf einen Anderen, einen Dunklen, durch die Wächter der Nacht. Angesichts des Fehlens des Leidtragenden hält das Gericht es für geboten, die überlebenden

Schuldigen sowie die Führung der Nachtwache, welche die nicht sanktionierte Anwendung von Kraft gegen den Anderen, den Dunklen, gestattet hat, ins Kreuzverhör zu nehmen. Jedweder Einspruch seitens der Lichten wird vorab abgelehnt.«

Geser runzelte die Stirn, Sebulon gestattete sich ein zurückhaltendes Lächeln.

Swetlana Nasarowa, die Lichte Zauberin, sah besorgt auf die Uhr. Sie geriet langsam in Panik, weil Anton Gorodezki, der Lichte Magier, sich verspätete.

»Vielleicht ist es sinnvoll, den Grund für die Abwesenheit von drei Geladenen zu klären?«, fragte Geser vorsichtig, wobei er sich unwillkürlich den offiziellen Ton der richterlichen Rede aneignete. »Glauben Sie mir, ich versuche wahrlich nicht, Zeit zu gewinnen. Mich beunruhigt die Abwesenheit eines Mitarbeiters der Nachtwache und desjenigen, der hauptsächlich für die Ruhestörung in den letzten Tagen verantwortlich ist.«

Die Inquisitoren blickten einander an, als fassten sie wortlos eine Entscheidung.

»Die Inquisition erhebt keine Einwände«, verkündete Maxim sachlich. »Die notwendige magische Handlung wird gestattet.«

Die Beobachter der Inquisition nestelten an ihren Gewändern und zogen ihre Schutzamulette hervor. Ob sie gerade deshalb Kittel trugen, damit niemand sah, wie sie mit den Amuletten arbeiteten und welche Amulette genau sie einsetzten? Die Inquisition hatte ihre eigenen Methoden, Gesetze und Waffen ...

In der Luft drehte sich eine Beobachtungskugel. Grauer Dunst, durchbrochen von Wellenlinien. Ein großer Teil von ihnen löste sich auf, es blieben nur drei übrig.

Drei Schicksalsfäden, die vor kurzem in einem Punkt zusammengelaufen waren. Ein Faden war verblasst, funkelte kaum. Ein verletzter Anderer ...

»Das ist Schagron«, seufzte der Dunkle Magier Edgar, der die Vollmachten eines Stellvertreters des Chefs wieder abgegeben hatte. »Das ist ganz bestimmt Schagron.«

Die beiden anderen Fäden gingen wieder auseinander, mussten sich aber gleich wieder treffen – direkt vor dem Gebäude der Universität.

Ein Zusammenstoß. Erneut ein Zusammenstoß zwischen den Dunklen und Lichten, abermals ein Opfer. Wenn auch bislang noch kein Todesopfer.

»Die Nachtwache bittet die Inquisition um eine Intervention!«, schrie Geser. »Maxim, Oskar, Raoul! Da bringt einer den anderen um!«

Die bringen sich gegenseitig um – das hatte Geser sich natürlich nicht zu sagen getraut.

Neben dem Chef der Nachtwache erhob sich eine Frau, eine Andere, Olga, die erst kürzlich ihre Fähigkeiten als Zauberin zurückerlangt hatte, und zwar einer sehr starken Zauberin, weshalb sie auch das Recht verloren hatte, einen Familiennamen zu führen, ihr jedoch noch nicht das Recht gewährt wurde, einen *Zwielicht*-Namen zu tragen. Sie berührte Gesers Ellenbogen und sah die Richter fragend an.

Swetlana erbleichte, ihr Gesicht schien mit einem Mal wie aus Wachs.

Die Dunklen schwiegen. Sebulon kratzte sich nachdenklich die Nasenspitze.

»Das Tribunal verbietet eine Intervention«, erklärte einer der Richter trocken.

»Warum?«, fragte Swetlana kraftlos. Sie versuchte sich aus dem leichten Korbsessel zu erheben, doch ihr versagten die Kräfte. Die Körperkräfte. Die echte Kraft, die magische Kraft einer Anderen, einer Lichten Zauberin, fing hingegen unweigerlich an, sich in einer matten dreidimensionalen Spirale um Swetlana herum zu drehen.

Wie die Menschen sind die Anderen im Zorn oder in extremen Situationen allgemein teilweise stärker, als wenn sie ganz ruhig sind.

»Warum?« Swetlanas Stimme klirrte. »Überall, wo dieser Dunkle auftaucht, sterben Andere oder Menschen. Er ist ein Mörder! Werden Sie ihm erlauben, weiter zu morden?«

Der Richter blieb ungerührt. »Witali Rohosa, Anderer, Dunkler, hat während seines Aufenthalts in Moskau nicht eine Bestimmung des Großen Vertrags verletzt und nicht einmal zu übersteigerten Formen der Selbstverteidigung gegriffen. Vor der Inquisition hat er sich nichts vorzuwerfen. Wir haben keine Grundlage, auf der wir intervenieren könnten.«

»Wenn es eine Grundlage gibt, wird es zu spät sein!«, sagte Geser scharf.

Der Inquisitor zuckte nur mit den Schultern.

»Er wird sich für Schagron rächen«, meinte einer der Lichten leise und hüstelte.

Zwei Magier – ein Lichter und ein Dunkler – näherten sich dem Eingang der Lomonossow-Universität, und je stärker der Abstand zwischen ihnen schmolz, desto fester glaubten alle Anwesenden des Tribunals, dass in die Turmnadel nur einer der beiden kommen würde.

Doch welcher?

Ich weiß nicht, weshalb, aber ich stieg über dreihundert Meter vor dem Eingang zur Universität aus dem Auto. Über dem Gebäude sah ich bunte Flecken, Strahlen und dreidimensionale Figuren. Ich spürte, dass eine mir unbegreifliche Kraft die normale höhere Magie in mir zurückhielt und mir nicht gestattete, sie einzusetzen.

Außerdem spürte ich, dass sich dort, ganz oben, wo die scharfe Turmnadel aus dem Moskauer Wolkenkratzer herauswuchs, eine hellgraue Wolke zusammenballte, die mich an eine Zeitzünderbombe denken ließ.

Ich sah mich um und ging den Gehsteig hinunter. Eigentlich

hätte ich mich beeilen müssen, doch ich ging im gemäßigten Tempo. So war es offenbar nötig.

Nur sollte niemand fragen: Für wen?

Der MD-Player lieferte mir eine neue Melodie. Sie gefiel mir nicht, und ich tastete nach dem Sensor. Was wohl als Nächstes kam?

Mein Name ist ein längst verwischtes Zeichen,
und meine Kleidung hat der Wind geflickt ...
Was ich in fest verschlossnen Händen bringe,
fragt niemand, und ich sage es auch nicht.

Piknik, ihr Lied *Das Schriftzeichen*. Das passte – eine ruhige Melodie für jemanden, der ohnehin zu spät kam und der sich bloß konzentrieren und die allumfassende Unerschütterlichkeit der Weisen aus dem Osten erlangen musste.

Ob es unter den orientalischen Weisen wohl Andere gab? Oder sollte man die Frage besser so stellen: Ob es unter ihnen auch Menschen gab?

Das würde ich gern wissen ...

Den Wachposten zu benebeln gelang mir, offensichtlich waren simple »Alltagszauber« auch während der Sitzung des Tribunals gestattet.

Ich ging zu den Fahrstühlen – das Vestibül war seltsam menschenleer. Vielleicht spürten die Menschen unterbewusst die Anwesenheit der stärksten Anderen Moskaus in ihrer Nähe und versuchten, nicht hierher zu kommen? Ich drückte den Knopf, und die Tür eines der Aufzüge öffnete sich sofort. Ich ging hinein und sah automatisch zurück: Ob nicht doch noch jemand zum Fahrstuhl gerannt kam ...

Da erblickte ich Anton. Eben lief er an dem immer noch Schachmatt gesetzten Posten am Eingang vorbei.

Wie er mich wohl eingeholt hatte? Ob er auch ein Mokick oder ein Motorrad beschlagnahmt hatte?

Wartend stand ich da. Anton sah mich an, als ob er nachdächte, und wartete ebenfalls.

Nach kurzem Zögern drückte ich den Knopf, und die Türen des Fahrstuhls schlossen sich. Ich fuhr nach oben. Aber nicht gleich nach ganz oben, sondern nur etwa zwei Drittel hinauf. Wie sich zeigte, musste man für den Rest einen anderen Fahrstuhl nehmen, der ausschließlich den oberen Stockwerken diente. Zu meinem Ziel führte sogar nur noch eine breite Marmortreppe mit alten Kalkflecken auf den Stufen. Die Treppe brachte mich zu einer Tür, die im *Zwielicht* offen stand, in der gewöhnlichen Welt jedoch selbstverständlich fest verschlossen war.

Vor der Treppe klang das heilige Lied von *Piknik* aus, und der Player spielte nach dem Zufallsprinzip den nächsten Titel an.

Ich träume von Hunden, von wildem Getier,
Ich träume, dass Wesen mit flammenden Augen
Am Himmel sich mir in die Flügel verbissen,
Da bin ich gestürzt, ein gefallener Engel ...

Dieses Lied von *Nautilus Pompilius* hatte ich früher nur flüchtig gehört, doch jetzt sprach es etwas direkt in meiner Seele an. Während ich zu der geschlossenen Tür hinaufstieg und ins *Zwielicht* eintauchte, sang ich es zusammen mit Butussow.

Weiß nicht, wie ich fiel, ich weiß aber noch,
Wie ich tonlos aufschlug auf kaltem Gestein.
Kann's sein, dass ich wirklich so hoch bin geflogen
Und grausam gestürzt, ein gefallener Engel?
Hinab in die Tiefe, aus der wir einst
Kamen, ein neues Leben erhofften.
Hinab in die Tiefe, aus der wir einst
Gierig hinauf ins Blaue blickten.
Hinab ...

Butussow und mich konnte jeder Andere hören, ungeachtet dessen, dass der tatsächliche Ton nur in den winzigen Stöpseln meiner Kopfhörer entstand und bereits in einem Umkreis von einem Schritt zur völligen Unkenntlichkeit zerschmolz.

Wir traten in den Raum ein, in dem das Tribunal tagte. Wir beide. Ich – und der gefallene Engel.

Gerecht zu sein hab ich versucht und gütig,
Und es erschien mir nicht schrecklich, nicht seltsam,
Dass die Menge sich sammelt dort unten,
Um zu sehn, wie ein Engel herabfällt ...

Geser. Sebulon. Der Inquisitor Maxim. Die Dunklen, mit denen ich die letzten Tage verbracht, Kaffee getrunken und geredet hatte: Edgar, Juri, Kolja und Anna Tichonowna. Die Lichten, mit denen ich mich in den letzten Tagen geschlagen und die Schwerter an der Grenze zum Foul gekreuzt hatte: Ilja, Garik, Tolik, der Bärenmensch. Unbekannte Andere, Dunkle wie Lichte, von denen einige mit Sicherheit nicht zu den Wächtern des Tages und der Nacht gehörten. Zwei in Kitteln, offensichtlich Inquisitoren.

Und eine Lichte Zauberin mit schmerzverzerrtem Gesicht. Solche Gesichter setzten Menschen und Andere auf, wenn jemand von ihnen geht, der ihnen nahe steht.

Da – der Wind weht in offene Münder
Weißen Schnee, süßes Manna vielleicht
Oder nur Federn, die hinter ihm trieben,
Der herabstürzte wie ein gefallener Engel ...

Dann stieß es mich heftig jene unsichtbaren Stufen hoch, trieb mich auf die Spitze jener unbekannten Pyramide hinauf, die ich die ganze Zeit über erklommen hatte. Praktisch gleichzeitig hoben die beiden Inquisitoren in den Kitteln das Verbot für höchste Magie auf. Und dann richtete die Lichte auf mich jene Wolke, die jeden Moment bersten und sich entladen konnte. Ein Klumpen von Kraft, im Vergleich zu dem ein Sprengkörper von einer Megatonne wie eine Seifenblase wirkte.

Die Zeit blieb stehen.

Da verstand ich alles. Alles, was geschehen war, alles, was jetzt geschah, und alles, was gleich geschehen würde. Ich verstand es und schluckte den gewaltigen Kloß, der mir plötzlich die Kehle zuschnürte.

Ich war der mächtigste Magier auf Erden geworden. Ein Magier außerhalb jeder Kategorie. Ein Kalif für eine Stunde ... nein, für einen Augenblick ... Der Einzige in diesem baufälligen Raum, der keine Zukunft hatte.

Manche Andere haben keine Zukunft ...

Ein Spiegel! Ich war nur ein Spiegel. Ein Spiegel der Welt. Ein kleines Gewicht, vom *Zwielicht* auf die höhere Waagschale geworfen, als das Gleichgewicht der Kräfte des Lichts und der Kräfte des Dunkels gestört war.

Das Licht hatte eine Große Zauberin gewonnen. Dem Dunkel fehlte ein ebenso starker Adept. Das Licht hatte die Chance bekommen, mit dem Dunkel ein für alle Mal abzurechnen.

Ohne Dunkel gibt es jedoch kein Licht. Deshalb hatte das *Zwielicht* mich geboren. Es hatte einen seltsamen Anderen gefunden, der bislang keiner der beiden Seiten zugeneigt war, einen Anderen mit jungfräulich reiner Aura, und ihn für das Dunkel eingefärbt. Es hatte ihm das bisherige Gedächtnis genommen und die Fähigkeit gegeben, zu spiegeln und fremde Kraft aufzusaugen. Je stärker man mich geschlagen hatte, desto stärker wurde ich. Stufe für Stufe war ich höher hinaufgesprungen. Bis es keine Stufe mehr gab, die Spitze erreicht war, darüber lagen nur noch die Ewigkeit und das *Zwielicht* – da hatte der Spiegel seine Schuldigkeit getan. Denn nun wäre der Spiegel in der Lage, seinerseits das Gleichgewicht zu zerstören.

Jetzt erwartet mich das *Zwielicht*. Das *Zwielicht* für immer.

Ich weiß nicht, was aus dem Körper von Witali Rohosa wird, der bis vor kurzem noch ein Anderer ohne Schicksal war. Ich weiß nicht, was mit seinem Gedächtnis und seiner Persönlichkeit wird, denn jedes Mal, wenn ein Spiegel auftaucht, endet die Sache anders. Ich weiß nur, dass dieses Ich, das ich in dem bitterkalten Park in Nikolajew auf dem Weg zum Zug nach Moskau erkannt habe, für immer verschwinden, sich in einen körperlosen und hilflosen Schatten verwandeln wird, in einen durchscheinenden Bewohner des *Zwielichts*.

Oder einfach in einen Teil des *Zwielichts* ... des keineswegs derart passiven *Zwielichts*, für das es immer gehalten wird ...

Ich begriff das alles in dem kurzen Moment, bevor ich die ganze Kraft Swetlanas restlos aufsaugte, die glaubte, sie habe Anton Gorodezki verloren. Sie nahm das aufgrund eines seltsam kapriziösen Zufalls an – weil ich den Saal des Tribunals mit einem MD-Player betreten hatte, der genau dem Antons entsprach, mit einer Kopie seiner Scheibe und mit dem Lieblingslied Antons auf den Lippen und in der Seele. Zudem ging mir auf, dass die Inquisition die Wahrheit kannte. Doch keiner der Inquisitoren sagte ein Wort, um Moskaus Andere zu beruhigen, die an den vermeintlichen Kampf zwischen mir und Anton ebenso glaubten wie daran, dass Anton in diesem Kampf gestorben sei.

Die Lichten kannten seine Lieblingslieder ...

»Stirb!«

Ich werde nicht sterben, Swetlana. Genauer, ich werde sterben, aber nicht jetzt. Ich bin ein Spiegel. Wenn du versuchst, mich zu vernichten, wirst du schwach, während ich nur noch stärker werde. Ich erkenne bereits, was auf dich wartet – eine langwierige, sich über dreißig bis fünfzig Jahre erstreckende Wiederaneignung der so sinnlos vergeudeten Kräfte. Tropfenweise, Quäntchen für Quäntchen wirst du dir das Verlorene wieder zusammensammeln müssen. Drei – womöglich auch mehr – Jahrzehnte sind eine Zeit, die dem Dunkel durchaus reicht, eine Zeit, die genügt, um sich für den nächsten Versuch zu wappnen, das Gleichgewicht zu stören. Wenn auch noch nicht klar ist, welche Seite ihn unternehmen wird. Auf dich warten Jahre, in denen du das Glück mit Anton finden kannst – oder auch nicht.

Aber in jedem Fall werdet ihr in diesen Jahren gleichberechtigt sein.

Denn auch wenn du deiner Kräfte beraubt bist, so gebe ich dir doch eine Chance ... die Chance, die ich nicht habe.

Die Musik verstummte. Der Player hielt den magischen Schlag nicht aus – Technik reagiert sowieso schlecht auf höhere Magie – und verspritzte kleine Plastikstückchen. Meine Mütze flog zum Ausgang, die Jacke barst gleich an mehreren Stellen.

Ich hielt mich zwar kaum auf den Beinen, stand aber noch.

»Ein Spiegel!«, rief Geser mit dem ganzen Spektrum von nicht auszudrückenden Gefühlen und Intonationen in der Stimme. »Zum dritten Mal, und zum dritten Mal für die Dunklen!«

»Wir planen schließlich auch keine globalen Gesellschaftsexperimente, Kollege!«

Sebulon, der Chef der Tagwache, der seinen Triumph nicht verhehlte.

Heute stand er auf der Seite der Sieger. Und die Lichten mussten eine Niederlage einstecken.

Doch wie oft war das schon passiert, so, aber auch anders herum?

Und Swetlana, leer und erschüttert, eben noch von Leid niedergedrückt, jetzt aber außerstande, ihre Freude zu verbergen, schrie: »Anton!«

Er stand am Eingang. Anton Gorodezki. Der Lichte Magier. Lebendig und unverletzt. Er war nach mir hereingekommen.

»Danke, Anton!«, wandte sich der unsagbar zufriedene Sebulon an ihn. »Du hättest meinen Auftrag nicht besser ausführen können. Ich hoffe, die Belohnung reicht dir?«

»Auftrag?«, schrie Geser. »Anton?«

Sebulon stieß ein leises Lachen aus und erhob sich. Der Chef der Nachtwache sah flüchtig zu dem siegestrunkenen Gegner hinüber und richtete den Blick dann wieder auf Anton.

Der ging zu Swetlana, die glückliche und nichts begreifende Lichte, und umarmte sie. »Gleich«, flüsterte er und kam auf mich zu.

Ein paar Sekunden sahen wir einander in die Augen. Einander. Von Feind zu Feind. Ein Anderer einem Nicht-Anderen. Ich wusste selbst nicht, wie ich es ausdrücken sollte, damit es der Wahrheit entsprach. Denn die Wahrheit gibt es immer mindestens in zwei Varianten.

»Nimm«, sagte Anton. Und er hielt mir seinen MD-Player als Ersatz für den zerstörten hin.

»Danke«, flüsterte ich. Ich löste die Reste meines eigenen vom Gürtel. Schweigend holte ich meine MD hervor und legte sie in den Apparat ein, der mir gerade geschenkt worden war. Als ob es im Moment nichts Wichtigeres gäbe. Jetzt wird der Inquisitor aufstehen, dachte ich bei mir, und mir sagen, dass ich gehen könne.

Natürlich hatte ich es erraten. Magier eines so hohen Grades irren sich nicht, selbst wenn sie Nicht-Andere sind.

»Im Namen des Großen Vertrages«, verkündete Maxim wie immer trocken und sachlich. »Da unwiderleglich festgestellt worden ist, dass Witali Rohosa kein Anderer im üblichen Wortsinne ist, stellen die Taten der Nachtwache ihm gegenüber keinen Fall dar, mit dem sich die Inquisition zu befassen hätte. Für Witali Rohosa gelten folglich auch nicht die Bestimmungen des Großen Vertrages. Er ist seinem eigenen Schicksal überlassen.«

Man hätte meinen können, ich hätte einmal ein Schicksal gehabt! Ich, alle Spiegel, die es vor mir gab, der Junge Jegor, dessen Zeit noch nicht gekommen war ...

»Die Inquisition erklärt die Verhandlung hiermit für beendet.« Maxim bedachte die Magier mit einem Blick. »Gibt es Anmerkungen oder Vorschläge seitens der Wächter des Tages und der Nacht?«

Ich drückte auf »Play«, drehte mich um und ging fort. Die zerfetzte Jacke ließ mich wie einen Penner oder eine gewöhnliche Vogelscheuche aussehen. Aber wen würde das schon kümmern?

Der MD-Player, den Anton mir geschenkt hatte, war auf den Zufallsgenerator eingestellt. Und erneut wurde aus dem Dutzend Tracks der richtige gewählt. Kipelow und Mawrin. *Finstere Zeit*. Alles, was mir blieb, war zu singen.

Und ich sang.

Finstere Zeit!
Freiheit durchgeistert den Raum.
Blut weit und breit,
Wie in dem wirrsten Traum
Jagt nun das Volk
Die früheren Götter hinfort,
Betet das Volk,
Erwartet ein Wahrhaftes Wort
Das Jüngste Gericht –
Kometen verkünden es allen;
Krieger des Lichts
Verbrennen jene, die fallen.
Krieger der Nacht
Riegeln den Erdenkreis ab.
Vieltausendfach
Regnen die Vögel herab.

Eine finstere Zeit, für den, der nicht mehr das Recht hatte, sich Witali Rohosa zu nennen. Für den, der aufgestiegen war, nur um zu fallen. Für einen gefallenen Engel ... einen dunklen Engel. Eine finstere Zeit für dich und für die Anderen. Das Ende des Jahrtausends. Eine Zeit, in der man das Licht nicht vom Dunkel unterscheiden kann und das Dunkel nicht vom Licht. Eine Zeit von Tod und Kampf. Eine finstere Zeit.

Wissen selbst nicht, wer wir sind –
Roten Sternes Kind,
Schwarzen Sternes Kind
Oder neuer Gräber ...
Schrecklich und leicht tanzt der Tod,
Noch aber ist's nicht so weit,
Für unsre Sünden droht
Uns eine finstere Zeit!

Ich wusste ebenfalls nicht, wes Kind ich war. Ich wusste nur eins: Für fremde Sünden bestraft die finstere Zeit häufig diejenigen, die keine Sünden begangen haben. Oder doch, aber nicht die, für die sie bestraft werden. Mir ließ man jedoch keine Wahl. Mir gab man kein Schicksal.

Wir leben noch.
Der rettet sich, der nicht.
Sie löschen jäh
In unsrer Burg das Licht,
Sie wolln die Flagge streichen
Zum Zeichen,
Sich zu ergeben.
Das wird nicht genügen –
Sie lügen,
Weil wir noch leben!

Noch lebe ich. Und singe. Singe, obwohl ich vermutlich weiß, dass es im nächsten Lied von Kipelow und Mawrin folgende Zeilen gibt:

Was soll der Blick? Ich nehm dich doch nicht mit,
Den Sinn des Lebens weiß ich nicht zu finden.
Versuch nicht, fremde Rätsel zu ergründen.
Genug! Ich bin ein Geist und muss verschwinden.

Ich bin ein Geist. Ich bin nur ein Spiegel. Ein Spiegel gibt alles wieder, dazu ist er berufen. Doch nicht bitten, nicht glauben – das kann ich nicht. Ich gehe fort, um zu verschwinden, doch ich bitte, ich hoffe, ich möchte glauben – nehmt mich mit! Nehmt mich mit!

Ich glaube.
Ich hoffe.
Ich glaube.
Ich hof…

Dritte Geschichte
Eine Andere Kraft

Prolog

Das Auto hielt Juha Mustaioki an, der jetzt der Ranghöchste in ihrer kleinen Gruppe war. Jari Kuusinen und Raivo Nikkilia zwängten sich schweigend auf den Rücksitz des alten Shiguli, Juha stieg vorn ein.

»Bringen Sie uns nach Sche-rje-mje-tje-wo«, befahl Juha prononciert. Wie seltsam es auch anmutete, doch für Mustaioki war Russisch die Sprache seiner Kindheit, die er später freilich gründlich vergessen hatte. Sprachtalent hatte ihn indes schon immer ausgezeichnet. Außerdem hatte er in der Nähe der russischen Grenze gelebt und war regelmäßig nach Petersburg gefahren, um sich dort zu betrinken. Alle anderen nahmen lieber die Fähre nach Schweden, wo man sich nachts auf dem Hinweg mit dem im Duty-free-Shop erworbenen Alkohol ordentlich einen hinter die Binde gießen konnte, tagsüber ausschlief, die Fähre nicht verließ (wen interessierte schon dieses Stockholm?) und sich auf dem Rückweg erneut dem kostspieligen Vergnügen überließ. Mustaioki fuhr jedoch unverdrossen weiter nach Piter. »Bringen Sie uns schnell und or-dent-lich hin.«

Der Fahrer brachte sie hin. Schnell und ordentlich. Ausländer zum Flughafen zu fahren war das reinste Vergnügen. Ein arbeitsloser Ingenieur, der sich als Taxifahrer verdingte, kriegte nicht häufig eine solche Tour. Und gerade jetzt konnte er das gut gebrauchen, da ein neues Jahr – noch dazu das Jahr 2000 – vor der Tür stand, da alle versuchten, ein möglichst üppiges

Fest auszurichten und den Verwandten prachtvollere Geschenke zu machen als sonst.

Die drei Anderen saßen schweigend im Wagen und belauschten die Gedanken des Fahrers nicht. Obwohl sie das natürlich gekonnt hätten.

Bereits hinter der Ringautobahn drehte sich Juha zu seinen beiden Gefährten um. »Kommen wir hier am Ende also doch noch raus, Freunde?«, fragte er.

Jari und Raivo nickten zustimmend. Es war wirklich schwer zu glauben, dass die Verhöre der Nachtwache vorüber waren, die Vorladungen bei den finsteren Mitarbeitern der Inquisition, das geschäftige Gebaren dieses Rechtsverdrehers der Tagwache, eines Vampirs, der sowohl bei den Menschen als auch bei den Anderen nur allzu bekannt war.

Sie waren entkommen. Sie waren entkommen, durften das schreckliche, kalte und unwirtliche Moskau verlassen. Allerdings durften sie noch nicht nach Hause, sondern mussten nach Prag, wo seit kurzem das Europabüro der Inquisition saß. Doch immerhin kamen sie raus aus Moskau. Mit eingeschränkten Rechten, mit der Auflage, sich am Ankunftsort registrieren zu lassen – aber trotzdem.

»Der arme Ollykainen ...«, seufzte Raivo. »Wo er doch tschechisches Bier so geliebt hat. Er hat immer gesagt, das sei gleich nach unserm *Lapin Kulta* das beste Bier der Welt. Nie wieder wird er Bier trinken ...«

»Wir werden eins für ihn mittrinken«, schlug Jari vor.

»Drei«, verbesserte Juha. »Er war der würdigste der Regin-Brüder.«

»Und wir?«, fragte Jari nach kurzem Nachdenken.

»Wir sind auch würdig«, stimmte Juha zu. »Wir haben unsere Pflicht erfüllt.«

Aus irgendeinem Grund senkten alle drei bei diesen Worten den Blick zu Boden.

Die kleine Sekte von Dunklen, die sich Regin-Brüder nannte,

existierte bereits seit fast fünfhundert Jahren in Helsinki. Sie gehörten zu den wenigen Anderen, die den Großen Vertrag nicht offiziell anerkannten, doch da sie ihn auch nie ernsthaft verletzt hatten, drückten die Wächter des Tages und der Nacht bei ihnen ein Auge zu. Den Lichten schien es sogar zu gefallen, dass zwei, drei Dutzend Dunkle harmlose Rituale pflegten, Lieder sangen und archäologische Grabungen durchführten. Die Dunklen hatten in jedem Jahrhundert ein paarmal versucht, die Regin-Brüder für ihre Arbeit in der Tagwache zu gewinnen, und winkten jetzt nur noch ab.

Bis vor kurzem hatten Juha, Jari, Raivo und ihr verstorbener Gefährte Pasi Ollykainen ihre Aufgabe in der Sekte als aufregendes, mitunter sogar als lustiges Spiel betrachtet. Ihre Großväter und Urgroßväter hatten ihr Leben der Sekte gewidmet, ihre Kinder würden ebenfalls zu Regin-Brüdern heranwachsen ... Ihre Adoptivkinder, natürlich. Nur selten hat ein Anderer das Glück, ein Kind mit den Fähigkeiten eines Anderen zu kriegen. Das ist nur bei den niederen Dunklen üblich, bei Vampiren und Tiermenschen ...

Die Magier aus der kleinen finnischen Sekte hatten es da schwerer. Sie mussten die ganze Welt bereisen, um als Andere geborene Kinder zu suchen, die sie adoptieren, aufziehen und dem Dienst an der großen Sache des Fafnir zuführen konnten. In der Regel fanden sie die Kinder in unterentwickelten und exotischen Ländern.

Raivo stammte beispielsweise aus Burkina Faso. Den kleinen Jungen mit den großen Kulleraugen, den krummen rachitischen Beinen und dem aufgequollenen Bauch hatten sie seinen Eltern für vierzehn Dollar abgekauft. Sie hatten ihn geheilt, erzogen und ihm Finnisch beigebracht. Wer hätte beim Anblick des schönen und schlanken dunkelhäutigen Mannes ahnen können, dass ihn einst ein völlig anderes Schicksal erwartet hatte?

Jari war in den Elendsvierteln von Macao gefunden worden. Mit seinen vier Jahren gab er bereits einen bemerkenswerten

Dieb ab, der seine magischen Fähigkeiten zu diesem Zweck einzusetzen wusste, was wiederum die Aufmerksamkeit seiner zukünftigen Adoptiveltern auf ihn gelenkt hatte. Für ihn mussten sie noch nicht einmal etwas zahlen. Jari tat sich nicht durch seine Körpergröße hervor, entzückte die Regin-Brüder jedoch durch seinen scharfen Verstand und seine guten magischen Anlagen.

Juha stammte aus Russland. Genauer, aus dem Süden der Ukraine. Von Kindheit an führte er das Leben eines Vagabunden, mit sieben hatte der Junge auf Güterzügen oder per Anhalter bereits das ganze Land durchquert, zu Fuß die Grenze überschritten und irgendwann bei den Eheleuten Mustaioki, treuen Anhängern der Sekte, an die Tür ihres kleinen Hauses geklopft. Das ließ sich einzig und allein durch magische Prädestination erklären.

Nur der tote Ollykainen war – welch bittere Ironie des Schicksals! – ein echter Finne gewesen.

Nie zuvor hatte der Fahrer eine derart seltsame Gesellschaft kutschiert – ein weißer Mann mit den Zügen eines Ukrainers, ein rabenschwarzer Afrikaner und ein kleiner schlitzäugiger Asiat. Alle drei unterhielten sich übrigens fließend auf Finnisch oder Schwedisch. Was es nicht alles gibt im Leben ...

Am Flughafen studierten die Regin-Brüder als Erstes die Flugpläne, doch das arglistige und unergründliche Russland hielt auch diesmal eine kleine Überraschung für sie bereit: Der Flug nach Prag war schon zum vierten Mal verschoben worden. Sicher, sie hätten eine Maschine nach Duisburg mit Zwischenlandung in Prag nehmen können. Darüber informierte der Plan natürlich nicht, und eine Maschine nach Madrid, die ebenfalls über Prag flog, startete zu einer sehr ungünstigen Zeit, weshalb sie die Pläne direkt an der Kasse umschreiben mussten, was einen kräftigen Mann im sportiven Anzug, um dessen Hals eine fingerdicke Kette baumelte und der ein winziges Handy in der behaarten Pranke hielt, in einen Zustand unerklärlicher Wut versetzte. Der Kerl wollte den klein gewachsenen Jari schon beiseite schieben, doch Raivo wirkte rasch einen Respektzauber, der dazu führte, dass alle in der Reihe Wartenden ihre Beschuldigungen gegen die in unerschütterlicher Ruhe beratschlagenden Finnen fallen ließen.

»Wir fliegen nach Duisburg«, entschied Juha schließlich. »Das ist am bequemsten. Außerdem brauchen wir dann nicht so lange zu warten. Der Flug nach Prag wird noch dreimal verschoben werden. Das habt ihr doch auch gesehen, oder?«

Natürlich hatten sie es gesehen. Die Realitätsfäden liefen in einem kleinen Knoten zusammen, und die verfluchte Maschine würde erst spät abends starten.

Ein fast vergessenes Freiheitsgefühl ließ sie sich nicht weniger trunken fühlen als das heimatliche *Lapin Kulta*. Während Juha mit der freundlichen, am Ende aber verkniffen dreinblickenden Kassiererin verhandelte, sahen sich Jari und Raivo begeistert im Saal um, beobachteten die ankommenden Reisenden, die Verkäufer in den aquariumsgleich beleuchteten Läden, die in jedem Flughafen obligatorischen Schalter internationaler Fluggesellschaften ...

Den Anderen entdeckte Jari. »Guck mal da!«

In der Nähe der Tür zur Abflughalle stand an einem Bartresen ein Lichter Magier und trank Kaffee aus einer kleinen dunkelgrünen Tasse. Neben einem hohen Hocker lugte eine halb leere Reisetasche hervor.

Eine Weile studierten Jari und Raivo die Aura des Anderen – der war völlig gelassen und hatte seine Gefühle hervorragend unter Kontrolle. Vermutlich hatte er sie bemerkt, ließ sich aber nichts anmerken.

»Lassen die uns denn nie in Ruhe?«, seufzte Raivo.

»Glaubst du, er observiert uns?«

»Natürlich.« Raivo sprach mit unbedingter Überzeugung. »Schließlich haben wir die Auflage, bei der Sitzung des Tribunals zu erscheinen. Und die Nachtwache Moskaus muss sich davon überzeugen, dass die entlassenen Zeugen sich nach Prag begeben. Du wirst schon sehen, der begleitet uns bis zur Gangway.«

»Aber unser Flug geht erst in fünf Stunden!«

»Wo sollte der Andere hin? Das ist seine Arbeit.«

Juha kam mit den zu kleinen Büchlein zusammengehefteten Tickets auf sie zu. Ein leichter Hauch von Magie ging von ihm aus – natürlich hatte es für heute keine Plätze mehr in der Maschine gegeben, drei Reservierungen mussten dafür herhalten, wofür es sowohl die Kassiererin als auch die Flughafenleitung zu manipulieren galt. »Hier, nehmt die ...«, setzte er an, stockte dann aber. Er sah die Brüder aufmerksam an. »Was ist los?«, wollte er wissen.

»Wir haben einen Aufpasser. Der da, am Tresen, der Kaffee trinkt.«

Juha sah hinüber und entdeckte den Anderen.

Genau in diesem Augenblick trat in die gleichmäßig türkisfarbene Aura des Aufpassers ein matt glutroter Streifen.

»Irgendwas beunruhigt ihn«, meinte Raivo.

»Da ist noch ein Anderer!«, sagte Raivo. »Da an der Tür!«

In der Tat stand an der Glastür ein schwarzhaariger korpulenter Mann von etwas über dreißig Jahren. Mit einer Hand wischte er sich die Stirn mit einem Taschentuch ab, mit der anderen hielt er ein Handy ans Ohr. Er schwieg und lauschte offenbar ausführlichen Anweisungen. Neben ihm stand ein kleiner Aktenkoffer.

Dieser Andere war ein Dunkler Magier.

»Und die observieren uns auch«, murmelte Raivo.

»Was können die schon von uns wollen?«, fragte Juha. »Die Anderen dürften schließlich genug im internationalen Flughafen von Moskau zu erledigen haben, oder?«

»Pass auf, Bruder«, erinnerte Jari ihn. »Sorglosigkeit betrübt und beunruhigt Fafnir ...«

Juha dachte finster darüber nach, dass nach der geplatzten Operation zur Einfuhr der Kralle nach Moskau der wiedergeborene Fafnir sie alle vier hätte zu Asche verbrennen müssen. Genauer die drei Überlebenden. Doch wie üblich sagte er kein Wort.

In der Zwischenzeit hatte der Lichte seinen Kaffee ausgetrunken, dem Dunklen einen unzufriedenen Blick zugeworfen und sich in Richtung Restaurant aufgemacht. Seine Aura hatte ihre gleichmäßige türkisfarbene Einfärbung zurückgewonnen, die nur noch kaum erkennbare kirschrote Spuren an der Stelle des Streifens zeigte, der sie bis eben noch durchzogen hatte.

Der Dunkle telefonierte immer noch. Genauer, er hörte zu.

»Sie wollen sich überzeugen, dass wir abfliegen!«, wiederholte der scharfsinnige Raivo. »Dabei sind wir doch selbst froh, dass sie uns das erlauben.«

Doch Raivo täuschte sich.

Der Lichte Magier schlenderte unablässig durch den Flughafen, kehrte abermals an die Bar zurück, las ein Buch und trank einen Kaffee. Der Dunkle beendete sein Gespräch und ging zum Fenster eines Kassenschalters, worauf die Brüder die Spur von Magie wahrnahmen. Eine relativ starke, etwa vierter Grad.

»Was macht er denn da?«, fragte Raivo beunruhigt. »Besorgt er sich auch ein Ticket, oder was? Juha, der wird uns doch wohl keine Schwierigkeiten machen?«

»Weshalb sollte er?«, wunderte sich Juha. »Schaut doch!«

Der Dunkle Magier ging mit einer Bordkarte in der Hand von der Kasse weg.

»Jemandem haben sie ein verkauftes Ticket annulliert!«, schlussfolgerte Raivo. »Hast du Töne! Das gibt einen Skandal ...«

Es gab in der Tat einen Skandal beim Einchecken, vier Stunden später, als sie alle in einer Schlange anstanden. Sie alle, inklusive des Lichten. Einem der Fluggäste wurde plötzlich freundlich mitgeteilt, dass beim Verkauf seines Tickets ein Fehler unterlaufen sei, die Fluggesellschaft sich entschuldige und ihm einen Platz in der Businessklasse für den nächsten Flug anbiete ...

Völlig ungerührt beobachtete der Dunkle Magier den aufgebrachten Passagier. Anscheinend lächelte er sogar. Den Regin-Brüdern war freilich nicht nach Lachen zumute – sowohl der Dunkle als auch der Lichte würden in ihrer Maschine sitzen.

»Sie haben beschlossen, uns bis nach Prag zu begleiten«, meinte Raivo nach einer Weile. »Die nehmen die Sache aber ernst.«

»Nein, Bruder. Nein«, widersprach Juha kopfschüttelnd. »Irgendwas stimmt hier nicht. Ihr werdet schon sehen: Die wollen noch was von uns ...«

Eins

Geser rief Anton am Abend zu sich, als die Analytiker und Techniker gerade Feierabend machten, während die Fahnder, die nachts auf Streife gehen sollten, nach und nach im Haus eintrudelten. In den Fluren des ersten Stocks roch es nach frisch gebrühtem Kaffee, heißen Zimtbrötchen und einem leichten aromatischen Tabak – in diesem Jahr war fast die ganze Nachtwache der Mode des Pfeiferauchens erlegen. Sogar die Frauen.

Anton arbeitete bereits seit einem Jahr nicht mehr im Informationszentrum, seinen Platz als Herr über die Computer und Vorgesetzter der Systemadministratorinnen nahm jetzt Tolik ein. Ein Magier zweiten Grades – und dieser Rang war Anton zu Beginn des Jahres zugesprochen worden – war zu bedeutsam, um seine Zeit am Schreibtisch abzusitzen, auf die Tastatur einzuhacken und Programme passend zu machen.

»Willst du einen Kaffee?«, fragte Semjon. Anton nickte. Im gleichen Moment klingelte das Telefon. In dem Zimmer, in dem vier Fahnder saßen – Anton, Semjon, Garik und Bär –, senkte sich sofort Stille herab. Einen Anruf des Chefs vermochte jeder zu erspüren.

Und wem er galt, ebenfalls.

Unter dem gespannten Blick seiner Kollegen ging Anton an den Apparat.

»Komm zu mir, sobald du kannst«, befahl Geser, ohne ihn zu begrüßen. »Trink deinen Kaffee aus und komm her.«

»Gut«, antwortete Anton mit gelassener Stimmer. »Wird gemacht, Boris Ignatjewitsch.«

Er dachte nach und rauchte eine Pfeife an. Wenn Geser ihm nicht ausdrücklich zu verstehen gab, dass die Zeit drängte, brauchte er sich nicht sonderlich zu beeilen.

»Was ist los? Soll dir der Kopf gewaschen werden?«, fragte Garik. Anton zuckte nur mit den Schultern. Los sein konnte vieles. Angefangen von einer Anklage, die Nachtwache verraten zu haben, bis hin zu einer Beförderung. Von der Forderung, im Büro zu sitzen und nicht die Nase vor die Tür zu stecken, bis hin zum Befehl, das Hauptquartier der Dunklen zu stürmen. Wenn ein Magier höchsten Grades sich etwas überlegt, braucht man gar nicht erst zu versuchen, hinter seine Pläne zu kommen. Und schon gar nicht, wenn dieser Magier sich in einer derart miserablen Gemütsverfassung befindet wie Geser in den letzten Monaten.

Im Grunde erging es ihnen allen so. In diesem Jahr folgte eine Niederlage der nächsten. Alles hatte im Sommer begonnen, als die banale Verhaftung einer ungesetzlich praktizierenden Hexe in eine Auseinandersetzung mit den Dunklen gemündet war. Igor hatte sich in diesem Kampf verausgabt, der verdienstvolle, gute Igor Teplow, weshalb ihm ein Aufenthalt im Artek genehmigt worden war, damit er wieder zu Kräften kam. Dort war er jedoch auf eine Intrige der Dunklen hereingefallen. Es war der Hexe Alissa Donnikowa gelungen, ihn zu verzaubern und in sie verliebt zu machen, jenes Dunkle Luder, die Freundin Sebulons, die bereits mehrmals in die schlimmsten Ränkespiele gegen die Nachtwache verwickelt gewesen war. Diesmal hatte Alissa allerdings ihre Strafe bekommen – Igor hatte sie töten können. Dabei war er jedoch über die Grenzen der zulässigen Selbstverteidigung hinausgegangen; sein Schicksal hing jetzt an einem seidenen Faden.

Vor einem Monat war schließlich Witali Rohosa aufgetaucht, und das hatte zu einer verheerenden Niederlage geführt. Zunächst hatten sie ihn für einen gewöhnlichen Dunklen gehalten, dann war der Verdacht aufgekommen, der zugereiste Ukrainer sei ein Emissär, der der Tagwache zu Hilfe komme. Rohosa hatte sich jedoch als Spiegel herausgestellt, ein höchst seltener Fall, den die Wächter des Tages und der Nacht in ihrer gesamten Geschichte weniger als ein Dutzend Mal zu verzeichnen hatten. Faktisch handelte es sich bei ihm um eine unmittelbar aus dem *Zwielicht* hervorgegangene Erscheinung, das einen völlig unscheinbaren Menschen, bei dem es sich noch nicht einmal um einen Anderen handeln musste, in eine fürchterliche Kampfmaschine verwandelte. Wenn sie das von Anfang an gewusst hätten ... Aber das hatten sie nicht. Im Kampf mit dem Spiegel war Tigerjunges gestorben, hatte Swetlana ihre Kraft verloren, und etliche Magier hatten mehr oder weniger großen Schaden davongetragen.

Alles stand sehr, sehr schlecht ...

Wieder und wieder hatte Anton sich dafür verflucht, nicht auf die Idee gekommen zu sein, eine detaillierte Analyse der mit dem Auftauchen des Spiegels verbundenen Umstände vorzunehmen. Schließlich fanden sich in ihren Geheimarchiven vergleichbare Fälle: Ein Magier, der sich keiner Klassifikation zuordnen ließ, tauchte auf, seine Kraft nahm rasant zu, es kam zu einem entscheidenden Zusammenstoß, und dann verschwand er wieder. Alles hatte gepasst. Bis hin zum letzten Moment, in dem Witali Rohosa sich buchstäblich in Luft auflöste, sich dematerialisierte und in den Tiefen des *Zwielichts* verschwand, das ihn hervorgebracht hatte.

Doch Anton brauchte sich keine Vorwürfe zu machen, Garik und Semjon ebenfalls nicht. Für sie war der Spiegel eine der zahlreichen exotischen Erscheinungen, die sie bislang nur aus Vorlesungen und Archivmaterialien kannten. Warum aber hatten Geser oder Olga mit ihrer Arbeitserfahrung nicht sofort durchschaut, worum es sich dabei handelte? Schließlich hatten sie es bereits mit Spiegeln zu tun gehabt ...

Alles stand schlecht. Alles ging schief. Als ob das Dunkel, erbost über die jüngsten Erfolge der Nachtwache, ihnen einen Schlag um den anderen zufügen wollte. Was ihm vortrefflich gelang, das musste man zugeben.

Anton schüttelte den Kopf und lehnte die zweite Tasse Kaffee ab, die Semjon ihm anbot. Sorgfältig reinigte er seine Pfeife, wobei er unwillkürlich zu Bär hinüberschielte.

Der reinigte ebenfalls seine Pfeife. Eine lange und schmale Pfeife mit einem kleinen Kopf, die früher Tigerjunges gehört hatte. Die Frau hatte sie hin und wieder geraucht, meist in der Gesellschaft ihrer Freunde. Jetzt, da es Tigerjunges nicht mehr gab, rauchte Bär abwechselnd seine eigene und ihre Pfeife. Vermutlich war das die einzige Gefühlsregung, die er nach dem Tod von Tigerjunges zeigte. Das sanfte Berühren der Pfeife ... und der starre Blick, als Witali Rohosa sich dematerialisierte. Ein Blick voll sehnsüchtigen Bedauerns. Bär hatte Rohosa nicht erwischt, seinen Rachedurst nicht stillen können ...

Was auch für Alischer galt, den Lichten aus Usbekistan, dessen Vater vor einem Jahr von Alissa umgebracht worden war.

Auch Anton hatte noch eine Rechnung mit der Tagwache und ihrem Chef offen. Eine Rechnung, die natürlich nicht bezahlt werden würde. Der Große Vertrag band sowohl die Wächter des Tages als auch die der Nacht. Die Inquisition wachte über seine Einhaltung, und es gab nur einen Ausweg: vorzupreschen, den Feind zum Duell herauszufordern, so wie es beispielsweise Igor gemacht hatte. Aber mit welchem Ergebnis? Die Hexe war tot, dafür drohte dem Magier die Dematerialisierung, er musste die Entscheidung des Europabüros der Inquisition abwarten. Und es war nicht schwer zu erraten, wie die aussehen würde ...

Anton erhob sich, nickte seinen Freunden zu und begab sich in den zweiten Stock, zum Chef.

Finster sah es in seiner Seele aus, auf die bevorstehenden Feiertage freute er sich überhaupt nicht, obwohl alle Menschen auf der Welt sie so ersehnten, als könne allein die Zahl 2000 etwas verändern. Aber was sollte daran eigentlich Besonderes sein?

Erst an der Tür zum Arbeitszimmer des Chefs packte Anton leichte Neugier.

Der magische Schutzschild war sehr stark. Das Gebäude der Nachtwache war ohnehin gegen jede Beobachtung geschützt, die Arbeitszimmer der Mitarbeiter und die Konferenzräume darüber hinaus zusätzlich abgeschirmt. Heute hatte Geser jedoch noch etliche weitere Anstrengungen unternommen, um Vertraulichkeit zu gewährleisten: Die Luft im Korridor war stickig, unbeweglich und von Energie durchtränkt. Auch die unsichtbare Mauer, die irgendwo im *Zwielicht* verlief, zog sich nicht durch die ersten beiden Schichten, in die Anton gelangen konnte, sondern durch viel tiefere.

Er trat ins Büro und schloss die Tür fest hinter sich zu. In seinem Rücken spürte er eine leichte Bewegung, als sich der für einen Moment aufgebrochene Schutz wieder schloss.

»Setz dich, Anton«, sagte Geser. »Kaffe, Tee?«, fragte er liebenswürdig.

»Danke Boris Ignatjewitsch«, erwiderte Anton, indem er Geser abermals bei seinem profanen Vor- und Vatersnamen nannte. »Ich habe gerade welchen getrunken.«

»Dann vielleicht ein Gläschen Bier?«, bot Geser völlig unerwartet an.

Anton unterdrückte mit Mühe den Wunsch, sich die Augen zu reiben oder besser: sich in den Arm zu kneifen. Geser waren die Freuden des Lebens nicht fremd. Er vergnügte sich mit den jungen Leuten in der Disco, flirtete mit dummen jungen Frauen und verbrachte auch mal mit einer die Nacht. Er genoss es, in einem Restaurant zu sitzen und etwas Exotisches zu essen, die Kellner hin und her zu scheuchen und die Köche mit seinem Wissen um kulinarische Raffinessen zur Weißglut zu bringen. Selbst einen Ausflug mit seinen Mitarbeitern machte er mit, wobei er wie alle geräucherte Brasse zum Bier, leicht gesalzene Gurken zum Wodka und Früchte zum Wein aß.

Eins jedoch tat Geser nie – sich während der Arbeit etwas zu genehmigen. Eine Flasche Kognak, von einem Dutzend Mitarbeitern der analytischen Abteilung anlässlich des Geburtstags von Juletschka, der jüngsten und von allen geliebten Zauberin der Nachtwache, geleert, hatte den Beteiligten eine Strafe von geradezu genialer Originalität eingebracht. Nicht einmal die Fürsprache Olgas, die ebenfalls an der Feier teilgenommen hatte, konnte sie retten. Für jeden gab es eine individuelle Strafe, die jeweils die empfindlichsten Stellen traf. Juletschka durfte sich zum Beispiel eine Woche lang nicht in der Nachtwache sehen lassen, sondern musste mit ihren Altersgenossen in der Schule hocken, mit den Mädchen aus ihrer Klasse in ein Eiscafé gehen und mit den Jungen ins Kino oder in die Disco. Als Julja wieder in die Wache kam, kochte sie vor Empörung. »Mannomann«, wiederholte sie noch lange, »wenn ihr wüsstet, wie blöd die sind! Ich hasse sie!«

Für dieses *Ich hasse sie!* bekam sie übrigens einen zusätzlichen Straftag aufgebrummt. Und ein langes Gespräch mit Geser zum Thema: »Kann eine Lichte Zauberin negative Gefühle gegenüber den Menschen empfinden?«

Nun stand Anton also vor Geser, wollte eigentlich schon in einem Sessel Platz nehmen, erstarrte jedoch und vergaß völlig, sich hinzusetzen.

»Setz dich nur«, ließ es sich Geser nicht nehmen, ihn noch einmal aufzufordern. »Stehen ist nämlich auch nicht billiger. Was ist, willst du nun ein Bier?«

»Ist irgendwie nicht das Wetter dafür«, antwortete Anton und deutete mit dem Blick zum Fenster. Draußen fielen große, schwere Schneeflocken. Weiße Weihnachten, wie sie im Buche standen. »Nicht das Wetter und ... wohl auch nicht der Ort, oder?«

Zu seiner eigenen Überraschung kam das Letztere als Frage heraus.

Geser dachte kurz nach. »Vielleicht sollten wir irgendwo hingehen, wo es nett ist«, meinte er mit einem Hauch von Interesse. »Vielleicht in ein kleines Café im Südosten, da treffen sich die Zahnärzte. Kannst du dir das vorstellen? Das Lieblingscafé der Moskauer Dentisten! Außerdem gibt es noch eine Pizzeria am Weißrussischen Bahnhof, da ist immer mächtig was los ...«

»Boris Ignatjewitsch«, platzte es aus Anton heraus. »Wo graben Sie nur immer all diese Lokale aus? Ein Restaurant der alpinen Skifahrer, eine Lesbenbar, eine Kantine für Klempner, eine Pelmenistube für Philatelisten ...«

»Anton, mein Lieber.« Geser breitete die Arme aus. »Ich möchte dich noch einmal daran erinnern, wem unsere Arbeit gilt. Unsere Arbeit gilt ...«

»Den Dunklen«, brummte Anton und setzte sich in einen Sessel.

»Nein, mein Junge. Da irrst du dich. Wir arbeiten mit den Menschen. Und die Menschen, das ist keine Herde geklonter Schafe, die synchron Gras kauen und alle gleichzeitig pupsen. Jeder Mensch ist ein Individuum. Darüber sind wir froh, denn es macht den Dunklen die Arbeit schwerer. Darüber sind wir aber auch betrübt, denn es macht auch uns die Arbeit schwerer. Und um die Menschen wenigstens ansatzweise zu verstehen – schließlich führen die Wächter des Tages und der Nacht diese endlose Schlacht um ihre Seelen –, müssen wir sie alle kennen. Nicht nur ich, verstehst du? Wir! Und wir müssen jeden verstehen, vom pickligen Teenager, der in der Disco Ecstasy einwirft, bis hin zum alten Professor mit blauem Blut in den Adern, der seine ganze Freizeit seiner Kakteenzucht widmet ... Übrigens, die Bar, in der sich die Kakteenzüchter treffen, bietet eine höchst interessante Küche und eine ausgesprochen originelle Inneneinrichtung. Aber wir beide können jetzt nirgendwo hingehen. Spürst du den Schutz?«

Anton nickte.

»Glaub mir, ich habe guten Grund, ihn einzurichten. Die Sicherheit an einem Ort voller Menschen zu gewährleisten wäre viel schwieriger. Eine solche Verschwendung von Kraft kann ich mir im Moment vermutlich nicht leisten ...« Geser fuhr sich mit der Hand übers Gesicht und seufzte. Er sah in der Tat müde aus. »Ach ja ... nimm das. Es ist ein kleines Geschenk.«

Verwundert nahm Anton aus seiner Hand einen kleinen Gegenstand entgegen. Eine Art Globus: Eine Kugel, die aus feinen Knochen gearbeitet war ... genauer aus beinernen Nadeln, die wie Bögen geformt waren und an den Polen jeweils in eine kleine Holzscheibe mündeten. Innen war die Kugel hohl ... o nein. Sie war nicht hohl. Sondern voller Kraft. Schlummernder, gefangener Kraft ...

»Was ist das?«, fragte Anton mit einem Anflug von Panik.

»Keine Angst. Ein nicht verflüssigter Segen.«

»Und ... was ist dann ein verflüssigter Segen?«

Geser seufzte. »Woher soll ich das denn wissen? Das war nur Spaß. Eine rhetorische Figur. Eine Redewendung. Eine Metapher. Ich bin mir nicht einmal sicher, ob es überhaupt einen Segen gibt, und ob man ihn verflüssigen kann, ist noch eine ganze andere Frage. Was du in Händen hältst, ist eine Art magischer Generator unverständlichen Gebrabbels. Wenn du einmal ein absolut – und das sei betont –, ein *absolut* vertrauliches Gespräch führen musst, das niemand auf irgendeine Art belauschen darf, dann zerbrich einfach die Kugel in der Hand. Vermutlich wirst du dich dabei verletzen, aber diesen Preis musst du zahlen. Dafür kann dann im Laufe von zwölf Stunden niemand den Raum im Umkreis von zehn Metern um dich herum kontrollieren. Weder mit technischen noch mit magischen Mitteln. Es werden ... äh ... lediglich einige völlig harmlose und unschuldige Bilder, Gespräche und Ereignisse festgestellt werden können. Das Amulett selbst ist übrigens mit magischen Mitteln ebenfalls nicht festzustellen.«

»Vielen Dank«, sagte Anton finster. »Irgendwie kann ich mich aber über dieses Geschenk nicht so richtig freuen.«

»Du wirst es schon noch zu schätzen wissen. Was ist, trinkst du jetzt ein Bier oder nicht?«

»Gern. Nur warum muss es unbedingt Bier sein?«

»Um die eigenen Regeln nicht zu sehr zu verletzen.« Geser lächelte zufrieden. »Schließlich sind wir immer noch auf der Arbeit.«

Er drückte einen Knopf an der Sprechanlage. »Olga, bring uns bitte Bier«, sagte er leise.

Anton wunderte sich über gar nichts mehr. Doch Geser sah sich zu einer Erklärung veranlasst, nachdem er die Verbindung unterbrochen hatte. »Galotschka ist eine hervorragende Sekretärin. Aber sie ist nur eine Zauberin vierten Grades. Und könnte, ohne es selbst zu bemerken, dem Feind Informationen zukommen lassen. Deshalb habe ich sie heute ersetzt.«

Eine Minute später kam Olga herein. Mit einem Tablett, auf dem zwei große Gläser mit hellem Bier, eine beeindruckende, zwei Liter fassende Kristallkaraffe mit dem gleichen Getränk und eine Platte mit Käse standen.

»Hallo, Antoschka«, meinte Olga herzlich. »Du magst doch Budweiser?«

»Was wären wir für Lichte, wenn wir nicht so helle wären, helles tschechisches Bier zu lieben?«, versuchte Anton zu scherzen. Es gelang ihm nicht ganz, doch die Absicht, ein Wortspiel zu machen, war bemerkenswert. Es war lange her, seit er das letzte Mal dazu in Stimmung gewesen war ...

»Wie geht es Sweta?«, fragte Olga im selben Ton wie zuvor.

Anton presste die Lippen zusammen. Die Last, die ihm kurz von der Seele genommen war, drückte ihn erneut. »Alles beim Alten ...«

»Keine Veränderung?«

Anton nickte.

»Ich gehe heute Abend mal bei ihr vorbei«, meinte Olga. »Ich glaube, sie kann einen Besuch schon verkraften. Und ich werde sie ganz sicher ein wenig aufmuntern ... glaub mir.«

Das stimmte. Wer könnte eine Große Zauberin, die auf lange Zeit ihrer magischen Fähigkeiten beraubt sein würde, besser trösten als eine andere Große Zauberin, der über lange Jahrzehnte ihre Kraft entzogen worden war, um sie für ihr Verhalten zu bestrafen?

»Tu das, Olga«, bat Anton. »Sweta wird sich sehr freuen.«

Geser hüstelte leicht.

»Euch bleibt schon noch genug Zeit«, brachte ihn Olga kalt zum Schweigen. »Weißt du was, Anton ... ich wünsche dir viel Erfolg. Von ganzem Herzen wünsche ich dir viel Erfolg.«

»Wobei denn?«, fragte Anton verständnislos.

Statt ihm zu antworten, beugte sich Olga leicht zu ihm herunter und küsste ihn sanft, zärtlich auf die Lippen.

»Na aber!«, sagte Geser nur.

»Nachdem Anton und ich unsere Körper getauscht haben«, meinte Olga nonchalant, »hast du wohl kaum Grund, auf ihn eifersüchtig zu sein. Schon gar nicht wegen einer solchen Kleinigkeit. Gut, Jungs! Benehmt euch, trinkt nicht zu viel Bier; wenn was ist, ruft mich.«

»Wenn *was* ist?« Geser verzog das Gesicht. Doch Olga war bereits hinausgegangen. Der große Magier folgte ihr mit dem Blick. Als die Tür zu war, seufzte er. »Mit einer Großen Zauberin zusammenzuleben ist auch eine Erfahrung. Selbst für mich«, meinte er. »Wie kommst du damit zurecht, Anton?«

»Swetlana hat es nicht geschafft, zu einer wirklich Großen Zauberin zu werden«, bemerkte Anton. Er nahm das Glas und trank ein paar Schluck. Das Bier war vorzüglich. So wie richtiges Bier sein sollte.

»Du scheinst dich aber nicht darüber zu freuen?«, wollte Geser wissen.

»Nein.« Anton nahm sich ein Stück scharfen Ziegenkäse. »Das tue ich nicht.«

»Warum nicht?«, fragte Geser behutsam nach. »Schließlich könnt ihr jetzt einige Jahrzehnte lang ein glückliches, gleichberechtigtes Leben führen. Im Idealfall sogar ein halbes Jahrhundert lang.«

»Was soll das für ein Glück sein, Geser, wenn die Frau, die du liebst, sich wie ein minderwertiger Krüppel vorkommt?«, konterte Anton schroff. »Und wenn das meine Schuld ist – wenn auch nur teilweise?«

»Teilweise?«

»Ja«, meinte Anton nickend. »Teilweise.«

Geser hüllte sich in Schweigen. Nach einer Weile stellte er die Frage, mit der Anton vor drei Wochen gerechnet hatte, die er inzwischen aber nicht mehr erwartete. »Erzählst du mir, was Sebulon von dir wollte?«

»Er ist zu mir nach Hause gekommen. Schon wieder, genau wie damals.«

»Hat er sich erneut die Hilfe deines Freundes, des Vampirs, zunutze gemacht?«, wollte Geser wissen.

»Nein. Seit dem Zwischenfall lasse ich ihn nicht mehr in meine Wohnung. Wie Sebulon reingekommen ist, verstehe ich einfach nicht.«

Geser nickte und trank von seinem Bier.

»Dann hat Sebulon mir ... einen Verrat vorgeschlagen. Er hat behauptet, Witali Rohosa sei ein Spiegel, den das *Zwielicht* als Reaktion auf den Kraftzuwachs der Nachtwache hervorgebracht hat. Sein Hauptziel sei es, Swetlana zu vernichten oder ihrer Kräfte zu berauben. Wenn ich zu spät zur Sitzung der Inquisition käme, würde Rohosa Swetlana ihre Kraft entziehen und sich dematerialisieren.«

»Und du hast dich darauf eingelassen?«

Anton dachte kurz nach, bevor er seine Antwort formulierte. Dieses Gespräch hatte er schon oft mit Geser geführt – in Gedanken natürlich nur. Trotzdem hatte er bislang immer noch nicht die richtigen Worte gefunden.

»Die einzige Alternative wäre gewesen, den Widerstand fortzusetzen, Geser. Es lief ganz offenbar auf den Tod Swetlanas oder ...«

»Oder?«, wollte Geser neugierig wissen.

»Oder den Tod von etlichen ... nicht so hoch gestellten Mitarbeitern der Wache hinaus. Damit wir insgesamt genauso stark geschwächt würden.«

Geser nickte zufrieden. »Bist du von allein dahintergekommen?«

»Nein, nicht ganz. Ich habe in den Archiven gekramt und bin auf einige analoge Fälle gestoßen, von denen einer mit der Vernichtung der gesamten Kiewer Nachtwache geendet hat, mit Ausnahme des Chefs Alexander von Kissel. Dabei war damals das Ziel des Spiegels offenbar eben der Baron von Kissel, doch er konnte sich verteidigen. Mit dem Ergebnis, dass einfache Fahnder und Magier gestorben sind.«

»Aber warum hast du dich nicht mit mir in Verbindung gesetzt?«, wollte Geser wissen. »Warum hast du mir von dem Besuch Sebulons nichts gesagt?«

»Woher hätte ich wissen sollen, was Sebulon erwartet hat? Vielleicht wollte er ja gerade, dass ich mich gleich an Sie wende, um mir Rat zu holen. Sebulon hatte ganz offensichtlich vor, mich auszutricksen, aber ich konnte nicht herausfinden, was der Haken an der Sache war. Sowohl mich mit Ihnen in Verbindung zu setzen als auch zu schweigen konnte sich als Fehler herausstellen. Deshalb habe ich einen dritten Weg gewählt. Ich habe versucht, den Spiegel nicht zu Swetlana zu lassen. Mit dem simpelsten Mittel – indem ich sein Auto gerammt habe.«

»Bravo«, sagte Geser mit kratziger, fremder Stimme. »Einfach genial, Anton. Das hat zwar nicht geklappt, aber der Versuch war goldrichtig. Aber warum hast du nicht irgendjemandem gesagt, wer dieser Rohosa ist?«

»Warum haben Sie denn nichts gesagt, Boris Ignatjewitsch?«, fragte Anton, wobei er den Kopf hob. »Oder wollen Sie mir erzählen, Sie hätten die Untersuchungen der Ereignisse von Kiew aus dem Oktober 1906 nicht geleitet? Oder dass Ihr Gedächtnis so was nicht über ein schlappes Jahrhundert aufbewahren kann? Damals hatten wir es mit einer absolut analogen Situation zu tun! Ein gewisser Wladimir Sobolew kam aus Poltawa nach Kiew, ließ sich in der Nachtwache registrieren, wurde später bei der Leiche einer Nutte gestellt, einem Mord, der klare Merkmale von Vampirismus erkennen ließ. Später wurde er dann neben einem abgemurksten kleinen Gauner erwischt ...«

»Wozu habe ich dich gerufen?«, empörte sich Geser lauthals. »Um dich zu den zweifelhaften Aspekten deiner Beziehungen zu den Dunklen zu verhören oder um mir von dir Beschuldigungen anzuhören?«

»Sie haben mich gerufen, um mit mir Bier zu trinken, Boris Ignatjewitsch. Und um mich um etwas zu bitten.«

Geser atmete tief durch. »Nein«, meinte er kopfschüttelnd. »Ich habe nicht vor, dich um etwas zu bitten. Noch habe ich das Recht, dir etwas zu befehlen.«

»Versuchen Sie es«, sagte Anton mit Genugtuung. »Ich werde mich nicht mit Ihnen streiten und den Befehl ausführen. Hundertprozentig. Aber wollen Sie das wirklich? Einen gehorsamen Befehlsempfänger ohne jede Eigeninitiative?«

Geser breitete die Arme aus. »Schon gut. Du hast mich überzeugt. Ich möchte dich um etwas bitten, Anton ...«

»Beantworten Sie erst noch meine Frage ... nach dem Spiegel.«

»Gut, hör zu. Der Spiegel ist zum neunten Mal aufgetaucht – wenn man die offiziell registrierten und nachgewiesenen Fälle nimmt. Dabei hat er nur in zwei Fällen auf unserer Seite gestanden. Als der Spiegel die letzten drei Male in Erscheinung getreten ist, hat er den Dunklen gedient, und zwar immer dort, wo die Lichten zuvor enorm an Kraft gewonnen hatten und ... und eine groß angelegte Operation planten. Mit dem Spiegel zu kämpfen ist unmöglich, jede magische Attacke wehrt er ab, wobei er sich damit gleichzeitig auf das Niveau seines Gegners hochzieht. Und gegen normale Angriffe setzt er sich mit magischen Mitteln zur Wehr. Man kann nur wählen, wen man opfern will, ein, zwei Dutzend einfache Magier oder einen von den Großen.«

»Und Sie haben beschlossen, ihm Tigerjunges und Swetlana zu überlassen.«

»Das habe ich überhaupt nicht! Ich war mir doch gar nicht sicher, dass wir es wirklich mit einem Spiegel zu tun haben, bis Tigerjunges gestorben ist!« Geser schlug mit der Faust auf den Tisch, sodass das Bier überschwappte. »Es hat überhaupt niemand sterben sollen, alles hätte mit der Gefangennahme Rohosas enden sollen, was bedeutet hätte, dass er kein Spiegel war, sondern ein ganz normaler zugereister Emissär. Oder wir hätten uns zurückgezogen. Ich hätte doch niemals gedacht, dass Tigerjunges auf ihn losgehen würde!«

»Sie war eine sehr impulsive Frau!«

»Nein, Anton. Da irrst du dich. Sie war eine energische und impulsive Andere, die sich hervorragend unter Kontrolle hatte. Und dieser Ausbruch ...« Geser verstummte. »Wahrscheinlich habe ich mir nicht ganz klar gemacht, wie viel ihr an Andrej Tjunnikow gelegen hat ...«

»In der letzten Zeit haben sie sich oft gesehen«, bestätigte Anton. »Er hat sie sogar in ihrem Haus im Umland von Moskau besucht – und Tigerjunges hat die Einsamkeit sehr geschätzt. Und als Andrej ... Warum hat er sich diesen Rohosa überhaupt vorgeknöpft?«

»Um sich vor Tigerjunges dicke zu tun ...« Geser seufzte. »Ach, ihr Jungs und Mädels, grün seid ihr noch alle hinter den Ohren, plustert euch voreinander auf, gebt mit eurer Magie an, mit euren Kampfnarben, Talismanen und Glücksbringern ... Warum steckt nur so viel menschliche Dummheit in euch?«

»Weil wir Menschen sind. Andere Menschen, aber eben Menschen. Die nicht auf Anhieb zu echten Anderen werden.«

»Auch da hast du Recht, Anton.« Geser nickte. »Man muss das Leben eines Menschen durchleben, so richtig, achtzig oder hundert Jahre lang, seine Verwandten und Nächsten verlieren, die Menschen sind, sehen, wie lächerlich die Politiker sind, die tausendjährige Reiche aufbauen, und die Philosophen, die für ein, zwei Generationen ewige Wahrheiten schaffen ... Erst danach wirst du ein Anderer. Aber solange du noch dein erstes, dein gewöhnliches Menschenleben lebst, bleibst du auch ein Mensch. Selbst wenn du ins *Zwielicht* eintreten, Zauber wirken und die Realitätslinien verfolgen kannst ... Du bist noch ein Mensch, Anton. Und Swetlana ebenfalls. Und Tigerjunges ... und Andrejka ... waren auch Menschen. Und bei eurer menschlichen Seite hat das Dunkel euch auch erwischt. Bei euren Schwächen, euren Gefühlen ...«

»Ist die Liebe wirklich eine Schwäche?«

»Wenn du die Liebe in dir hast, ist sie eine Kraft. Aber wenn die Liebe dich festhält, ist sie eine Schwäche.«

»Wir können es halt noch nicht anders.«

»Doch, Anton. Mit Mühe zwar, aber ihr könnt es auch anders ...« Geser sah ihm in die Augen. »Was ist? Bist du noch immer sauer auf mich?«

»Nein. Ich glaube, dass Sie sich ... alle Mühe gegeben haben.«

»Ja, das habe ich. Und ich habe es auch geschafft, was sehr bemerkenswert ist.«

»Der Tod von Tigerjunges und Andrej, der Kraftverlust von Swetlana – das nennen Sie *geschafft*?«, empörte sich Anton lautstark.

»Ja. Denn alle anderen Möglichkeiten wären noch schlimmer gewesen. Und das, was passiert ist, arbeitet nicht nur Sebulon und seinen Kläffern in die Hände, was ebenfalls bemerkenswert ist.«

Daraufhin lächelte Geser. Kalt, ironisch. Ein sehr unschönes Lächeln, das nichts Gutes versprach.

»Swetlana wird das aber nicht helfen ...«, setzte Anton an. Und verstummte, denn Geser schüttelte den Kopf.

»Es liegt alles noch vor uns, Anton«, sagte er. »Alles hat gerade erst angefangen.«

Der Chef der Nachtwache goss ihnen ein zweites Glas Bier ein, trank und lehnte sich im Sessel zurück.

»Boris Ignatjewitsch ...«

»Ich verstehe das alles ja, Anton. Du bist müde. Ich bin auch müde, wir alle sind müde, voller Bitternis, Schmerz und Schwermut. Aber wir leben im Krieg, und dieser Krieg ist noch längst nicht zu Ende. Wenn du nicht mehr teilnehmen willst, dann geh! Lebe als einfacher Lichter. Doch solange du ein Wächter der Nacht bist ... das bist du doch noch, oder, Anton?«

»Ja!«

»Gut. Schmeckt dir das Bier?«

»Ja«, brummte Anton.

»Auch das ist gut. Denn du fliegst in die Heimat dieses göttlichen Getränks. Nach Prag.«

»Wann?«, fragte Anton wie vor den Kopf geschlagen.

»Morgen früh. Genauer, mittags, die Morgenmaschine startet mit sechs Stunden Verspätung. Du nimmst eine Maschine mit Zwischenlandung in Prag.«

»Wozu?«

»Du weißt, dass das Europabüro der Inquisition von Bern nach Prag gezogen ist?«

»Ja, natürlich. Wegen der Kralle des Fafnir, die diese Blödmänner geklaut haben ...«

»Genau. Die Inquisition pflegt sowieso die Tradition, einmal in fünfzig oder hundert Jahren ihren Sitz zu wechseln, und nach diesem Schlag ins Kontor der Berner Wachen ... Kurzum, sie haben sich jetzt wieder eingerichtet und sich unseren Fall vorgenommen.«

»Dafür war also dieses Geschenk ... Igor?«

»Ja. Er ist bereits dort. Wir haben eine offizielle Klage eingereicht und erklärt, die Dunklen hätten Igor bewusst provoziert und Alissa Donnikowa hätte ihn behext, was auch seinen Nervenzusammenbruch ausgelöst habe, der zu der übermäßigen Aneignung menschlicher Kraft geführt habe ... und ... zu diesem bedauerlichen Zwischenfall mit dem ertrunkenen Jungen. Die Dunklen haben natürlich erklärt, Igor seinerseits habe Alissa verzaubert und versucht, sie für unsere Seite abzuwerben ...«

Anton schnaubte, um seine Einschätzung dieser idiotischen Anschuldigung zum Ausdruck zu bringen. Abzuwerben! Als ob ein Dunkler aufhören könnte, ein Dunkler zu sein. Ihn einschüchtern, zur Kooperation zwingen, kaufen oder erpressen – na schön. Aber abwerben ...

»Das Tribunal wird darüber entscheiden, wer schuldig ist und welches Maß an Verantwortung Igor zu tragen hat. Er hat Alissa zu einem offiziell registrierten Duell herausgefordert, insofern trifft die Nachtwache keine Schuld. Doch wenn die Inquisition ihn für schuldig befindet, zu übersteigerten Formen der Selbstverteidigung gegriffen oder es bewusst auf eine Provokation angelegt zu haben, ist sein Schicksal besiegelt. Dann muss er ins *Zwielicht*. Schon jetzt lebt er kaum noch ... und wie es scheint, hat er keinen Willen zu kämpfen. Aber wir brauchen Igor, Anton. Du kannst dir gar nicht vorstellen, wie sehr.«

»Aber was ist dort eigentlich passiert, Boris Ignatjewitsch?«, fragte Anton.

»Was passiert ist? Keine Ahnung. Wir haben nicht versucht, jemanden zu provozieren, das kannst du mir glauben. Ich habe Igor in Urlaub geschickt, denn der Junge hatte sich völlig verausgabt. Weißt du eigentlich, wie hervorragend die Arbeit im Pionierlager zur Regeneration geeignet ist? Die glücklichen Gesichter der Kinder, das fröhliche Gelächter, das übermütige Geschrei ...« Gesers Stimme klang jetzt ganz warm. Es hätte nicht viel gefehlt, und Anton hätte geglaubt, der stets ernste Chef der Nachtwache lecke sich im nächsten Moment über die Lippen und fange an zu schnurren. Doch Geser unterbrach sich selbst. »Entweder ist unsere Anklage gerechtfertigt, dann haben wir eine Chance, Igor zu retten«, fuhr er schließlich fort. »Oder alles, was geschehen ist, ist ein tragischer Zufall ... dann kann uns die Inquisition zwar nichts vorwerfen, aber Igor würde das Ganze auch nicht überleben. Er würde sich selbst für den Tod des Jungen und ... von Alissa bestrafen.«

»Was hat Alissa damit zu tun?«

»Er hat sich wirklich in sie verliebt ... ein weiterer unfertiger Anderer ...« Geser beobachtete das Mienenspiel Antons und nickte: »Er hat sich verliebt, daran gibt es keinen Zweifel. Gut, du fährst also nach Prag. Als unser Vertreter beim Tribunal. Als Anwalt und Ankläger in einem. Ich gebe dir gleich alle notwendigen Unterlagen.«

»Ja ... aber ...«, stammelte Anton. »Ich habe doch überhaupt keine Erfahrung!«

»Wer hat die schon! Und du wirst sie dir aneignen. Mein Instinkt sagt mir, dass es in Zukunft viele solcher ... juristischer Prozesse geben wird. Anstelle eines ehrlichen Kampfs und einer offenen Auseinandersetzung. Und mach dir nicht allzu viele Sorgen: Wenn die Sitzung eröffnet wird, werde ich vermutlich in Prag sein. Möglicherweise zusammen mit Olga und Swetlana.«

»Weshalb mit Swetlana?«

»Vielleicht gelingt es uns zu beweisen, dass Swetlana infolge einer Intrige der Dunklen ihre Kräfte verloren hat. Dann könnten wir vielleicht die Erlaubnis zu ihrer Heilung bekommen.«

»Wie ... wie das?«

»Genauso wie bei Igor. Das Unglück besteht schließlich nicht darin, dass Swetlana nicht schneller wieder gesund werden könnte. Innerhalb von nur wenigen Monaten. Das könnte sie! Das Unglück besteht darin, dass ich die Erlaubnis zur Heilung eines Magiers zweiten oder dritten Grades mit Sicherheit kriegen könnte, aber die Wiederherstellung der Kräfte einer Großen Zauberin – das ist eine außergewöhnliche Sache. Hier kann uns nur eine Erlaubnis von der Inquisition helfen. Und zwar nicht von der Moskauer Abteilung, sondern mindestens vom Europabüro.« Geser erhob sein Glas und lächelte. »Prosit, Anton. Trinken wir auf unser Gelingen.«

»Boris Ignatjewitsch! Sie haben mir selbst jetzt nicht alles gesagt!«, schrie Anton fast.

»Ja, das stimmt. Aber ich habe bereits mehr gesagt, als gut wäre. Wenn du aber gern an Schlaflosigkeit leiden möchtest ...« Geser dachte kurz nach. »... dann halt dir noch einmal alles vor Augen, was im letzten Jahr passiert ist. Die Schicksalskreide*, der Tod von Alissa Donnikowa, das Auftauchen des Spiegels, die an eine Karikatur erinnernden Regin-Brüder mit der Kralle des Fafnir ... und die Hysterie, die überall anlässlich des Endes des zweiten Jahrtausends grassiert.«

»Aber diese Sachen haben nichts miteinander gemein!«, platzte Anton heraus.

»Dann kannst du ja ruhig schlafen.« Geser lächelte.

Ende Dezember – das ist eine verrückte Zeit, eine entschieden unernste Zeit. Eine Zeit, in der vor den Feiertagen alles drunter und drüber geht, eine Zeit der Geschenke, eine Zeit, in der man mit Kollegen Sekt trinkt, sogar am Arbeitsplatz. Eine Zeit der bunten Lichter und Weihnachtsmärkte. Vor Weihnachten und Neujahr lässt sogar die ewige Konfrontation zwischen den Anderen nach, wenn sowohl Lichte als auch Dunkle sich einer verträumten Stimmung hingeben und bisweilen sogar geneigt sind, ihrem Gegner gewisse Demütigungen zu verzeihen. Die leichtesten und oberflächlichsten.

Edgar, der Dunkle Magier und Mitarbeiter der Tagwache, kam zum ersten Mal seit seinem Umzug von Estland in die Hauptstadt Russlands zur täglichen Besprechung zu spät. Der Grund dafür war trivial, doch ihn laut auszusprechen hätte sich jeder Magier, der etwas auf sich hält, geschämt.

* Geser spielt hier auf die Operation der Moskauer Nachtwache an, die in der dritten Geschichte »Im eigenen Saft« des Buches *Wächter der Nacht* eingehend geschildert wird.

Edgar hatte am Tschistoprudny-Boulevard Enten gefüttert. Völlig in unerwartet über ihm zusammenschlagenden Erinnerungen abgetaucht, hatte er die Zeit schlichtweg vergessen. Wie ein Teenager nach einem Glas Wein hatte er sich seinen Träumen überlassen. Als er wieder zu sich kam, war ihm klar geworden, dass die Besprechung bereits begonnen hatte.

Wenn ihn das Alter auch manches gelehrt hatte, so ragte die Fähigkeit, sich nicht zu hetzen, wenn er ohnehin zu spät kommen würde, unter diesen erworbenen Weisheiten doch heraus. Deshalb versuchte Edgar gar nicht erst, ein Auto anzuhalten oder im Geschwindschritt zur Metro zu jagen, sondern verfütterte in aller Ruhe das gekaufte Brötchen an die Enten, die am Rand eines Eislochs entlangwatschelten und manchmal auch direkt übers Eis schlitterten. Erst danach machte er sich zur Metrostation Tschistyje Prudy auf. Der weihnachtliche Schnee knirschte munter unter seinen festen Schuhen.

Zwanzig Minuten später betrat Edgar das Büro der Tagwache, auch jetzt die Ruhe bewahrend und ohne Hast. Das ältere Vampirpaar am Eingang schmückte eine Tanne. Sie begrüßten Edgar, wie es sich gehörte, respektvoll und unaufdringlich.

»Der Chef hat schon nach Ihnen gefragt«, teilte der Vampir mit. »Er hat angeordnet, dass Sie bei ihm vorbeikommen, sobald Sie auftauchen.«

»Danke, Filippitsch«, meinte Edgar. »Ist der Chef in seinem Zimmer?«

»Inzwischen ja.«

»Gut. Ein schönes Neues Jahr euch beiden.«

»Ihnen auch, Edgar.«

Edgar begab sich in die oberen Stockwerke und sandte Sebulon durchs *Zwielicht* das Choshda-Zeichen zu.

Komm rein, erwiderte Sebulon daraufhin.

Der Chef der Tagwache verlangte von seinen Untergebenen eine strenge Einhaltung der Hierarchie und Disziplin. Dabei brachte er es aber fertig, die persönliche Freiheit selbst des Geringsten der Tiermenschen von den Eingangsposten zu respektieren, und vertraute den Magiern an der Spitze der Tagwache. Er machte keine Anstalten, Edgar geradezu zu fragen, warum dieser nicht zur Besprechung erschienen war. Wenn er sie verpasst hatte, musste er einen gewichtigen Grund dafür haben.

Doch einen gewichtigen Grund konnte Edgar nicht vorweisen. Deshalb hielt er es für geboten, alles so zu erzählen, wie es sich abgespielt hatte, ohne Ausflüchte. Vor allem da für heute keine wichtigen Aktionen geplant waren. In einer brenzligen Situation hätte man sich ohnehin durchs *Zwielicht* mit ihm in Verbindung gesetzt oder ihn äußerstenfalls auf dem Handy angerufen, weshalb Edgar letzten Endes kein sonderlich schlechtes Gewissen plagte.

»Guten Abend, Chef.«

»Guten Abend, Edgar. Schönes Wetter, nicht?«

»Es schneit. Und es ist schön, dass kein Wind geht. Entschuldigen Sie, Chef, dass ich die Sitzung geschwänzt habe. Es stand doch nichts Dringendes an, oder?«

»Nein. Aber jetzt.«

Sebulon trug wie immer seinen geliebten grauen Anzug und ein graues Hemd. Noch nie, so schoss es Edgar durch den Kopf, hatte er den Chef in anderer Kleidung gesehen. Nur im Anzug und im grauen Hemd – wenn er sich in der gewöhnlichen Welt bewegte. Und ohne jede Kleidung in seiner *Zwielicht*-Gestalt.

»Stellen Sie sich vor, Chef, ich bin ins Träumen geraten. Ich bin an den Teichen Tschistyje Prudy entlangspaziert und habe an Samara gedacht, wie es 1912 war.«

Sebulon lächelte kaum merklich. »Ein Fotoatelier ...«, sang er leise. »In diesem Paar ersteht Samara neu, das Zwölfer Jahr ...«

Der Chef der Tagwache hatte einen klangvollen Bariton, den er gut zu intonieren wusste. Auch wenn die beiden Dunklen Magier einander seit vielen Jahren kannten, hörte Edgar Sebulon zum ersten Mal singen.

»Hast du Enten gefüttert?«, wollte Sebulon wissen.

»Ja.«

Sebulon seufzte und überließ sich einen kurzen Moment seinen Erinnerungen. Einen sehr kurzen Moment. Buchstäblich nur eine halbe Minute.

»Gut, Edgar. Kommen wir zur Sache. Du fliegst morgen nach Prag.«

»Zum Tribunal?«

»Ja. Es werden verschiedene Fälle verhandelt, darunter auch der Mord an Alissa und die Aktion der Regin-Brüder.«

»Wollten sie die nicht morgen laufen lassen?«, wunderte sich Edgar. »Oder haben es sich die Lichten anders überlegt?«

»Sie haben es sich nicht anders überlegt. Der Fall ist dem Europabüro des Tribunals übergeben worden. Ich glaube, Geser versucht, uns die Verantwortung für ihre Aktion anzuhängen. Dass wir sie geplant hätten. Oder die Brüder dazu angestiftet hätten.«

»Dafür haben sie doch keine Beweise! Überhaupt keine!«

»Deshalb schicke ich dich ja auch nach Prag. Pass auf, was sie da machen. Und lass dich von niemandem unterkriegen, wir haben in den letzten Jahren genug unter denen gelitten, jetzt ist es an der Zeit, den Kopf wieder hoch zu tragen.«

»Die Umstände waren so, deshalb haben wir uns klein gemacht«, erwiderte Edgar. Die Aussicht, Weihnachten und danach den Beginn des Jahres 2000 in der alten gotischen Stadt Prag zu feiern, entzückte ihn aufs Höchste. Edgar liebte die düstere Stadt, die den europäischen Geist verkörperte, diese Stadt, in der sich die Dunklen frei und ungezwungen fühlten.

»Übrigens fliegst du höchstwahrscheinlich in derselben Maschine wie diese Brüder. Nimm dir eine Minute Zeit und mach ihnen klar, dass die Tagwache Moskaus nicht die Absicht hat, Dunkle beleidigen zu lassen, die auf ihrem Territorium leiden mussten. Sie sollen also nicht verzagen oder den Schwanz einziehen.«

»Wollen wir sie denn wirklich verteidigen?«

»Natürlich. Siehst du, Edgar, ich habe noch meine Pläne mit diesem albernen Dreigespann. Dieses internationale Terzett wird noch gebraucht ... Nebenbei können wir uns auch um sie kümmern. Die Lichten werden ihnen vermutlich einen Aufpasser hinterherschicken. Um den musst du dich auch kümmern. Damit er sich nicht einmischt. Ohne Anlass zettel keinen Streit an, halt ihn einfach auf Abstand, das genügt.«

»Alles klar, Chef.«

»Nimm das.« Sebulon öffnete den Tresor neben dem Tisch und händigte Edgar zwei Amulette sowie einen geladenen Stab aus. »Den Höhenrauch solltest du vermutlich nicht einsetzen. Aber für den Notfall ... Und wo du den Stab wieder aufladen kannst, weißt du.«

»In der Kostnice? Der Knochenkirche?«, vermutete Edgar prompt.

Sebulon nickte.

»Beim Dunkel!«, sagte Edgar mit einem Hauch von Wehmut in der Stimme zu sich selbst. »Ich bin seit siebzig Jahren nicht dort gewesen.«

»Gleichzeitig reinigst du dich dort auch selbst«, riet Sebulon. »Kannst du das?«

Edgar runzelte die Stirn. Freundschaft war eine schöne Sache, doch Sebulon war ein Magier außerhalb jeder Kategorie, während Edgar noch nicht einmal den ersten Grad erreicht hatte, obgleich er ganz offensichtlich alle Voraussetzungen dafür mitbrachte. Bis jetzt musste sich Edgar mit einem normalen menschlichen Namen begnügen, doch immerhin war sein Familienname bereits unwiderruflich in Vergessenheit geraten.

»Mit der Technik habe ich mich schon vertraut gemacht. Zumindest oberflächlich.« Es ließ sich nicht übersehen, wie peinlich es Edgar war, das zuzugeben.

»Dann üb noch«, beendete Sebulon das Thema. »Das war's, geh jetzt und pack. Hast du dringende Aufgaben? Wenn ja, übergib sie jemandem. Schagron oder Belaschewitsch.«

»Verstehe, Chef. Mach ich.«

»Viel Glück.«

Edgar ging hinaus, begab sich kurz in sein Arbeitszimmer, setzte eine Nachricht für Schagron auf, hinterließ sie im *Zwielicht* und ging nach Hause.

Unten traf er Alita.

»Hallo, meine Schöne!«

»Guten Tag, Edgar. Du kommst wohl nicht mit zum Schlittschuhlaufen?«

»Keine Zeit.«

»Mit dir ist einfach nichts anzufangen«, sagte die Hexe. »Neujahr steht vor der Tür – wie kannst du da an Arbeit denken? Die Lichten machen sich jetzt mehr Gedanken um die Qualität des erzeugten Sekts als um ihre üblichen Gemeinheiten. An einem Feiertag muss man durch die Straßen ziehen, nicht arbeiten.«

»Das kann man so und so sehen«, seufzte Edgar. »Ich habe jedenfalls keine Zeit. Ich fahre weg.«

»Wohin?«

»Nach Prag.«

»Oh!«, beneidete Alita ihn. »Lange?«

»Ich weiß es nicht. Vielleicht eine Woche ...«

»Silvester in Prag!«, seufzte Alita. »Noch dazu beim Jahr 2000 ... Kann ich nicht mitkommen?«

»Flieg ruhig nach Prag«, forderte Edgar sie sofort auf. »Aber nicht mit mir. Schließlich fahre ich ja nicht zu meinem Vergnügen ...«

Er beneidete sie ebenfalls ein wenig: Wenn die Hexe nach Prag fahren würde, könnte sie sich dort reinen Gewissens amüsieren. Edgar ging zu oft auf solche Dienstreisen, als dass er jetzt die grundlose Illusion hegen konnte, es würde nicht allzu viel Arbeit anfallen.

Es gab immer viel zu tun. Und an Feiertagen erst recht. Und an großen Feiertagen – und wer wollte behaupten, der Wechsel der ersten von vier Ziffern einer Jahreszahl sei kein großer Feiertag? – fiel noch mehr Arbeit an, als in den finstersten Prognosen vorausgesagt.

Auf dem Heimweg überprüfte Edgar die Wahrscheinlichkeit und stellte fest, dass der Frühflug nach Prag auf den Abend verschoben werden würde und er mittags eine Maschine mit Zwischenlandung nehmen musste. An der Kasse gab es natürlich keine Tickets mehr; auf das Kontingent von reservierten Tickets brauchte er ebenfalls nicht zu hoffen. Doch das beunruhigte Edgar nicht weiter: der gute alte Trick mit der doppelt verkauften Flugkarte – was konnte einfacher sein? Und natürlich würde sich die Karte des Anderen als die »richtige« herausstellen. Selbst wenn es eine Minute vor dem Einchecken erfolgte.

Seine Sachen zu packen, dafür braucht ein Anderer nicht lange. Warum sollte er sich auch mit Gepäck abschleppen, wenn es leichter war, alles unterwegs zu kaufen? Alles, was er brauchte, waren die Amulette, den Stab und ein Aktenkoffer samt einer Zeitschrift und einigen Bündeln grüner überseeischer Währung.

Natürlich konnte sich ein Anderer alles, was es zu kaufen gab, auch so beschaffen. Doch zum einen lohnte es nicht, dafür Kraft zu vergeuden. Zum anderen ist Tat nicht gleich Tat. Du manipulierst einen Piroggenverkäufer, und die Nachtwache hängt dir eine nicht sanktionierte Intervention an. Bei denen musste man mit allem rechnen.

Außerdem hätte Edgar der Verkäufer leid getan. Natürlich nicht, wenn es um Piroggen ging. Aber womöglich musste er einem Autohändler mal einen Jeep aus dem Geschäft entführen? Die Menschen waren die Grundlage. Ihre Futterbasis, ihr Substrat. Um sie musste man sich kümmern ... Und in diesem Fall spielte es keine Rolle, dass eine solche Einstellung sehr an die Auffassung der Lichten erinnerte.

Die Dunklen spüren den Unterschied zwischen *sich um jemanden kümmern* und *sich für ihn ein Bein ausreißen*.

Ganz genau.

Die Nacht nutzte Edgar, um sich richtig auszuschlafen, obwohl es ihm mehr Mühe bereitete als angenommen, zu dieser ungewöhnlichen Zeit zu schlafen. Edgar wälzte sich bereits im Halbschlaf, als ihm der Gedanke durch den Kopf schoss, dass er doch lieber hätte mit Alita Schlittschuhlaufen gehen sollen.

Morgens bemerkte Edgar, dass man sich an seiner natürlichen magischen Hülle gewaltig zu schaffen gemacht hatte. Sie war jetzt stärker, enthielt unnachgiebige und stabil gepanzerte Fäden. Sebulon – natürlich, wer sonst? Jemand anders kam nicht in Frage. Hm, dachte Edgar. Sollte die Sache also doch nicht so einfach und ungefährlich werden? Oder ist Sebulon einfach übervorsichtig?

Seit die Auseinandersetzungen mit den Lichten zugenommen hatten, sorgte Sebulon immer häufiger persönlich für den Schutz der Mitarbeiter der Tagwache. Woher er nur all die Energie nahm, um diese unzähligen Schilde aufrechtzuerhalten?

Eine Antwort auf diese Fragen wussten in ganz Moskau wohl nur zwei Männer: Sebulon selbst und sein ewiger Gegenspieler Geser. Vielleicht auch noch die Inquisition. Die Leute an der Spitze.

Schagron brachte Edgar aus eigenem Antrieb zum Flughafen. Anscheinend gefiel es dem erst seit kurzem wiederhergestellten Magier einfach, mit dem ebenfalls erst seit kurzem reparierten BMW durch das festliche Moskau zu fahren. Als Vorwand diente ihm ein höchst einfaches und überzeugendes Argument: Er hatte sich um die aktuellen Fälle zu kümmern. Die er freilich mit der Lupe suchen musste. Ein dreizehnjähriges hysterisches Mädchen, das entdeckt hatte, dass es ins *Zwielicht* eintreten konnte, und sich dort zufällig im Spiegel erblickt hatte. Sie musste beruhigt, wieder zur Vernunft gebracht, unterstützt werden ... Eine Aufgabe für einen Dilettanten. Dann gab es noch einen durchgedrehten Sukkubus mit einer gerontophilen Neigung, über den halb Birjulewo lachte.

Das waren keine Fälle. Sondern kleine Unebenheiten. Unannehmlichkeiten.

Noch am Eingang zum Flughafengebäude erreichte Edgar ein Anruf von einem Magier aus der Leitung der Tagwache – ein Magier, den seine Freunde und Kollegen als Juri kannten, obgleich er seinen *Zwielicht*-Namen bereits offen hätte tragen dürfen. Schagron hatte ihn schließlich auch für besondere Verdienste für die Wache bekommen. Und Juri war bedeutend stärker als Schagron und wesentlich älter.

»Hallo Edgar. Du fliegst nach Prag?«

»Warum nicht?«, erwiderte Edgar in der Art eines Mannes aus Odessa.

»Hör zu und unterbrich mich nicht. Ich weiß etwas von den Plänen des Chefs. Und darüber, warum er dich dorthin schickt. Alles ist längst nicht so einfach und unkompliziert, wie es auf den ersten Blick aussieht. Heute oder morgen fliegen mehrere Lichte nach Prag, und ich würde mich nicht wundern, wenn in den nächsten Tagen auch Geser zu euch stoßen würde. Es gibt ein paar vage Hinweise darauf, dass die Lichten eine ganz große Operation planen. Natürlich lässt es sich Sebulon nicht nehmen, eine entsprechende Antwort parat zu halten. Also ... pass ein bisschen auf. Vor allem unterwegs.«

Juri verstummte, als warte er auf Edgars Antwort, doch dieser – die Bitte, den Kollegen nicht zu unterbrechen im Ohr – schwieg. Er streckte sich lediglich im *Zwielicht* aus, um Sebulon auszumachen, konnte jedoch nicht die geringste Spur vom Chef entdecken. Wo dieser umherirrte, in welchen geheimen Winkeln, in welchen tiefen Schichten des *Zwielichts,* war nicht herauszukriegen. Mächtige Magier haben ihre eigenen Wege und Beweggründe, die ihre Umwelt nicht zu verstehen vermag.

»Erinnerst du dich noch daran, wie der Chef Alissa Donnikowa in Urlaub geschickt hat?«, fuhr Juri fort. »Vergiss nicht, was ihr passiert ist. Und bevor du mich fragst, weshalb ich dir das alles erzähle: Weil ich ein Dunkler bin. Und weil ich eine gewisse

Zeit mit dir zusammengearbeitet habe. Fass das auf, wie du willst, aber ich würde dich lieber unter den gesunden Anderen sehen als unter den Schatten im *Zwielicht*. Tschüss, Edgar.«

Damit beendete Juri das Gespräch.

Eine Zeit lang stand Edgar noch da und hielt das Handy nachdenklich in der Hand. Dann verstaute er es an seinem Gürtel, nahm den Aktenkoffer und ging zur Kasse.

Beim Dunkel!, dachte der Magier. Was sollte denn das? Will er mich warnen? Von etwas abhalten? Und all das ganz klar über Sebulons Kopf hinweg. Er hat Alissa erwähnt ...

Die Hexe Alissa hatte Sebulon einfach geopfert. Kaltblütig und ohne überflüssiges Mitleid. Wie einen Bauern in einem Schachspiel. Allerdings hätte es auch komisch angemutet, bei diesem Spiel der Wachen den gesichtslosen Figuren auf dem Brett Gefühle entgegenzubringen. Gleichwohl können auch die Anderen fühlen und lieben. Doch obwohl Edgar wie ein Mensch Mitleid mit Alissa empfunden hatte, hätte er keinen Finger gerührt, um sie zu retten, selbst wenn er gewusst hätte, was ihr bevorstand. Denn jedes Spiel hat seine strengen, ein für alle Mal festgelegten Regeln. Und wer das Spiel einmal angefangen hat, kann es weder abbrechen noch gegen die Regeln handeln. Die Hexe Alissa war gegangen, die Hexe Alita gekommen. Das Gesetz vom Erhalt der Handlungsfähigkeit. Alita wirkte sogar sympathischer ...

Tief in seine Überlegungen versunken, bearbeitete Edgar die Kassiererin völlig automatisch. Sie händigte ihm ein blaues Büchlein aus, während das Ticket eines unglückseligen Passagiers annulliert wurde. Der Arme würde später fliegen müssen. Denn in der Welt der Menschen und der Anderen stellen Letztere die Regeln auf. Weshalb wollte Juri mich warnen?, grübelte Edgar an der Bar bei einem Glas Bier, das teuer war, aber nicht schmeckte. Sicherlich nicht aus Altruismus? So stark verletzt niemand die Regeln des Spiels.

Kurz erinnerte er sich daran, dass Sebulon, bevor er aus Moskau verschwand, weder Juri noch Nikolai – die beiden stärksten Dunklen Magier der Tagwache nach dem Chef – zum Stellvertreter ernannt hatte, sondern ihn, Edgar, der hinter diesen beiden deutlich zurückblieb. Juri war bereits im letzten Jahrhundert zum Magier außerhalb jeder Kategorie ernannt worden, bei Nikolai lag die Ernennung noch nicht so lange zurück, sondern war erst nach dem Krieg erfolgt. Edgar hatte bislang noch nicht einmal die erste Kraftstufe erreicht, selbst die zweite hatte er, offen gestanden, nur mit Einschränkungen erklommen. Natürlich handelte es sich bei Edgar um einen starken Magier. Natürlich war er stärker als die meisten Anderen in Moskau – und zwar sowohl Dunkle als auch Lichte. Trotzdem fiel er gegen Juri und Nikolai ab.

Warum hatte Sebulon das getan? Wollte Juri sich jetzt einfach rächen? Aus purem Neid? Ihn erschrecken oder (was gab es nicht alles!) den emporgekommenen Kollegen zum Besten halten?

Auch aus Estland hatte man Edgar irgendwie überstürzt und nicht ganz nachvollziehbar angefordert. Er hatte in seinem kleinen baltischen Heimatland gelebt, die überschaubare und verschlafene Wache geleitet – und plötzlich das! Holterdiepolter! Sofortige Abberufung nach Moskau! Die schnelle Einarbeitung eines Nachfolgers, eines typischen »heißen Esten«, eines Magiers, der mal gerade den vierten Grad innehatte ... Den muss ich auch noch in Tallinn anrufen. Und was hatte in Moskau auf ihn gewartet? Gewiss, nach Edgars Ankunft lief eine hektische zweiwöchige Operation an, etwas später musste er mit einer kühnen Finte den Lichten eine Hexe abjagen, die ohne Lizenz arbeitete. Das war's. Dann, nach über drei Monaten voller Routine, kam Mitte November die überraschende Ernennung zum Stellvertreter des Chefs der Tagwache während Sebulons Abwesenheit, das Auftauchen des Spiegels und das Tribunal in der Lomonossow-Universität.

Wenn er sich alles durch den Kopf gehen ließ, schien es ihm

keinesfalls ausgeschlossen, dass die alten Magier der Tagwache versuchen könnten, dem Balten, der bei seinem Gastspiel in Moskau etwas zu schnell Karriere machte, mal zu zeigen, wo sein Platz war – das Wort *intrigieren* war hier wohl doch nicht angebracht. Sebulon verließ Moskau nur selten. Sobald er jedoch in der Stadt weilte, war Edgar ein Fahnder, mehr nicht. Ein starker Fahnder, gewiss, wenn man so wollte, die Elite. Aber mit den gleichen Rechten wie alle.

Als das Glas leer war, beschloss Edgar: Er würde sich nicht länger den Kopf über die Gründe zerbrechen. Besser sollte er eine Verhaltensstrategie ausarbeiten, die berücksichtigte ... die alles berücksichtigte. Selbst die absurdesten Varianten.

Gut. Was hatte Alissa das Genick gebrochen? Sie hatte es nicht geschafft, Kraft zu sammeln. Sie hatte den Lichten in ihrem nächsten Umfeld nicht erkannt. Sie hatte dem bewusst herbeigeführten, gefährlichen Zusammenstoß nicht auszuweichen gewusst. Und das Wichtigste: Sie hatte sich ihren Emotionen ausgeliefert. Sie hatte versucht, die Gefühle des Lichten anzusprechen.

Nun, mit der Kraft hatte Edgar keine Probleme, außerdem hatte ihm Sebulon noch etwas gegeben. Beide Amulette waren die reinsten Kraftbrunnen. Vor allem das, das mit dem Transsilvanischen Höhenrauch geladen war. Sollte Edgar dieses Amulett einsetzen, würden alle Anderen Europas eine ungeheure Freisetzung magischer Energie wahrnehmen. Hinzu kam noch der Kampfstab, eine hoch spezialisierte Waffe, die jedoch schnell und durchschlagend war. Mit der »Geißel Schaabs« war nicht zu spaßen!

Also musste Edgar die Lichten so gut wie möglich im Auge behalten. Apropos – die Lichten. In Scheremetjewo trieben sich im Moment gleich drei Lichte 'rum. Zum einen Anton Gorodezki, den er bereits von früheren Operationen kannte und der von den Dunklen unteren Ranges als »Sebulons Liebling« bezeichnet wurde. In der Geschichte mit dem Spiegel hatte er

Sebulon aus irgendeinem Grund nachgegeben und den Dunklen geholfen ... Oder hatte er alle nur glauben machen wollen, er habe den Dunklen geholfen? Vermutlich doch Letzteres, denn wie hätte er sich sonst in seiner Nachtwache behaupten können?

Zum anderen schnupperte im Duty-free-Shop eine Heilerin in mittleren Jahren aufmerksam an den Parfüms. Sie gehörte der Nachtwache nicht an. Vermutlich flog sie nur zufällig mit dieser Maschine.

Schließlich war da noch ein Anderer, der seinen Dienst als Milizionär bei der Registrierungsstelle versah. Die musste es freilich auf jedem Flughafen geben.

Dunkle gab es in Scheremetjewo-2 außer Edgar noch vier. Das ihm ans Herz gelegte Dreiergespann der Regin-Brüder, die misstrauisch abwechselnd zu Anton, der es sich in der Bar am gegenüberliegenden Ende der Halle gemütlich gemacht hatte, und zu Edgar hinüberschielten. Außerdem stand an den Spielautomaten noch ein schwacher Magier, der weiter nichts von seiner Umgebung wahrnahm. Anscheinend versuchte er, sich etwas zuzuverdienen, indem er den Apparat zwang, ihm den größtmöglichen Gewinn auszuspucken. Nichtsnutze wie er lassen sich vortrefflich mit dem russischen Wörtchen *fuflo* beschreiben.

Nichts, was auffällig gewesen wäre.

Das Einchecken und die Ausweiskontrolle gingen schnell über die Bühne, ein Visum war für Tschechien immer noch nicht notwendig. Für alle Fälle hielt Edgar zudem einen estnischen und einen argentinischen Pass bereit. Und dies absolut legal, denn Argentinien war ein prächtiges Land, das völlig offen Handel mit seiner Staatsbürgerschaft trieb.

Die verbleibende Zeit bis zum Abflug verbrachte Edgar in einer der Bars. Natürlich nicht in der, in der es sich der Liebling Sebulons bequem gemacht hatte, der Lichte Magier Gorodezki. Mit ihm hatte Edgar nur einmal kurz Blickkontakt gehabt. Also gut, ich weiß, dass du hier bist, du weißt, dass ich hier bin, und wir beide wissen, dass jeder von uns seinen Gegenspieler erkannt hat ... Wir haben einen vergleichbaren Auftrag. Wir sollen unsere Leute vor Gericht verteidigen und den Gegnern einheizen ...

Zu Gorodezkis Ehre sei gesagt, dass dieser klar zu verstehen gab: Sobald die Verhandlung eröffnet ist, können wir uns die Köpfe einhauen. Aber jetzt steigen wir einfach ins Flugzeug und lassen einander in Ruhe.

Wie komisch, wie merkwürdig hier das Wort »einander« klang. Aber welches wollte man sonst nehmen ...

Ob das ein Nachhall jener fernen Zeiten war, als die Anderen sich noch nicht in Lichte und Dunkle geteilt, sondern sich gemeinsam dem Schicksal und den Widrigkeiten des Lebens entgegengestellt hatten? Damals stand freilich jeder Heiler einem Vampir näher als ein glückloser Mensch aus der gesichtslosen Masse seinesgleichen. Das *Zwielicht* sorgt für Nähe.

Doch das *Zwielicht* kann auch trennen. Und zwar nicht schlecht. Weltweit wird man heute keine unversöhnlicheren Feinde finden als Dunkle und Lichte. Dagegen wirkt der Konflikt zwischen den USA und der islamischen Welt mit Iran und Irak an der Spitze nahezu läppisch ... Selbst der Kalte Krieg von einst zwischen den USA und der UdSSR konnte mit dem Krieg zwischen den Wachen nicht mithalten. Das waren Spiele. Kinderspiele von dummen Menschen.

Edgar trank einen rabenschwarzen Kaffee, der jedoch nicht sehr gut schmeckte, und dachte über alles und nichts zugleich nach. Zum Beispiel darüber, warum all die Bars in Flughäfen und Bahnhöfen, die so teuer waren und bei Lebensmitteln nicht zu pfuschen schienen, so schlechten Kaffee kochten, scheußliches Bier ausschenkten und belegte Brote servierten, die absolut niemand essen konnte. Viele Übel im Leben der Menschen gingen auf den Kampf zwischen den Wachen zurück, aber in diesem Punkt waren sie völlig unschuldig!

Seine Schützlinge – das bunt gemischte Dreiergespann – behielten ihn vom Wartesaal aus missbilligend im Auge. Er konnte verstehen, dass die Regin-Brüder in ihm lediglich einen ganz gewöhnlichen Schnüffler sahen. Sollten sie ruhig. Diese Hohlköpfe. Diese dummen und sorglosen Hohlköpfe. Aber wenn es sein musste, würde er sie vor den Karren der Dunklen spannen. Sebulon hatte völlig Recht, wenn er sie für ihre Sache einsetzen wollte. Die Geschichte mit der Kralle des Fafnir, das musste man unumwunden festhalten, hatte die Lichten während des Auftauchens des Spiegels Rohosa gewaltig verunsichert. Die Regin-Brüder hatten, ohne es selbst zu ahnen, einen der Schläge abgekriegt, der für die Tagwache bestimmt war. Darüber hinaus hatten sie es dem immer stärker werdenden Spiegel ermöglicht, sich bis obenhin mit Kraft vollzutanken. Das hatte schließlich den Erfolg der Lichten in dieser Runde vereitelt und Sebulon und seiner Garde zum Vorteil gereicht.

Recht geschah es ihnen.

Ohne jedes Mitgefühl beobachtete Edgar, wie ein wütender Schnösel im hyperkorrekten Anzug und teuren Mantel von zuvorkommenden Zöllnern weggeführt wurde – eben an seiner Stelle würde nun Edgar nach Prag fliegen.

Edgar passte den richtigen Moment ab und stand auf, als sich einer der Regin-Brüder aus seinem Sessel erhob. Er wandte sich an denjenigen, der den vernünftigsten Eindruck machte, an den weißen Bruder.

»Grüß dich, Bruder«, sprach Edgar ihn eindringlich an.

Der »Finne« schaute ihn mit großen Augen an. Gespannt.

»Wir sind die Dunklen«, fuhr Edgar leise fort. »Wir geben unsere Leute nicht auf. Ich bin geschickt worden, um euch im Notfall zu verteidigen. Und beim Tribunal werden wir euch zu schützen wissen, das könnt ihr glauben. Also, Kopf hoch, ihr Diener des Dunkels. Unsere Stunde wird bald kommen.«

Nach diesen Worten erhob sich Edgar und kehrte, ohne sich noch einmal umzudrehen, zu seinem Platz zurück.

Gut. Sollen sie sich den Kopf darüber zerbrechen ...

Aber wie pathetisch er gesprochen hatte! Eine gemeißelte, feierliche Miene zu bewahren und sich das Lachen zu verkneifen hatte Edgar einiges abverlangt. Doch die großen Augen des »Finnen« vermittelten ihm eine ganz andere Botschaft – er hatte wirklich Angst und machte sich Sorgen.

»Ich bin doch gemein«, murmelte Edgar in seinen Bart. »Sie sind die reinsten Kinder ... Und ich mache mich über sie lustig.«

Edgar seufzte zerknirscht und blätterte die Zeitschrift auf. Wie gut, dass der Flug nach Prag kürzer war als beispielsweise nach Jushno-Sachalinsk. Ein Stündchen, zwei – und schon war man da. Ohne Zwischenlandungen und ohne im Flugzeug schlafen zu müssen, ein wahrer Albtraum. Doch wenn man ehrlich war, stellten die Dunklen Portale die bequemste Art des Reisens dar. Nur bedeutete es einen unangemessenen Luxus, ein Portal von Moskau nach Prag zu legen. Also musste er fliegen wie ein normaler Mensch.

Nun, nicht ganz wie ein normaler Mensch. Wenigstens hatten Andere keine Probleme mit dem Ticket.

Zwei

Anton liebte Prag. Ja, mehr noch: Er verstand nicht, wie man diese Stadt nicht lieben konnte. Es gibt Städte, die vom ersten Augenblick an nur Missfallen auslösen, einen erdrücken, während es andere gibt, die einen sanft und unmerklich verzaubern. Moskau gehörte leider weder zur ersten noch zur zweiten Kategorie. Prag dagegen glich einer alten und weisen Zauberin, die es verstand, eine junge Frau vorzugaukeln, dies jedoch nicht für nötig erachtete, da sie ihre Schönheit in jedem Alter bewahrte.

So betrachtet, hätte Prag eigentlich zur Heimstatt der Dunklen werden müssen. Eine Stadt, die von gotischen Bauwerken birst, eine Stadt voller Pestsäulen, diesen an die Epidemien im Mittelalter gemahnenden Denkmälern, eine Stadt, die im Zweiten Weltkrieg als Getto diente, eine Stadt des Widerstreits der Supermächte im Kalten Krieg – wo waren all diese Manifestationen des Dunkels geblieben, dieser Nährboden der Dunklen?

Wohin hatten sie sich verflüchtigt, warum blieben von ihnen nur Erinnerungen, aber keine Verbitterung?

Ein Rätsel ...

Anton kannte niemanden von der Prager Nachtwache persönlich. Ein paarmal hatte er mit einem Kurier oder per E-Mail Informationen mit ihr ausgetauscht, als es darum ging, etwas in den Archivmaterialien zu präzisieren. Zu Weihnachten und

Silvester schickten sich alle Nachtwachen traditionell Grüße ... doch niemand unterschied dabei zwischen der Prager Nachtwache (die einhundertdreißig Andere zu ihren aktiven Mitarbeitern zählte und sechsundsiebzig zur operativen Reserve) und der Nachtwache irgendeiner amerikanischen »Stadt« (mit einem aktiven Anderen und null Reserve).

Anton hatte bereits zweimal in Prag Urlaub gemacht. Damals war er einfach ziellos durch die Straßen geschlendert, von einer Bierstube zur nächsten, hatte auf der Karlsbrücke Andenken gekauft und war nach Karlsbad gefahren, um dort in einem Becken mit einer heißen Mineralquelle zu baden und in einem Café warme Waffeln zu essen.

Jetzt flog er nach Prag, um zu arbeiten. Und wie ...

Er streckte sich auf seinem Platz aus, so gut es in der Economyklasse der Boeing 737 ging, die sich vom Komfort her nicht allzu sehr von der guten alten Tupolew aus Sowjetzeiten unterschied. Anton sah auf die Hinterköpfe der Regin-Brüder. Sie waren angespannt, die Auren der Dunklen voller Angst und Ungeduld. Seine Anwesenheit war ihnen nicht entgangen, und jetzt hofften sie, so schnell wie möglich weit weg von Anton zu kommen.

Wenn diese Geschichte auf dem Flughafen nicht passiert wäre, hätte Anton sogar Mitleid mit den glücklosen Magiern empfinden können. Doch ein Feind, mit dem er sich einmal geschlagen hatte, blieb für alle Ewigkeit ein Feind.

Als hätte er diesen Gedanken gespürt – obgleich das natürlich nicht in seinen Kräften stand –, drehte sich einer der Regin-Brüder, ein hochgewachsener kräftiger Afrikaner, um. Misstrauisch spähte er zu Anton hinüber, blickte dann aber rasch woanders hin. Anton fiel sein Name wieder ein: Raivo. Ursprünglich aus Senegal ... nein, aus Burkina Faso, genau. Von einer Familie der Regin-Brüder aufgenommen und in Treue zum großen Fafnir erzogen ...

Welchem Unsinn hingen diese Regin-Brüder bloß an?

Vor sehr, sehr langer Zeit hatte sich einmal eine Geschichte ereignet, wie sie unter Anderen immer wieder vorkommt. Ein Dunkler und ein Lichter Magier hatten sich einen tödlichen Kampf geliefert. Der Lichte hieß Sigurd ... Siegfried, wenn man die deutsche Variante bevorzugte. Der Dunkle starb, und zwar in seiner *Zwielicht*-Gestalt als Drache. Er hieß Fafnir. Später starb auch Sigurd ... Ob Geser ihn gekannt hatte?

Danach nahm die Geschichte jedoch einen etwas ungewöhnlichen Lauf. Die Schüler des Dunklen Magiers liefen nicht in alle Richtungen auseinander, wie es normalerweise der Fall ist, und bekämpften sich auch nicht gegenseitig – was noch weitaus häufiger vorkommt. Sie beschlossen, ihren Meister auferstehen zu lassen. Sie schlossen sich unter dem Namen Regin-Brüder zu einer Sekte zusammen und zogen sich aus dem üblichen Kampf zwischen Licht und Dunkel fast völlig zurück. Was den Lichten natürlich nur recht war. Sorgsam hüteten die Brüder die Kralle, die sie aus dem *Zwielicht*-Körper des Dunklen Magiers herausgezogen hatten. Später konfiszierte die Inquisition die Kralle – vor dem Zweiten Weltkrieg gelang es den Lichten, ihren Protest dagegen geltend zu machen, dass sich ein derart mächtiges Artefakt im Besitz der Dunklen befand. Die Regin-Brüder schienen keinen Streit zu wollen und gaben die Kralle mit den Worten »Die Zeit des Fafnir ist noch nicht gekommen ...« heraus. Und plötzlich dieser Überfall auf das Europabüro der Inquisition! Ein Zusammenstoß, bei dem fast alle Magier der kleinen Sekte und eine ordentliche Zahl träge gewordener Wachleute der Inquisition fielen. Dann die absurde Ankunft der überlebenden Sektenmitglieder in Moskau.

Bekanntlich gab es nicht nur unter den Menschen Idioten ...

Doch waren sie wirklich Idioten?

Anton erinnerte sich, was für ein ungeheurer Kraftausstoß von dieser Kralle ausgegangen war. Teilweise handelte es sich dabei um die Kraft, die über lange Jahrhunderte hinweg in der

Kralle durch die Anstrengungen der Regin-Brüder gespeichert worden war. Teilweise um die Kraft des Dunklen Magiers.

Die Anderen sterben nicht wie normale Menschen. Sie gehen ins *Zwielicht* ein, verlieren ihre materielle Hülle und werden der Möglichkeit beraubt, in die Welt der Menschen zurückzukehren. Doch etwas bleibt. Anton hatte bereits die vagen Schatten gesehen, den zitternden Höhenrauch, der mitunter im *Zwielicht* entsteht und den Weg der toten Anderen markiert. Einmal hatte er sogar mit einem toten Anderen kommuniziert ... Keine sehr angenehme Erinnerung. Dennoch: Irgendetwas bleibt auch dort erhalten ...

Ob ein toter Anderer wieder zum Leben erweckt werden konnte?

Vermutlich gab es darauf irgendwo eine Antwort. Im Dschungel der Archive, geschützt von Stempeln »Streng geheim«, den Siegeln der Nacht- und der Tagwache, dem Verbot der Inquisition. Die höchsten Magier mussten diese Frage gestellt haben: Wohin die Anderen nach dem Tod gehen, wohin sie selbst sich am Ende aufmachen müssen ...

Nur brauchte Anton die Antwort nicht zu wissen.

Er sah zum Fenster hinaus, in die unter ihm vorbeiziehenden Wolken, die schwachen Funken von Tausenden zu einem Ganzen verschmelzender Auren, die die Stadt absteckten. Sie überflogen bereits Polen.

Angenommen, Fafnir könnte wieder zum Leben erweckt werden ...

Was dann? Selbst wenn er ein starker Magier, selbst wenn er ein Hoher Magier gewesen war, ein Magier außerhalb jeder Kategorie ... seine Auferstehung würde nichts am globalen Gleichgewicht der Kräfte ändern. Vor allem, da er dem Leben der Menschen entfremdet worden war, die Tatsachen nicht mehr verstand. Wenn er so dumm wäre, in seiner *Zwielicht*-Gestalt durch Europa zu ziehen, würde man ihn mit Raketen zerfetzen, mit Laserraketen erschießen, taktische Atombomben gegen ihn einsetzen – unter dem kummervollen Geschrei der Japaner über die Auferstehung und Ermordung Godzillas.

Was wollten die Dunklen? Chaos, Panik, Geschrei, die Apokalypse drohe?

Anton rutschte unruhig auf seinem Sitz hin und her. Er nahm der lächelnden Stewardess einen Plastikbecher und eine kleine Flasche mit trockenem ungarischem Wein ab. Edgar hatte es gut ... Wie jeder Dunkle Magier flog er Businessclass, weshalb er ein Kristallglas und besseren Wein bekam ...

Etwas an seinem letzten Gedanken hatte ihn stutzen lassen. Fafnir ... die Apokalypse ... Immerhin hing Gesers Anspielung auf die Massenhysterie im Zusammenhang mit dem Jahr 2000 damit nicht völlig in der Luft. Nur warum legten es die Dunklen auf das Ende der Welt an? Und was bedeutete der Rest? Die Hexe Alissa ... Die Schicksalskreide ...

Anton bedauerte, seinen Laptop nicht bei sich zu haben. Wie hilfreich es jetzt wäre, eine Übersicht am Bildschirm zu erstellen, Varianten durchzuspielen, zu überprüfen, wie was zusammenpasste. Es gab ein Standardprogramm zur Berechnung von Intrigen, das *Mazarini*, und bisweilen half es, eine Situation zu verstehen.

Die Schicksalskreide ...

Er nippte an dem Wein – der zu seinem Erstaunen recht gut war. Dann runzelte er die Stirn. Geser und Sebulon. Die beiden Hauptfaktoren, von denen die ganze Geschichte abhing. Sie waren weitaus rätselhafter und komplexer als alte Artefakte wie die Schicksalskreide oder die Kralle des Fafnir, aber auch als Andere wie der Spiegel und Alissa. Und vermutlich wussten sie ganz genau, was geschah ... und versuchten, sich gegenseitig auszutricksen. Wie üblich.

Geser.

Sebulon.

Jede Auswertung sollte vermutlich bei der Schicksalskreide anfangen. Als die Nachtwache Moskaus Swetlana gewonnen hatte, die neue Große Zauberin, hatte Geser wieder einmal versucht, eine globale Veränderung der Welt herbeizuführen. Er hatte für Swetlana die Schicksalskreide besorgt, ein altes und mächtiges Artefakt, mit dem es möglich war, das Schicksalsbuch umzuschreiben, ein Menschenleben zu manipulieren. Auf den ersten Blick sah es so aus, als müsse Swetlana das Schicksal des Jungen Jegor umschreiben, des Anderen mit der unbestimmten Aura, der gleichermaßen dem Dunkel wie dem Licht zugeneigt war, als müsse sie ihn in einen zukünftigen Propheten oder Herrscher verwandeln. Doch Swetlana hatte – nicht ohne sein, Antons, Dazutun – davon abgesehen. Sie hatte Jegors Schicksal lediglich wieder ins Gleichgewicht gebracht, alle Einflüsse ausgelöscht, die die Wächter des Tages und der Nacht im Kampf gegeneinander bereits auf ihn ausgeübt hatten.

Doch Gesers Plan erwies sich natürlich als vielschichtig. Und in der zweiten Schicht dieses Plans wurde seine alte Freundin Olga, ebenfalls eine Große Zauberin, die von der Führung der Lichten einst bestraft worden war, rehabilitiert, bekam ihre magischen Fähigkeiten zurück und erhielt die andere Hälfte jener Schicksalskreide, um ein Schicksal umzuschreiben – während alle Dunklen Moskaus Swetlana überwachten.

Das war die Wahrheit, die Anton kannte. Die zweite Schicht der Wahrheit.

Aber gab es nicht noch eine dritte?

Gut, damit konnte er sich später befassen. Was weiter? Alissa Donnikowa, eine fähige Hexe der Tagwache, wenn auch nicht aus der Elite. Bei einer Konfrontation zwischen Dunklen und Lichten, die klar auf das Konto von Sebulon ging, hatte sie sämtliche magischen Kräfte verloren. Sie war ins Artek geschickt worden – an den Ort, an den Geser auch Igor geschickt hatte, dem es genauso ergangen war. Beide waren in Liebe füreinander entflammt, in einer schrecklichen, tödlichen Liebe, wie sie nur ein Lichter Magier und eine Dunkle Hexe füreinander hegen können. Mit klarem Ergebnis – Alissa war tot, ermordet von Igor, Igor selbst drohte die Dematerialisierung, denn ihn belastete die Verletzung des Großen Vertrages und die eigene Schuld. Dann noch dieser Junge, der seinetwegen zufällig ertrunken war ...

Das war keine Intrige Gesers. Das trug die Handschrift der Tagwache, war ihr erbarmungsloser und zynischer Stil. Sebulon hatte seine Freundin geopfert, sie zur Schlachtbank geschickt – aber wozu? Um Igor auszuschalten? Seltsam. Auch wenn der Tausch fast gerecht war, denn Alissa Donnikowa war eine starke Hexe.

Eine Intrige als Antwort auf eine Intrige ...

Dann das Auftauchen des Spiegels. Geser war sich sicher, dass es sich nicht hatte voraussagen lassen, folglich in der Tat einen Zufall darstellte. Doch vermutlich hatten sowohl Geser als auch Sebulon sofort beschlossen, davon zu profitieren – jeder auf seine Art.

Der Wunsch, laut – nicht nur innerlich – zu fluchen, packte Anton. Von wegen: Die Daten reichen nicht für die Analyse! Alles Mutmaßungen, weiße Flecken, Spekulationen ...

Auch die Regin-Brüder ließen sich kaum einordnen. Sie hatte Sebulon nach Moskau gelockt. Um Panik in der Nachtwache zu verbreiten? Den Spiegel mit Kraft aufzutanken? Damit diese Dunklen Magier die Inquisition in so sinnloser Weise angriffen, konnte ihnen nur eins versprochen worden sein: die Auferstehung Fafnirs. Natürlich wollten die alten Magier Fafnir wieder leben sehen, denn das war vermutlich ihre letzte Chance, doch noch zu siegen. Auch die Reaktion der jungen Magier konnte nicht verwundern, dieser wahllos zusammengesuchten Finnen afrikanischen und asiatischen Ursprungs, denn sie lebten viel zu zurückgezogen, fassten das Ganze als Spiel auf, nicht als Aufsehen erregendes Verbrechen.

Aber was bezweckte Sebulon damit?

Nein. All das ergab keinen Sinn. Anton schüttelte den Kopf

und nahm seine Unfähigkeit, die Vorgänge zu durchschauen, gelassen hin. Was nur ... Gut, er würde seinen Auftrag erledigen. Er würde versuchen, Igor zu retten.

Er würde versuchen, die Tagwache anzuklagen.

Unterdessen war das Flugzeug bereits im Landeanflug ...

Die jüngste Nummer der *National Geographic* half Edgar nicht – er konnte sich einfach nicht auf den Artikel über den italienischen Brauch, zu Silvester alte Sachen zum Fenster hinauszuwerfen, und andere Neujahrsrituale konzentrieren. Das Einzige, was Edgar den ersten Absätzen entnahm, war der feste Vorsatz, zu Silvester nicht durch die schmalen alten Gässchen Italiens zu flanieren.

Das leise Brummen der Turbinen zwang ihn, seine Gedanken zu ordnen. Unwillkürlich wandte sich Edgar abermals seiner Aufgabe zu und dem aktuellen Stand in der endlosen Auseinandersetzung zwischen Licht und Dunkel, personifiziert durch die Anderen.

Gut. Noch einmal ganz von vorn.

In der letzten Zeit hatte die Tagwache ihre Position deutlich ausbauen und den Lichten einige empfindliche Schläge beibringen können, die sich nicht so ohne weiteres wegstecken ließen. Dafür brauchte es Zeit, möglicherweise nicht nur Jahre, sondern Jahrzehnte. Sebulons natürliche Reaktion dürfte darin bestehen, den Erfolg jetzt zu nutzen und nicht abzuwarten, bis die Lichten zu neuen Kräften gekommen waren. Auf den Schultern des perplexen Gegners würde er dem Sieg entgegeneilen ...

Was konnte die Lichten gegenwärtig schwächen und die Dunklen stärken? Jetzt, da die Nachtwache eine starke und viel versprechende Zauberin verloren hatte? Der Versuch, noch jemanden aus dem Sattel zu ziehen?

Edgar dachte weiter darüber nach und bedauerte, keinen Laptop dabeizuhaben. Dann könnte er rasch alle Varianten durchspielen, sich nacheinander alle fähigen Lichten Magier vornehmen und versuchen, ihre schwachen Seiten zu finden ... Dafür gab es sogar ein besonderes Programm, *Richelieu*. An qualifizierten Programmierern mangelte es der Tagwache nicht.

Nun musste er sich also auf seinen internen Computer verlassen, ein leistungsfähiges Gerät mit kleineren Macken.

Wer? Geser? Er dürfte ausscheiden, denn er war bereits in Gefilde vorgedrungen, in denen Andere von ihren Kollegen praktisch nicht mehr belangt werden konnten.

Objektiv sollte Edgar als Nummer zwei der Nachtwache Swetlana Nasarowa annehmen, doch sie würde für lange Zeit aus dem Spiel sein, weshalb er die Nummer zwei besser der Intrigantin Olga gab, einer alten Spezialistin für Gewaltaktionen, die gerade erst wieder ins Spiel zurückgekommen war. Oder an Ilja, den Magier ersten Grades. Zudem hegte Edgar den Verdacht, dies stelle längst nicht die Grenze von Iljas Fähigkeiten dar. Im Prinzip konnte er zu einem Großen heranwachsen, doch solche Metamorphosen brauchten Zeit und kosteten kolossale Anstrengungen. Vor allem seitens des Magiers. Ilja war jedoch noch zu jung, um auf die zahllosen einfachen, fast menschlichen Lebensfreuden zu verzichten.

Wer also? Olga oder Ilja? Wer von beiden war jetzt verletzbar?

Wie der sowjetische Spion Stirlitz aus dem Kultfilm der siebziger Jahre *Siebzehn Augenblicke des Frühlings* klappte Edgar den Tisch herunter und warf langsam die schematisierten Porträts auf die Servietten: eine schmale Frauensilhouette und ein längliches Gesicht mit Brille. Olga oder Ilja?

Olga. Sie war klug, erfahren, vorausschauend und rundum zynisch. Edgar kannte ihr genaues Alter nicht, vermutete aber zu Recht, dass Olga mindestens doppelt so alt war wie er selbst. Edgar wusste auch nicht, wie stark sie wirklich war – er hatte noch keine Gelegenheit gehabt, das zu prüfen und sich von ihrer Kraft zu überzeugen. Ehrlich gesagt, wollte er das aber auch gar nicht ... Ihr abermals die Fähigkeiten zu entziehen dürfte mit Sicherheit unglaublich schwer werden – alle, die erst kürzlich aus dem Gefängnis entlassen worden waren, hingen in der ersten Zeit enorm an ihrer Freiheit. Olga würde es sich tausendmal überlegen, bevor sie erneut ein Risiko einging und vor dem Tribunal landete. Außerdem war sie Gesers alte Liebe, und der Chef der Nachtwache würde sie gewiss mit besonderem Eifer verteidigen. An Sebulons Stelle würde Edgar sich hüten, Olga anzugreifen, weil ein wütender Geser ein weitaus gefährlicherer Gegner war als ein normaler Geser.

Nachdenklich fuhr er sich mit der Kappe des Filzstifts über die Nase und ixte die weibliche Figur auf der Serviette aus.

Ilja. Ein sehr starker Magier, mit dem Gesicht eines raffinierten Intelligenzlers, der aus irgendeinem Grund eine Brille trug, obwohl er seine Fehlsichtigkeit ohne weiteres selbst korrigieren könnte. Im Moment war er weder in Moskau noch in Europa. Er hielt sich auf Ceylon auf. Die Lichten der Moskauer Nachtwache waren in den letzten fünf Jahren übrigens verdächtig oft nach Ceylon geflogen. Was sie da wohl ausheckten?

Edgar machte sich einen Knoten im Gedächtnis: Diese Information musste er an die analytische Abteilung weiterleiten, sollten die sich mal den Kopf darüber zerbrechen ... Obwohl sie ihr Augenmerk vermutlich ohnehin längst auf diese Besonderheit gerichtet hatten. Und wenn nicht? Edgar stand lieber wie ein Idiot da und pustete aufs Wasser, als sich später an heißer Milch den Mund zu verbrennen, weil sich niemand um Ceylon gekümmert hatte ...

Hm, ja. Wenn Sebulon etwas gegen Ilja plante, würde er seine Pläne wohl kaum in Prag umsetzen. Und auch nicht jetzt. Oder hoffte er vielleicht, Ilja dorthin zu locken?

Edgar schob die Serviette weg, ohne die zweite Figur durchzustreichen, und nahm sich eine neue. Die letzte. Er teilte sie mit zwei senkrechten Linien in vier Sektoren und fing an, in jedem ein Porträt zu zeichnen. Zunächst nur drei, mit flüchtigen Strichen, aber dennoch unglaublich lebendig, im Stile eines Bidstrup oder Tschishikows.

Möglicherweise war an Edgar ein Karikaturist verloren gegangen.

Ilja, Semjon ... Igor. Der Angeklagte des Tribunals. Sollte er ihn mitzählen oder nicht? Vermutlich schon, denn er war der Verletzlichste von allen.

Nach kurzem Nachdenken zeichnete er in den vierten Abschnitt Anton Gorodezki. Den Einzigen, der immer noch seinen Familiennamen führte. Dennoch hatte er bereits den zweiten Grad erlangt, stand also mit Edgar auf einer Stufe. Wenn er auch weniger Erfahrung hatte.

Wer von ihnen? Natürlich wäre es am einfachsten, Igor auszuschalten. Er stand ohnehin mit einem Bein im Schattenreich des *Zwielichts*.

Und wieder Gorodezki. Er flog auch nach Prag. Aber das sind nur die schlichtesten Varianten. Wie viele gab es insgesamt?

Allein bei dem Gedanken an die Zahl der theoretisch möglichen Varianten und Wechselbeziehungen bekam Edgar Zahnschmerzen. Mist! Ach, jetzt das *Richelieu*-Programm mit seinem heuristischen Modul ...

Stopp, rief sich Edgar innerlich zur Ordnung. Stopp. Du bist fürchterlich einseitig, Dunkler!

Der neue Gedanke war einfach und unerwartet.

Die Dunklen konnten nicht nur gestärkt werden, indem sie einen ihrer Gegner aus dem Sattel warfen. Gäbe es nicht auch die umgekehrte Möglichkeit: einen starken Dunklen in den Kampf zu schicken?

Doch wen konnten sie unter die wenigen Magier der Tagwache einreihen? Witali Rohosa, über dessen Auftauchen Edgar sich wie ein Kind gefreut hatte, war nur ein Spiegel gewesen. Er hatte vollbracht, wofür das *Zwielicht* ihn geschaffen hatte, und war für immer verschwunden. Sollten sie einen aussichtsreichen jungen Menschen suchen? Bestimmt würden sie jemanden finden ... Aus ihm würden sie jedoch nicht im Handumdrehen einen wirklich starken Anderen machen, und auf Wunderkinder wie Swetlana Nasarowa waren die Dunklen schon lange nicht mehr gestoßen.

Trotzdem, dachte Edgar, trotzdem bin ich auf dem richtigen Weg. Ich fliege nach Prag. Die Hauptstadt der europäischen Nekromantie. Noch dazu kurz vor Weihnachten, vor Beginn des Jahres 2000. In einer Zeit, in der zahllose Propheten und Seher die Welt mit den unterschiedlichsten Schreckensszenarien verunsichern, darunter auch solche vom Ende der Welt ...

Ha! Das war's! Sebulon würde doch nicht vorhaben, einen der dematerialisierten Magier der Vergangenheit wieder auferstehen zu lassen? Prag! In dieser Zeit! Beim Dunkel, Sebulon hatte wie immer leichthin und geschickt verborgen, was eigentlich ins Auge sprang!

Edgar atmete schwer aus, zerknüllte die Serviette mit den Zeichnungen und stopfte sie sich in die Tasche.

Also: In der Stadt der Nekromanten könnte Sebulon im Zuge einer unglaublichen energetischen Instabilität durchaus versuchen, jemanden aus dem Nichts zurückzuholen. Aber wen?

Denk nach, Edgar ... Die Antwort muss ebenfalls auf der Hand liegen.

Gut, schauen wir uns noch einmal an, was wir haben. Prag, das Tribunal, den Fall des Duells zwischen Teplow und Donnikowa, Gorodezki und Edgar, beide auf Dienstreise ... Alita könnte noch herkommen. Wer noch? Ach ja, die Regin-Brüder ...

Stopp! Stopp, stopp und noch mal stopp!!!

Die Regin-Brüder! Die Diener Fafnirs! »Siehst du, Edgar, ich habe noch meine Pläne mit diesem albernen Dreigespann«, hatte Sebulon gesagt.

Fafnir!

Edgar versuchte, äußerlich ruhig zu bleiben, klappte das Tischchen hoch und setzte sich bequemer hin.

Fafnir. Das käme den Dunklen allerdings vortrefflich zupass, der mächtige Fafnir, der Große Magier, der *Zwielichtdrache* ...

Allein ein kleiner Nachhall seiner Kraft, von Rohosa dem Spiegel aufgenommen, hatte es ermöglicht, eine Zauberin wie Swetlana aller Kraft zu berauben.

Und wenn Sebulon wirklich die Auferstehung Fafnirs plant, hätte er keinen besseren Ort und keine bessere Zeit in den vergangenen und in den kommenden hundert Jahren wählen können, resümierte Edgar, während er den Blick durch die Boeing schweifen ließ. Ja, so musste es sein.

Auf einen Blick der Stewardess hin legte Edgar den Sicherheitsgurt an. Das Flugzeug setzte zur Landung an.

Guten Tag, Prag ...

Seine Ohren schienen wie mit Watte verstopft, doch das hinderte Edgar nicht am Denken.

Also eine Auferstehung. Eine Aktion, die die Dunklen seit fünfzig Jahren nicht mehr durchgeführt hatten, seit Stalin nicht. Freilich hatte sich auch keine Gelegenheit dazu geboten: Seit 1933 und 1947 waren die erforderlichen mächtigen energetischen Turbulenzen nicht mehr aufgetreten.

Warum hatte Sebulon Edgar nichts gesagt? War die Zeit dafür noch nicht reif? Wie passte die versteckte Warnung Juris dazu? Und wie hing die Geschichte, die sich im Sommer im Artek abgespielt hatte, damit zusammen? Denn zusammenhängen musste sie damit, ganz bestimmt. Ein Bauer war bereits geopfert. Traf es jetzt eine wichtigere Figur? Und was sollte Edgar abgeben? Einen Springer oder einen Läufer? Die beiden Türme – das sind mit Sicherheit Juri und Nikolai, die Dame ist Sebulon, der König – das ist nichts anderes als die Sache des Dunkels, die schutzlose und alles bestimmende Sache.

Der Turm hatte Edgar zu verstehen gegeben, das Krim-Gambit könne sich wiederholen, diesmal mit einem Offizier. Ein Springer wollte Edgar aus irgendeinem Grund nicht sein. Sollte doch Anna Tichonowna, diese Hexe und Missgeburt, den Gaul spielen, für sie wäre das genau das Richtige ...

Das Flugzeug erbebte. Die Räder berührten die Landebahn. Einmal, zweimal. Der Flug ging in eine rasante, jedoch mit jeder Sekunde langsamer werdende Fahrt auf dem Beton über.

Sebulon plante doch nicht wirklich einen neuen Tausch, während er in aller Ruhe ein paar Bauern vorschob (die Regin-Brüder), in der Hoffnung, auf dem Brett möge, wenn nicht eine weitere schwarze Dame, so doch ein Turm auftauchen?

Die ausgetauschte Figur zu sein wäre jedenfalls peinlich.

Und was, wenn das gleichzeitig ein Examen ist?, überlegte Edgar. Eine Prüfung, ob ich überhaupt was tauge? Alissa hatte sich fressen lassen. Solche Figuren kann Sebulon in seinem Spiel nicht gebrauchen. Aber wenn Edgar seine Haut retten konnte, noch dazu ohne die Pläne des Chefs zu durchkreuzen ... Ja, genau, das war es, was er erreichen musste!

Nur wie?

Das Objekt für den Tausch war Anton Gorodezki, der Liebling Sebulons. Das stand außer Frage. Er konnte ihn nicht endlos benutzen, das wusste der Chef der Tagwache ganz genau. Außerdem war längst nicht klar, ob es ihm auch gelingen würde, ihn zu benutzen ... Sebulon war stets bereit, gute Miene zum bösen Spiel zu machen, und würde die Sache so hinstellen, als habe er den Lichten Magier getäuscht ...

Die Passagiere erhoben sich und schlängelten sich zum Ausgang, einem ziehharmonikaartigen Schlauch, an den die Bewohner der ehemaligen UdSSR nicht gewohnt waren. Edgar langte nach seinem Mantel und warf ihn sich über die Schultern, während er die Zeitschrift in der Tasche am Vordersitz ließ, schnappte sich seinen Aktenkoffer und ging ebenfalls zum Ausgang.

Das Gefühl, nicht mehr in Russland, sondern in Europa zu sein, stellte sich unverzüglich ein und war seltsam umfassend. Es war nicht genau zu verstehen, worin es sich ausdrückte – in den Gesichtern der Menschen, ihrer Kleidung, in der Sauberkeit oder Ausstattung des Flughafens. In tausend Kleinigkeiten. In Durchsagen auf Tschechisch und Englisch ohne Rjasaner Akzent. Im Lächeln, das weitaus häufiger anzutreffen war. Im Fehlen von lästigen Zigeunern auf dem Platz vor dem Gebäude und nicht weniger lästigen Schwarztaxifahrern.

Dafür gab es am Stand zugelassene Taxis, freundliche gelbe Opel.

Der Taxifahrer plauderte gleichermaßen fließend auf Russisch, auf Englisch und natürlich in seiner Muttersprache Tschechisch mit ihm. Wohin? Ins Hotel. Ich vermute, ins Hilton. Oh! Es kommt nicht häufig vor, dass man Russen ins Hilton bringt. Und die, die sich dort tatsächlich einquartieren, das sind andere: behangen mit Gold, wichtige Persönlichkeiten, mit Bodyguards, in teuren Limousinen ... Aber ich bin kein Russe, sondern Este. Stimmt, jetzt ist das nicht mehr dasselbe ... Früher allerdings auch nicht. Ach ja, aber früher galten auch die Tschechen fast als Russen ... Hm, ja. Darüber könnte man natürlich streiten.

Der Taxifahrer lenkte ihn mit seinem Geplauder ab, und Edgar beschloss, seine Überlegungen ruhen zu lassen. Schließlich würde er am Tag seiner Ankunft ohnehin noch nicht ernsthaft arbeiten. Da konnte er sich ruhig entspannen – natürlich bei dem einen oder anderen Glas Bier. Wer würde bei klarem Verstand und gesundem Magen (oder auch bei krankem) ein Glas echtes tschechisches Bier nicht zu schätzen wissen?

Nur ein Toter.

Wie in jedem Hilton fand sich selbst in dem vor Weihnachten von Touristen überquellenden Prag ein freies Zimmer. Aber wie in jedem Land, das sich von den Ketten des Sozialismus noch nicht ganz befreit hatte, kostete es für einen Nicht-Anderen eine Unsumme Geld. Edgar war ein Anderer, weshalb er sofort bezahlte, ohne mit der Wimper zu zucken, obwohl man das offenbar von ihm erwartet hatte. Letzten

Endes war er doch ein Russe, sah aber nicht wie ein Mafioso beziehungsweise Neureicher aus ... In jungen Jahren hätte sich Edgar nicht beherrschen können und dem Mann an der Rezeption seinen argentinischen Pass unter die Nase geknallt, doch seit dieser Zeit war er hundert Jahre herangereift. Ganze hundert Jahre.

Deshalb begnügte er sich mit dem russischen.

Bei der Registrierung – bei der, die nicht für alle ist – saß er einem Dunklen gegenüber. Der einer sehr seltenen Spezies angehörte: den Schraten. Während er Edgar betrachtete, beleckte er die schmalen Lippen und riss die spaltartigen Augen auf. Erst dann lächelte er: Seine Zähne waren klein, scharf und alle dreieckig.

»Hallo! Zum Tribunal?«

»Hm.«

»Nimm das ...«

Er warf Edgar einen Klumpen blauen Lichts zu, die temporäre Registrierung. Der Klumpen durchdrang ohne weiteres die Kleidung und setzte sich auf Edgars Brust als ovales, im *Zwielicht* leuchtendes Siegel fest.

»Danke.«

»Heizt denen ein, auf dem Tribunal«, bat der Schrat. »Wie es sich gehört. Jetzt ist unsere Zeit ...«

»Ich werde mir alle Mühe geben«, versprach Edgar seufzend.

Er ging nur kurz in sein Zimmer, um sich zu waschen und den Aktenkoffer abzustellen.

Gut, dachte Edgar begeistert, als er mit dem Fahrstuhl wieder nach unten fuhr, jetzt ab in den *Schwarzen Adler*! Dort bestelle ich mir natürlich gebackene Wildschweinkeule. Dieses Essen war so beliebt, das er sogar einmal in einem Fantasy-Thriller auf sein Rezept gestoßen war.

Während Edgar auf sein Essen wartete, trank er in kleinen Schlucken sein zweites Glas Bier (das erste hatte er nach russischem Brauch auf ex geleert und sich damit ein billigendes Nicken des Kellners verdient) und versuchte, seine Gedanken weiterzuentwickeln. Irgendetwas störte ihn dabei. Oder irgendjemand.

Er blickte auf und sah Anton Gorodezki, der neben seinem Tisch stand und Edgar unverwandt anstarrte.

Edgar erschauerte, da er glaubte, man verfolge ihn. Doch in Gorodezkis Augen leuchtete dieselbe Verwirrung, worauf Edgar sich sofort wieder beruhigte. Ein Zufall ... das war nicht mehr als ein Zufall.

Und noch etwas: Es gab keine freien Plätze mehr. Nur noch an Edgars Tisch.

Einem unerwarteten Impuls folgend, nickte Edgar dem Lichten zu. »Setz dich. Ich bin nicht im Dienst. Und dir wünsche ich dasselbe – lassen wir sie, die Arbeit!«

Anton zögerte. Edgar glaubte schon fast, er werde weggehen, doch dann überwand Anton sich. Er kam auf ihn zu und setzte sich Edgar gegenüber. Düster blickte er ihn an. Offenbar glaubte er nicht, dass Edgar, sein eingeschworener Feind, nur seine Freizeit genoss. Wie drücken es die Lichten aus? Derjenige, dem du einmal in einem Kampf gegenübergestanden hast, ist für immer dein Feind.

Quatsch. Spinnerei. Edgar zog Flexibilität vor. Wenn ihm jetzt ein Bündnis mit demjenigen, den er noch gestern mit der »Geißel Schaabs« durchgepeitscht hatte, vorteilhaft erschien, warum sollte er es dann nicht eingehen? Freilich gab es nach einer Behandlung mit der »Geißel Schaabs« kaum jemanden, mit dem man ein Bündnis hätte eingehen können ... Doch wohl nicht mit der Asche?

»Kein Wort über die Wachen?«, fragte Anton ironisch.

»Kein Wort«, versicherte Edgar. »Nur zwei Landsleute kurz vor Weihnachten in Prag. Ich habe gebackene Wildschweinkeule bestellt. Das kann ich nur empfehlen!«

»Danke, ich kenn's«, meinte Anton, nach wie vor ohne die

Andeutung eines Lächelns, und drehte sich dem heraneilenden Kellner zu.

Nein, diese Europäer können einfach nicht verstehen, was richtiger Frost, was richtiger Winter ist ... Anton trat aus der Metrostation Malostranská und überlegte, ob er den Jackenkragen hochschlagen sollte, entschied sich dann aber dagegen.

Nur ganz leichter Schnee. Gerade mal zwei Grad unter Null.

Langsam, ohne Eile schlenderte er die Straße entlang, das alte Kopfsteinpflaster hinunter. Manchmal betrachtete er im Vorbeigehen die Souvenirstände – komisches Holzspielzeug, Keramikgeschirr von seltsamer Form, Ansichtskarten mit Motiven von Prag, T-Shirts mit skurrilen Aufschriften. Letztendlich würde er doch etwas kaufen müssen. Zur Erinnerung, wie man so sagte. Beispielsweise ein T-Shirt mit der Aufschrift *Born to be wild* und einer lustigen Fratze.

Bis zum Treffen mit dem Vertreter der Inquisition blieben noch fast drei Stunden. Es würde noch nicht einmal nötig sein, ein Taxi zu nehmen oder mit der Metro zu fahren. Er konnte in Ruhe Mittag essen und zu Fuß zum genannten Ort gehen. Ein Treffen unter der Rathausuhr – was könnte es Romantischeres geben?

Womöglich stellte sich der Vertreter der Inquisition ja als Frau heraus, noch dazu als hübsche und obendrein als Lichte? Dann wäre die Romantik perfekt.

Anton musste über diese Gedanken lachen. Er verspürte nicht den geringsten Wunsch, fremdzugehen und eine Affäre anzufangen. Zudem ließen sich auf die Inquisitoren die Begriffe »Lichter« und »Dunkler« gar nicht anwenden. Sie standen außerhalb der hohen Kräfte.

Vielleicht waren auch die Begriffe »Mann« und »Frau« nicht auf sie anzuwenden? Soviel Anton wusste, hatte der Lichte Moskauer Magier namens Maxim, der in ihren Untersuchungen als der Wilde lief, die Scheidung eingereicht, nachdem er

Inquisitor geworden war.* Allem Anschein nach verloren sie jedes Interesse an kleinen menschlichen Dummheiten wie Liebe, Sex, Eifersucht ...

Der *Schwarze Adler* war eins von Antons Lieblingsrestaurants in Prag. Möglicherweise einfach deshalb, weil er mehrmals dort gewesen war, als er das erste Mal Prag besucht hatte. Braucht ein russischer Mensch viel, um glücklich zu sein? Eine gute, aber unaufdringliche Bedienung, leckeres Essen, das wundervolle Bier und niedrige Preise. Der letzte Punkt war recht wichtig.

Es waren die Dunklen, die es sich leisten konnten, nicht aufs Geld zu achten. Selbst Rohosa, vom *Zwielicht* hervorgebracht, war mit den Taschen voller Dollar in Moskau aufgetaucht. Geld konnte man auch mit ehrlicher Arbeit verdienen, aber auf ehrliche Weise zu *viel* Geld zu kommen, das ging nie, dafür musste man das eigene Gewissen immer ein wenig überlisten. Und in diesem Punkt unterlag die Nachtwache der Tagwache stets.

Die Straße, die er entlangging, teilte sich. Wie ein Fluss, in dessen Mitte eine schmale lange Insel lag, auf der einige alte, flachere Gebäuden standen, meist Restaurants und Souvenirläden. Der *Schwarze Adler* fand sich im ersten.

Bereits an der Tür stieß Anton auf den Lichten.

Nein, das war kein Mitarbeiter irgendeiner Tagwache. Sondern einfach ein Anderer, der der vordersten Linie im magischen Krieg ein fast normales, ein fast menschliches Leben vorzog. Ein großer, schlanker schöner Mann in mittleren Jahren, der die Uniform eines Offiziers der amerikanischen Luftwaffe trug. Er verließ das Restaurant gerade, ganz offenkundig zufrieden mit der hier verbrachten Zeit, seiner Freundin, einer attraktiven Tschechin, und sich selbst.

* Die Ereignisse um Maxim werden in der zweiten Geschichte »Der eigene Kreis« in dem Buch *Wächter der Nacht* geschildert.

Anton entdeckte er nicht gleich, so war er ins Gespräch vertieft. Doch als er ihn bemerkte, erstrahlte auf seinem Gesicht ein breites Lächeln.

Jetzt gab es kein Entkommen mehr – Anton nahm vom verschneiten Steinboden seinen Schatten auf und trat ins *Zwielicht*. Wie ein Baldachin aus Watte senkte sich Stille herab. Die Welt bremste ab, verlor ihre Farben. Die Auren der Menschen loderten in verschwommenen Regenbögen auf – in der Regel ruhige, ausgeglichene Auren, die nicht von überflüssigen Gedanken belastet wurden. Genau so sollte es an einem Ort für Touristen sein.

»Hallo, Wächter!«, begrüßte ihn der Amerikaner fröhlich. Hier, in der *Zwielicht*-Welt, gab es keine Verständigungsprobleme.

»Guten Abend, Lichter«, erwiderte Anton. »Ich freue mich, dich zu sehen.«

»Prager Wache?«, vermutete der Amerikaner. Die Aura des Wächters hatte er erkannt, die Details jedoch nicht. Bei ihm selbst handelte es sich übrigens um einen recht schwachen Magier. Vielleicht sechster Grad, außerdem mit einem starken Hang zur traditionellen Magie. In der Wache war er wirklich fehl am Platze. Vielleicht hätte er irgendwo in der Provinz hocken und ebenso schwache Dunkle, kleine Hexen und Tiermenschen, im Auge behalten können.

»Die Moskauer.«

»Oh! Die Moskauer Wache!« Jetzt schwang in der Stimme des Amerikaners offene Bewunderung mit. »Eine starke Wache. Lass mich dir die Hand schütteln.«

Sie gaben sich die Hand. Der amerikanische Flieger schien in ihrer Begegnung eine würdevolle Bereicherung seines Abends zu sehen.

»Hauptmann Christian Vanover jr., Magier sechsten Grades. Brauchst du meine Hilfe, Wächter?« Die formale Anfrage war mit der gebotenen Seriosität vorgebracht worden.

»Ich danke dir, Lichter. Nein, Hilfe ist nicht nötig«, erwiderte Anton ebenso höflich.

»Machst du hier Urlaub?«, fragte Christian.

»Nein. Ich bin dienstlich hier. Trotzdem brauche ich keine Hilfe.«

»Ich habe Weihnachtsferien«, meinte der Hauptmann nickend. »Meine Einheit ist im Kosowo stationiert, und ich habe beschlossen, mir Prag anzusehen.«

»Eine gute Wahl«, bestätigte Anton. »Eine schöne Stadt.«

Er wollte das Gespräch nicht fortsetzen. Doch der Amerikaner floss von Gutmütigkeit über. »Eine herrliche Stadt! Wie gut, dass wir sie während des Zweiten Weltkriegs gerettet haben.«

»Ja, wir haben sie gerettet ...«, nickte Anton.

»Hast du in diesen Jahren mitgekämpft, Wächter?«

Anton sah ein, dass in der Tat ein schwacher Magier vor ihm stand. Er konnte das tatsächliche Alter nicht sehen, noch nicht einmal annähernd ...

»Nein.«

»Ich war damals auch noch zu jung«, seufzte der Amerikaner. »Ich habe davon geträumt, zur Armee zu gehen, doch ich war erst fünfzehn. Schade, denn dann hätte ich ein halbes Jahrhundert eher hierher kommen können ...«

Anton gelang es gerade noch, sich den Satz zu verkneifen, dass dafür gleichwohl geringe Chancen bestanden hatten, schließlich waren die amerikanischen Truppen nicht in Prag einmarschiert. Doch gleich darauf schämte er sich seines Gedankens.

»Na, dann viel Glück«, verabschiedete sich der Amerikaner endlich. »Irgendwann werde ich ganz bestimmt mal nach Moskau kommen, Wächter!«

»Nur nicht auf die Weise wie ins Kosowo.« Diesmal schaffte es Anton nicht, sich auf die Zunge zu beißen. Doch der Hauptmann Christian Vanover jr. nahm es ihm nicht krumm. Im

Gegenteil, auf seinem Gesicht lag ein strahlendes Lächeln. »Nein, ich glaube, dazu wird es doch wohl nicht kommen«, meinte er. »Das Licht sei mit dir, Wächter!«

Anton trat nach dem Amerikaner aus dem *Zwielicht*. Der hakte sich erneut bei seiner Freundin ein, die von alldem nichts bemerkt hatte, und zwinkerte Anton verschmitzt zu.

»Der Saft sei mit dir ...«, murmelte Anton auf Russisch.

Mist! Die gute Stimmung war verflogen und so gründlich dahingeschmolzen wie ein Stück Eis in einer glühenden Bratpfanne.

Er konnte sich tausendmal in Erinnerung rufen, dass Auseinandersetzungen und Streitigkeiten zwischen Staaten sich nicht auf die Beziehungen von Licht und Dunkel auswirkten. Man musste zugeben, dass ein Magier, der als Flieger an einem Krieg teilnahm, höchstwahrscheinlich keine Bomben auf die friedliche Bevölkerung abwerfen würde. Und trotzdem ...

Doch wie brachte er es fertig, Angriffe zu fliegen, Bomben über den Köpfen von Menschen zu zünden und dennoch ein Lichter zu bleiben? Denn ein Lichter war er, ohne Zweifel! Dabei hatte er mit an Sicherheit grenzender Wahrscheinlichkeit Menschenleben auf dem Gewissen. Wie schaffte er es, nicht ins *Zwielicht* abzustürzen? Wie stark musste er an die eigene Wahrheit glauben, um eine Armee, eine kämpfende Armee, und die Sache des Lichts unter einen Hut zu bringen?!

Finster und bedrückt betrat Anton den *Schwarzen Adler*.

Und erblickte sofort die Kameraden von Christian Vanover. Zehn Männer, alles gewöhnliche Menschen. Sie saßen an einem langen Tisch, aßen Gulasch und tranken Sprite.

Ehrenwort, sie tranken Sprite!

In einer tschechischen Bierstube! Im Urlaub!

Und nicht, weil sie sich an eine Prohibition hielten. Auf dem Tisch standen auch einige leere Bierflaschen. Amerikanisches Budweiser, das Anton nur trinken würde, wenn er in der Wüste am Verdursten war.

Anton ging an den Amerikanern vorbei. Freie Tische gab es nicht mehr. Schon wieder Pech ... Doch da hinten saß jemand allein, vielleicht konnte er sich dazusetzen ...

Der Mann hob den Kopf und erschauderte. Genau wie Anton im selben Moment.

Es war Edgar.

Drei

Was man den Dunklen nicht nehmen kann, das ist ihre Lebensfreude. Diesbezüglich hegte Anton keinerlei Zweifel. Man brauchte sich nur anzusehen, mit welchem Appetit Edgar die ausgesprochen leckere und vermutlich von Diätisten nicht gerade empfohlene Schweinshaxe verputzte, die er mit Meerrettich und Senf würzte, der – obwohl reichlich scharf – für einen Russen natürlich zu süß war. Das Ganze rundete er mit einer tüchtigen Portion Bier ab.

Das verblüffte Anton stets aufs Neue. Selbst seine Nachbarn, die Vampire, mit denen er einmal recht gut befreundet gewesen war, wirkten mitunter lebendiger und lebenslustiger als die Lichten Magier. Die höchsten Magier natürlich – jene, deren Kraft sich mit Antons vergleichen ließ – hatten sich als Menschen noch nicht ausgetobt.

Eins nur war unangenehm: Ihre Lebensfreude erstreckte sich in der Regel nur auf sie selbst.

Anton hob den schweren Seidel mit hellem Budweiser. »Prosit«, murmelte er.

Wie gut, dass der tschechische Brauch es nicht verlangte anzustoßen. Mit einem Dunklen hätte Anton das nicht gern getan.

»Prosit«, erwiderte Edgar. Genussvoll leerte er die Hälfte des Glases mit zwei Schlucken und wischte sich den Schaum ab. »Das ist gut.«

»Stimmt«, pflichtete Anton ihm bei, obwohl sich seine Anspannung nicht legte. Nein, natürlich brauchte er sich nichts vorzuwerfen, weil er mit einem Dunklen Bier trank. Die Gesetze der Nachtwache verboten den Kontakt mit den Dunklen nicht, im Gegenteil: Wenn ein Mitarbeiter von seiner Sicherheit überzeugt war, wurde dies sogar begrüßt. Vielleicht konnte man etwas in Erfahrung bringen oder – hol's das Dunkel! – sein Gegenüber beeinflussen. Ihn natürlich nicht fürs Licht gewinnen ... ihn aber doch wenigstens von der nächsten Gemeinheit abhalten. »Wie schön, dass wir wenigstens einmal Anlass haben, einer Meinung zu sein«, meinte Anton zu seiner eigenen Überraschung.

»Stimmt.« Edgar versuchte freundlich und korrekt zu sprechen, damit der Lichte sich nicht in die Idee hineinsteigerte, er solle wieder einmal beleidigt oder beschuldigt werden. »Ob man tschechisches Bier in Moskau oder in Prag trinkt, das ist ein großer Unterschied.«

Gorodezki nickte. »Genau. Vor allem wenn man an Flaschenbier denkt. Tschechisches Bier in Flaschen, das ist die Leiche echten Biers in einem gläsernen Sarg.«

Edgar grinste und drückte damit sein Einverständnis aus. »Aus irgendeinem Grund fehlt den Bierbrauern im übrigen Osteuropa das Talent.«

»Selbst in Estland?«, fragte Anton.

Edgar zuckte mit den Schultern. Die Lichten würden sich nie eine Gelegenheit zum Sticheln entgehen lassen.

»Unser Bier ist gut, aber nicht hervorragend. Genau wie in Russland übrigens auch.«

Anton runzelte die Stirn, als versuche er sich an den Geschmack russischen Biers zu erinnern. »Diesen Sommer war ich in Ungarn«, wechselte er dann jedoch das Thema. »Da ist *Dreher* fast die einzige einheimische Marke.«

»Und?«

»Lieber hätte ich sauer gewordenes *Baltika* trinken sollen.«

Edgar schmunzelte. Selbst als er sein Gedächtnis etwas bemühte, konnte er sich an keine ungarische Biermarke erinnern. Doch so wie sich Anton darüber äußerte, war es wohl auch besser, sich nicht zu erinnern. Vom Bier verstand sein Gesprächspartner etwas. Und zwar nicht zu wenig. Überhaupt lieben die Lichten die Sinnesfreuden, das musste man einräumen.

»Und diese ... ruhmreichen Soldaten ... trinken ihre heimatliche Plörre.« Anton nickte zu den Amerikanern hinüber. »Die Friedensstifter ... Die Asse Görings ...«

Sowohl Edgar wie auch Anton hatten die gebackene Wildschweinkeule seit langem aufgegessen. Auch Bier hatten sie schon reichlich getrunken, weshalb ihre Augen leicht glänzten, die Stimme lauter und zwangloser erklang.

»Wieso Göring?«, wunderte sich Edgar. »Das sind doch keine Deutschen, sondern Amis.«

»Die Asse der Air Force der USA – wie klingt denn das?!«, erklärte Anton so geduldig, als rede er mit einem Kind. »Kennst du irgendeine kurze und prägnante Bezeichnung der amerikanischen Luftwaffe?«

»Nein.«

»Siehst du. Also meinetwegen die Asse Clintons. Die Deutschen wussten immerhin, dass gegen sie damals genau solche Flieger gekämpft haben, die hier aber haben ihre Bomben auf Siedlungen abgeworfen, deren einzige Verteidigung Flak aus dem Zweiten Weltkrieg war ... Dafür sind sie dann auch noch ausgezeichnet worden. Frag sie doch mal, ob ihnen überhaupt etwas im Leben heilig ist. Bis heute glauben sie, dass sie 1945 Prag befreit haben.«

»Heilig?« Edgar grinste. »Wozu sollte ihnen etwas heilig sein? Sie sind Soldaten.«

»Weißt du, Anderer, ich glaube, selbst Soldaten sollten in erster Linie Menschen sein. Und Menschen müssen etwas haben, das sie in ihrer Seele heilig halten.«

»Für den Anfang reicht es, wenn sie eine Seele haben. Erst dann kommt das Heilige. Oh! Fragen wir doch gleich mal!«

An ihrem Tisch zwängte sich gerade ein rotwangiger amerikanischer Flieger vorbei, funkelnd mit Tressen und anderem Lametta behangen. Ein frisches Gesicht, der ganze Stolz von Texas oder Oklahoma. Der Flieger kam vermutlich vom Klo zurück.

»Entschuldigen Sie bitte, Offizier! Darf ich Sie etwas fragen?«, sprach Edgar ihn in flüssigem Englisch an. »Gibt es etwas in Ihrem Leben, das Ihnen heilig ist? Etwas, das Ihnen viel bedeutet?«

Der Amerikaner blieb stehen, als sei er gestolpert. Sein Instinkt sagte ihm, dass ein Soldat des allerbesten Landes der Welt verpflichtet ist, das Gesicht zu wahren und eine würdige Antwort zu geben. Seine Miene spiegelte anstrengende Denkarbeit wider – und plötzlich ein Aufleuchten! Die Offenbarung. Der Amerikaner hatte doch noch etwas gefunden, das ihm heilig war. Ein stolzes Lächeln breitete sich auf seinen Lippen aus. »Etwas, das mir heilig ist? Natürlich habe ich das. Die *Chicago Bulls* …«

Selbst die Magier vermochten nicht zu sagen, ob er scherzte oder ob er das völlig ernst meinte.

»Weißt du, es ist wie eine Partie Schach«, erklärte Edgar. »Die Leitung bewegt einfach auf dem Brett ihre unpersönlichen Figuren: uns.«

Die Augen des Kellners wurden proportional zu der von Anton und Edgar bestellten Menge Bier immer größer. An diesen Tisch hatte er bereits so viele große Seidel gebracht, dass es für das gesamte amerikanische Luftgeschwader und die *Chicago Bulls* obendrein gereicht hätte. Die beiden Russen saßen jedoch immer noch da, fanden kein Ende, obwohl nicht zu übersehen war, was für eine Mühe ihnen das Sprechen inzwischen bereitete.

»Nimm doch nur mal dich und mich«, fuhr Edgar fort. »Du trittst in diesem Prozess als Verteidiger auf. Ich als Ankläger.

Trotzdem stellen wir keine bedeutsame Größe dar. Wir sind auch jetzt nur Figuren auf dem Spielbrett. Bei Bedarf schickt man uns an die vorderste Front. Bei Bedarf nimmt man uns für bessere Zeiten zur Seite. Wenn sie wollen, tauschen sie uns ab. Worum geht es denn bei diesem Prozess eigentlich? Es ist der Tanz um einen trivialen Abtausch herum. Euer Igor für unsre Alissa. Das ist alles. Sie sind aufeinander losgegangen wie Spinnen im Glas und wurden vom Brett genommen. Im Namen hehrer und für uns unerforschlicher Ziele.«

»Da liegst du falsch.« Anton drohte ihm streng mit dem Finger. »Geser hat nicht gewusst, dass Igor mit Alissa zusammenstoßen würde. Das war eine Intrige Sebulons!«

»Woher nimmst du diese Sicherheit?«, fragte Edgar amüsiert. »Bist du so ausgebufft, dass du in Gesers Seele lesen kannst wie in einem offenen Buch? Soweit ich weiß, weiht die Leitung der Lichten ihre Mitarbeiter ebenfalls nicht gerade bereitwillig in ihre geheimen Pläne ein. Die hohe Politik der hohen Kräfte!«, deklamierte er lautstark und schulmeisterlich.

Anton wollte nur zu gern widersprechen. Doch überzeugende Einwände hatte er bedauerlicherweise nicht zur Hand.

»Oder nehmen wir die letzte Auseinandersetzung in der Lomonossow-Universität. Sebulon hat dich benutzt. Tut mir leid, das hörst du wahrscheinlich nicht gern, aber wo wir schon einmal mit dem Thema angefangen haben ... Also, Sebulon hat dich benutzt. Sebulon! Dein eingeschworener Feind!«

»Er hat mich nicht benutzt.« Anton zögerte, fuhr dann aber doch fort. »Er hat versucht, mich zu benutzen. Und ich habe versucht, die Situation zu unseren Gunsten auszunutzen. Du weißt, wie das ist – im Krieg.«

»Gut, dann hat er es eben nur versucht«, stimmte Edgar geringschätzig zu. »Gut ... Aber Geser hat nichts – nichts! – unternommen, um dich zu schützen. Warum sollte er seinen Bauern zu Hilfe kommen? Das ist unökonomisch und sinnlos.«

»Was ihr mit euern Bauern macht, ist auch nicht besser«, bemerkte Anton finster. »Die niederen Anderen, die Vampire und Tiermenschen, seht ihr nicht mal als gleichberechtigt an. Sie sind nur Kanonenfutter.«

»Sie sind wirklich Kanonenfutter, Anton. Billiger und nicht so wertvoll wie wir Magier. Aber im Grunde sind unsere Spitzfindigkeiten und Muskelspielereien völlig unsinnig. Wir sind Marionetten. Nur Marionetten. Aber es zum Puppenspieler zu bringen, haben wir nicht die geringste Chance, denn dafür sind die Fähigkeiten eines Geser oder eines Sebulon nötig, und diese Fähigkeiten kommen extrem selten vor. Außerdem sind die Plätze an den Spieltischen schon besetzt. Keiner der Spieler würde seinen Platz einer Figur überlassen, nicht einmal der Dame oder dem König.«

Anton leerte mit finsterem Blick das Glas und stellte es lautlos auf den Bierdeckel mit dem Wappen des Restaurants.

Er war längst nicht mehr der junge Magier, der zum ersten Mal im Leben auf Jagd geht und eine wildernde Vampirin verfolgt. Schon lange nicht mehr, obwohl eigentlich nicht so viel Zeit vergangen war. Seitdem hatte er oft genug Gelegenheit gehabt, sich davon zu überzeugen, wie viel Dunkel im Licht steckte. Und die düstere Einstellung des Dunklen Edgar – wir sind doch eh nur Schräubchen im Getriebe der Großen Onkel, weshalb es am besten ist, Bier zu trinken und die Klappe zu halten – beeindruckte ihn sogar ein wenig. Und einmal mehr dachte Anton darüber nach, dass die Dunklen in ihrer scheinbaren Einfalt mitunter menschlicher waren als die Kämpfer für die hohen Ideale, die Lichten.

»Trotzdem liegst du falsch, Edgar«, sagte er schließlich. »Zwischen uns gibt es einen wesentlichen Unterschied. Wir leben für andere. Wir dienen, wir befehlen nicht.«

»So reden alle Herrscher der Menschen.« Bereitwillig tappte Edgar in die Falle. »Die Partei ist die Dienerin des Volkes. Erinnerst du dich noch?«

»Aber es gibt etwas, das uns von den Herrschern der Menschen unterscheidet.« Anton sah Edgar in die Augen. »Die Dematerialisierung. Verstehst du? Ein Lichter kann den Weg des Bösen nicht einschlagen. Wenn er begreift, dass er das Böse in dieser Welt vermehrt, geht er ins *Zwielicht* ein. Er verschwindet. Das ist schon mehrmals vorgekommen. Ein Lichter braucht bloß einen Fehler zu machen oder dem Dunkel ein wenig nachzugeben.«

Edgar kicherte leise. »Anton ... da hast du die Antwort doch gleich mitgeliefert. *Wenn er begreift* ... Und wenn er es nicht begreift? Erinnerst du dich noch an den wahnsinnigen Heiler? Vor zwölf Jahren, wenn mich nicht alles täuscht ...«

Anton erinnerte sich. Er war damals noch nicht initiiert, doch diesen einmaligen Fall nahm jeder Mitarbeiter der Wachen durch, jeder Lichte.

Ein einfacher Heiler mit starken Anlagen zur Prophezeiung. Er lebte bei Moskau, arbeitete nicht aktiv in der Nachtwache, zählte jedoch zur aktiven Reserve. Von Beruf Arzt, griff er in seiner Praxis zu Lichter Magie. Die Patienten vergötterten ihn – er wirkte wahrhaftig Wunder ...

Doch er tötete auch Patientinnen, junge Frauen. Nicht auf magische Weise, sondern schlicht mit Gift. Ab und an durch Akupunktur, denn die energetischen Punkte des menschlichen Körpers kannte er vorzüglich ...

Die Nachtwache kam ihm fast zufällig auf die Spur. Einer der Analytiker interessierte sich für die sprunghafte Zunahme der Todesrate von jungen Frauen in dieser kleinen Stadt bei Moskau. Vor allem frappierte ihn, dass die meisten Opfer schwanger waren. Außerdem verzeichnete man hier eine ungeheure Zahl von Fehlgeburten, Abtreibungen und Totgeburten. Die Dunklen gerieten in Verdacht, die Vampire und Tiermenschen, Satanisten und Hexen ... Wen hatten sie nicht alles überprüft!

Dann nahm sich Geser der Sache an, und der Mörder wurde gefasst. Ein Lichter Magier ...

Er hatte die Zukunft einfach zu genau vorausgesehen, dieser

charmante, imposante Heiler. Und mitunter hatte er bei einer Untersuchung auch die Zukunft des ungeborenen Kindes seiner Patientin vorausgesehen, das mit an Sicherheit grenzender Wahrscheinlichkeit zum Mörder heranwachsen würde, zum Verrückten oder Verbrecher. Manchmal sah er, dass die Patientin selbst ein unglaubliches Verbrechen begehen oder zufällig für den Tod vieler Menschen verantwortlich sein würde. Irgendwann beschloss er, etwas dagegen zu tun. So gut er konnte ...

Vor Gericht erklärte der Heiler voller Eifer, er habe auf lichte magische Handlungen verzichtet, weil sonst die Dunklen das Recht auf einen Gegenschlag gehabt hätten, womit das Böse auf der Welt nicht verringert worden wäre. So habe er sich einfach selbst daran gemacht, das »Unkraut zu jäten«. Davor, ins *Zwielicht* zu stürzen, hatte ihn die sichere Überzeugung bewahrt, die Summe des von ihm in der Welt vollbrachten Guten übersteige die des angerichteten Bösen bei weitem.

Geser selbst musste ihn dematerialisieren.

»Das war ein Psychopath«, erklärte Anton. »Einfach ein Verrückter. Mit einer typischen Zerrüttung des Denkvermögens ... Solche Fälle gibt es nun einmal.«

»Wie auch der Waffengefährte von Jeanne d'Arc, Gilles de Rais«, konterte Edgar schlagfertig. »War das nicht auch ein Lichter? Der dann Frauen und Kinder ermordet hat, um aus ihren Körpern ein Jugendelixier zu gewinnen, den Tod zu besiegen und die ganze Menschheit zu beglücken.«

»Gegen Wahnsinn ist niemand gefeit, Edgar. Selbst die Anderen nicht. Doch wenn wir eine ganz normale Hexe nehmen ...«, begann Anton hitzig.

»Ich will mich gar nicht streiten.« Edgar breitete friedfertig die Arme aus. »Aber es geht doch hier nicht um Extreme! Sondern einfach darum, dass dergleichen *möglich* ist, und euer viel gerühmter Schutzmechanismus, die Dematerialisierung ... nennen wir ihn einfach das Gewissen ... kann versagen. Und jetzt stell dir mal vor, Geser sei zu der Überzeugung gelangt, dein Tod werde dem Licht gewaltigen Nutzen bringen. Wenn in einer Waagschale Anton Gorodezki liegt und in der anderen Millionen von Menschenleben.«

»Er bräuchte mich nicht zu täuschen«, sagte Anton mit fester Stimme. »Bestimmt nicht. Wenn eine solche Situation einträte, wäre ich bereit, mich zu opfern. Jeder von uns wäre dazu bereit!«

»Wenn er dir aber davon nichts sagen dürfte?«, schmunzelte Edgar zufrieden. »Damit der Feind nichts davon erfährt, damit du dich natürlich verhältst, damit du nicht unnütz leidest ... Denn deinen Seelenfrieden zu bewahren gehört ebenfalls zu Gesers Pflichten.«

Zufrieden führte er das nächste Glas Bier an die Lippen. Geräuschvoll schlürfte er die Blume ab.

»Du bist ein Dunkler«, sagte Anton. »Du siehst in allem nur das Böse, den Verrat, die Gemeinheit.«

»Ich verschließe nur nicht die Augen davor«, parierte Edgar. »Und deshalb vertraue ich Sebulon nicht. Fast genauso wenig wie Geser. Selbst dir kann ich mehr vertrauen, denn du bist eine genauso unglückliche Figur, die bloß zufällig eine Farbe bekommen hat, die sich von meiner unterscheidet. Aber muss ein schwarzer Bauer einen weißen hassen? Nein. Vor allem dann nicht, wenn sich diese Bauern gegenübersitzen und friedlich Bier trinken.«

»Weißt du was?«, sagte Anton leicht verwundert. »Mir ist es ein Rätsel, wie ihr leben könnt – mit dieser Weltsicht. Ich würde mich da sofort aufhängen.«

»Aber du kannst mir nichts entgegensetzen?«

Anton trank ebenfalls von seinem Bier. Die erstaunliche Besonderheit frisch gezapften tschechischen Biers besteht darin, weder den Körper noch den Kopf sonderlich schwer zu machen, selbst dann nicht, wenn man viel davon trinkt. Oder kam ihm das nur so vor?

»Nein«, gab Anton zu. »Im Moment nicht. Aber ich bin mir sicher, dass du nicht Recht hast. Es ist nur schwierig, mit einem Blinden über die Farben des Regenbogens zu streiten. Dir fehlt etwas ... was genau, weiß ich nicht. Aber etwas sehr Wichtiges, ohne das du hilfloser als jeder Blinde bist.«

»Wieso hilflos?«, erwiderte Edgar leicht beleidigt. »Hilflos seid eher ihr, die Lichten. Durch eure ethischen Prinzipien an Armen und Beinen gefesselt. Aber wer – wie zum Beispiel Geser – ein höheres Entwicklungsniveau erreicht hat, der lenkt euch.«

»Ich werde versuchen, dir zu antworten«, sagte Anton. »Aber nicht jetzt. Dafür werden wir uns noch einmal sehen müssen.«

»Weichst du der Antwort aus?«, kicherte Edgar.

»Nein. Aber wir haben uns vorgenommen, nicht von der Arbeit zu sprechen. So war es doch, oder?«

Edgar hüllte sich in Schweigen. Der Lichte hatte ihn in der Tat ausgetrickst, wenn auch nur ein bisschen. Warum hatte er sich bloß auf dieses sinnlose Streitgespräch eingelassen? Aus einem weißen Hund machst du keinen schwarzen, hieß es bei ihnen in der Tagwache.

»Stimmt«, räumte er schließlich ein. »Es ist meine Schuld, das gebe ich zu. Nur ...«

»Nur dass es sehr schwierig ist, nicht über das zu sprechen, was uns trennt«, nickte Anton. »Das verstehe ich. Deshalb ist es nicht deine Schuld ... sondern Schicksal.«

Er kramte in seinen Taschen und holte ein Päckchen Zigaretten heraus. Edgar registrierte automatisch, dass es sich um billige Zigaretten handelte, die russischen *21. Jahrhundert*. Ach ja! Ein Dunkler Magier seines Grades konnte sich alle Freuden des Lebens leisten. Während Anton russische Zigaretten rauchte ... und vermutlich nicht zufällig in diesem kleinen und gemütlichen, aber auch sehr preiswerten Restaurant gelandet war.

»Sagst du mir, wo du abgestiegen bist?«, fragte er.

»Im *Kafka*«, antwortete Anton. »Das ist in Žižkov, in der Křemencova.«

Also tatsächlich. Ein billiges Hotel ohne Renommee. Edgar nickte, während er beobachtete, wie der Lichte seine Zigarette anzündete. Irgendwie ungeschickt, als rauche er noch nicht lange oder nur sehr selten.

»Du bist im Hilton«, sagte Anton plötzlich. »Simmt's? Oder im Radisson SAS, äußerstenfalls.«

»Observiert ihr mich?«, fragte Edgar unwillkürlich voller Misstrauen.

»Nein. Nur zieht es alle Dunklen zu großen Namen und teuren Einrichtungen. Bei euch weiß man nämlich auch ganz gut, woran man ist.«

»Ja, und?«, fragte Edgar provozierend. »Bist du also ein Anhänger von Askese und einer ärmlichen Lebensweise?«

Anton sah sich mit einem ironischen Blick im Restaurant um, schaute auf die nahezu kläglichen Reste der Schweinshaxe auf dem beschnitzten Holzbrett und das wer weiß wievielte Bier ... Obwohl es irgendwie nicht nötig war zu antworten, tat er es. »Natürlich nicht, das sage ich ja gar nicht. Aber die Zahl der Betten und der Service sind nicht das Wichtigste in einem Hotel. Ebenso wenig wie der Preis für ein Essen auf der Speisekarte. Ich hätte auch ins Hilton gehen oder mein Bier in der teuersten Prager Kneipe trinken können. Aber wozu? Nimm doch nur dich: Weshalb bist du ausgerechnet hierher gekommen? Das ist doch nicht das angesagteste Restaurant!«

»Hier ist es gemütlich«, gab Edgar zu. »Und das Essen ist gut.«

»Genau das meine ich.«

»Ja!«, rief Edgar in einem urplötzlichen Ausbruch betrunkenen Großmuts aus. »Ich glaube, ich habe es verstanden. Worin der Unterschied zwischen uns besteht. Ihr versucht, eure natürlichen Bedürfnisse einzuschränken. Aus Bescheidenheit oder so ... Wir dagegen leben auf größerem Fuß ... Was die Kraft angeht, das Geld, Rohstoffe und menschliche Ressourcen ...«

»Menschen sind keine Ressourcen!« Antons Blick wurde mit

einem Mal bohrend und böse. »Verstehst du das? Sie sind keine Ressourcen!«

So war es immer ... man brauchte nur Berührungspunkte zu erwähnen ... Edgar seufzte. Was hatte man ihnen nicht alles weisgemacht, diesen Lichten. Ach, was nicht alles ...

»Gut. Lassen wir das.« Er trank sein Bier aus. »Aber hier hat ein amerikanischer Pilot gesessen ...«, konnte er sich dann doch nicht verkneifen. »Ein Lichter Magier obendrein ... Eine echte Nullnummer, er hat mich noch nicht einmal bemerkt. Wollen wir wetten, dass er Menschen als Ressourcen sieht? Oder als minderwertige Rasse, als dumme und unverständige Rasse, die man züchten und bestrafen kann. Damit unterscheidet er sich nicht von uns.«

»Unser Unglück ist, dass wir ein Produkt der menschlichen Gesellschaft sind«, erwiderte Anton düster. »Mit all ihren Unzulänglichkeiten. Wenn die Lichten nicht bereits viele hundert Jahre gelebt haben, tragen selbst sie die Stereotypen und Mythen ihres jeweiligen Landes in sich, sei es nun Russland, Amerika oder Burkina Faso, das ist völlig egal. Warum spukt mir bloß ständig Burkina Faso im Kopf rum?«

»Einer dieser Idioten von den Regin-Brüdern ist aus Burkina Faso«, bot Edgar eine Erklärung an. »Und die Bezeichnung ist auch komisch.«

»Die Regin-Brüder ...« Anton nickte. »Weshalb habt ihr euch mit denen eingelassen? Denn es war doch wohl einer aus der Moskauer Tagwache, der sie gerufen hat! Er hat Hilfe versprochen, die Aktivierung der Kralle des Fafnir ... Wozu?«

»Ich weiß nur, was offiziell verbreitet wird!«, versicherte Edgar rasch. Das fehlte noch, dass diese Lichten ihn wegen eines Formfehlers drankriegten ...

»Du brauchst es nicht zuzugeben, das ist gar nicht nötig!« Anton winkte ab. »Ich bin schließlich kein Kind mehr. Aber wenn wir eins nicht brauchen, dann ist es das Auftauchen eines wahnsinnigen Dunklen Magiers mit ungeheurer Kraft.«

»Das brauchen auch wir nicht«, erklärte Edgar. »Das wäre Krieg. Mit allem Drum und Dran. Das wäre die Apokalypse.«

»Dann habt ihr die Regin-Brüder also angelogen«, stellte Anton fest. »Ihr habt sie dazu überredet, das Berner Büro anzugreifen, die Kralle zu stehlen, nach Moskau zu fliegen ... aber wozu? Um den Spiegel aufzutanken?«

Er denkt schnell, stellte Edgar insgeheim fest. Doch er schüttelte den Kopf, während er nach einer brillanten Erwiderung suchte. »Was für ein Quatsch! Wir haben überhaupt erst erfahren, wer dieser Witali Rohosa ist, nachdem die Kralle bereits geraubt und die vier überlebenden Kämpfer auf dem Weg nach Moskau waren.«

»Stimmt auch wieder!«, rief Anton plötzlich aus. »Du hast Recht, Dunkler! Das Auftauchen des Spiegels ließ sich nicht voraussagen, denn er ist ein elementares Produkt des *Zwielichts*. Das offizielle Kommuniqué der Inquisition bestätigt, dass die Sekte den Sturm auf das Depot mit den Artefakten bereits zwei Wochen vor diesen Ereignissen geplant hat. Rohosa gab es damals noch gar nicht ... genauer gesagt, es gab ihn, aber nicht als Spiegel, sondern als normalen Menschen, den das *Zwielicht* dann einer Metamorphose unterzog ...«

Edgar biss sich auf die Lippe. Jetzt sah es so aus, als habe er dem Lichten etwas gesteckt ... ihm eine Information zukommen lassen oder ihn einfach auf den richtigen Gedanken gebracht. Das sah nicht gut aus ... Warum eigentlich nicht? Er selbst durchschaute die Situation ja auch nicht. Für ihn war das auch lebenswichtig. »Vielleicht wollte jemand das Büro der Inquisition aus Bern verjagen?«, dachte er schließlich laut.

»Oder hat beschlossen, es nach Prag zu verlegen ...«

Sie starrten einander nachdenklich an, der Lichte und der Dunkle, beide gleichermaßen daran interessiert zu verstehen, was hier geschah. Der Kellner wollte schon auf sie zukommen, doch als er bemerkte, dass sie ihr Bier noch nicht ausgetrunken hatten, ging er zu den Amerikanern.

»Das wäre eine Variante«, stimmte Edgar zu. »Doch die Operation mit der Kralle brauchten wir nicht! Versucht gar nicht erst, uns einen derartigen Schwachsinn anzuhängen!«

»Aber vielleicht«, sagte Anton plötzlich, »wart ihr darauf aus, eine andere Operation zu *hintertreiben* ... *unsere* Operation? Und da kam euch die Kralle des Fafnir gerade recht?«

Edgar verfluchte sich selbst für seine Geschwätzigkeit. Natürlich nur im übertragenen Sinne. Kein Dunkler würde sich freiwillig einen Infernostrudel über den Kopf hängen.

»Wie kommst du denn darauf? Und was denn überhaupt für eine Operation ...«, setzte er an. Und begriff sogleich: Indem er unversehens die Nachtwache zu verteidigen begann, bestätigte er im Grunde Antons Hypothese.

»Danke, Anderer«, sagte der Lichte nachdrücklich.

Während sich Edgar innerlich immer noch in den Arsch trat, erhob er sich. Es hieß ja nicht umsonst: Wenn du dich mit einem Lichten an einen Tisch setzt, schneid dir die Zunge ab und näh dir den Mund mit Draht zu!

»Ich muss jetzt gehen«, erklärte er. »Es war sehr schön ... mit dir zu sprechen.«

»Gleichfalls«, stimmte Anton zu. Und streckte sogar die Hand aus.

Ihm nicht die Hand zu geben wäre dumm gewesen. Edgar ergriff die ausgestreckte Hand, legte einen Schein im Wert von fünfhundert Kronen auf den Tisch und ging schnell hinaus.

Anton lächelte ihm hinterher. Letzten Endes machte es Spaß, einen Dunklen zu verwirren, vor allem dann, wenn er zu den ersten Zehn der Tagwache gehörte. Dieser dicke Wächter glaubte jetzt tatsächlich, er habe ihm irgendein schreckliches Geheimnis verraten – obwohl er nichts beim Namen genannt hatte und Antons Version dumm war; und selbst wenn sie zufällig wahr sein sollte, so hatte Anton doch nichts Handfestes erfahren ...

Er nickte dem Kellner zu und machte eine Geste, bei der er

mit dem Finger etwas auf die offene Handfläche zu schreiben schien. Eine Minute später kriegte er die Rechnung.

Mit dem üblichen Trinkgeld belief sie sich auf Tausendundzwanzig Kronen.

Ach diese Dunklen ...

Selbst wenn es um Kleinigkeiten geht, müssen sie geizen. Nach all den Anspielungen, wie erbärmlich die Nachtwache dastehe und wie ihre Mitarbeiter das Geld zusammenhielten ...

Nachdem Anton bezahlt hatte, stand er auf (das Bier war nun doch zu spüren – sein Körper war angenehm, gleichzeitig aber auch beängstigend entspannt) und verließ den *Schwarzen Adler*. Zum Altstädter Ring, dem Rathausplatz, wo er sich mit dem Mitarbeiter des Europabüros der Inquisition treffen sollte, würde er es noch gerade so schaffen.

Hier wimmelte es stets von Touristen.

Vor allem zu Beginn einer Stunde, wenn im Rathausturm die alte astronomische Uhr zu schlagen begann. Dann öffneten sich zwei Fenster, in denen die Apostel erschienen, sich nach vorn bewegten, als ob sie den Platz überblicken wollten, und dann wieder im Innenleben des Mechanismus verschwanden. Eine unermüdliche Wache des Altstädter Rings.

Anton stand inmitten der Touristen, die Hände in den Taschen vergraben – die Finger froren doch, und Handschuhe hatte er aus irgendeinem Grund noch nie gern getragen. Um ihn herum surrten leise Videokameras, klickten die Auslöser der Fotoapparate, tauschte die vielsprachige Menge Eindrücke vom Besuch einer weiteren obligatorischen Sehenswürdigkeit aus. Er vermeinte sogar, das Knirschen der Gehirne zu hören, die einen Haken im Reiseführer für Prag machten: Uhr angucken – erledigt.

Warum lief er unwillkürlich in dieser gesichtslosen Masse mit und hakte seine Programmpunkte innerlich ganz genauso ab?

War er zu faul, sich selbst etwas einfallen zu lassen? Zu träge? Oder war das ein unausrottbarer Herdeninstinkt? Die Dunklen dürften schließlich nicht in der allgemeinen Menge trotten ...

»Nein, ich verstehe dich nicht«, erklang es ein paar Schritte von ihm entfernt. »Ich bin im Urlaub, hörst du? Kannst du das nicht selbst entscheiden?«

Anton schielte zu seinem Landsmann hinüber. Eine besondere Freude war das nicht. Ein kräftiger Russe mit breiten Schultern und reichlich viel Gold. Teure Anzüge zu tragen hatte er bereits gelernt, aber eine Krawatte von Hermes binden – das konnte er nicht. Natürlich war die Krawatte gebunden, aber mit einem so furchtbaren »Kolchosknoten«, dass es peinlich anzusehen war. Unter dem offenen Mantel aus glutrotem Kaschmir lugte ein zerknautschter Schal hervor.

Der neureiche Russe fing seinen Blick auf, runzelte die Stirn, steckte das Handy weg und sah wieder zur Rathausuhr. Anton schaute woanders hin.

Die dritte Generation, so versprachen es die Analytiker. Sie müssten auf die dritte Generation warten. Der Enkel dieses reich gewordenen Mafioso, dem es gelungen war, am Leben zu bleiben, würde ein absolut anständiger Mensch sein. Sie mussten nur warten. Und im Unterschied zu Menschen konnten Andere Generationen warten. Ihre Arbeit zog sich über Jahrhunderte hin ... zumindest die Arbeit der Lichten.

Die Dunklen hatten es dagegen leichter, die notwendigen Veränderungen im Bewusstsein der Menschen herbeizuführen. Der Weg des Dunkels ist stets kürzer als der des Lichts. Kürzer, leichter und angenehmer.

»Anton Gorodezki«, sagte jemand hinter ihm. Russisch war offenbar nicht die Muttersprache des Sprechers, obwohl er es vollendet beherrschte.

Die Intonation war unverwechselbar. Die beiläufige, leicht gelangweilte Intonation der Inquisitoren.

Anton drehte sich um, nickte und streckte die Hand aus.

Der Inquisitor schien ein Tscheche zu sein. Ein hochgewachsener Mann unbestimmten Alters, der einen warmen grauen Mantel und eine Baskenmütze aus Wolle mit einer komischen Spange in Form von Jagdhörnen, Flinte und Hirschkopf trug. Man konnte sich ihn ohne weiteres in einem dämmrigen herbstlichen Park vorstellen: Langsam schritt er über den dicken Teppich aus bereits braun gewordenen Blättern, ein nachdenklicher, trauriger Mann, der an einen in seine Gedanken versunkenen Spion erinnerte.

»Vítězslav«, sagte der Inquisitor. »Vítězslav Grubin. Gehen wir.«

Sie kamen problemlos aus der Menge heraus, denn die Menschen wichen aus irgendeinem Grund vor dem Inquisitor zurück, obwohl dieser nicht auf seine Fähigkeiten als Anderer zurückgriff. Sie gingen durch ein schmales Gässchen und entfernten sich langsam von den müßiggängerischen Touristen.

»Wie war der Flug, Anton?«, wollte Vítězslav wissen. »Haben Sie sich schon erholt und etwas gegessen?«

»Danke, es ist alles in Ordnung.«

Die Freundlichkeit des Inquisitors – selbst wenn sie noch so formell sein mochte – überraschte und freute Anton.

»Brauchen Sie Hilfe von unserem Büro?«

Anton schüttelte den Kopf, ohne im Geringsten daran zu zweifeln, dass der ein paar Schritte vor ihm hergehende Vítězslav die Bewegung spürte.

»Gut«, antwortete der Inquisitor in nach wie vor gleichgültigem, wenn auch aufrichtigem Ton. »Wir haben sehr viel Arbeit ... Die Verlegung des Europabüros von Bern nach Prag war für uns alle ein bedeutsames Ereignis. Wir sind sehr stolz ... sehr stolz darauf. Aber unsere Abteilung ist nur sehr klein. Und es gibt jede Menge Arbeit.«

»Soweit ich weiß, hat die Inquisition in Prag wenig zu tun«, sagte Anton.

»Ja. Die Wachen hier sind sehr gesetzestreu. Sie verletzen den Großen Vertrag kaum.«

Da hat er Recht, dachte Anton. Die Inquisition beschäftigte sich stets mit den Zwistigkeiten der Wachen untereinander, der Verbrechen einzelner Anderer nahmen sich die Wachen selbst an. Auf die Dunklen in Prag dürfte indes die Atmosphäre eines normalen europäischen Landes kaum eine beruhigende Wirkung gehabt haben. Doch im Rahmen der Organisation hatten sie gelernt, die Gesetze zu achten.

Oder sie zumindest weniger augenfällig zu übertreten.

»Die Sitzung des Tribunals zum Fall Igor Teplow, Magier zweiten Grades, leitender Mitarbeiter der Nachtwache Moskaus, beginnt morgen Abend«, teilte Vítězslav mit. Anton fiel auf, dass Igor mit vollem Namen und dem ihm zukommenden Status genannt worden war und die Sitzung *begann*, und nicht *stattfand*. Demzufolge hatte die Inquisition noch keinen Beschluss gefasst. Und stellte sich auf einen langen Prozess ein ... »Wollen Sie ihn sehen?«

»Ja, natürlich«, nickte Anton. »Ich habe ihm ein paar Briefe von Kollegen und ein paar Geschenke mitgebracht ...«

Er verstummte. Der Satz von den Briefen und Geschenken klang irgendwie sehr bedeutungsschwer. Als brächte er tatsächlich jemandem im Gefängnis etwas. Oder besuche einen Schwerkranken ...

»Ich bin mit dem Auto da«, sagte der Inquisitor. »Wir können jetzt in Ihr Hotel fahren, um die Sachen zu holen, und dann zu dem Arrestanten ...«

»Igor ... ist er irgendwo in der Inquisition?«

»Nein. Warum?«, antwortete Vítězslav mit einer Gegenfrage. Er blieb vor einem Skoda Felicia stehen, der am Straßenrand geparkt war. »Einen arretierten Dunklen hätten wir vielleicht unter Beobachtung gestellt. Aber Ihr Mitarbeiter ist in einem gewöhnlichen Hotel. Er musste allerdings eine Erklärung unterschreiben, nicht auszureisen.«

Anton nickte und erkannte, wie überflüssig seine Frage gewesen war. In der Tat, warum hätten sie einen Lichten Magier ins Gefängnis stecken sollen?

»Entschuldigen Sie, Vítězslav ...«, sagte er. »Mir ist klar, dass es für Ihre heutige Arbeit keine Bedeutung hat, aber ich würde gern wissen ... einfach so, ohne jeden Hintergedanken ... vielleicht könnte ich Sie auch sondieren, aber das widerspräche den Gepflogenheiten ...«

»Was ich gewesen bin?«, fragte Vítězslav.

»Ja.«

Der Inquisitor holte den Schlüssel heraus, drückte einen Knopf am Schlüsselanhänger und schaltete damit die Alarmanlage ab. Dann öffnete er die Tür.

»Ich bin ein Vampir. War es, besser gesagt.«

»Ein Höherer?«, hakte Anton aus irgendeinem Grund nach.

»Ja.«

Anton nahm auf dem Beifahrersitz Platz und schnallte sich an. Der Vampir Vítězslav ließ den Motor an, fuhr aber noch nicht los, damit der Motor sich erst warm laufen konnte.

»Verzeihen Sie mir, die Frage war wirklich idiotisch«, gab Anton zu.

»Natürlich, absolut idiotisch.« An übermäßiger Feinfühligkeit litt der Inquisitor nicht. »Soweit ich weiß, Anton, sind Sie noch sehr jung ...«

Sanft, flüssig fädelte sich Vítězslav in den Verkehr ein. In welchem Hotel Anton abgestiegen war, fragte er natürlich nicht. Das war nicht nötig. »Sie hegen vermutlich einige Illusionen, was die Inquisition ist und welche Anderen für sie arbeiten«, sagte er. »Also gut ... Lassen Sie mich Ihnen die nötigen Erklärungen geben. Die Inquisition repräsentiert keine dritte Kraft, wie viele einfache Mitarbeiter der Wachen glauben. Wir entwickeln uns auch nicht zu einer besonderen Art von Anderen, die weder zum Dunkel noch zum Licht gehört ... Wir sind einfach Inquisitoren. Ausgewählt aus den Dunklen und Lichten, vorausgesetzt, wir haben – aus welchen Gründen auch immer – verstanden, wie notwendig der Große Vertrag und die Waffenruhe zwischen den Wachen ist. Ja, wir verfügen über bestimmte Informationen, die Ihnen, den Wächtern, nicht zugänglich sind – von den höchsten Magiern vielleicht abgesehen. Und glauben Sie mir, Anton Gorodezki, dass unser Wissen uns keine Freude bereitet. Wir sind dazu *gezwungen*, die Hüter des Großen Vertrages zu sein. Verstehen Sie das?«

»Ich versuche, es zu verstehen«, sagte Anton.

»Ich bin ein Vampir«, wiederholte Vítězslav leise. »Ein echter Höherer Vampir, der mehr als einmal eine junge Frau umgebracht hat ... Energetisch gesehen gibt es nichts Besseres ...«

»Auf einen Vortrag über die Physiologie der Vampire kann ich verzichten«, unterbrach Anton ihn. »Das ist mir unangenehm, glauben Sie mir das.«

Vítězslav nickte und schaute aufmerksam auf die Straße. Anton fiel plötzlich auf, dass das Auto noch ganz neu war, sauber, der Inquisitor es offenbar pflegte und stolz darauf war ...

»Also gut, ich habe keine Seele oder zumindest kein Leben in dem Sinne, wie es die Lichten auffassen«, fuhr Vítězslav fort. »Die Sache des Lichts halte ich für naiv, gefährlich und teilweise sogar für eine verhängnisvolle Doktrin. Die Sache des Dunkels spricht mich dagegen sehr an. Aber ...«

Er verstummte einen Moment, als müsse er einen komplizierten Gedankengang konstruieren.

»Aber ich kann mir die Alternative zur gegenwärtigen Situation gut vorstellen. Deshalb gehöre ich der Inquisition an. Deshalb bestrafe ich alle, die den Großen Vertrag verletzen. Beachten Sie das, Anton. Nicht diejenigen, die Unrecht haben, denn die Wahrheit gibt es immer mindestens in zwei Varianten. Nicht diejenigen, die nach vorn stürmen, denn es gab Zeiten, in denen das Licht über mehr Kraft verfügte, und Zeiten, in denen das Dunkel siegte. Die Inquisition ist nur der Hüter des Großen Vertrages.«

»Ich verstehe«, sagte Anton. »Natürlich. Was mich aber schon immer interessiert hat: Kann eine Situation entstehen, in der die Inquisition die eine oder die andere Seite unterstützt? Sich nicht auf die Buchstaben des Vertrages bezieht, sondern auf die Wahrheit.«

»Es gibt mindestens zwei Wahrheiten«, wiederholte der Inquisitor. »Eine Situation ...«

Er versank in Gedanken.

»Ich habe noch nie einen Lichten Inquisitor kennen gelernt, der seine Wache unterstützt hätte«, erklärte Anton. »Aber lässt sich das auch für Dunkle Inquisitoren sagen? Wie man es auch dreht und wendet, Sie haben Ihre Kräfte, Ihr geheimes Wissen. Von den konfiszierten Artefakten in den Depots ganz zu schweigen.«

»Möglich ist alles«, räumte der Vampir überraschend ein. »Ja ... das gebe ich zu. Falls ein offener Krieg zwischen dem Dunkel und dem Licht ausbricht, nicht nur eine Schlacht zwischen den Wachen, sondern ein regelrechter Krieg zwischen Dunkel und Licht. Wenn jeder Andere auf seiner Seite der Front steht ... Doch ob die Inquisition dann noch nötig ist? Dann werden auch wir wieder einfache Andere ...« Er nickte. »Doch zu dieser Zeit existiert vermutlich schon gar keine Inquisition mehr«, fügte er schließlich hinzu. »Sie wäre untergegangen bei dem Versuch, eine solche Situation zu verhindern. Aber wir sind nicht sehr viele. Und das Verhalten einiger überlebender Anderer, die einst die Kittel der Inquisitoren getragen haben, würde nichts ändern.«

»Ich verstehe, was die Nachtwache veranlasst, den Vertrag einzuhalten«, sagte Anton. »Wir kämpfen für die Menschen. Und ich weiß, was die Tagwache antreibt, nämlich die Angst um sich selbst. Aber was bringt Sie, die Inquisitoren, dazu, gegen Ihr eigenes Wesen anzugehen?«

Vítězslav drehte ihm den Kopf zu. »Euch alle leitet nur die *Angst*, Anton Gorodezki«, sagte er leise. »Um euch selbst oder um die Menschen, das spielt keine Rolle. Aber uns leitet *das Entsetzen*. Deshalb halten wir den Großen Vertrag ein. Sie können wegen des Prozessausgangs beruhigt sein – es wird keine Unterstellungen geben. Wenn Ihr Kollege den Vertrag nicht verletzt hat, kann er Prag gesund und munter verlassen.«

Gegen Abend ließ Edgars Verzweiflung etwas nach. Vielleicht hatte ihm das gute Essen in einem teuren Restaurant geholfen, samt einer Flasche erlesenen tschechischen Weins (nun, kein französischer, kein spanischer, aber ein ziemlich guter). Vielleicht wirkte auch die Atmosphäre des weihnachtlichen Prags beruhigend auf ihn. An Gott glaubte Edgar natürlich nicht – wenige Andere und noch weniger Dunkle waren anfällig für solche überholten Ansichten. Aber das Weihnachtsfest selbst fand er reizend und ansprechend, weshalb er versuchte, es stets gebührend zu feiern.

Vielleicht lag das an Kindheitserinnerungen? Als er noch ein einfacher Bauernjunge namens Edgar gewesen war, der seinem Vater auf dem Hof half, in die Kirche ging und mit klopfendem Herzen jedes Fest erwartete. Oder kamen ihm die ungebetenen Erinnerungen aus den zwanziger, dreißiger Jahren in den Sinn, als er bereits ein Anderer war, aber noch nicht aktiv in der Wache arbeitete, in Tallinn lebte, eine gut gehende Anwaltskanzlei führte, eine prachtvolle Frau und vier Kinder hatte ... Seine Eltern waren schon lange tot, auch seine Frau hatte er inzwischen begraben, von den beiden noch nicht verstorbenen Söhnen lebte einer in Kanada, der andere in Pärnu. Beide hatte er seit vierzig Jahren nicht gesehen. Es wäre den beiden alten Leuten schwer gefallen zu glauben, dass dieser jugendliche kräftige Mann ihr Vater war, der noch Ende des 19. Jahrhunderts auf die Welt gekommen war.

Ja, vermutlich sind es Erinnerungen, dachte Edgar bei sich, während er sich eine Zigarre anzündete. Trotz allem bot ein normales menschliches Leben doch viel Schönes. Vielleicht sollte er es mal wieder als Mensch versuchen? Heiraten, eine Familie gründen ... sich für dreißig Jahre von der Wache beurlauben lassen ...

Er lachte lautlos. Das war doch alles Quatsch. Man konnte nicht zweimal in denselben Fluss steigen. Er hatte bereits als Mensch gelebt, hatte als einfacher Anderer gelebt, und jetzt war sein Platz in der Tagwache. Jungen wie Anton hatten es gut, mit ihrem ungebrochenen Eifer und ihren lebendigen Gefühlen, aber für Edgar schickte sich eine derartige Unruhe nicht mehr ...

Edgar fing den Blick einer jungen Frau auf, die sich allein am Nachbartisch langweilte, und lächelte sie an. Ganz leicht nur berührte er ihr Bewusstsein.

Keine Prostituierte, sondern einfach eine junge Frau auf Abenteuersuche. Umso besser. Er mochte die Professionellen nicht, die ihn ohnehin nicht mehr erstaunen konnten.

Er rief den Kellner und bestellte eine Flasche Sekt.

Vier

Die Inquisition hatte es bei der Unterbringung des Arrestanten an nichts mangeln lassen. Das Hotel war anständig, die Suite zwar nicht de luxe, aber sehr schön, mit zwei Zimmern.

Anton verhielt kurz den Schritt, bevor er auf Igor zutrat.

Er hatte sich verändert …

Von Anfang an hatte Igor in der Wache als Fahnder gearbeitet. Er war ihr in den ersten Nachkriegsjahren beigetreten, als es ungeheuer viel Arbeit gab. Damals kam es einerseits zu einer Eruption lichter Gefühle, andererseits hatten kleine Ganoven Hochkonjunktur … Außerdem erkannten bei der allgemeinen atheistischen Einstellung im Land die Menschen nur mit Mühe den Anderen in sich. Igor hatte sein Wesen leicht und voller Freude akzeptiert. Ihm schien es relativ egal zu sein, was er tat – mit dem Fallschirm im Rücken der Faschisten abzuspringen und Brücken in die Luft zu sprengen oder in Moskaus Straßen Vampire und Tiermenschen zu jagen. Solide dritte Kraftstufe, mit gewissen Chancen, sich weiterzuentwickeln, doch auch die dritte Stufe war bereits nicht wenig, wenn sie mit Erfahrung, Kühnheit und einem guten Reaktionsvermögen einherging.

Igor besaß all das im Übermaß. Höchstens an Erfahrung mangelte es ihm noch, aber manches Jahr seiner Arbeit in der Wache konnte durchaus für drei zählen. Vielleicht war er nicht so belesen und versiert wie Ilja oder Garik, hatte nicht an so vielen beeindruckenden Operationen teilgenommen wie Semjon, aber »im Feld« waren ihm nur wenige ebenbürtig. Und noch etwas hatte Anton immer gefallen: Igor war jung geblieben. Nicht nur körperlich, was ohnehin kein Problem für einen Magier seines Grades darstellte, sondern auch seelisch. Wer sonst hätte fröhlich zugestimmt, die fünfzehnjährige Julja aus der analytischen Abteilung zu begleiten, um ins tiefste Tuschino zu fahren, wo die Band *Tequila Jazz* ihr neues Album *Hundertfünfzig Milliarden Schritte* vorstellte? Wer sonst würde sich hingebungsvoll um einen Teenager voller Komplexe kümmern, der festgestellt hatte, dass er ein Anderer war? Wer würde fünf Jahre lang begeistert extremes Fallschirmspringen betreiben, nur um jene Theorie gründlichst zu überprüfen, derzufolge der Anteil von Anderen unter Extremsportlern höher ist als anderswo? Wer sonst erklärte sich immer als Erster bereit, mit einem Kollegen den Dienst zu tauschen oder die langweiligsten Aufgaben (für die gefährlichsten fanden sich immer Freiwillige) zu übernehmen? Vielleicht machte Anton da einen Fehler, aber in letzter Zeit gelangte er immer häufiger zu der Überzeugung, dass es weit nützlicher sei, wenn ihm ein zuverlässiger und lebenslustiger statt eines starken und durch Erfahrung klug gewordenen Kollegen den Rücken deckte. Der starke und kluge Wächter konnte immer durch eine Aufgabe abgelenkt werden, die wichtiger war als die, ihm Rückendeckung zu geben ...

Der Andere, der jetzt vor Anton stand, sah weder stark noch lebensfroh aus. Igor war enorm abgemagert, in seinen Augen lag eine stumme, farblose Sehnsucht. Und noch etwas: Er schien kaum zu wissen, wohin mit seinen Händen ... mal versteckte er sie hinterm Rücken, mal faltete er sie.

»Anton ...«, sagte er schließlich. Ohne ein Lächeln, nur mit einem leichten Hauch von Freude. »Hallo, Anton.«

Einem plötzlichen Impuls folgend, trat er an Igor heran und

umarmte ihn. »Hallo, hallo …«, flüsterte er. »Was machst du nur für Sachen …«

Vítězslav stand neben der Tür. »Ich werde Sie nicht offiziell zur Einhaltung der Besuchsordnung gegenüber dem Verdächtigen ermahnen … denn Sie sind beide Lichte«, sagte er leise. »Soll ich auf Sie warten, Gorodezki?«

»Nein, danke.« Anton trat von Igor zurück, ließ aber die Hand auf seiner Schulter. »Ich komme allein zurück.«

»Igor Teplow, die Sitzung des Tribunals zu Ihrem Fall findet morgen Abend statt, um sieben Uhr Ortszeit. Ein Auto wird Sie um halb sieben abholen, halten Sie sich bereit.«

»Ich halte mich schon lange bereit«, sagte Igor leise. »Keine Sorge.«

»Alles Gute«, wünschte der Vampir freundlich und ging.

Die beiden Lichten blieben allein.

»Seh ich so erbärmlich aus?«, fragte Igor.

Anton wollte nicht lügen. »Das kannst du laut sagen. Wie der Tod auf Beinen. Man könnte denken, du bekämst nur Wasser und Brot.«

Igor schüttelte ernst den Kopf. »Nein, wie kommst du darauf. Die Bedingungen, in denen ich gehalten werde, sind normal.«

Eine leichte Ironie schwang in seinen Worten mit. Als spreche er über ein Tier, das im Zoo im Käfig lebt.

»Ich habe dir was mitgebracht«, antwortete Anton im selben Ton, in der Hoffnung, so den schwachen Lebensfaden zu erwischen. »Ist das Füttern erlaubt?«

»Ja«, nickte Igor. »Ich habe nur einfach … Mir bleibt jeder Bissen im Hals stecken, verstehst du? Ich lese keine Bücher, will nichts trinken, mit niemandem reden … Ich stelle den Fernseher an und glotze … bis drei Uhr nachts. Wenn ich morgens aufstehe, stelle ich ihn gleich wieder an. Kannst du dir das vorstellen? Ich habe sogar schon perfekt Tschechisch gelernt. Eine sehr verständliche Sprache.«

»Schlimm«, meinte Anton. »Gut. Wie du dir sicherlich denken kannst, habe ich unter der Hand Befehle und Anweisungen vor der Reise bekommen. Ich soll dir nämlich deinen Lebenswillen zurückgeben.«

Jetzt musste Igor doch lachen. »Verstehe. Da kann man wohl nichts machen ... Dann pack mal aus.«

Anton legte einen dicken Packen Briefe auf den Tisch. Auf jedem Umschlag stand nur ein Name: der des Absenders.

»Jeder von uns hat dir geschrieben. Olga hat verlangt, dass du ihren Brief als Erstes liest. Das Gleiche haben allerdings auch Juletschka und Lena verlangt. Also entscheide selbst ...«

Igor schaute nachdenklich auf die Briefe. »Ich ziehe später einfach einen. Gut, pack weiter aus. Ich meine jetzt nicht die Briefe.«

Lächelnd holte er eine in Papier gewickelte Flasche heraus.

»Smirnowskaja Nr. 21«, sagte Igor. »Stimmt's?«

»Stimmt.«

»Das hab ich gewusst. Mach weiter.«

Mit einem schiefen Lächeln holte Anton aus der Tüte einen kleinen Laib Schwarzbrot *Borodinski*, eine Wurst, eingelegte Gurken in einer Plastiktüte, einige fliederfarbene Zwiebeln aus Jalta und ein Stück Speck.

»Teufel auch!« Igor schüttelte den Kopf. »Alles, was ich mag. Da hat Semjon euch beraten, oder?«

»Ja.«

»Die Zöllner müssen dich für verrückt gehalten haben.«

»Ich habe ihren Blick abgelenkt. Schließlich bin ich auf Dienstreise, da habe ich das Recht dazu.«

»Alles klar. Gut, ich bereite uns was vor. Du erzählst mir, was bei uns los war. Man hat mich zwar informiert ... aber so ist es besser. Von Andrej und Tigerjunges ... von diesem ganzen Wirrwarr.«

Während Igor die Sachen zurechtschnitt, Gläser spülte und gewissenhaft abtrocknete und die Flasche öffnete, gab Anton ihm eine Kurzfassung der jüngsten Moskauer Ereignisse.

Schweigend goss Igor Wodka in vier Gläser ein. Zwei deckte er mit geschnittenem Brot ab, eins schob er Anton hin, das letzte nahm er selbst.

»Auf die Kollegen«, sagte er. »Möge das Licht ihnen gnädig sein. Auf Tigerjunges ... auf Andrjuschka ...«

Sie tranken auf ex, ohne vorher anzustoßen. Neugierig betrachtete Anton Igor. Der hustete los und sah das Glas verzweifelt an. »Anton ... um Himmels willen ... der Wodka ätzt einem ja alles weg!«

»Ach nee!«, bestätigte Anton fröhlich. »Dieser Wodka ist auch etwas ganz Besonderes, nämlich reiner Alkohol, veredelt mit Leitungswasser. Ich habe ewig danach gesucht. Du kannst dir gar nicht vorstellen, wie schwierig es jetzt ist, in einem Geschäft gepanschten Wodka zu bekommen!«

»Wozu?«, erwiderte Igor.

»Was, *wozu*? Wozu bringe ich dir das *Borodinski* mit? In jedem Prager Geschäft hätte ich ein Schwarzbrot kaufen können, ein frisches und leckeres Brot! Und Wurst auch. Und Speck. Mit den Zwiebeln wäre es vielleicht nicht so einfach gewesen ...«

»Was ist das? Ein Gruß aus der Heimat?«, fragte Igor, der noch immer das Gesicht verzog.

»Genau.«

»Alles, bloß das nicht ... An meinem letzten Morgen möchte ich ohne Kopfschmerzen aufwachen«, sagte Igor ernsthaft. Er runzelte die Stirn und fuhr mit der Hand über die Flasche und die beiden vollen Gläser. Die Flüssigkeit funkelte kurz zitronengelb auf. »Niedere Magie ist mir erlaubt«, erklärte Igor mit einem leichten Schuldgefühl in der Stimme.

»Dann gieß noch mal ein.«

»Musst du noch irgendwohin?«, fragte Igor, wobei er zu Anton hinüberschielte und den magisch behandelten Wodka einschenkte.

»Nein. Wo sollte ich hinmüssen?«, erwiderte Anton. »Ich sitze lieber hier mit dir zusammen und unterhalte mich. Willst du wissen, weshalb ich die Flasche ausgetauscht habe?«

»Dann geht das also auf dich zurück?«

»Ja, genau. Semjon hat richtigen mitgebracht. Aber ich wollte dich an etwas erinnern ... Nicht immer steckt in einer schönen Verpackung auch ein schöner Inhalt.«

Igor seufzte, sein Gesicht verschattete sich. »Gorodezki ... du brauchst mir keine Moralpredigt zu halten. Ich war schon bei der Wache, da warst du noch nicht mal geboren. Mir ist das alles klar! Aber ich bin schuldig, und ich werde meine Strafe akzeptieren.«

»Nein, dir ist überhaupt nichts klar!«, schrie Anton wütend. »Du stehst da, *Seht nur her* ... besser, du sitzt da! *Ich bin schuldig, ich akzeptiere meine Strafe ...«*, äffte er Igor nach. »Und was sollen wir tun? Vor allem jetzt, ohne Tigerjunges und Andrej? Hast du schon gehört, dass Geser beschlossen hat, unsere Programmiererinnen auszubilden?«

»Hör auf damit, Anton! Jeder Andere ist zu ersetzen. In der Reserve der Moskauer Wache sind Hunderte von Magiern und Zauberinnen!«

»Ja, natürlich. Und wenn wir pfeifen, kommen sie. Sie verlassen ihre Familien, geben ihre Arbeit auf, das Übliche. Stehen Gewehr bei Fuß, was auch sonst? Wenn das aktive Personal sich blamiert hat, die Hände in den Schoß legt, aufgibt ...«

Igor seufzte. »Anton, das alles ist mir klar.« Er redete jetzt mit scharfer und energischer Stimme, erinnerte wieder an den Fahnder von einst. »Du bist ein schlauer Kerl, und du hast Recht, wenn du mich auf die Palme bringst. Du versuchst, meinen Lebenswillen wieder anzustacheln ... versuchst, mich zu überzeugen zu kämpfen ... Aber du musst eins begreifen: Ich will wirklich nicht kämpfen! Ich halte mich wirklich für schuldig. Ich habe wirklich ... entschieden zu gehen. Ins Nichts, ins *Zwielicht.*«

»Warum, Igor? Ich verstehe, dass der Tod eines Menschen immer eine Tragödie ist, vor allem wenn es deine Schuld ist, aber du konntest doch nicht vorhersehen ...«

Igor bedachte ihn mit einem schweren Blick. Und schüttelte den Kopf. »Nein, Antoschka. Du verstehst nicht das geringste Bisschen. Du glaubst, ich bestrafe mich dafür, dass dieser Junge ertrunken ist? Nein.«

Anton nahm sein Glas und leerte es in einem Zug.

»Der Junge tut mir leid«, fuhr Igor fort. »Sehr leid. Ich habe in der Tat schon eine Menge mit ansehen müssen ... auch, dass Menschen sterben. Meinetwegen. Kinder, Frauen und Alte. Musstest du zum Beispiel schon einmal entscheiden, zu wem du rennst, wen du rettest: einen nicht initiierten Anderen oder einen normalen Menschen? Ich musste es. Musstest du schon mal aus einer Menge alle Kraft ziehen? In dem Wissen, dass mit neunzigprozentiger Wahrscheinlichkeit zwei Menschen in dieser Menge das nicht aushalten und sich das Leben nehmen? Ich musste es.«

»Ich habe auch schon einiges durchmachen müssen, Igor.«

»Ja, ich weiß. Damals dieser Orkan ... Warum kommst du mir dann mit diesem Mist? Kannst du mir nicht glauben, dass es nicht um diesen unglückseligen Jungen geht? Sondern darum, dass ich eine Dunkle liebe?«

»Das kann ich nicht«, gab Anton zu. »Niemals! Geser hat das auch gesagt, aber ...«

»Gut, dann glaub halt Geser.« Igor lächelte bitter. »Ich liebe sie, Anton. Selbst jetzt noch. Und ich werde sie immer lieben – das ist mein Problem.«

Er nahm das Glas.

»Vielen Dank auch, dass du zu Ehren dieser Toten wenigstens kein Glas auf dem Tisch stehen hast ...« Anton spürte, wie die Wut in ihm hochkochte. »Viel...«

Und verstummte, als er unwillkürlich Igors Blick folgte. Im Schrank, hinter der Scheibe, stand ein halb volles Glas, auf dem ein Stück hart gewordenes Brot lag.

»Du bist ja verrückt«, murmelte Anton. »Absolut verrückt. Igor, versteh doch, sie ist eine Hexe!«

»Sie war eine Hexe«, räumte Igor mit einem leicht traurigen Lächeln ein.

»Sie hat dich um den Finger gewickelt ... freilich, nicht verzaubert, das natürlich nicht, aber sie hat dafür gesorgt, dass du dich in sie verliebst.«

»Nein. Sie hat sich auch verliebt. Und nicht den geringsten Verdacht gehabt, wer ich bin.«

»Gut. Gehen wir davon aus, dass du Recht hast. Trotzdem war es eine Intrige. Von Sebulon, der genau wusste, was ...«

»Ja, vermutlich schon«, meinte Igor nickend. »Ich habe viel darüber nachgedacht, Anton. Anscheinend war auch die Konfrontation in Butowo von den Dunklen eingefädelt worden. Von den höchsten Leuten, von Sebulon und noch ein, zwei Dunklen. Die Lemeschewa wusste wahrscheinlich Bescheid. Edgar und die Hexen nicht.«

Die Vampire und Tiermenschen hielt er nicht einmal für erwähnenswert.

»Wenn du mir also zustimmst ...«, setzte Anton an.

»Warte. Ja, die Dunklen haben diese Operation geplant. Es war eine Intrige Sebulons. Eine erfolgreiche Intrige ...« Igor senkte den Kopf. »Nur ändert das doch nichts an meiner Beziehung zu Alissa, oder?«, sagte er tonlos.

Am liebsten hätte Anton tüchtig losgeflucht. Was er auch tat. »Igor, du kennst doch das Dossier von Alissa Donnikowa«, sagte er danach. »Du musst es dir angesehen haben!«

»Ja.«

»Dann weißt du doch, wie viel Blut an ihren Händen klebt! Wie viel Böses sie angerichtet hat! Ich selbst bin mehrmals mit ihr zusammengestoßen! Ihretwegen sind unsere Operationen den Bach runtergegangen, sie ... sie war Sebulon treu ergeben ...«

»Du hast noch vergessen zu erwähnen, dass sie Sebulons

Matratze gewesen ist«, sagte Igor mit Grabesstimme. »Dass das Haupt der Moskauer Dunklen sehr gern mit ihr Sex in seiner *Zwielichtgestalt* gehabt hat, dass sie mehrmals an einem Hexensabbat mit Opferung und an Gruppenorgien teilgenommen hat. Warum hast du das verschwiegen? Du hättest es ruhig sagen können, ich weiß es sowieso. Geser hat mir ihr vollständiges Dossier überlassen ... Er hat sich alle Mühe gegeben. Ich weiß das alles.«

»Und trotzdem liebst du sie?«, fragte Anton naiv.

Igor hob den Kopf, und sie sahen einander in die Augen. Dann streckte Igor die Hand aus und berührte vorsichtig Antons Arm. »Sei nicht böse auf mich, mein Lichter Bruder. Verachte mich nicht. Wenn du das nicht verstehen kannst, dann geh lieber. Schau dir Prag an ...«

»Ich versuche, es zu verstehen«, flüsterte Anton. »Ehrenwort, ich versuche es. Alissa Donnikowa war eine ganz gewöhnliche Hexe. Nicht besser und nicht schlechter als alle anderen. Eine kluge, schöne und strenge Hexe. Die eine Spur von Bösem und Schmerz hinter sich hergezogen hat. Wie kannst du sie lieben?«

»Ich habe sie anders gesehen«, antwortete Igor. »Als eine ruhelose und unglückliche Frau, die unbedingt jemanden lieben wollte. Die sich zum ersten Mal selbst verliebt hat. Eine Frau, die zu unserem Pech die Dunklen zuerst entdeckt haben. Sie haben für ihre Initiierung jenen Moment gewählt, als in ihrer Seele das Dunkel das Licht überwog. Bei heranwachsenden Frauen ist das sehr leicht, das weißt du selbst. Danach lief dann alles wie am Schnürchen. Das *Zwielicht* saugte ihre ganze Güte aus ihr heraus. Das *Zwielicht* hat sie zu dem gemacht, was sie dann war.«

»Du liebst nicht Alissa selbst«, sagte Anton, ohne zu bemerken, dass er von der Donnikowa in der Gegenwart sprach. »Du liebst ein idealisiertes ... nein, ein alternatives Bild von ihr! Jene Alissa, die es nie gab und auch jetzt nicht gibt!«

»Jetzt bestimmt nicht. Und trotzdem hast du nicht völlig Recht, Anton. Ich liebe die, die sie war, als sie ihre Fähigkeiten als Andere eingebüßt hatte. Als sie, wenn auch nur kurz, von dem grauen Spinnennetz befreit war. Musstest du denn noch nie verzeihen?«

»Doch«, antwortete Anton und verstummte kurz. »Doch. Aber nicht so etwas.«

»Dann hast du Glück gehabt, Antoschka.«

Igor goss noch einmal Wodka ein.

»Dann beantworte mir eine Frage.« Obwohl Anton nicht versuchte, Igor zu schonen, brachte er die Worte nur mit Mühe heraus. »Warum hast du sie dann umgebracht?«

»Weil sie eine Hexe war«, erklärte Igor ausgesprochen gelassen. »Weil sie Böses und Schmerz brachte. Weil: *Ein Mitarbeiter der Nachtwache verteidigt die Menschen immer und überall gegen das Böse, auf jedem Territorium, ungeachtet seiner persönlichen Einstellung zur Situation*. Hast du noch nie darüber nachgedacht, warum es in unserer Satzung diese Präzisierung gibt? Über die persönliche Einstellung zur Situation? Wobei es besser ›persönliche Einstellung zu den Dunklen‹ heißen sollte, aber das klingt irgendwie nicht so gut. Deshalb griff man auf diesen Eume... Euphe...«

»Euphemismus ...«, sagte Anton wie hypnotisiert.

»... diesen Euphemismus zurück.« Igor lächelte. »Genau. Erinnerst du dich noch, als wir die Vampirin auf dem Dach verhaftet haben? Du hast auf sie geschossen, aber dann ist dein Nachbar, der Vampir, gekommen. Und du hast die Pistole gesenkt.«

»Ich war dabei, einen Fehler zu machen.« Anton zuckte mit den Schultern. »Sie gehörte vor ein Gericht. Deshalb habe ich auch aufgehört ...«

»Nicht doch, Anton. Du hättest sie erschossen. Und jeden anderen Vampir, der eine Verbrecherin verteidigen wollte, ebenfalls. Aber vor dir stand kein Vampir, sondern dein Freund ...

gut, vielleicht nicht dein Freund, sondern nur ein Bekannter. Und deshalb hast du aufgehört. Aber jetzt stell dir mal vor, du hättest vor der Wahl gestanden: Entweder du feuerst deine Pistole ab oder schenkst der Verbrecherin die Freiheit.«

»Dann hätte ich sie erschossen«, sagte Anton scharf. »Und Kostja auch. Dann hätte ich keine andere Wahl gehabt. Es wäre mir sehr schwer gefallen, sicher, aber ich ...«

»Und wenn es nicht nur ein guter Bekannter gewesen wäre, sondern deine Liebste? Eine Menschenfrau oder eine Andere, eine Zauberin, egal in welcher Einfärbung ...«

»Dann hätte ich geschossen ...«, flüsterte Anton. »Trotz allem hätte ich geschossen.«

»Und was weiter?«

»Ich hätte es einfach nicht zu einer solchen Situation kommen lassen. Ich hätte es nicht dazu kommen lassen!«

»Natürlich nicht. Wir kommen nicht einmal auf die Idee, uns zu verlieben, sobald wir die Aura des Dunkels erblicken. Wie die Dunklen auch nicht, sobald sie die Aura des Lichts sehen. Aber uns hat es hinterrücks erwischt, Anton. Als wir aller Kräfte beraubt waren. Wir hatten keine Wahl ...«

»Sag mir eins, Igor.« Anton holte Luft. Der Wodka zeigte keine Wirkung, und ihr Gespräch brachte, selbst wenn es noch so persönlich war, keine Erleichterung. »Sag mir, warum du Alissa nicht einfach vom Gelände des Ferienlagers vertrieben hast? Warum hast du Geser nicht um Rat und Hilfe gebeten? Damit hättest du die Menschen geschützt und gleichzeitig ...«

»Sie wäre nicht gegangen«, entgegnete Igor scharf. »Sie hatte schließlich eine offizielle Erlaubnis, im Artek zu sein. Weißt du, was am schrecklichsten ist, Anton? Das Recht auf Wiederherstellung ihrer Kräfte hat Sebulon mit Geser ausgehandelt, indem er ihm das Recht einräumte, dass ein Lichter Magier dritten Grades ebenfalls neue Kräfte schöpfen durfte. Das war ich! Verstehst du jetzt, wie eins zum andern passt?«

»Bist du sicher, dass sie nicht gegangen wäre?«, fragte Anton.

Igor hob schweigend sein Glas. Zum ersten Mal an diesem Abend stießen sie an, brachten aber keinen Toast aus.

»Ich bin nicht sicher, Anton. Das ist ja so schlimm, dass ich nicht sicher bin. Ich habe ihr gesagt ... befohlen, das Feld zu räumen. Aber das war gleich in dem Moment, als wir erkannt haben, wer wir sind. Als wir nicht klar denken konnten, nur Adrenalin rauschte ...«

»Wenn sie dich geliebt hätte«, sagte Anton, »dann wäre sie gegangen. Man hätte nur die richtigen Worte finden müssen ...«

»Vermutlich. Wer kann das jetzt noch sagen?«

»Das tut mir so leid, Igor«, flüsterte Anton. »Natürlich nicht die Hexe Alissa, die nicht. Das kannst du von mir nicht verlangen. Um sie werde ich keine Träne vergießen. Aber du tust mir sehr leid. Und ich würde mir sehr wünschen, dass du bei uns bleibst. Dass du alles durchstehst, nicht daran kaputtgehst.«

»Es gibt nichts, wofür ich noch leben möchte, Anton.« Bedauernd breitete Igor die Arme aus. »Versteh mich, *nichts*! Wahrscheinlich habe ich mich nämlich auch zum ersten Mal im Leben verliebt. Ich bin schon verheiratet gewesen ... früher. 1945 bin ich ein Anderer geworden ... als ich von der Front zurückkam, ein junger Hauptmann, die Brust voller Orden, ohne eine Schramme ... überhaupt hatte ich Glück, und erst später habe ich begriffen, dass ich das meinen latenten Fähigkeiten als Anderer zu verdanken habe. Und dann habe ich alles über die Wachen erfahren ... Ein neuer Krieg, verstehst du? Ein völlig gerechter, ohne Frage! Ich konnte weiter nichts richtig, als zu kämpfen, und mir wurde klar, dass ich hier eine neue Lebensaufgabe gefunden hatte. Für ein sehr langes Leben. Und dass ich mich nicht mit den Kümmernissen eines Menschen herumschlagen müsste oder mit ärgerlichen Krankheiten, nicht mehr nach Lebensmitteln anstehen ... Du kannst dir ja nicht vorstellen, Anton, was ganz stinknormaler Hunger ist, was echtes *Schwarzbrot*, was wirklich *gepanschter* Wodka ist ... was es heißt, dem Lackaffen von der Spionageabwehr zum ersten Mal in die satte Visage zu grinsen und bloß gelangweilt zu gähnen, nachdem er dich gefragt hat: ›Warum haben Sie sich zwei Monate auf feindlichem Gebiet aufgehalten, wenn die Brücke bereits drei Tage nach Landung der Truppen gesprengt worden ist?‹«

Bei Igor machte sich der Wodka jetzt doch etwas bemerkbar. Er sprach schnell und wütend ... und keineswegs so, wie ein junger Magier aus der Nachtwache normalerweise spricht ...

»Ich bin zurückgekommen und habe meine Wilena angesehen, meine Lenotschka-Wilenotschka, eine junge und schöne Frau, die mir jeden Tag einen Brief geschrieben hat, ich lüge nicht, jeden Tag! Und du kannst dir nicht vorstellen, was für Briefe! Ich sah, dass sie sich sehr über meine Rückkehr freute, denn ich war gesund, nicht verkrüppelt und noch dazu ein Held! Eine Frau hatte damals selten so viel Glück. Aber sie hatte unglaubliche Angst, dass die neidischen Nachbarsweiber mir von all den Männern erzählen, die sie in diesen vier Jahren gehabt hatte, und davon, dass sie keinen Kummer gekannt hatte, und zwar nicht wegen meines Offizierspatents ... Du verstehst immer noch nicht einmal die Hälfte von dem, was ich sage, nicht wahr? Aber ich habe mit einem Mal alles erkannt. Alles, auf einen Schlag. Und je länger ich sie betrachtete, desto mehr sah ich. Details, Einzelheiten. Und nicht nur, was die Männer angeht – von verschissenen Spekulanten bis zu solchen wie mir, Raufbolden, die heimlich vom Krankenbett abhauen und ab zu Muttern untern Rock schlüpfen ... Und wie sie einem Oberst zugeflüstert hat: ›Der verfault bestimmt schon lange in der Erde ...‹, das habe ich auch gehört ... Der Oberst hat sich übrigens als Mensch herausgestellt. Als echter. Er stieg aus dem Bett, knallte ihr eine, zog sich an und ging.«

Er goss Wodka ein und trank ihn schnell aus, ohne auf Anton Rücksicht zu nehmen. Dann goss er noch einmal ein. »Seit dieser Zeit bin ich so«, fuhr er fort. »Ich bin aus dem Haus gegangen, unter dem Klirren der Medaillen und dem Geschrei Wilenas. ›Sie haben dich alle angelogen, die Mistweiber, ich bin dir treu gewesen!‹ Ich ging die Straße entlang, und etwas in meinem Innern brannte aus. Das war im Mai, Anton. Im Mai 1945. Geser hat mich gleich nach der Kapitulation Deutschlands von der Front weggeholt. ›Deine Front ist jetzt hier, Hauptmann Teplow‹, hat er mir erklärt. Die Menschen waren damals ... sie waren nicht so wie heute, Anton. Sie alle hatten leuchtende Gesichter. Die Dunklen Dreckskerle hatten Hochsaison, da brauchen wir uns nichts vormachen! Aber auch Licht gab es viel. Und als ich die Straße entlangging, stromerten Kinder um mich herum, staunten die Ordenspracht auf meiner Brust an und stritten darüber, welche Medaille ich wofür bekommen hatte. Die Männer drückten mir die Hand und luden mich auf einen Wodka ein. Die Frauen kamen herbeigelaufen ... und küssten mich. Einfach so, ohne sich viel dabei zu denken. Sie küssten mich wie ihren Freund, der noch nicht zurückgekehrt oder bereits gefallen war, wie ihren Vater, wie ihren Bruder. Manchmal weinten sie, küssten mich und gingen weiter. Verstehst du das? Wahrscheinlich nicht ... Schließlich gehörst auch du zu denen, die sich Sorgen um unser Land machen, darüber nachgrübeln, wie schlecht jetzt alles ist, in was für einem Loch wir gelandet sind ... Du leidest, weil die Lichten Russland nicht in großem Maßstab helfen. Dabei kennst du ein richtiges Loch gar nicht, Anton. Wir schon!«

Igor trank erneut. Anton hob schweigend sein Glas, nickte und brachte einen stummen, wiewohl auch ohne Worte verständlichen Toast aus.

»Damals wurde ich zu dem, der ich heute bin«, wiederholte Igor. »Ein Magier. Ein Fahnder. Ewig jung. Einer, der alle liebt ... und niemanden. Ich hatte für mich bereits beschlossen, dass ich mich nicht verlieben werde. Niemals. Freundinnen, das ist eine Sache, Liebe eine andere. Einen Menschen darf man nicht lieben, denn er ist schwach, einen Anderen darf man nicht lieben, denn er ist entweder dein Feind oder dein Kampfgefährte.

Dieses Lebensprinzip habe ich für mich formuliert, Antoschka. Und es befolgt, so gut ich konnte. In gewisser Weise bin ich immer noch der junge Spund, der von der Front zurückkehrt und für den es noch viel zu früh ist, sich zu verlieben. Es ist eins, mit einer Frau über die Tanzfläche zu schieben ...« Er lachte leise. »... oder in der Disco im coolen Outfit unter einer UV-Lampe herumzuhüpfen ... egal, ob bei Jazz, Rock oder Trash, egal, wie lang der Rock ist und aus was die Strümpfe sind ... Das ist alles gut. Das kannst du alles machen, das ist richtig. Hast du diesen amerikanischen Zeichentrickfilm gesehen? *Peter Pan*? Ungefähr so war ich. Nur dass ich kein dummer Junge war, sondern ein dummer Jüngling. Und mir ging es gut damit ... sehr lange. Die Zeit, die einem Menschen bestimmt ist, habe ich schon durchlebt. Sich zu beklagen wäre eine Sünde, denn ich habe nicht unter Hilflosigkeit im Alter oder anderen Problemen gelitten. Deshalb mach dir keine unnützen Sorgen, Anton.«

Anton saß da und hielt sich den Kopf. Er schwieg.

Es war, als öffnete sich eine Tür – und dort sah er etwas ... nein, nichts Verbotenes ... nichts Peinliches ... Etwas völlig Fremdes. Und er verstand, dass hinter jeder Tür, die er, so das Licht will, öffnete, etwas ebenso Fremdes lag ... etwas Persönliches ...

»Ich bin meinen Weg gegangen, Anton«, sagte Igor fast zärtlich. »Sei nicht so traurig. Ich weiß, dass du in der Hoffnung hierher gekommen bist, mich aufzurütteln, mir die Flausen aus dem Kopf zu treiben, deine Anweisungen auszuführen. Nur wird nichts daraus. Ich habe mich nämlich wie der letzte Trottel in die Dunkle verliebt. Ich habe sie umgebracht. Und mich, wie es scheint, damit auch.«

Anton schwieg. Alles war so leer. Eine fremde Sehnsucht rollte über ihn hinweg, ein fremder Kummer. Allem Anschein nach hatte er nicht einem kranken Freund Geschenke von Freunden aus Russland gebracht, sondern saß jetzt mit ihm bei seiner Totenfeier ...

»Bleib heute hier, Anton«, bat Igor. »Ich werde sowieso nicht schlafen ... bald kann ich mich für immer ausschlafen. Ich habe noch drei Flaschen Wodka im Kühlschrank ... um ehrlich zu sein. Und fünf Stockwerke weiter unten ist das Restaurant.«

»Dann schlafen wir am Tisch ein.«

»Bestimmt nicht, schließlich sind wir Andere. Wir halten das durch. Ich möchte reden. Jemandem die Ohren vollheulen. Ich fange an, mich vor der Dunkelheit zu fürchten. Glaubst du mir das?«

»Ja.«

Igor nickte. »Danke. Ich habe meine Gitarre hier, singen wir etwas. Oder ich singe allein etwas. Für sich selbst zu singen, das ist ... na ja, du verstehst schon. Und noch etwas.«

Anton sah Igor an. Mit einem Mal klang seine Stimme konzentrierter. Kräftiger.

»Ich bin immer noch ein Wächter. Das habe ich nicht vergessen, da brauchst du nicht dran zu zweifeln. Und ich glaube, dass ich in diesem ganzen Chaos einfach ein Bauer ... nein, wohl kein Bauer ... ein Offizier bin, der eine andere Figur geschlagen hat und nun eingestellt ist. Nur dass ich im Unterschied zu einer Figur denken kann. Ich hoffe, auch du hast das nicht verlernt. Mir ist schon alles egal, Anton. Aber wer die Partie gewinnt, das geht mir nicht am Rücken vorbei! Lass uns zusammen darüber nachdenken.«

»Womit fangen wir an?«, fragte Anton. Fragte und wunderte sich insgeheim über sich selbst. Hatte er Igor etwa beim Wort genommen? Sich damit abgefunden, ihn als vom Brett genommene Figur zu betrachten ... nun, vielleicht nicht heruntergenommene, aber bereits verlorene, nach der die Hand des unsichtbaren Gegners greift ...

»Mit Swetlana. Mit der Schicksalskreide.« Igor beobachtete aufmerksam, wie sich Antons Miene veränderte. Zufrieden lachte er los. »Was ist, habe ich es getroffen? Hast du den gleichen Gedanken gehabt?«

»Und Geser auch ...«, flüsterte Anton.

»Geser ist ein kluger Kopf«, meinte Igor. »Und wir? Wollen wir wenigstens einmal versuchen, nicht mit unseren Händen, sondern mit unserem Kopf zu denken?«

»Versuchen wir's«, nickte Anton. »Nur ...«

Er kramte in seiner Tasche nach dem Amulett, das ihm Geser gegeben hatte. Als er die kleine Kugel zerquetschte, spürte er, wie kleine Nadeln aus Knochen in seine Haut pikten. Nichts geht ohne Schmerzen ... »In den nächsten zwölf Stunden wird uns niemand beobachten und belauschen können«, erklärte er.

»Sicher?«, hakte Igor nach. »Aber wird es die Inquisition nicht stutzig machen, wenn sie über uns keine Informationen mehr bekommt?«

»Das wird nicht der Fall sein«, erwiderte Anton. »Soweit ich es verstanden habe, müssten, falls sie hier Beobachtungsapparate oder Observierungszauber installiert haben, falsche Informationen übermittelt werden. Von ausgezeichneter Qualität.«

»Geser ist ein kluger Kopf«, wiederholte Igor lächelnd.

Edgar saß am Fenster, rauchte und trank langsam aus einem Glas den abgestandenen Sekt. Es schmeckte trotzdem ...

Seine Freundin schlief im Nachbarzimmer zufrieden und befriedigt den Schlaf der Gerechten. Eine tolle Frau. Eine deutsche Studentin, mit skandinavischen Wurzeln, gerade leidenschaftlich genug, gerade lustig genug. Für Edgars Geschmack beim Sex jedoch etwas zu kompliziert. Im Unterschied zu den meisten seiner Kollegen war Edgar in dieser Frage höchst konservativ. Er nahm nicht an Orgien teil, legte sich keine minderjährigen Freundinnen zu, und von allen Positionen war ihm die klassische Missionarsstellung die liebste.

Dafür beherrschte er diese – das musste man anerkennen – in vollendeter Weise.

Edgar rekelte sich genüsslich und öffnete vorsichtig das Fenster. Er stand auf und atmete die kalte, frostige Luft ein. Ein neuer Tag hatte begonnen. Möglicherweise würde das Tribunal bereits heute das Urteil fällen. Dann konnte er die Feiertage in aller Ruhe genießen, ohne sich den Kopf über Intrigen zerbrechen zu müssen.

Und trotzdem: Wessen Intrige war das? Die der Tag- oder die der Nachtwache?

Und vor allem: Welche Rolle sollte er dabei spielen?

Doch wohl nicht in der Tat – wie Juri angedeutet hatte – die gleiche Opferrolle wie Alissa?

»Hier, sieh dir das an ...« Igor breitete auf dem Tisch ein großes Blatt Papier aus und holte eine Schachtel Filzmarker aus der Tasche. »Ich habe schon öfter solche Schemata gezeichnet ... und das eine oder andere kommt dabei immer heraus. Das hier ist Swetlana.«

Nachdenklich sah Anton auf den Kreis, der mit einem dicken gelben Strich gezeichnet war. »Keine große Ähnlichkeit«, sagte er.

Igor lachte. »Na schön ... Jetzt mal keine Witze. Sieh dir die Verteilung an. Das Gleichgewicht zwischen den Dunklen und uns war ausbalanciert, wenn auch labil, doch es bestand. Hier sind die Magier der ersten drei Grade auf unserer Seite ... und hier die Dunklen, die ihnen gleichwertig sind ... Sowohl die aktiven wie auch die, die man leicht zum Dienst mobilisieren kann.«

Das Blatt bedeckte sich schnell mit kleinen Kreisen. Mit einer schwungvollen Bewegung zog Igor in der Mitte der Liste einen Strich. In der einen Hälfte schrieb er oben »Geser« hin, in der anderen »Sebulon«. »Im Grunde stehen die beiden außen vor«, erklärte er. »Sie sind die Schachspieler, aber uns interessieren die Figuren. Siehst du, was sich mit dem Auftauchen Swetlanas verändert hat?«

»Kommt drauf an, für welche Figur du sie hältst«, meinte Anton vorsichtig. »Im Moment ist sie eine Zauberin ersten Grades ... oder war es, besser gesagt.«

»Ja, und? Guck dir doch mal an, wie viele Magier noch ihr Niveau haben!«

»Sie ist ein Bauer«, sagte Anton und wunderte sich selbst über seine Worte. »Swetlana ist nicht mehr als ein Bauer, und zwar noch viele lange Jahre! Sie wird ihre Kraft vergrößern, lernen, ihre Fähigkeiten zu kontrollieren, Erfahrung sammeln ... Sie ist stärker als ich ... war es. Aber ich würde mit ihr fertig werden, wenn ich auf der anderen Seite der Front stehen würde.«

»Völlig richtig, Anton.« Igor goss sich geschickt einen Wodka aus der zweiten Flasche ein, die erste stand seit langem unterm Tisch. »Völlig richtig! Swetlana hat die Nachtwache ungeheuer gestärkt. Und kann zukünftig durchaus in einer Reihe mit Geser stehen. Aber das ist eine Frage von Jahrzehnten, wenn nicht Jahrhunderten!«

»Weshalb dann diese Aktivität der Dunklen? Sie hätten beinahe den Vertrag verletzt, nur um Sweta auszuschalten.«

»Denk mal nach!« Igor sah ihm in die Augen. »Spielen wir die Schachanalogie doch mal bis zum Ende durch ...«

»Der Bauer erreicht das andere Ende des Bretts ...«

»... und verwandelt sich in eine beliebige Figur.«

Anton breitete die Arme aus. »Igor, das weiß sowieso jeder. Wir alle sind Bauern, aber einige haben die Chance, eine Dame zu werden. Swetlana hat sie. Du nicht, ich auch nicht, Semjon ebenfalls nicht ... Aber der Weg bis zum anderen Ende des Bretts ist lang, und die Dunklen hätten nicht so hinterher sein müssen, Swetlana auszuschalten!«

»Die Schicksalskreide«, warf Igor ein.

»Was soll schon mit der Kreide sein? Geser wollte den Jungen ohne Schicksal, Jegor, benutzen, um aus ihm einen ...«

»Was zu machen?«

»Einen Propheten, einen Philosophen, Dichter, Magier ...« Anton zuckte mit den Achseln. »Ich weiß es nicht. Einen, der die Menschheit zum Licht führt. Oder vielleicht einen Spiegel?

Einen Spiegel, wie es Witali Rohosa gewesen ist, nur dass er unserer Seite nützt.«

»Aber Swetlana wollte sich nicht einmischen«, nickte Igor. »Der Junge Jegor bleibt allein mit seinem Schicksal.«

»Dafür ...« Anton erstarrte. Er wusste nicht, ob er das Recht hatte, Igor jene Wahrheit zu sagen, die er kannte – selbst wenn das Amulett sie schützte.

»Dafür hat Olga mit der zweiten Hälfte der Schicksalskreide das Schicksal von jemandem umgeschrieben«, meinte Igor schmunzelnd. »Das pfeifen die Sperlinge von den Dächern ...«

»Die Spatzen«, korrigierte Anton ihn automatisch.

»Von mir aus. Entscheidend ist, dass die Operation trotzdem geglückt ist. Swetlana hat es nicht geschafft – aber Olga. Nebenbei hat Geser auf diese Weise Olga rehabilitiert.«

»Nebenbei?« Anton schüttelte den Kopf. »Gut, von mir aus nebenbei. Aber das ist nur die zweite Schicht der Wahrheit. Ich bin überzeugt, dass es noch eine dritte gibt.«

»Die dritte ist die Frage, wessen Schicksal Olga umgeschrieben hat. Sobald Sebulon von ihrer Rehabilitation erfahren hat, wusste er, dass er reingelegt worden war. Dass er auf eines der üblichen Ablenkungsmanöver hereingefallen war. Daraufhin haben sich die Dunklen auf die Suche gemacht. Jegorka, den armen Kerl, haben sie zehnmal überprüft – vielleicht hatte man sein Schicksalsbuch ja zweimal umgeschrieben ...«

»Woher weißt du das denn?«

»Ich habe auf den Jungen aufgepasst. Geser hat mir den Befehl dazu gegeben, denn es war klar, dass die Dunklen denjenigen suchen würden, um den es eigentlich ging.«

»Und?«

»Nichts. Mit Jegor ist alles in Ordnung. Sein Schicksal wurde nicht umgeschrieben.«

»Wessen dann?«

Igor schwieg und sah Anton in die Augen. Er wartete. Als ob er nicht das Recht hätte, diesen Namen selbst auszusprechen.

»Swetlanas?«, schrie Anton in jäher Erkenntnis auf. Gleichzeitig schoss ihm durch den Kopf, dass jeder Dunkle an seiner Stelle gebrüllt hätte: »Meins?«

»Sieht so aus. Das ist ein Zug von genialer Schönheit. Um sie herum tobt ein derartiger Ozean von Kraft, dass es einfach unmöglich war, die Operation mit ihrem Schicksalsbuch zu bemerken. Und ihr Schicksalsbuch können die Dunklen nicht überprüfen, das käme einer Kriegserklärung gleich.«

»Will Geser Swetlanas Verwandlung in eine Große Zauberin beschleunigen?«

»Das ist ausgeschlossen. Das würde den Vertrag verletzen. Grabe tiefer.«

Anton starrte auf die kleinen Kreise. Er nahm einen Filzstift und zog von Swetlana eine leuchtend rote Linie nach oben, die in einen neuen kleinen Kreis mündete. Einen leeren.

»Ja«, sagte Igor. »Genau. Du weißt, in welcher Zeit wir leben?«

»Das Ende des Jahrtausends ...«

»Zweitausend Jahre nach Christi Geburt«, schmunzelte Igor.

»Jeschua war der größte Lichte Magier«, sagte Anton. »Ich weiß nicht genau, ob man hier überhaupt von einem *Magier* sprechen kann ... er war das Licht selbst ... aber ... Will Geser einen neuen Messias?«

»Das sagst du, nicht ich«, erwiderte Igor. »Komm ... aufs Licht.«

In absoluter Erstarrung trank Anton ein volles Glas. »Nein, aber das ...« Er schüttelte den Kopf. »Igor, das ist ein Spiel mit den Urkräften! Mit der Grundlage des Universums! Wie kann er das riskieren?«

»Anton, ich bin überzeugt, dass alles genau so geplant ist. Urteil doch selbst: Weltweit flammen religiöse Glaubensvorstellungen auf, alle erwarten auf die eine oder andere Weise gleichermaßen das Ende der Welt und die Wiederkehr eines Heilands ... was übrigens dasselbe ist.«

»Doch wohl nicht alle ...« Anton winkte ab. »Übertreib nicht!«

»Nicht alle, aber genug, damit der Strom menschlicher Erwartungen sich auf die Realität auswirkt. Und wenn man dem Ganzen ein bisschen nachhilft, wenn man das Schicksal von jemandem umschreibt ... Geser spielt va banque. Er will für unsere Reihen einen Anderen gewinnen, mit dessen Kraft sich keiner der Dunklen messen kann. Weder Sebulon noch ein gewisser kleiner kalifornischer Landwirt, weder die Besitzerin eines schlichten Hotels in Spanien noch die populäre japanische Sängerin ... Niemand.«

»Das könnte stimmen«, gab Anton zu. »Aber Swetlana hat ihre Kraft verloren, und zwar für lange Zeit.«

»Ja und? Hindert sie das etwa daran, ein Kind zur Welt zu bringen?«

»Stopp!« Anton fuchtelte mahnend mit den Händen. »Jetzt machen wir uns gegenseitig schon ganz wuschig. Glauben kann man letzten Endes an jede Hypothese. Aber sehen wir uns mal die übrigen Ereignisse an. Was ist zum Beispiel mit dem Spiegel?«

»Der Spiegel ...« Igor runzelte die Stirn. »Einen Spiegel bringt das *Zwielicht* hervor. Sebulon konnte nicht direkt auf ihn einwirken ... aber diese dummen Sektierer mit dem Artefakt nach Moskau holen und Rohosa mit Kraft auftanken – das durchaus. Und das Ziel dieser Aufladung ist klar: Swetlana zu vernichten.«

»Rohosa hat sie nicht vernichtet! Er hat ihr bloß ihre Kraft geraubt, aber das ist ...«

»Irgendjemand von uns hat nicht so gespielt, wie Sebulon es geplant hat«, erwiderte Igor. »Irgendjemand hat nicht den Schritt getan, der es Sebulon ermöglicht hätte, Swetlana vollständig zu vernichten ... als Persönlichkeit. Vielleicht hat sie gerettet, dass Tigerjunges und Andrej bereits gestorben waren? Der Spiegel ist kein hundertprozentiger Dunkler, und in die Konfrontation der Wachen greift er nicht direkt ein. Was meinst du, ob er womöglich noch mit einem bestimmten Schlag gerechnet hat? Von dir, beispielsweise. Oder von Geser. Aber der

Schlag blieb aus ... weshalb er im Gegenzug nicht mit voller Kraft zuschlagen konnte.«

»Dann erklär mir mal, wozu Sebulon Alissa und dich aufeinander gehetzt hat, Igor?«

»Das war ein Zufall«, murmelte Igor. »Ich habe doch schon gesagt, dass Alissa ...«

»Selbst wenn sie es nicht gewusst hat! Aber Sebulon hat es gewusst, das kannst du mir glauben! Er hat sie dem Tod überlassen und damit zwei Figuren abgetauscht! Wozu?«

»Das wüsste ich auch gern.« Igor breitete die Arme aus.

Fünf

Raivo tigerte durchs Zimmer und gestikulierte mit einem für ihn untypischen Eifer. »Trotzdem rechne ich noch mit Schwierigkeiten! Wir haben nicht das Recht, von der Hilfe der Tagwache auszugehen. Ob sie nun aus Moskau kommt, aus Prag, aus Helsinki – oder woher auch immer.«

»Aber dieser Dunkle hat versprochen, uns zu helfen ...«, bemerkte Jari.

Raivo runzelte die Stirn. Mit einer beredten Geste winkte er ab. »Versprochen! Ja, natürlich. Und wer hat unseren Brüdern versprochen, dass Fafnir auferstehen wird?«

»Meiner Ansicht nach«, bemerkte Juha leise, »wäre es weitaus klüger, der großen Sache der Wiederauferstehung Fafnirs zu dienen, als den alten Magier tatsächlich auferstehen zu lassen ...«

Einen Augenblick lang herrschte Stille.

»Juha ...«, sagte Jari tadelnd. »Also ... so direkt brauchst du das nicht ...«

»Warum nicht? Die Zeiten der Magier, die ohne jede Regel spielen, sind längst vorbei. Willst du etwa eine globale Katastrophe?«

»Aber unsere ...«

»Unsere altersschwachen Häuptlinge haben den Verstand verloren! Deshalb sind sie auch auf die Versprechungen von sonst wem reingefallen! Und in Bern gestorben ... Uns wird niemand helfen, da hat Raivo Recht! Wer tot ist, kommt nicht wieder. Pasi hat das auch geglaubt – und wo ist Pasi jetzt? Von Geser im *Zwielicht* dematerialisiert!«

Auf dem Tisch schrillte das Telefon. Juha, der seine Rede offensichtlich nur ungern unterbrach, langte nach dem Hörer. »Ja.«

Im nächsten Moment sprang er hoch und riss ein Glas mit jenem scheußlichen tschechischen Bier um. »Du?«, schrie er. »Du ... Von wo rufst du an? Was?«

Eine Minute lang hörte er zu, wobei sich auf seiner Miene ein immer fröhlicherer, zugleich aber auch immer verwirrterer Ausdruck abzeichnete. Wie es eben der Fall ist, wenn einem Menschen eine gute Nachricht mitgeteilt wird, der bereits auf böse Überraschungen eingestellt war und – mehr noch – es geschafft hatte, alle mit seinem Pessimismus anzustecken. Nach einer Weile legte Juha den Hörer auf. »Brüder ...«, flüsterte er.

Anton vermochte sich einfach nicht darüber klar zu werden, ob es dumm von ihnen gewesen war, die zweite Flasche Wodka zu öffnen oder nicht. Auf der einen Seite schienen sie der Sache langsam auf den Grund zu kommen, auf der anderen wurde es immer schwieriger, das Problem zu erörtern. Igor beispielsweise neigte immer mehr zu extremer Skepsis. Und wollte einfach nicht begreifen, was Anton ihm zu beweisen versuchte. »Igor, wenn in einem derart komplizierten Schema auch nur ein Element nicht passt, fällt alles in sich zusammen! Für alles muss es eine Erklärung geben. Vielleicht hast du einem Plan Sebulons im Weg gestanden?«

»Ich?« Igor lachte bitter auf. »Vergiss es. Ich bin ein ganz gewöhnlicher Fahnder. Dritter Grad ... in Hochform zweiter ... ohne besondere Fähigkeiten und ohne jede Perspektive. Ich hätte es mit dem Spiegel nicht aufnehmen können. Ich weiß nicht, Anton.«

»Irgendwas muss doch an dir dran sein«, murmelte Anton.

Er goss Wodka ein, schwieg eine Sekunde und stellte dann seine Frage. »Igor, hast du was mit Swetlana gehabt?«

»Nein«, antwortete Igor scharf. »Nein. Schlag dir diesen Gedanken aus dem Kopf. Da war nichts, da ist nichts und da wird auch nie etwas sein. Und wenn du glaubst, ich solle der Vater des zukünftigen Messias sein ...«

Er lachte mit einem Mal los.

»Es ist mir einfach in den Sinn gekommen ...«, brummte Anton, der sich wie ein kompletter Idiot vorkam.

»Du hast Ideen, Anton ... Das ist die Eifersucht, die da aus dir spricht, verzeih mir, aber nicht dein Kopf! Das Ganze hat doch nichts mit dem normalen, dem menschlichen Fortpflanzungsprozess zu tun! Wenn Swetlanas Schicksalsbuch umgeschrieben worden ist, wenn sie die Mutter eines neuen Messias werden soll, ist das ein Prozess auf dem Niveau komplexer Stoffe, der Energetik von Licht und Dunkel, des Kerns des Universums! Welche Rolle spielt es da, wer ...« Er legte eine kurze Kunstpause ein. »... der biologische Vater ist? Selbst von Swetlana hängt dabei nicht allzu viel ab! Nein, das ist Quatsch. Sebulon braucht nur vor Swetlana Angst zu haben.«

»Dann verstehe ich nicht, was es bringt, dich zu entfernen ...«

»Ich auch nicht. Aber es wird schon einen Grund dafür geben ...«

Schweigend und ohne anzustoßen tranken sie. Wie auf Kommando starrten sie wieder auf das Blatt Papier.

»Dann lass uns genau davon ausgehen!«, schlug Anton vor, der bemerkte, dass seine Stimme leicht zerfloss. »Also, vor anderthalb Jahren haben Olga und Geser Swetlanas Schicksal umgeschrieben? Und jetzt soll sie Mutter eines Messias werden?«

»Allem Anschein nach, ja.«

»Sebulon hat versucht, sich das Auftauchen des Spiegels zunutze zu machen, um sie zu vernichten, ist aber gescheitert ...«

»Auch das ist richtig.«

»Gut. Deine Rolle dabei lassen wir erst einmal beiseite ... Was könnte der nächste Schritt Sebulons sein? Jetzt, da Swetlana ihre gesamte Kraft verloren hat und schutzlos ist?«

»Sie ist nicht schutzlos!« Igor drohte ihm mit dem Finger. »Was redest du denn da! Ich zweifle nicht im Geringsten daran, dass auf höchster Ebene für ihren Schutz gesorgt worden ist. Außerdem würde ein Angriff auf sie eine Verletzung des Vertrages bedeuten. Den Dunklen ist ihre Haut teuer, niemand von ihnen will dematerialisiert werden ...«

»Was könnte dann der Gegenzug sein? Doch nur ...«

»Das Auftauchen des Antichrist. Er ist der Einzige, der sich dem Messias entgegenstellen könnte.«

»Wobei die Menschheit das Auftauchen des Antichrist ... dieses *Gegenchristus* ebenso bereitwillig erwartet!«, rief Anton aus. »Dank der Massenkultur!«

»Hast du eine Bibel?«, fragte Igor überraschend.

»Dabei? Natürlich nicht, wie kommst du darauf ...«

»Warte ...« Igor ging mit schnellen, wenn auch nicht ganz sicheren Schritten ins andere Zimmer und kehrte mit einem dicken kleinen Buch zurück. Leicht verlegen sah er Anton an. »Natürlich bin ich Atheist«, sagte er. »Aber die Bibel ... du verstehst. Das ist ...«

»Igor!« Anton legte die Hand auf das Buch. »Sie wird uns nicht helfen. Lass uns lieber logisch vorgehen!«

»Gut«, stimmte Igor ohne weiteres zu und legte mit einiger Erleichterung die Heilige Schrift weg.

»Sebulon will auch leben. Er braucht keine Apokalypse ... hoffe ich wenigstens. Er braucht eine Figur, die von der Kraft her einem Messias des Lichts ebenbürtig wäre.«

»Fafnir ...«, meinte Igor nachdenklich. »Fafnir?«

»Ein starker Dunkler Magier ...«, stimmte Anton zu. »Aber kein Antichrist!«

»Sechshundertsechsundsechzig.« Igor rutschte im Sessel hin und her. »Genau! Und nun bild mal die Summe der Buchstaben in Fafnirs Namen!«

»Ich erinnere mich nicht mehr, wie sich Fafnirs Name im Original schreibt. Aber wenn du ihn russisch schreibst, dann ...« Anton dachte einen Moment lang nach. »Achtundachtzig! Und nicht sechshundertsechsundsechzig.«

»Aber achtundachtzig ... ist ... auch eine seltsame Zahl!« Igor sah Anton mit glühenden Augen an. »Überleg doch mal! Nicht siebenundachtzig! Und nicht neunundachtzig! Sondern genau achtundachtzig! Ist das nicht komisch?«

»Doch ...«, pflichtete ihm Anton bei. Die Zahl kam ihm in der Tat komisch vor. »Vermutlich könnte man Fafnir tatsächlich auferstehen lassen, ihn aus dem *Zwielicht* ziehen ... Aber ...«

»Nicht einfach auferstehen lassen«, präzisierte Igor. »Das alles ist doch auf die Menschen abgestimmt, oder? Auf ihre Erwartungen, auf ihre Bereitschaft zu glauben! Und wenn die Wiederbelebung des Fafnir dem richtigen Muster folgt, dann wird aus einem verrückten Magier ein verrückter Antimessias!«

»Aber welchem Muster?«

»Nun, all diese ... die vier apokalyptischen Reiter ... das Tier, das aus dem Meer heraufkommt ...« Plötzlich nahmen Igors Augen einen starren Ausdruck an. »Anton ... es heißt doch, Fafnir sei im Meer bestattet worden! Und ... was, wenn der Tod von Alissa und diesem Jungen, Makar, ... im Meer ... eine Art Opfer darstellt ... das ist auch ein Heraufkommen Dunkler Kraft ...«

Anton schüttelte den Kopf und wischte sich die schweißglänzende Stirn ab. »Haben wir nicht einfach zu viel getrunken, Igor? Ja, ich stimme dir zu: Geser versucht ... könnte versuchen, Swetlana zur Mutter eines neuen Messias zu machen ... der gewissermaßen eine neue Verkörperung Christi wäre ... hm ... oder einfach eines Zauberers mit nie da gewesenen Kräften ... Es sieht ganz danach aus. Und Sebulon versucht im Gegenzug eine Figur mit gleichen Kräften aufzutreiben. Aber all das mit einem Armageddon in Verbindung zu bringen, mit der Bibel, mit Religion – das geht doch wohl zu weit!«

»Aber es ist das Jahr 2000!«, schrie Igor fast. »Verstehst du das nicht? Was die Magier denken, ist eins, aber die Realität der Menschen, ihre Träume und Ängste ... die biegen die Realität auf ihre Weise zurecht! Und die auftauchenden Figuren werden alle nötigen Eigenschaften haben! Gehen wir!«

»Wohin?«

»Wodka holen. Im Restaurant.«

Anton seufzte und sah auf die Flasche. Die war in der Tat leer. »Lass uns lieber anrufen und ihn bestellen.«

»Vergiss es, ich muss mir die Füße vertreten.«

Anton erhob sich, verstaute das Amulett in der Tasche und nickte. »Gut, gehen wir ...«

An den Fahrstühlen war niemand, trotzdem mussten sie lange warten. »Halt dir doch mal vor Augen, was Sebulon machen kann ...«, meinte Igor gegen die Wand gelehnt. »Er klaut die Kralle des Fafnir aus dem Depot ...«

»Wie das?«

»Was heißt hier, wie das? Einmal ist sie schon gestohlen worden, da kann es auch ein zweites Mal passieren! Dann werden ein paar magische Handlungen durchgeführt und die mythologischen Vorstellungen von der Apokalypse in Szene gesetzt. Heuschrecken ... der Stern Wermut ... vier Reiter ...«

»Ich stell mir schon vor, wie Sebulon vier Pferde am Zügel führt.«

»Ach was, Pferde sind gar nicht nötig!« Igor runzelte die Stirn. »Du weißt genauso gut wie ich, was die Magie der Analogien ist. Nehmen wir einfach mal vier Menschen, besser noch vier Dunkle. Einen Asiaten, das ist das rote Pferd, einen Afrikaner, das ist das schwarze Pferd, einen Europäer, das ist das weiße Pferd, und einen, sagen wir mal, Skandinavier, das ist das fahle Pferd ... Wir setzen sie auf Spielzeugpferde aus Holz ...«

Anton erstarrte vor der Tür des Fahrstuhls, die sich gerade öffnete.

In der verspiegelten Kabine standen, die Lichten verängstigt anschauend, die Regin-Brüder. Die Adoptivkinder der Sekte: ein Afrikaner, ein Chinese und ein Ukrainer. Freilich ... in welchem Hotel hätten sie sonst untergebracht sein sollen? Schließlich hatten sie beim Tribunal der Inquisition zu erscheinen ... Irgendwie langsam, ohne Hast ließ sich Anton durch den Kopf gehen, dass der vierte Kämpfer ausgerechnet ein Skandinavier gewesen war.

Und wie gut, dass er es *gewesen war* ...

Anscheinend hatte Igor den gleichen Gedanken. »Drei ...«, murmelte er.

In tödlicher Stille schlossen sich die Türen des Aufzugs. Doch Juha Mustaioki trat plötzlich nach vorn, quetschte den Fuß zwischen den Spalt, genau unter die Fotozelle. Sofort gingen die Türen wieder auseinander.

»Ich möchte der Moskauer Nacht-wache dan-ken«, sagte er unerwartet. Ohne Frage war er außer sich, versuchte aber dennoch, sich unter Kontrolle zu halten. »Das war sehr human.«

»Was war human?«, fragte Anton.

»Pasi Ollykainen zu verzeihen. Wir ... wir wissen es zu schätzen, dass er noch lebt.«

»Wo ist er?«, rief Anton aus.

»Unten ... in der Bar ...« Verwundert sah Juha die Magier an.

»Vier Pferde ...«, sagte Igor tonlos. »Vier Pferde! Vier Pferde!«

Mustaioki fuhr zurück und sah seine Gefährten verwirrt an.

Die Magier blieben allein zurück.

»Alles passt!« Igor drehte sich Anton zu. »Siehst du das nicht? Alles!«

»Wart mal ...«

Anton konzentrierte sich, um sich an die Bewegungen zu erinnern. Er hob die rechte Hand, fuchtelte damit vor Igors Gesicht herum, riss sie abrupt herunter und dann wieder nach oben, wobei er mit den Fingern eine Schale formte.

»Dass dich doch ...«, stöhnte Igor mit erstickter Stimme und stürzte ins Zimmer. Anton folgte ihm langsam. Während er auf

Igors gekrümmten Rücken blickte, der in der geöffneten Toilettentür zu sehen war, streckte er sich im *Zwielicht* nach ihm aus. Igor stöhnte auf.

Der Ernüchterungszauber ist nicht sehr kompliziert. Aber sehr unangenehm für das manipulierte Objekt.

Ein paar Minuten später kam Igor aus dem Bad. Mit nassen Haaren, eingefallenen Augen, leichenblass.

»Das fahle Pferd ...«, murmelte Anton. »Komm ... jetzt bist du bei mir dran.«

Igor führte bereitwillig die Passes durch, sodass jetzt Anton über der Kloschüssel hing. Danach wusch er sich, trank das ekelhaft schmeckende Leitungswasser (er hatte sofort Durst bekommen) und kam ein paar Minuten später wieder ins Zimmer. Igor hatte die Spuren ihres Besäufnisses bereits beseitigt. Er sah Anton an. »Das schwarze Pferd ...«, meinte er amüsiert.

Anton ging zum Kühlschrank, holte zwei Flaschen Mineralwasser heraus, riss mit den Fingern den Kronkorken ab und ließ sich in einen der Sessel fallen. Igor nahm die zweite Flasche. Eine Weile tranken sie in seligem Schweigen ihr Wasser. »Mannomann ... was haben wir uns hinter die Binde gegossen«, meinte er schuldbewusst.

»Diese Schaukelpferde!«, fluchte Anton und schlug mit der Faust auf den Tisch. »Allein zuzugeben, dass wir auf so was gekommen sind, ist peinlich!«

»Aber es sieht recht logisch aus ...«, gab Igor kleinlaut zu bedenken. »Diese verfluchten Brüder ... Der vierte lebt also doch?«

»Offensichtlich ...« Anton breitete die Arme aus. »Ich weiß nur, dass Geser ihn im *Zwielicht* verfolgt und erwischt hat ...«

»Ja, gewiss ... Weshalb hätte er einen Verdächtigen umbringen sollen? Er hat ihn der Inquisition übergeben. Vermutlich gleich da, im *Zwielicht*. Anton ... ob wir vielleicht doch Recht haben?«

»Ist der Fusel doch nicht ganz raus?«, wollte Anton wissen.

»Nein, nein ... der ist draußen«, seufzte Igor. »Und richtig trinken kann ich jetzt auch nicht mehr! Ein verfluchter Mist ist das! Sebulon wird doch einen verrückten alten Magier nicht aus dem *Zwielicht* holen. Was sollte er mit diesem Prachtburschen schon anfangen? Und weshalb sollte er das Ende der Welt herbeiführen, indem er einen Antichrist schafft ...«

»Und Fafnir selbst reißt sich auch nicht um diese Aufgabe«, erklärte Anton. »Ganz bestimmt nicht. Dazu fehlt es ihm an Mumm.«

»Dann ist also alles, was wir uns überlegt haben, Müll?«

Anton sah auf das Blatt Papier, auf dem Fettflecken von der Wurst und feuchte Kreise von den Gläsern prangten. Wann hatten sie es denn geschafft, alles so einzusauen – sie waren doch eigentlich ganz manierlich gewesen?

»Was Swetlana angeht, nicht, fürchte ich. Aber der Rest ... Warum haben wir uns so in die Zahl achtundachtzig verbissen? Was ist denn an ihr so geheimnisvoll?«

»Sie ist ... so rund, du kannst sie von beiden Seiten lesen ...« Igor winkte mit der Hand ab und lachte. »Ja, du hast Recht. Betrunkenes Gequatsche.«

Anton hob einen Marker auf, der heruntergefallen war. Er strich den Kreis mit der Beschriftung Regin-Brüder durch. »Sie sind raus aus dem Spiel«, sagte er. »Allem Anschein nach haben sie ihre Mission erfüllt, nämlich den Spiegel mit Kraft zu versorgen. Worum wir uns jetzt kümmern sollten, Igor ...«

Igor sah den Kreis mit seinem eigenen Namen an. »Ich wäre froh, wenn ich daran glauben könnte, eine besondere Mission zu haben«, seufzte er. »Daran, dass ich Sebulon und der Tagwache die Suppe gehörig versalzen habe. Aber ...« Hilflos breitete er die Arme aus.

»Igor, du bist der Schlüssel zu allem«, meinte Anton. »Verstehst du das? Wenn wir herausfinden, warum Sebulon versucht hat, dich aus dem Weg zu räumen, um etwas gegen Swetlana zu unternehmen, dann werden wir siegen. Wenn wir es nicht herauskriegen, geht die Partie an ihn.«

»Es gibt noch Geser. Soweit ich es verstanden habe, kommt er heute Morgen hierher.«

»Besser wäre es, wenn wir ohne ihn dahinter kämen.« Anton entging nicht, dass in seiner Stimme ein Hauch von Ärger mitschwang. »Seine ... seine Entscheidungen sind zu global.«

Edgar goss sich den schalen Sekt ein, der vom Vorabend übrig geblieben war, trank ihn und runzelte die Stirn. Nur Aristokraten trinken gern Sekt zum Frühstück, dachte er. Oder Degenerierte. Na, mit einem Aristokraten hast du jedenfalls keine Ähnlichkeit, mein Guter ...

Die seltsame Angewohnheit eines Wächters, in jeder Lebenssituation über Probleme nachzudenken, behielt Edgar selbst während nächtlicher Ausschweifungen bei. Auch in der letzten Nacht hatte Edgar weiter darüber gegrübelt, was die beiden Chefs der Moskauer Wachen dieses Jahr zu Weihnachten planten ... Was ihn freilich nicht daran gehindert hatte, dem Akt Vergnügen abzugewinnen.

Also, dachte Edgar. Was haben wir denn? Am besten, ich nehme mir alles häppchenweise vor. Alles, bis zum letzten Detail.

Welchen Nutzen kann Sebulon aus der derzeitigen Situation ziehen? Ich müsste mir in Gedanken ein Modell von ihr machen.

Das Tribunal, zu dem beide Wachen jemanden schickten. Nicht die besten Kräfte, aber auch nicht die schlechtesten. Zwei Magier, beide unter den ersten Zehn. Edgar und Anton. Es würden noch Beobachter kommen, daran dürfte kaum zu zweifeln sein. Ebenfalls dürfte außer Frage stehen, dass während der Sitzung des Tribunals keine der beiden Seiten etwas unternehmen würde – alle würden versuchen, bei der gleichgültigen und unparteiischen Inquisition einen Vorteil für sich herauszuschlagen.

Aber war sie so unparteiisch? An ihrer unparteilichen Einstellung zweifelte Edgar nicht im mindesten. Dazu hatte er bereits zu lange in der Welt der Anderen gelebt. Nicht einmal – nicht ein einziges Mal – hatte ihn auch nur die Spur eines Zweifels am Handeln und Verhalten der Inquisition beschlichen. Die Diener des Großen Vertrages blieben stets kalt und entschlossen. Jemand hatte einmal völlig richtig bemerkt, die Inquisition urteile nicht über Recht und Schuld, sondern bestrafe lediglich denjenigen, der den Großen Vertrag verletzt. Darin drückte sich der Kern der Weltsicht eines jeden Inquisitors aus, doch Edgar, bereits zu dieser Erkenntnis gelangt, verstand nach wie vor nicht, was die Inquisitoren zwang, so und nicht anders zu handeln.

Ob die höchsten Magier das wussten? Geser und Sebulon?

Also, das Tribunal. Der Lichte Igor Teplow kann freigesprochen werden (was nicht zu wünschen wäre) oder aber verurteilt.

Im ersten Fall bliebe der Moskauer Nachtwache ein zwar vorübergehend kampfunfähiger, ansonsten aber starker und – was nicht zu unterschätzen war – sehr erfahrener Magier dritten Grades erhalten. Bereits vor ihrem Zweikampf in Südbutowo war Edgar mit Teplow zusammengestoßen, wenn auch nie so direkt. Unmittelbar nach dem Krieg, in dem unvergesslichen Fall des »Aschfarbenen Belosersk«. Damals griffen sowohl die Moskauer wie auch die Tallinner Wache an den unglaublichsten Orten ein, so auch im Gebiet Wologda. Es fehlte an Leuten ... genauer gesagt, an Anderen. Sowohl bei den Dunklen wie auch bei den Lichten.

Im zweiten Fall wäre der Magier der Nachtwache unwiderruflich verloren. Was die Frage aufwarf: Ja und? Antwort: Igor Teplow ist gar nicht der, der er zu sein scheint. Genauer: Mit ihm ist etwas verbunden, das kaum jemand weiß, die Magier der Extraklasse ausgenommen. Überhaupt sieht es sehr danach aus, als schlage Sebulon treffsicher und hartnäckig auf zwei Ziele im Lager des Feindes ein: auf Igor Teplow und Swetlana Nasarowa. Dafür hatte er sogar seine kleine Freundin Alissa geopfert. Die logische Verbindung zwischen dem Kampf in Butowo, dem Duell im Artek und den reichlich verworrenen Ereignissen, die das Auftauchen des Dunklen Spiegels begleiteten, hatte Edgar noch nicht erfasst. Doch es reichte ihm, sie deutlich zu spüren. All diese Auseinandersetzungen und Intrigen verband mit Sicherheit ein Faden, dessen Ende direkt zur Hand Sebulons führte.

Nun, der Versuch, eine zukünftige Große Zauberin zu beseitigen, war völlig verständlich und gerechtfertigt. Aber weshalb wollte Sebulon dem Magier Igor ans Leder? Warum ausgerechnet ihm? Und warum ausgerechnet jetzt, nicht früher, als er noch schwächer und unbedarfter gewesen war?

Das ließ nur eine Schlussfolgerung zu: Igor war erst zu dem Zeitpunkt gefährlich geworden, als Swetlana in die Reihen der Nachtwache aufgenommen worden war.

Gut. Weiter.

Die Auferstehung Fafnirs. Ort und Zeit hätten nicht besser gewählt sein können: am Vorabend des Jahres 2000 im Zentrum der europäischen Nekromantie. In welchem Zusammenhang stand das jedoch mit dem Tribunal und dem Fall Teplow/Donnikowa?

Das war die Frage!

Düster trank Edgar etwas Sekt und dachte darüber nach, dass ihm kaum noch Zeit verblieb, nur noch bis zum Abend. Deshalb traf er die einzig mögliche Entscheidung, nämlich sich unverzüglich ins Büro der hiesigen Tagwache zu begeben und die Unterlagen zu dem Duell von Siegfried und Fafnir anzufordern sowie im *Necronomicon* den Eintrag zur Auferstehung zu studieren.

Edgar war als Magier stark genug, um den Mechanismus der Auferstehung eines Großen Dunklen zu begreifen, um zu verstehen, welche der unabdingbaren Voraussetzungen gegenwärtig erfüllt werden konnten und welche nicht.

Die Deutsche schlief immer noch tief und fest. Es hätte Edgar leid getan, sie zu wecken. Er wusch sich, rasierte sich, zog sich Kleidung und Schuhe an, berührte sanft ihr schlafendes Bewusstsein und trat in den morgendlichen Schnee Prags hinaus.

Das Büro der Tagwache lag im Vysehrad, direkt über der Vltava, untergebracht in einem zweistöckigen Privathaus aus Ziegelsteinen, mit einer alten, aber noch funktionierenden Pumpe. Ihr Hebel glich einem gekrümmten Zeigefinger. Der Tradition gemäß stieg Edgar in einer gewissen Entfernung aus dem Taxi, um den Kollegen die Möglichkeit zu geben, ihn zu bemerken und eine Entscheidung zu treffen.

Die Kollegen enttäuschten ihn nicht. Dreihundert Meter vor dem Eingang entdeckten sie Edgar. Er spürte, wie jemand kurz seine Aura berührte, und öffnete sich – gerade so weit, dass der Magier, der ihn scannte, feststellen konnte: Hier kommt ein Dunkler, ein Dunkler Magier, ein Dunkler Magier zweiten Grades, und er kommt dienstlich. So und nicht anders, indem er die Information in zunehmendem Grade dosierte.

Prag ist natürlich eine europäische Hauptstadt, mit Moskau kann sie aber trotzdem nicht mithalten. Der – nebenbei bemerkt einzige – Posten am Eingang, ein Schrat, lächelte Edgar mit gebleckten Zähnen an.

Schon wieder ein Schrat, dachte Edgar leicht verwundert. Ob sie in Prag wirklich häufiger vorkommen? Das ist schließlich schon der zweite ...

Im Territorium der ehemaligen UdSSR waren insgesamt nur sechs Schrate registriert: zwei in Turkmenistan und je einer auf der Krim, in Weißrussland, in Jakutien und auf Kamtschatka. Edgar wusste das, weil er sich vor fünfzehn Jahren mit einem Fall außerhalb von Tallinn beschäftigt hatte, bei dem alle sechs als Zeugen auftraten.

Die *Zwielicht*-Gestalt des Schrats war fast klassisch. »Ich grüße Sie, Kollege!«

»Guten Tag.«

Im *Zwielicht* gab es natürlich keine Verständigungsprobleme.

»Was führt Sie in unsere Bastion? Ein Fall? Oder ist das nur ein Höflichkeitsbesuch?«

»Eher ein Fall. Wo finde ich hier das Archiv?«

»Im zweiten Untergeschoss, alles Weitere sehen Sie dann selbst.«

Zweites Untergeschoss, dachte Edgar. Also ein Keller mit mehreren Geschossen ...

»Vielen Dank. Kann ich dann durchgehen?«

»Natürlich! Ein Dunkler kann gehen, wohin er will, oder etwa nicht?«

Edgar seufzte. Irgendwie war es so – und doch auch wieder nicht.

»Der Fahrstuhl ist dort drüben«, erklärte der Schrat.

»Vielen Dank«, meinte Edgar noch einmal und ging in die genannte Richtung.

Der uralte Aufzug brachte ihn zwei Stockwerke unter das Straßenpflaster. Und dabei ging es noch weiter hinunter: Noch fünf weitere Geschosse versteckten sich unter der Erde. Die Prager Wache hatte gründliche Arbeit geleistet!

Der Flur vor dem Fahrstuhl war absolut winzig, maß nur vier mal vier Meter. Rechts und links gab es je eine Tür; an der einen hing ein Schild »Bibliothek«, an der anderen eins mit der Aufschrift »Rechenzentrum«.

Fangen wir mit der Bibliothek an, beschloss Edgar. Zur Zeit von Fafnir und Alhazred gab es noch keine Computer ... zumindest keine Computer im heutigen Sinne.

Edgar trat auf die Tür linker Hand zu. Sie war nicht abgeschlossen, sondern einfach nur zu.

Eine klassische Bibliothek: ein großer Saal, in dem ein Dutzend Tische und lange Reihen mit Bücherregalen standen. Ein Blick auf die Rücken genügte, um zu erkennen, dass die altehrwürdigen Folianten sich der besonders anderen Anderen entsannen ...

Edgar blieb stehen. In diesem Moment kam hinter den Regalen ein unglaublich dünner Dunkler hervor. Ein Vampir. Zudem ein Höherer Vampir, das erkannte Edgar sofort.

Normale Vampire gibt es in Moskau reichlich. Sie stellen das unterste Glied dar. Jenes Kanonenfutter, von dem Anton Gorodezki gesprochen hatte. Zu magischen Handlungen sind sie kaum in der Lage, selbst ein miserabler Magier ist stärker als sie. Etwas anderes sind Höhere Vampire, die in Moskau und in Osteuropa aus irgendeinem Grund überhaupt nicht vorkommen. Eine Ausnahme stellen hier jedoch Tschechien und Rumänien dar.

»Guten Tag. Kann ich Ihnen irgendwie behilflich sein?«

»Guten Tag. Ich suche Materialien zu einem Magier aus der Vergangenheit.«

»Zu welchem denn?«, wollte der Vampir wissen.

»Fafnir. Der *Zwielichtdrache.*«

»Oh, oh!«, meinte der Vampir respektvoll. »Das war ein mächtiger Magier. Einer der stärksten Dunklen in der gesamten Geschichte der Menschheit. Was konkret interessiert Sie denn?«

»Die Todesumstände. Die Gründe für das Duell mit Siegfried, die Vorgeschichte, Einzelheiten ... Kurzum, ich möchte mich umfassend über diese bemerkenswerte Persönlichkeit informieren. Die Sache ist nur die, dass mir dafür leider nur ein paar Stunden zur Verfügung stehen. Außerdem würde ich mir gern klar machen, wie eine Aktion aussehen müsste, die zu einer Rückkehr aus dem *Zwielicht* führt ...«

»Eine solche Aktion ist leider praktisch unmöglich«, meinte der Vampir mit einem traurigen Lächeln. »Dafür wären Manipulationen von solcher Kraft und Intensität notwendig, dass die Dunklen – und zwar alle weltweit, das betone ich ausdrücklich – das Recht darauf nicht erwerben könnten, selbst wenn sie einen hundertjährigen Winterschlaf hielten.«

»Gleichwohl.« Edgar beschrieb einen Kreis mit der Hand. »Ich würde diese Aufgabe gern lösen, und sei es nur auf dem Papier.«

»Dann müssen Sie im *Necronomicon* von Alhazred nachlesen«, riet der Vampir. »Dort werden die nötigen Schritte zur Rematerialisierung eines Wesens recht ausführlich beschrieben.« Ohne Übergang fragte er dann: »Sind Sie ein Theoretiker der Nekromantie?«

»Wie kommen Sie denn darauf?«, meinte Edgar mit breitem Lächeln. »Ich habe mich noch nie mit Nekromantie beschäftigt. Aber jetzt habe ich angefangen, mich dafür zu interessieren ...«

»Dann haben Sie genau das Richtige getan, als Sie nach Prag gekommen sind. Hier kennt man sich mit Nekromantie aus, und Sie werden so viele Experten finden, wie Sie brauchen ... Aber leider sind sie alle Theoretiker geblieben, und Sie wissen natürlich ganz genau, weshalb.«

Edgar wusste in der Tat, warum.

Weil die Inquisition seit der Unterzeichnung des Großen Vertrages nur zweimal eine Rematerialisierung sanktioniert hatte, und beide Male nur vorübergehend. Weil das Tribunal Zeugen vernehmen musste. Mitunter gibt es also die Möglichkeit, einen dematerialisierten Anderen aus dem *Zwielicht* zurückzuholen. Das wurde zweimal getan, aber nach dem Verhör wartete auf die Anderen wieder das *Zwielicht*.

Edgar glaubte nicht, dass ein Magier vom Niveau eines Fafnir sich nicht prophylaktisch um ein Schlupfloch zur Rematerialisierung gekümmert hatte. Er musste es geradezu tun, sobald er ein bestimmtes Niveau erreicht hatte. Nebenbei bemerkt hoffte Edgar, auch selbst einmal diese Stufe zu erklimmen. Mit nicht weniger Berechtigung hoffte er übrigens auch, nicht dematerialisiert zu werden, doch das Leben gebärdet sich so seltsam, dass es einem immer wieder die komischsten Überraschungen bereitet. Vor allem unter den Bedingungen eines anhaltenden Krieges.

»Kommen Sie hierher.« Der Vampir wies auf die Tische. »Ich bringe Ihnen gleich die Bücher. Ich vermute, Sie interessieren sich keineswegs für die Legenden der Menschen, sondern für die Chroniken der Anderen. Das stimmt doch, oder?«

»Ja, natürlich, verehrter Kollege. Natürlich.«

»Ich bin gleich wieder da.«

Der Vampir kam in der Tat schnell zurück. Offenbar arbeitete er schon so manches Jahrzehnt als Hüter der Bibliothek und kannte seine Bücher aufs Trefflichste.

»Bitte schön«, sagte er und legte zwei Werke auf den Tisch. Bei dem einen handelte es sich um einen alten, in matt gewordenes braunes Leder gebundenen Folianten, das *Necronomicon* in der Übersetzung von Gerhard Küchelstein. Das zweite Buch war kleiner und wirkte bescheidener. In der Mitte der Seite prangte in Schnörkelschrift der Titel *Lebensbeschreibung und Erklärung der ruhmreichen Taten sowie der Prophezeiungen und der unzähligen beispiellosen Entdeckungen des Großen Dunklen Magiers, welchselbiger den Anderen unter dem Namen Fafnir oder* Zwielichtdrache *wohlbekannt ist* von Johann Jetzer, Urmongomod. Anscheinend das Original.

Der Titel des Buches von Jetzer-Urmongomod dürfte vermutlich weit archaischer gewesen sein, doch Edgar war des Althochdeutschen nicht mächtig und musste durchs *Zwielicht* lesen, wobei stilistische Besonderheiten geglättet und der Text nivelliert, dafür jedoch weitaus verständlicher wurde.

Die *Taten des Fafnir* las Edgar kursiv. Wie zu erwarten, interpretierte dieser Foliant die Ereignisse deutlich anders als die *Edda* oder das *Nibelungenlied*. Zum einen waren natürlich sowohl Sigurd (alias Siegfried alias Sirvit) wie auch Regin, Hreidmar und Fafnir selbst Andere. Natürlich war Hreidmar nicht der biologische Vater von Fafnir und Regin nicht sein Bruder. Durch eine lange und sorgfältig eingefädelte Intrige stiftete Sigurd Unfrieden unter den Dunklen Magiern und vernichtete sie alle – manche durch fremde Hand, manche durch die eigene. Selbstverständlich hatte es Sigurd nicht auf irgendwelche Schätze, wertloses Metall oder funkelnde Steine abgesehen. Sigurd und die Übrigen machten Jagd auf das Erbe des Zwergs Andwari, doch worum es sich dabei handelte, ging aus der Arbeit Jetzers nicht hervor. Vielleicht um alte und mächtige Artefakte, vielleicht einfach um bestimmte Kenntnisse (zum Beispiel in Form von Büchern). Sigurd tötete am Ende jedenfalls alle und brachte Andwaris Erbe in seinen Besitz. Was dann weiter geschah, konnte Edgar nirgends herausfinden. Fafnir hatte Sigurd als Vorletzten besiegt, vor Regin. Offenbar konnte Fafnir trotz allem bestimmte Geheimnisse mit ins *Zwielicht* retten, doch das hat die Magier jener Zeit wenig geschert, die weder an Verträge noch Bestimmungen gebunden waren und ohne jede Rücksicht auf die Inquisition handeln konnten, da diese damals noch gar nicht existierte.

Das Wichtigste, was Edgar erfuhr, war, dass Fafnir über einige vergessene Kenntnisse im Bereich der höchsten Kampfmagie verfügte (was ihm freilich im Duell mit dem arglistigen Sigurd kaum geholfen hatte), die er mit ins *Zwielicht* genommen hatte. Folglich konnte Sebulon durchaus versuchen, sich diese Kenntnisse anzueignen.

Nachdem er zu diesem recht offensichtlichen Schluss gekommen war, nahm Edgar sich das *Necronomicon* vor.

Das Erste, was Edgar herausfand, war, dass es sich bei der Rematerialisierung nicht unbedingt um die Auferstehung eines vormals dematerialisierten Anderen handelte. Alles war viel einfacher und banaler.

Am besten ließ sich das Ganze mit einer Rochade vergleichen. Jemand geht ins *Zwielicht* ein, jemand tritt an seiner Stelle aus dem *Zwielicht* heraus. Je höher das Kraftniveau des zu Rematerialisierenden ist, desto stärker muss der zu Dematerialisierende sein. Das Niveau muss aber nicht absolut gleich sein, etwas »Luft« ist durchaus zulässig. Wenn das, was Urmongomod über Fafnir schrieb, der Wahrheit entsprach, dann konnte der *Zwielicht*-Drache gegen einen Dunklen Magier zweiten oder dritten Grades ausgetauscht werden. Allerdings nur bei einer entsprechenden globalen Energiezufuhr.

Diese Zufuhr konnte eine Inszenierung der Apokalypse durchaus gewährleisten. Die Gefühle Tausender von Menschen bringen einen solchen Sturm, eine solche Bö von Emotionen hervor, dass der auferstandene Fafnir, wenn er aus dem *Zwielicht* trat, vermutlich voller Kraft sein würde, ein mächtiger Dunkler Magier, den es nach Rache und Freiheit dürstete. Nach einer Freiheit, die er vor sehr langer Zeit verloren hatte.

Was würde er tun, der Große Magier der Vergangenheit, der noch nie ein Wort vom Vertrag oder der Inquisition gehört hatte? Wie wollte Sebulon mit ihm fertig werden? Machte er sich darüber überhaupt Gedanken? Der *Zwielichtdrache* am Himmel des weihnachtlichen Europas – was konnte wahnwitziger und schrecklicher sein?

Denn wenn Fafnir lostobt und eine Stadt nach der nächsten abfackelt, Zerstörung bringt, blindlings seine Kraft freisetzt, dann würden ihn die Menschen schon zum Schweigen bringen. Mit Raketen. Dieses Lichte Ass mit seinen *Chicago Bulls* würde aus seiner Phantom oder Harrier schon was Passendes abfeuern ... Vielleicht brachten sie ihn um, vielleicht nicht – aber zum Schweigen würden sie ihn auf alle Fälle bringen. Ob es Europa danach leichter haben würde? Brauchte es Atompilze? Beschauliche Städtchen, die in den Flammen Fafnirs aufgingen?

Aber vermutlich würde Fafnir nicht seine Kraft einsetzen, sondern seine Erfahrung und seine Tücke – und dann gute Nacht Europa. Dann würde es weitaus mehr Opfer und Zerstörung geben.

Nur, was hatte Sebulon von alledem?

Das verstand Edgar nicht.

Was war noch für die Auferstehung des *Zwielichtdrachen* nötig? Ein Magier zweiten oder dritten Grades am richtigen Ort ... An welchem eigentlich?

Zehn Minuten lang berechnete Edgar diesen anhand der Sterne und der mobilen Energieherde. Eine Aufgabe mittleren Schwierigkeitsgrades: Fafnir war im Norden Europas ins *Zwielicht* geschickt worden ... Also musste seine Rematerialisierung möglichst beim Übergang vom Jahr 1999 zum Jahr 2000 in ... Eben!

Das Ergebnis erstaunte Edgar nicht sehr. Tschechien. Prag.

Gleich darauf durchströmten Edgar jedoch unschöne Vorahnungen. Ein Magier zweiten oder dritten Grades am richtigen Ort ... In Prag ...

Das war er! Edgar, der Este!

Edgar wischte sich den schlagartig austretenden Schweiß von der Stirn und machte sich wieder an die Lektüre.

Als Figur in Sebulons Spiel taugte bei weitem nicht jeder. Das Objekt der Rochade musste beispielsweise an einem ganz bestimmten Ort geboren worden sein. Das war alles reichlich vage ... An welchem Ort denn nun?

Die Auswertung ergab: Skandinavien, Norddeutschland und das Baltikum.

Das Baltikum.

Der Chef der Moskauer Tagwache hatte den Esten völlig überraschend zur Arbeit in die Hauptstadt abbeordert ... Niemand hatte dafür einen triftigen Grund erkennen können ...

Wer war noch in Skandinavien, Norddeutschland oder dem Baltikum geboren worden und hielt sich zurzeit in Prag auf?

Niemand. Nur Edgar.

Davor hatte Juri ihn also vor seiner Abreise nach Prag gewarnt. Genau davor. Wovor sonst?

Also. Ruhig. Ganz ruhig. Jetzt nur nicht die Nerven verlieren. Wer gewarnt ist, ist gewappnet. Was gab das *Necronomicon* noch her?

Es sind vier Dunkle nötig, die den Kreis der Auferstehung bilden. Nun, das ist klar. Ein Kreis ist die Variante eines Portals, der an die Energie der vier genannten angeschlossen werden muss, die mit dem extravaganten Namen Reiter des Dunkels bezeichnet werden.

Zudem waren die Reiter rot, schwarz, weiß und fahl. Kurzum, genau wie die Pferde im Szenario der Apokalypse. Haargenau.

Und auch die passenden Magier waren hier. Freilich nur drei. Die Regin-Brüder ... die übrigens rot (der Asiat!), schwarz (der Afrikaner!), weiß (der Slawe) und fahl (der von Geser ermordete Skandinavier!) sind.

Sebulon hatte doch gesagt, er habe mit diesen dreien noch etwas vor. Jetzt konnte Edgar so kühn sein und mutmaßen, was genau. Und das Fehlen des vierten Reiters dürfte Sebulon kaum aufhalten.

Edgar arbeitete den Abschnitt im *Necronomicon* bis zum Ende durch und stieß dabei noch auf zwei Details. Kleine, doch allem Anschein nach wichtige.

Da Fafnir ein Drache war, musste seine Auferstehung laut Kanon so aussehen, als käme er aus dem Meer. Das war allerdings nicht zwingend notwendig. Dagegen war es unbedingt erforderlich, dem Meer ein Opfer zu bringen. Zuvor. Wo auch immer, in China oder auf den Falklandinseln.

Oder auf der Krim.

Als Opfer sollte ein »Jüngling oder eine Maid« dargebracht werden. Kein Kind mehr, aber auch noch kein Erwachsener.

Das Artek, schoss es Edgar sofort durch den Kopf. Der Teenager, der infolge des Duells ertrunken ist.

Und noch etwas. Wenn Sebulon für die Rolle der zweiten Figur in dieser Rochade wirklich ihn, Edgar, bestimmt hatte, dann musste der Chef, wo auch immer er sich befand, in den letzten vierundzwanzig Stunden ein Bild von Edgar aufgetrieben haben. Ein Porträt oder ein Foto. Am ehesten wohl ein Porträt. Und er musste die Darstellung bei sich tragen. Bis zum Moment des Austauschs.

Das war's. Die Bibliothek konnte Edgar jetzt nicht mehr helfen. Hastig dankte er dem als Bibliothekar angestellten Vampir und eilte zu einem Computer.

Natürlich könnte er einfach in Moskau anrufen. Doch ein Anruf ließ sich leicht abhören, und Edgar wollte auf gar keinen Fall zu früh die Karten auf den Tisch legen. Darüber hinaus war er absolut sicher, dass Alita jetzt auf einem der Kanäle der IRC chatten würde.

Der Systemadministrator, entweder ein schwacher Magier oder ein Zauberer, zeigte ihm hilfsbereit, wie er ins Internet kam. Edgar dankte ihm. Sofort tauchte der junge Mann wieder hinter dem Bildschirm seines Laptops ab, der mit Maschinencode übersät war. Er programmierte auf althergebrachte Weise, ganz ohne neumodischen Windows-Delphi-Kram.

Edgar startete *mirc*, wählte sich gewohnheitsgemäß in den DALnet-Server in Göteborg mit einer lustigen Kuh als Logo (die Kuh war natürlich mit Buchstaben und Ziffern als Pseudographik gestaltet) ein und gab sein Passwort ein, klinkte sich aber in keinen Chatroom ein. Er wählte im Menü *Query* und gab den Spitznamen ein, den er suchte: Alita.

Ein neues Fenster öffnete sich.

Am meisten hatte Edgar davor Angst, im Ergebnisfeld werde die trockene Auskunft »No such nick or channel« erscheinen.

Doch das Dunkel war ihm gnädig. Schon im nächsten Augenblick bekam er eine Antwort. Die in der gewünschten Adresse bestand: alita@ncport.ru.

»*Edgar! Hallo! Bist du in Prag?*«

»*Ja. Alita, ich muss dringend etwas wissen ... allerdings ist es etwas merkwürdig. Und nicht für alle bestimmt. Hilfst du mir?*«

»*Blöde Frage, Edgar! Natürlich.*«

»*Bist du in den letzten Tagen beim Chef gewesen?*«

Die Wahrscheinlichkeit, dass Sebulon eine kleine Hexe zu sich rief, war insgesamt recht niedrig – aber mit irgendwas musste er ja anfangen.

»*Ja. Warum?*«

Ach nee, wunderte sich Edgar. Habe ich es also getroffen! »*Hast du zufällig gesehen, ob der Chef ein Foto oder Porträt von mir im Büro hat?*«, tippte er weiter. »*Auf dem Tisch zum Beispiel ...*«

»*Woher weißt du das denn?*« Alita schickte ihm eine ganze

Reihe Smileys, die ihre gute Laune symbolisierten. *»Nach deiner Abreise hat der Chef zwei Zeichnungen in Auftrag gegeben. Dein Porträt und die Darstellung eines Drachen. Beide stehen in Rahmen auf seinem Tisch. Die Rahmen habe ich in einem Geschäft für Künstlerbedarf in der Twerskaja gefunden. Der Chef hat mir dafür eine Flasche Cliquot geschenkt!«*

Edgar kniff die Augen zusammen.

Das war's. Der letzte Strich unter der zukünftigen Rochade. Dein Urteil, Edgar der Este.

Und was wirst du jetzt tun?

»Vielen Dank, Alita«, hackte er mit hölzernen Fingern. *»Ich muss wieder los, stecke bis über beide Ohren in Arbeit ...«*

»Tschüss, Edgar. Ich küsse dich!«

Die Smileys wollte er sich nicht einmal mehr ansehen. Edgar schloss das *mirc*-Fenster und stand vom Tisch auf.

Der Programmierer sah ihn über seinen Bildschirm hinweg an. »Schon fertig?«, fragte er, ohne sich jedoch allzu sehr darüber zu wundern.

»Ja«, antwortete Edgar. »Vielen Dank.«

Er ging zur Tür, ohne über irgendetwas nachzudenken. In seinem Kopf hatte sich schallende Leere ausgebreitet.

Sebulon hatte ihn also ausgewählt wie eine Kuh fürs Weihnachtsschaschlik. Denn er brauchte einen relativ starken Magier aus dem Baltikum. Hatte ihn zu sich gerufen und beschützt. Hatte ihm für kurze Zeit das Kommando übertragen – und zwar nicht über irgendwen, sondern über die Moskauer Wache. Aber im Grunde bist du die Kuh. Zur rechten Zeit wirst du abgeschlachtet. Er hat dich benutzt wie einen Gegenstand. Jetzt tauscht er dich ab wie eine Figur.

Denn das Spiel ist endlos, auch wenn die Figuren nur vorübergehend auf dem Brett bleiben.

Und dann? Wenn die Zeit kommt, erscheint auf dem Spielfeld eine neue schwarze Dame. Bringt es dem Offizier, der so schnell von der Peripherie nach vorn geschoben worden ist, dann wirklich nichts mehr, mit den Armen zu rudern und sich an der glatten Oberfläche des Spielfelds festzuklammern?

O nein! Vielleicht bin ich keine Dame, dachte Edgar bei sich, der jetzt langsam zu kochen anfing. Aber auf alle Fälle bin ich auch kein Bauer. Ich will nicht einfach so vom Brett genommen werden. Ich wehre mich. Und wenn mir das gelingt, werde ich halb Europa vor Schwierigkeiten bewahren.

Schließlich gibt es noch die Inquisition. Etwas sagte Edgar, dass die Träger der grauen Kittel sich kaum über ein neuerliches Auftauchen des *Zwielichtdrachen* freuen würden.

Das vorweihnachtliche Prag schien irgendwie verschwunden zu sein, zur Seite getreten, verblasst. Edgar nahm sich ein Taxi und fuhr in das Hotel, in das er jetzt musste. Unterwegs sah er nicht einmal aus dem Fenster. Geistesabwesend bezahlte er schließlich und marschierte ins Foyer. So wie er den Hotelportier ansah, wäre der vermutlich glücklich gewesen, wenn sich der Granitboden unter ihm aufgetan hätte.

Raschen Schrittes ging Edgar zu den Fahrstühlen, sodass in seinem Rücken der offene Mantel fast hochwehte. Er schoss auf das Zimmer zu, das ihm der Instinkt eines Anderen genannt hatte.

Plötzlich blieb er wie angewurzelt stehen. Und schluckte krampfhaft.

Aus der Bar kamen gerade die »Finnen«, die Regin-Brüder. Alle vier. Vier, und nicht drei – zu dem Chinesen, dem Afrikaner und dem Slawen hatte sich der echte Finne hinzugesellt, den alle für tot hielten.

Doch der Finne war gesund und munter.

Na klar, weshalb hätte Geser einen Zeugen umbringen sollen?

Vermutlich überkommen einen Künstler die unterschiedlichsten Gefühle, wenn er das letzte Stückchen Glas in das nunmehr vollständige Mosaik einpasst. Aber was sollte derjenige machen, für den sich die Glasscherben des Mosaiks zu den trockenen Worten eines Urteils zusammenfügen?

»Bruder!«, wandte sich einer der »Finnen« feierlich an Edgar. »Wir möchten dir und der Tagwache Moskaus für die Unterstützung danken. Kommst du mit uns? Wir begießen die Rettung unseres Bruders Pasi, den alle für tot gehalten haben.«

Der echte Finne lächelte gequält, und seine Miene brachte deutlich zum Ausdruck, wie sehr ihn die Sorge seiner Gefährten rührte.

»Herzlichen Glückwunsch ...«, sagte Edgar tonlos. Obwohl zum Gratulieren eigentlich kein Anlass bestand – alle vier würden bei der Auferstehung Fafnirs unweigerlich sterben.

»Mein Dunkler Bruder.« Als der Magier Edgars Zögern bemerkte, drang er nicht weiter in ihn ein. »Du weißt nicht zufällig ... warum dieser Lichte, der ebenfalls angeklagt ist ... warum er uns die vier Pferde genannt hat?«

Seine Gefährten nickten unisono und empört.

»Das kann man wohl nicht als unbegründete Beleidigung betrachten?«, hakte der Anführer der Regin-Brüder nach.

»Nein«, antwortete Edgar. »Das ist schlimmer als eine Beleidigung. Das ist die Wahrheit.«

Darauf stürzte er zum Fahrstuhl.

Sechs

Anton kapitulierte gegen Mittag.

Trotz der bemerkenswerten Fähigkeit von Alkohol, die Fantasie anzuregen, rührten Igor und er keinen Wodka mehr an. Schon von Kaffee wurde ihm übel. Das hervorragende tschechische Bier wollte er auch nicht.

Igor stand am Fenster mit einem Glas Trinkjoghurt von Danone in der Hand und wies mit einem Kopfschütteln einen weiteren Vorschlag Antons zurück. »Was du nur für Ideen hast! Was soll ich schon für ein Drachentöter sein? Und haben wir die Version mit Fafnir nicht schon längst ad acta gelegt?«

»Und wenn sie doch stimmt?«

»Ändert das auch nichts. Hier geht es um einen Kampf von Magiern, nicht um ein Duell mit einem feuerspeienden Ungeheuer ...« Igor grinste. »Außerdem würde ich bei einem Kampf zwischen dem Drachen Fafnir und einigen modernen Kampfhelikoptern auf die Hubschrauber setzen«, fügte er dann zynisch hinzu. »Geben wir das Rätselraten auf, Anton. Wir kriegen es doch nicht raus.«

»Und trotzdem, Igor, du bist der Schlüssel.«

»Und was heißt das? Den Schlüsseln wird nie mitgeteilt, welche Tür sie öffnen sollen. Ich bin ein stinknormaler Anderer, Anton. Nur Sebulon weiß, worin meine ... Bedeutung besteht. Und Geser vermutlich auch. Gleich ist er bei uns, dann werden wir ihn danach fragen.«

Anton sah durchs *Zwielicht*. »Wirklich?«, fragte er neidisch. »Ist er schon so nah? Ich spüre ihn nicht ...«

»Ich spüre ihn auch nicht, ich habe durchs Fenster gesehen, wie sie ins Hotel gekommen sind.«

An der Tür klopfte es leise. Ein Tribut an die Höflichkeit, mehr nicht, denn bereits einen Augenblick später kamen die Gäste durchs *Zwielicht* herein. Geser, sein schweigsamer Schatten Alischer und Swetlana. Swetlana wurde von den beiden Magiern durchs *Zwielicht* geführt. Sie sah Anton erst, als alle drei aus dem *Zwielicht* heraus in die Menschenwelt eintraten. Sie lächelte und breitete ein wenig schuldbewusst die Arme aus: Sieh dir an, was aus mir geworden ist! Und Anton wurde abermals von jener sehnsuchtsvollen und schuldbewussten Zärtlichkeit durchströmt, die mit Scham und Wut auf ihn selbst versetzt war. Dabei hatte er keine andere Wahl gehabt, als dem Spiegel zu erlauben, Swetlana ihre Kraft zu rauben ... Und was das Wichtigste war: Swetlana lebte noch ... Doch wie sollte er dem verfluchten Gefühl entkommen, die Partie verloren zu haben?

Ob Igor etwas Vergleichbares empfand, wenn er an Alissa dachte? Vergleichbar, aber umso vieles bitterer?

Dann blieb ihm nur, sich zu wundern und darüber zu freuen, dass er noch am Leben war ...

»Guten Tag, Kinder ...«, sagte Geser sanft.

Er trug einen bescheidenen, nicht sehr teuren Anzug und eine Krawatte von gedeckter Farbe. Ein mittelständischer Geschäftsmann, der sich bei Marks & Spencer einkleidet und seinen Mitarbeitern zu Weihnachten stets kleine Geschenke zukommen lässt. In diesem Fall sah Geser das beste Geschenk anscheinend in seiner eigenen Person ...

»Seien Sie gegrüßt, Boris Ignatjewitsch«, erwiderte Anton. Den Tag gut zu nennen – da weigerte sich seine Zunge. »Sei gegrüßt, Alischer.«

Mit Sweta tauschte er nur nochmals einen Blick, bevor er sie bei der Hand nahm und zum Sessel führte. Wie eine Kranke ... Was sollte das bloß ...

»Guten Tag, Chef«, sagte Igor ruhig. »Ich freue mich, Sie zu sehen. Grüß dich, Sweta. Hallo, Alischer.«

Der Leibwächter (wenn man einen Magier dritten Grades allen Ernstes als Leibwächter für einen Großen Magier durchgehen lassen will) oder eher wohl die Ordonnanz von Geser, der Sohn eines Devona und einer Menschenfrau, nickte den Magiern schweigend zu und zog sich in eine Ecke des Zimmers zurück. Dort blieb er wie angewurzelt stehen, die Hände vor der Brust verschränkt und teilweise im *Zwielicht* verschwunden. Anton spürte, dass Alischers Fähigkeiten zur Beobachtung im *Zwielicht* künstlich gesteigert worden waren, allem Anschein nach vom Chef. Und dass der junge Magier versuchte, Igor nicht anzusehen, entging Anton ebenfalls nicht. Noch eine sinnlose Scherbe – Alischers Vater war von Alissa Donnikowa umgebracht worden. Auch wenn er kein Mensch oder Anderer ist – was genau eigentlich ein Devona, dieser treue Gehilfe hoher Magier ist, lässt sich nur schwer in Worte fassen. Der Devona selbst vollbringt keine Ruhmestaten, das ist nicht seine Aufgabe. Er dient lediglich den Helden, indem er ihren Weg von kleinen Hindernissen befreit. Außerdem stärkt er die Familienbeziehungen ... sorgt dafür, dass große Helden zur Welt kommen ...

Anton stockte der Atem.

Die Kinder von Tiermenschen erben in der Regel die Fähigkeit, sich zu verwandeln. Magier bekommen nur selten Andere. Aber wie war es bei einem Devona?

Was ist Alischer? Einfach ein Magier? Oder ein Devona wie sein Vater, der viele Jahrhunderte der Gehilfe Gesers in Zentralasien gewesen war?

Und wozu brauchte der Chef einen jungen usbekischen Magier? Hatte Geser ihn nur aus Sentimentalität und Pflichtgefühl in die Moskauer Wache aufgenommen und an sich gebunden?

»Anton!«

Er sah Swetlana an und verstand erst jetzt, dass er ihren Arm zu fest gepackt hielt. »Entschuldige …«

Geser stand vor Igor und sah ihm in die Augen. Lange und schweigend. Dann seufzte er und ging irgendwie gekrümmt und ermattet zum Sessel. Er setzte sich und vergrub das Gesicht in den Händen.

»Boris Ignatjewitsch«, sagte Igor. »Sie müssen mir das verzeihen!«

»Nein!«, schrie Geser, ohne die Hände vom Gesicht zu nehmen. »Ich verzeihe dir das nicht! Hast du dich in die Hexe verliebt? Darüber werde ich nicht urteilen, das ist dein Schicksal. Aber dass du dich schon aufgegeben hast, dafür kannst du keine Vergebung erwarten!«

Igor fühlte sich eindeutig nicht wohl in seiner Haut. Anton sah ihn an und begriff mit einem Mal, dass er trotz allem ins Ziel getroffen hatte. Wenn auch nicht ins Schwarze, natürlich nicht – es wäre dumm gewesen zu glauben, man könne einen Magier, den das Leben zermürbt hatte, mit einem profanen Besäufnis und Gesprächen über Freunde benebeln und ihm seinen Lebenswillen zurückgeben. Noch dümmer wäre es, darauf zu hoffen, ihn davon zu überzeugen, dass seine Liebe schlicht und ergreifend eine widerwärtige gierige Schlampe war.

Aber ihr langes Gespräch in der letzten Nacht, ihr Versuch, die Ereignisse zu verstehen, diese neue Phase im Krieg der Wachen zu durchschauen – all das gehörte zu der Rolle, die sie zu spielen hatten. Igor war von seiner schwermütigen Qual abgelenkt worden. Er fühlte sich wieder wie einer von ihnen.

Damit konnte Geser doch nicht gerechnet haben, oder?

Denn dann wäre sein ganzes Verhalten – inklusive dieser Szene – vorbedacht und berechnet!

Immerhin hatte der Chef insofern Recht, als Igors Verstand im Moment einfach getrübt war …

»Geser, es gibt etwas, das noch nicht einmal du verlangen

kannst!«, sagte Igor plötzlich. In scharfem Ton. Mit hochkochendem Zorn. Und bebender Stimme.

»Ja, natürlich, Hauptmann Igor Teplow.« Gesers Stimme war kalt wie Eis. »Das darf ich nicht! Aber wer hatte das Recht, im November 1942 von dir zu verlangen, unter Kugelhagel durch den Dnjepr zu schwimmen? Und wer hatte das Recht ...«

»Das ist was anderes!«

»Wieso denn?« Geser erhob sich und trat an Igor heran. Abermals blieb er wie angewurzelt vor ihm stehen, ein kleiner Mann – er war einen Kopf kürzer als Igor – mager und absolut nicht heldenhaft. »Teplow, muss ich dir vielleicht erklären, was der Krieg fordert? Er frisst nicht in erster Linie den Körper, sondern den Geist! Und als du in der ruhmreichen Stadt Berlin den armen Rotzjungen aus der Hitlerjugend mit einem Messer malträtiert hast, damit er seine Leute verrät, hast du das genau gewusst!«

Igor zuckte zusammen, als habe er einen Schlag ins Gesicht bekommen.

»Gewissen ... Liebe ... Ehre ...«, deklamierte Geser nachdenklich. »Niemand hat das Recht, dich zu zwingen, gegen dein Gewissen zu handeln. Niemand hat das Recht, dich zu zwingen, deine Liebe zu verraten. Niemand hat das Recht, dich zu überreden, gegen deine Ehre zu handeln. Niemand. Da hast du Recht. Trotzdem tun wir das! Aus freiem Entschluss. Wenn in einer Waagschale unsere Liebe, unser Gewissen und unsere Ehre liegt und in der anderen eine Million Menschen, die verliebt sind, ein reines Gewissen haben, ihre Ehre achten. Wir sind keine Engel, das passt nicht zu uns. Und ich verstehe deinen Schmerz, das kannst du mir glauben! Aber sieh dir Alischer an! Und versuch, auch seinen Schmerz zu verstehen! Und frag Anton, was er über deine Liebste denkt! Und Swetlana!«

»Ich kann Igor nicht verurteilen«, sagte Swetlana leise. »Sie müssen schon entschuldigen, Chef. Und du verzeih mir auch, Alischer. Vielleicht bin ich eine Idiotin ... und nicht würdig, in der Wache zu arbeiten. Nur kann ich euch alle verstehen.«

Sie sagte das sehr leise, ohne jede Effekthascherei, aber Geser blieb nun stumm, erstarrte und ging dann von Igor weg. »Als ob ich das nicht verstehe ...«, sagte er und breitete die Arme aus.

Im Zimmer senkte sich Stille herab, zähe Stille.

»Geser, wann immer mir die Pflicht etwas gebot, habe ich es getan«, sagte Igor plötzlich. »Ehrenhaft und unerbittlich. Ohne Rücksicht auf ... auf meine Gedanken und Gefühle. Aber meine Pflicht habe ich erfüllt. Bis zum Ende.«

»Nein. Da hast du Unrecht, Igor.« Geser durchquerte das Zimmer und holte eine Zigarre aus seiner Tasche. Er sah sie an, runzelte die Stirn und steckte sie wieder zurück, um ein Päckchen der demokratischen Pall Mall herauszukramen. Er knüllte es zusammen und fuchtelte ärgerlich mit der Hand ... »Die Wache braucht dich. Wir alle brauchen dich. Ich brauche dich.«

»Swetlana braucht mich ...«, bemerkte Igor beiläufig.

»Swetlana, Alischer, Ilja, Semjon, Bär, wir alle!«, erwiderte Geser sehr schnell. »Das ist doch klar!«

Igor lächelte, als akzeptiere er die Notwendigkeit, nicht offen zu sprechen. »Für lange?«, hakte er plötzlich in sachlichem, ernstem Ton nach.

»Höchstens für zwanzig Jahre«, antwortete Geser so ruhig, als habe er die Frage erwartet.

»Hoffst du, dass in dieser Zeit meine Liebe zu Alissa vergeht, Geser?«, fragte Igor.

»Das auch«, gab Geser zu. »Aber die Wache braucht dich gerade jetzt. In den nächsten Jahren.«

»Weshalb, Geser?«

»Lass uns einfach machen, Igor. Wir versuchen, dich herauszuholen. Und wir holen dich heraus, glaube mir, wenn du uns nur machen lässt ... oder noch besser, uns ein klein bisschen hilfst.«

Igor dachte nach. »Ich werde Alissa Donnikowa nicht anklagen, mich verzaubert zu haben«, sagte er dann. »Das hat sie nicht.«

»Aber du könntest doch die Vermutung äußern, eure Begegnung sei von der Moskauer Tagwache herbeigeführt worden.«

»Das könnte ich«, nickte Igor. »Vermutlich war das ja auch so.«

»Das ist alles.« Geser breitete die Arme aus. »Um mehr bitte ich dich nicht.«

Er sah wirklich zufrieden aus.

Anton hüstelte. Er wartete, bis Geser ihn ansah. »Boris Ignatjewitsch«, sagte er dann. »Ich möchte Sie auch um einen Gefallen bitten. Erklären Sie uns, welche Rolle Igor in unserer neuen Intrige spielt.«

»Nur Igor?«

»Ja. Wozu Sie Swetlana, mich und den Devona Alischer brauchen, ist auch so klar.«

Der in seiner Ecke erstarrte junge usbekische Magier zuckte zusammen.

»Guten Nachwuchs haben wir ...«, sagte Geser müde. »Schlau. Und gleichzeitig so dumm ...«

Er hielt inne und sah sich konzentriert um. Dann schüttelte er den Kopf. Anton spürte, wie sich um sie herum Kraft ausbreitete. Das Zimmer anfüllte, aufheizte. Wie eine feste Mauer drückte und *etwas* nach außen drängte ...

»Ich kann das nicht sagen«, gestand Geser überraschend ein. »Ich kann das aus einem ganz einfachen Grund nicht sagen ...«

»Weil wir uns dann weigern würden mitzuarbeiten?«, fragte Anton scharf.

»Nein.« Geser schüttelte den Kopf. »Im Gegenteil. Ich schwöre beim Licht, dass diese Ereignisse niemandem von euch Schaden zufügen werden. Weder eurem magischen noch eurem menschlichen Ich ... Ihr würdet wirklich mit echtem, aufrichtigem Eifer mitarbeiten. Aber ...« Er wog jetzt jedes Wort ab. »Im Moment läuft tatsächlich die Schlussoperation der Moskauer Nachtwache. Leider ist das auch die Schlussoperation der Tagwache. Vom Verhalten jedes Einzelnen hier hängt genauso wie vom Verhalten unserer Gegner ... hängt zu viel ab. Wir machen unsere Schritte, dito unsere Feinde. Diese Schritte können verfehlt sein, glücklos und falsch. Aber den Sieg wird derjenige erringen, der zum Schluss den richtigen Schritt macht!«

»Sieger werden nicht verurteilt«, stimmte Anton zu. »Aber die Figuren auf dem Schachbrett haben nicht das Recht, sich selbständig zu bewegen.«

»Jeden Zug von euch kann Sebulon ohne Mühe erahnen!«, brüllte Geser. »Mach dir da nichts vor, Anton. Auch dass du das Auto, in dem der Spiegel gesessen hat, gerammt hast, war ein Schritt, den er vorausgesehen hat! Ja, es war ein erfolgreicher Schritt! Ja, das kleinere Übel! Aber er hat niemanden überrascht! Weder Sebulon ... noch mich.« Er holte Luft. »Kinder ...«, fuhr er dann ruhiger fort. »Ihr seid für mich keine Figuren auf einem Schachbrett. Glaubt mir das. Und auch keine Werkzeuge.«

»Aber eine von uns«, meinte Swetlana lächelnd und brachte zum Ausdruck, wie lächerlich ein solcher Satz in einer männlichen Gesellschaft klang, »könnte die Werkbank sein, an der ein Werkzeug hergestellt wird?«

Anton fragte nicht, wie sie das herausgefunden hatte. Vielleicht hatte sie auch Schemata gezeichnet, heimlich, ohne ihm etwas zu sagen? Oder hatte sie etwas gespürt, als sie noch über ihre Kraft verfügte?

Geser hüllte sich in Schweigen und ließ den Kopf hängen. Er schien nachzudenken ... Doch Anton bemerkte, dass sich der Schutzkokon um sie herum bis zu einer wahrhaft undenkbaren Dichte verstärkte. Wo lag die Grenze der Kraft der Großen Magier? Hatte sie überhaupt eine Grenze?

»Gut.« Geser nickte. »Swetlana, du hast Recht ... aber nur teilweise ... ach, beim Licht und beim Dunkel!«

Er sank in einen Sessel. Nun holte er doch seine Zigaretten heraus und zündete sich eine an. Bevor er weitersprach, nahm er mehrere Züge. »Swetlana ... du bist eine Große Zauberin. Solche wie du werden bloß alle paar Jahrhunderte einmal geboren. Potenziell bist du vermutlich stärker als Olga ... Aber dein Wert für die Lichten – ich meine nicht nur für unsere Wache, sondern für die Lichten insgesamt – besteht darin, dass du die Mutter eines Messias werden könntest.«

»Nachdem Olga mein Schicksalsbuch umgeschrieben hat«, sagte Swetlana.

»Nein. Nicht erst danach. Man kann das Schicksal eines Anderen nicht so leicht umschreiben wie das Schicksal eines Menschen. Das war von Anfang an vorherbestimmt. Wir haben nur einige Details korrigiert. Winzigkeiten. Die dich nicht betreffen, auch nicht die Zukunft des ... des zu erwartenden Kindes.«

»Welche?« In Swetlanas Stimme klang nun doch Ärger durch. Lange hatte sie ihre Wut zurückgehalten. Jetzt war Anton allerdings kurz davor loszuschreien – so bohrten sich ihre Finger in seine Hand.

»Nur das Datum!« Nein, Geser stand Swetlana in puncto Hartnäckigkeit in nichts nach. »Nichts, außer dem Datum! Zweitausend Jahre nach der Geburt Christi! Nie zuvor hat die Menschheit so an die Ankunft eines Messias geglaubt!«

»Meinen herzlichen Dank auch«, zischte Swetlana mit vor Wut schriller Stimme. »Ihr habt also entschieden, wann und von wem ich ihn euch zur Welt bringe?«

»Erstens, wieso *ihn*?«, wollte Geser wissen.

Anton, der sich eigentlich gerade in das Gespräch einmischen und sich zu Swetlanas Frage nach dem Vater äußern wollte, schluckte die bereits formulierte Antwort hinunter. Der Druck von Swetlanas Hand ließ jetzt auch nach.

»Für die einen entscheiden Mama und Papa, für die anderen eine besoffene Hebamme und für die dritten ein Gläschen Wodka zu viel«, sinnierte Geser schwermütig. Auf die zweite Frage einzugehen war nicht nötig. »Swetlana, mein Kind! Mit diesen Kräften, mit dieser Vorbestimmung zu spielen ist gefährlich! Selbst ich würde das nicht wagen! Es ist vorbestimmt, dass du eine Tochter zur Welt bringst, die eine herausragende Figur im Krieg zwischen Licht und Dunkel werden wird! Ihr Wort wird das Universum verändern, ihr Wort wird die Sünder zur Beichte treiben, bei ihrem Anblick werden selbst die bedeutendsten Magier des Dunkels auf die Knie fallen!«

»Das ist nur eine Wahrscheinlichkeit ...«, flüsterte Swetlana.

»Natürlich. Es gibt kein Schicksal – leider und glücklicherweise. Aber du kannst mir glauben, dass dieser müde alte Magier hier alles tun wird, was in seiner Macht steht, um diese Wahrscheinlichkeit Realität werden zu lassen.«

»Besser wäre ich ein Mensch geblieben ...«, flüsterte Swetlana. »Besser wäre ich ...«

»Wann hast du dir das letzte Mal eine Ikone angeschaut?«, fragte Geser. »Sieh Maria in die Augen und denke mal darüber nach, warum sie immer traurig sind.«

Es war sehr still.

»Ich habe euch schon mehr gesagt, als ich dürfte.« Geser breitete mit schuldbewusster Miene die Arme aus. Anton hatte zum ersten Mal den Eindruck, dass Geser ihnen nicht eine Sekunde etwas vorgespielt hatte. »Ich habe es gesagt und habe mit einem Fuß die Grenze des Zulässigen überschritten. Jetzt müsst ihr entscheiden. Darüber nachdenken, wer eine Figur auf dem Schachbrett ist und wer ... wer eine vernünftige Persönlichkeit ist, in der Lage, über eine vermeintliche Beleidigung hinwegzugehen!«

»Vermeintlich?«, fragte Swetlana bitter.

»Als man dir erklärt hat, dass du dir nach dem Sandkasten die Hände waschen sollst oder dich dazu angehalten hat, dir eine Schleife ins Haar zu binden, war das auch eine Einmischung in dein Schicksal«, sagte Geser. »Und meiner Ansicht nach eine völlig gerechtfertigte.«

»Sie sind nicht mein Vater, Boris Ignatjewitsch!«, erwiderte Swetlana.

»Nein. Natürlich nicht. Aber für mich seid ihr alle meine Kinder …« Geser seufzte. »Ich erwarte euch im Foyer … genauer, Alischer und ich werden dort auf euch warten. Wenn ihr wollt, kommt nach.«

Er ging hinaus, wie ein Schatten folgte ihm der Devona.

Der Erste, der etwas sagte, war Igor. »Das Schlimmste ist, dass er in gewisser Weise Recht hat.«

»Wenn dir jemand mitteilen würde, dass du einen Messias zur Welt bringen sollst, werde ich noch einmal mit dir darüber reden, ob dieser jemand Recht hat!«, entgegnete Swetlana scharf.

»Für mich wäre das … weitaus … schwieriger …«, gab Igor kleinlaut zu.

Anton lächelte als Erster. Er sah Swetlana an. »Hör mal …«, sagte er. »Ich erinnere mich noch, wie du dich über die Ungerechtigkeit des Schicksals beklagt hast, dass Andere in der Regel normale Menschenkinder bekommen …«

»Da habe ich mich abstrakt empört …« Swetlana schlug die Hände über dem Kopf zusammen. »Ihr beiden habt doch bestimmt was zum Rauchen …«

Schweigend gab Igor ihr eine Zigarette.

»Warum muss das so laufen? Hinter meinem Rücken?«, fragte Swetlana kläglich, während sie ihre Zigarette anrauchte. »Und wie will man aus mir … die Mutter eines Messias machen? Noch dazu eines weiblichen Messias!«

»Na ja, Messias ist einfach ein Terminus, der passt«, sagte Igor. »Entspann dich.«

»Ich bin keine Jungfrau mehr!«, erklärte Swetlana finster. »Und überhaupt … Ich halte mich auch nicht für die Tugend in Person …«

»Zieh keine überflüssigen Parallelen.«

Seltsamerweise schien Igor sich beruhigt zu haben. Und zwar richtig. Innerlich. Jetzt konzentrierte er sich sogar.

»Anton, nun sag doch auch mal was!«, platzte es aus Swetlana heraus, während sie ihn ansah. »Was ist denn mit dir? Geht dich das alles etwa nichts an?«

»Ich hoffe sehr, dass es mich ganz direkt etwas angeht«, erwiderte Anton. »Und ich glaube, dass wir jetzt zu Geser gehen sollten. Schön ist das bestimmt nicht für ihn, so dazusitzen und zu warten.«

»Er weiß doch schon alles … ahnt es …« Swetlana drehte sich um.

»Nein. Er weiß es nicht. Wenn wir wirklich keine Bauern sind, dann weiß er es nicht.«

Sanft erklang eine Gitarre. Igor, gegen die Wand gelehnt, hatte das Instrument in den Händen. Er sang so leise, dass Swetlana und Anton schweigen mussten.

Es bitten mich Teufel um Dienste,
Keinem jedoch will ich dienen.
Nicht einmal mir, nicht einmal dir,
Denen nicht, die es befehlen.
Denn solange sie leben,
Dien' ich keinem von ihnen.
Ich hab genug Feuer gestohlen,
Um es nie wieder zu stehlen.

Igor legte die Gitarre weg, ließ sie sanft in den Sessel gleiten. So lässt man ein Instrument zurück, wenn man überzeugt ist, gleich wiederzukommen.

»Gehen wir?«

Von den Dunklen betrat Edgar als Erster den Sitzungssaal des Tribunals. So sollte es sein. Mit ihm kam Anton herein, der durch die gegenüberliegende Tür eintrat. Höflich nickten sie einander zu, begrüßten sich. Edgar hegte keine besonderen Vorbehalte gegen diesen Lichten und ging davon aus, dass es sich bei Anton ebenso verhielt.

O ja, verglichen mit dem kleinen verfallenen Zimmer in der Lomonossow-Universität machte dieser Saal richtig Eindruck! Das hier war Europa, ohne Frage!

Die Steingewölbe wirkten schwer und drückend, vermittelten aber gleichzeitig auch den Eindruck von Sicherheit und Ruhe. Ein einfacher Metalllüster, allerdings mit mehreren hundert Kerzen. Edgar hätte schwören können, dass die Kerzen nicht erst seit hundert Jahren brannten. Es hieß, die Berner Abteilung der Inquisition sei in einem ultramodernen Bau untergebracht gewesen; für die Prager galt das Gegenteil, es war ein sehr altes Gebäude.

Und gefiel Edgar besser.

Der runde Saal war in zwei Hälften unterteilt: Eine war mit hellem Marmor verkleidet, eine mit dunklem. In dieser augenfälligen Schlichtheit, die die beiden Kräfte demonstrierte, lag etwas ebenso Naives wie Erhabenes. Kleine Stehpulte – die Plätze für die Ankläger – standen in der Mitte rings um ein rundes Gitter, das ein dunkles Loch im Boden überdeckte.

Ein dreieckiger Keil aus grauem Marmor streckte sich fast bis zur Mitte in den Saal hinein. Er war den Inquisitoren vorbehalten, die natürlich schon anwesend waren. Sieben. Im Grunde galt die Inquisition nicht als Kraft, die den Wachen vergleichbar war, aber unter diesen sieben befanden sich, wie Edgar wusste, zwei Große: ein Dunkler und ein Lichter. Falls das Europabüro wollte, konnte es vermutlich mit Geser und Sebulon fertig werden.

Was nicht schlecht war.

Hinter Anton kamen weitere drei Lichte aus Moskau herein. Geser ... nun ja, was täten sie ohne Geser?! Swetlana, auch nicht weiter verwunderlich. Und dieser Usbeke, der Sekretär oder Adjutant Gesers.

Hinter Edgar kamen bereits die Dunklen den Gang hinunter. Sebulon ... Edgar spürte das Nahen des Chefs, drehte sich unwillkürlich um und fing das freundliche Nicken vom Oberhaupt der Moskauer Dunklen auf. Ja, ja ... lach du nur, Judas ... nein, du bist noch schlimmer als Judas, denn der hat seinen Lehrer verraten, aber du verrätst deinen Schüler!

Aber hinter Sebulon kamen noch zwei Dunkle herein. Und wenn Edgar mit Anna Lemeschewa gerechnet hatte, so doch niemals mit Juri, der ihm jetzt verschmitzt zuzwinkerte, Juri, der ihn rechtzeitig vor den sinistren Plänen Sebulons gewarnt hatte.

Edgar zwang sich dazu, sich von seinen Kollegen abzuwenden und nur nach vorn zu schauen.

Igor brachte man als Letzten. Zwei einfache Inquisitoren gingen neben ihm her und begleiteten ihn schweigend zu dem vergitterten Kreis mit einem Durchmesser von drei Metern in der Mitte des Saals.

Entweder war in diesen Kreis keine besondere Magie eingeflochten oder Edgar spürte sie nicht. Und auch der Mechanismus, mit dem man das Gitter im Handumdrehen herunterklappen und den Angeklagten so in den tiefen Kellerschacht schicken konnte, machte den Eindruck, als sei er seit langem eingerostet und werde schon ewig nicht mehr benutzt. Trotzdem dürfte es nicht sonderlich angenehm sein, auf diesem Kreis zu stehen.

Igor achtete jedoch gar nicht darauf. Er stellte sich in die Mitte des Kreises, die Hände vor der Brust verschränkt.

»Im Namen des Großen Vertrages ...«

Aus der Gruppe der Inquisitoren löste sich einer, der keinen grauen Kittel trug. Vítězslav, der Höhere Vampir.

»Wir sind die Anderen. Wir dienen unterschiedlichen Kräften ...«

Mechanisch wiederholte Edgar die Worte des Vertrages und versuchte dabei, sich vorzustellen, womit Vítězslav anfangen würde. Und wie er selbst aus all dem bloß mit heiler Haut davonkommen sollte ...

»Heute muss sich das Europäische Tribunal der Inquisition mit der Klage der Nachtwache Moskaus, Russland, gegen die Tagwache Moskaus, Russland, befassen«, erklärte der Vampir, nachdem der Vertrag verlesen worden war. »Die Gegenklage der Tagwache Moskaus gegen die Nachtwache Moskaus ist Teil dieses Prozesses. Gegenstand der Verhandlung ist das Duell zwischen dem Lichten Magier Igor Teplow und der Dunklen Hexe Alissa Donnikowa ...«

Bis jetzt war alles ohne Überraschung verlaufen ... Edgar bemerkte, wie er sich an das dunkle, kühle Holz des Stehpults geklammert hielt und sich mit aller Willenskraft zur Ruhe zwang. Schließlich war er ein erfahrener Jurist. Was unterschied eine Gerichtsverhandlung der Menschen schon von einer der Anderen?

Vielleicht die Art des Urteils ...

»Der Prozessablauf wird jedoch leicht abgeändert«, fuhr Vítězslav fort. »Das Tribunal hat noch über zwei Fragen zu befinden, die mit der Hauptklage in Zusammenhang stehen. Die erste betrifft die Sekte der Dunklen, die sich selbst die Regin-Brüder nennt und des Überfalls auf das Depot der Inquisition, den Raub der Kralle des Fafnir, der unerlaubten Einfuhr dieses Artefakts nach Russland und des Widerstands gegen die Moskauer Nachtwache für schuldig befunden ist. Man führe die Angeklagten herein.«

Zwei weitere junge Inquisitoren brachten die vier Finnen herein. Ein leichtes Lächeln zeichnete sich auf den Gesichtern aller Anderen ab – es war einfach unmöglich, sich ein noch stärker an eine Karikatur gemahnendes Quartett vorzustellen.

»Es besteht vermutlich keine Notwendigkeit, die Umstände des betrüblichen Zwischenfalls zu wiederholen«, sagte der Vampir. »Alle Anwesenden sind mit den von der Inquisition zu diesem Fall zusammengetragenen Materialien vertraut. Jetzt ist es an der Inquisition, das Urteil zu sprechen. Ein gerechtes, sachliches und strenges Urteil.«

Die Gesichter der vier ließen darauf schließen, dass sie nicht auf Nachsicht hofften.

»Ein derart schweres Verbrechen wie der Überfall auf die Mitarbeiter der Inquisition und der Raub eines hochgefährlichen

Artefakts aus ihrem Depot kann nicht anders als mit bedingungsloser Dematerialisierung bestraft werden«, verkündete der Vampir. Er machte eine Pause. Seine nächsten Worte ließen die Köpfe der Finnen hochschnellen: »Aber ... aber die Angeklagten waren nicht unmittelbar in den Vorfall von Bern verwickelt. Wie aus den Prozessunterlagen erhellt, hat die Leitung der Sekte, die bedauerlicherweise bei der Verhaftung gestorben ist, die vier jungen Magier gezwungen, als Kuriere tätig zu werden. Insofern qualifiziert die Inquisition ihr Verhalten nur als Schmuggel und Widerstand gegen die Moskauer Nachtwache. Mildernde Umstände sind gleichfalls zu berücksichtigen: die tiefe und aufrichtige Reue, die Hilfe bei der Aufklärung nach der Verhaftung, die Jugend der Angeklagten sowie die bisherige Unbescholtenheit. Wenn die Moskauer Nachtwache weitere mildernde Umstände vorbringt und die persönliche Anklage gegen die Dunklen Magier fallen lässt, hat die Inquisition das Recht, ein weniger strenges Urteil zu fällen.«

Auf Seiten der Lichten erhob sich Geser. Er breitete die Arme aus. »Die Moskauer Nachtwache macht keine ... persönlichen Ansprüche gegen die Angeklagten geltend. Darüber hinaus vertreten wir die Ansicht, dass die Führung der Sekte der Regin-Brüder zu diesem Verbrechen von einem ... von einem unbekannten Dunklen Magier gedrängt worden ist.«

»Das ist nicht bewiesen«, erklärte Vítězslav.

»Nur die Identität des Drahtziehers ist bisher nicht festgestellt worden«, meinte Geser lächelnd. »Die Tatsache seiner Existenz kann keinem Zweifel unterliegen.«

Vítězslav nickte. Er wandte sich seinen sechs Kollegen zu. Eine Weile tauschten die Inquisitoren wortlos ihre Gedanken aus. Dann wandte sich Vítězslav wieder den vier erstarrten Finnen zu.

»Im Namen des Großen Vertrages. Unter Berücksichtigung der Nachsicht der Nachtwache, des Ausbleibens schwerwiegender Folgen und anderer mildernder Umstände räumt die Inquisition Ihnen das Recht ein, die Strafe selbst zu wählen. Variante eins: Sie werden zum Tod durch Erhängen ohne Beschneidung der bürgerlichen Rechte verurteilt ...«

Der kräftige Afrikaner seufzte schwer, der Chinese und der Finne fassten ihn unterm Arm und stützten ihn.

»Die zweite Variante der Strafe: Von heute an bis zum Ende Ihrer Tage ist es Ihnen verboten, Magie anzuwenden. Sie haben das Recht, ein normales Menschenleben zu führen, das Sie jedoch nicht durch magische Möglichkeiten verlängern oder in seiner Qualität verbessern dürfen.«

Wie gebannt starrten die Finnen den Inquisitor an. Sebulon kicherte leise, nahm aber gleich wieder einen ernsten Ausdruck an.

»Das zweite ... das zweite!«, stieß Juha Mustaioki mit gepresster Stimme hervor. Die übrigen drei nickten.

»Gibt es Einwände seitens der hier Anwesenden?«, fragte Vítězslav.

Abermals erhob sich Geser. »Wir ...« Er seufzte. »Als Ausdruck unseres guten Willens ... glauben wir ... als kleine Geste ... den Angeklagten die Anwendung von Magie gestatten zu können ... niederer Magie ... bei unbelebten Gegenständen.«

Offenbar brachte Geser jedes Wort nur mit Mühe über die Lippen, als müsse er sich zu dieser Barmherzigkeit zwingen.

»Sagen wir, um einen verlorenen Gegenstand wieder zu finden ... einen kleinen ... einen Schlüssel oder eine Münze ... Um Fliegen aus dem Zimmer zu vertreiben ... laut Bestimmung gelten Fliegen doch als unbelebt, oder? Um den Vergaser im Auto zu reinigen ...«

Auf dem Gesicht des Vampirs zeichnete sich leichte Verblüffung ab. Das versteht er nicht, schlussfolgerte Edgar.

»Die Inquisition gibt dem statt ...«, sagte der Vampir schließlich. »Drückt den Angeklagten das Siegel auf!«

Zwei Inquisitoren hoben die rechte Hand – und zu den vier Verurteilten schlängelten sich dünne funkelnde Energiefäden. Die Siegel brannten sich fest ein und ließen den Verurteilten nur die Möglichkeit, allerschwächste Magie anzuwenden. Vermutlich hatten die Inquisitoren in der Tat nicht verstanden, dass die überraschende Güte Gesers die Strafe nur schlimmer machte. Es ist eine Sache, auf jede Magie verzichten zu müssen und sich nach und nach mit einer menschlichen Existenz abzufinden. Es ist etwas ganz anderes, sich jeden Tag wie ein unfähiger Krüppel vorzukommen, der sich mit einem Schatten seiner einstigen Fähigkeiten begnügen muss.

Die Finnen dachten darüber im Moment übrigens nicht nach. Man brachte sie, trunken vor Glück, aus dem Saal des Tribunals. Juha versuchte in einem fort, sich loszureißen, um allen die Hand zu drücken, doch die aufmerksamen Tribunalsdiener trieben ihn mit profanen Stößen hinaus.

Edgar schüttelte den Kopf. Im Grunde war es nicht schlecht, dass die Regin-Brüder gerettet worden waren. Aber dieser Preis ... Er selbst hätte vermutlich einen schnellen Tod bevorzugt.

»Die nächste Frage der Sitzung wurde nicht vorab eingereicht«, sagte Vítězslav. »Die Inquisition bittet den Leiter der Moskauer Nachtwache, bekannt unter dem Namen Geser, in den Kreis der Anklage zu treten ...«

Sebulon lächelte triumphierend.

»Desgleichen den Leiter der Moskauer Tagwache, bekannt unter dem Namen Sebulon.«

Die leichte Verwirrung auf Sebulons Gesicht überraschte Edgar in höchstem Maße. Nur: Wie viel davon war gespielt?

»Die erste Frage der Inquisition geht an den Großen Magier Geser.« Vítězslav sprach jetzt höflich, aber sehr streng. »Geser, haben Sie eine Manipulation am Schicksalsbuch der hier anwesenden Großen Zauberin Swetlana Nasarowa vorgenommen, um die besagte Große Zauberin auf diese Weise zu zwingen, Mutter eines Lichten Messias zu werden?«

Im Saal senkte sich Stille herab.

»Präzisieren Sie die Formulierung, Vítězslav«, bat Geser sanft. »Ansonsten nehme ich sie übel.«

Der Vampir bleckte die Zähne zu einem Lächeln. »Beantworten Sie den Kern der Frage, Großer Magier Geser.«

»Gut«, nickte Geser. »Ich habe eine solche Anklage nicht erwartet, aber ... ich werde dem Tribunal alles erklären.«

Du hast sie erwartet, dachte Edgar bei sich. All das hast du erwartet, du alter Intrigant ...

»Eine derartige Manipulation ist grundsätzlich unmöglich. Selbst für mich«, erläuterte Geser bescheiden.

Vítězslav schien das zu irritieren. »Lichter Magier Geser, aber das Schicksalsbuch von Swetlana Nasarowa ...«

»... zeigt, dass sie Mutter einer der größten Lichten Zauberinnen wird oder, um es einmal poetisch auszudrücken, eines Messias des Lichts.« Geser lächelte fröhlich. »Das freut die Moskauer Nachtwache sehr ... ach, nicht nur uns, sondern alle Lichten! Aber die verehrte Inquisition muss eins verstehen: Solche Dinge *schreibt man nicht* in das Schicksalsbuch. Mit keinen Mitteln. Auf keine Weise. Selbst mit dem Ihnen bekannten Artefakt nicht, das rechtmäßig der Nachtwache gehört.«

Der Vampir gab nicht nach: »Aber es ist doch eine Manipulation an dem Schicksalsbuch von Swetlana Nasarowa vorgenommen worden?«

»Ja.« Geser nickte. »Wie alle wissen ... oder fast alle ..., ist es möglich, einen neuen Eintrag im Schicksalsbuch vorzunehmen, was sich jedoch unmittelbar auf das Gleichgewicht von Licht und Dunkel auswirkt. Es ist recht einfach, belanglose Veränderungen im Schicksal eines gewöhnlichen Menschen herbeizuführen. Etwas schwieriger ist es, unbedeutendere Änderungen im Schicksal eines Anderen vorzunehmen. Und je stärker dieser Andere und je gewichtiger die Veränderung ist, desto empörter werden Licht und Dunkel dagegen protestieren. Können Sie, verehrte Mitglieder des Tribunals, sich vorstellen, welche Folgen es hätte, wenn im Schicksalsbuch einer Großen Zauberin ein Eintrag eingefügt würde, dass sie die Mutter eines Messias wird?«

Niemand antwortete.

»Jeder von uns ... ja, alle Anderen zusammengenommen, würden allein bei dem Versuch, etwas derart Schändliches zu tun, dematerialisiert werden!«, rief Geser laut. »Zu Staub zerfallen! Die Welt würde einstürzen! Und Sie klagen mich einer solchen Tat an!«

»Lichter Magier Geser, welche Veränderungen haben Sie denn nun im Schicksalsbuch der Swetlana Nasarowa vorgenommen?«

»Nichtigkeiten!« Geser breitete die Arme aus. »Ich bin doch wohl verpflichtet, für meine Mitarbeiter Sorge zu tragen, oder? Eine Reise zu einem Ferienort in Italien ... die Fahrschule ... dies und das ... Ich kann Ihnen eine detaillierte Liste vorlegen, wenn Sie das wünschen. Nichts von Bedeutung. Kleine Freuden des menschlichen Lebens!«

Vítězslav dachte nach. »An welcher Stelle haben Sie die Einträge vorgenommen?«, hakte er nach. »*Vor* oder *nach* dem Eintrag zur Geburt einer Großen Lichten?«

»Ich glaube *vor* ...«, meinte Geser lächelnd.

»Folglich haben Sie den Zeitpunkt dieses Ereignisses korrigiert.« Vítězslav fragte nicht, er überlegte. »Sie haben die maximale Wahrscheinlichkeit dafür geschaffen, dass die zukünftige Tochter Swetlanas ein Messias des Lichts wird ...«

»Das kann sein«, räumte Geser ein. »Was werfen Sie mir eigentlich vor? Schließlich habe ich doch nur versucht, das Leben meiner Mitarbeiterin angenehmer zu gestalten.«

»Aber hätten Sie für eine Verschönerung der Lebensumstände von Swetlana Nasarowa nicht andere Möglichkeiten gehabt? Eine kostenlose Reise? Eine Geldprämie? Ein freundschaftlicher Rat?«

Geser sah jetzt ehrlich verletzt aus. »Ich habe die Möglichkeiten ausgeschöpft, die mir zur Verfügung standen. Die Inquisition hat das Recht, sich darüber zu wundern, warum ich Nägel mit einem Mikroskop einschlage, ja ... Aber sie kann mich deswegen nicht anklagen!«

Die Inquisitoren sahen einander an. Dieses Mal dauerte die wortlose Beratung fast eine Minute. Edgar merkte, wie ein Strom kalten Schweißes über seinen Rücken rann. Was sollte das alles?! Wenn die Inquisition Geser anklagte ... einen Großen Magier dematerialisierte ... Der war schließlich ein anderes Kaliber als die vier Finnen, mit denen man ohne weiteres fertig werden konnte ...

»Das fällt nicht in unsere Zuständigkeit«, sagte Vítězslav schließlich. »Großer Magier Geser, nachdem die Inquisition Ihre Erklärungen gehört hat, kommt sie zu dem Schluss, dass Sie die Buchstaben des Großen Vertrages nicht verletzt haben ...«

»Die Buchstaben und den Geist!«, stellte Geser in scharfem Ton richtig.

»Die Buchstaben und den Geist!«, pflichtete ihm der Vampir bei, dessen Ärger jetzt jedoch durchbrach. »Gleichwohl stellt Ihr Vorgehen ein zweifelhaftes und gefährliches ...«

»Nicht mehr als der Versuch der Moskauer Tagwache, Swetlana Nasarowa noch kurz vor ihrer Initiierung zu vernichten«, schnitt ihm Geser das Wort ab. »Haben Sie noch weitere Fragen an mich?«

»Nein«, antwortete Vítězslav. »Sie können an Ihren Platz zurückgehen.«

Während des Verhörs hatte Sebulon bescheiden am Rand des Gitterkreises gestanden. Ein anspruchsloser, unauffälliger grauer Schatten ... Anscheinend nahm er es völlig gelassen hin, dass die Klage gegen Geser fallen gelassen wurde. Und das beunruhigte Edgar.

»Dunkler Magier Sebulon, die Inquisition hat auch an Sie einige Fragen«, sagte Vítězslav. »Haben Sie die Sekte der Regin-Brüder zu diesem Überfall angestiftet?«

»Niemand ist verpflichtet, gegen sich selbst auszusagen ...«, erklärte Sebulon mit tonloser Stimme.

»Ist das ein Geständnis?«, fragte der Vampir schon etwas interessierter.

»Nein, ich zitierte damit nur das Gesetz. Sie haben nicht das Recht, mir eine solche Frage zu stellen. Deshalb werde ich sie nicht beantworten.«

»Gut. Einspruch stattgegeben. Großer Magier Sebulon, haben Sie, um dem zukünftigen Messias der Lichten etwas entgegenzusetzen, geplant, den Großen Magier Fafnir auferstehen zu lassen, der vor mehr als tausend Jahren ins *Zwielicht* geschickt und dematerialisiert worden ist?«

Sebulon blinzelte mehrmals. »Wie kommen Sie auf einen derartigen Quatsch?«, rief er voller Verwunderung.

»Haben Sie sich der Initiierung Swetlana Nasarowas entgegengestellt und gegen sie gerichtete Maßnahmen ergriffen?«

»Ja, innerhalb der vom Großen Vertrag erlaubten Grenzen«, erwiderte Sebulon rasch.

»Und Fafnir?«

»Was ist mit Fafnir?«, antwortete Sebulon mit einer Gegenfrage. Er sah Edgar an – und zwinkerte ihm zu.

»Warum haben Sie einen Mitarbeiter der Tagwache nach Prag geschickt, der ideal für die Rematerialisierung Fafnirs geeignet wäre?«

»Ich weiß nicht, wovon Sie sprechen!«

»Haben Sie geplant, folgende Parallelen herzustellen: Fafnir – der Antichrist, die vier Mitglieder der Sekte der Regin-Brüder – die vier apokalyptischen Reiter ...«

Sebulon prustete los. Er lachte lange, fröhlich, ab und an wiehernd – wie man nur lachen kann, wenn man ein riskantes, aber ausgesprochen lustiges Spiel gewonnen hat. Er wischte die austretenden Tränen ab. »Der Sinn für Humor bei den Vertretern der Inquisition entzückt mich«, erklärte er dann schon ruhiger. »Fafnir ist ein verrückter Psychopath, ich habe ihn noch persönlich kennen gelernt, und wenn ich etwas nicht will, dann ist es, ihm noch einmal zu begegnen ... Vor allem eignet er sich nicht im Geringsten als Messias der Dunklen! Dazu reicht seine Kraft nicht. Um Swetlana zu vernichten ...« Sebulon lächelte. »... ja, das schon. Aber dieser Preis ... Wie kommen Sie nur darauf?! Und diese schwächlichen finnischen Magier ... Wie war das? Was haben Sie gesagt? Die apokalyptischen Reiter?«

Edgar kam sich wie ein kompletter Idiot vor. Flehend sah er Vítězslav an. Doch der ließ nicht locker. »Weshalb haben Sie folgende Handlungen vorgenommen: die Vorbereitung des Todes von Alissa Donnikowa, der als rituelles Opfer für die Rematerialisierung verstanden werden kann, und der Auftrag an einen bekannten Moskauer Künstler, zwei Porträts anzufertigen, von dem Dunklen Magier Edgar und vom Drachen Fafnir?«

»Zu den Umständen des Todes von Alissa Donnikowa hätte ich auch noch was zu sagen!«, meinte Sebulon wieder ernst. »Soweit mir bekannt ist, wird das im nächsten Verhör zur Sprache kommen. Und die Porträts ...«

Das Haupt der Moskauer Dunklen schob die Hand hinter das Revers seines Jacketts und holte zwei kleine, etwa 20 × 30 cm große gerahmte Bilder heraus. In dem einen Porträt erkannte Edgar sich voller Entsetzen selbst. Auf dem anderen schlug krampfhaft ein Drache um sich.

»Das ist ein kleines Weihnachtsgeschenk für einen meiner besten Mitarbeiter. Wenn Sie einem alten Mann diese Sentimentalität nachsehen wollen ...«

Mit diesen Worten machte Sebulon einen Schritt vor und streckte Edgar das Porträt hin. Ein gutes Bild, ohne Frage! Was Edgar jedoch Angst einjagte, war das Flüstern Sebulons: »Schlaukopf ...«

Dann kehrte Sebulon wieder zum Kreis zurück.

»Und das zweite Bild?«, fragte Vítězslav.

»Reine Sentimentalität«, erklärte Sebulon. »Durch diese Regin-Brüder ist in meiner Seele einiges aufgewühlt worden. Ich habe mich an Fafnir erinnert ... und beschlossen, mir zum Gedenken an ihn sein Porträt anfertigen zu lassen ...«

»Sie haben nicht geplant, ihn wieder ins Leben zu rufen?«, hakte Vítězslav noch einmal nach. Und diesmal antwortete Sebulon sehr ernst und, wie es schien, völlig aufrichtig. »Nicht eine Sekunde. Es gibt einfachere Wege, um ans Ziel zu gelangen.«

Die Inquisitoren sahen einander an.

»Großer Magier Sebulon«, sagte Vítězslav. »Die Inquisition hat nichts gegen Sie vorzubringen, Sie können sich wieder an Ihren Platz begeben. Wir erinnern freilich noch einmal daran, dass Ihre Handlungen in ihrer Gesamtheit höchst zweideutig und gefährlich wirken ...«

»Ja doch, das habe ich verstanden«, murmelte Sebulon, der bereits den Kreis verließ. »Schon bald wird es verboten sein, sich ohne Erlaubnis in der Nase zu bohren ...«

Edgar sah zu Geser hinüber. Ob der alte Intrigant vor Wut schäumte?

Nein. Geser war nicht wütend. Es hatte den Anschein, als habe er die Worte Sebulons mit echtem Interesse vernommen. Folglich musste er zwar hundertprozentig davon überzeugt gewesen sein, dass sich das Haupt der Dunklen aus dieser Sache herauswinden würde, interessierte sich aber für das Wie.

Sie beide hatten all das von Anfang an gewusst!

Verzweifelt ordnete Edgar seine sich überschlagenden Gedanken. Also ... Swetlana sollte tatsächlich die Mutter eines Messias des Lichts werden ... der weiblichen Geschlechts war, was eine echte Überraschung darstellte! Sebulon hintertrieb das, aber ... aber nicht, indem er einen Antichrist aus Fleisch und Blut schuf ... Dabei handelte es sich nur um ein Ablenkungsmanöver, auf das er, obwohl kein dummer Dunkler Magier, wie ein kleiner Junge hereingefallen war!

Worum ging es dann?

»Die Inquisition kommt jetzt zur Behandlung der Hauptfrage des heutigen Tages, die für Licht und Dunkel von herausragender Bedeutung ist«, verkündete Vítězslav und beantwortete damit gleichsam die unausgesprochene Frage Edgars. »Der Fall Igor Teplow, Magier dritten Grades der Moskauer Nachtwache. Sie alle sind mit den Prozessunterlagen vertraut?«

Niemand sagte etwas. Alle kannten das Material seit langem ...

»Das Wort hat der Vertreter der Anklage, Anton Gorodezki!«.

Der Edgar gegenüberstehende Lichte hob den Kopf. Er bedachte Vítězslav mit einem knappen Nicken. »Ich fasse mich kurz. Der Kern unserer Klage ist einfach: Der hier anwesende ehrenwerte Magier Sebulon hat Alissa Donnikowa mit Bedacht ins Artek geschickt, da er wusste, dass Igor Teplow sich dort zwecks Erneuerung seiner Kraft aufhielt. Vermutlich hat Sebulon sich die Wahrscheinlichkeitslinien angesehen und erkannt, dass unter den gegebenen Umständen zwischen Igor und Alissa unweigerlich etwas ... unweigerlich Liebe entstehen würde. Eine tragische und hoffnungslose Liebe, da die beiden Beteiligten unterschiedlichen Kräften angehören. Eine Liebe, die mit einem Duell enden würde, bei dem entweder Igor oder Alissa sterben und der überlebende Gegner von der Inquisition verurteilt werden würde. Wir klagen Sebulon der bewussten und zynischen Beseitigung ... des Versuchs der Beseitigung«, verbesserte er sich, »des Mitarbeiters der Moskauer Nachtwache Igor Teplow an. Im Zusammenhang damit bitten wir die Inquisition, die Klage gegen Igor Teplow auf Verletzung des Großen Vertrages und Mord an Alissa Donnikowa fallen zu lassen.«

»Ist das alles?«, fragte Vítězslav nach kurzem Schweigen.

»Nein. Ferner bitten wir darum, den Tod eines jungen Menschen, der nicht zu den Anderen gehört und infolge dieses Duells gestorben ist, hier zu behandeln. Da das Duell von Sebulon inszeniert worden ist ...«

»Einspruch«, sagte Sebulon klirrend.

»Einspruch stattgegeben«, bestätigte der Vampir.

»Da wir glauben, das Duell sei von Sebulon inszeniert worden, muss ihm der Tod des Jungen ebenfalls zur Last gelegt werden, wohingegen Igor Teplow nicht dafür zur Verantwortung gezogen werden kann. Das ist alles.«

Vítězslav richtete den Blick auf Sebulon. »Können Sie auf den Kern der Frage eingehen?«

»Ich werde mich nicht dazu äußern, den Grund habe ich bereits genannt«, erwiderte Sebulon kalt.

»Das Wort hat der Vertreter der Verteidigung.«

Edgar seufzte. »Die hier vorgestellten gedanklichen Konstrukte meines Kollegen sind ausgesprochen kurzweilig«, fing er an. »Wir erleben hier den Versuch, einen Verbrecher zu entlasten ...«

»Einspruch!«, sagte Anton rasch.

»Den Angeklagten zu entlasten«, korrigierte sich Edgar. »Igor Teplow ist des Mordes an der jungen Hexe Alissa Donnikowa schuldig. Was jedoch das Schlimmste ist: die ihn von ganzem Herzen geliebt hat! Aber das ist noch nicht alles! Igor Teplow hat im Zuge seiner manischen Leidenschaft nebenbei auch noch den Jungen Makar Kanewski umgebracht. Er hat ein Kind getötet. Ein Menschenkind, das ebenfalls ein Recht auf Leben hatte! Doch auch das ist noch nicht alles! Als Folge des umfänglichen Kraftabzugs bei den Kindern, die im Artek Ferien gemacht haben, kam es bei sieben von ihnen im Laufe der darauf folgenden drei Monate zu nächtlichen Angstzuständen! Es sind zwei Fälle von hartnäckigem nächtlichem Bettnässen bekannt geworden! Der neunjährige Jurik Semezki aus Moskau ist einen Monat nach seiner Rückkehr aus dem Artek an Erstickung gestorben, als er sich in der Badewanne verschluckt hat. Und bis heute ist noch nicht geklärt, ob nicht auch das eine Folge des Tuns von Igor Teplow ... des Lichten Magiers Igor Teplow ist!«

Er sah den Angeklagten an. Igors Miene war wie gemeißelt. Nicht zu durchdringen. Ausdruckslos.

»Die Lichten können so viele grundlose Anklagen vorbringen, wie sie wollen«, sagte Edgar. »Ohne Beweise, ohne eine vernünftige Erklärung, weshalb die Tagwache Moskaus eine junge und viel versprechende Mitarbeiterin opfern sollte, die bereits mehrfach von der Leitung gelobt worden ist, nur um einen insgesamt talentlosen Lichten Magier Dritten Grades zu beseitigen ... Das ist eine Frage ihres Gewissens. Wir bitten die Inquisition nur, die Sachlage unvoreingenommen zu betrachten und den Schuldigen für die Verletzung des Großen Vertrages zu bestrafen.« Edgar holte Luft und formulierte seine abschließenden Worte. »Uns ist schon oft zu Ohren gekommen, dass die Lichten Magier, die sich in ethisch nicht zu rechtfertigender Weise verhalten haben, sich selbst dematerialisieren. Unter der Last ihrer Scham ins *Zwielicht* eingehen ... Wir haben viel davon gehört. Aber ich beispielsweise habe dergleichen noch nie gesehen. Igor Teplow dürfte den Mord an der in ihn verliebten Frau ebenso wie den Tod und das Leid unschuldiger kleiner Menschenkinder doch wohl kaum als eine Tat erachten, die ethisch einwandfrei ist!«

Er verstummte.

Die Inquisitoren sahen einander an. Dann ergriff Vítězslav das Wort. »Kann die jeweilige Seite Beweise für ihre jeweilige Wahrheit vorbringen?«

Geser schwieg.

»Verzeihen Sie«, fragte Sebulon verwundert, »aber welche Beweise könnte ich vorbringen, dass ich kein Kamel bin? Sollen doch die ein Fantasiegespinst beweisen, die es in Umlauf gebracht haben!«

»Die Inquisition hat die Meinung beider Seiten vernommen«, sagte der Vampir. »Angeklagter, wollten Sie dem etwas hinzufügen?«

»Ja.« Igor Teplow nickte. »Ich gebe zu, dass meine Handlungen nicht völlig gerechtfertigt waren ... und ich mich ihrer Folgen schäme. Ich ... ich bin sehr ...« Er verhaspelte sich, sprach dann aber schnell weiter. »Mich verband mit Alissa Donnikowa eine sehr gute Beziehung. Aber dass sie sich als Dunkle herausgestellt hat, ließ mich im Affekt handeln. Ich bitte nicht um Gnade. Auch das Urteil über mich habe ich gefällt. Aber ...« Abrupt drehte er sich Sebulon zu. »Der Mörder bist du! Du hast Alissa zum Tode verurteilt! Und genau deshalb bin ich gezwungen zu leben ... gezwungen, damit deine Gemeinheit dir nichts bringt!«

Sebulon breitete nur die Arme aus und seufzte schwer.
»Haben Sie dafür Beweise?«, fragte der Vampir.
Igor schüttelte den Kopf.
»Das Tribunal versteht die Bedeutung dieses Falls«, sagte Vítězslav. »Ungeachtet dessen, dass keine Seite Beweise hat vorbringen können, erkennt das Tribunal die Notwendigkeit an, den wahrhaft Schuldigen zu ermitteln. Insofern ...«
Edgar sah, wie sich mit einem Mal Sebulons Gesichtsausdruck veränderte. Einfror, als sich seine Lippen halb zu einem traurigen Lächeln verzogen hatten.
»Insofern setzt die Inquisition die Vernehmung der Zeugen fort. Alissa Donnikowa wird einer temporären Rematerialisierung unterzogen.«
»Einspruch!« Sebulon erhob sich. »Der vorliegende Fall ist nicht von solcher Bedeutung, dass man die Ruhe der Toten stören müsste.«
»Einspruch abgelehnt. Die Inquisition bittet Anna Lemeschewa, die auf Weisung der Inquisition anwesend ist, in die Mitte des Saals zu gehen. Ihr Körper wird der temporären Materialisierung von Alissa Donnikowa dienen.«
Die Lemeschewa winselte auf. Doch schon im nächsten Moment geleiteten zwei einfache Inquisitoren sie, die leicht zappelte, in die Mitte des Saals.
»Alle Energieausgaben dieses Vorgangs werden der Moskauer Nachtwache berechnet, eine Entschädigung erfolgt nicht, unabhängig davon, wie der Prozess endet«, fuhr Vítězslav fort. »Großer Magier Geser, verfügen Sie über den erforderlichen Kraftvorrat?«
»Ja.« Geser erhob sich. »Das tue ich.«
Edgar begriff, dass er den Faden der Ereignisse endgültig verloren hatte. Was war denn so wichtig an ihm, diesem Igor Teplow, dass Sebulon seinetwegen seine Geliebte geopfert hatte und Geser eine ungeheure Menge Kraft abgeben würde?
»Man führe die Rematerialisierung durch«, ordnete Vítězslav

an. »Jeder Versuch des Widerstands wird mit dem unverzüglichen und unwiderruflichen Tod bestraft.«

Einige der Magier der Inquisition rückten etwas vor, Geser seufzte und ging zur Lemeschewa. Die winselte erneut – und verstummte dann, um mit starren Augen auf den Lichten Magier zu starren.

Edgar musste die Augen zusammenkneifen.

In der Mitte des Saals brodelte eine solch ungeheure Energie, dass er einfach nicht hinsehen konnte. Er spürte, wie die Inquisitoren eine magische Barriere nach der nächsten um Geser und die Lemeschewa herum errichteten. Er spürte, wie die Barrieren unter dem Druck einer undenkbaren Kraft einstürzten. Wie das *Zwielicht* zusammenzuckte, zerfetzt wurde, in allen Schichten, die Edgar kannte, und in allen, von denen er nicht einmal etwas geahnt hatte. Wenn das eine temporäre Rematerialisierung war, wie sähe dann eine permanente aus?

Der Sturm legte sich. Geser trat langsam zurück.

In der Mitte des Saals blieben drei Personen zurück: der Inquisitor Vítězslav, der Lichte Magier Igor Teplow und die Dunkle Hexe Alissa Donnikowa.

Eine zitternde, hustende, ihre Kehle umklammernde Alissa.

Edgar schreckte zusammen. Er wusste nicht, was mit Anderen passiert – dort, im *Zwielicht*. Und wenn er ehrlich war, wollte er es auch gar nicht wissen. Doch jetzt kam Alissa in dem Augenblick zu sich, in dem ihr menschliches Dasein geendet hatte. Sie kam mit schmerzzerrissenen Lungen ins Leben zurück, schluckte noch Meerwasser, versuchte verzweifelt, sich aus der »Presse« zu befreien, mit der der Lichte sie herunterdrückte.

»Alissa Donnikowa«, sagte der Vampir. Selbst ihm zitterte die Stimme. Die temporäre Rematerialisierung war eine seltene Prozedur, eine sehr seltene ... »Sie unterliegen der temporären Rematerialisierung und befinden sich im Gebäude des Europatribunals der Inquisition in Prag. Verstehen Sie meine Worte?«

Alissa Donnikowa richtete sich auf, hatte ihr Röcheln bereits unter Kontrolle und sah Igor Teplow an. Nur ihn.

»Verstehen Sie meine Worte?«, wiederholte Vítězslav.

»Warum ... in Prag?«, fragte Alissa. Sie atmete schnell und tief, als könne sie nicht genug Luft einatmen – und sei es die feuchte Luft eines Kellergewölbes.

»Das ist nicht wichtig, Alissa Donnikowa. Sie sind als Zeugin in unsere Welt gerufen worden. Von Ihren Worten hängt viel ab.«

»Kann ... kann ich hier bleiben? Wieder? Für immer?«, fragte Alissa.

Doch sie sah nur Igor an.

»Nein«, antwortete der Inquisitor ehrlich. »Werden Sie freiwillig auf unsere Fragen antworten?«

Alissa nickte. Mit verzweifeltem Stolz. »Ja, das werde ich, Inquisitor. Fragen Sie.«

Doch sie sah nur Igor an.

»Die Fragen betreffen Ihr Duell mit dem hier anwesenden Lichten Magier Igor Teplow. Sind Sie den Regeln entsprechend zum Duell herausgefordert worden?«

»Ja.«

»Hatten Sie die Möglichkeit, das Duell auszuschlagen und zu gehen?«

»Ja.«

»Sagen Sie, Alissa, machen Sie Igor Teplow für Ihren Tod verantwortlich?«

Alissa lächelte. Sie fuchtelte mit der Hand – drehte sich nicht um, zeigte aber zielsicher auf Sebulon.

»Nein.«

Sie sah nur Igor an.

»Legen Sie ... Ihrem Gegner etwas zur Last?«

Sie schüttelte nur den Kopf.

»Alissa Donnikowa, können Sie jemanden der hier Anwesenden beschuldigen, die traurigen Ereignisse herbeigeführt zu haben, die zu Ihrem Tod geführt haben?«

»Sebulon«, sagte Alissa absolut gleichgültig. »Das ist seine Operation.«

»Feige Idiotin!«, schrie Sebulon. »Du wirst trotzdem nicht rematerialisiert werden! Was machst du bloß, du Hexe!«

Und erst da wandte sich Alissa Donnikowa zu Sebulon um. Einen Augenblick nur. Und unter ihrem Blick verstummte das Haupt der Dunklen.

»Sebulon, erinnerst du dich noch, was du mir gesagt hast, als ich dich gerufen habe, schon halb ertrunken?«

»Du dumme, rachsüchtige kleine Idiotin«, sagte Sebulon schon ruhiger.

Alissa schüttelte den Kopf. Dann sah sie wieder Igor an. »Was hat denn Rache damit zu tun ...«, sagte sie sehr spöttisch. »Die Liebe ist auch eine große Kraft, Sebulon.«

»Die Inquisition hat keine weiteren Fragen«, sagte Vítězslav rasch. »Meine Herren ... ich glaube, es wäre eines Anderen nicht würdig ... diese Szene weiter fortzusetzen. Die Klage auf Verletzung des Großen Vertrages gegen Igor Teplow wird fallen gelassen. Alissa Donnikowa kann ... kann ... zurückkehren.«

Wie im Traum sah Edgar, wie Geser sich erhob. Der triumphierende, siegreiche Geser. Und gekrümmt auf der Bank: Sebulon. Der besiegte Sebulon.

Erst als sich auf den Gesichtern dieser beiden Großen Magier erneut ein verwirrter Ausdruck abzeichnete, richtete Edgar den Blick wieder auf die Mitte des Saals.

Alissa Donnikowa verschwand. Ihr Körper veränderte sich, zerfloss, tauchte als leichter, körperloser Schatten ins *Zwielicht* ein. Die Lemeschewa, auf alle viere gefallen, kroch Sebulon vor die Füße.

Aber auch Igor Teplow verschwand.

Ging ins *Zwielicht* ein.

Edgar hatte nicht gelogen. Er sah wirklich zum ersten Mal, wie ein Lichter Magier sich dematerialisierte. Freiwillig. Ohne Kampf, ohne Geschrei, ohne Kraftausstoß.

Als Igor Teplow sich schon fast in einen körperlosen Schatten verwandelt hatte, wandte er sich noch einmal für einen Augenblick zurück, um seine Gefährten anzusehen. Irgendwie schuldbewusst. Danach – sah er nur noch Alissa an.

Und verschwand.

Das *Zwielicht* schloss sich. Die Luft im Saal war eiskalt, die Wände mit weißen Raureifzweigen bewachsen – als seien es Trauerbänder in einem Zimmer. Auf Sebulons Gesicht kehrte langsam das triumphierende Lächeln zurück. Geser blickte schwermütig und traurig auf den leeren Gitterkreis.

»Nun?«, schrie Sebulon. »Und jetzt? Wo ist dein Hauslehrer jetzt? Wo ist derjenige, der Einzige, der den Messias des Lichts *erziehen* kann?«

Er brach in prustendes Gelächter aus und tätschelte der vor ihm knienden Lemeschewa den Kopf. »Ja, in der Tat, das war eine Operation der Tagwache«, sagte er, indem er sich an die Inquisition wandte. »Die jedoch innerhalb der Grenzen des Großen Vertrages lag. Der Austausch zweier ebenbürtiger Figuren, Alissa Donnikowa für Igor Teplow. Haben Sie noch weitere Fragen an uns?«

»Seitens der Inquisition gibt es keine weiteren Fragen ...«, sagte der Vampir zögernd. Er wischte sich das Gesicht mit der Hand ab. »Unter Berücksichtigung aller Umstände ... wird die Inquisition über die Frage der vorzeitigen Wiederherstellung der Kraft Swetlana Nasarowas beraten. Aber das erst ... später. Das war's ... Alle können den Saal verlassen.«

Als Erste stand Swetlana auf. Sie ging zu Sebulon. Eine Sekunde lang stand sie vor ihm und sah ihm ins Gesicht. Mit einem Mal begriff Edgar – begriff es mit stockendem Herzen –, dass die Zauberin den Magier jetzt schlagen würde.

Doch sie sagte ihm nur etwas. Dann drehte sie sich um und ging rasch weg.

Edgar stakste mit steifen Knien vom Stehpult weg. Beinah wäre er gegen Geser gestoßen, den nachdenklichen, niedergedrückten, in seine Grübeleien versunkenen Magier. Im selben Moment sprang Anton, Edgar zur Seite stoßend, auf Geser zu. »Was heißt das …?«, schrie er. »Swetlanas Tochter kann eine Andere sein, braucht aber trotzdem nicht zum Messias der Lichten heranzuwachsen?«

Geser nickte.

»Wie das?«, fragte Anton begriffsstutzig. »Kann denn nicht Swetlana selbst …«

»Eine Große Zauberin zu sein und eine Große Zauberin zu erziehen sind zwei ganz unterschiedliche Dinge …«, sagte Geser müde. »Leider. Ich … ich sehe momentan keine Figur, die Igor gleichwertig wäre. Ich … ich wusste nicht, dass er diese Hexe so sehr liebt! Dann hätte ich einen anderen Weg gesucht.«

»Wessen Tochter wird es sein?«, fragte Anton unvermittelt. »Swetlanas und …«

»Wessen?« Geser sah Anton mit einem Mal verärgert an. »Wenn du hier nicht wie ein Idiot rumstehst und einen alten Dummkopf anstarrst, sondern zusiehst, dass du zu deiner Frau kommst, dann deine!«

Anton deutete ein Nicken an. Und stürzte aus dem Saal. Edgar hätte Geser auch gern ein paar Fragen gestellt … aber er fing den Blick des Lichten auf und zog es vor, das Risiko nicht einzugehen. Er drehte sich um, ging zu dem Feld aus grauem Marmor, trat an den schmalen Keil der Inquisition heran, der versuchte, den Saal in eine schwarze und eine weiße Hälfte zu schneiden.

Die Inquisitoren legten ihre Kittel bereits ab. Einer von ihnen warf Vítězslav seinen Kittel lässig über den Arm, öffnete ein Portal und verschwand. Die Übrigen nahmen den üblichen Weg durch die Tür.

Der Vampir sah Edgar an. »Möchtest du ihn mal anprobieren?«, fragte er.

»Ich weiß nicht, ob mir der Schnitt steht«, antwortete Edgar leise.

»Wer weiß. Aber probieren solltest du. Oder willst du etwa nach Moskau zurückkehren?«

Behutsam nahm Edgar den zusammengeknüllten grauen Stoff aus Vítězslavs Händen entgegen. »Verzeihen Sie ...«, fragte er betreten. »Aber was hat Swetlana zu Sebulon gesagt?«

»Als Inquisitor muss man ein gutes Gehör haben.« Auf dem Gesicht des Vampirs zeichnete sich ein schiefes Lächeln ab. »Fast nichts. Ich würde es einen Fluch nennen, aber Lichte können nicht einmal fluchen ... Sie hat gesagt: ›Möge dich niemals jemand lieben.‹«

Edgar nickte. Er zuckte mit den Schultern und sagte: »Darauf kann er ohnehin verzichten.«

Lesen Sie weiter in:

Sergej Lukianenko

WÄCHTER DES ZWIELICHTS

Die **WÄCHTER**-Romane

von **Sergej Lukianenko**

Vampire, Gestaltwandler, Hexen, Magier – seit ewigen Zeiten leben die sogenannten »Anderen« unerkannt in unserer Mitte. Und seit ewigen Zeiten stehen sich die Mächte des Lichts und die Mächte der Finsternis unversöhnlich gegenüber, zurückgehalten nur durch einen vor Jahren geschlossenen Waffenstillstand. Zwei Organisationen – den »Wächtern der Nacht« und den »Wächtern des Tages« – obliegt es, das empfindliche Gleichgewicht der Kräfte aufrechtzuerhalten. Doch nun droht dieses Gleichgewicht zu kippen und die Welt ins Chaos zu stürzen ...

Erster Band:
Wächter der Nacht

Als der Nachtwache-Ermittler Anton Gorodezki den Auftrag erhält, ein Vampirpaar zu verhaften, begegnet er einer Frau, die mit einem mächtigen Fluch belegt wurde. Seine Versuche, der Frau zu helfen und den Fluch zu brechen, scheitern. Schließlich kommt es zum Kampf mit dem Vampirpaar. Sowohl das Opfer der Vampire, ein mysteriöser Junge, als auch die Vampirin können entkommen. Nun muss Anton nicht nur den Jungen finden, sondern auch die verfluchte Frau, die er um jeden Preis beschützen soll. Denn der auf ihr lastende Fluch ist so stark, dass durch ihn ganz Moskau zerstört werden könnte.

Zweiter Band:
Wächter des Tages

Eines Tages wird eine uralte Sekte von Dunklen Anderen, die sich abseits der geschlossenen Vereinbarungen hält, aktiv, um den vor vielen Jahrhunderten umgekommenen Magier Fafnir ins Leben zurückzurufen. Sowohl Geser, der Chef der Moskauer Nachtwache, als auch sein Dunkler Gegenspieler Sebulon versuchen, daraus für ihre Pläne Kapital zu schlagen, und schrecken dabei auch nicht davor zurück, eigene Leute zu opfern.

Dritter Band:
Wächter des Zwielichts

Anonyme Hinweise tauchen auf, dass ein vermögender Mann einen Anderen durch Erpressung zwingen will, ihn selbst in einen Anderen zu verwandeln – was als unmöglich gilt. Die Nachtwache wird mit der Untersuchung beauftragt und findet heraus, dass der Erpresser ein Sohn Gesers und Olgas ist, von dessen Existenz sie erst vor Kurzem erfahren haben. Wer aber ist der Andere, der ihm die Verwandlung versprochen hat? Ein Wettlauf gegen die Zeit beginnt.

Vierter Band:
Wächter der Ewigkeit

Anton Gorodezki, inzwischen zur Nummer zwei in der Moskauer Nachtwache aufgestiegen, wird nach Schottland entsandt, um ein rätselhaftes Verbrechen aufzuklären. Die Spur führt zu einer Verschwörung Lichter und Dunkler Anderer, die sich des »Kranzes der Schöpfung« bemächtigen wollen – eines magischen Artefakts, das der Zauberer Merlin vor Jahrtausenden in der tiefsten, siebten Schicht des Zwielichts verborgen hat. Doch in die siebte Schicht vorzudringen ist die größte Herausforderung, der sich ein Anderer stellen kann.

Fünfter Band:
Wächter des Morgen

Eines Tages trifft Anton Gorodezki auf den zehnjährigen Kescha, den er als Propheten ausmacht. Bei ihrer ersten Begegnung macht der Junge eine vage und unvollständige Prophezeiung. Außerdem taucht ein mysteriöser Unbekannter auf, der die Nachtwache vor ein Rätsel stellt. Der sogenannte »Tiger« ist ein Zwielicht-Geschöpf, das für Kescha eine große Gefahr darstellt, sollte der Junge nicht reden. Die Wache beschließt daher, Kescha mitzunehmen und ihn zum Aussprechen der Prophezeiung zu bewegen. Doch das hat furchtbare Folgen.

Sechster Band:
Die letzten Wächter

Längst ist der fragile Waffenstillstand zwischen den Mächten des Lichts und der Dunkelheit nichtig geworden – auf den Straßen herrscht offener Krieg. Die Balance zwischen Gut und Böse ist aus dem Lot geraten, und eine Prophezeiung kündigt das Ende der Menschheit an. Die Apokalypse kann nur aufgehalten werden, wenn sich die »Sechste Wache« bildet. Anton macht sich auf die Suche, um das Rätsel der Prophezeiung zu lösen. Das Opfer, das er für die Rettung der Menschheit erbringen muss, stellt ihn vor eine schwerwiegende Entscheidung ...

Siebter Band:
Die Wächter – Licht & Dunkelheit

Der junge Magier Dmitri Drejer arbeitet als Lehrer an einer Schule für die Anderen, auf der Vampire, Magier, Hexen und Gestaltwandler in gegenseitigem Respekt und Toleranz ausgebildet werden. Sein alltägliches Leben gerät jedoch völlig aus den Fugen, als er eines Tages seltsame Vorgänge auf dem Schulhof beobachtet. Was er zunächst für einen harmlosen Streich seiner Schüler hält, entpuppt sich schon bald als gewaltige Verschwörung, die weit über die Grenzen Russlands hinausgeht. Eine Verschwörung, die das sensible Gleichgewicht zwischen den Mächten des Lichts und den Mächten der Dunkelheit für immer zerstören könnte ...

Achter Band:
Die Wächter – Dunkle Verschwörung

So hatte sich Alexej Romanow, frisch gebackenes Mitglied der Nachtwache, seinen Dienstantritt nicht vorgestellt: Die ganze Stadt ist in Aufruhr, und das Gleichgewicht zwischen den Mächten des Lichts und der Dunkelheit droht ins Wanken zu geraten, denn im Spiel der größten Magier der Welt ist ein geheimnisvoller Unbekannter aufgetaucht – ein Unbekannter, dessen Kräfte die der Tag- und Nachtwache bei Weitem übersteigen. Ehe er sichs versieht findet sich Alexej in einem Geflecht aus Intrigen, Lügen und Verbrechen wieder …

Weitere Romane von Sergej Lukianenko

Spektrum

Als eines Tages auf der Erde ein von Außerirdischen installiertes Teleportationssystem entdeckt wird, beginnt für die Menschheit eine neue Ära: Sieben Welten können durch den Transporter in Sekundenschnelle erreicht werden. Eine perfekte Möglichkeit also für jene, die den Zuständen auf der Erde entfliehen wollen – aus welchen Gründen auch immer. Privatdetektiv Martin Dugin hat sich auf diese Art des Reisens spezialisiert und verdient so seinen Lebensunterhalt. Als er den vermeintlichen Routineauftrag übernimmt, die verschwundene Tochter eines Kunden aufzuspüren, ahnt er noch nicht, dass sich der Auftrag zu einer Jagd entwickeln wird, die ihn bis an die Grenzen der Galaxis führt.

Die Ritter der vierzig Inseln

Eigentlich hatte Dima geglaubt, er würde eine ganz normale Jugend verleben. Jedenfalls bis zu dem Tag, als ihn ein Fotograf im Park um ein Bild für die Zeitung bittet. Dima stellt sich in Positur, der Fotoapparat klickt – und plötzlich findet sich der Junge in einer völlig anderen Welt wieder: Ein Archipel aus vierzig kleinen Inseln, umgeben von einem endlosen Meer. Auf jeder dieser Inseln steht eine Burg, von der sich Brücken zu den jeweiligen Nachbarinseln spannen. Und jede dieser Inseln beherbergt ein Dutzend andere Jugendliche, die alle auf dieselbe Weise hierhergeholt wurden wie Dima. Zwischen den Inselbewohnern findet ein »Spiel« statt: Sie treffen sich auf den Verbindungsbrücken und bekämpfen sich mit Schwertern – denn es heißt, derjenige, der alle Inseln erobert, darf zur Erde zurück.

Drachenpfade

Viktor führt in Moskau ein ganz normales Leben. Doch als er eines Tages ein unbekanntes Mädchen verletzt vor seiner Wohnungstür entdeckt, wird sein Leben von einem Tag auf den anderen auf den Kopf gestellt. Denn das Mädchen nimmt ihn mit in eine magische Welt, deren Völker von der Rückkehr eines Drachen bedroht werden. Viktor wird klar, dass er sich dem Drachen mit all seiner Kraft entgegenstellen muss ... Sergej Lukianenko und seinem Co-Autor Nick Perumov ist mit »Drachenpfade« ein wunderbares Fantasy-Abenteuer gelungen.

DIE WELTENGÄNGER-ROMANE

Erst sieht es aus wie ein böser Scherz: Als Kirill eines Abends nach Hause kommt, ist seine Wohnung nicht wiederzuerkennen, und eine ihm völlig unbekannte Frau behauptet, sie lebe hier schon seit Jahren. Doch damit nicht genug: Auch an seinem Arbeitsplatz ist Kirill niemandem bekannt, und sogar seine Verwandten und Freunde können sich nicht mehr an ihn erinnern – als hätte es ihn nie gegeben. Was ist geschehen? Wie kann es sein, dass manche Menschen einfach aus ihrer Existenz herausfallen? Und aus welchem Grund? Für Kirill beginnt das Abenteuer seines Lebens ...

Erster Band: Weltengänger

Von einem mysteriösen Anrufer wird Kirill zu einem alten Moskauer Bahnhof geleitet, wo man ihm das nahezu Unglaubliche erklärt: Er ist jetzt zu einem Funktional geworden – zu einem Wächter an der Schwelle zu parallelen Welten. Der Wasserturm ist die Zollstation, in der er die Übergänge zu den anderen Welten bewachen soll, und schon bald tauchen die ersten Grenzgänger auf, die auf scheinbar paradiesische Planeten hinüberwechseln. Doch eine Frage lässt Kirill nicht los: Wer hat diese Welten erschaffen? Wer hat ihn zu einem Funktional gemacht?

Zweiter Band: Weltenträumer

Kirill will sich nicht damit abfinden, dass sein altes Leben einfach so zu Ende ist. Seine Suche nach den Verantwortlichen jedoch, die ihn zum Funktional gemacht haben, wird zunehmend gefährlicher. Kirill flieht von Welt zu Welt, nur um jedes Mal vor neue Rätsel gestellt zu werden. Denn die Mächte hinter der Erschaffung der Parallelwelten, die auch auf der Erde den Gang der Geschichte maßgeblich beeinflusst haben, wollen sich auf keinen Fall in die Karten schauen lassen. Aber sie haben nicht mit Kirills Hartnäckigkeit gerechnet – und am Ende liegt die Antwort viel näher, als er denkt.

DIE STERNENSPIEL-ROMANE

Nachdem man auf der Erde das Reisen mit Überlichtgeschwindigkeit entdeckt hat, bricht die Menschheit ins All auf – und gerät in Kontakt mit dem sogenannten Konklave, einer interstellaren Organisation, in der etliche außerirdische Spezies versammelt sind. Diese Organisation wurde geschaffen, um den Völkern der Galaxis ihre jeweilige Rolle zuzuweisen und den Frieden zu bewahren. Doch nicht alle Völker sind mit der Rolle zufrieden, die das Konklave ihnen zugedacht hat – und nicht alle Völker lösen Konflikte mit friedlichen Mitteln …

Erster Band: Sternenspiel

Eines Tages entdeckt der Kosmonaut Pjotr Chrumow in seinem Raumschiff einen blinden Passagier, einen Vertreter einer kleinwüchsigen Reptilienrasse, die sich gegen das Konklave verschworen hat. Zunächst glaubt Pjotr, die Angelegenheit still und leise bereinigen zu können. Doch sein Passagier hat andere Pläne: Er verlangt ein heimliches Treffen mit Andrej Chrumow, Pjotrs 72-jährigem Großvater, der auf der Erde lebt. Doch warum gerade sein Großvater? Welches Geheimnis verbirgt sich hinter alldem? Und überhaupt: Wie soll Pjotr unbemerkt zur Erde gelangen?

Zweiter Band: Sternenschatten

Nach etlichen Abenteuern beschließt Pjotr, zum Galaxiskern zu fliegen und dort nach dem »Schatten« zu suchen, einer uralten Zivilisation, die lange vor dem Konklave existiert hat.
Er landet auf dem einzigen Planeten des »Schattens«, der von Erkundungsflügen her bekannt ist und sich als unbewohnte Quarantänestation erweist, von der aus man durch ein Dimensionstor weiterkommt. Als Pjotr durch dieses Tor hindurchgeht, erschließt sich ihm eine Welt, die er sich in seinen kühnsten Träumen nicht hätte vorstellen können.

DIE SPIEGEL-ROMANE

Labyrinth der Spiegel

»Die Tiefe« – so heißt eine geheimnisvolle virtuelle Welt, in der Träume Realität werden. Doch ohne Hilfe eines in der Realität verankerten Timers können die Nutzer Deeptowns in der »Tiefe« ihres virtuellen Paradieses verloren gehen und die Träume zu Albträumen werden. Leonid, ein genialer Hacker und Computerexperte, besitzt die einzigartige Fähigkeit, allein durch sein Bewusstsein den virtuellen Raum wieder zu verlassen. In der »Tiefe« stößt er auf eine tödliche Gefahr, die nicht nur sein Leben für immer verändern könnte ...

Der falsche Spiegel

Längst gehören Computer zu unserem Alltag, und das Internet scheint uns absolute Freiheit und unendliche Möglichkeiten zu bieten. Aber für einige ist das Netz zum Albtraum geworden, denn sie sind gefangen im virtuellen Raum, der sogenannten »Tiefe«. Nur wenige Menschen, die »Diver«, sind in der Lage, die Tiefe aus eigener Kraft wieder zu verlassen. Einer von ihnen ist Leonid – geradezu meisterhaft beherrscht er den virtuellen Raum mit all seinen Tücken. Doch dann muss er sich auf ein Spiel einlassen, das ihm alles abverlangt. Ein Spiel, das tödlich enden könnte.

Dmitry Glukhovskys faszinierendes Metro 2033-Universum

978-3-453-53298-4

978-3-453-52854-3

Dmitry Glukhovsky
Metro 2033
978-3-453-53298-4

Metro 2034
978-3-453-53301-1

Andrej Djakow
Die Reise ins Licht
978-3-453-52854-3

Sergej Kusnezow
Das Marmorne Paradies
978-3-453-52861-1

Schimun Wrotschek
Piter
978-3-453-52893-2

Andrej Djakow
Die Reise in die Dunkelheit
978-3-453-52939-7

Sergej Antonow
Im Tunnel
978-3-453-31407-8

Tullio Avoledo
Die Wurzeln des Himmels
978-3-453-31475-7

Andrej Djakow
Hinter dem Horizont
978-3-453-31514-3

Suren Zormudjan
Das Erbe der Ahnen
978-3-453-31551-8

Sergej Moskwin
In die Sonne
978-3-453-31550-1

Leseproben unter: **www.heyne.de**

HEYNE

Sergej Snegow

Die ferne Zukunft: Die Menschheit durchpflügt das Weltall, erforscht fremde Planeten, schließt Freundschaft mit außerirdischen Zivilisationen. Kurz: Sie verfügt dank ihrer fortgeschrittenen Technologie über all jene Fähigkeiten, die früher den Göttern zugeschrieben wurden. Eines Tages jedoch stößt der Raumschiffkapitän Eli bei einem Erkundungsflug auf einen Planeten, auf dem Spuren einer noch überlegeneren Zivilisation existieren ... Es ist der Beginn eines atemberaubenden Abenteuers!

978-3-453-52519-1

Für Generationen junger und alter Leser wurde Sergej Snegows Meisterwerk »Menschen wie Götter« – seit seinem Erscheinen 1966 – zu einem Einstieg in die Welt der Science Fiction. Und noch immer ist die Faszination dieses Romans ungebrochen.

Leseprobe unter: **www.heyne.de**

HEYNE